KB138673

기꺼이 죽이다

LET THE DEVIL SLEEP
by John Verdon

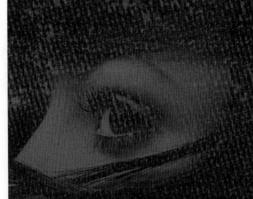

LET THE DEVIL SLEEP

기꺼이 죽이다

존 버든 장편소설 | 이진 옮김

JOHN VERDON

비채

PART 1
살인의 고아들

LET THE DEVIL SLEEP

나오미에게

살인의 고아들

프롤로그

그 여자를 막아야 한다.

암시는 통하지 않았다. 은근하게 압박도 해봤지만 그마저 무시당했다.

아무래도 보다 강력한 조처가 필요하다. 명료한 설명과 극적이고도 확실한 조처가. 설명을 명료하게 하는 게 관건이다. 의심의 여지도, 질문의 여지도 남겨선 안 된다. 경찰과 언론, 멋모르고 설쳐대는 참견쟁이 여자가 그의 메시지를 분명히 이해하고 상황의 심각성에 공감해야 한다.

그는 앞에 놓인 노란 종이 철을 뚫어져라 바라보다가 마침내 글을 써내려갔다.

그 어설픈 프로젝트를 당장 중단하라. 당신이 제안한 프로젝트는 결코 용납될 수 없다. 그것은 이 세상에서 가장 파괴적인 자들의 영광을 드높일 뿐이다. 내가 처단한 범죄자들을 기고만장하게 만들어 정의를 실현하려 한 나를 조롱하는 행위이다. 가장 악랄한 자들에 대한 부당한 연민을 불러 일으키는 행위이다. 결코 일어나선 안 되는 일이다. 내가 용납하지 않을 것이다. 지난 10년간 나는 내가 이룬 쾌거, 내가 세상에 전한 메시지, 내가 이룬 정의의 평화 속에서 조용히 살았다. 그런 내게 다시 무기를 들게 한다면 끔찍한 대가를 치르게 되리라.

그는 자신이 쓴 글을 읽어보았다. 천천히 고개를 저었다. 어투가 마음에 들지 않았다. 그는 방금 쓴 것을 찢어 의자 옆 종이파쇄기에 넣었다. 그리고 새로 쓰기 시작했다.

지금 하려는 일을 중단하라. 당장 이 일에서 손 떼고 돌아서라. 그러지 않으면 다시 피를 보게 될 것이다. 이번에는 더 많은 피를. 명심하라. 나의 평화를 방해하지 마라.

한결 나았다. 그러나 아직도 뭔가 아쉬웠다.
좀 더 생각해봐야지. 요점을 날카롭게. 의심의 여지없이. 완벽한 문장으로.
시간이 많지 않았다.

01

봄

유리문이 열려 있었다.

아침 식탁 옆, 데이브 거니가 선 자리에서는 겨울에 내린 눈의 마지막 흔적이 보였다. 눈 덮인 땅은 마지못해 녹는 빙하처럼 넓은 초원 가장자리로 점점 밀려나더니 이제는 숲속 그늘진 곳에만 겨우 살아남았다.

새로 드러난 대지의 흙냄새와 여름에 베지 못한 풀 향기가 뒤섞여 커다란 농장주택의 부엌으로 스며들었다. 한때는 그의 마음을 사로잡았던 향기였건만 이제는 별 감흥이 없었다.

"여보, 밖에 한번 나가봐." 싱크대 앞에서 시리얼 그릇을 닦으며 매들린이 말했다. "햇볕 좀 쬐어야지. 햇살이 정말 눈부셔."

"그러게. 그런 것 같네." 선 자세 그대로 꼼짝도 하지 않은 채 거니가 대답했다.

"애디론댁 의자*에서 커피 한 잔 해." 그릇을 싱크대 건조대에 엎어놓으며 매들린이 말했다. "햇볕도 곁들여서."

"음." 거니는 무심코 고개를 끄덕이고 들고 있던 머그의 커피를 한 모금 더 마셨다. "이거 늘 마시던 커피야?"

"맛이 이상해?"

---

* 옥외용 안락의자의 일종.

"맛이 이상하다고는 안 했어."

"늘 마시던 커피 맞아."

거니는 한숨을 쉬었다. "감기 기운 때문인지, 요새 통 입맛이 없네."

매들린이 양손으로 싱크대를 짚으며 그를 바라보았다. "당신은 바깥 공기를 쐬어야 돼. 뭐라도 해봐야지."

"맞아."

"진지하게 말하는 거야. 하루 종일 집 안에 틀어박혀 벽만 보고 있잖아. 그러니 아픈 게 당연하지. 그렇게 살면 아플 수밖에 없는 거야. 코니 클라크한테는 연락했어?"

"해야지."

"언제?"

"내킬 때."

당분간은 내킬 것 같지가 않았다. 요즘은 늘 이런 식이다. 지난 여섯 달 동안 그랬다. 엽기적인 희대의 살인사건이었던 질리언 페리 사건 때 당한 부상이 평범한 일상의 모든 것을 놓아버리게 했다. 그는 자잘한 일상, 이런저런 계획을 세우는 일, 사람들, 전화, 일체의 책임으로부터 자기 자신을 단절시켰다. 아무 일정 없이 빈 달력보다 더 좋은 건 없었다. 아무 일정도, 아무 약속도 없었다. 거니는 어느덧 그런 단절을 자유와 동일시하기에 이르렀다.

그러나 한편으로는 자신에게 일어나는 변화가 결코 바람직하지 않다는 것, 자기의 자유에는 평화가 없다는 것을 알 정도의 객관성은 유지하고 있었다. 그의 마음은 평화롭지 않았고, 오히려 적대적이었다.

삶이라는 직물을 풀어 헝클어뜨리고 그를 고립시키는 묘한 기운을 그 자신도 어느 정도는 감지하고 있었다. 적어도 그럴듯한 몇 가지 원인을 나열해볼 수는 있었다. 그중 맨 윗줄에는 혼수상태에서 깨어난 이후 계속되는 이명이 있었다. 어림잡아 짐작하건대, 이명은 조그만 방 안의 칠흑 같은 어둠 속에서 세 발의 총탄이 그를 향해 날아온 2주 전부터 시작된 것으로 보였다.

귓속에서 끊임없이 울리는 그 소리를 말로 표현하기는 어려웠다. 이비인후과 전문의는 그것은 실제 소리가 아니고 뇌가 소리로 잘못 인식하는 신경계의 이상 징후라고 했다. 그 소리는 음역대가 높으면서 볼륨은 낮고 음색은 가냘프게 직직거리는 연주 같았다. 이명은 흔히 록 뮤지션이나 퇴역 군인에게 나타나는 증상이지만 여전히 해부학적 미스터리이고, 이따금 자연적으로 중단되는 경우를 제외하면 대체로 멈추지 않는다고 했다. "터놓고 말씀드리면요, 형사님," 의사가 내린 결론은 이것이었다. "형사님이 당한 사고와 외상, 혼수상태 등을 감안할 때 이명증 정도로 후유증이 끝나면 더럽게 운 좋은 겁니다."

반박하기 어려운 결론이었으나 그렇다고 해서 온 세상이 고요할 때 그를 감싸는 희미한 칭얼거림에 적응하는 게 수월해지진 않았다. 증상은 밤이면 유난히 심해졌다. 낮에 멀찌감치 떨어진 부엌에서 들려오는, 그럭저럭 들을 만한 찻주전자의 휘파람 소리는 밤이면 불길한 존재감을 드러내며 그를 에워싸는 차가운 금속성 소음으로 변했다.

꿈도 문제였다. 병원에서의 기억, 그의 팔을 꼼짝 못하게 한 깁스의 기억, 숨쉬기 힘들었던 기억을 되살리는 밀실 공포의 악몽 끝에 깨어나면 한참 동안 두려움에 떨어야 했다.

첫 번째 총알이 관통하며 으스러진 손목뼈에는 아직도 얼얼한 통증이 있었다. 거니는 주기적으로, 때로는 매 시간 그 얼얼함이 사라지기를, 적어도 약해지기를 바라는 마음으로, 한편으로는 오히려 점점 더 번져가는 것 같다는 두려움을 느끼며, 그 부분을 만져보곤 했다. 두 번째 총알이 관통한 옆구리에서는 이따금 느닷없이 찌르는 듯한 통증이 느껴졌다. 두개골에 금이 가게 만든 세 번째 총알이 박혔던 정수리 부근에는 좀처럼 사라지지 않는 가려움증 비슷한 느낌이 남았다.

가장 끔찍한 후유증은 아마도 항상 무장하고 다녀야 할 것만 같은 느낌
이리라. 경찰로 일하던 당시에는 규정상 근무 중 총을 소지하게 되어 있었
다. 그러나 대부분의 형사와 달리 거니는 무기에 그다지 취미가 없었다.
25년간 몸담은 일을 그만두면서 그는 일급 형사가 지녀야 할 모든 방어 장
비와 무기를 갖출 필요성도 함께 잊었다.

그러던 어느 날 총을 맞았다.

이제 매일 아침 옷을 입을 때마다, 그가 마지막으로 챙기는 물건은 발목
권총집에 넣는 32구경 베레타 권총이었다. 거니는 자신이 총을 필요로 한
다는 사실 자체를 증오했다. 그 망할 놈의 물건을 항상 지니게 된 변화를
증오했다. 그런 마음이 서서히 사라지기를 바랐건만 아직 그럴 기미는 보
이지 않았다.

그 모든 상황도 상황이거니와, 매들린이 최근 몇 주 동안 지금까지와는
다른 종류의 근심 어린 시선으로 그를 관찰하는 것 같았다. 병원에서 스치
듯 보았던 고통과 두려움의 시선은 아니었다. 그보다 더 고요하고 더 심오
한, 마치 아주 끔찍한 일을 목격하고 있다는 듯 반쯤은 감추어진 두려움의
표정이었다.

거니는 여전히 아침 식탁 옆에 서서 두 모금만에 커피 잔을 비웠다. 그리
고 머그를 싱크대로 들고 가서 뜨거운 물을 채웠다. 매들린이 뒤쪽 머드룸
에서 고양이 똥을 쓰는 소리가 들렸다. 고양이는 얼마 전 매들린의 주장으
로 식구가 되었다. 거니는 고양이를 들인 이유가 궁금했다. 고양이가 그의
기운을 북돋워줄까? 다른 생명체에 관심을 가져보란 얘긴가? 만약 그렇다
면 그 작전은 실패였다. 그는 다른 모든 것과 마찬가지로 고양이에게도 관
심이 없었다.

"샤워할게." 그가 선언했다.

매들린이 "잘 생각했어"와 비슷한 말을 웅얼거리는 것 같았다. 정확히
뭐라고 했는지 모르겠지만 묻고 싶지도 않았다. 그는 욕실로 가서 온수를

틀었다.

긴 시간의 뜨끈한 샤워. 거센 물줄기를 맞으며 근육을 이완시키고 모세혈관을 확장시키고 머리와 콧속을 청소하면서 잠시나마 행복감을 느꼈다. 놀랍고도 덧없는 행복감이었다.

그러나 옷을 입고 유리문 앞으로 돌아오자 날카롭게 곤두선 불안감이 또다시 고개를 들었다. 매들린은 푸른 판석을 깐 베란다로 나갔다. 베란다 뒤로 펼쳐진 아담한 잔디밭은 2년 동안 꽤 자주 깎아준 덕분에 이제 거의 잔디밭다운 모습을 갖추었다. 매들린은 작업용 점퍼에 오렌지색 운동복 바지, 초록색 장화를 신고 베란다 가장자리를 따라서 약 15센티미터 간격으로 힘차게 삽을 꽂아 잡초를 뿌리째 뽑고 있었다. 매들린이 그를 흘긋 보았다. 처음엔 같이 하자는 제안의 표정이었지만 거니의 표정을 보고 이내 실망하는 것 같았다.

거니는 짜증이 치밀어서 의식적으로 고개를 돌렸다. 이번에는 헛간 옆 언덕 위에 세워놓은 초록색 트랙터가 눈에 들어왔다.

매들린의 눈도 그의 시선을 따라갔다. "트랙터로 바퀴 자국 좀 지워줄 수 있어?"

"바퀴 자국?"

"우리가 차 세울 때 낸 자국들."

"음." 마지못해 그가 대답했다. "그럴게."

"급한 건 아니야."

"음." 꼬리에 꼬리를 물던 생각이 한 달 전 발견했지만 일부러 기억에서 지운, 그러나 이따금 그를 미치게 만들던 트랙터 고장에 이르는 순간, 샤워가 선사한 평화의 흔적은 자취를 감추었다.

매들린은 그를 관찰하는 것 같았다. 매들린은 미소를 지으며 삽을 내려놓고 베란다 옆으로 돌아갔다. 장화를 머드룸에 벗어놓고 부엌으로 들어가려는 모양이었다.

그는 트랙터를 보며 한숨을 쉬고는 스무 번째로 물었다. 도대체 트랙터 브레이크가 왜 말을 듣지 않는 걸까. 그의 기분과 조화를 이루려는 듯 얄궂게도 먹구름이 서서히 해를 가리고 있었다. 봄은 어느새 왔다가 벌써 가 버린 건가.

02

코니 클라크의 어려운 부탁

거니의 농장은 월넛 크로싱의 캣스킬이라는 마을 외곽, 지방도로가 끝나는 산봉우리에 자리 잡았다. 오래된 농장주택이 그 산의 완만한 남쪽 기슭에 있었다. 집 앞에는 무성하게 자란 초원이 펼쳐졌고, 초원 건너편에는 빨간 헛간 한 채와 부들, 버드나무에 둘러싸인 깊은 연못이, 그 뒤로는 너도밤나무와 단풍나무, 블랙체리 숲이 이어졌다. 북쪽으로 산등성이를 따라 또 한 차례 초원이 펼쳐지다가 솔숲으로 이어졌고, 숲 뒤쪽으로 골짜기가 내려다보이는, 아담한 규모의 버려진 청석 채석장이 있었다.

예전에 살던 뉴욕 시와 비교할 때 캣스킬 산자락의 날씨는 훨씬 변화무쌍했다. 하늘은 순식간에 무늬 없는 잿빛 담요가 되었다. 10여 분 만에 온도가 10도는 떨어진 것 같았다.

깃털처럼 가벼운 진눈깨비가 흩날리기 시작했다. 거니는 유리문을 닫았다. 걸쇠를 잠그려는 순간 오른쪽 옆구리에 날카로운 통증이 찾아왔다. 잠시 후 또 한 차례 통증이 밀려왔다. 이제는 익숙해진 통증이었고, 진통제 세 알로도 누그러들지 않는 통증이었다. 욕실 약장으로 향하며 거니는 생각했다. 정작 괴로운 건 육체의 통증이 아니라, 나약해진 자신의 모습, 그리고 그나마도 운이 좋아 살아 있는 것뿐이란 깨달음이라고.

거니는 운이라는 개념 자체를 좋아하지 않았다. 운이란 머저리들이 실력 대신 휘두르는 도구였다. 기막힌 운이 그의 목숨을 구했지만 그것은 결코 믿음직한 동반자가 아니었다. 젊은 사람들 중에는 행운을 믿고, 행운에 의지하고, 자신들이 행운을 가졌다고 착각하는 이들도 있을 것이다. 그러나 이제 그의 나이 마흔여덟이었다. 행운은 행운일 뿐, 그 동전을 한순간에 뒤집어버리는 보이지 않는 손은 시체처럼 차갑다.

옆구리의 통증은 빙엄턴 병원의 신경정신과 의사와의 상담을 취소하려 했던 기억도 상기시켰다. 앞으로 넉 달 동안 네 번의 상담이 잡혀 있었지만, 보험회사에 청구서를 한 장 더 보내는 것 말고는 아무 의미도 없는 일처럼 느껴졌다.

병원 전화번호는 다른 병원의 번호들과 함께 서재 책상 위에 적어두었다. 진통제를 가지러 가는 대신 거니는 서재로 가서 전화를 걸었다. 번호를 누르며 의사의 모습을 떠올렸다. 삼십 대 후반. 일밖에 모르는 남자. 벌써 벗어지기 시작한 곱슬한 머리카락과 작은 눈, 여자 같은 입술, 가냘픈 턱, 보드라운 손, 깔끔하게 다듬은 손톱, 고가의 구두, 오만한 태도. 거니의 생각이나 느낌 따위엔 전혀 관심을 표현하지 않는 사람. 현대적인 분위기의 번지르르한 접수대에 앉아 있는 세 여자는 의사와 환자, 컴퓨터 화면에 떠오르는 자료 때문에 늘 혼란스럽고 짜증이 난 것 같았다.

네 번째 벨이 울리자 경멸에 가까운 짜증 섞인 목소리가 전화를 받았다. "허프바거 신경정신과입니다."

"데이브 거니라고 합니다. 진료 예약이 되어 있는데……."

날카로운 목소리가 그의 말을 잘랐다. "잠시만요."

격앙된 남자의 목소리가 들려서 처음엔 흥분한 환자가 난동이라도 부리는가 싶었는데 또 다른 목소리가 뭔가 묻고, 또 다른 목소리가 비슷한 말투로 분노를 쏟아내는 순간 그곳 대기실의 기다림을 그나마 견딜만한 것으로 만들어주는 유선방송 뉴스임을 알 수 있었다.

"여보세요?" 거니가 날카로운 목소리로 물었다. "듣고 있습니까?"

"잠시만 기다리세요."

거슬리는 목소리가 계속 들렸다. 전화를 끊으려는 찰나, 접수 담당자의 목소리가 다시 들렸다.

"허프바거 신경정신과입니다. 어떤 일로 전화 주셨죠?"

"데이브 거니입니다. 예약을 취소하고 싶은데요."

"날짜는요?"

"일주일 뒤, 오전 11시 40분입니다."

"성함 철자를 알려주세요."

그날 11시 40분에 예약된 환자가 몇 명이나 되기에 그걸 묻느냐고 따지려다 철자를 불러주었다.

"다른 날로 옮기시겠어요?"

"아뇨. 취소하겠습니다."

"취소는 안 됩니다. 일정을 옮기는 것만 가능해요."

"뭐라고요?"

"예약을 다른 날로 옮기시는 건 가능하지만 취소는 안 된다고요."

"이봐요. 난……."

그녀의 짜증스러운 목소리가 다시 그의 말을 잘랐다.

"저희 시스템에서 기존 예약은 새로운 예약일을 입력하지 않으면 삭제가 불가능해요. 그게 박사님 방침입니다."

거니는 끓어오르는 분노로, 필요 이상으로 격한 분노로 입술이 경직되는 것을 느꼈다.

"박사의 시스템이나 방침따위 관심 없어요." 그가 천천히, 굳은 목소리로 말했다. "예약은 취소된 걸로 알겠습니다."

"그렇게 되면 진료 예약 불이행으로 과태료가 부과됩니다."

"그런 일은 없을 겁니다. 이 일로 허프바거huffbarger*가 씩씩거리거든 저

---

* huff는 '화가 나서 씩씩거리나'의 의미.

21

에게 직접 전화하라고 하세요." 그는 화가 난 상태로 전화를 끊었다. 유치하게도 박사의 이름을 들먹이며 조롱한 자신에 대한 분노가 치밀었다.

서재 창밖으로 언덕을 내다보았지만 정말로 보고 있지는 않았다.

도대체 내가 왜 이러지?

옆구리의 통증이 부분적으로나마 대답이 되었다. 통증은 예약을 취소하기 전 약을 가지러 가던 길이었음을 일깨워주었다.

거니는 다시 욕실로 향했다. 약장 거울에 비친 남자의 모습이 영 마음에 들지 않았다. 수심 어린 주름으로 가득한 얼굴과 창백한 피부, 총기가 사라진 눈빛.

젠장.

늘 하던 운동과 식생활로 돌아가야 한다는 걸 그도 알고 있었다. 그의 나이 절반밖에 안 된 젊은이들보다 멋진 몸을 갖게 해준 팔굽혀펴기, 턱걸이, 윗몸일으키기로. 그러나 거울 속의 남자는 어느 모로 보나 마흔여덟 살이었고 거니는 그 사실이 마음에 들지 않았다. 자신의 육체가 날마다 보내오는 죽음의 메시지도, 자신의 내향적 성격이 고립의 나락으로 떨어지고 있는 것 역시 마음에 들지 않았다. 모든 것이 마음에 안 들었다.

그는 선반에서 이부프로펜* 병을 꺼내 갈색 알약 세 알을 손바닥에 떨어뜨린 뒤 인상을 찌푸리며 알약을 바라보다가 입안에 털어 넣었다. 차가운 물이 나올 때까지 기다리고 있는데 서재에서 전화벨이 울렸다. 허프바거겠지. 아니면 병원 직원이거나. 그 전화를 받을 생각은 조금도 없었다. 내가 알 게 뭐야.

매들린이 위층에서 내려오는 소리가 들렸다. 잠시 후 오래된 자동응답기로 넘어가기 직전 매들린이 수화기를 들었다. 매들린의 목소리가 들렸지만 말을 알아들을 수는 없었다. 그는 조그만 플라스틱 컵에 물을 반쯤 채

* 소염진통제의 일종.

운 다음 혀 밑에서 녹기 시작하는 알약들을 넘겼다.

매들린이 허프바거 문제를 처리하겠지. 그래도 상관없었다. 그런데 거실을 가로질러 그의 방으로 들어오는 매들린의 발소리가 들렸다. 열린 욕실 문틈으로 매들린이 전화기를 내밀었다.

"당신 전화야." 전화기를 건네고 돌아서며 매들린이 말했다.

허프바거, 혹은 퉁명스러운 병원 직원과의 불쾌한 대화를 예감한 거니의 목소리가 방어적으로 경직되었다.

"네." 전화 건 사람이 입을 열기까지 잠시 침묵이 흘렀다.

"데이비드?" 경쾌한 여자의 목소리는 분명히 귀에 익었지만 그의 기억은 어떤 이름도 얼굴도 연결하지 못했다.

"그런데요." 이번에는 조금 밝은 목소리로 대답했다. "실례지만 누구신지…… 제가 기억이 잘…….."

"어머, 어떻게 날 잊을 수가 있어요? 나 상처받았어요, 형사님!"

여자가 호들갑을 떨었고, 순간 그 웃음소리의 굴절과 억양이 한 여자의 형상을 만들어냈다. 강단 있고 똑똑하고 에너지 넘치는 금발. 뉴욕 동부 억양에 모델처럼 도드라진 광대뼈.

"코니! 이런 젠장! 코니 클라크! 오랜만이에요."

"정확히 육 년만이죠."

"육 년이라니! 벌써 그렇게 됐나요?" 사실 그 숫자는 그에게 큰 의미가 없고 놀랍지도 않았지만 달리 할 말이 떠오르지 않았다.

거니는 코니와의 관계를 미묘한 감정으로 기억하고 있었다. 프리랜서 저널리스트 코니 클라크는 거니가 악명 높은 연쇄살인마 제이슨 스트렁크 사건을 해결한 직후 〈뉴욕〉에 그를 칭송하는 기사를 썼다. 조지 쿤츠만 연쇄살인범 사건을 해결하고 일급 형사로 승진한 지 3년 만의 일이었다. 코니는 그의 강력계 형사로서의 경력을 집중적으로 조명하면서 '뉴욕 슈퍼캅'으로 추켜세우는 과한 기사를 썼고, 상상력 풍부한 동료들은 그 호칭을 수십 가지로 변형시키며 그를 놀렸다.

"평화로운 전원의 은퇴 생활은 어떠신가요?"

그녀의 물음에 웃음소리가 들렸고 거니는 자신이 멜러리 사건과 페리 사건에 비공식적으로 관여했던 사실을 그녀가 알고 있다고 직감했다. "평화로운 날들도 있고, 그렇지 않은 날도 있고, 뭐 그렇죠."

"그렇군요. 그렇게 표현할 수도 있겠네요. 이십오 년 간 일했던 뉴욕 경찰을 그만두고 한적한 시골 마을 캣스킬로 들어가더니 한 10분 쉬셨나? 곧바로 대형 사건에 연달아 등장하시던데요. 형사님은 범죄를 끌어당기는 자석 같아요. 매들린은 그 점에 대해 어떻게 생각하는지 궁금하네요."

"방금 전화 받았잖아요. 직접 물어보지 그랬어요."

코니가 깔깔 웃었다.

"살인사건이 없을 땐 보통 어떻게 하루를 보내세요?"

"별로 할 이야기가 없네요. 특별한 일이 없거든요. 매들린이 더 바쁘죠."

"노먼 록웰*이 그린 미국 생활을 하는 당신의 모습이라니, 도무지 머릿속에 안 그려져요. 메이플 시럽을 만드는 데이브 거니. 사과 주스를 만드는 데이브 거니. 닭장에서 달걀을 꺼내는 데이브 거니."

"그런 건 안 합니다. 시럽, 주스, 달걀 같은 건 없어요." 그의 머릿속에 떠오른 지난 여섯 달의 풍경은 전혀 달랐다. 영웅 행세를 하는 데이브 거니. 총 맞는 데이브 거니. 더럽게 회복이 더딘 데이브 거니. 귀에서 소리가 나는 데이브 거니. 우울하고 적대적이고 고립된 데이브 거니. 그를 마비시키는 일종의 공황 상태에 머물 권리를 침해하는 모든 제안을 짜증나는 공격으로 인식하는 데이브 거니. 그 무엇에도 연루되고 싶어 하지 않는 데이브 거니.

"그럼 오늘은 뭐 하세요?"

"코니, 솔직히 말해서 요즘 별로 하는 일이 없어요. 기껏해야 들판에 나

---

* 가장 미국적인 화가로 잘 알려진 20세기 초반의 미국 화가. 미국인들의 생활을 유머스럽게 표현함.

가 어슬렁거리다가 겨우내 부러진 나뭇가지나 몇 개 줍고, 텃밭에 비료나 주고. 그 정도예요."

"나쁘지 않네요. 당신하고 자리 바꾸고 싶은 사람을 엄청나게 많이 알거든요."

거니는 바로 대답하지 않고 두 사람 사이에 침묵을 드리웠다. 그러면 혹시 용건을 말하지 않을까. 분명 용건이 있을 텐데. 워낙 다정하고 수다스러운 여자이긴 했지만 코니에겐 언제나 목적이 있었다. 바람에 흩날리는 금발 속에서 그녀의 두뇌는 항상 움직였다.

"도대체 이 여자가 어쩐 일로 전화를 했나 궁금하시죠?" 그녀가 물었다.

"그런 질문이 떠오르긴 하네요."

"실은 부탁을 하려고 전화했어요. 아주 어려운 부탁."

거니는 잠시 생각해보고 소리 내어 웃었다.

"제 말이 우스워요?" 순간적으로 당황한 목소리였다.

"언젠가 당신이 그랬죠. 작은 부탁보단 큰 부탁을 하는 편이 낫다고. 작은 부탁은 거절당하기 쉽다고."

"설마! 내가 그런 말을 했다니 믿을 수 없네요. 너무 얍삽하잖아요. 끔찍해요. 그거 방금 지어낸 거죠?" 그녀는 유쾌한 분노를 분출했다. 그녀는 결코 당황한 상태로 오래 머무는 법이 없었다.

"무얼 도와드리면 되죠?"

"지어낸 거 맞죠? 내 그럴 줄 알았어!"

"무얼 도와드리면 되냐고 묻잖아요."

"막상 이야기하자니 좀 창피하네요. 아주 어려운 부탁이거든요." 그녀가 잠시 말을 멈췄다. "킴 기억하죠?"

"당신 딸?"

"당신을 흠모하는 저의 딸이죠."

"그건 또 뭔 소리입니까?"

"제발 시치미 떼지 말아요."

"그게 무슨 소리냐고요."

"오, 데이비드, 데이비드, 데이비드! 여자들은 다 당신을 좋아하잖아요. 당신만 모르죠."

"언젠가 본 기억이 있어요. 아마 그 아이가…… 열다섯 살 때였나?" 오래전 코니의 집에서 식사할 때, 예쁘지만 표정이 어두웠던 아이, 대화에 곁돌며 거의 한마디도 안 했던 여자아이를 거니도 기억하고 있었다.

"그때가 열일곱이었죠. 좋아요. '흠모'라는 단어는 좀 지나쳤다고 해두죠. 그 아인 당신이 굉장히 똑똑한 사람이라고 생각하고 있어요. 킴에겐 그게 아주 중요하거든요. 그 아이가 이제 스물셋이고, 슈퍼캅 데이브 거니를 여전히 존경하고 있더군요."

"고마운 일이지만…… 아직도 감이 안 잡히네요."

"물론 감이 안 잡히겠죠. 왜냐하면 내가 아주 어려운 부탁을 아주 어렵게 설명하고 있으니까요. 일단 어디 좀 앉으세요. 시간이 걸릴 거예요."

거니는 화장실 세면대 앞에 서 있었다. 그는 침실을 나와 거실을 가로질러 서재로 들어갔다. 그러나 앉고 싶진 않았다. 그는 창가에 섰다. "좋아요, 앉았어요. 도대체 무슨 일입니까?"

"나쁜 이야기는 아니에요. 정말이에요. 오히려 아주 좋은 일이죠. 킴한테 엄청난 기회가 찾아왔어요. 킴이 저널리즘에 관심 있다고 말했던가요?"

"제 엄마의 길을 따르겠단 건가요?"

"걔한테 그런 얘긴 꺼내지도 마세요. 그랬다간 그날로 당장 직종을 바꾸고 말 테니까. 킴의 가장 큰 목표는 엄마한테서 완전히 벗어나는 것일 걸요. 그러니까 엄마의 길을 따른다느니 그런 얘긴 접어두세요. 킴은 지금 엄청난 도약을 준비하고 있어요. 자, 당신이 열받기 전에 슬슬 본론으로 들어가죠. 킴은 시라큐스 대학교에서 저널리즘 박사과정을 이수하고 있어요. 거기서 시라큐스까지 먼 거린 아니죠?"

26

"한 동네라고 말할 수도 없죠. 1시간 40분 거리니까."

"그렇게 먼 건 아니에요. 내가 시내로 출근하는 거리나 별반 다르지 않네요. 어쨌든 학위 취득 과정에서 킴이 살인사건 희생자의 유가족을 다룬 다큐멘터리 미니시리즈를 기획했거든요. 그러니까, 희생자가 아니라 희생자의 가족, 자녀 이야기예요. 킴은 부모가 살해되었는데 사건이 끝내 해결되지 않은 경우, 그 사건이 가족들에게 장기적으로 어떤 영향을 미치는지를 조명하려 해요."

"해결되지 않은 경우라면……."

"맞아요. 범인이 잡히지 않은 경우죠. 그런 상처는 영원히 아물지 않아요. 아무리 긴 시간이 흘러도, 그들의 삶엔 커다란 충격적 사실 하나만 덩그러니 남겠죠. 그들의 삶을 영원히 바꾸어놓는 거대한 힘이랄까. 미니시리즈 제목은 〈살인의 고아들〉. 근사하지 않아요?"

"흥미로운 기획이군요."

"엄청나게 흥미로운 기획이죠! 다이너마이트는 지금부터예요. 킴의 미니시리즈가 현실이 되었어요! 처음엔 학술 프로젝트로 시작했는데, 지도교수가 킴의 아이디어를 마음에 들어해서 제안서를 작성하도록 도와주었어요. 킴의 작업이 보호받을 수 있도록 제작에 참여한 사람들로부터 독점 계약까지 받아내도록 해주었고요. 그 제안서를 램TV의 지인에게 전달했어요. 그래서 어떻게 됐게요? 램TV에서 그 제안서를 사겠다고 했어요. 하룻밤 사이 킴의 학위 논문이, 이십 년 경력 전문가들이 원하는 방송프로그램이 된 거예요. 더구나 램TV는 꽤 알아주는 방송국이잖아요."

거니가 알기로 램TV는 모든 사건을 시끄럽고 요란하고 얄팍하고 사악한 의견으로 버무려 불필요한 의심을 조장하고 호들갑 떠는 걸로 유명한 방송국이었지만 거니는 그 말을 어렵게 참았다.

"자, 이제 궁금하시죠?" 코니가 열정적으로 말을 이어갔다. "도대체 이 모든 게 네가 가장 좋아하는 형사님과 무슨 관계인지?"

"안 그래도 그 이야기 들으려고 기다리고 있어요."

"몇 가지가 있어요. 첫째, 킴의 뒤를 봐달란 거예요."

"무슨 뜻이죠?"

"일단 킴을 만나는 것? 그래서 그 애가 무슨 일을 하는지 좀 들어보는 것? 당신이 생각하는 살인사건 희생자 가족의 심경이 제대로 반영되는지 봐주는 것? 이번 일은 킴한테 엄청난 기회예요. 큰 실수만 하지 않으면 몸값이 천정부지로 뛸 거예요."

"흠……."

"방금 그 '흠……'은 하겠단 뜻이죠? 그렇죠, 데이비드? 제발요."

"코니, 방송에 관해서라면 난 쥐뿔도 아는 게 없어요." 사실 방송에 대해 그가 아는 건 대부분 역겨운 것들이었지만 이번에도 그는 입을 다물었다.

"그 방면은 킴이 잘 알아요. 누구보다도 똑똑한 아이지만 그래도 아직 애는 애죠."

"그렇다면 내가 뭘 보탤 수 있겠어요? 나이?"

"현실. 지식. 경험. 견해. 수많은 살인사건을 해결한 경력에서 우러난 지혜. 다 합해서 몇 건이었죠?"

대답을 기대하고 물은 질문이 아닌 것 같아 굳이 대답하지 않았다.

코니의 열변이 이어졌다. "킴은 능력 있는 아이지만 삶에서 우러난 경험과 견줄 순 없어요. 킴은 살인사건으로 부모와 사랑하는 사람을 잃은 사람들을 인터뷰하고 있는데, 그 작업을 하려면 현실적인 사고의 틀이 필요해요. 전체에 대한 폭넓은 이해가 필요하단 거죠. 무슨 이야기인지 알겠죠? 그러니까 제가 하고 싶은 말은, 이번 일에 너무 많은 게 걸려 있어서, 일단 킴이 최대한 많이 알고 덤벼야 한단 거예요."

거니는 한숨을 쉬었다. "세상에 널리고 널린 게 그런 슬픔, 죽음, 사랑하는 삶을 잃은 상실감에 관한……."

코니가 그의 말을 잘랐다. "알아요. 안다고요. 심리학적 단계니 뭐니 흔해빠진 게 그런 것들이죠. 개똥의 5단계가 어쩌고저쩌고……. 그 애한테 필요한 건 그런 게 아니에요. 살인이라는 게 무언지 아는 사람, 살인사건의 희생자를 만나본 사람, 그 가족과 대화를 나눈 적이 있고 그들의 눈빛을, 두려움을 읽어본 사람이 필요해요. 시시껄렁한 책이나 쓰는 작가 나부랭이가 아니라 실제로 뭔가를 아는 사람." 두 사람 사이에 긴 침묵이 흘렀다. "부탁 들어줄 거죠? 한 번만 만나줘요. 그 애가 어떤 일을 하고 있는지, 어떤 계획을 갖고 있는지만 봐줘요. 당신 보기에도 말이 되는 이야기인지."

그는 서재 창문으로 뒤쪽 풀밭을 바라보았다. 코니의 딸을 만나 쓰레기 TV의 세계로 들어가는 입장권을 검토하는 것이야말로 지구상에서 가장 구미가 당기지 않는 일이었다. "내게 몇 가지 부탁이 있다고 했죠? 그것 말고 또 뭐가 있죠?"

"그게……." 그녀의 목소리가 한풀 꺾였다. "전 남자친구 문제예요."

"어떤 문제죠?"

"어떤 문제인지 그걸 모르겠어요. 킴이 워낙 센 척하는 아이라…… 이 세상 그 무엇도, 그 누구도 두렵지 않다는 식이죠."

"그런데요?"

"그런데 그 개자식이 최근 들어 좀 악랄하게 나오기 시작했어요."

"예를 들면?"

"킴의 아파트에 침입해서 물건에 손을 댄다든가. 얼마 전에는 칼이 없어졌다 나타났다는 소리도 하고…… 좀 더 이야기해보라고 다그쳤더니 그때부터는 아예 말을 안 해요."

"그럼 왜 애당초 그런 이야기를 꺼냈을까요?"

"도움이 필요했겠죠. 그러면서 한편으로는 도움을 원하지 않아요. 아직 어느 쪽인지 결정을 못 한 거 같아요."

"그 개자식한테 이름은 있겠지요?"

"로비트 미스기 본명이고요. 본인은 로비트 몬터 뀌리고 부른대요."

"혹시 이번 TV 프로젝트하고도 연관이 있나요?"

"저도 몰라요. 왠지 상황이 킴이 말하는 것보다 훨씬 더 나쁠 거란 예감이 들어요. 적어도 저에게 말하는 것보단······. 그러니까 제발요, 데이브. 달리 누구한테 도움을 청해야 할지 모르겠어요."

그가 대답하지 않자 그녀가 말을 이었다. "어쩌면 제가 과민반응하는 건지도 몰라요. 혼자 상상하는 건지도 모르죠. 아무 문제도 없는데 말이에요. 하지만 설령 그렇다고 해도 그 애가 하는 이야기, 살인사건 희생자와 유가족 이야기를 당신이 한 번 들어주기만 해도 킴에겐 큰 힘이 될 거예요. 킴에게 이번 프로젝트는 일생일대의 기회예요. 킴은 지금 생각이 확고한 데다 자신감이 넘쳐요."

"그런데 정작 당신은 불안하군요."

"모르겠어요. 전 단지······. 좀 걱정이 돼요."

"이 프로젝트가요? 아니면 전 남자친구가요?"

"둘 다요. 한편으론 정말 꿈같은 일이죠. 안 그래요? 하지만 킴처럼 자신만만하고 독립적인 아이가 혼자 속을 끙끙 앓고 있는데 저에게는 말도 못하고, 그래서 제가 도와줄 수 없다고 생각하면······. 가슴이 미어져요. 데이브, 아들이 있다고 했죠? 제 기분 이해할 수 있죠?"

전화를 끊고 나서 거니는 북쪽으로 난 창가에 서서 왜 코니가 그녀답지 않게 그토록 불안해했는지, 왜 자신이 결국 킴을 만나보겠다고 했는지, 왜 이 모든 상황이 그를 이토록 불안하게 만드는지 이해하려 애썼다.

아마도 코니가 마지막으로 그의 아들 이야기를 꺼냈기 때문일 것이다. 아들 문제는 그에게 항상 민감한 영역이었다. 그래서 지금은 떠올리고 싶지 않았다.

전화벨이 울렸다. 전화기를 내려놓는 것을 잊고 있던 거니는 깜짝 놀랐다. 이번에는 분명히 허프바거겠지. 보나마나 예약 취소 방침에 대한 한심한 변명을 늘어놓으려고 전화했겠지. 그는 전화벨이 울리도록 내버려두었다. 그가 기다리도록. 그래서 자동응답기로 넘어가도록. 그러나 한편으론 빨리 이 일을 매듭짓고 신경을 끄고 싶었다. 그가 통화 버튼을 눌렀다.

"데이브 거니입니다."

"아저씨! 고맙습니다! 코니가 방금 전화했어요. 아저씨가 절 만나주실 거라고!"

밝고 경쾌한 젊은 여자의 목소리가 들려왔다.

거니는 잠시 혼란스러웠다. 자식이 제 부모를 이름으로 부를 때면 항상 혼란에 빠지곤 했다.

"킴?"

"그럼요! 저 말고 누가 있겠어요?" 그가 대답하지 않자 킴이 말을 이어 갔다. "어쨌든 타이밍이 정말 기가 막혔던 게, 제가 지금 시내에 나왔다가 시라큐스로 돌아가는 길이었거든요. 지금 17번 도로가 81번 도로로 연결 되는 지점이에요. 여기서 81번 도로를 타고 가다가 88번 도로로 빠지면 35분 정도 후엔 월넛 크로싱에 도착해요. 지금 가도 괜찮을까요? 너무 갑 작스럽게 찾아뵙게 되어 좀 그렇긴 하지만, 정말 놀라운 우연이죠? 전 한 시라도 빨리 뵙고 싶어요!"

03

살인의 여파

17번과 81번, 88번 도로는 빙엄턴 근교에서 만나고 거기서 월넛 크로싱
까지는 한 시간은 족히 걸린다. 거니는 킴의 낙천적인 시간 계산이 정보의
부족 탓인지, 아니면 넘치는 열정 탓인지 궁금했다. 그러나 경쾌한 빨간 미
아타 승용차가 초원을 가로질러 그의 집으로 달려올 때 그것은 그의 머릿
속에 떠오른 수많은 질문들 중 가장 하찮은 것이었다.

거니는 옆문을 열고 그의 아웃백을 세워둔, 마른 풀과 자갈밭이 있는 곳
으로 나갔다. 미아타가 그의 차 옆에 서고 날렵한 서류가방을 든 젊은 여
자가 내렸다. 청바지에 티셔츠, 소매를 걷은 세련된 재킷 차림이었다.

"저 알아보시겠어요? 미리 말씀을 안 드렸다면요?" 미소를 머금고 그녀
가 물었다.

"얼굴을 찬찬히 살펴볼 시간이 있다면." 거니가 말하며 양쪽으로 대충
가른 윤기 흐르는 갈색 머리카락 속 여린 얼굴을 보았다. "얼굴은 그대로
구나. 네 엄마와 함께 점심 먹던 날보다는 훨씬 밝아졌고 좋아 보여."

그녀가 얼굴을 찌푸렸다가 웃음을 터뜨렸다. "그날만 그런 게 아니었어
요. 그 시절 내내 그랬죠. 그땐 정말 행복하지 않았어요. 제가 하고 싶은 일
이 뭔지 찾기까지 오랜 시간이 걸렸어요."

"그래도 다른 사람들보단 빨리 찾은 것 같은데?"

그녀가 어깨를 으쓱하며 주위의 들판과 숲을 둘러보았다. "여기 정말 아

름다워요. 좋으시겠어요. 공기가 참 맑고 차요."

"초봄 날씨 치고는 너무 차지."

"그러고 보니 정말 그렇네요. 정신없이 사느라 생각할 겨를이 없었어요. 어느새 봄이에요. 어떻게 그런 걸 잊을 수가 있죠?"

"그러기 쉽지." 그가 말했다. "어서 들어가자. 안은 따뜻해."

◆◆◆

30분 뒤, 킴과 거니는 유리문 앞에 놓인 자그마한 아침 식사용 나무 테이블에 마주 앉아 있었다. 킴이 아침 내내 아무것도 못 먹고 돌아다녔다는 이야기를 듣고 매들린이 한사코 우겨서 내온 오믈렛과 토스트, 커피를 거의 다 비웠다. 매들린은 먼저 식사를 끝내고 스토브를 닦고 있었다. 킴은 매들린에게 여기까지 오게 된 경위를 설명했다.

"오랫동안 생각했던 일이거든요. 살인사건 유가족의 충격을 통해 살인의 잔혹성을 조명해보고 싶었는데, 어떻게 해야 할지 방법이 떠오르지 않았어요. 그 생각을 안 하려고 일부러 밀어놓기도 했는데, 그래도 결국엔 다시 돌아오더라고요. 더 강렬해져서. 그러다 보니 어느 순간부터 집착 같은 게 생겼어요. 뭐든 해야 할 것 같은 기분요. 처음엔 학문적으로 접근했어요. 사회학이나 심리학 쪽 논문 같은 거요. 여러 대학교 출판부에 문의해봤는데, 제가 아직 학위가 없기 때문에 다들 별 관심을 보이지 않았어요. 그 다음에는 일반 출판사를 생각했어요. 하지만 책을 내려면 에이전트가 있어야 하고 투고를 수도 없이 해야 하잖아요. 그런데 어떻게 됐는지 아세요? 아무도 관심이 없더라고요. 전 기껏해야 스물한두 살 먹은 여자애일 뿐이잖아요. 예전에 무슨 책을 썼는지, 어떤 학위를 갖고 있는지 묻더라고요. 그 사람들 보기에 전 그냥 애송이였던 거죠. 가진 건 오직 아이디어 하나뿐인. 그러다가 문득 깨달았어요. 이긴 책의 소재가 아니라 TV의 소재라는 걸. 그때부터 모든 게 제자리를 찾기 시작했어요. 전 인터뷰를 생각했어요. 일종의 리얼리티 쇼, 그게 가장 적절한 표현이겠네요. 물론 리얼리티 쇼라고 하면 좀 추잡스럽게 들리는 게 사실이지만, 꼭 그런 식으로 볼 필요는 없을 거 같아요. 진정성 있게 접근하기만 한다면."

킴이 말을 멈추고 무안한 듯 미소 지었다. 마치 자신의 말에 감명받았다는 듯. 킴이 헛기침을 한 뒤 말을 이었다. "어쨌든 그렇게 모든 세부사항을 구체적으로 정리한 석사 논문을 저의 지도교수인 윌슨 교수님께 제출했어요. 교수님은 아주 훌륭한 기획이라면서 실제로 제작될 가능성도 있다고 하셨어요. 그래서 상업적 제안서 작성을 도와주셨고 제가 법적으로 보호받을 수 있도록 법적 조처들을 해주시고는, 교수님 말씀대로라면 절대로 안 하셨다는 일을 해주셨어요. 개인적인 친분이 있는 램TV 제작국장한테 제 기획안을 넘기신 거죠. 루디 게츠라는 사람인데, 그로부터 2주 후 그분이 저에게 전화를 주시더니 한번 해보자고 하시더라고요."

"그렇게 빨리?" 거니가 말했다.

"저도 놀랐어요. 하지만 게츠 씨 말로는 램TV가 워낙 그런 식이래요. 그렇다니 그러려니 하는 수밖에요. 어쨌든 제 기획안이 현실이 되고 제가 이 일을 할 수만 있다면……." 애써 불안감을 떨치려는 듯 킴이 고개를 저었다.

매들린이 다가와 앉으며 거니의 생각을 대신 말했다. "너한테 이 일이 무척 중요한가 보구나. 엄청난 의미가 있다는 느낌이 들어. 직업적 성공 이상의 어떤 의미."

"정말 그래요!"

매들린이 엷은 미소를 띠었다. "그러니까 이번 기획의 핵심은…… 너한테 이 일이 그렇게 의미 있는 이유는……."

"가족, 아이들……." 킴은 이번에도 아주 잠깐 하려던 말을 멈추었다. 마치 방금 자기가 한 말이 연상시키는 이미지를 떨쳐내려는 듯이. 그러다가 일어서서 테이블을 돌아 유리문으로 다가가 베란다와 텃밭, 초원, 그 뒤로 펼쳐진 숲을 보았다.

"우습게 들리겠지만요. 이유는 설명할 수가 없지만요……." 그들에게 등을 돌리고 선 채로 킴이 말을 이었다. "이 얘긴 왠지 서서 이야기하는 게 편해요." 그녀는 헛기침을 두어 번 하고 들릴락 말락 한 목소리로 이야기를 시작했다. "살인사건은 모든 걸 영원히 바꾸어놓아요. 그 무엇으로도 대체될 수 없는 것을 강탈당하는 셈이죠. 희생자 자신에게 일어난 일이 전부가 아니에요. 물론 사건의 희생자는 생명을 잃어요. 끔찍하고 부당한 일이지만, 그걸로 그 사람의 삶은 끝이죠. 살았으면 누렸을 모든 걸 잃지만 정작 자신은 알지 못해요. 끝없이 그로 인한 상실감을 느끼고, 만약 그 사람이 살아 있었다면 어땠을까 상상하면서 살아가야 하는 사람은 희생자가 아니에요." 킴이 한 손을 유리문 위에 올려놓았다. 진심을 전달하면서 한편으로는 자신의 감정을 통제하려 애쓰는 모습이었다.

그녀는 좀 더 큰 목소리로 말을 이었다. "옆자리가 비어 있는 침대에서 매일 아침 눈을 뜨는 사람은 희생자가 아니에요. 그가 살아 있다고 상상하면서 눈을 떴는데, 곁에 없다는 걸 깨닫는 사람도 희생자가 아니고요. 그의 죽음은 끓어오르는 분노와 고통을 일으키는 반면 희생자 자신은 느끼지 못해요. 식탁의 빈자리를 보아야 하고 그의 목소리를 들은 것 같은 착각을 하지도 않아요. 그의 옷이 잔뜩 걸린 옷장을 멍하니 바라볼 필요도 없고요." 그녀의 목소리가 점점 격해졌다. 킴은 다시 헛기침을 하고 말을 이었다. "그 엄청난 고통, 심장이 찢겨나가는 듯한 고통을 느끼지도 않죠."

킴은 몇 분 동안 유리문에 손을 짚은 채 기대어 서 있다가 천천히 몸을 떼었다. 다시 테이블 쪽으로 돌아선 그녀의 얼굴은 눈물로 얼룩져 있었다. "환상통이 뭔지 아세요? 절단 환자들이 겪는, 팔이나 다리가 있었던 자리가 아픈 거래요. 살인은 남겨진 가족에게 그런 고통을 주죠. 있지도 않은 팔다리가 아픈 것처럼, 허공 어딘가에서 견딜 수 없는 통증을 느끼는 거예요."

자신의 마음속 무언가를 들여다보듯 킴은 한동안 꼼짝 않고 서 있었다. 잠시 후 그녀는 손으로 대충 얼굴을 닦은 뒤 눈빛과 목소리에 냉정함을 되찾았다. "살인이란 게 과연 어떤 것인지 정확히 이해하려면 희생자 가족과 대화해야 해요. 그게 저의 신념이고, 프로젝트이고, 계획이에요. 루디 게츠가 흥분한 대목이기도 하고요." 그녀는 숨을 깊이 들이쉬고 다시 천천히 내쉬었다. "커피 한 잔 더 부탁드려도 될까요?"

"되고말고." 매들린이 기분 좋게 웃으며 싱크대로 가서 커피메이커에 다시 물을 부었다.

거니는 의자에 기대어 앉으며 생각에 잠긴 듯 두 손으로 턱 밑에 탑을 세웠다. 잠시 아무도, 아무 말도 하지 않았다. 커피메이커가 칙칙거리는 소리를 냈다.

킴이 커다란 농장주택의 부엌을 둘러보았다. "정말 멋져요." 그녀가 입을 열었다. "아늑하고 따뜻하고. 정말 완벽하네요. 모두 꿈꾸는 집 같아요."

매들린이 커피를 테이블 위에 올려놓자 거니가 먼저 입을 열었다. "이 주제에 대한 열정이 대단한 것도 알겠고, 이 프로젝트가 네게 큰 의미가 있는 일인 것도 알겠는데…… 정확히 내가 어떻게 도와야 하는지도 좀 알았으면 좋겠다."

"코니가 뭐라고 하던가요?"

"'뒤를 봐달라.' 그렇게 표현했던 것 같아."

"다른 문제 얘긴…… 없었나요?" 거니 눈에는 그녀가 어린아이처럼 무심코 묻는 척 연기하는 것 같았다.

"혹시 그 '문제'라는 게 네 남자친구에 관한 거니?"

"로비 이야기 들으셨어요?"

"로버트 미스…… 혹은 몬터규라고 들었다."

"로버트 미스예요. 몬터규란 성은……." 킴이 고개를 저으며 말끝을 흐렸다. "코니는 제게 보호가 필요하다고 생각하는데, 전 그런 도움은 필요 없어요. 로비가 좀 한심하고 짜증나는 애인 건 사실이지만 제가 감당할 수 없는 수준은 아니에요."

"혹시 이 프로젝트에 그 친구도 연관되어 있니?"

"지금은 아니에요. 그건 왜 물으세요?"

"그냥 궁금해서."

그냥 궁금하다니, 뭐가? 도대체 지금 내가 무슨 참견을 하고 있는 건가. 왜 여기 앉아서 한심한 남자친구를 사귀는 여자애가 살인에 대한 감상적인 이야기로 미국에서 가장 쓰레기 같은 유선방송에서 성공할 기회를 잡고 흥분해서 떠드는 이야기를 듣고 있는 건가. 이제 그만 모래 구덩이에서 발을 빼야지.

매들린처럼 사람의 마음을 읽을 줄 아는 듯 킴이 그를 보았다. "사실 그렇게 복잡하진 않아요. 기왕 아저씨가 절 도와주신다고 하셨으니 좀 더 솔직히 말씀드릴게요."

"이야기가 자꾸만 내가 도와준다는 대목으로 돌아오고 있구나. 도대체 내가 뭘 어떻게……."

매들린은 오믈렛 접시를 닦은 스펀지를 쥐어짜고 부드럽게 끼어들었다. "킴이 하는 이야기를 좀 들어보는 게 어때?"

거니가 고개를 끄덕였다. "좋아."

"로비는 연극 동호회에서 만났어요. 만난 지는 일 년이 안 됐고요. 로비는 우리 캠퍼스에서 제일 잘생긴 남자였어요. 젊은 시절의 조니 뎁을 닮았거든요. 육 개월쯤 전 동거를 시작하면서 제가 세상에서 제일 운 좋은 여자라고 생각했어요. 이 프로젝트 때문에 정신이 없을 때 절 적극적으로 도와주었거든요. 제가 만나서 인터뷰할 가족도 알아봐주고, 저와 함께 가주고, 실제로 이 모든 일을 함께 진행했어요. 그러다가…… 어느 순간…… 괴물이 나타났어요."

그녀가 말을 멈추고 커피를 한 모금 마셨다.

"이 일에 깊이 관여하면서 로비가 제 일을 사기 남내도 쭈무르기 시작했어요. 어느 순간부터 저의 프로젝트를 돕는 게 아니라 우리 프로젝트가 되어버리더니, 갈수록 자기 일인 양 설쳤어요. 피해자 가족을 만나고 나서는 자기 명함과 연락처를 주면서 언제든 자기한테 연락하라고 하질 않나……그 한심한 이름 몬터규도 그때부터 등장한 거예요. 로비는 '로버트 몬터규, 다큐멘터리 제작 상담'이라고 적힌 명함까지 만들었어요."

거니가 떨떠름한 표정을 지었다. "그래서 로비가 널 밀어내고 이 프로젝트를 빼앗으려 한다고?"

"더 끔찍한 상황이에요. 로비 미스는 왕자님처럼 생겼지만 사실 끔찍한 사건이 일어난 형편없는 집안에서 태어났고, 어린 시절의 대부분을 그의 집안과 비슷한 끔찍한 보육원에서 보냈어요. 알고 보면 정서적으로도 몹시 불안정한 사람이에요. 우리가 만난 가족이 정식 인터뷰 계약을 체결하려 할 때면 로비는 그들을 감동시키려고 별짓을 다 했어요. 그 사람들 서명을 받기 위해서라면, 그 사람들이 자기를 좋아하게 만들기 위해서라면, 무슨 짓이든 할 기세예요. 정말 역겨웠어요."

"그래서 넌 어떻게 했니?"

"처음에는 어떻게 해야 할지 모르겠더라고요. 그러다가 어느 날, 인터뷰하기로 되어 있는 유가족 중 중요한 사람을 그가 혼자 만나고 있단 사실을 알게 됐어요. 꼭 제가 인터뷰하고 싶었던 사람이었거든요. 그래서 로비한테 따졌고 그 일로 대판 싸웠어요. 결국 제가 로비를 쫓아냈고요. 제 아파트에서 살고 있었거든요. 그리고 코니의 변호사를 동원해서 저의 프로젝트에서 손 떼라는 우아한 협박 편지를 보냈죠."

"그랬더니 어떻게 나오든?"

"처음엔 이상할 정도로 순순히 받아들였어요. 제가 이제 그만 꺼져달라고 했더니, 지나간 살인사건을 캐고 다니는 게 얼마나 위험한 일인지 아느냐면서, 조심해야 한다고, 무슨 일이 생길지 모른다고 했어요. 밤늦게 전화해서는 자기가 보호해주겠다면서 겉모습과 다른 사람들이 많다고 했어요.

저의 논문 지도교수까지 들먹이면서요. 다들 겉보기와 다른 사람들이라고요."

거니가 허리를 조금 펴고 앉았다. "그래서?"

"그래서 당장 그만두지 않으면 접근금지 명령을 받아내고 스토커로 고소하겠다고 했어요."

"효과가 있든?"

"그 효과라는 게 좀 애매해요. 일단 전화는 더 오지 않았어요. 대신 이상한 일들이 일어나기 시작했어요."

매들린이 싱크대에서 하던 일을 멈추고 테이블 쪽으로 다가왔다. "이야기가 점점 심각해지네. 앉아도 될까?"

"그럼요." 킴이 말했다. 매들린이 앉자 킴이 이야기를 계속했다.

"부엌칼이 없어졌어요. 수업을 마치고 집으로 돌아왔는데 고양이가 사라진 적도 있었고요. 야옹거리는 소리가 나서 찾아보니 벽장에 갇혀 있었어요. 제가 쓰지 않는 벽장에요. 자명종이 잘못 맞추어지는 바람에 늦잠을 잔 적도 있고요."

"신경에 거슬리기는 하지만 막대한 피해를 입었다고 볼 수는 없는 장난이구나." 거니가 말했다. 매들린의 표정을 보니 그의 말에 강력하게 반발하는 것 같아 그가 바로 덧붙였다. "물론 그런 고약한 장난이 유발하는 심리적 충격을 폄하할 생각은 없다만, 그게 과연 법적으로 조처를 취할 수 있는 수준의 장난이냐, 그 거지."

킴이 고개를 끄덕였다. "맞아요. 그런데 장난이 갈수록 악랄해졌어요. 어느 날 밤늦게 집에 돌아왔는데 욕실 바닥에 피가 한 방울 떨어져 있었어요. 동전 크기만 한. 그리고 사라졌던 부엌칼이 바로 그 옆에 놓여 있었어요."

"세상에!" 매들린이 소리쳤다.

"그리고 며칠 뒤엔 이상한 소리가 들리기 시작했어요. 그 소리 때문에 잠에서 깨어나곤 했는데, 마룻바닥이 삐걱거리는 소리가 늘렸다가 삼삼해지고, 꼭 숨소리 같은 소리가 들렸다가 다시 잠잠해지고…….”

매들린은 겁에 질린 표정이었다.

“아파트에 사니?” 거니가 물었다.

“지하실이 딸린 2층짜리 주택이에요. 대학가에는 그런 허섭한 집들이 많잖아요. 층마다 분할해서 학생들한테 저렴하게 임대하는 집들. 지금은 그 건물에 저 혼자 살아요.”

“그런 집에 혼자 산다고?” 매들린의 눈이 휘둥그레졌다. “너 나보다 훨씬 용감하구나. 나 같으면 당장 그 집에서 나와서…….”

킴의 눈 속에서 무언가가 번뜩였다. “그 개자식한테서 도망치진 않을 거예요!”

“경찰에 신고는 했고?”

킴이 씁쓸하게 웃었다. “그럼요. 피, 칼, 한밤중의 이상한 소리. 경찰이 와서 여기저기 둘러보고 창문을 확인하긴 했어요. 따분해 죽겠단 표정으로. 이름하고 주소를 대면서 처음 신고했을 때 그 사람들이 눈동자를 허옇게 뒤집는 게 눈앞에 선했어요. 골치 아픈 강박증 환자라고 생각하는 게 뻔해요. 관심 끌고 싶어서 안달난 여자. 남자친구 문제로 호들갑 떠는 정신나간 여자.”

“자물쇠는 바꿨니?” 거니가 침착하게 물었다.

“두 번이나요. 그래도 달라진 게 없었어요.”

“로비 미스가 이…… 협박범이라고 생각하니?”

“그렇게 생각하는 게 아니라 그게 확실해요.”

“왜 그렇게 확신하지?”

“제 아파트에서 쫓겨나고 나서 전화했을 때 그 목소리를 들어보셨다면, 캠퍼스에서 우연히 마주칠 때 절 보는 그 표정을 보셨다면, 아마 제 말이 무슨 뜻인지 아실 거예요. 같은 종류의 섬뜩함이랄까……. 어떻게 설명해야 할지 모르겠지만 지금까지 일어난 일들은…… 그 섬뜩함이 딱 로비 스타일이에요."

그 뒤로 이어진 침묵 속에서 킴은 커피 잔을 양손으로 꼭 감싸 쥐었다. 그 모습이 조금 전 유리문 앞에 서서 손바닥을 유리에 대던 그녀의 모습을 연상시켰다. 북받치는 감정, 그리고 절제.

거니는 살인 행위가 남기는 고통에 대해 킴이 한 말을 생각해보았다. 맞는 이야기였다. 때로 살인범이 남긴 고통은 유가족의 가슴에 커다란 구멍을 뚫어놓는다. 그 고통은 배우자, 아이들, 부모를 고독하게 만들고 그들의 삶을 슬픔과 분노로 채운다.

그러나 때로는 그렇지 않은 경우도 있다. 슬픔도, 그 어떤 감정도 남아 있지 않은 경우. 거니는 그런 경우를 너무도 많이 보았다. 흉측하게 살다가 흉측하게 죽어간 사람들. 마약상, 포주, 조직폭력배, 진짜 총으로 비디오게임을 하는 불량 청소년들. 인간의 잔혹성은 언제나 우리의 상상을 보기 좋게 뛰어넘는다. 거니는 꿈을 꾸곤 했다. 늘 같은 꿈이었고 강제 수용소를 연상시키는 꿈이었다. 불도저가 거의 해골만 남은 시신들을 커다란 구덩이에 밀어 넣는 꿈. 마네킹처럼, 건물의 잔해처럼, 그들을 구덩이에 밀어 넣는 꿈.

거니는 미지근해진 컵을 움켜잡은 채 윤기 흐르는 머리카락에 얼굴을 거의 숨긴 검은 눈의 젊은 아가씨를 보았다.

그러고 나서 질문을 머금은 눈빛으로 매들린을 흘긋 바라보았다.

매들린은 엷은 미소와 함께 어깨를 살짝 으쓱했다. 그런 그녀의 모습이, 마치 어떻게 좀 해보라고, 슬쩍 떠미는 것처럼 느껴졌다.

거니가 킴을 바라보았다. "좋아. 그럼 다시 본론으로 돌아가서, 내가 뭘 어떻게 도와주면 될까?"

04

관

결국 킴이 원한 건 이 프로젝트에 관한 모든 자료가 보관되어 있다는 시라큐스 아파트에 함께 가는 것이었다. 거기에 가면 모든 걸 한눈에 파악할 수 있을 거라고 했다. 인터뷰할 사람들과 주고받은 편지들, 제안서에 포함시켜 이미 방송사에 넘겼다는 두 차례의 인터뷰 영상, 앞으로 잡혀 있는 인터뷰 일정, 램TV의 루디 게츠와 주고받은 메일들, 이 시리즈에 쓰려고 그녀가 구상한 홍보 문구 등등. 그것들을 전부 훑어보고, 분위기를 파악하고, 진정성이 느껴지는 대목과 그렇지 않은 대목을 짚어달라고 했다.

거니는 지난 몇 달간 했던 모든 일과 마찬가지로, 물론 거의 아무것도 하지 않았지만, 시라큐스로 가는 게 영 내키지 않았다. 그러나 어쩌면 이 일이 코니 클라크에 대해 그가 느끼고 있는 막연한 부담감을 가장 빨리 떨쳐낼 수 있는 방법이란 생각도 들었다. 그곳에 가서, 상황을 보고, 그의 생각을 말해주면 끝이었다. 임무 완료. '어려운 부탁' 해결. 그다음에는 다시 동굴로 들어가야지.

각자 차에 오른 뒤 거니는 킴이 일러준 주소를 구글 지도에 입력했다. 목적지는 월넛 크로싱에서 1시간 45분 거리였지만, 가는 길이 주로 고속도로인 데다 차가 거의 없었고 앞서 달리는 조그만 미아타는 거의 최대속도로 달리고 있었다.

몸 상태가 좋았다면 이 짧은 여행을 즐길 수도 있었을 것이다. 숲과 초원이 펼쳐진 풍경, 넓고 거친 물살의 강줄기들, 봄을 맞아 파종을 준비하며 검게 파헤쳐진 농장들, 상징적인 사일로*와 곡식 창고와 빨간 헛간들. 그러나 그의 마음속에서 이런 전원 풍경은 질척한 진흙탕, 농업의 쇠퇴와 악천후가 만들어낸 황무지로 집약되었다.

시라큐스 대학가의 첫인상은 그의 우울을 더욱 고조시켰다. 시라큐스 시가 오논다가 호 근처에 자리 잡고 있다는 글을 읽은 기억이 있다. 오논다가 호수는 미국에서 가장 더러운 호수로 유명했다. 그 기억이 브롱크스에서 보낸 어린 시절을 떠올리게 했다. 이스트체스터 만灣의 기억. 진흙탕 해협을 끝없이 오가던 바지선과 예인선들. 이스트체스터 만은 롱아일랜드 사운드 대지의 기름진 연장일 뿐이었고, 그 속엔 지저분한 해초와 흉측하게 생긴 갈색 게 말곤 아무것도 살지 않는 것 같았다. 갑옷을 입은, 먹을 수도 없는, 원시적인, 뒤뚱거리는 물체들. 그 게들을 생각하면 지금도 소름이 돋는다.

거니는 킴의 미아타를 따라 고속도로를 빠져나와 낡고 구획이 분명하지 않은 동네로 접어들었다. 아파트로 분할된 큼직한 집들, 허름한 편의점, 썰렁한 상가 건물들, 체인 울타리를 두른 황량한 공간들.

킴의 차는 길모퉁이의 테이크아웃 식당 '오논다가 프린스 피자'를 끼고 좁은 골목길로 접어들어 아치 벙커의 집**과 비슷한 어느 주택 앞에 멈추었다. 좁은 진입로 양쪽으로 똑같이 생긴 집 두 채가 나란히 있었다. 집 앞에는 무덤 두어 개 정도 크기의 거친 흙바닥은 꽃과 풀이 절실한 상태로 방치되어 있었다. 거니는 킴의 차 뒤에 차를 세우고 조그만 차 문을 잠근 다음 다시 한 번 잠금 상태를 확인하는 킴을 지켜보았다. 킴은 집을 올려다보며 걸었다. 걸음걸이가 무척 조심스러웠다. 거니가 그녀의 곁으로 다가

---

* 주로 원통 형태의 곡식을 보관하는 저장고.
** 1970년대에 큰 인기를 끌었던 미국 TV 시트콤 〈올 인 더 패밀리All in the family〉의 등장인물로 독선적인 뉴욕 노동자를 대변함. 두 개의 삼각 지붕이 있는 주택에 거주.

서자 킴이 불안한 미소를 지어 보였다.

"뭐 잘못된 거라도?"

"아뇨…… 없어요." 거니는 잠겨 있지 않은 현관으로 이어진 세 칸의 계단을 올랐다. 현관문은 또다시 두 개의 문이 있는 좁은 복도로 이어졌다. 둘 중 오른쪽 문에 조금 지나치다 싶게 큼직한 자물쇠가 두 개 달려 있었고 킴이 두 개의 열쇠로 그 문을 열었다. 킴은 손잡이를 돌리기 전에 잠시 의심스러운 눈초리로 자물쇠를 바라보다가 느닷없이 홱 돌렸다.

문을 열자 곧바로 거실이었다. 킴이 오른쪽 첫 번째 방으로 그를 안내했다. 이케아 가구로 꾸며진, 기본적인 것만 갖춘 작은 방이었다. 간이 소파 하나, 커피테이블 하나, 헐렁한 쿠션들이 널려 있는 두 개의 나지막한 팔걸이의자, 두 개의 스탠드, 책장, 두 개의 철제 서랍장, 책상으로 쓰이는 듯한 테이블과 딱딱한 등받이 의자. 바닥에는 낡은 갈색 카펫이 깔려 있었다.

거니가 호기심 어린 미소를 지었다. "아까 손잡이 돌릴 땐 왜 그랬니?"

"돌리다가 손잡이가 툭 떨어진 적이 몇 번 있었거든요."

"누군가 일부러 헐겁게 해놓아서?"

"분명히 누군가 일부러 한 짓이에요. 두 번이나. 처음 신고했을 때 경찰이 와서 보더니 누가 장난을 친 거 같다면서 그냥 가더라고요. 두 번째 신고했을 땐 사람을 보내지도 않았어요. 제 이야기를 들으면서 별 우스운 일도 다 있다고 생각하는 것 같더라고요."

"별로 우습지 않은데."

"고맙습니다!"

"아까도 물었지만……."

"제 대답은 같아요. 로비 짓이 확실해요. 그런데 증거가 없어요. 로비 말고 누가 있겠어요?"

킴이 말을 마치자마자 현관 벨이 울렸다. 요란한 합주곡이었다.

"엄마 아이디어예요. 제가 여기로 이사 올 때 저걸 선물해주셨어요. 원래는 삑 소리가 나는 벨이었는데, 그게 영 맘에 안 든다면서. 잠시만요." 그녀가 방에서 나가 현관 쪽으로 갔다.

커다란 피자 상자와 다이어트 콜라 두 캔이었다.

"시간 잘 맞췄네. 오는 길에 휴대폰으로 주문했거든요. 점심 식사를 해야 할 것 같아서. 피자 괜찮으세요?"

"좋아."

그녀는 피자 상자를 테이블에 올려놓고 뚜껑을 연 다음 의자 하나를 테이블 쪽으로 끌었다. 거니는 간이 소파에 앉았다.

두 사람이 피자를 한 쪽씩 먹고 탄산음료로 속을 씻어내자 킴이 말했다. "자, 어디부터 시작할까요?"

"살인사건 피해자 가족을 인터뷰할 생각이라면, 먼저 어떤 살인사건을 선택할지 결정해야 할 것 같은데."

"그렇죠." 그녀가 그를 뚫어지게 응시하며 대답했다.

"하긴 살인사건이야 넘쳐나겠지. 뉴욕 주 일 년 치 사건만 해도 수백 건은 될 테니까."

"그렇죠."

그가 몸을 숙였다. "그중에 어떤 사건을 선택했는지 궁금하구나. 어떤 기준으로 선택했는지도."

"그 기준이 중간에 바뀌었어요. 처음에는 다양한 인종적, 국가적 배경을 지닌, 다양한 시기에 일어난 사건의 모든 희생자, 모든 살인사건, 모든 가족을 생각했어요. 그야말로 다양성 그 자체였죠. 그런데 윌슨 교수님이 제게 말씀하셨어요. 프로젝트를 단순화하라고. 변수를 최소화하라고. 시청자가 혹할 만한 무언가를 찾아 이해하기 쉽게 만들라고. 범위를 좁혀야 주제 의식이 더 선명해지는 거라고. 열두 번 정도 그런 말씀을 듣고 나서야 비로소 깨달았어요. 그제야 연결이 되고 모두 제자리를 찾기 시작했죠. 맞아! 바로 이거야! 이제야 좀 감이 오는군! 하면서."

45

이야기를 듣는 동안 거니는 킴의 열정에 묘한 감동을 받았다. "그래서 최종 결론은?"

"결론은 윌슨 교수님이 말씀하신 것 그대로예요. 변수를 최소화하고 범위를 좁히는 것. 시청자가 혹할 만한 무언가를 찾는 것. 그런 식으로 생각하다 보니 저절로 답이 나왔어요. 그래서 프로젝트를 다시 원점으로 돌려서 '착한 양치기 사건' 피해자 가족으로 인터뷰 대상을 좁혔어요."

"착한 양치기라면 몇 년 전에 메르세데스 벤츠 운전자 여덟 명인가 아홉 명을 쏘아죽인?"

"십 년, 꼭 십 년 전이에요. 모두 2000년 봄에 일어났어요."

거니는 의자에 등을 기대어 앉으며 고개를 끄덕였다. 당시 악명 높았던 여섯 차례의 총격사건 때문에 북동부 지역 주민들은 한동안 야간 운전을 꺼렸다. "재미있구나. 여섯 번의 사건 모두 본질적으로 같은 사건이고, 사건 이후 흐른 시간도 같고, 범인도 같고, 동기도 같고, 수사과정에 대한 언론의 관심도 같고."

"맞아요! 결국 범인이 법의 심판을 받지 못한 것도 같고요. 사건이 종결되지 못한 것, 상처가 헤집어진 채로 남아 있는 것도 같아요. 착한 양치기 사건은 똑같은 비극을 겪은 가족이 세월이 흐르는 동안 어떻게 그 비극에 대처했는지, 어떻게 그 상실감을 견디었는지, 어떻게 그 부조리를 받아들이는지 분석할 수 있는 완벽한 사건이죠. 특히 자녀들에게요. 같은 비극으로 인한 다른 결과인 셈이죠."

그녀가 일어서서 책상 겸 테이블 옆의 캐비닛에서 얇은 파란색 파일을 꺼내 거니에게 건넸다. 표지에 굵은 글씨로 '〈살인의 고아들〉, 킴 코레이즌의 다큐멘터리 제안서'라고 적혀 있었다.

"코레이즌이에요. 혹시 클라크일 거라고 생각하셨어요?" 거니의 시선이 '코레이즌'이라는 성에 머무는 걸 보았는지 킴이 물었다.

거니는 코니가 〈뉴욕〉에 기고할 기사를 쓰려고 그를 인터뷰한 기억을 떠올렸다. "난 클라크로 알고 있었지."

"클라크는 코니의 결혼 전 성이에요. 제가 어렸을 때 아빠하고 이혼하고 나서 다시 결혼 전 성으로 바꾸었어요. 아빠 성이 코레이즌이었거든요. 아니, 코레이즌이거든요. 저도 그렇고."

객관적인 사실의 얇은 표면 아래에 선명한 분노가 자리 잡고 있었다. 혹시 코니를 엄마 혹은 어머니로 부르지 않는 것과 관계가 있을까.

그 문제를 캐고 싶은 생각은 추호도 없었다. 그는 파일을 펼쳐 두툼한 내용을 훑어보았다. 50페이지는 족히 되어 보였다. 첫 페이지는 제목의 반복이었고 두 번째 페이지에는 목차가 수록되어 있었다. '기본 개념' '다큐멘터리 개요' '방법론' '사건 선정 기준' '향후 인터뷰 예정자 목록' '연락처 및 인적사항' '첫 인터뷰 녹취' '부록: TGSMOI'.

거니는 다시 한 번 목차를 천천히 훑어보았다. "이걸 다 네가 썼다고? 구성도 네가 하고?"

"네. 뭐 잘못된 거라도……."

"전혀."

"그럼요?"

"조금 전에 이야기할 땐 무척 열정적으로 보였는데, 이 제안서의 구성이 너무 논리적이라서." 킴의 열정적인 면은 매들린을, 논리적인 면은 자신을 닮았다는 생각이 들었다. "꼭 내가 쓴 것 같구나."

킴이 수줍은 미소를 지어보였다. "칭찬 맞죠?"

거니는 큰 소리로 웃었다. 그날 들어 처음으로. 어쩌면 그 달 들어 처음으로. 잠시 침묵이 흐르는 동안 목차의 마지막 줄을 보았다. "TGS는 '착한 양치기'The Good Shepherd'의 약자일 거고, MOI는 뭐지?"

"아, 그건 착한 양치기가 경찰에 보낸 20페이지 분량의 '의향각서 Memorandum of Intent'예요."

거니가 고개를 끄덕였다. "이제야 기억이 나네. 이론에서 '선언문'이라고 부르기 시작했지. 유나바머*의 편지를 그렇게 불렀던 것처럼.”

이번에는 킴이 고개를 끄덕였다. “그 말씀을 하시니 아저씨한테 여쭤보고 싶었던 것 한 가지가 떠올라요. 연쇄살인범에 관한 건데요. 좀 혼란스러워서요. 그러니까, 유나바머하고 착한 양치기는 제프리 다머, 테드 번디, 그리고 아저씨가 체포한 피터 피거트나 혹은 경찰 시체를 토막내서 우편으로 보낸 사탄의 산타와는 별로 공통점이 없어 보여요. 세상에, 사람이 어떻게 그런 짓을 할 수 있는지!” 눈에 보일 정도로 선명한 전율이 그녀의 몸을 관통하는 듯했다. 킴은 양팔을 연신 문질러 열을 냈다.

시라큐스의 잿빛 하늘 어딘가에서 헬리콥터 소리가 점점 더 커지다가, 멀어지다가, 마침내 고요해졌다. “이런 얘기를 하면 사회학자들은 화내겠지만,” 그가 말했다. “‘연쇄살인범Killing People’이란 개념은, 이쪽 계통의 용어들이 다 그렇듯 좀 모호한 부분이 있단다. 소위 학자란 사람들, 내가 보기엔 돈벌이가 되는 모임 하나 만들어놓고 모여 앉아서는 뭐 대단한 일이라도 하는 양 여기저기 이름이나 붙여대는 사람들 같아. 말도 안 되는 연구나 하면서, 엇비슷한 행동이나 특징들을 한 덩어리로 뭉쳐 무슨 ‘신드롬’이니 이름 붙이고, 그게 아주 과학적인 것인 양 떠들어대고, 자기들하고 비슷한 머저리들이 그 이름을 외우게 하고, 시험을 통과하게 하고, 자기들 모임에 들어올 수 있도록 학위 코스를 만들어놓고.”

거니는 문득 킴이 놀란 표정으로 자신을 보고 있음을 알아차렸다.

그가 짜증을 내는 것처럼 들렸을 것이다. 물론 그의 짜증은 범죄심리학을 향한 것이지만 자신의 기분 탓도 있을 거란 생각에 그가 화제를 바꿨다. “네 질문에 간단하게 대답하자면, 살인의 동기만 놓고 보면, 권력과 통제욕에 사로잡힌 식인 괴물과 이 사회의 병폐를 척결한다고 주장하는 남자 사이엔 이렇다 할 공통점이 없어 보일 수 있겠지. 하지만 생각보다 더

---

* 하버드 대학교 출신의 수학 천재, 전 버클리 대학교 교수. 문명 혐오주의자로 20여 년 간 숲속에서 은둔생활을 하며 16회에 걸쳐 과학기술 전문가 등에게 우편물 폭탄테러를 가함.

많은 연결고리가 있을 수도 있단다."

킴의 눈이 휘둥그레졌다. "둘 다 사람을 죽였다는 점에서요? 결국 사람을 죽이는 것 자체가 목적이었단 건가요? 표면적으로 내세운 동기가 무엇이든 간에?"

거니는 그녀의 에너지와 집중력에 매혹되었다. 킴이 그를 미소 짓게 만들었다. "유나바머는 자기가 현대 문명의 해악을 제거하고자 한다고 말했지. 착한 양치기는, 내 기억이 정확하다면, 탐욕의 폐해를 척결하고자 한다고 말했고. 하지만 그 지적인 선언문에도 그들은 자기들이 표명한 목표에 위배되는 방법을 선택했어. 살인으로는 그들이 달성하겠다고 떠들어댄 목표를 결코 달성할 수 없으니까. 그렇다면 그들이 선택한 수단을 합리화할 수 있는 방법은 오직 한 가지뿐이지."

킴의 두뇌 회전이 눈에 보이는 것만 같았다. "그 수단 자체가 목표라는 것?"

"바로 그거야. 사람들은 종종 수단과 목적을 뒤집어 생각하지. 살인 자체, 그로 인한 감정적 분출이 진짜 목표라고 가정한다면 유나바머와 착한 양치기의 행위는 이치에 들어맞지. 소위 선언문이라는 건 그것들을 합리화하는 수단일 뿐이고."

킴이 눈을 깜빡였다. 그것이 자신의 프로젝트에서 어떤 의미인지 이해하려 애쓰는 것 같았다. "하지만 희생자들의 관점에서는 그런 것들이 어떤 의미가 있을까요?"

"희생자들의 관점에서는 아무 의미가 없어. 희생자의 입장에서 살인의 동기는 중요하지 않아. 희생자와 범인이 전혀 모르는 관계라면 더더욱. 어두운 거리를 가다가 지나던 차에서 쏜 총에 머리를 맞았다면, 그냥 총을 맞은 거지. 살인의 동기가 무슨 문제가 되겠니?"

"피해자 가족은요?"

"피해자 가족…… 글쎄다."

거니는 눈을 감고 강력계에서 근무하던 시절의 서글픈 대화들을 하나둘 떠올려보았다. 긴 세월동안 수많은 사람들을 만났다. 수십 년간. 부모들. 아내들. 연인들. 아이들. 굳은 표정들. 끔찍한 소식을 차마 믿지 못하는 사람들. 절박한 질문들. 비명. 신음. 절규. 분노. 그리고 비난. 공공연한 협박. 벽을 내리치는 주먹. 술에 취한 시선들. 텅 빈 시선들. 어린아이처럼 흐느끼는 노인들. 얻어맞은 사람처럼 비틀거리는 남자. 그중에서도 가장 끔찍한 건 아무 반응도 보이지 않는 사람들이었다. 얼어붙은 얼굴들. 죽은 눈동자들. 납득하지 못하고 말을 잃고 감정을 잃은 사람들. 돌아서서 담배에 불을 붙이는 사람들.

"글쎄다……." 잠시 후 그가 말을 이었다. "난 항상 진실이 최선이라고 생각했단다. 자기가 사랑하는 사람들이 왜 죽었는지 제대로 이해하는 건 피해자의 가족이 남은 삶을 이어가는 데 분명히 도움이 되겠지. 물론, 유나 바머와 착한 양치기가 왜 그런 짓을 했는지 이해해야 한다는 의미는 아니야. 그건 아마 그들 자신도 모를걸. 하지만 적어도 그들이 말하는 이유는 사실이 아니란 거지."

그녀가 커피테이블 주위를 두리번거리며 또 다른 질문을 던지려고 입을 떼려는 순간, 위층 벽 어딘가에서 가벼운 쿵 소리가 들렸다. 킴은 앉은 채로 얼어붙어 귀를 기울였다. "저게 도대체 무슨 소리일까요?" 몇 초 후 그녀가 소리 나는 쪽을 가리키며 물었다.

"나도 잘 모르겠다. 온수 파이프 소리?"

"그러면 저런 소리가 나요?"

거니가 어깨를 으쓱했다. "네 생각에는 무슨 소리 같니?"

킴이 대답하지 않자 그가 다시 물었다. "위층에는 누가 살지?"

"아무도 안 살아요. 이론적으로는 아무도 없어야 해요. 그 사람들 쫓겨났다가, 다시 돌아왔다가, 경찰이 들이닥쳐서 연행해 갔거든요. 마약상이었어요. 하지만 지금쯤 다시 나왔을지도 모르죠. 워낙 흉흉한 동네라."

"그럼 위층이 비어 있다는 거니?"

"네. 전 그렇게 알고 있어요." 그녀가 말하며 커피테이블 위의 피자를 바라보았다. "완전 맛이 갔네. 다시 데울까요?"

"난 됐다." 그만 가보겠다고 말하려는 순간 이곳에 온 지 얼마 되지 않았음을 깨달았다. 이것은 지난 육 개월간 더욱 악화된 그의 성향이었다. 사람들과 함께하는 시간을 최소로 유지하는 것.

파란색 파일을 들어 보이며 그가 말했다. "지금 이걸 다 읽어볼 수 있을지 모르겠구나. 너무 상세한 내용이라."

마치 화창한 날 빠르게 지나가는 구름처럼, 그녀의 표정에 실망이 스쳤다 사라졌다. "오늘 밤에 읽어봐주시면 안 될까요? 가지고 가셔서 시간 되실 때 읽어봐주세요."

그녀의 반응이 묘하게 거니의 마음을 움직였다. '뭉클했다'는 게 적절한 표현일 것이다. 킴이 처음에 착한 양치기 사건으로 범위를 좁히게 된 경위를 설명했을 때 그랬던 것처럼. 이제야 비로소 그의 마음을 움직인 게 무엇이었는지 알 것 같았다.

바로 킴의 진정 어린 사명감이었고 에너지였고 희망이었다. 밝고 결의에 찬 젊음이었다. 이 모든 일을 그녀 혼자 감당하고 있다는 사실이었다. 악질 스토커에 쫓기며 황량한 동네의 이 위험한 집에 혼자 살면서. 아마도 그러한 그녀의 단호함과 여림의 조합이, 메말랐던 부모의 감성을 자극한 것 같았다.

"오늘 밤에 읽어보마." 그가 말했다.

"고맙습니다."

멀리서 또다시 헬리콥터 소리가 들려왔고 점점 커졌다가 다시 사라졌다. 킴은 신경질적으로 헛기침을 하며 양손을 무릎 위에 꼭 움켜쥐고 힘겹게 이야기를 꺼냈다. "실은, 부탁드리고 싶은 게 있어요. 그런데 그 이야기를 꺼내기가 왜 이렇게 힘든지……." 자신의 혼란을 인정하지 않으려는 듯 그녀가 고개를 저었다.

"뭔데?"

그녀가 침을 꿀꺽 삼켰다. "제가 아저씨를 고용할 수 있을까요? 그러니까, 딱 하루만?"

"날 고용한다고? 뭘 하려고?"

"물론 제 이야기가 말이 안 된다는 건 알아요. 정말 말하기 창피하네요. 아저씨한테 이렇게 부담을 드려선 안 되는 건데. 하지만…… 저한텐 이게 너무나 중요한 일이거든요."

"내가 뭘 해주면 좋겠니?"

"내일…… 저와 동행해주실 수 있으세요? 무얼 꼭 하실 필요는 없어요. 내일 약속이 두 개 잡혀 있어요. 하나는 다큐멘터리 인터뷰이고요. 다른 하나는 루디 게츠와의 약속이에요. 제가 아저씨한테 바라는 건, 그냥 제 옆에 있어주시는 거예요. 제가 하는 이야기를 들어주시고 그 사람들 이야기를 들어주시고요. 그러고 나서 아저씨 느낌이나 조언 같은 게 있으시면 제게 말씀해주세요. 제가 지금 말도 안 되는 부탁을 하고 있는 건가요?"

"약속 장소는 어디니?" 거니가 물었다.

"들어주실 거예요? 가주실 거예요? 우와! 고맙습니다. 정말 고맙습니다! 사실 아저씨 집에서 별로 멀지 않아요. 아주 가깝다고 할 수도 없지만 아주 멀지도 않아요. 턴웰에 사는 지미 브루스터란 사람을 만날 건데, 사건 희생자 중 한 명의 아들이에요. 그리고 루디 게츠와 만날 장소는 거기서 15킬로미터 정도 떨어져 있는데, 애쇼칸 호수가 내려다보이는 언덕 꼭대기에 있어요. 일단 브루스터를 10시에 만나야 하니까, 제가 8시 반쯤 모시러 갈게요. 어쩌세요?"

그의 마음속에 가장 먼저 떠오른 반사적인 대답은, 그녀의 제안을 거절하고 그의 차를 직접 몰고 가겠다고 말하는 것이었다. 그러나 킴에게 이것저것 물어보며 이동 시간을 활용하는 게 더 합리적일 것 같았다. 그가 관여하게 될 세계를 좀 더 이해할 겸. "좋아. 그렇게 하자." 그가 대답했다. 단 하루라도 이 일에 연루되어야 한다니 벌써 후회되었지만 왠지 거절할 수가 없었다.

"램TV와 일하면서 일종의 취재비가 책정되었거든요. 아저씨께 하루에 750달러 드릴 수 있어요. 그 정도면 충분한지 모르겠지만요."

돈은 필요 없다고, 돈 때문에 하는 일이 아니라고 말하고 싶었다. 그러나 사무적이고 진지한 태도로 보아 이게 킴이 원하는 방식이 분명했다.

"좋아. 그렇게 하자." 거니가 다시 한 번 말했다.

그녀의 대학 생활에 대한 두서없는 대화가 이어졌고 시라큐스에서 흔하디 흔한 마약 문제에 대해 이야기를 나눈 다음 그가 일어섰다. 그리고 다음 날 아침 약속시간을 확인했다.

킴이 그를 문까지 배웅했고 악수하는 손에 힘을 주며 다시 한 번 감사 인사를 했다. 계단을 내려가면서 금이 간 보도를 걷는 동안 육중한 자물쇠 두 개가 잠기는 소리가 들렸다. 그는 음울한 거리를 둘러보았다. 더럽고 질척거렸다. 마지막 내린 눈을 녹이려 뿌려놓은 무언가의 잔여물일 것이다. 바람엔 매캐한 냄새가 배어 있었다.

차에 시동을 걸고 내비게이션 플러그를 꽂았다. 위성신호가 잡히기까지 1, 2분 가량이 소요되었다. 내비게이션의 첫 안내 멘트가 나오는 순간 현관문이 벌컥 열리는 소리가 들렸다. 고개를 들어보니 킴이 집 밖으로 뛰쳐나오고 있었다. 계단 끝에서 넘어지는 바람에 보도 위로 엎어졌다. 거니가 다가갔을 때 킴은 쓰레기통을 짚고 일어서는 중이었다.

"괜찮니?"

"모르겠어요. 발목이⋯⋯." 겁에 질린 표정으로 헐떡이며 킴이 말했다.

거니가 킴의 팔을 잡아 일으켰다. "무슨 일이야?"

"피⋯⋯ 부엌에."

"뭐?"

"피가 있어요. 부엌 바닥에."

"사람은 없고?"

"없어요. 잘 모르겠어요. 안 보였어요."

"피가 얼마나 있든?"

"잘 모르겠어요. 몇 방울 떨어져 있었어요. 흔적처럼요. 뒤쪽 복도 쪽으로 한 방울씩 떨어졌는데, 확실히는 모르겠어요."

"사람은 못 봤고? 소리도 없었고?"

"없었어요."

"됐다. 이젠 괜찮아. 이젠 안전해."

킴이 눈을 깜빡거렸다. 눈에 눈물이 고였다.

"괜찮아." 그가 나지막이 되풀이했다. "괜찮아. 이젠 안전해."

킴이 눈물을 닦고 표정을 추스르려 애썼다. "전 괜찮아요. 이젠 안전하니까요."

킴의 호흡이 정상으로 돌아오기 시작하자 그가 말했다. "넌 내 차 안에서 기다리는 게 좋겠다. 차 문 잠그고 있어. 내가 아파트를 둘러보마."

"저도 같이 갈래요."

"차에서 기다리는 게 나을 거 같은데."

"싫어요!" 킴이 애원하듯 그를 바라보았다. "제 아파트잖아요. 그 자식이 제 아파트에서 절 쫓아내는 건 절대 용납할 수 없어요."

이런 상황에서 경찰이 수사하기 전에 일반인이 아파트에 들어가는 건 법률 위반이지만, 거니는 이제 경찰도 아닐뿐더러, 규율 따위도 중요하지 않았다. 킴의 심리상태로 보아 차 문을 잠그건 안 잠그건, 차에 혼자 남겨두는 것보다는 그와 함께 있게 하는 편이 나을 것 같았다.

"좋아," 그가 말하며 발목 권총집에서 권총을 꺼내 재킷 주머니에 넣었다. "들어가보자."

그가 앞장서서 킴의 아파트로 들어갔다. 현관문과 아파트 문은 열어두었다. 그는 거실에서 일단 멈추었다. 정면으로 6미터 정도 복도가 이어졌고 아치문 뒤쪽이 부엌이었다. 거실에서 부엌을 잇는 복도 오른쪽으로 열린 문이 두 개 있었다. "저 문을 열면 뭐가 있니?"

"첫 번째 방은 제 침실이고요. 두 번째는 욕실이에요."

"하나씩 살펴보자. 혹시 무슨 소리가 들리거든, 아니면 내 이름을 불러도 내가 바로 대답하지 않거든, 바로 내 차로 가서 911에 신고해. 알았지?"

"네."

그는 첫 번째 방 안을 들여다보고 안으로 들어가 천장의 전등을 켰다. 살펴볼 게 많지 않았다. 침대 하나, 조그만 테이블, 전신 거울, 접이식 의자 몇 개, 벽장이 있어야 할 자리에는 금방이라도 부서질 것 같은 옷장이 하나 있었다. 그는 옷장 안과 침대 밑을 살펴보았다. 그리고 다시 복도로 나와 킴에게 엄지를 세워 보인 다음 침실로 이동해 같은 과정을 반복했다.

이제 부엌에 들어갈 차례였다.

"핏방울을 어디서 봤니?" 그가 물었다.

"냉장고 앞에서 시작해서 뒤쪽 복도까지 이어져 있었어요."

그는 조심스럽게 부엌으로 들어섰고 6개월 만에 처음으로 총을 갖고 다니길 잘했다는 생각이 들었다. 부엌은 널찍했다. 오른쪽으로 식탁과 의자 두 개로 이루어진 조그만 식사 공간이 있었고 창밖으로 자동차 진입로와 이웃집이 보였다. 창문으로 빛이 들어오긴 했지만 충분치는 않았다.

수납장이 딸린 조리대가 앞쪽에 있었고 싱크대와 냉장고도 있었다. 그와 냉장고 사이 나무토막을 쌓아 만든 조그만 아일랜드 식탁 위에 식칼이 놓여 있었다. 아일랜드 식탁을 돌아서는 순간 피가 보였다. 낡은 리놀륨 바닥 위에 떨어져 있는 갈색의 동그라미 세 개. 동전만 했고 간격은 60센티미터에서 90센티미터 정도였다. 핏방울은 냉장고에서부터 부엌 뒷문과 그 뒤쪽 어두운 공간까지 이어졌다.

아무 기척이 없는 와중에 갑자기 목 바로 뒤에서 숨소리가 들렸다. 그가 총을 빼들고 몸을 낮추며 휙 돌아섰다. 킴이, 마치 자동차 전조등에 비친 사슴의 눈빛으로, 그의 바로 앞에서 입을 반쯤 벌린 채 32구경 권총의 총구를 바라보고 있었다.

"젠장." 그가 총구를 낮추며 심호흡을 했다.

"죄송해요. 소리 안 내려고 숨을 참고 있었어요. 불을 켤까요?"

그가 고개를 끄덕였다. 스위치는 싱크대 위에 있었다. 천장에 달린 두 개의 긴 형광등에 불이 들어왔다. 밝은 불빛에 보니 바닥의 핏방울이 더 짙은 붉은색으로 보였다. "뒤쪽 복도에는 불이 안 켜지니?"

"냉장고 오른쪽에 있어요."

스위치를 찾아 불을 켜는 순간 문 뒤의 어둠이, 거의 수명을 다한 것 같은 형광등의 윙 소리와 함께 깜빡이는 차가운 불빛으로 채워졌다. 그는 총구를 바닥으로 향한 채 천천히 문을 지나 복도로 들어섰다.

초록색 플라스틱 쓰레기통을 제외하면 부엌 뒤의 짧은 복도는 비어 있었다. 복도 끝 견고해 보이는 문에는 큼직한 빗장 자물쇠가 달려 있었다. 그리고 그 비좁은 공간에 오른쪽으로 또 하나의 문이 나 있었다. 핏방울은 그 문으로 이어졌다.

거니가 얼른 킴을 돌아보았다. "저 문은 뭐지?"

"계단요. 지하실로 내려가는." 그녀의 목소리에서 두려움이 배어났다.

"마지막으로 지하실에 내려가본 게 언제였니?"

"그건…… 잘 모르겠어요. 한 일 년 전? 전원 차단기가 내려가서 집주인이 고용한 정비사가 와서 차단기 올리는 법을 가르쳐주었어요."

"지하실로 내려가는 다른 길은 없고?"

"없어요."

"창문도 없고?"

"지상 높이에 작은 창문들이 있긴 한데, 철창이 달려 있어요."

"전등 스위치는 어디 있지?"

"아마 문 바로 안쪽에 있을 거예요."

문 바로 앞에도 핏방울이 있었다. 거니는 그 핏방울을 밟았다. 그는 벽에 납작하게 붙어 문손잡이를 돌린 다음 재빨리 열었다. 눅눅한 죽은 공기 냄새가 복도까지 끼쳤다. 거니는 기다리며 귀를 기울이다가 지하실로 난 계단을 내려다보았다. 복도의 형광등 불빛에 흐릿하게 보였다. 벽에 달린 스위치가 눈에 들어왔다. 스위치를 켜자 옅은 노란색 불빛이 지하실 어딘가에서 밝혀졌다.

거니는 소음을 차단하기 위해 킴에게 복도 형광등을 끄라고 했다.

불이 꺼진 뒤 그는 적어도 1분간 가만히 귀를 기울였다. 정적.

계단을 내려다보니 두세 칸 간격으로 어두운 동그라미가 있었다.

"뭐가 있어요? 뭐가 보이세요?" 킴의 목소리는 금방이라도 갈라질 듯 메말라 있었다.

"피가 몇 방울 더 있구나." 그가 침착하게 말했다. "자세히 좀 봐야겠다. 넌 거기 있어. 혹시 무슨 소리가 들리면 재빨리 내 차로 뛰어가서 곧장……."

"싫어요! 아저씨하고 같이 있을래요!" 킴이 그의 말을 잘랐다.

거니에겐 상황의 긴장과 정확히 비례하는 침착함을 발산하는 능력이 있었다. "좋아. 그럼 이렇게 하자. 2미터 정도 거리를 두고 따라오는 거야." 그가 총을 꽉 움켜쥐며 말했다. "내가 갑자기 움직여야 하는 상황이 되면 공간이 필요하니까."

그녀가 고개를 끄덕였다.

그는 천천히 계단을 내려갔다. 난간도 없는 허술한 계단이었다. 계단이 끝나는 지점에서 검은 핏자국이 먼지 앉은 지하실 바닥을 가로질러 한쪽 구석에 놓인 낮고 긴 궤짝으로 이어지는 것을 확인했다. 한쪽 벽에는 두 개의 연료 탱크와 보일러가 있었고, 그 옆으로 전원 차단기, 그 위로는 거의 지하실 천장에 닿을락 말락 하는, 가로로 긴 낮은 창문이 있었다. 더러운 유리 밖으로 흐릿하게 철창이 보였다. 창문만큼이나 더러운, 갓도 없는 전구에서 흐린 불빛이 새어나왔다.

거니는 다시 궤짝으로 시선을 돌렸다.

"여기 손전등 있어요. 필요하세요?" 계단 쪽에서 킴이 물었다.

거니가 그녀를 돌아보았다. 킴이 손전등을 켜서 그에게 건네주었다. 소형 손전등이었고 배터리를 갈 때가 된 것 같았지만 없는 것보단 나았다.

"뭐가 보이세요?" 그녀가 물었다.

"잘 모르겠다. 마지막으로 여기 내려왔을 때도 벽에 저런 게 있었니?"

"잘 모르겠어요. 그때는 정비사가 차단기 스위치만 보여주었거든요. 거기 뭐가 있는데요?"

"곧 알려주마." 그는 낮고 긴 궤짝을 향해, 핏방울을 따라, 불안한 발걸음을 옮겼다.

어떻게 보면 그저 평범한 이불장 같았다. 그러나 한편으로는 관을 연상시키는 크기라는, 다소 감상적인 생각을 머릿속에서 떨쳐낼 수가 없었다.

"세상에! 저게 도대체 뭐죠?"

킴이 그를 따라 내려와서 그의 뒤에 서 있었다. 그녀의 목소리는 거의 속삭임에 가까웠다.

거니는 손전등이 궤짝을 향하도록 입에 물었다. 그리고 오른손에 권총을 들고 왼손으로 뚜껑을 열었다.

처음엔 아무것도 없다고 생각했다.

그런데 손전등 불빛이 만드는 조그맣고 노란 웅덩이 속에, 칼이 있었다.

부엌에서 쓰는 칼이었다. 흐릿하고 지저분한 불빛 속에서도 칼날이 유난히 가늘고 날카롭게 벼려진 것만은 알 수 있었다. 그 끝에 아주 작은 피 한 방울이 맺혀 있었다.

05

가시밭길

거니가 설득했지만 킴은 한사코 경찰에 신고하지 않겠다고 우겼다.

"말씀드렸잖아요. 전에도 신고했었다고. 해봤자 뻔해요. 꿈쩍도 안 한다고요. 어쩌면 그보다 더 끔찍할지도 몰라요. 아파트에 와서 이 문 저 문, 이 창문 저 창문 열어보고 강제 침입의 흔적이 없다고 하겠죠. 다친 사람이 없는지, 사라진 귀중품은 없는지, 파손된 물건이 있는지 묻겠죠. 그중 한 가지라도 해당되지 않으면, 그건 문제가 아닌 거예요. 지난번에 욕실에서 칼을 발견했다고 했더니 그 칼이 원래 제 거였다고 말하는 순간 완전히 김 빠진 표정을 짓더라고요. 제가 2주 전에 사라졌던 바로 그 칼이라고 계속 말했는데도. 칼 옆에 떨어져 있던 피 한 방울을 채취해 간 뒤론 한마디도 못 들었어요. 그 사람들 한 번만 더 제 아파트에 와서 절 미친 여자 보듯 하면 진짜 가만 안 둘 거예요. 지난번에 왔던 사람 중 한 명은 글쎄 하품까지 하더라고요. 그것도 제 얼굴에 대고!"

거니는 생각해보았다. 바쁜 도시의 경찰들이 자기 접시에 신규 사건이 하나 떨어지는 순간 본능적으로 하게 되는 분류 절차에 대해. 모든 게 상대적이었다. 그의 접시에 그것 말고 뭐가 또 있는지, 그 달에, 그 주에, 그리고 그날 당일, 다른 긴급한 사안들이 뭐가 있는지에 따라 상황은 달라졌다. 거니는 오래전 뉴욕 경찰국 강력계에서 함께 일했던 그의 파트너를 떠올렸다. 그는 출근이 가능한 반경 내의 가장 먼 곳에 해당되는 뉴저지 서부의 한적한 동네에 살고 있었다. 어느 날 그가 자신이 사는 동네의 신문을 들고 왔다. 신문 첫 면이 어느 집 정원에서 사라진 새 수반 이야기였다. 당시 뉴욕 시에서는 일주일 동안 스무 건의 살인사건이 보고되던 상황이었고 그중 대부분은 한 줄 기사거리조차 되지 않았다. 결국 모든 게 담당 경찰이 처한 상황에 달려 있다. 킴에게 대놓고 말할 순 없지만 거니는 욕실 바닥에 칼이 있었다는 신고가 강간과 살인사건을 다루는 강력계 형사들에게 세상의 종말이라도 찾아온 양 호들갑 떨 일이 아니란 건 이해할 수 있었다.

그러나 한편으로는 킴이 얼마나 불안할지도 이해했다. 나아가서, 이 침입자의 행위에는 거니 자신조차 불안하게 만드는 불길함 같은 게 있었다. 거니는 킴에게 당분간 시라큐스를 떠나 엄마 집에서 지내는 게 어떻겠냐고 물었다.

그 제안은 그녀의 두려움을 분노로 바꾸어놓았다. "나쁜 자식!" 그녀가 소리쳤다. "이런 식으로 날 이길 수 있다고 생각했다면 큰 오산이에요!"

거니는 킴이 진정하기를 기다렸다가 지난번에 신고를 접수한 경관의 이름을 기억하냐고 물었다.

"말씀드렸잖아요. 다신 신고 안 한다고."

"알았다. 내가 직접 한번 해보려고 그래. 혹시 너한테 알려주지 않은 정보가 있는지도 물어볼 겸."

"어떤 정보요?"

"혹시 아니? 로비 미스에 대해 뭔가 정보가 있는지. 일단 내가 이야기를 해보마."

킴의 검은 눈동자가 그의 눈동자를 살폈고 그녀의 입술이 가늘어졌다. "엘우드 게이츠, 제임스 쉬프. 키 작은 사람이 게이츠 경관이고, 키 큰 사람이 쉬프에요. 둘 다 머저리이고요."

제임스 쉬프 경관은 접견실에서 몇 개의 복도 건너에 있는 빈 조사실로 거니를 안내했다. 문을 열어두었고 의자를 가져오지도, 의자를 권하지도 않았다. 그가 얼굴을 양손으로 가리고 배어나오는 하품을 이기려 애썼지만 결국 이기진 못했다.

"피곤하신가 봅니다."

"피곤하죠. 18시간 연속근무예요. 아직 6시간 더 남았고요."

"주로 서류작업입니까?"

"정답 곱히기 쉽이에요. 우리 경찰국의 규모는 도무지가 말이 되질 않아요. 쓸데없는 대도시급 서류작업은 다 하라면서 숨 돌릴 틈도 없이 인원이 적거든요. 어젯밤에도 마약 밀매 현장을 불시에 습격했는데, 아주 바글바글 하더라고요. 덕분에 지금 유치장 한 칸은 인간쓰레기들이, 또 한 칸은 마약에 쩐 창녀들이 우글거리죠. 산처럼 쌓인 마약 봉지를 증거물로 사건을 처리해야 하는 상황입니다. 자, 그러니까 우리 시간 끌지 맙시다. 어디 한 번 들어보죠. 뉴욕 경찰국에서 킴 코레이즌한테 왜 관심을 갖는지."

"아, 미안합니다. 전화로 제 신분을 정확히 말씀 못 드렸군요. 전직 뉴욕 경찰입니다. 은퇴한 지는 이 년 반 됐고요."

"은퇴했다고요? 은퇴했단 말은 못 들었는데. 그럼 뭡니까? 사립탐정이십니까?"

"그보다는 그저 가족의 친구 정도로 해둡시다. 킴의 어머니는 저널리스트이고, 경찰에 관한 기사를 많이 썼어요. 제가 현직에 있을 때, 몇 번 만난 적도 있고요."

"킴 코레이즌에 대해선 얼마나 아십니까?"

"잘은 모릅니다. 그 아이의 저널리즘 프로젝트를 돕고 있을 뿐입니다. 미해결 살인사건에 관한 프로젝트인데, 오늘 좀 복잡한 문제가 생겼더군요."

"이보세요. 난 아주 바쁜 사람입니다. 무슨 일이 생겼다는 건지 좀 더 구체적으로 말씀해주시겠습니까?"

"스토커가 붙었는데, 아주 고약해요."

"그래요?"

"모르셨습니까?"

쉬프의 시선이 어두워졌다. "좀 혼란스럽군요. 우리가 왜 이런 대화를 나누어야 합니까?"

"좋은 질문입니다. 지금 킴 코레이즌의 아파트에 무단 침입과 협박 의도가 분명하고 섬뜩한 반달리즘*의 새로운 증거가 있다고 말씀드리면, 놀라시겠습니까?"

"놀라겠느냐고요? 놀랄 것 같진 않네요. 그 아가씨 아파트엔 이미 몇 차례 다녀왔거든요."

"그런데요?"

"구멍이 많아요."

"이해가 잘 안 갑니다만."

쉬프는 귀에서 귀지를 파내 바닥으로 튕겼다. "누구 소행이라고 생각하는지 말하던가요?"

"전 남자친구, 로비 미스라고 하더군요."

"로비 미스와 이야기해보셨습니까?"

"아뇨. 이야기해보셨습니까?"

"해봤죠." 그는 다시 휴대전화를 확인했다. "이보세요. 3분 드리겠습니다. 전직 경찰에 대한 예우 차원에서. 신분증은 있으십니까?"

거니는 그의 PBA 카드**와 운전면허증을 보여주었다.

"좋습니다. 뉴욕 경찰 선생. 간단히 요약해서 말씀드리죠. 발설하진 마세

---

* 다른 문화나 종교 예술 등에 대한 무지로 그것들을 파괴하는 행위. 기물 파손의 의미로도 쓰임.

** Police Benevolent Association Card, 주로 뉴욕에서 경찰에게 발급하는 일종의 우대 카드로, 부서와 신분 번호 등이 기재되어 경찰 신분을 증명하는 역할을 함. 데이브 거니처럼 은퇴 후에도 소지하며 우대 혜택을 받을 수 있음.

요. 문제는 로비 미스의 이야기도 킴 코레이즌의 이야기만큼이나 그럴듯하단 겁니다. 둘 다 상대에게 화가 났고 정서적으로 불안정하고 상대방이 이별을 이유로 해코지하고 있다고 주장합니다. 킴 코레이즌은 로비 미스가 자기 아파트에 서너 번 침입했다고 했어요. 문손잡이가 덜렁거렸다는 둥, 물건의 위치가 바뀌었다는 둥, 물건이 사라졌다는 둥, 칼이 없어졌는데 도로 나타났다는 둥 한심한 소리를 지껄이면서…….”

거니가 그의 말을 잘랐다. “누군가 핏방울과 함께 칼을 욕실에 놓아둔 것 말입니까? 그걸 두고 ‘칼을 도로 찾았다’라고 표현할 수는 없을 것 같은데요. 그런 건 결코 무시할 사안이…….”

“이거야 원! 전 아무것도 무시하지 않습니다. 처음에 신고한 사건들, 이를테면 헐거워진 문손잡이 같은 황당한 짓거리들을 말하는 겁니다. 경관이 보고한 건 그것뿐이에요. 지문을 채취했느냐고요? 그랬다면 우리가 꼴통이죠. 우린 진짜 사건들이 넘쳐나는 도시에 살고 있으니까요. 물론 절차는 밟았습니다. 사건 파일에 정리해두었지요. 핏방울 문제도 경관이 보고했고 저와 제 파트너가 살펴본 다음 혈액 샘플을 연구실에 보냈어요. 칼에서는 지문을 채취했고요. 하지만 칼에서 나온 지문은 코레이즌 자신의 것뿐이었어요. 피는 소의 피였고요. 아시겠습니까? 스테이크 말입니다.”

“로비 미스는 심문했습니까?”

“물론 했지요.”

“그런데요?”

“아무것도 인정하지 않았어요. 그가 이 일에 연루되었다는 증거는 전혀 없습니다. 로비 미스는 킴 코레이즌이 앙심을 품고 자길 곤경에 빠뜨리려 한다고 주장하고 있어요.”

“그래서 여기선 이 사건을 그렇게 보고 있습니까?” 믿을 수 없다는 듯 거니가 물었다. “킴이 이런 짓을 할 정도로 미쳤단 겁니까? 전 남자친구한테 누명을 씌우려고 이런 짓을 할 정도로?”

쉬프의 눈빛은 얼마든지 그럴 수 있다고 말하고 있었다. 그가 어깨를 으쓱했다. "아니면 제삼자가 개입했을 수도 있죠. 아직 밝혀지지 않은 이유로." 그는 세 번째로 휴대전화를 확인했다. "그만 가봐야겠습니다. 웃고 즐기는 사이, 시간이 훌쩍 가버렸네요." 그는 열린 문을 향해 돌아섰다.

"감시카메라는 왜 설치하지 않았지요?" 거니가 물었다.

"뭐라고요?"

"반복되는 무단 침입, 기물 파손 신고를 받고도 왜 감시카메라를 설치하지 않았느냐고요."

"제가 강력하게 주장했죠. 킴 코레이즌이 거절하더군요. 결코 용납할 수 없는 사생활 침해라고 생각하는 것 같던데요."

"그런 식으로 반응했다니 좀 놀랍군요."

"코레이즌의 신고가 헛소리가 아니라면 카메라 한 대로 충분히 증명할 수 있을 텐데 말입니다."

두 사람은 침묵 속에서 접견실을 지나고 내근 중인 경사의 책상을 지나 경찰국 문을 나섰다. 거니가 문을 나서려는 순간 쉬프가 그를 세웠다. "방금 킴 코레이즌의 아파트에서 제가 알아야 할 새로운 증거가 발견됐다고 말씀하지 않으셨습니까?"

"그랬죠."

"그래서요? 뭐가 있던가요?"

"정말 궁금하십니까?"

쉬프의 눈에 분노의 섬광이 스쳤다. "궁금하네요."

"부엌에서 지하실 궤짝으로 이어지는 핏방울들이 발견되었어요. 궤짝 안엔 조그만 칼이 하나 있었고요. 하지만 뭐 별 문제 있겠습니까? 아마 킴이 계단을 내려가면서 스테이크를 쥐어짜 피를 한 방울씩 떨어뜨렸겠지요. 점점 더 미쳐가고, 점점 더 복수심에 불타오르는 것뿐이겠지요."

집으로 돌아가는 길은 편치 않았다. 쉬프에게 냉소적으로 날린 마지막 말이 계속 귓가에 맴돌았다. 그 말을 곱씹을수록 일종의 패턴이 보이는 것 같았다. 부상 이후 그의 생각과 행동을 지배한, 사소한 일에 폭발하는 분노의 패턴.

그는 어떤 상황에서건 기존의 논리에 반박하고 불일치를 감지해내는 능력이 있다고 자부해왔다. 그러나 그의 마음속에서 서서히, 그와 다른 무언가가, 보다 덜 객관적인 무언가가 자라나고 있음을 느낄 수 있었다. 모든 의견, 모든 결론의 타당성을 시험했던 그의 지적 유연성에는 적대감이 깃들었다. 단순한 심술부터 거의 분노에 가까운 적대감까지 다양했다. 그는 갈수록 고립되었고, 방어적이 되었고, 자신의 것이 아닌 모든 생각에 점점 더 거부감을 느꼈다. 거니는 그러한 변화가 하마터면 그를 죽일 뻔했던, 6개월 전의 총탄 세 발에서 비롯되었다고 확신했다. 한때는 너무도 당연히 여겼고 그의 자산이었던 객관성이 이제 그가 가지려 노력해야 하는 대상이 되었다. 그러나 노력할 가치가 있는 일이라는 걸 그는 알고 있었다. 객관성이 없다면 그에겐 아무것도 없었다.

오래전 심리치료사가 그에게 말했다. "마음이 거북해질 때마다 그 거북함의 이면에 어떤 두려움이 있는지 생각해보세요. 뿌리는 항상 두려움이죠. 그 두려움을 대면하지 않으면 나쁜 행동으로 표출되는 거예요."

거니는 냉정하게 한 걸음 물러나 자신에게 물었다. 뭐가 두려운 거냐고. 그 질문은 집으로 가는 길 내내 그의 머릿속을 점령했다. 그가 얻은 가장 명쾌한 대답은 가장 수치스러운 대답이었다.

자신의 판단이 틀릴까 하는 두려움이었다.

거니는 옆문 쪽 매들린의 차 옆에 차를 세웠다. 산 공기가 찼다. 집으로 들어가 머드룸에 재킷을 걸고 부엌으로 들어서면서 "나 왔어!"라고 소리쳤지만 대답이 없었다. 집 안에 형언할 수 없는 적막이 흘렀다. 매들린이 없을 때만 감도는 이상한 적막이었다.

화장실에 가고 싶어 그쪽으로 돌아서는 순간, 킴이 준 파일을 차에 두고 왔음을 깨달았다. 다시 차로 돌아가던 중 차에 이르기 직전, 선명한 붉은 빛깔의 무언가가 그의 시선을 끌었다. 매들린은 작년에 꾸며놓은 화단 한복판에 있었고 그래서 그녀를 본 순간 더더욱 그렇게 생각했다. 곧게 뻗은 가지 위에 피어난 빨간 꽃 한 송이. 두 번째로 그에게 떠오른 생각은, 지금은 꽃이 피어날 철이 아니라는 사실이었다. 그러나 화단으로 가까이 다가가 그가 확인한 물체는 장미 한 송이보다 더 말이 되지 않는 물건이었다.

반듯한 가지는 화살대였다. 보드랍고 촉촉한 땅에 화살촉이 박혀 있었고 '꽃'은 화살 깃이었다. 붉은 반쪽짜리 깃털 세 개가 따가운 햇살을 받아 반짝였다.

거니는 의아해하며 화살의 깃을 바라보았다. 매들린이 저기 꽂아놓았나? 어디서 난 거지? 무슨 표식으로 사용하는 건가? 새것 같았고 조금도 낡지 않아서 겨우내 눈을 맞은 것 같진 않았다. 만약 매들린이 아니라면 누구의 소행인가. 누군가 일부러 꽂아놓은 게 아니라 활을 갖고 있는 사람이 쏜 화살이 여기까지 날아온 걸 수도 있을까? 그래서 거의 수직으로 화단에 꽂힌 건가? 그러려면 거의 하늘에서 수직으로 떨어졌을 텐데. 언제? 왜? 누가? 어디서?

그는 화단으로 들어가 화살대를 잡고 천천히 뽑았다. 화살촉은 큼직한 사각 날이었다. 커다란 활을 들고 다니는 전문 사냥꾼이 사슴을 잡을 때나 쓸 법한 화살이었다. 그는 살상무기를 찬찬히 바라보면서 같은 날 의문스러운 날카로운 흉기를 두 번이나 마주한 묘한 우연을 생각했다.

물론 매들린이 화살에 대한 의혹을 간단히 해결해줄 수도 있었다. 거니는 화살을 들고 들어가 부엌 싱크대에서 수돗물로 씻었다. 화살촉은 탄소강으로 만들어져 있었다. 면도할 수도 있을 정도로 날카로웠다. 화살촉이 킴의 지하실에 있던 칼의 기억을 되살렸고 다시 한 번 킴의 파일이 아직

차 안에 있다는 깨달음으로 이어졌다. 그는 화살을 싱크대 위에 올려놓고 다시 머드룸과 짧은 복도를 지났다.

옆문을 여는 순간 매들린과 정면으로 마주쳤다. 매들린은 언제나처럼 강렬한 빛깔들이 어우러진 옷차림을 하고 있었다. 빨간색 바지, 라벤더색 재킷, 오렌지색 야구모자. 산기슭을 산책하고 돌아올 때면 늘 그렇듯 약간 상기되고 숨이 찬 표정이었다. 그가 뒤로 물러서며 매들린을 안으로 들였다.

그녀가 미소 지었다. "정말 예쁘더라! 산기슭에 노을 진 거 봤어? 그 옅게 번져가는 붉은 빛……."

"뭐가 번져간다고?"

"못 봤어? 이리 와 봐. 어서!"

그녀가 그의 팔을 잡고 밖으로 끌어내더니 황홀한 표정으로 풀밭 저만치에 있는 나무들을 가리켰다. "초봄에만 보이는 거잖아. 분홍빛으로 물든 단풍나무."

매들린이 가리키는 방향을 보긴 했지만 그녀의 행복감은 공유할 수 없었다. 갈색과 회색이 어우러진 배경에 희미하게 번져가는 빛깔이 오랜 기억을 되살려주긴 했다. 구역질 나는 기억이었다. 라과디아 공항 뒤쪽 버려진 도로 옆을 흐르던 갈색 구정물. 악취 나는 물속에 옅게 번져가던 붉은 빛. 기관총으로 벌집이 된 채 수면 바로 밑에 둥둥 떠 있던 시체에서 배어나던 바로 그 빛깔.

매들린이 걱정스러운 표정으로 그를 바라보았다. "당신 괜찮아?"

"좀 피곤하네."

"커피 마실래?"

"아니." 그가 날카롭게 대답했다. 이유도 모른 채.

"들어가자." 매들린이 재킷과 모자를 벗어 머드룸에 걸어놓았다. 거니는 그녀를 따라 부엌으로 들어섰다.

매들린이 싱크대를 두드렸다. "시라큐스 갔던 일은 어떻게 됐느냐니까."

그제야 거니는 킴의 파일이 아직도 차 안에 있다는 사실을 떠올렸다. "물소리 때문에 못 들었어." 그가 말했다. 이거야 원. 파일을 가져오는 걸 세 번이나 잊다니. 그것도 불과 10분 동안. 젠장.

매들린이 유리잔에 물을 채우고 수도꼭지를 잠갔다. "시라큐스 다녀온 일은 어떻게 됐느냐고 물었어."

그가 한숨을 쉬었다. "기분이 이상했어. 시라큐스가 참 황량한 동네더라고. 잠깐만. 10분 뒤에 이야기해줄게." 거니가 밖으로 나가 이번에는 제대로 파일을 챙겨 돌아왔다.

매들린은 당황한 표정이었다. "유서 깊은 좋은 동네들도 있다고 들었는데. 그쪽 동네가 아니었나?"

"그렇기도 하고 아니기도 해. 유서 깊은 좋은 동네 사이사이, 지옥 같은 동네들이 끼어 있더군."

매들린이 그가 들고 있는 파일을 보았다. "킴이 말한 그 프로젝트 파일이야?"

"이거? 응." 거니는 파일을 내려놓을 곳을 찾다가 싱크대 위에 놓아둔 화살을 보았다. 그가 화살을 가리키며 물었다. "혹시 당신, 저게 뭔지 알아?"

"저거?" 그녀가 한 걸음 다가서서 만지지 않고 찬찬히 살펴보았다. "아까 내가 봤던 그건가?"

"언제 봤는데?"

"모르겠어. 아까 한 시간쯤 전에 나갈 때?"

"뭔지 몰라?"

"화단에 꽂혀 있던데. 난 당신이 꽂아놓은 줄 알았지." 거니는 화살을 보고 매들린은 그를 보는 상태로 긴 침묵이 흘렀다. "누가 여기 와서 사냥을 하나?" 눈을 가늘게 뜨며 매들린이 물었다.

"사냥철도 아니잖아."

"어떤 정신 나간 사람이 사냥철로 착각했을 수도 있지."

"그것 참 반가운 소식이군."

거니는 기억나는 대로 그날 일을 전부 털어놓았다. 다음 날 두 건의 회의에 동행해달라는 킴의 부탁도 포함해서. 그는 매들린의 표정을 보며 반응을 기다렸다. 그러나 그의 말에 대답하는 대신 매들린이 화제를 바꾸었다.

"실은, 나도 오늘 좀 힘들었어." 마치 중대한 이야기를 꺼내려는 듯 매들린이 몸을 앞으로 숙이고 얼굴 앞에 양손을 모아 쥐고 엄지에 턱을 올렸다. 매들린은 눈을 감고 꽤 긴 시간 동안 아무 말도 하지 않았다.

마침내 매들린이 눈을 뜨면서 양손을 무릎 위에 올려놓고 허리를 폈다. "전에 이야기했던 수학 박사 생각나?"

"어렴풋이."

"왜 내가 이야기했잖아. 우리 병원에 오는 수학과 교수."

"응."

"우리 병원에 처음 온 건 두 번째 음주운전 때문이었거든. 대학에서 문제가 생겨서 결국 실직했고, 끔찍하게 이혼했고, 아이들하고 격리되고, 이웃들하고도 문제가 있었고…… 전반적으로 우울한 성향에 불면증이 있었고 매사에 부정적이었어. 두뇌가 명석한 사람인데 우울증의 덫에 걸린 뒤로는 점점 더 병이 깊어졌지. 그룹 치료는 일주일에 세 번, 개인 치료는 일주일에 한 번 받았어. 말은 잘하는 편이었어. 불평을 잘하는 편이었다고 해야 하나? 모든 사람들의 모든 행동을 비난했으니까. 하지만 정작 무언가를 할 생각은 안 하더라고. 법적 강제조항 외에는 아예 집 밖으로 나가지도 않았어. 우울증 약도 안 먹었어. 자신의 정신적 결함이 다른 모든 문제의 원인일 수도 있다는 사실을 인정하기 싫었던 거지. 거의 우스울 정도로 고지식했어. 모든 일을 자기 방식대로 하려 했고, 그 방식이란 건 결국 아무것도 안 하는 거였거든." 그녀가 서글픈 미소를 지으며 창밖을 바라보았다.

"그래서 결국 이렇게 됐는데?"

"어젯밤에 권총 자살했어."

두 사람은 한동안 아무 말 없이 마주 앉아 각자의 자리에서 보이는 산기슭을 바라보았다. 거니는 문득 시간과 공간을 초월한 듯한 기분이 들었다.

"그래서," 매들린이 다시 그를 바라보며 말을 이었다. "이 아가씨가 당신을 고용하고 싶어 한다는 거지? 당신은 그저 따라다니면서 킴이 일을 잘 처리하는지 말해주기만 하면 되고?"

"그게 킴의 이야기야."

"그런데 뭔가 더 있을 것 같아?"

"오늘 일만 놓고 보면 몇 가지 반전이 숨어 있는 것 같아."

영혼을 꿰뚫어보는 듯 특유의 길고 깊은 시선으로 매들린이 그를 바라보았다. 그리고 애쓴 흔적이 역력한, 환한 미소를 지어 보였다. "이제 당신이 나섰으니, 오래 숨어 있진 못할 것 같은데?"

06

반전과 굴곡

해가 질 무렵, 그들은 고구마 수프와 시금치 샐러드로 차분히 저녁 식사를 했다. 식사가 끝난 뒤 매들린은 거실 끝 낡은 벽난로에 조그만 불을 지핀 다음 《전쟁과 평화》를 들고 좋아하는 팔걸이의자에 앉았다. 매들린은 근 1년 가까이 그 책을 여기저기 뒤적이며 읽고 있었다.

그러나 매들린이 책 읽을 때 쓰는 안경도 가져오지 않고, 무릎 위에 책을 펼치지도 않고 올려놓은 것을 거너는 놓치지 않았다. 무슨 말이든 해야 할 것 같았다.

"언제…… 들었어?"

"자살? 오늘 아침 늦게."

"전화가 왔어?"

"실장한테서. 그 사람하고 접촉했던 사람들을 모두 소집했어. 표면적으로는 정보를 공유하고 함께 충격을 견디기 위해서였어. 하지만 사실 다 헛소리야. 병원의 치부를 가리고 피해를 최소화하기 위해 모인 거였어."

"회의는 얼마나 걸렸는데?"

"모르겠어. 그게 뭐가 중요해?"

그는 대답하지 않았다. 대답할 수가 없었다. 왜 그걸 물었는지조차 알 수 없었다. 매들린이 아무데나 책을 펼쳐 들여다보았다.

잠시 후 거너는 싱크대 위에 놓아두었던 킴의 프로젝트 파일을 들고 테이블에 앉았다. 그는 '기본 개념'과 '다큐멘터리 개요'를 빨리 넘기고 '방법론'에서는 킴이 밑줄 그은 부분만 읽었다. 인터뷰를 통해 살인의 여파를 분석하고 그로 인한 유가족의 삶의 변화를 다방면에서 심층 탐구할 것이다.

몇 페이지를 그런 식으로 넘기다가 '연락처 및 인적사항'에서 멈추었다. 여섯 차례의 착한 양치기 총격사건 피해자 가족 정보가 사건 발생 순서에 따라 정리되어 있었다. 세 개의 제목 아래 표 형식으로 희생자 명, 유가족 연락처, 프로젝트에 대한 열의 정도가 기재되어 있었다.

거니는 희생자들의 이름을 훑어보았다. 브루노와 카멜라 멜라니, 칼 로트커, 이언 스턴, 샤론 스톤, 제임스 브루스터 박사, 해럴드 블럼. 카멜라 멜라니의 이름 아래는 별표와 함께 각주가 달려 있었다. '두개골 총상을 입고 기적적으로 생존. 현재 식물인간.'

그는 그 옆 칸을 훑어보았다. 가족에 대한 상세한 정보가 있었다. 소재, 현재 상황, 나이, 개인적 특이사항 등. 그는 세 번째 칸, '열의도'도 훑어보았다.

해럴드 블럼의 미망인은 '무척 협조적이고 자신에 대한 관심에 감사하고 있으며 감정적이고 아직도 사건 당시를 회상하며 눈물을 흘림'이라고 적혀 있었다.

브루스터 박사의 아들은 '아버지에 대한 나쁜 기억을 간직하고 있고 물질 문명 폐해에 대한 착한 양치기의 비판에 공감 표명'이라고 되어 있었다.

이언 스턴의 아들은 미용 치과 관련 사업을 하고 있었고 '전반적으로 조용하고 비협조적이며, 이 프로젝트의 감정적 역효과에 대해 우려 표명. 램 TV의 의도에 대해 회의적이고 총격사건을 노골적으로 다루는 선정주의를 비판'한 것으로 되어 있었다.

부동산 브로커 샤론 스톤의 아들은 '이 프로젝트에 대해 큰 열의를 보였고 자신의 어머니의 강인함, 그녀의 죽음이 가져다준 공포, 그 자신의 삶에 미친 악영향, 범인을 잡지 못한 부당한 현실에 대한 분노 표출'이라고 되어 있었다.

그 외에도 유가족과 그들의 반응에 대한 기록이 이어졌고 그 뒤로 두 건의 인터뷰 녹취록이 첨부되었다. 지미 브루스터와 루스 블럼과의 인터뷰였다. 그다음에는 20페이지에 달하는 착한 양치기 '성명서'가 수록되어 있었다. 파일을 내려놓으려는 순간 목차에 포함되어 있지 않은 마지막 페이지가 눈에 띄었다.

'사건 관련 문의'

거기에는 세 개의 이름이 적혀 있었다. FBI 담당수사관 매튜 트라우트, 전직 뉴욕 경찰국 선임 수사관 맥스 클린터, 뉴욕 경찰국 선임 수사관 잭 하드윅. 그들의 이메일 주소와 전화번호도 있었다.

거니는 세 번째 이름을 보고 놀라지 않을 수 없었다. 잭 하드윅은 엄청나게 똑똑하고 엄청나게 거슬리는 형사로, 데이브 거니와는 복잡한 인연이 있었다. 거니는 매번 희한한 상황에서 그와 얽히곤 했다.

거니는 킴에게 전화를 걸려고 돌아섰다. 하드윅과 통화하고 싶었지만 우선 그의 이름이 기재되어 있는 이유를 알아야 했다.

킴은 바로 전화를 받았다. "아저씨?"

"그래."

"안 그래도 막 전화 드리려던 참이었어요." 그녀의 목소리는 반갑다기보다는 긴장한 목소리였다. "아저씨가 쉬프 경관을 만나고 가신 뒤에 여기가 좀 시끄러워졌어요."

"어떻게 말이냐?"

"그 사람이 절 찾아왔더라고요. 아저씨를 만난 직후에 온 것 같아요. 아저씨가 말씀하신 걸 전부 확인해보고 싶다고요. 제가 부엌 바닥을 닦았다고 했더니 펄펄 뛰면서 화를 냈어요. 그 사람이 올 줄 제가 어떻게 알았겠어요? 오늘 밤 과학수사팀을 보내서 지하실을 확인하겠대요. 그건 다행인 거 같아요. 지하실에 내려가서 피를 닦을 용기가 없거든요. 생각만 해도 소름 끼쳐요. 그리고 감시카메라를 설치하자고 우겨댔어요."

"지난번에는 네가 거부했다는 게 사실이니?"

"그렇게 말하던가요?"

"욕실에서 나온 피 샘플도 연구실에 보냈다던데?"

"그런데요?"

"전에 네 말을 들었을 땐 경찰에서 아무 조처도 취하지 않았단 느낌을 받았거든."

킴은 잠시 뜸을 들였다 대답했다. "그 사람이 조처를 취했건 안 취했건 그게 문제가 아니었어요. 그 사람 태도가 문제였죠. 정말 재수 없었다고요. 전혀 관심이 없는 것 같았어요."

킴의 대답이 의구심을 해소해주진 않았지만 거니는 그 문제를 이쯤에서 접어두기로 했다. 적어도 지금은.

"킴, 네가 쓴 제안서 마지막 페이지에 보니까 연락처들이 있던데, 잭 하드윅이라는 형사 말이야. 그 친구가 어쩌다 이 일에 얽히게 됐지?"

"아는 분이세요?" 경계하는 듯한 목소리였다.

"그래."

"어떻게 된 거냐 하면요. 몇 달 전 착한 양치기 사건 조사를 시작하면서, 그 사건이 일어나던 당시 뉴스에서 언급된 형사들의 이름을 입수했어요. 초기 총격사건은 하드윅 형사의 관할 구역 안에서 일어났고, 그분이 당시 주 범죄 수사국 수사관이셔서 사건 수사에 잠시 관여하셨어요."

"잠시?"

"셋째 주 이후 상황이 완전히 바뀌었거든요. 총격이 매사추세츠 경계선에서 일어나는 바람에 그때부터는 FBI에서 사건을 접수했어요."

"특별 수사관 매튜 트라우트?"

"네, 트라우트 요원. 권력에 눈 먼 개자식이죠."

"직접 이야기해봤니?"

"절 보고 당시 FBI에서 언론에 발표했던 성명이나 찾아서 읽고 질문 있으면 서면으로 제출하라더군요. 그래놓곤 제 질문들에 대한 답변을 일체 거부했어요. 그것도 이야기한 걸로 치자면 이야기했다고 볼 수도 있겠네요. 거만한 자식!"

거니는 속으로 웃었다. FBI의 세계에 들어온 걸 환영한다!

"하드윅은 기꺼이 이야기를 들어주던?"

"처음에는 안 그러셨어요. 트라우트 요원이 이 사건에 대한 정보를 통제하려 한다는 사실을 알고 난 뒤에는 트라우트를 불쾌하게 하는 일이라면 뭐든 기꺼이 해주셨어요."

"그게 잭 하드윅이지. 그 친구, FBI는 겁나 완벽한 바보들Fucking Blithering Idiots의 약자라고 떠들고 다녔어."

"지금도 그러세요."

"정보 제공을 거부했다면 왜 명단에 트라우트가 있지?"

"램TV 사람들 때문이에요. 저하고는 이야기를 안 하려 했지만 루디 게츠에게는 달랐거든요. 루디 게츠가 연락을 취하니 직접 연락을 했더라고요. 그것도 무지하게 빨리."

"재미있구나. 세 번째 이름, 맥스 클린터는 누구지?"

"맥스 클린터…… 어디서부터 시작해야 할 지 모르겠네요. 그분에 대해 아세요?"

"들어본 것 같기도 하고 아닌 것 같기도 하고."

"맥스 클린터는 첫 번째 착한 양치기의 총격전에 연루되었던, 당시 비번이었던 형사예요."

타블로이드 신문의 기사가 떠올랐다. "당시 차에 미대생을 태우고 있었고, 술에 진탕 취해 있었고, 사건이 일어나자 무턱대고 창밖으로 총을 쏘아서 총알이 빗나갔고, 오토바이를 타고 가던 사람을 치고 결국 범인의 탈출을 오히려 도왔다는 비난을 받았넌 그 친구?"

"네."

"네가 그 친구한테도 도움을 받았단 거냐?"

킴의 목소리가 방어적으로 변했다. "받을 수 있는 도움은 최대한 받고 싶었어요. 그런데 문제는, 이 사건에 연관된 사람들 모두 저의 질문을 트라우트에게로 돌리고, 정작 트라우트는 그 질문들을 블랙홀에 던져버린단 거예요."

"그래서 맥스 클린터에게서는 뭘 알아냈지?"

"대답하기 어려운 질문이네요. 좀 이상한 사람이더라고요. 이런 저런 생각이 많던데, 그걸 제가 다 이해했는지도 모르겠어요. 아저씨, 이 이야기는 내일 차에서 해드려도 될까요? 벌써 시간이 이렇게 됐네요. 전 이제 샤워해야 돼요."

킴의 말을 믿진 않았지만 굳이 막지 않았다. 그 역시 빨리 잭 하드윅과 통화하고 싶었다.

전화는 음성사서함으로 넘어갔고 거니가 하드윅에게 음성메시지를 남겼다.

황혼이 빠르게 어둠으로 변하며 밤으로 향했다. 서재 불을 켜는 대신 거니는 킴의 파일을 들고 부엌 식탁으로 갔다. 매들린은 여전히 꺼져가는 벽난로 옆 흔들의자에 앉아 있었다. 의자 앞 커피테이블에 《전쟁과 평화》를 올려놓고 뜨개질을 하는 중이었다.

"그 화살은 어떻게 된 건지 알아냈어?" 고개를 들지 않은 채 그녀가 물었다.

거니는 싱크대 위에 놓인 검은 막대와 그 끝에 달린 붉은 화살 깃을 보았다. 화살의 무언가가 그를 초조하게 했다.

그 순간, 마치 그 초조함이 하나의 전조였다는 듯 브롱크스 아파트에 살던 어린 시절의 기억이 떠올랐다. 그는 열세 살이었고 밖은 어두웠다. 아버지는 야근을 하거나 술을 마시고 있었다. 어머니는 맨해튼 어딘가에 있다는 볼룸댄스 강습실에 가 있었다. 어머니는 핑거 페인팅에 푹 빠졌다가 막 볼룸댄스로 돌아선 참이었다. 할머니는 침실에서 묵주기도를 하고 그는 어머니의 방에 있었다. 그 방은 어머니만 쓰는 방이었다. 아버지가 거실에서 자고 옷가지들을 거실 벽장에 걸어두기 시작한 이후로 죽 그랬다.

거니는 두 개의 창 중 하나를 열었다. 바람이 찼고 눈 냄새가 났다. 그에겐 나무로 만든 활이 하나 있었다. 장난감 활이 아닌 진짜 활이었다. 2년 동안 용돈을 모아 그 활을 샀다. 그때 그는 브롱크스에서 멀리 떨어진 어느 숲에서 사냥하는 꿈을 꾸곤 했다. 그는 활짝 열린 창 앞에 차가운 바람을 맞으며 서 있었다. 그러다가 어느 순간 붉은 깃이 달린 활을 화살에 끼운 다음 묘한 흥분감에 사로잡힌 상태로 6층 아파트 창밖 검은 하늘을 향해 활시위를 뒤로 힘껏 당겼다 놓았다. 엄습하는 두려움을 느끼며 그는 화살 꽂히는 소리를 들으려고 기울였다. 근처의 나지막한 집 지붕에 꽂히는 픽 소리, 아니면 주차장 차 지붕에 꽂히는 챙 소리, 아니면 보도에 꽂히는 쿵 소리를 기다렸지만 아무 소리도 들리지 않았다. 아무 소리도.

예상치 못했던 정적에 그는 두려웠다.

날카로운 화살이 사람에게 꽂히는 순간의 소음은 얼마나 작을까.

그날 밤 내내 그는 화살의 행방을 생각했다. 수많은 가능성들이 그를 두렵게 만들었다. 그러나 지금까지도 그의 마음 한구석을 불편하게 하고, 그가 도무지 납득할 수 없고, 35년이 지난 지금까지도 그를 괴롭히는 것은 끝내 답을 알 수 없었던 한 가지 질문이었다. 왜 그랬을까?

도대체 왜 그런 짓을 했을까? 왜 그토록 무모한 짓을, 아무 보상도 없고 위험하기 짝이 없는 짓을 했을까?

싱크대 위에 놓인 화살을 바라보면서 거니는 절묘한 대칭을 이루는 두 건의 미스터리에 매혹되었다. 어머니의 방 창문에서 그가 쏜 화살. 동기도 표적도 없이 쏜 화살. 그리고 아내의 화단에 꽂힌, 역시 동기도 표적도 없는 또 하나의 화살. 미음속 안개를 떨쳐내듯 그가 고개를 저었다. 화제를 바꿀 시간이었다.

편리하게도 그의 휴대전화가 울려주었다. 코니 클라크였다.

"한 가지 덧붙이고 싶은 이야기가 있어서요. 오늘 아침 미처 이야기를 못했어요."

"그래요?"

"일부러 안 한 건 아니에요. 어떻게 보면 연관이 있는 일 같기도 하고, 또 어떻게 보면 전혀 연관이 없는 일 같고, 좀 애매해서요."

"뭐가요?"

"내가 보기엔 단순한 우연의 일치 같아요. 착한 양치기 사건이 꼭 십 년 전에 일어났잖아요? 킴의 아빠가 실종된 게 바로 그때였어요. 이혼한 지 이 년쯤 되었을 때인데, 늘 세계 여행을 하고 싶다고 했거든요. 워낙에 극단적으로 충동적이고 무책임한 사람이고, 그게 이혼사유이기도 했지만, 실제로 그럴 거라고는 생각 안 했는데 어느 날, 그 사람이 내 휴대전화에 메시지를 남겼어요. 때가 왔다고, 지금 아니면 영원히 못 할 것 같다고, 이제 떠난다고. 이상하다고 생각했죠. 진짜 그게 전부였어요. 그게 십 년 전 3월 첫 주였어요. 그 뒤로는 전혀 소식을 듣지 못했어요. 믿을 수 있어요? 이기적이고 냉정한 개자식 같으니라고! 킴이 얼마나 힘들어했는지 몰라요. 우리가 이혼했을 때보다 더 힘들어했어요. 말 그대로 애가 완전히 넋이 나갔더랬죠."

"시기적으로 뭔가 의미가 있다고 생각하는 건가요?"

"아뇨. 그렇진 않아요. 착한 양치기 사건하고 에밀리오의 실종이 무슨 관계가 있을 거란 이야기는 아니에요. 어떻게 그럴 수 있겠어요? 그저 두 가지 사건이 같은 달에 일어났다는 거죠. 2000년 3월에. 이 사건의 피해자 가족에게 킴이 깊은 연민을 느끼는 이유는 아마도 같은 시기에 킴도 아빠를 잃었기 때문일 거예요."

거니는 그제야 이해할 수 있었다. "사건이 해결되지 않았다는 점도……."

"맞아요. 착한 양치기 사건도 끝내 해결되지 않았죠. 범인이 잡히지 않았으니까. 아빠의 실종에 대해 킴이 마음을 접을 수 없는 이유도, 제 아빠한테 실제로 무슨 일이 일어난 건지 끝내 알지 못했기 때문이에요. 끝나지 않는 불행 이야기를 할 때, 킴은 아마도 자기 이야기를 하고 있는 걸 거예요."

코니와의 통화를 끝내고 거니는 한동안 테이블에 앉아 에밀리오 코레이즌의 실종이 킴의 삶에서 어떤 의미였을지 헤아리려 애썼다.

부드럽고도 안정적으로 달각거리는 매들린의 뜨개바늘이 서서히 그의 의식 속으로 파고 들었다. 매들린은 램프의 불빛이 만드는 노란 여울 속에 앉아, 초록색 실뭉치를 팔걸이의자 옆에 놓고 무릎 위에서 초록색 스웨터의 형체를 만들어 가고 있었다.

그는 파란색 파일의 착한 양치기 '선언문'을 펼쳤다. 본 내용이 시작되기에 앞서 누군가가, 아마도 킴이, 서류봉투에 담긴 성명서 원문은 특급우편으로 뉴욕 주 범죄 수사국 국장 앞으로 배송되었다는 내용을 기재했고 배송일은 '2000년 3월 22일'이었다. 두 번의 총격사건이 발생한 주말 이후 첫 수요일이었다.

거니는 첫 페이지를 넘겨 범인이 보낸 편지를 펼쳤다. 글은 번호를 매기며 느닷없이 시작되었다.

1. 돈에 대한 사랑, 즉 탐욕이 모든 악의 근원이라면 돈을 척결하는 것으로 위대한 선을 달성할 수 있다.

2. 탐욕은 진공 상태에 존재하는 것이 아니라 인간을 숙주로 존재하므로, 그 숙주를 척결하는 것을 통해 탐욕을 척결할 수 있다.

3. 착한 양치기는 건강한 양들로부터 병든 양을 가려내고자 한다. 그래야

만 감염을 막을 수 있기 때문이다. 선한 짐승들을 악한 짐승으로부터 보호하는 것은 옳은 일이다.

4. 인내심은 훌륭한 덕목이나 탐욕에 대해 인내심을 잃는 것은 죄악이 아니다. 아이들을 잡아먹는 늑대들을 막기 위해 무기를 드는 것이 죄악이 아닌 것처럼.

5. 이것은 아무 생각 없는 탐욕의 숙주들에 대한 전쟁 선포다. 자신들을 은행가라고 부르는 소매치기들, 리무진을 탄 기생충들, 메르세데스를 탄 구더기들이 그들이다.

6. 우리는 숙주를 하나씩 제거함으로써 전염병으로부터 이 땅을 지킬 것이다. 수동적 침묵은 이 땅이 마침내 깨끗해질 때까지 두개골을 박살내는 것으로 대체될 것이다. 이 땅에서 악이 사라지고 악의 근원이 영원히 이 땅을 떠날 때까지.

그 뒤로 장장 19페이지에 걸쳐 예언자적인 어조에서부터 현학적인 어조를 오가며 비슷한 내용이 지루하게 반복되었다. 미국 경제 구조의 불합리성을 보여주는 부의 분배에 관한 데이터와 미국이 제3세계화 되어가고 있음을 보여주는 통계를 제시하고 현재 미국의 막대한 부가 최상위층에 집중되어 있으며, 빈곤층은 확대되고 중산층은 몰락하고 있다는 주장이었다. 성명서의 본문은 이런 식으로 끝을 맺고 있었다.

갈수록 커져가는 이러한 추악한 부조리는 권력의 탐욕과 탐욕의 권력이 주도하고 있다. 더구나 이들 악랄하고 탐욕스러운 계층은 언론을 통해 통제력을 행사한다. 언론이야말로 이 사회의 중요한 동력이며 거의 절대적 영향력을 지니고 있다. 소통의 통로여야 하고 자율적인 변화를 이끌어야 하는 언론은 거대 기업체들, 그악스러운 탐욕으로 자신들의 이익만을 챙기려는 갑부들에 의해 독점되고 조작되고 영향받고 있다. 이것이 바로 우리가 처한 절박한 상황이고 우리로 하여금 피할 수 없는 결론, 명백한 조처, 직접적인 행동을 요구하는 상황인 것이다.

선언문의 끝에는 '착한 양치기'라는 서명이 있었다.
마지막 페이지에는 클립으로 고정한 별도의 메모지에 앞선 두 사건의 정확한 범행 시각과 장소가 기록되어 있었다.
범행 시각과 장소가 아직 언론에 공개되지 않은 단계였기 때문에 선언문은 범인이 보낸 것임이 증명된 셈이다. 첨부된 추신의 내용으로 보아 미전역 방송 매체에 동시 발송되었음을 알 수 있었다.

거니는 처음부터 다시 읽어 보았다. 30분 뒤 파일을 내려놓았을 때, 거니는 왜 이 사건이 범죄 역사상 가장 상징적 의미를 지닌 사건으로 자리매김했는지, 왜 유나바머 사건에 이어, 사회적 경종을 울리려는 목적의 학구적인 범죄로 인식되었는지 이해할 수 있었다.
유나바머의 선언문보다 문장이 간결했고 주장이 명확했다. 이 사회의 병폐를 나열하고 살인을 통해 그 병폐를 해결하겠다는 논리 또한 선언문의 연관성 자체가 의심스러웠던 테드 카진스키의 엉성한 편지 폭탄들보다도 훨씬 더 분명했다.
착한 양치기는 첫 번째 두 문장으로 자신의 소신을 정리한 셈이었다.
'1. 돈에 대한 사랑, 즉 탐욕이 모든 악의 근원이라면 돈을 척결하는 것으로 위대한 선을 달성할 수 있다. 2. 탐욕은 진공 상태에 존재하는 것이 아니라 인간을 숙주로 존재하므로 그 숙주를 척결하는 것으로 탐욕을 척결할 수 있다.'
이보다 더 노골적일 수가 있을까.
착한 양치기의 살인 파티는 인상적인 사건이었다. 그 사건은 흥행 영화의 모든 공식을 갖추었다. 단순한 전제, 단기간의 집중적인 공격, 극도의 긴장감, 적나라한 협박, 부유층과 특권층에 대한 극적인 공격, 단순한 희생자 선정, 끔찍한 대면의 순간. 전설로 남을 만한 사건이었고 당연히 사람들의 마음을 사로잡았다. 부유층을 향한 공격이었기 때문에 위협을 느낀 당사자들에게는 역사상 가장 위대한 국가의 사회구조를 무너뜨리려 폭탄을 투척한 전설의 인물이었을 것이고, 부자들을 배부른 돼지로 보는 이들에게는 이 부조리한 세상의 끔찍한 불평등을 바로잡는 이상주의자이자 로빈 후드였을 것이다.

그 사건이 심리학과 범죄학 강의의 가장 인기 있는 주제가 된 것도 당연했다. 교수들은 이 사건을 즐겨 소개할 것이다. 이 사건이 특정 부류의 살인범에 대한 그들의 주장에 부합하기 때문이고, 그러한 주장들을 모호하지 않은 방식으로 증명할 수 있을 테니까. 사회과학 분야에서는 만나기 힘든 축복이 아닐 수 없었다. 학생들은 이 이야기를 재미있게 들을 것이다. 수많은 공포 영화처럼 이 사건 역시 섬뜩하게 재미있기 때문이다. 범인이 어둠 속으로 사라졌다는 사실 역시 한몫했을 것이다. 열린 결말의 현재 진행형 사건이라는 점은 묘하게 매력적일 것이다.

파일을 덮고 이 사건이 지닌 원초적인 흡인력을 생각해보면서 거니는 묘한 기분이 들었다.

"뭐가 잘못됐어?"

고개를 들어보니 거실 맞은편에서 매들린이 뜨개질감을 무릎에 올려놓은 채 그를 보고 있었다.

그가 고개를 저었다. "내 변덕스런 기분 탓이겠지."

매들린은 여전히 그를 바라보고 있었다. 더 명확한 대답을 기다리고 있단 걸 거니도 알고 있었다.

"킴의 다큐멘터리는 온통 양치기 사건 이야기뿐이야."

매들린이 얼굴을 찌푸렸다. "그거라면 할 만큼 하지 않았나? 그때 TV만 틀면 온통 그 이야기였잖아."

"물론 킴이 조명하는 부분이 좀 다르긴 하지. 예전엔 선언문, 살인범 추격전, 범인의 성장 배경에 대한 추측, 교육 정도에 대한 추측, 은신처에 대한 추측, 미국 사회의 폭력성, 대책 없는 총기 사용법 등등에 관한 이야기였어. 하지만 킴은 그걸 다 무시하고 유가족이 입은 돌이킬 수 없는 상처만 조명하고 있으니까. 그들의 삶이 어떻게 변했는지."

매들린이 흥미롭다는 표정을 지었다가 다시 얼굴을 찌푸렸다. "그게 왜 문제가 되는데?"

"딱히 이유는 모르겠어. 아마 내 문제겠지. 기분이 별로 좋지가 않아."

07

고래를 쫓는 에이해브

다음 날 아침. 캣스킬의 전형적인 봄 날씨였다. 쌀쌀한 공기와 찌푸린 하늘. 거니의 집 유리문 옆으로 간헐적으로 눈발도 흩날렸다.

오전 8시, 킴 코레이즌이 일정이 바뀌었다며 전화했다. 아침에 지미 브루스터를 턴웰에서 만난 다음 애쇼칸 하이츠에서 루디 게츠와 점심 식사를 하기로 예정되어 있었지만, 대신 애쇼칸 호수에서 20분 거리에 위치한 스톤 릿지의 래리 스턴을 오후에 방문하기로 했다는 것이었다. 루디 게츠와의 점심 약속은 그대로라고 했다.

"그렇게 바꾼 이유라도 있니?" 거니가 물었다.

"원래 일정은 아저씨가 같이 가주실 줄 몰랐을 때 잡은 거거든요. 그런데 래리가 지미보다 훨씬 무뚝뚝해요. 그 사람을 만날 때 아저씨가 같이 있어주시면 좋을 것 같아서요. 지미는 독단적이고 좌파 성향이 강해요. 그러니까 그 사람은 당연히 적극적으로 나서줄 거예요. 보나마나 물질주의의 폐단을 비판하는 일장 연설을 하겠죠. 하지만 래리는…… 만만치 않아요. 래리는 전반적으로 언론을 불신하는 것 같아요. 오래전 친구의 죽음을 언론이 너무 원색적으로 다루었대요."

"내가 세일즈맨으로 나설 수 없단 건 알고 있지?"

"그럼요! 아저씬 그냥 듣기만 하시고 나중에 생각을 말씀해주시면 돼요. 그럼 오늘 8시 반이 아니라 11시 반에 모시러 갈게요. 괜찮으시죠?"

"괜찮아." 거니가 열의 없이 대답했다. 일정이 바뀌는 것에 특별히 거부감이 있는 건 아니었다. 단지 본래 취지에서 벗어나고 있다는 생각이 얼핏 들었을 뿐이었다.

휴대전화를 주머니에 넣으려는 순간 잭 하드윅에게서 전화가 오지 않았다는 생각이 들었다. 거니는 다시 번호를 눌렀다.

신호음이 한 번 울린 뒤 특유의 거친 목소리가 들려왔다. "인내심 좀 길러봐! 안 그래도 전화하려던 참이었다고!"

"잘 있었나, 잭."

"이제야 겨우 손이 회복됐다네, 에이스. 자네 혹시 또 나 총 맞게 할 일 꾸미고 있는 건 아니겠지?"

6개월 전 페리 사건의 막바지에, 세 개의 총탄 중 하나가 거니의 옆구리를 관통하고 하드윅의 손에 박혔다.

"잘 있었느냐고 물었잖아."

"잘 있었긴, 개뿔!"

뉴욕 경찰국 선임 수사관 잭 하드윅과의 대화는 언제나 이런 식이었다. 알래스카 썰매개를 닮은 엷은 푸른색 눈동자에 면도날처럼 날카로운 두뇌. 그와의 모든 대화를 하나의 고행으로 만드는 냉소적 유머.

"킴 코레이즌 일로 전화 했네."

"우리 꼬마 키미? 숙제 하느라 바쁜 아가씨?"

"뭐 그렇게 부를 수도 있겠군. 착한 양치기 사건 담당자로 자네 이름이 올라가 있더군."

"이런 젠장! 자넨 또 어쩌다 그 애하고 얽힌 거야?"

"이야기가 길어. 자네가 나한테 정보를 좀 줘."

"무슨 정보?"

"인터넷에 나오지 않는 정보."

"사건에 관한 재미있는 일화 따위를 말하는 건가?"

"자네가 중요하다고 생각하는 거라면 뭐든."

휘파람 소리가 들려왔다. "내가 아직 커피를 안 마셨거든."

그가 무슨 말을 하려는지 알았기 때문에 거니는 아무 말도 하지 않았다.

"내가 제안 하나 하지." 그르렁거리는 목소리로 하드윅이 말했다. "아벨라드 농장에서 맛있는 대용량 커피 한 잔 들고 오면 뭔가 중요한 정보를 알려주고 싶은 마음이 생길지도 모르겠네."

"중요한 정보가 있긴 하고?"

"그걸 누가 알겠나? 하나도 기억이 안 나서 내 맘대로 지어낼 수도 있고, 내가 보기엔 중요한 정보인데 자네가 보기엔 말똥일 수도 있고, 뭐 그런 거지. 블랙 수마트라 커피에 설탕 세 스푼 부탁해."

◆◆◆

그로부터 40분 뒤 거니는 큼직한 커피 용기 두 개를 차에 실었다. 딜위드의 아벨라드 농장 상가에서 꼬불꼬불한 비포장도로로 빠져나온 뒤, 그보다 더 꼬불꼬불한 비포장 도로, 거의 도로라고 말할 수조차 없는, 소들이나 다녔을 것 같은 험한 길을 달려 잭 하드윅이 임대해 살고 있는 조그만 농장주택 앞에 이르렀다. 거니는 하드윅의 반항적인 차, 개조한 1970년형 빨간 폰티악 GTO 옆에 차를 세웠다.

간헐적으로 흩날리던 눈발이 어느 틈에 옅은 안개로 바뀌어 있었다. 양손에 커피를 한 잔씩 들고 거니가 삐걱거리는 베란다로 올라섰다. 문이 벌컥 열리며 티셔츠 밑단을 잘라낸 운동복 바지 차림의 하드윅이 짧고 비죽비죽한 회색 머리카락을 빗지도 않고 나왔다. 6개월 전, 거니가 퇴원한 뒤로 주 경찰국에서 딱 한 번 만난 게 전부였지만 하드윅의 첫 인사는 여전했다.

"젠장, 도대체 꼬마 키미하곤 어떤 사이야?"

거니가 커피 한 잔을 내밀며 말했다. "그 애 엄마를 알아. 마실 거야?"

하드윅이 커피를 받아서 뚜껑을 열고 커피 맛을 보았다. "엄마도 딸만큼 죽여주나?"

"잭, 제발."

"그렇단 거야, 아니란 거야?" 하드윅이 한 걸음 뒤로 물러서며 거니를 안으로 들였다.

현관을 들어서자 곧바로 거실로 꾸밀 법한 널찍한 공간으로 이어졌지만 가구라고 부를 만한 건 거의 없었다. 두 개의 팔걸이의자는 제대로 자리를 잡았다기보다는 금방이라도 다른 곳으로 옮겨야 할 것 같은 느낌을 주었고, 의자와 의자 사이 맨 바닥에 책이 쌓여 있었다.

하드윅은 거니를 관찰하고 있었다. "나 마시하고 깨졌어." 그가 말했다. 황폐한 공간을 변명하려는 듯이.

"유감이네. 근데 마시가 누구지?"

"좋은 질문이야. 나도 그 여자가 누군지 안다고 생각했는데, 아니었더라고." 그가 길게 커피를 한 모금 마셨다. "내가 젖가슴이 죽여주는 미친 여자만 보면 회까닥 돌아버리는 맹점이 있잖아." 또 한 모금. 이번엔 더 길게. "하긴 뭐 그게 대순가? 누구나 회까닥 돌아버리는 게 한 가지씩 있지. 안 그런가, 데이비?"

하드윅이 눈엣가시처럼 거슬리는 이유가 자기 아버지를 연상시키기 때문이라는 걸 거니는 이미 오래전에 깨달았다. 거니는 마흔여덟이었다. 비록 머리가 허옇게 세고 성글어지긴 했지만. 하드윅은 겨우 마흔인데도 그랬다.

하드윅의 냉소는 거니가 설명할 수 없는 이유로 활을 쏘았던 바로 그 아파트로, 첫 결혼을 통해 마침내 탈출할 수 있었던 바로 그 아파트로 거니를 돌아가게 만드는 메아리였다.

문득 거니에게 떠오르는 상면이 있었다. 그는 좁은 아파드의 거실에 서 있었고 그의 아버지가 술에 취해 삶의 지혜를 설파하고 있었다. 그의 엄마는 정신병자이며, 세상의 모든 여자는 정신병자라고 했다. 여자란 결코 믿을 수 없는 존재라고. 여자들에겐 어떤 말도 해서는 안 된다고. "남자끼리 하는 이야기다, 데이비. 우린 서로 이해하지. 하지만 네 엄만……. 네 엄마는 좀 이상해. 무슨 말인지 알지? 그러니까 내가 오늘 술 마시는 걸 네 엄마가 굳이 알 필요는 없어. 안 그러니? 괜히 시끄러워질 뿐이지. 우린 남자야. 그러니까 우리끼린 대화할 수 있는 거지." 그때 거니는 여덟 살이었다.

마흔여덟의 거니는 애써 하드윅의 거실로, 현재로 돌아왔다.

"그 아가씨 아주 똥 무더기를 휘젓고 다니더만." 하드윅이 말했다. 그는 커피를 한 모금 더 마신 뒤 안락의자에 앉아 거니에게 그 옆 의자를 가리켰다. "자, 무엇을 도와드릴깝쇼?"

거니는 의자에 앉았다. "킴의 엄마가 저널리스트인데, 몇 년 전 일로 만났어. 얼마 전에 나한테 부탁을 하나 하더군. 킴의 뒤를 좀 봐달라고. 꼭 그렇게 표현했어. 그래서 내가 관여하게 된 일이 도대체 어떤 일인지, 자네한테 정보를 좀 얻을 수 있을까 해서 왔네. 전화로 말한 것처럼, 킴이 자넬 사건 담당자 명단에 올려놨거든."

하드윅이 아주 난해한 작품이라는 듯 커피 용기를 바라보았다. "나 말고 또 누가 올라 있던가?"

"FBI의 트라우트라는 자. 그리고 범인 추격전을 죽쒀버린 경찰 맥스 클린터."

하드윅이 거친 비명을 질렀고 그 비명은 한 차례의 기침으로 이어졌다.

"이런! 그 금세기 최고의 꼴통 사이코 주정뱅이! 내가 드디어 거물의 반열에 올랐군!"

거니는 커피를 길게 한 모금 마셨다. "재미있는 일화들은 언제쯤 들려줄 건가?"

하드윅이 상처투성이의 근육질 다리를 앞으로 뻗으며 뒤로 몸을 젖혔다. "언론의 손길이 미치지 못했던 것들 말인가?"

"그렇지."

"일단 조그만 동물들이 그중 한 가지야. 그 얘긴 못 들었지?"

"조그만 동물들?"

"조그만 플라스틱 장난감이야. 세트 상품의 낱개들. 코끼리 한 마리. 사자 한 마리. 기린 한 마리. 얼룩말 한 마리. 원숭이 한 마리. 여섯 번째는 기억 안 나."

"그게 도대체……."

"사건 발생 장소에서 하나씩 발견됐어."

"어디서?"

"피해자 차량 근처에서."

"근처?"

"범인이 차 안에서 밖으로 툭 던진 것 같았어."

"과학수사팀에서도 전혀 수확이 없었고?"

"지문이고 뭐고 아무것도 없었어."

"하지만?"

"하지만 어린애들의 장난감 세트지. 노아의 세계라는 이름이 붙은. 왜 그런 거 있잖아. 입체 모형 같은 거. 애들이 노아의 방주를 짓고 나서 그 안에 동물들을 집어넣게 되어 있어."

"배급처, 상점, 공장에도 전혀 추적할 만한 단서가 없었고?"

"막다른 골목이었어. 아주 흔한 제품이야. 월마트의 대표상품. 7만 8천 개가 팔렸다나. 모두 똑같은 제품이고, 모두 '형 딕'이라는 공장에서 제조됐다지, 아마."

"어디?"

"중국. 젠장, 동네 이름이야 알게 뭔가? 어딘들 무슨 상관이고. 똑같이 찍어낸 건데."

"각각의 동물이 지닌 의미에 대한 이론은?"

"이론이야 많았지. 다 헛소리였고."

거니는 나중에 그 문제를 다시 생각해봐야겠다고 생각했다.

나중에 언제? 도대체 내가 지금 무슨 생각을 하고 있는 건가? 그가 할 일은 킴의 뒤를 봐주는 것이었다. 아무도 부탁하지 않은 일에 자원봉사로 나서는 게 아니고.

"재미있군." 거니가 말했다. "언론에 발표되지 않은 다른 특이사항은?"

"총 문제도 특이사항이라고 볼 수 있겠지."

"총? 내 기억으론 뉴스에서 대형 칼리버 권총이라고만 언급한 걸로 아는데."

"데저트 이글이었어."

"50구경짜리 괴물?"

"바로 그거."

"범죄심리학자들이 그 사실에 주목했겠군."

"주목했지. 난리가 났었어. 하지만 특이사항은 총의 크기가 아니었어. 우리가 수거한 여섯 발의 총탄 중에 탄도를 확인할 수 있을 정도로 형태가 보존된 게 두 개였고 또 하나는 법적인 증거로 쓸 수도 없을 정도로 엉망이었는데 그 총탄들이 한 가지 사실을 확실하게 증명했지."

"어떤 사실을?"

"세 발의 총탄이 서로 다른 데저트 이글에서 발사됐다는 사실."

"뭐?"

"다들 꼭 그런 반응을 보였지."

"저격범이 여러 명이었을 가능성도 분석했나?"

"한 10분 정도? 알로 블랫이 제 평생 가장 멍청한 아이디어를 내놓았어. 그 총격사건 자체가 어느 갱단의 창단식 같은 거라 단원 모두 각자의 데저트 이글을 사용했을 거라나. 그렇게 본다면 물론 선언문 문제가 남게 되는

데, 선언문은 무슨 대학교수가 쓴 것 같잖아. 보통 갱단의 조직원들은 '갱'이란 단어도 제대로 쓸까 말까 한 놈들인데 말이야. 다른 사람들이 그것보다 좀 덜 한심한 이론들을 내놓긴 했지만 결국 저격범은 한 명이라는데 의견이 모아졌어. 특히 FBI에서 범죄심리학 분야의 천재라고 자부하는 인간들이 그쪽으로 표를 실어준 이후로는 더더욱. 모든 사건 현장은 기본적으로 동일했어. 접근 방식, 저격, 도주 정황이 정확히 일치했거든. 범죄심리학자들이 자기네 심리학 이론들을 이렇게 저렇게 손을 좀 보더니, 어느 순간부터는 놈이 여섯 자루의 총을 사용한 게 총 한 자루를 사용한 것만큼이나 당연하다는 식이 되어버렸지."

거니는 거북한 표정으로 대답을 대신했다. 오랜 세월 범죄심리학자들과 일했지만 그들의 이론을 일반인의 상식 이상으로 평가하진 않았다. 그들의 실패는 범죄심리학자라는 직업 자체가 한심한 것임을 증명했다. 대부분의 범죄심리학자들의 문제는, 특히 유전자에 FBI의 거만함이 새겨진 경우에는 더더욱, 자기들이 뭔가 알고 있다고 믿고 자신의 생각이 과학적이라고 믿는다는 점이었다.

"그러니까 다시 말해서," 거니가 말했다. "여섯 자루의 열받은 총은 한 자루의 열받은 총보다 더 열받을 것도 없단 이야기군. 어차피 열받은 건 매한가지니까."

하드윅이 미소를 지었다. "마지막 특이사항. 희생자의 차량이 모두 검정이었어."

"메르세데스 벤츠 중 가장 인기 있는 색이 검정이지."

"기본 검정은 그 모델 전체 생산량의 30퍼센트 정도고, 3퍼센트 정도가 메탈 느낌을 가미한 검정이라더군. 그러니까 전체적으론 33퍼센트라고 볼 수 있지. 따라서 범인이 일부러 차량의 색상을 희생자 선정의 요소로 고려하지 않았다고 하더라고 여섯 대 중 두 대는 검정일 수 있었단 이야기야."

"왜 차량의 색상을 고려 대상에 넣었을까?"

하드윅이 어깨를 으쓱하더니 남아 있던 커피를 입안에 털어 넣었다. "역시, 좋은 질문이야."

두 사람은 한동안 말없이 앉아 있었다. 거니는 하드윅이 말한 특이사항들을 어떻게든 설명할 방법을 찾으려 애쓰다가 그만두었다. 그런 무작위의 세부사항들이 하나의 틀로 정리되려면 알아야 할 게 너무도 많았다.

"맥스 클린터 이야기 좀 해봐."

"아주 특별한 친구지. 축복이자 저주야."

"어떤 면에서?"

"대단한 전력이 있어." 하드윅에 생각에 잠긴 듯한 표정을 짓다가 갑자기 거친 웃음을 쏟아냈다. "언젠가 둘이 한번 만나지그래? 논리의 대가 셜록 홈스, 고래 쫓는 에이해브*를 만나다!"

"고래라면……."

"맥스의 고래는 착한 양치기야. 그 친구, 뭐든 한번 물었다 하면 절대 놓는 법이 없지. 사소한 실수로 경찰 경력이 끝장난 뒤론 집착의 화신이 되어버렸어. 착한 양치기를 잡는 건 이제 맥스의 삶에서 가장 중요한 목표가 아니야. 유일한 목표지. 주변 사람들이 많이 떨어져나갔지." 하드윅이 거니를 흘금 보더니 또 한 차례 거칠게 웃었다. "자네하고 그 친구 둘이 만나서 서로 헛소리 갈겨대는 거 보면 진짜 재밌을 텐데."

"잭, 혹시 자네 웃음소리가 꼭 변기 물 내리는 소리 같다고 누가 말해주던가?"

"부탁하러 온 사람 중엔 그런 말 하는 사람 없던데." 하드윅이 빈 커피 용기를 흔들며 말했다. "인간의 몸이 입으로 들어간 걸 얼마나 빨리 오줌으로 변환시키는지, 가끔 진짜 놀랍다니까." 그가 거실 밖으로 향했다.

몇 분 뒤 돌아온 하드윅은 의자 팔걸이에 앉아 마치 대화가 끊어진 적이

* 허먼 멜빌의 소설 《모비딕》에 등장하는 광기 어린 선장.

없었다는 듯 바로 말을 이었다. "맥시에 대해 이야기하려면 아무래도 그 유명한 버펄로 폭도 사건으로 시작하는 게 가장 좋지 싶어."

"그 유명한?"

"물론 우리 같은 하층민들 사이에서 유명하단 거지. 자네 같은 상류층 거물은 듣도 보도 못한 이야기일걸."

"뭔데?"

"버펄로에 프랭키 베노라는 이름의 폭력배가 있었어. 놈이 뉴욕 서부에서 헤로인을 부활시키는 조직을 만들었지. 모두 아는 사실이었지만 프랭키란 놈이 워낙 영리하고 용의주도한 데다 몇몇 쓰레기 정치인의 비호까지 받고 있었어. 맥시가 어느 순간부터 그 작자한테 집착하기 시작했어. 덮어씌울 혐의가 하나도 없는데도 무조건 프랭키를 피고인석에 앉히고 말겠다고 결심한 거야. 이 개자식의 허를 찔러 실수를 유도하고 그 참에 놈을 처치해버리겠다고 작정한 거지. 프랭키 일당의 거점으로 알려진 프랭키 소유 건물의 식당으로 출발하기 전에 맥시가 자기 부인한테 마지막으로 그렇게 말했대."

거니에게 처음 떠오른 생각은 허를 찔러 실수하게 만든다는 게 결코 쉽지 않다는 것이었다. 두 번째로 떠오른 생각은 자신이 자주 썼던 수법이란 것. 단, 거니는 그것을 '상대가 나를 관찰하게 만드는' 작전이라고 불렀다.

하드윅이 말을 이었다. "맥시는 조직 폭력배처럼 차려입고 그렇게 행세하면서 식당에 갔지. 프랭키의 부하들이 마약을 하지 않을 때 모이곤 하는 뒷방으로 곧장 들어갔어. 거기 두 놈이 있었는데, 클램 소스 파스타를 흡입하는 중이었어. 맥시가 놈들한테 다가가서 권총하고 카메라를 꺼내들고 이렇게 말했어. 선택하라고. 머리에 총을 맞고 터진 머리 사진을 찍히든지, 아니면 서로 빨아주는 사진을 찍히든지. 선택은 그들 몫이라고. 결정할 때까지 10초를 주겠다고. 서로 빨든지, 아니면 벽에 뇌를 튀기든지. 열. 아홉. 여덟. 일곱. 여섯……."

하드윅이 눈을 반짝이며 거니 쪽으로 몸을 숙였다. 자신이 설명하고 있는 상황에 취한 듯이. "그런데 맥시는 놈들한테 너무 가까이 있었던 거야. 너무 가까이. 두 놈 중 한 놈이 맥시한테서 총을 빼앗았어. 맥시는 뒷걸음을 치면서 바닥에 주저앉았어. 두 놈이 맥시한테 총을 갈기려는 순간, 맥시는 갑자기 폭력배 행세를 그만두고 소리를 질렀어. 난 폭력배가 아니다, 한낱 배우일 뿐이다. 누군가의 사주를 받고 일한 것뿐이고, 총은 가짜고, 아무도 해칠 생각이 없었다고. 그러면서 정말로 엉엉 운거야. 폭력배들이 총을 확인해봤겠지. 총은 물론 가짜였고. 그래서 놈들이 도대체 누구 사주를 받았느냐고 캐물었어. 맥시는 자긴 아무것도 모른다고, 하지만 다음 날 그들이 서로의 성기를 빠는 동영상을 가지고 가면 그 대가로 5천 달러를 받기로 했다고. 두 놈 중 한 놈이 공중전화부스로 갔어. 그때만 해도 휴대전화가 없던 시절이라. 놈이 다시 돌아와서 보스가 무척 화가 났다면서 2층으로 가자고 했어. 맥시는 금방이라도 바지에 똥을 쌀 것처럼 제발 그냥 보내달라고 징징거렸어. 하지만 놈들은 맥시를 2층으로 끌고 갔어. 위층에는 요새화된 보스의 사무실이 있었지. 철문. 잠금장치. 카메라. 보안장치. 프랭키 베노는 또 다른 부하 둘과 함께 그곳에 있었어. 부하들이 맥시를 보스의 밀실로 끌고 들어가는 순간 프랭키가 맥시를 한참 찬찬히 훑어봤어. 그리고 악랄한 미소를 짓더니 방금 떠오른 생각이라는 듯 이렇게 말했어. '옷 벗어.' 맥시는 어린애처럼 칭얼대기 시작했어. '당장 옷 벗어, 이 새끼야. 카메라도 내놔.' 맥시는 카메라를 내주고 놈들한테서 최대한 멀리 떨어지려는 듯 벽 쪽으로 가서 벽을 등지고 섰어. 그러고 나서 재킷, 셔츠를 벗고 바지를 밑으로 내렸어. 신발은 여전히 신고 있었지. 신발을 벗으려고 바닥에 주저앉았는데, 바지가 발목에 감겨서 잘 벗겨지질 않았어. 프랭키가 빨리 하라고 소리를 질렀어. 프랭키의 네 부하들은 미소를 짓고 있었지. 발목 근처를 더듬던 맥시의 양손은 38구경 SIG 권총과 함께 등장했어. 짜잔!" 하드윅은 극적 긴장감을 더하려고 잠시 말을 멈추었다. "어떻게 생각하나?"

거니는 자신의 발목에 감춘 베레타를 가장 먼저 떠올렸다.

거니는 맥스 클린터를 생각해보았다. 그가 도박사고 정신 나간 사람인 건 사실이지만 복잡한 각본을 써내고 극한 상황에서 그 각본대로 움직일 줄 아는 사람이기도 했다. 그는 잔혹하고 충동적인 사람들을 다루는 방법을 알았고 자신이 원하는 방향으로 유도할 줄 알았다. 잠복 경찰에게, 혹은 마술사에게, 그보다 더 절실한 재능은 없었다. 그러나 거니는 이야기의 흐름 속에 무언가가 도사리고 있다고 느꼈다. 추악한 결말을 예고하는 무언가가.

하드웍이 말을 이었다. "그 뒤로 범죄수사국의 방대한 조사가 이루어졌지. 하지만 최종 결론은 맥시가 한 말이 전부였어. 맥시는 자기가 생명의 위협을 느꼈고 그런 상황에 적절하게 행동했다고 주장했어. 다섯 명의 조직 폭력배를 죽이고 자기는 털끝하나 다치지 않은 상태로 보스의 밀실에서 유유히 걸어 나왔거든. 그리고 그날 밤 이후 오 년, 그날의 명예를 변기물로 내려버렸지. 맥스 클린터. 범접할 수 없는 오라가 있는 친구야."

"그 친구 지금 뭐 하고 있는지는 아나? 뭘 하면서 살지?"

하드웍이 싱긋 웃었다. "총기 매매업. 특이한 총, 수집가용 총, 군용 총 같은 거. 어쩌면 데저트 이글까지."

08

킴 코레이즌의 복잡한 프로젝트

하드윅의 집에서 출발해서 딜위드에 11시 15분쯤 집에 도착해보니 킴의 빨간 미아타가 옆문 쪽에 주차되어 있었다. 거니가 그 옆에 차를 세우자 킴이 휴대전화를 내려놓고 창문을 내렸다. "안 그래도 전화드리려던 참이었어요. 문을 두드렸는데, 집에 아무도 없나 봐요."

"일찍 왔구나."

"전 늘 일찍 와요. 늦는 걸 못 참는 성격이거든요. 거의 지각 공포증에 가까워요. 특별히 할 일 없으시면 바로 루디 게츠를 만나러 출발해도 괜찮을까요?"

"잠깐만."

그가 화장실에 가려고 집 안으로 들어갔다. 전화를 확인해보니 아무것도 없었다. 그리고 노트북으로 이메일을 확인해보았다. 다 매들린에게 온 메일이었다.

집을 나서는 순간 바람에 밴 젖은 흙냄새를 맡았다. 흙냄새가 화단에 꽂힌 화살의 기억을 되살려주었다. 빨간 깃털, 검은 깃대. 진한 갈색 흙에 꽂혀 있던. 그의 시선이 화단으로 향했다. 반쯤 무언가를 기대하면서.

그러나 아무것도 없었다.

당연히 아무것도 없지. 뭐가 있겠어? 도대체 난 왜 이 모양인가.

그는 미아타로 다가가 낮은 조수석에 앉았다. 킴은 덜컹거리며 초원을 가로지르고 헛간을 지나고 연못을 지나고 산 밑으로 흐르는 냇물을 따라 난 비포장도로를 달렸다. 동쪽으로 향하는 카운티 도로에 접어들자 거니가 물었다. "그동안 다른 일은 없었니?"

킴이 얼굴을 찌푸렸다. "갈수록 신경이 예민해져요. 심리학자들이 과잉 경계 상태라고 부르는 증세인 거 같아요."

"끊임없이 위험요인을 확인하게 되든?"

"끊임없이 확인하고 모든 게 위협적으로 보여요. 연기 경보기가 지나치게 민감해서 토스터를 쓸 때마다 울리는 것처럼요. 내가 이 펜을 정말 테이블 위에 올려놓았었나? 저 포크를 벌써 닦아놓았던가? 저 화분이 원래 왼쪽으로 5센티미터 옆에 있지 않았던가? 그런 식이에요. 어젯밤만 해도 그래요. 한 시간 정도 나갔다가 집에 돌아왔는데, 욕실에 불이 켜져 있는 거예요."

"분명히 불을 끄고 나갔는데?"

"전 항상 꺼요. 그게 다가 아니었어요. 어디선가 로비의 향수 냄새가 나는 것 같았거든요. 아주 흐릿하게. 그래서 계속 킁킁거리면서 아파트 안을 돌아다녔어요." 킴이 분노에 찬 한숨을 내쉬었다. "제 말 무슨 뜻인지 아시겠어요? 제가 미쳐가나 봐요. 어떤 사람들은 헛것을 본다는데, 전 헛 냄새를 맡아요." 킴은 그 뒤로 한동안 말없이 운전만 했다. 안개가 짙어지자 킴은 와이퍼를 켰다. 와이퍼가 그리는 원이 끝나는 지점에서 날카로운 소리가 났지만 킴은 알아차리지 못하는 것 같았다. 킴의 옷차림은 깔끔하고 차분했다. 이목구비도 단아했다. 짙은 색 눈에 사랑스러운 입술, 탐스러운 머리카락. 투명한 피부는 살짝 그을렸다. 젊고 예쁜 아가씨였다. 반짝이는 아이디어로 가득 차 있고 야심만만하면서도 자기중심적이지 않았다. 그리고 똑똑했다. 그 점이 가장 마음에 들었다. 그런데 이렇게 똑똑한 아가씨가 어쩌다가 로비 같은 한심한 놈팡이와 얽힌 걸까.

"로비 미스 이야기 좀 늘어보자."

그의 말을 못 들었나 의심이 들 정도로 한참 뜸을 들였다가 킴이 입을 열었다.

"형편없는 집안에서 자랐고 거기서 나와 여러 고아원을 전전했다고 말씀드렸죠? 고아원 출신이어도 반듯하게 자란 사람들도 있지만 그렇지 못한 사람도 있잖아요. 저도 자세한 내막은 모르겠어요. 어쨌든 로비는 어딘가 달라 보였어요. 사람이 깊어 보였죠. 어쩌면 조금 위험할 정도로." 그녀가 망설였다. "로비가 매력적으로 보인 또 한 가지 이유는 아마 코니가 싫어했기 때문일 거예요."

"네 엄마가 싫어해서 로비를 좋아했다고?"

"코니가 로비를 싫어한 이유가 바로 제가 로비를 좋아한 이유였거든요. 로비는 우리 아빠를 닮았어요. 아빠 정서적으로 불안정한 사람이었고, 성장 배경도 특이했거든요."

우리 아빠. 거니에게 슬픔의 파장을 일으키는 말이었다. 아버지에 대한 그의 감정은 너무도 상충될 뿐 아니라 대체로 억눌려 있었다. 아버지로서 그 자신에 대한 감정 역시 마찬가지였다. 두 아들의 아버지. 살아 있는 아들 한 명과 죽은 아들 한 명. 휘저어진 감정이 잦아들기 시작하자 거니는 프로젝트의 다른 방향으로 화제를 돌려 상황을 모면하려 했다.

"맥스 클린터를 만났는데, 기이한 사람이었다고 했었지? 네가 그렇게 표현했던 것 같은데."

"아주 강렬해요. 사실, 강렬한 것 이상이에요."

"어느 정도로?"

"아주 많이요. 편집증 환자 같았어요."

"왜 그런 생각을 하게 됐니?"

"그 사람 눈빛요. 아주 추악한 비밀들을 알고 있는 눈빛이었어요. 절 보고 아무것도 모르면서 무작정 덤벼든다고 했어요. 제 목숨이 위태롭다고. 착한 양치기는 악마 그 자체라고요."

"그 말이 무척 거슬렸던 모양이구나."

"맞아요. 악마라는 말, 너무 진부하잖아요. 그런데 그 말을 꼭 진짜처럼 하더라고요."

몇 킬로미터를 더 달리고 나서 킴의 내비게이션이 28번 도로에서 보이스빌 출구로 나가라고 안내했다. 눈이 녹으면서 물이 불어 거세게 흐르는 허연 강물을 따라 달리다가 마운틴사이드 드라이브에 이르렀다. 가파른 소나무 숲 언덕을 지그재그로 내려가는 길이었다. 그 길 끝에 팔콘스 네스트 레인이 있었다. 빼곡한 솔숲 혹은 높은 돌담으로 가려진 저택들. 그리로 향하는 진입로 옆에 주소 팻말이 세워진 동네였다. 진입로는 일정한 간격을 두고 나타났고 가장 가까운 이웃과의 거리가 족히 400미터는 될 것 같았다. 그 길의 마지막 주소가 12번지였는데, 진입로 초입에 세워진 커다란 자연석 기둥 두 개 중 하나에 박힌 청동 명패에 필기체로 새겨져 있었다. 두 개의 돌기둥 위에는 농구공 크기의 돌덩이가 있었고 그 위에는 공격적으로 발톱을 세우고 날개를 펼친 독수리 석상이 있었다.

킴은 속도를 늦추며 우아한 벨기에식 진입로*로 접어들었고 거대한 진달래 덤불로 뒤덮인 터널을 지났다. 터널이 끝나고 진입로가 넓어지다가 마침내 루디 게츠의 저택 앞에 이르렀다. 유리와 콘크리트로 이루어진 각진 주택에서 가정집의 아늑함이라고는 찾아볼 수 없었다.

"여기네요." 킴이 금속 재질의 현관문으로 이어진 콘크리트 계단 앞에 차를 세우며 긴장한 목소리로 말했다.

차에서 내려 계단을 올라가 노크하려는 순간 문이 열렸다. 그들을 반긴 남자는 땅딸막하고 피부가 창백했으며 성긴 회색 머리에 눈꺼풀이 축 늘어졌다. 그는 검은 청바지에 검은 티셔츠를 입고 크림색 리넨 재킷을 걸친 채 투명한 음료가 담긴 짧고 납작한 유리잔을 들고 있었다. 왠지 모르게

---

* 널돌을 깔아 포장한 길.

포르노 영화 제작자를 연상시켰다.

"안녕하세요. 만나서 반가워요." 그가 독도마뱀의 온기를 담아 킴에게 인사했다. 거니를 보는 순간 그의 입이 벌어지며 영혼 없는 미소를 만들었다. "그 유명한 형사님이시로군요. 반갑습니다. 들어오세요." 그가 한 걸음 뒤로 물러서며 유리잔으로 집 안을 가리켰다. 그리고 눈살을 찌푸리며 잿빛 하늘을 보았다. "날씨 한번 험악하지 않습니까?"

실내 역시 공격적일 정도로 현대적이고 각이 져 있었다. 대부분 가죽, 금속, 유리 재질의 차가운 색상이었고 바닥은 흰 목재였다.

"음료는 뭘로 하시겠습니까, 형사님?"

"괜찮습니다."

"형사님은 아무것도 안 드시고, 코레이즌 양은?" 그는 과장스러운 스페인 발음으로 그녀의 이름을 발음했고, 그 발음이 그의 미소와 결합되는 순간 음탕한 애무처럼 느껴졌다.

"물 한 잔 주시겠어요?"

"물." 그가 고개를 끄덕이며 마치 그녀의 말이 요구라기보다는 아주 재미있는 농담이라도 된다는 듯 되풀이했다. "자, 이쪽으로 앉으시죠." 그가 성당 유리창 크기의 창 앞에 놓인 의자들을 가리키며 말했다. 그가 말하는 동안 몸에 달라붙는 검은 타이즈를 입은 여자가 이상할 정도로 소음이 없는 롤러블레이드를 타고 널찍한 거실을 가로지르더니 맞은편 문으로 사라졌다.

그들이 낮은 테이블 앞에 자리를 잡고 앉은 뒤에도 롤러블레이드 아가씨가 또다시 거실을 가로질러 다른 문으로 들어갔다. "우리 클로디아예요." 게츠가 비밀이라도 말하듯 윙크하며 여자를 소개했다. "사랑스럽지 않습니까?"

"누구죠?" 그녀의 출현에 놀란 듯 킴이 물었다.

"내 조카예요. 얼마간 여기에 있을 겁니다. 롤러블레이드를 좋아하죠."

그가 잠시 말을 멈추었다. "하지만 우린 일 이야기를 하려고 만났어요. 안 그런가요?" 마치 잡담 시간은 끝났다는 듯 그의 미소가 증발했다. "두 분에게 아주 좋은 소식이 있습니다. 〈살인의 고아들〉이 시청자 투표에서 1위를 달리고 있답니다."

킴은 기뻐한다기보다는 혼란스러운 표정이었다. "시청자 투표요? 어떻게 벌써……."

게츠가 그녀의 말을 잘랐다. "프로그램의 반응을 평가하기 위해 사전조사를 실시했죠. 예고편을 제작해서 팟캐스트를 통해 시청자 샘플 집단에 노출시키는 방식으로, 리얼타임 온라인 피드백이라고나 할까요. 아주 정확한 예측자료라고 볼 수 있습니다."

"어떤 자료를 쓰셨는데요? 제가 루스와 지미를 인터뷰한 동영상을 쓰셨어요?"

"몇 장면을 썼지요. 중요한 몇 장면. 그리고 배경 설명을 조금 곁들였죠."

"하지만 그 인터뷰는 제가 아마추어 카메라로 찍은 건데요. 방송에 내보낼 의도로 찍은 게……."

게츠가 킴 쪽으로 몸을 숙였다. "사실 이번 프로 같은 경우엔 아마추어 카메라가 더 적합해요. 아무것도 가미하지 않은 적나라한 영상이 먹힐 때가 있죠. 정직해 보이니까요. 킴의 성격처럼. 정직하고 열려있고 젊고 순수하달까. 그게 시청자 의견 중 하나였어요. 이런 얘긴 하면 안 되는데, 그냥 말해야겠네요. 킴이 날 신뢰하길 바라는 의미에서요. 시청자는 킴을 좋아해요. 아주 열렬히 좋아해요. 내가 보기에 우리의 미래는 아주 밝아요. 어떻게 생각해요?"

킴의 눈이 휘둥그레졌고 입이 반쯤 열렸다. "잘 모르겠어요. 그러니까…… 그 사람들은 제 인터뷰의 일부만 보고……."

"약간의 설명, 향후 전개 방향 같은 걸로 포장한 거죠. 실제 방송할 때처럼. 팟캐스트라는 제한된 매체를 통해 13분짜리 네 편으로 구성된 한 시간

길이의 프로가 나가요. 그래서 이번엔 킴의 프로하고, 우리가 기획한 세 편의 다른 프로를 넣어봤죠. 팟캐스트 제목이 〈방영 혹은 폐기〉예요. 제목이 너무 과격하다는 사람들도 있는데, 그래서 더더욱 그렇게 가야 하는 거죠. 강렬하니까."게츠는 마지막 말을 아주 은밀하게, 거의 경건함에 가깝게 발음했다. "램 뉴스의 성공 비결이 뭔지 아십니까? 바로 그거예요. 강렬함. 예전에는 뉴스는 뉴스고 오락은 오락이라고 생각했죠. 그래서 뉴스가 돈을 못 벌었어요. 금광을 깔고 앉아 있으면서 그걸 몰랐던 거죠. 있는 그대로의 사실을 최대한 따분하게 전달하는 게 뉴스라고 생각한 거죠."루디 게츠가 그렇게 한심한 생각을 할 수 있는 게 인간임을 다 이해한다는 듯 너그럽게 고개를 저었다.

거니가 미소 지었다. "그 사람들이 잘못 생각했군요."

루디 게츠가 반에서 가장 똑똑한 아이에게 매혹당한 선생님처럼 손가락으로 거니를 가리켰다. "바로 그거예요! 뉴스는 곧 삶이고, 삶은 곧 감정이고, 감정은 강렬해요. 드라마, 피, 승리, 눈물. 인생은 갈등이에요. 뒈져, 이 새끼야! 너나 뒈져! 도대체 네까짓 게 뭔데 나한테 뒈지래! 탕! 탕! 탕! 바로 이런 거죠. 저의 거친 언어를 용서하세요. 하지만 제 말이 무슨 뜻인지 아시겠죠?"

"너무나 잘 압니다." 거니가 침착하게 말했다.

"그래서 우리가 계획한 프로를 시험하는 팟캐스트 프로 제목이 〈방영 혹은 폐기〉인 겁니다. 시청자가 좋아하는 게 바로 그런 거니까요. 지극히 단순한 선택이죠. 권력! 마치 글래디에이터를 바라보는 황제처럼! 손가락을 올리면 살고, 손가락을 내리면 죽고. 시청자는 흑백 논리를 좋아해요. 회색은 골치 아파요. 미묘한 뉘앙스는 구역질 나죠."

킴이 침을 꿀꺽 삼키며 눈을 깜빡였다. "그럼…… 〈살인의 고아들〉엔…… 엄지를 들어주었나요?"

"들어주었지요. 아주 높이!"

킴이 다른 질문을 하려는 찰나, 게츠가 그녀의 말을 자르고 이야기를 계속했다. "아주 높이 올려주었어요. 우리로선 고마운 일이었지요. 일종의 카르마랄까, 다시 원점으로 돌아온 겁니다. 우리 램 뉴스를 최고의 프로그램으로 등극시켰던 게 바로 착한 양치기 사건이었거든요. 착한 양치기 사건은 우리의 고향이나 마찬가지예요. 그런데 이제 다시 그 사건이 거론되고 있어요. 그것도 꼭 십 년 만에. 그야말로 완벽한 타이밍 아닙니까? 난 온몸으로 느낄 수 있어요. 자, 이제 근사한 점심 식사를 시작해볼까요?"

그가 손짓하자 클라우디아가 커다란 쟁반을 들고 나타나 커피테이블 위에 올려놓았다. 젤을 발라 삐죽삐죽하게 세운 그녀의 머리카락은 처음엔 검은색으로 보였지만 다시 보니 진한 파란색이었다. 눈빛보다 조금 더 진한 파란색. 그녀는 불편할 정도로 스스럼없이 거니와 눈을 맞추었다. 아직 십 대로 보였다. 그녀는 롤러블레이드를 타고 한 바퀴 빙 돌더니 천천히 거실을 가로지른 다음 뒤를 한 번 돌아보고 사라졌다.

쟁반 위에는 세 개의 접시가 놓였다. 각각의 접시에는 섬세하게 장식된 스시가 있었다. 색상도 아름답고 모양도 기가 막혔다. 거니가 처음 보는 재료들이었고 킴에게도 분명히 그럴 것이었다. 킴은 놀란 표정으로 접시를 바라보았다.

"토시로가 또 하나의 걸작을 만들었군요." 게츠가 말했다.

"토시로가 누구죠?" 킴이 물었다.

게츠의 눈이 반짝였다. "시내에 있는 유명한 스시 레스토랑에서 내가 빼온 전리품이지요." 그가 접시 위에 놓인 것들 중 가장 가까이에 있는 것 하나를 집어 입안에 넣었다.

거니도 그렇게 했다. 말로 표현할 수 없는, 기가 막힌 맛이었다.

용기를 내려 애쓰는 듯한 표정을 짓던 킴도 한 조각을 입에 넣고 조금 씹더니 눈에 띄게 안도하는 모습을 보였다. "맛있네요. 그러니까 토시로는 이 집 주방장이신가요?"

"내 직업적 보상 중의 하나지요."

"하고 계시는 일에 아주 뛰어나신가 봅니다." 거니가 말했다.

"사람과 사람을 연결하는 데 뛰어납니다." 게츠가 잠시 말을 멈추었다가, 마치 방금 떠오른 생각이라는 듯 그에게 말했다. "사람의 재능을 알아보는 게 저의 재능이지요."

부끄러운 줄도 모르고 자기 자랑을 해대는 그를 신기해하며 거니가 말없이 고개를 끄덕였다.

킴은 화제를 〈살인의 고아들〉로 옮겨가고 싶어 안달이 난 눈치였다. "저, 궁금한 게 있는데요. 〈방영 혹은 폐기〉의 여론조사에서 제가 앞으로 하게 될 인터뷰에서 참고해야 할 부분이 있을까요?"

그는 킴에게 날카로운 질문이라는 듯한 표정을 지어보였다. "지금까지 하던 대로 하면 돼요. 킴에겐 자연스러운 순수함 같은 게 있어요. 너무 깊이 생각하지 말아요. 지금은 그 정도로 충분하니까. 장기적으로 봤을 땐 이 프로를 확대 개편할 가능성도 있고 분할할 가능성도 있어요. 〈살인의 고아들〉 개념은 강하게 어필할 거예요. 여섯 명의 착한 양치기 희생자 유가족을 넘어선 또 다른 세계로 안내할 가교 역할을 한다고나 할까요. 다른 살인사건 유가족으로 확대될 수 있겠죠. 이건 아주 자연스러운 프랜차이즈이고, 내가 보기엔 이대로 가도 될 거 같아요. 하지만 또 다른 개념, 이를테면, 미해결 사건이라는 개념으로 연결될 수도 있지요. 일단 지금은 두 가지를 한데 묶어서 진행합니다. 그러니까 유가족의 고통이라는 이슈가 있고, 다른 한편으로는 달아난 범인, 종결되지 않은 사건이란 이슈도 있어요. 〈살인의 고아들〉로 단물을 다 빼먹고 나면 그땐 아마 주제를 바꾸어야겠죠. 거기서 파생된 개념으로 〈정의의 부재〉라는 새로운 프로도 생각하고 있습니다. 미해결 사건의 부조리를 고발하는 거죠. 현재 진행형 부조리."

게츠가 물러나 앉으며 킴이 그의 말을 이해하기를 기다렸다.

킴은 확신이 없어보였다. "그렇게…… 볼 수도 있겠네요……."

그가 몸을 숙였다. "물론 코레이즌 양이 이 프로그램을 어떤 식으로 시작했는지는 잘 알고 있어요. 감정적인 측면이죠. 고통, 시련, 상실감. 우린 단지 균형을 잡자는 겁니다. 첫 번째 시리즈는 고통과 상실감에 더 초점을 맞추고, 두 번째 시리즈에서는 미해결 범죄에 초점을 맞출 겁니다. 전혀 다른 이야기죠. 오늘 같이 오신 형사님을 보는 순간 떠오른 생각입니다." 그가 거니를 가리키며 말했다. 새로운 발견에 들뜬 듯 처진 눈꺼풀 밑에서 눈을 반짝이면서.

"제 이야기 한번 들어보세요. 아직 생각이 정리된 단계는 아니지만, 일단 이야기하자면, 두 분, 미국에서 가장 화끈한 리얼리티 팀이 되어보시겠어요?"

킴은 눈을 깜빡거렸다. 한편으로는 흥분되고 한편으로는 당혹한 표정이었다.

게츠가 부연 설명을 시작했다. "두 분은 기질적으로 아주 대조적이죠. 멋지게 충돌하는 개성이랄까. 희생자를 걱정하는 감정적인 소녀, 범인을 체포하고 사건을 종결하는 데에만 관심 있는 날카로운 형사! 그 애증 어린 관계에 갇혀 겪어야만 하는 고통. 살아 있어! 강렬해!"

09

과묵한 고아

"무슨 생각 하세요?" 와이퍼 속도를 다시 한 번 조절하면서 킴이 거니를 흘끗하며 물었다.

둘은 애쇼칸 호수의 둑길을 지나 남쪽 스톤 릿지로 향하고 있었다. 2시가 조금 지났다. 오후는 여전히 잿빛이었고 듬성듬성 안개도 끼었다.

거니가 대답하지 않자 그녀가 덧붙였다. "표정이 어두우세요."

"네 사업 동료란 자의 이야기를 듣다보니 램 뉴스가 예전에 착한 양치기 사건을 어떻게 다루었는지 기억이 나더구나. 넌 기억 못할 거야. 열세 살이면 뉴스 볼 나이는 아니니까."

킴이 젖은 도로를 바라보며 눈을 깜빡였다. "어떻게 다루었는데요?"

"하루 종일, 일주일 내내, 공포심을 조장하는 과잉 방송을 했지. 메르세데스 벤츠 미치광이니, 자정의 미치광이니, 자정의 살인자니 온갖 이름들을 갖다붙이면서. '착한 양치기'라고 서명된 선언문이 방송사에 도착한 뒤론 그 이름을 불러주더구나. 램 뉴스는 선언문에서 언급한 탐욕 척결에 초점을 맞추고는 그 사건이 마치, 미국에, 그리고 자본주의에 맞서는, 사회주의 게릴라들의 혁명이라도 되는 양 호들갑을 떨었어. 24시간 내내, 소위 그 방면의 '전문가'라는 사람들이 나와서는 앞으로 일어날지도 모를 끔찍한 일들에 대해 쉴 새 없이 떠들어댔지. 전 미국인이 무장해야 한다는 둥, 집 안에도 총, 자동차에도 총, 주머니에도 총을 넣고 다녀야 한다는 둥. 미

국에 맞서는 범죄자들의 비위를 더는 맞출 수 없다고. '범죄자들의 인권'
따윈 끝장낼 때가 됐다고. 사건이 종결된 뒤에도 램 뉴스는 계속 떠들어댔
어. 계층간의 전쟁에 대해서. 전쟁이 지하로 숨었다면서, 앞으로 더 끔찍한
방식으로 표출될 게 확실하다고. 그걸로 일 년 반을 우려먹더구나. 램의 궁
극적인 목표는 너무도 분명했지. 분노와 공포를 극대화해서 시청자를 확
보하고 광고 수익을 늘리는 것. 서글프게도 그 작전은 통했어. 램 뉴스가
착한 양치기 사건을 다룬 방식은 케이블 방송 쓰레기 뉴스의 귀감이 됐어.
무의미한 논쟁, 갈등의 증폭, 흉측한 음모 이론, 분노의 찬양, 비난에 바탕
한 정황 설명 등등. 루디 게츠는 그 모든 걸 아주 자랑스럽게 생각하는 것
같더구나."

킴이 운전대를 잡은 손에 힘을 주었다. "제가 상대할 사람이 아니라고
말씀하시는 거예요?"

"조금 전에 루디 게츠란 자를 만났고 그 만남을 통해 너무도 자명해진
사실을 말하는 것뿐이야."

"아저씨가 제 입장이라면 이 사람 상대하시겠어요?"

"넌 똑똑한 아이야. 그게 아무 의미 없는 질문이란 것 정도는 알잖아."

"아뇨, 몰라요. 아저씨가 제 입장이라면 어떻게 하실지 생각해보세요."

"넌 지금 만약 내가, 내가 아닌 사람이라면, 나의 성장 배경, 나의 느낌,
나의 생각, 나의 가족, 나의 우선순위, 나의 삶이 없다면 어떤 결정을 내릴
건지 묻고 있구나. 모르겠니? 내 삶에선 도저히 네 입장에 처할 수가 없어.
말이 안 되는 질문이야."

킴이 당황한 표정으로 눈을 깜빡였다. "왜 그렇게 화가 나셨어요?" 거니
는 흠칫 놀랐다. 킴이 옳았다. 그는 화가 났다. 게츠 같은 파렴치한 파충류
때문이라고 하면 간단할 것이다. 비교적 해롭지 않은 정보인 뉴스를 냉소
적인 양극화의 동력으로 변질시키는 게 화가 난다고, 살인을 리얼리티 쇼
로 만들어버리는 게 화가 난다고 말하면 간단할 것이다. 그러나 거니는 알

고 있었다. 분노의 표면적 이유는 종종 내적인 이유를 감추기 위한 변명이란 걸.

어느 지혜로운 이가 그에게 말한 적이 있었다. 분노는 수면에 떠 있는 부표와 같다고. 우리가 생각하는 분노의 이유는 실제 문제의 끄트머리일 뿐이라고. 그게 어디로 연결되어 있는지, 무엇이 그 부표를 붙잡고 있는지는 끝까지 줄을 따라 가봐야 알 수 있다고.

거니는 그 줄을 따라가보기로 했다. 그가 킴을 돌아보았다. "오늘 회의에 왜 같이 가자고 했니?"

"이미 말씀드렸잖아요."

"네 뒤를 봐달라고? 뒤에서 지켜만 봐달라고?"

"상황을 지켜보시고 어떻게 생각하시는지 말씀해주시길 바랐어요. 제가 어떻게 대처해야 하는지도요."

"네 목적이 뭔지 모르는 상태에서 널 평가할 순 없어."

"목적은 없었어요."

"진심이니?"

그녀가 그를 보았다. "절 거짓말쟁이라고 생각하세요?"

"운전 조심해라." 단호한 부모의 목소리였다.

그녀의 시선이 다시 도로로 향하자 그가 말을 이었다. "루디 게츠는 네가 날 하루만 고용했단 사실을 왜 모르고 있지? 왜 내가 실제보다 더 깊이 이 일에 관여한다고 생각하지?"

"모르겠어요. 그 사람에게 그런 말을 한 적은 없어요." 그녀가 입술에 힘을 주었다. 왠지 울지 않으려 애쓰는 듯한 표정이었다.

그가 침착하게 말했다. "이야기가 어떻게 된 건지 다 알아야겠다. 내가 왜 여기까지 오게 됐는지."

킴이 거의 알아차리기 힘들 정도로 고개를 끄덕였지만 다시 입을 열기까지 적어도 1분이 흘렀다. "저의 지도교수가 제 논문을 게츠에게 넘기고 나서 첫 만남을 가진 이후 일이 너무 빨리 진행됐어요. 솔직히 그 사람이 저의 제안을 받아들일 거라고 생각하지 않았기 때문에 막상 그렇게 되니까 좀 무서웠어요. 엄청난 일이 닥쳐오고 있는데 거기 휩쓸려 떠내려가고 싶진 않았어요. 어느 날 갑자기, 램TV 사람들이 정신을 차리고, 가만, 애겨우 스물두 살이잖아. 이런 애송이가 살인사건에 대해 뭘 알겠어? 이런 애송이가 도대체 뭘 알겠느냐고! 이럴 것 같았어요. 코니와 전 현장 경험이 있는 전문가의 도움을 받으면 모든 면에서 제 입지가 좀 더 탄탄해질 거라고 생각했어요. 우리 둘 다 아저씨를 떠올렸고요. 코니는 살인사건에 대해 아저씨보다 더 많이 아는 사람은 없다면서, 코니가 쓴 기사 덕분에 아저씨가 유명 인사가 되었다고, 아저씨가 적임자라고 했어요."

"그 기사를 게츠한테 보여줬니?"

"어제 전화로 아저씨가 절 도와주기로 하셨다고 이야기하면서 제가 기사에 대해 언급했던 것 같아요."

"로비 미스에 대해선?"

"어떤 거요?"

"그 친구 문제도 내가 도와주길 바랐니?"

"어쩌면요. 어쩌면 제가 인정하는 것보다 로비를 많이 무서워하고 있는 건지도 모르겠어요."

오랜 형사생활을 통해 거니는 인간의 기만이 다양하게 포장된 모습으로 다가온다는 걸 알고 있었다. 어떤 건 공들여 포장되고 어떤 건 허겁지겁 포장된다. 그러나 진실은 언제나 발가벗고 야위었다. 인간이 지닌 삶의 복잡성에도 진실은 대체로 단순하다. 거니는 킴의 목소리에서 바로 그 단순함을 감지했다. 그 단순함이 그를 미소 짓게 했다.

"그러니까 살인 전문가이자 유명 인사, 네 말에 신빙성을 제공하는 사람, 리얼리티 쇼의 공동 진행자, 너의 스토커를 쫓는 보디가드가 되어달란 거로구나. 그게 다니?"

그녀가 머뭇거렸다. "기왕 제가 사람을 맘대로 주무르려 하는 형편없는 애라는 사실이 드러난 마당이니 또 한 가지 한심한 저의 바람을 고백할게요. 이제 곧 만날 래리 스턴을 협조적으로 만들어주셨으면 좋겠어요."

"왜?"

"제 말이 진짜 어처구니 없는 이야기처럼 들리시겠지만요. 아저씨가 유명한 강력계 형사였으니까 래리 스턴은 다시 범인에 대한 추적이 시작될 거라 생각할 수도 있잖아요. 범인을 잡을 수 있다는 희망에 이 일에 협조적으로 나서줄 수도 있지 않을까요?"

"그러니까 앞서 내가 말한 것들에다가 미해결 사건인 착한 양치기 수사까지 겸해달란 거로구나."

그녀가 한숨을 쉬었다. "저 한심하죠?"

그는 굳이 대답하지 않았고 그녀 역시 대답을 강요하지 않았다.

구름 덮인 하늘 어딘가에서 헬리콥터의 무겁고 요란한 심장박동이 점점 더 커졌다가, 약해졌다가, 멀리 사라졌다.

인상적인 독수리가 반기던 루디 게츠의 진입로와는 달리 래리 스턴의 저택 진입로는 나지막한 돌담 끝 평범한 우편함 옆에서 시작되었다. 그의 집은 이 동네에서 흔한 형태인 18세기 석조 건물로 다듬지 않은 풀밭에서 60미터 정도 안쪽에 자리 잡고 있었다. 킴은 집과 떨어진 차고 옆에 미아타를 세웠다.

집으로 다가가자 현관문이 열렸다. 집에서 나온 남자는 중간 체격, 중간 키의 남자로 삼십 대 후반이나 사십 대 초반으로 보였다. 골프 셔츠에 구겨진 카디건, 헐렁한 바지, 고가로 보이는 구두를 신고 있었고 전반적으로 갈색 톤이라 밝은 갈색 머리카락과 흠잡을 데 없이 어울렸다.

킴의 파란색 파일에 수록된 정보에 의하면 래리 스턴은 살해된 자기 아버지의 병원을 물려받아 운영하고 있으며, 뛰어난 실력을 지닌 최고의 치과의사라고 했다.

"킴," 그가 미소를 지으며 말했다. "다시 만나서 반가워요. 이분은 거니 형사님?"

"전직 형사죠." 거니가 강조했다.

거니의 구분이 마음에 든다는 듯 래리 스턴이 고개를 끄덕였다. "들어오세요. 여기가 좋겠네요." 그가 널찍한 마룻널과 고급 가구로 꾸며진 환한 방으로 그들을 안내했다. "무례하게 들릴지 모르겠지만 제가 오늘 시간이 많지 않아서요. 바로 본론으로 들어갔으면 합니다."

그들은 벽난로 앞에 놓인 동그란 양탄자 위에 놓인 안락의자에 앉았다. 벽난로에 남은 빨간 석탄 불씨가 방 안을 기분 좋을 정도로 따뜻하게 만들어주었다.

"램 뉴스에 대해 어떤 생각을 갖고 계신지는 잘 알고 있어요." 킴이 진심을 담아 말했다. "하지만 다른 의견을 다시 한 번 들어보시는 것도 중요할 것 같아서 이렇게 찾아온 거예요."

스턴이 차분한 미소를 지었다. 그리고 마치 어린아이 대하듯 말했다. "난 항상 들을 준비가 되어 있는 사람입니다. 킴도 물론 들을 준비가 되어 있겠죠?"

남자의 점잖은 말투가 거니에게 어렴풋이 누군가를 떠올리게 했다.

"그럼요." 그다지 확신 없는 목소리로 킴이 대답했다.

스턴이 몸을 앞으로 숙였다. 공손한 집중을 연상시키는 자세였다. "먼저 이야기해봐요."

"그럴게요. 첫째, 이번 프로그램의 형식과 스타일은 제가 결정할 거예요. 그러니까 선생님께서 얼굴 없는 언론을 상대하는 게 아니란 점을 말씀드리고 싶고요. 둘째, 유가족, 그러니까 선생님 같은 분들이 이 프로그램의 내용 95퍼센트를 차지하게 될 거예요. 제 질문에 대한 선생님의 대답이 그대로 나간다는 거죠. 셋째, 저는 진실 외엔 그 어떤 것에도 관심이 없어요.

살인이 한 가정에 미치는 충격에 관한 진실이죠. 넷째, 램 뉴스는 그 나름의 방식이 있었겠지만, 이번 프로젝트의 경우, 램은 하나의 장이고 커뮤니케이션 통로일 뿐이에요. 램은 매개체이고 메시지는 선생님이 전하시는 거예요."

스턴이 차분히 미소 지었다. "말을 참 잘하네요. 하지만 제가 우려하는 바는 여전히 그대로입니다. 킴처럼 나도 번호를 매겨가며 이야기해볼까요. 첫째, 램은 좋은 회사가 아닙니다. 램이야말로 나쁜 방송의 선두주자예요. 그들은 우리 사회의 가장 추악하고 분열적인 요소들을 극대화하죠. 공격성을 추앙하고 무지를 미덕으로 둔갑시켜요. 킴의 우선순위가 진실을 전하는 건지는 몰라도 그들의 우선순위는 아닐 겁니다. 둘째, 킴 같은 사람이 그들을 다루는 기술보다 그들이 킴 같은 사람을 다루는 기술이 훨씬 더 뛰어나요. 이 프로그램에 대해 킴이 주도권을 갖기란 현실적으로 불가능해 보여요. 인터뷰에 응하는 사람들한테 독점권 서명을 받고 있는 걸로 아는데, 램 측에서 그 조항을 먼저 깨더라도 너무 놀라진 말아요. 셋째, 설령 램 측에 사악한 의도가 없다고 하더라도, 나는 킴이 이 프로젝트를 접었으면 합니다. 흥미로운 발상이지만 한편으로는 엄청난 고통을 유발할 가능성이 있어요. 프로젝트로 인해 치러야 하는 대가가 그 보상보다 크단 겁니다. 킴이 선한 의도로 이 일을 시작한 건 사실이지만 때로 선한 의도도 고통을 낳죠. 특히 사적인 감정을 대중에 공개해야 하는 경우가 그렇게 되기 쉬워요. 넷째, 오랜 세월이 흘렀지만 내가 겪은 일의 고통은 여전히 남아 있어요. 조금 전에 한 말의 증거라고 할 수 있죠. 지난번엔 굳이 이 이야기를 안 했지만, 십구 년 전, 치과대학에 다니던 시절, 친한 대학 친구가 살해되었어요. 그때 방송에서 얼마나 호들갑을 떨면서 천박하고 야비하고 구역질 나게 다루었는지 지금도 생생하게 기억합니다. 전형적인 방식이죠. 한 가지 서글픈 사실이 있다면 시청자는 천성적으로 쓰레기를 좋아한단 겁니다. 쓰레기 시장이 이성적이고 지적인 시장보다 더 커요. 그게 바로 언론의 본질이고 대중의 본질이죠. 신문방송학의 기본이기도 하고요."

서너 차례 그런 식의 이야기가 오가면서 두 사람 모두 이미 한 말을 되풀이했고 날카로운 대립각을 예의로 감추었다. 래리 스턴이 시각을 확인하면서 그만 가봐야 한다며 사과했다.

"여기서 병원까지 통근하십니까?" 거니가 물었다.

"일주일에 한두 번만 나갑니다. 실제 치과 진료는 거의 하지 않아요. 규모가 큰 치과 사업이라 저는 치과의사로 현장에서 일하는 건 아니고, 이사회 회장에 가깝죠. 훌륭한 임직원, 일 잘하는 관리자를 둔 덕입니다. 저는 주로 의료업계나 치과업계와 상관없는 일을 해요. 자선사업이라든가. 운이 좋은 편이죠."

"회장님, 시간이……."

문간에 키가 크고 날씬하고 아몬드 모양의 눈을 한 여자가 손목의 금시계를 가리켰다.

"알고 있어, 릴라. 손님들이 막 일어나시던 참이야."

그녀가 미소를 지으며 물러났다.

래리 스턴은 킴과 거니를 현관으로 배웅했고 킴에게 필요하면 언제든 연락하라고 했다. 그는 거니와 악수를 하며 공손한 미소를 지었다. "언제든 시간 되실 때 형사 시절 이야기 한번 듣고 싶습니다. 킴의 어머니가 쓴 기사를 보니 정말 대단한 분이시더군요."

그제야 거니는 그가 누구를 연상시키는지 깨달았다.

미스터 로저스*.

술탄의 하렘** 출신 아내를 두었던 미스터 로저스.

---

* 1963년부터 2001년까지 미국에서 인기리에 방영된 토크쇼 〈미스터 로저스의 이웃들〉의 진행자.

** 이슬람 제국의 황제인 술탄의 여인들이 모여 살던 궁전.

10

극단적 대립

스턴의 저택 진입로 끝에서, 지나가는 차가 한 대도 없는데도 킴은 도로로 나가지 않고 차를 세웠다. "물으시기 전에 대답할게요." 그녀가 고백하듯 말했다. "대답은 '네'예요. 오늘 약속 잡기 전에 아저씨가 같이 오실 거라고 미리 이야기했고 코니의 기사 링크를 보내주었어요."

거니는 아무 말도 하지 않았다.

"제가 그렇게 해서 화나셨어요?"

"고고학 발굴 작업에 동참한 것 같은 기분이 드는구나."

"무슨 말씀이세요?"

"조그만 조각들이 자꾸만 나와. 다음엔 또 뭐가 나올지 모르겠다."

"다음에 나올 건 없어요. 적어도 제가 생각하는 건요. 경찰 일도 그런 식이었나요?"

"어떤 식?"

"고고학 발굴 작업."

"어떻게 보면 그렇지."

사실 발굴은 그에게 자주 떠오르는 이미지였다. 퍼즐 조각들을 찾아내 펼쳐놓고 모양과 무늬를 살피고 조심스럽게 하나의 형상으로 맞추는 것. 가끔은 시간을 두고 생각해야 했지만 민첩하게 움직여야 할 때가 더 많았다. 진행 중인 연쇄살인사건의 경우, 조각을 찾고 분석하는 작업이 지연되는 것은 더 많은 살인, 더 많은 공포를 의미하기 때문이었다.

킴이 휴대전화를 들여다보고 거니를 보았다. "아직 3시도 안 됐어요. 혹시 집으로 모셔다 드리기 전에 한 명 더 만나주실 수 있으세요?" 거니가 미처 대답하기 전에 킴이 얼른 덧붙였다. "어차피 돌아가는 길에 있어서 시간이 많이 걸리진 않을 거예요."

"6시까진 집에 돌아가야 해." 꼭 그래야 할 필요는 없었지만 선을 긋고 싶었다.

"돌아갈 수 있을 거예요." 킴은 번호를 누른 다음 휴대전화를 귀에 대고 기다렸다. "로버타? 킴 코레이즌이에요."

짧은 대화가 오고간 뒤 킴은 고맙다고 인사했고 둘은 목적지로 향했다.

"간단하네." 거니가 말했다.

"처음 만났을 때부터 로버타는 이 프로젝트를 무척 반겼어요. 로버타는 자기 감정이나 의견을 거침없이 표현하는 편이에요. 브루스터를 제외하면 가장 적극적이죠."

로버타 로트커는 피콕이라는 마을 외곽의 요새 같은 벽돌집에 살고 있었다. 들 한복판에 자리 잡은 안정감 있는 주택이었다. 집 주위의 들판은 풀밭 엇비슷하게 대충 풀을 베어놓았다. 나무도 없고 관목 숲도 없고 아무것도 심지 않았다. 2미터 높이의 철조망 울타리로 집 전체를 빙 둘렀고 울타리 안쪽에 일정한 간격을 두고 감시카메라가 설치되어 있었다. 견고해 보이는 철문은 바퀴가 달려 있었고 집 안에서 원격으로 조종되는 자동문이었다.

그들이 입구에 도착하자 바로 문이 열렸다. 곧게 뻗은 포장도로는 세 대의 차를 들여놓을 수 있는 차고 앞 방문객 주차 공간으로 이어졌다. 어딘가 관공서의 분위기를 자아내는 주택이었다. 정부 기관이 운영하는 비밀 아지트 같았다. 거니는 보안 카메라 네 대를 확인했다. 두 대는 주차장 앞쪽에, 두 대는 처마 밑에 달려 있었다.

앞문을 연 여자 역시 집만큼이나 사무적인 인상이었다. 체크무늬 셔츠에 짙은 색 면바지 차림이었다. 무성의하게 짧게 자른 엷은 빛깔 머리카락이 외모에 대한 무관심을 한층 더 강조했다. 거니에게 꽂힌 그녀의 시선은 차가웠고 눈을 깜빡이지도 않았다. 그 모습은 언제든 꺼내들 수 있는 권총을 허리에 차고 다니는 여자 경관을 연상시켰다.

그녀가 킴과 힘차게 악수했다. 흔히 남자의 직업으로 인식되는 일을 하는 여자에게서 발견되는 모습이었다. 킴이 거니를 이 프로젝트의 '고문'이라고 소개하자 로트커는 짧게 고개를 까닥하고는 뒤로 물러서며 그들을 집 안으로 들였다.

구조적으로는 중앙 홀이 있는 식민지 시대풍 주택이었지만 홀은 완전히 비어 있어서 앞문과 뒷문을 이어주는 통로에 불과했다. 왼쪽으로 두 개의 문과 계단이 있었고 오른쪽으로 세 개의 닫힌 문이 있었다. 쉽게 정보를 내보이는 집이 아니었다.

오른쪽 첫 번째 문을 지나 가구가 거의 없는 응접실로 들어서자 거니가 물었다. "법 집행 분야에서 일하십니까?"

로트커는 문을 닫고 나서야 대답했다. "물론이죠."

대답치고는 특이했다. "법 집행 기관에 고용되어 있으신지 물은 겁니다." 거니가 다시 물었다.

"제가 어디 고용되었는지가 왜 궁금하시죠?"

거니가 건조한 미소를 지었다. "무기를 소지하고 계신 게 직업상의 이유인지, 개인적 취향인지 궁금해서요."

"불필요한 구분입니다. 제 대답은, 말씀하신 것 둘 다입니다. 편히 앉으시죠." 매들린이 일주일에 세 번 나가는 병원의 대기실을 연상시키는 딱딱한 소파를 가리키며 그녀가 말했다. 거니와 킴이 자리에 앉자 로트커가 말을 이었다. "개인적 취향이기도 합니다. 무기를 보면 기분이 좋아져요. 하지만 어떻게 보면 현실적인 요구이기도 하죠. 우리가 살고 있는 시대의 요구라고 할까요. 현실에 올바르게 대처하는 것이야말로 책임 있는 시민으로서 해야 할 일이라 생각합니다. 호기심이 충족되셨는지요?"

"어느 정도는요."

"지금은 전쟁 중입니다, 형사님. 옳고 그름을 분별할 줄 모르는 짐승들과의 전쟁이죠. 놈들을 잡지 않으면 우리가 잡혀요. 그게 현실이에요."

거니는 그의 삶에서 아마도 백 번째로, 사람의 감정이 어떻게 자기만의 논리를 만들어내는지, 분노가 어떤 식으로 확신의 어머니가 되는지 생각했다. 열정이 우리를 잘못 인도할 때일수록 세상을 정확하게 보고 있다고 믿는 것이야말로 인간 본성의 가장 큰 아이러니였다.

"경찰이셨으니, 제 말 뜻을 잘 아시겠군요." 로트커가 말을 이었다. "보석은 비싸고 생명은 헐값인 세상에 살고 있잖아요."

암울한 결론은 침묵으로 이어졌다. 화제를 바꾸려는 듯 킴이 들뜬 목소리로 입을 열었다. "참, 안 그래도 형사님께 사격 솜씨 이야기를 하려고 했는데, 혹시 직접 보여주실 수 있으세요? 형사님도 보고 싶으실 거예요."

"안 될 거 없죠." 로트커는 조금도 주저하지 않았고, 그렇다고 흥분하지도 않았다. "따라오시죠."

그녀가 그들을 복도로, 뒷문으로 안내했다. 뒷문 옆에는 가옥 너비의 반을 차지하는 개집 울타리가 있었다. 근육질의 로트와일러 네 마리가 미친 듯이 날뛰다가 주인의 외마디 독일어 명령어에 바로 잠잠해졌다.

개 울타리를 지나 뒤뜰로 들어서니 울타리까지 뻗어 있는 창문 없는 좁다란 건물이 눈에 들어왔다. 로트커가 잠금장치를 열고 불을 켰다. 건물 안에 자동 표적과 1인용 사격장이 설치되어 있었다.

로트커는 허리 높이의 테이블로 다가가 벽에 달린 스위치를 눌렀다. 와이어에 매달린 사람 형상의 표적이 나타나 움직이기 시작하더니 7.5미터로 표시된 지점에서 멈추었다. "해보시겠어요, 형사님?"

"전 그냥 구경이나 하겠습니다." 거니가 미소를 지으며 말했다. "왠지 아주 잘하실 것 같군요."

그녀가 돌아서며 차가운 미소를 지었다. "대체로 잘하는 편이죠."

그녀가 다시 벽에 달린 스위치에 손가락을 올렸고 표적이 조금 뒤로 움직이다가 맨 끝인 10미터 지점에서 멈추었다. 로트커는 벽에 걸려 있던 귀마개와 보호경을 착용하고 다시 한 번 거니와 킴을 보았다. "여분이 없어 죄송합니다. 관중이 있는 경우가 거의 없어서요." 그녀는 총집에서 권총을 꺼내 탄창을 확인한 다음 안전핀을 젖힌 뒤 잠시 꼼짝 않고 서 있다가, 마치 올림픽에 출전한 다이빙 선수처럼, 결전의 순간 직전에 고개를 약간 숙이고, 마침내 총을 쏘았다. 그 이후 그녀가 한 행동은 거니에게 평생 잊지 못할 기억이 될 것이었다.

그녀는 소리를 질렀다. 그것은 분노에 찬 짐승의 포효였고, 그래서 인간의 목소리라기보다는 천둥을 예고하는 번개처럼 느껴졌다. 그녀는 "뒈져!"라고 소리쳤다. 동시에 권총을 들고 특별히 무언가를 겨누는 것 같지도 않은 자세로 열다섯 발을 전부 쏘았다. 채 4초도 안 걸렸을 거라고 거니는 생각했다.

그리고 나서 로트커는 천천히 총을 선반에 내려놓고 보호경과 귀마개를 벗어 벽에 걸어놓았다. 그녀가 스위치를 누르자 표적이 다가왔다. 그녀는 표적을 떼어 이리저리 돌려보고는, 완전히 평정을 되찾은 모습으로 침착한 미소를 지었다.

그녀가 거니에게 표적을 내밀었다. 표적의 중심, 그러니까 몸통은 전혀 손상되지 않았다. 어디에도 구멍이 없었다. 단 한 군데만 빼고는.

이마 정중앙이 완전히 뭉개져 있었다.

11

이상한 후유증

킴과 거니는 다시 미아타를 타고 존재한다고 말할 수도 없을 것 같은 피콕이라는 마을을 지나고, 여러 언덕과 골짜기를 지나, 그들을 월넛 크로싱으로 데려다줄 카운티 도로로 향했다. 5시가 넘어 구름은 엷어지고 안개는 마침내 걷혔다.

"너보다 내가 훨씬 더 놀란 것 같다." 거니가 말했다.

킴이 그의 표정을 살폈다. "제가 전에 본 적이 있다고 생각하시죠? 맞아요."

"일부러 시킨 거지? 나한테 보여주려고."

"네."

"인상적이더구나."

"아저씨가 전부 보시길 바랐어요. 시간이 허락하는 한 전부."

두 사람 모두 침묵에 휩싸였다. 그런 거라면 이미 볼 만큼 봤다고 거니는 생각했다. 코니 클라크의 전화를 받은 게 불과 어제 일이라니 믿기지 않았다. 그는 눈을 감고 오늘 일어난 일들과 주고받은 대화를 정리하려 애썼다. 현기증이 났다. 이 프로젝트는 기괴했다. 그가 이 일에 연루된 것 자체도 기괴했다.

그의 집 쪽으로 난 좁은 언덕길로 접어들 무렵, 거니는 비로소 잠에서 깨어났다. "젠장, 잘 생각은 아니었는데."

"주무시길 잘하셨어요." 그녀가 말했다. 피곤하고 심각한 표정이었다.

그들 바로 앞에서 사슴 세 마리가 둑길을 달리고 있었다.

"사슴 친 적 있으세요?" 그녀가 물었다.

"있지."

그러자 킴이 호기심 어린 눈빛으로 그를 돌아보게 했다.

불과 여섯 달 전 일이었다. 10번 도로를 달리고 있는데 왼쪽 숲에서 사슴 한 마리가 튀어나오더니 저만치 앞에서 도로를 가로질러 오른쪽 들판으로 달렸다. 차가 사슴이 지나간 바로 그 지점을 통과할 때 새끼 사슴이 어미의 뒤를 따라 도로를 가로질렀고 그의 차는 어린 사슴을 치었다.

여전히 기억 속에 생생한 그날의 충격을 떠올리며 그가 움찔했다.

차를 세웠고, 차에서 내렸고, 왔던 길을 되짚어 가보았다. 조그맣고 비틀어진 몸뚱이. 생명 없이 뜬 눈동자. 들판에 서서 아기 사슴을 기다리는 어미 사슴. 그는 슬픔과 두려움에 휩싸였고 지금도 그날의 감정이 너무도 생생했다.

킴이 열 마리 남짓한 꾀죄죄한 소들과 녹슨 차 대여섯 대가 주차된 허름한 농장들을 지나쳤다. "이웃과 친하게 지내세요?" 그녀가 물었다.

거니는 신음소리와 웃음소리의 중간 소리를 냈다. "친한 사람들도 있고, 아닌 사람들도 있고."

800미터 정도를 더 달리고 나니 도로가 끝나는 곳의 연못가에 빨간 헛간이 보였다. "여기서 세워다오. 풀밭 길을 걷고 싶어. 그래야 정신이 들고 머리가 맑아질 것 같아."

킴이 얼굴을 찌푸렸다. "잔디가 젖은 것 같은데……."

"상관없어. 집에 가면 신발 벗을 텐데, 뭐."

그녀가 헛간 앞에 차를 세워 시동을 끄고는 선뜻 손을 떼지 못하고 차 키를 잡고 있었다.

뭔가 할 말이 있음을 감지한 거니는 차에서 내리지 않고 기다렸다.

"그럼 이젠……." 그녀가 말을 하다 멈추었다. 그리고 잠시 후 다시 시작했다. "이젠……. 어떻게 되는 거죠?"

거니가 어깨를 으쓱했다. "네가 날 하루 동안 고용했고 이제 하루가 끝났지."

"하루 더 고용하면 안 될까요?"

"무얼 하려고?"

"맥스 클린터를 만나보려고요."

"왜?"

"전 그 사람이 잘 이해가 안 가거든요. 그 사람은 착한 양치기 사건에 대해 뭔가 아는 것 같아요. 아주 끔찍한 뭔가를. 그런데 진짜 뭔가를 아는 건지, 아니면 혼자 미쳐서 자신이 뭔가 알고 있다고 착각하는 건지 잘 모르겠어요. 아저씨도 경찰 생활을 하셨으니 아저씨가 찾아가시면 혹시 뭔가 이야기할 수도 있지 않을까요? 제가 없다면 더 좋겠죠. 아저씨하고 그 사람 단둘이, 형사 대 형사로 이야기할 수 있다면."

"어디 사는데?"

"해주실 거예요? 만나주실 거예요?"

"그런 말은 안 했다. 어디 사는지만 물었어."

"카유가 호수 근처에 살아요. 저주의 차량 추격사건이 일어난 지점에서 가까운 곳이죠. 바로 그 점도 약간 돈 사람이 아닌가 하는 생각이 드는 이유예요."

"거기 살기 때문에?"

"거기 살고 싶어 하는 이유 때문에요. 그곳이 착한 양치기와 자기가 만난 지점이고 운명이 자길 다시 그 사람과 만나게 해줄 거래요."

"날더러 그런 사람을 만나보라고?"

"진짜 미친 사람 같죠?"

거니는 생각해보겠다고 했다.

"만나보시면 아마 재미있는 사람이라고 생각하실 거예요."

"생각해보자. 내가 연락하마." 그는 조그만 차에서 내린 뒤 킴이 차를 돌려 나가는 것을 확인하고 집 쪽으로 난 좁은 길을 걸었다.

짧게 자란 풀밭 길을 걷다 보니 하루의 피로가 말끔히 가셨다. 머릿속이 이른 봄 자연의 향기로 가득 채워졌다. 달착지근한 젖은 흙냄새, 그의 영혼을, 그리고 그의 영혼과 진실 사이의 온갖 장애물을 씻어낼 정도로 맑은 공기.

적어도 그 순간만은 그렇게 느꼈다. 5분 뒤 집으로 돌아와 욕실로 가서 세수를 하고 난 뒤 매들린이 오늘 하루가 어땠냐고 물었다.

그는 킴과 함께 했던 세 번의 이상한 만남에 대해, 킴과 함께 일하는 사람들에 대해 최대한 상세하게 설명했다. 롤러스케이트를 타는 여자애와 사는 루디 게츠, 미스터 로저스 카디건을 입은 래리 스턴, 어딘가 위험하고 불안정해 보이는 사격술을 보여준 로버타 로트커에 대해 이야기했고, 착한 양치기 사건 때문에 삶이 영원히 뒤바뀌어야 했던 비극의 주인공 맥스 클린터에 대해 알고 있는 것들도 이야기했다.

그는 유리문 앞 테이블에 앉아 있었고 매들린은 싱크대 도마에서 무언가를 썰고 있었다.

"킴이 날 하루 더 고용하고 싶다네. 어떻게 해야 할지 도무지 판단이 안 서."

매들린이 큼직한 빨간 양파 가장자리를 잘랐다. "팔은 좀 어때?"

"응?"

"당신 팔. 그 얼얼하단 부위. 좀 어때?"

"모르겠어. 그러고 보니 오늘은……" 그가 팔과 손목을 문지르며 말끝을 흐렸다.

"괜찮아. 그냥 그대로인 거 같아. 그런데 그건 왜 물어?"

그녀는 양파를 한 손에 들고 껍질을 까고 있었다.

"옆구리 통증은?"

"지금은 괜찮아. 간격을 두고 오는 통증이라 오락가락해."

"10분 간격이라고 당신이 말했던 것 같은데?"

"대충 그 정도야."

"오늘은 몇 분 간격으로 느꼈어?"

"잘 모르겠어."

그녀가 고개를 끄덕이며 커다란 주키니를 반으로 자른 다음 한 토막을 도마에 올리고 먹을 만한 크기로 잘랐다.

거니는 눈을 깜빡이며 그녀를 바라보다가 헛기침을 했다. "그러니까 당신은, 킴이 날 하루 더 고용하도록 허락해야 한단 뜻이야?"

"내가 그렇게 말했어?"

"그렇게 말한 것 같은데."

긴 침묵이 흘렀다. 매들린은 가지를 자르고, 노란 호박을 자르고, 단 고추를 자른 다음 재료를 모두 커다란 냄비에 넣고 스토브로 가져가 달구어진 우묵한 냄비에 넣었다. "재미있는 아가씨야."

"어떤 면에서?"

"똑똑하고, 매력 있고, 야심도 있고, 세심하고, 에너지가 넘쳐. 당신은 그렇게 생각 안 해?"

"흠……. 속이 깊은 아이야."

"카일한테 소개해주면 어떨까?"

"내 아들?"

"다른 카일이 또 있어?"

"도대체 왜 그런 생각을……."

"두 사람 잘 어울릴 것 같아. 성격은 다른데, 주파수는 같거든."

거니는 두 사람이 함께 있는 모습을 상상하려 애썼다. 그러나 채 1분도 안 되어 그 노력을 접었다. 온갖 가능성만 난무할 뿐 확실한 데이터가 없었다. 거니는 매들린의 직관이 지닌 효율성이 부러웠다. 직관 덕분에 매들린은 그를 얼어붙게 만드는 미지의 세계를 훌쩍 뛰어넘을 수 있었다.

12

맥스 클린터의 광기

"잠시 후 오른쪽에 목적지가 있습니다."

거니의 내비게이션이 안내했다. 표지판 하나 없는 교차로에서 좁은 비포장도로를 따라 3킬로미터 가까이 달리는 동안 눈에 띈 집들은 하나같이 금방 무너질 것 같았다.

비포장도로 한편에 철문이 열려 있었다. 그 맞은편에는 죽은 참나무 한 그루가 서 있었는데, 번개를 맞은 듯 패인 흔적이 있었다. 그 나무 몸통에 사람의 해골, 혹은 그와 상당히 흡사하게 만든 복제품이 걸려 있었다. 해골의 목에는 손으로 쓴 경고문이 달려 있었다. 마지막 무단 침입자.

아침에 그와 전화로 나눈 대화를 포함해서 지금까지 맥스 클린터에 대해 알게 된 사실들을 종합해보면 그다지 놀랄 일도 아니었다.

거니는 바퀴 자국이 난 길로 접어들었고, 그 길은, 마치 야생의 늪을 가로지르는 둑길처럼, 연못 한복판을 관통했다. 연못 뒤로 빽빽한 단풍나무 숲이 이어졌고 그 뒤로 지대가 높은 마른 땅 한 뙈기에 통나무 오두막이 있었다. 물과 물풀이 집을 둘러싸고 있었다.

통나무 오두막 주위에는 이상한 방어막이 있었다. 마치 도랑처럼 집 주위를 빙 둘러 파놓은 물길에 잡초가 무성했고 물길 앞에는 촘촘한 철망이 둘러져 있었다. 오두막으로 이어진 둑길 양쪽의 수풀에도 철망이 둘러져 있었다. 철망의 목적이 무얼까 생각하고 있는데 오두막의 문이 열리며 한 남자가 나타나 오두막 계단 위에 섰다. 군복 차림이었지만 뱀 가죽 장화가 전체적인 조화를 무너뜨렸다. 그가 거니를 뚫어져라 보았다.

"독사." 거친 목소리로 대답했다.

"네?"

"수풀 속에 독사가 있어요. 그게 궁금하시던 참 아니었습니까?" 억양이 특이했고 거니를 바라보는 눈빛은 강렬했다. "조그만 방울뱀이죠. 작은 놈들이 더 무서워요. 소문만 나면 그 자체로 아주 훌륭한 접근 금지 명령이죠."

"겨울엔 동면에 들어갈 테니 큰 도움은 안 될 것 같군요." 거니가 유쾌하게 말했다. "클린터 씨 되시죠?"

"맥시밀리언 클린터. 날씨는 현실의 뱀에게나 문제가 되죠. 뱀이 있다는 생각 자체가 불청객을 막아줍니다. 상상 속의 뱀은 날씨 따위에 전혀 영향받지 않으니까요. 아시겠소, 거니 씨? 당신은 안으로 들이겠지만 다른 사람은 절대 들이지 않소. 감당이 안 되거든요. 외상 후 스트레스 장애. 한 명이 들어오면 내가 나가야 해. 둘도 많소. 숨을 쉴 수가 없어, 빌어먹을." 그가 웃었다. 조금 들뜬 웃음이었다. 거니는 그의 말투가, 영화 〈미주리 브레이크〉에 나오는 말런 브랜도의 말투처럼, 이따금 튀어나오는 아일랜드 사투리임을 깨달았다. "그래서 모든 방문객들을 야외에서 맞이합니다. 불쾌하게 생각하지 마세요. 따라오시죠."

클린터는 철망을 두른 수풀 길을 빙 돌아 오두막 뒤쪽의 낡은 야외 테이블로 거니를 안내했다. 테이블 뒤쪽, 늪 가장자리에 황금색으로 칠한 험비*가 있었다.

"저걸 몰고 다닙니까?" 거니가 물었다.

"특별한 경우에만요." 의자에 앉으며 그가 거니에게 은밀히 윙크했다.

---

* 군용 지프의 일종.

그는 벤치에서 스프링이 달려있는 악력기를 들고는 손을 쥐어짜는 운동을 시작했다. "편하게 계세요, 거너 씨. 우선 왜 착한 양치기 사건에 관심을 갖게 되셨는지 말씀해보시죠."

"전화로 말씀드렸다시피, 제가……."

"사랑에 멍든 사랑스러운 아가씨, 하트heart 양의 뒤를 봐주기로 하셨다?"

"하트?"

"코레이즌은 사랑heart이란 뜻이오. 기초 스페인어인데, 모르셨나보오. 이름 하나 기가 막히게 잘 짓지 않았수? 애정heart 문제, 빗나간 열정, 범죄 희생자들을 위해 피 흘리는 가슴heart. 그런데 이게 맥시밀리언 클린터와 무슨 관계가 있을까요?" 마지막 질문을 하는 순간 사투리가 사라졌다. 그의 눈빛은 날카롭고 안정적인 시선으로 고정되었다.

어떻게 대처할지 서둘러 결정해야 했다. 그는 지나치다 싶은 솔직함으로 밀어붙이기로 했다. "킴은 이 사건에 대해 당신이 뭔가를 아는 것 같은데, 자기한테는 말하지 않을 거라더군요. 킴은 당신을 이해하지 못하겠대요. 아마 어지간히도 겁을 주었나 봅니다." 비록 겉으로 드러내진 않았지만 클린터가 그의 말을 듣고 흡족해했다고 거너는 확신했다. 테이블에 카드를 펼쳐야 할 때가 온 것이다. "여담이지만 버펄로 사건은 정말 감동적이더군요. 내가 들은 이야기의 절반만 진실이라 해도 당신은 대단한 사람입니다."

클린터가 미소를 지었다. "빅 허니 이야기로군."

"네?"

"프랭키 베노가 조직에서는 그렇게 불렸죠."

"너무도 사랑스런 인간이라서?"

클린터의 눈이 반짝였다. "취미 생활 때문이죠. 벌을 길렀거든요."

거너가 그 모습을 상상하며 웃었다. "당신은 어떤가요, 맥스? 당신은 어떤 사람입니까? 총기 관련 사업을 한다고 들었습니다."

클린터가 약삭빠른 사업가의 표정을 지어 보였다. 그의 두 손은 힘들이지 않고 운동기구를 빠른 속도로 움직이고 있었다. "실제로 작동하지 않는 수집품들이죠."

"쓸 수 없는 총을 판다는 겁니까?"

"큰 군용 총기들은 작동이 안 되게 설정되어 있지요. 물론 작동이 되는 조그만 놈들도 좀 갖고 있지만요. 난 장사꾼은 아닙니다. 장사를 하려면 연방 정부의 허가증이 있어야 하죠. 그러니 장사는 할 수 없고, 현행법상으로는 애호가라고 말할 수 있죠. 가끔 다른 애호가한테 소장품을 팔기는 하지만 말입니다. 무슨 말인지 아시겠습니까?"

"알 것 같네요. 어떤 종류의 무기를 파십니까?"

"특별한 총을 팔죠. 특정인에게 적절한 무기인지 제가 확신이 서야 팔아요. 그 점에 대해선 아주 분명히 하고 있습니다. 원하는 게 겨우 글록* 정도라면, 월마트에나 가시라 이거지. 그게 총기에 관한 나의 철학이오." 특유의 말투가 다시 나오고 있었다. "하지만 제2차 세계대전 당시에 사용되던 비커스 기관총을, 무가동에, 삼각대까지 한 벌로 구하고 싶다, 그렇다면 나와 같은 애호가로 간주하고 서로 이야기를 나누어볼 수 있겠지요."

거니가 천천히 벤치 쪽으로 돌아서며 늪의 갈색 물을 바라보았다. 그는 하품을 하고 기지개를 켠 다음 클린터에게 미소를 지어 보였다. "그런데 말입니다. 실제로 킴이 생각하는 것처럼 착한 양치기에 대해 아는 게 있으신가요? 아니면 그저 똥폼이나 잡아보려고 헛소리 한번 해보신 겁니까?"

그가 한참 동안 거니를 보다가 마침내 입을 열었다. "모든 차량이 검은색이었다는 게 헛소립니까? 희생자 중 두 명이 브루클린에서 고등학교를 다녔다는 것, 착한 양치기가 램 뉴스 시청률과 수익을 세 배로 끌어올렸다는 게 헛소립니까? FBI측에서 이 사건에 완전히 철의 장막을 둘렀다는 게

---

* 소형 권총 브랜드.

헛소립니까?"

거니가 당혹스러운 표정으로 양손을 들었다. "도대체 무슨 말씀을 하시는 겁니까?"

"거니 씨, 놈은 악마예요. 이 사건의 바탕에는 믿을 수 없는 악랄함이 있어요." 그의 손아귀는 쉬지 않고 기구를 쥐었다 폈고, 어찌나 빨리 움직이는지 마치 경련을 일으키는 것 같았다. "그건 그렇고, 자동차 충돌 장면을 보면서 오르가슴을 느끼는 개 같은 인간들이 있다는 건 아십니까? 그 사실 아세요?"

"1990년대에 그런 영화가 있었던 걸로 기억합니다. 하지만 착한 양치기 사건이 그런 유형이라고는…… 혹시 그런가요?"

"그렇다고는 말 안 했습니다. 내게는 아주 많은 질문이 있을 뿐이에요. 아주 많은 질문들이…… 그 선언문이 서로 다른 폭탄들을 하나로 포장해주었을까요? 부활절 상자에 담긴 크리스마스 선물이었을까요? 우리의 클라이드는 차에 보니*를 태웠을까요? 노아의 방주에 들어 있던 동물들이 사건의 열쇠일까요? 아무도 알아내지 못한, 희생자들을 연결하는 고리가 있었을까요? 겉으로는 부유층이 표적인 것 같지만 사실 그들이 부를 축적한 방법이 문제가 아니었을까요? 정말 재미있는 질문 아닙니까?" 그가 거니에게 윙크했다. 그가 거니의 대답을 기다리지 않는다는 건 너무도 분명했다. 그는 혼자 묻고 또 답하고 있었다. "너무도 많은 질문들이 있습니다. 양치기는 소년이 아니라 소녀일 수도 있어요. 그렇다면 보니 혼자였던 셈이죠. 부자들에게 악감정을 품은 미친년일 수도 있단 겁니다."

그가 입을 다물었다. 들리는 소리라고는 그의 운동기구가 반복적으로 내는 소리뿐이었다.

"악력이 대단하시겠습니다." 거니가 말했다.

---

* 보니와 클라이드. 영화 〈우리에게 내일은 없다〉의 남녀 주인공. 두 사람은 서로 이끌려 함께 범죄를 저지름.

클린터가 비장한 미소를 지어 보였다. "마지막으로 착한 양치기를 만났을 때 난 끔찍하고, 수치스럽고, 비극적일 정도로 무방비 상태였어요. 다음번엔 절대 그렇지 않을 겁니다."

거니는 《모비딕》의 클라이맥스를 떠올렸다. 양손으로 작살을 잡고 고래 등에 올라탄 에이해브. 에이해브와 고래. 뒤엉킨 채 깊은 바다 속으로 영원히 사라져버린 에이해브와 고래.

13

연쇄 대학살

클린터의 기이한 조합 — 현실의 혹은 상상속의 독사들, 집을 둘러싼 늪, 해골 보초병 — 을 뒤로 하고 몇 킬로미터를 달린 뒤 그는 어느 도로변 회차 지점에 차를 세웠다. 완만하게 언덕진 곳이라 북쪽으로 하늘만큼이나 맑고 푸르게 반짝이는 카유가 호수 끝자락이 내려다 보였다.

휴대전화를 꺼내 잭 하드윅의 번호를 누르자 곧바로 음성사서함으로 연결되었다.

"잭, 물어볼 게 있네. 방금 클린터와 이야기했는데, 자네 생각을 묻고 싶은 게 몇 가지 있어. 전화해주게. 빠를수록 좋아. 고맙네."

그러고 나서 킴에게 전화했다.

"아저씨?"

"그래. 지금 너희 집 근처에서 이것저것 생각해보는 중인데, 로비 미스를 한번 만나봐야겠다. 집 주소하고 전화번호 좀 알려줄래?"

"로비를 왜…… 만나려고 하세요?"

"만나면 안 될 이유라도 있니?"

"아뇨. 전 단지……. 모르겠어요. 잠시만요."

잠시 후 그녀가 다시 수화기를 들었다. "사우스 로웰 3003번지, 티퍼러리 힐 아파트예요."

거니는 킴이 불러주는 전화번호도 받아 적었다. "미스가 아닌 몬터규란

성을 쓴다는 거 잊지 마시고요. 그런데…… 만나서 어쩌시려고요?"

"그냥 몇 가지 물어보려고. 앞뒤가 맞는 걸 하나라도 알아낼 수 있을까
해서."

"앞뒤가 맞는 거요?"

"이 프로젝트에 대해 알면 알수록…… 아니, 이 프로젝트의 소재가 된
사건에 대해 알면 알수록 점점 더 복잡해져서 말이야. 확고한 무언가에 대
한 갈증이랄까."

"그걸 로비한테서 얻으시겠다고요?"

"직접적으로는 얻을 수 없을지도 모르지. 하지만 로비도 이 드라마에서
하나의 역할을 맡고 있는 것 같은데, 그 친구에 대해 전혀 아는 게 없다는
게 마음에 걸려."

"제가 알고 있는 걸 전부 말씀드렸잖아요." 킴은 상처를 받은 듯 방어적
인 말투였다.

"물론 그랬지."

"그럼 왜……."

"킴, 내 도움을 원하면, 내게 운신의 폭을 줘."

킴이 잠시 망설였다. "알겠어요. 하지만 조심하세요. 로비는 좀…… 이상
한 애예요."

"성을 한 가지 이상 가진 녀석들이 다 그렇지."

통화를 끝내고 휴대전화를 주머니에 넣자마자 벨이 울렸다. 잭 하드윅이
었다.

"잭, 전화 고맙네."

"난 미천한 경찰일 뿐이야, 셜록. 유명한 형사님께서 오늘은 또 무슨 분
부를 내리시려고?"

"나도 잘 모르겠어. 착한 양치기 자료 중에 자네 손에 닿을 만한 게 뭐가
있나?"

"역시!" 이 상황을 즐기는 목소리였고 거니가 싫어하는 목소리였다.

"뭐가?"

"은퇴한 셜록의 뇌세포가 되살아나고 있잖아."

거니는 그의 말을 무시했다. "어떤 자료를 구할 수 있겠나?"

하드윅은 속을 뒤집어 쏟아낼 듯 요란하게 기침했다. "사건 보고서 원본, 희생자 신원, 대형 권총의 총탄으로 손상된 두개골과 얼굴 사진…… 다양한 일화들이 떠오르는군. 희생자 중에 부동산 브로커인 근사한 여자가 있었는데, 턱과 머리 대부분이 데저트 이글의 포탄에 날아갔어. 과학수사팀 젊은 친구가 현장을 수색하다가 영원히 잊지 못할 발견을 했지. 도로 옆 덤불에 동전 크기만 한 여자의 귓불이 걸려 있는 거야. 커다란 다이아몬드가 박힌 상태로. 상상할 수 있겠나, 에이스? 그런 것들은 쉽게 잊히지 않는 법이지." 하드윅은 잠시 기다렸다. 그 장면이 머릿속에 완벽하게 그려질 때까지 기다려주겠다는 듯이. "어쨌든 그런 정보는 많이 갖고 있네. 검시관 보고서, 현장분석 보고서, 우라질 놈의 분석 자료, FBI 행동분석팀에서 작성한 범인의 유형 등등 엄청난 똥 무더기 같은 자료들이 있지. 빼낼 수 있는 것도 있고 없는 것도 있어. 찾는 게 뭔데?"

"너무 많은 분란을 일으키지 않고 자네가 빼낼 수 있는 것 전부."

하드윅은 사포를 문지르는 듯한 웃음으로 대답을 대신했다. "FBI가 관여한 자료는 무조건 분란의 소지가 있어. 거만하고 정치적이고 제멋대로인 개자식들." 그가 잠시 말을 멈추었다. "좀 두고 보자고. 일단 지금 몇 가지 보내고 나중에 몇 가지 더 보내주지. 이메일이나 잘 확인해봐." 하드윅은 법을 어겨야 할 때나 민감한 사안을 건드려야 할 때 훨씬 더 협조적이었다.

"그건 그렇고, 지금 맥스 클린터를 만나고 오는 길이야." 거니가 말했다.

하드윅이 특유의 웃음을 다시 한 번 터뜨렸고 이번엔 소리가 더 컸다. "아주 강렬한 인상을 남겼겠지?"

"자네 그 친구 집 가봤나?"

"해골, 뱀, 군용 지프, 말뚝. 그 집 말하는 건가?"

"자넨 그 친구가 떠드는 것들은 별로 귀담아 듣지 않는 것 같군."

"그럼 자넨 귀담아 듣는단 건가?"

"아직 결정을 못 내렸어. 전반적으로 사이코적인 요소가 있긴 하지만 사이코인 척 연기하는 부분도 있는 것 같은데, 그 경계를 짚어내기가 쉽지 않아. 외상 후 스트레스 장애에 대해 이야기하던데 혹시 그게 경찰직 파면의 원인이 된 음주운전 차량 충돌사건을 말하는 건가?"

"아니. 그건 제1차 걸프전 때 얻은 거야. 아군의 헬리콥터 폭격에 바로 옆에 서 있던 친구가 날아갔대. 당시엔 잘 이겨냈는데, 착한 양치기 사건 이후 추락하면서 병이 도졌나 봐. 누가 알겠나? 어쩌면 그날도 자기 딴엔 헬리콥터를 향해 총을 쏜다고 생각했는지도 모르지."

"그 친구 주장엔 아무도 관심이 없었나?"

"그 친구한테 무슨 주장이란 게 있단 말이야? 머릿속에 떠오르는 생각을 제멋대로 지껄여대는 놈인데. 의자에 달린 다리의 숫자에 신비의 숫자 7을 곱하면 어느 달의 날짜가 된다고 떠드는 미친놈 이야기를 누가 듣겠나? 맥시는 머릿속이 온통 그런 개소리로 가득 찬 놈이야."

"그자가 하는 이야기 중에 쓸 만한 게 하나도 없다고?"

하드윅이 생각에 잠긴 듯 신음소리를 냈다. "맥시가 떠벌리는 것들 중에 유일하게 쓸 만한 게 있다면 그건 증오, 집착, 그리고 미치광이 수준의 영특함이지."

그런 조합이라면 거니도 만나본 적이 있다. 그것은 한마디로 재앙의 레시피였다.

그로부터 15분 뒤, 카유가 호수와 오와스코 호수를 구분하는 언덕길을 지나, 아담한 주유소 겸 편의점 앞에 차를 세웠다. 차에는 기름을 채우고 그의 머리는 대용량 커피로 채울 생각이었다. 계기반의 시계가 1시 5분을 알렸다.

주유 영수증을 받은 뒤 그는 주차장 한쪽으로 차를 몰고 가서 커피를 마시며 미스 혹은 몬터규와 나눌 대화를 생각했다.

그의 휴대전화가 울렸다. 메시지였다. 메일 확인 요망.

메일함을 열어보니 하드윅이 보낸 메일이 와 있었다. 메일 내용은 '첨부 파일 확인 요망: 사건 보고서(6), 초기 조사 자료, 흉악범 체포 프로그램 보고서, 각 사건 공통점 요약보고서, 부검 전 희생자 사진'으로 되어 있었다.

첨부된 자료에는 희생자의 성과 함께 사건 발생 순서에 따라 붙인 것이 분명한 1부터 6까지의 번호가 붙어 있었다. 거니는 '1_멜라니'라는 파일을 열어 52페이지에 달하는 내용을 훑어보았다.

현장에 출동한 경찰의 현장 보고, 범죄 현장 도면, 현장 사진, 수집된 증거를 바탕으로 한 추측, 사건 현장의 재구성, 차량 손상 분석, 과학수사팀 분석, 조사에 참여한 경관 및 수사관 목록. 검시관 분석, 연구실 실험 목록 등이었다.

첫 번째 사건 보고서로 나머지 보고서의 분량과 상세함의 정도를 미루어 짐작해보니 대략 350페이지 정도를 읽어야 한다는 계산이 나왔다. 8센티미터짜리 휴대전화 액정화면으로 할 수 있는 일이 아니었다.

거니는 '사건 공통점 요약 보고서'라는 제목의 파일을 열었다. 여섯 건의 살인사건을 연결하는 단서들을 모은 자료였다. 열세 가지 요점으로 간결하게 정리된 1페이지짜리 문서가 반가웠다.

1. 모든 사건이 2000년 3월 18일에서 4월 1일 사이 주말에 연속적으로 발생.

2. 모든 사건이 9시 11분에서 11시 10분까지 두 시간 내에 발생.

3. 모든 사건이 뉴욕 중심부에서 매사추세츠 방향으로 가로 320킬로미터, 세로 80킬로미터의 직사각형 구역 내에서 발생.

4. 모든 사건이 시야가 충분히 확보되는 좌측으로 휘어지는 도로에서 발생.

5. 총격 발생 시각의 도로 차량 속도는 시속 74에서 93킬로미터.

6. 통행 차량이 거의 없거나 전혀 없었고, 목격자도, 감시카메라도 없었으며 인근에 상가나 주거형 건물이 없었음.

7. 모든 사건이 주 고속도로에서 부촌으로 연결되는 지방 도로에서 발생.

8. 모든 희생자들의 차량은 최신형의 최고급 사양 메르세데스 벤츠로 가격은 8,240달러에서 162,760달러 사이.

9. 운전자의 머리에 한 발의 총탄. 심각한 뇌손상. 치명상.

10. 저격범과 희생자의 거리는 1.8미터에서 3.2미터.

11. 모든 사건에서 데저트 이글 권총의 특징인 50구경 탄환 사용.

12. 범죄 현장에서 대중적인 어린이 장난감 세트의 플라스틱 동물들이 발견됨. 발견된 순서대로, 사자, 기린, 표범, 얼룩말, 원숭이, 코끼리.

13. 6명 중 5명의 운전자 겸 희생자가 남자.

거의 모든 질문이 거니의 마음속에서 한두 가지 질문을 제기했다. 그는 보고서 파일을 닫고 부검 전 희생자 사진들을 열었다. 곧 보게 될 사진들을 짐작하며 지레 인상을 썼다. 파일에는 모두 열두 장의 사진이 들어 있었다. 희생자 한 명 당 두 장의 사진이었다. 한 장은 범죄현장에서 찍힌 것이고, 한 장은 부검대에 누워 있는 전신사진이었다.

거니는 이를 악물고 공포의 사진전을 견뎠다. 경찰과 응급실 의료진들은 99퍼센트의 사람들이 모르는 것을 알게 되는 특권 아닌 특권을 누린다는 걸 새삼 깨달았다. 총탄이 인간의 머리에 얼마나 큰 구멍을 만들 수 있는지. 총탄은 끔찍하고, 역겹고, 심지어 우스울 정도로 인간의 머리를 축소시킬 수 있다. 총탄은 인간의 두개골을 부서진 헬멧으로, 인간의 두피를 이마에 비스듬히 걸쳐진 밀짚모자로 바꾸어놓을 수도 있다. 인간의 얼굴을 유머를 머금은, 혹은 놀라움을 머금은 조롱의 표정으로 바꾸어놓을 수 있다. 만화에 나오는 바보스러운, 혹은 격노한 표정으로 일그러뜨릴 수도 있다.

아니면 뇌와 구멍들과 이빨들을 한데 뭉갠 반죽으로 만들어놓거나.

거니는 사진들을 덮고 이메일을 닫은 다음 커피를 들었다. 커피가 식었다. 그래도 몇 모금 더 마신 뒤 다시 내려놓고 하드윅에게 전화했다.

"이번엔 또 뭔가, 셜록?"

"자료 고맙네. 아주 신속했어."

"신속했지. 그런데 또 뭐야?"

"고맙다고 인사하려고."

"뭔 개소리? 원하는 게 뭐야?"

"글로 기록되지 않은 자료를 원해."

"이보게. 자넨 내가 뭐 대단한 거라도 알고 있는 줄 아나본데……."

"자네보다 기억력이 좋은 사람 못 봤어. 똥 같은 일들은 자네 머리에 붙어서 결코 떠날 줄을 모르지. 어쩌면 그게 자네의 가장 뛰어난 재능인 것 같기도 해."

"엿 먹어."

"고맙네. 희생자들에 대해 간단한 그림 좀 그려줄 수 있겠나? 적어도 그들이 총을 맞았을 때 어디서 오는 길이었는지 정도라도?"

"첫 번째 사건. 브루노 멜라니. 브루노와 그의 아내 카멜라는 롱아일랜드에서 세례식에 참석하고 뉴욕 채텀에 위치한 저택으로 돌아오던 길이었지. 그 세례식은 사실 사업관계로 아는 사람들끼리 예를 차리기 존경을 표하기 위한 행사였어. 브루노는 돈밖에 모르는 인간이었거든. 이 사건에 그자가 어떤 식으로든 연루되었을 거란 추측도 있었지만, 어떻게 보면 뉴욕 건설업계에 종사하는 사람 치고는 별로 튀는 점은 없었어. 평판도 그리 나쁘지 않았고. 총탄이 창을 뚫고 들어가서 그의 뇌 3분의 2를 짓뭉개고 다시 카멜라한테 박혔고 카멜라를 식물인간으로 만들었지. 아들 폴, 딸 폴라는 당시 이십 대였는데 무척 비통해했던 걸로 봐서 나름 괜찮은 면도 있었던 아버지였나 봐. 원하면 세 이린 헛소리 맞니?"

137

"생각나는 건 뭐든지."

"좋아. 두 번째 사건은 칼 로트커. 스키넥터디의 거대한 배관 부품 매장에서 나와 조지 호숫가 서부에 위치한 볼튼 랜딩의 외부인 출입제한 주택지로 향하던 길이었어. 칼이라는 이름을 가진 놈들이 대체로 그렇듯이, 제나이 반밖에 안 되는 브라질 여자 집에 들렀다 가느라 퇴근길이 좀 길어졌지. 칼은 메르세데스 벤츠에서 프랭크 시내트라의 CD를 크게 틀고 듣고 있었어. 그걸 어떻게 아느냐하면, 자동차가 전복되고 지붕에 칼의 피가 흥건히 고여 있는데, 프랭크 시내트라의 '나는 나의 길을 걸었다네!'가 계속 울려 퍼졌기 때문이야. 더 듣고 싶은가?"

"자네가 아는 것 전부."

"세 번째. 이언 스턴은 성공한 치과의사였지. 치과의 소유자이자 경영자였어. 맨해튼 동북부 부촌에 열 명 남짓한 치과의사를 거느린, 수입이 짭짤한 치과의 원장. 교정, 보철, 양악수술, 미용수술, 한마디로 부족한 외모를 위해 주체할 수 없는 돈을 기꺼이 쏟아붓는 사람들에게 미소와 완벽한 광대뼈를 만들어주는 공장이라고 말할 수 있지. 쪼글쪼글한 노친네, 꼭 영리한 도마뱀같이 생겼더라고. 당시 줄리아드에서 피아노를 전공하는 젊은 러시아 여자와 아주 예술적인 관계를 유지하고 있던 터였지. 결혼한다는 소문도 있었고. 그런데 피날레가 대박이야. 커다란 총탄이 이언의 대뇌피질을 부숴놓고 대형 메르세데스 벤츠를 박살냈지. 타이어는 인근 강물에 처박혔어. 가장 먼저 출동한 경관 눈에 가장 먼저 들어온 게 뭔지 아나? 수면 바로 위, 전복 당시 충격으로 커진 흐릿한 헤드라이트 불빛 속, 이언의 자동차 번호판에 적힌 광고 문구였어. 당신의 미소를 찾아드립니다! 이 정도면 됐나?"

"아직 멀었네, 잭. 자넨 역시 천부적인 이야기꾼이야."

"네 번째. 샤론 스톤, 이름 한번 끝내주는 화끈한 부동산 브로커지. 정계거물 친구들과 성대한 파티에 참석하고 바컴 델의 아늑한 동네에 있는 자택으로 돌아가던 길이었어. 스물일곱 살 먹은 게이 아들하고 우아한 식민지풍 저택에 살고 있었지. 그 집에 근육질 정원사가 있었는데, 엄마하고 아들 둘 다 붙어먹는다는 소문이 자자했어. 스톤이 바로 애먼 곳에서 발견된 귓볼의 주인공이야. 아까 이야기했던." 하드윅이 반응을 기다린다는 듯 잠시 말을 멈추었다.

"계속해." 거니가 말했다.

"다섯 번째. 제임스 브루스터. 거물급 심장전문의. 솜씨 좋기로 유명한 일중독자. 그 바람에 두 번의 결혼이 절단났고 아들은 약간 은둔형 외톨이야. 아버지하고는 몇 년간 대화를 나눈 적이 없고 아버지가 죽어서 오히려 다행이라 여기는 것 같았어. 최후의 날, 브루스터는 올버니 메디컬 센터에서 집으로 향하던 길이었는데, 그의 자택은 고상하게 돈을 처바른 언덕 위 마을, 매사추세츠 윌리엄스 타운에 자리 잡고 있었어. 메르세데스 AMG 쿠페의 자동주행모드로 제한 속도를 정확히 유지하고 달리면서, 애스펀 심장외과 학회의 기조연설을 녹음하던 중이었어. 녹음기 파편들은 뇌의 파편들과 함께 조수석에 흩뿌려졌지. 그 사건이 매사추세츠 경계를 몇 킬로미터 넘어간 지점에서 발생했기 때문에 결국 FBI 서커스단이 우리 마을에 오시게 된 거지."

"범죄수사국에선 FBI의 개입을 반기지 않았나?"

이번에는 결핵환자 같은 웃음소리가 이어졌다. "어느덧 마지막 사건까지 왔군. 여섯 번째, 해럴드 블룸, 이 친구, 법조계에서 잘나가는 것과는 거리가 멀었어. 쉰다섯의 나이에 더는 나아질 전망도 없었고 날아오는 청구서를 처리하기에 급급한 인생이었지. 그의 아내 루스의 말에 따르면, 그 여자 아주 할 말이 많은 것 같던데, 해럴드 블룸은 완벽한 소비자였어. 쓸데없는 물건들을 계속 사들였대. 마치 그걸 사면 인생이 달라질 거란 듯이. 아니면 보다 상류층 고객들을 끌어들일 수 있다는 듯이. 그래도 그 여자, 남편을 꽤 좋아했던 것 같더고. 그날 헤럴드는 호스헤드의 사무실에서 나와 카유가 호수 근처의 집으로 향하던 중이었어. 부인 말에 따르면 이미 임대료가 숨통을 조이기 시작한, 번쩍이는 메르세데스 벤츠를 몰고서. 사건을 재구성해 보자면, 착한 양치기는, 예상대로 그의 왼쪽에서 나타나 한 방을 갈겼지. 헤럴드의 시신경은 아마 그 총을 보기도 전에 뭉개졌을걸."

"맥스 클린터가 나타난 게 바로 그 시점인가?"

"끼익! 하는 타이어 소리와 함께 웅장하게 등장했지. 맥시는 블럼을 죽인 총성을 똑똑히 들었어. 도로변에 세워둔 차 안에서 창밖으로 블럼의 메르세데스가 갓길로 미끄러지는 것도 봤고 빠르게 질주하는 또 다른 차량의 미등도 봤지. 그래서 맥시는 진달래 덤불 뒤에서 자신의 시보레 320 HP 카마로 SS의 시동을 걸고 도로로 진입해서는 고무 타는 냄새를 풍기면서 추격을 시작했지. 문제는 그때 맥스가 혼자 있었던 것도, 제정신도 아니었단 거야. 애가 셋이나 있는 유부남이지만 조수석엔 이타카 대학교 바에서 한 시간 전에 만난 스물한 살짜리 아가씨가 앉아 있었어. 진달래 덤불 뒤에 차를 세워놓고 술에 취해 어설픈 섹스를 즐기던 참이었어. 맥스가 엑셀을 밟아대는 바람에 카마로가 시속 110킬로미터로 달리긴 했지만 사실 맥시에겐 작전도 없었고 휴대전화도 없었고 자기가 뭘 하는지도 몰랐어. 그야말로 순수하고 원시적이고 동물적인 추격이었어. 옆자리에 앉아 있던 젊은 여자가 울기 시작했고 맥시가 입 닥치라고 소리쳤어. 앞서 달리던 차는 점점 멀어졌고 맥시는 알코올, 자존심, 아드레날린 때문에 제정신이 아니었어. 그래서 마침내 재킷 속에 손을 넣어서 40구경 권총을 꺼내들고 창문을 내린 다음 앞서 달리던 차를 향해 쏴대기 시작했어. 황당할 노릇이었지. 황당하게 위험하고 황당하게 불법이었어. 여잔 비명을 질러대고, 맥시는 완전히 정신이 나갔고, 카마로는 지그재그로 달리고……."

"마치 뒷좌석에 앉아 있던 것처럼 말하는군."

"그 친구가 이 이야기를 수도 없이 했거든. 한참 이야기가 돌았지. 죽여주는 이야기잖아."

"죽여주는 해고 사유겠지."

"결국엔 그렇게 됐지. 하지만 맥시한테 운이 따라줬다면, 그래서 한 발이라도 양치기를 맞혔다면, 무고한 사상자가 하나도 없었다면, 또 그 무고한 사상자가 주요 인물이 아니었다면, 혈중 알코올 농도가 법적 기준치의 세 배를 초과하지만 않았다면, 어두운 도로에서 미친 속도로 달리면서 제대로 조준도 못하고 8초 동안 열다섯 발을 쏜 미친 짓이 어느 정도는 납득되고 다듬어졌다면 맥시를 그렇게 완전히 엿 먹이진 않았겠지. 하지만 일이 그렇게 풀리지 않았어. 모든 게 산으로 갔거든. 카마로가 지그재그로 달리던 중에 오토바이 한 대가 언덕 뒤에서 시야 확보도 안 된 상태로 올라온 거야. 피할 공간이 없었던 오토바이가 쓰러지고 타고 있던 사람은 날아가고……. 맥스의 차는 180에서 190으로 달리다가 도로에서 미끄러져서 제방을 넘어 바위에 곤두박질했어. 그 충격으로 맥스는 척추 두 군데가 골절되고 여자는 목뼈와 양팔이 부러지고 차 유리창이 부서지면서 얼굴에 파편이 박혔어. 양치기는 달아났고 맥시는 달아나지 못했지. 그날 밤 맥시의 직장, 결혼, 가정, 자식과의 관계, 명성이 한번에 아작났지. 그 일로 맥시가 정신적, 정서적으로도 망가졌다고들 수군대는 사람들도 있지만, 뭐 그건 별개의 문제고."

"놀라운 기억력이야, 잭. 자네 두뇌는 과학계에 기증해야 해."

"문제는, 도대체 이 정보를 갖고 자네가 뭘 할 건가, 그거야."

"그건 나도 모르겠어."

"그럼 내 시간 낭비하려고 쓸데없이 전화한 건가?"

"꼭 그런 건 아니야. 뭔가 이상하단 생각이 들어."

"뭐가?"

"착한 양치기 사건 전체가. 뭔가 빠진 것 같아. 어떻게 보면 아주 간단한 이야기잖아. 부자들을 쏴서 더 좋은 세상을 만들겠다……. 사명감에 불타는 전형적인 미치광이. 하지만 한편으로는……."

"한편으로는 뭐?"

"모르겠어. 하여간 뭔가 잘못 됐어. 그게 뭔지 콕 집을 수가 없지만."

"데이비 보이! 하여간 내가 진짜 존경한다니까!" 하드윅이 다시 빈정거리기 시작했다.

"왜?"

"자네가 말한 그 '착한 양치기 사건 전체'가 이 나라 최고의 수사팀에 의해 조사되고 또 조사되고, 분석되고 또 분석되었다는 거, 자네도 알고 있겠지? 자네의 그 화끈한 범죄심리학자도 한마디 했더구만."

"누구?"

"몰랐다고?"

"누굴 말하는 건가?"

"젠장, 내가 이래서 자넬 존경한다니까. 화끈한 범죄심리학자를 도대체 몇 명이나 아는 거야?"

"잭, 무슨 소릴 하는 건지 난 통 모르겠네."

"그렇게 이야기하면 홀든필드 박사가 서운하지."

"레베카 홀든필드? 자네 제정신인가?" 자신이 과민반응하고 있다는 걸 거니 자신도 알고 있었다. 그가 레베카 홀든필드와 부적절한 행동을 해서라기보다는, 아마도 그녀와 함께 일했던 두 번의 사건을 통해, 그녀의 거부할 수 없는 매력에 조금 끌렸던 게 사실이기 때문이었다.

자신의 과민반응이 하드윅의 목표라는 것 역시 잘 알고 있었다. 하드윅은 다른 사람의 불편한 심기를 간파하는 놀라운 능력을 지니고 있었고 그 불편한 심기를 더욱 부채질하는 고약한 취미도 갖고 있었다.

"착한 양치기에 대한 FBI 프로필에 그 여자가 쓴 내용이 첨부되어 있어." 하드윅이 말했다.

"그거 있나?"

"그렇기도 하고 아니기도 해."

"어째서?"

"대외비로 분류된 FBI 자료이고 열람할 사유가 있는 관계자들에게만 배포된 자료야. 현재 나한테는 그 자료를 볼 사유가 없고 따라서 공식적으로는 그 프로필에 접근할 권한이 없지."

"여섯 건의 살인사건 이후 신문마다 이 사건을 대서특필하지 않았나?"

"언론에는 요약본만 배포됐어. 원본이 아닌. 우리 FBI 형님들께선 당신들의 특별한 지혜가 여과 없이 노출되는 것에 굉장히 민감하시거든. 자기들이 모든 걸 결정해야 한다고 생각하는 분들이잖아."

"어떻게 좀…… 안 될까?"

"어떻게 좀 안 되는 일은 없어. 시간만 충분하다면. 그리고 동기만 확실하다면. 세상일이라는 게 다 그런 거 아닌가?"

거니는 하드윅을 너무도 잘 알았고 그래서 이 게임을 어떻게 이끌어야 하는지도 알고 있었다. "자네가 그 '겁나 완벽한 바보들Fucking Blithering Idiots' 하고 분란을 일으키는 건 원치 않아."

생각에 잠긴 듯 침묵이 두 사람 사이에 흘렀고 그 침묵 속에서 희망이 싹텄다.

"자, 데이비 보이, 오늘 내가 더 해줄 일은 없나?"

"있어. '데이비 보이' 어쩌고 하는 것 좀 그만 집어치우면 안 되겠나?"

하드윅이 길고 거칠게 웃었다. 기관지염에 걸린 호랑이처럼.

하드윅에게 한 가지 장점이 있다면 남을 학대하기를 즐기는 만큼 자신이 학대당하는 것 또한 즐긴다는 점이었다.

그가 생각하는 건전한 인간관계는 아마도 그런 것인 모양이었다.

14

불안한 청년과의 이상한 만남

하드윅과 통화를 마친 거니는 남아 있던 커피를 비우고 킴이 알려준 주소를 내비게이션에 찍고 시라큐스로 향했다. 운전하는 시간을 이 젊은 친구에게 어떤 식으로 접근하는 게 좋을지 생각하는 시간으로 활용했다. 그와의 만남에서는 다양한 페르소나를 채택할 수 있었다. 결국에는 절반의 사실로 자신을 소개하고 방문의 목적을 설명하기로 했다. 일단 대화가 시작된 뒤에는 상황을 지켜보고 적절하게 대처하면 될 것이다.

서쪽 도시로 다가갈수록 창밖으로 펼쳐지는 풍경은 암울해졌다. 도시는 온통 죽었거나 죽어가고 있었고 대체로 흉물스러운 공업 혹은 상업 건물들이 주를 이루었다. 동네의 구분도 어딘가 애매했다. 잘 봐줘야 퀼트 이불 같았다. 내비게이션이 대로에서 벗어나 작고 허름한 집들이 모여 있는 마을로 그를 안내했다. 한때 그곳에 자리했을 다양한 빛깔과 생명력, 개성이 오랜 세월에 걸쳐 서서히 빠져나간 것처럼 보였다. 거니는 자신이 자란 동네를 떠올렸다. 내세울 것 없는 초라함과 무관심, 인종주의 배타적 자부심으로 뭉친 방어적인 동네. 그곳은 얼마나 작은 곳이었던가. 어디로 보나 작은 동네였고 어디로 보나 서글픈 동네였다.

내비게이션의 안내 음성이 거니를 눈앞의 현실로 되돌려놓았다. 좌회전을 하고 한 블록 더 가서 간선도로를 가로지른 다음 또 한 블록을 지나자 전혀 다른 동네로 접어들었다. 나무도 더 많고 집도 더 크고 잔디도 더 깔끔하고 보도도 더 깨끗했다. 어떤 집은 아파트로 분할되어 있었지만 그런 집들조차도 잘 관리된 모습이었다.

알록달록하고 커다란 빅토리안 양식의 건물을 지나칠 때 내비게이션이 목적지에 도착했음을 알렸다. 거니는 몇 백 미터를 지나쳐 블록 끝까지 가서 모퉁이를 돌아 길 건너편 현관과 정문이 보이는 위치에 차를 세웠다.

차에서 막 내리려는 순간 휴대전화 메시지 신호음이 울렸다. 킴이 보낸 메시지였다. 이 프로젝트, 이제 진짜 시작이에요! 할 이야기가 있어요! 최대한 빨리요!

거니는 "최대한 빨리!"라는 말을 유동적인 개념으로 보았다. 적어도 로버트 미스를 만난 이후까지는 미루어도 될 것이다. 거니는 차에서 내려 커다란 빅토리안 양식 건물들의 동네를 한 블록 되돌아 걸었다.

널찍한 베란다의 현관문은 열려 있었고 타일이 깔린 복도에 문이 두 개 더 있었다. 두 우편함은 그 사이의 벽에 달려 있었다. 오른쪽 우편함에 'R. 몬터규'라고 적혀 있었다. 거니가 문을 두드리고 기다렸다가 다시 한 번 두드렸다. 대답이 없었다. 그는 전화를 꺼내 로비 미스의 번호를 눌러보았다. 안에서 벨 소리가 들리는지 문에 귀를 대어보았다. 안에서는 소리가 들리지 않았다. 통화가 음성사서함으로 넘어가자 거니는 전화를 끊고 차로 돌아갔다.

그는 자동차 좌석을 뒤로 젖히고 편안한 자세를 취했다. 그리고 그로부터 한 시간 동안 사건 보고서들과 총격 직전 희생자들의 이동 경로에 대한 긴 글을 읽었다. 사건의 세부사항들로 깊이 빠져들면서 본능적으로 방대한 데이터 속에서 눈에 띄는 것, 초기 수사과정에서 놓쳤을 것들을 찾고 있었다.

눈에 띄는 것은 아무것도 없었다. 희생자들 간에는 특별한 공통점이 없어 보였다. 일정 수준의 경제력, 메르세데스 벤츠에 대한 선호, 사건 지점을 중심으로 각 변이 80킬로미터와 320킬로미터인 직사각형 내에 첫 번째,

혹은 두 번째 부촌에 산다는 것 외에는 공통점이 없어보였다. 직업, 가족 관계, 충격을 당한 밤의 이동 경로 외에 희생자에 관한 정보는 심층적으로 수집되지 않았다. 범인의 희생자 선정 기준이 차량 브랜드가 확실하다면 있을 수 있는 일이었다. 메르세데스 벤츠가 범인의 표적이었다면, 희생자가 어떤 인간인지, 어느 고등학교를 다녔는지 따윈 중요하지 않을 테니까.

그런데 난 도대체 뭘 찾고 있는 걸까. 착한 양치기 사건의 어떤 점이 날 이렇게 근질거리게 만드는 걸까.

단지 근질거리는 것에서 멈추지 않았다. 갈증이 났다. 거니는 한두 블록 건너에 편의점이 있었던 걸 기억했다. 그는 차를 잠그고 걸어서 편의점으로 향했다. 막상 가보니 편의점이라기보다는 값만 비싸고 손님은 없으며 먼지 쌓인 선반에서 불쾌한 냄새가 풍기는 허름한 가게였다. 냉장고에 우유가 없는 데도 상한 우유 냄새가 났다. 거니는 물 한 병을 사고 따분한 표정의 소녀에게 값을 지불하고 최대한 빨리 가게를 빠져나왔다.

다시 차로 돌아와 물병을 따는데 전화벨이 울렸다. 하드윅이 보낸 메시지였다. 이메일 확인해봐. 아름다운 베카의 착한 양치기 프로필 보고서야.

미 연방 수사국
특수 사건 전담반
강력 범죄 분석 센터
행동분석 2팀

대상: 강력 범죄 분석 센터 직원 외 접근 금지 코드 B-7

범죄 수사 분석 서비스 분류명: 가해자 프로필
날짜: 2000년 4월 25일
주제: 미정

가제: 착한 양치기

이 보고서의 결론은 연역적 귀납적 심리분석 방식으로, 가해자의 '선언문'을 사실적, 물리적, 역사적, 언어적, 심리학적으로 분석하고, 현장에서 수집된 증거, 사진 자료, 범행 시각, 사건의 구성, 희생자 선정 기준을 참작하여 도출되었다.

미정 주제에 관한 요약 의견

범인은 20대 중반에서 30대 후반의 백인 남자이고, 대졸, 혹은 대학원 이상의 교육을 받았으며 지능이 뛰어나고 인지능력이 탁월하다.

공손하고 내향적이며 태도나 사회관계가 반듯한 편. 인간관계를 통제하려는 성향이고 친밀한 관계를 맺는 데 서툴다. 절친한 친구가 없는 강박적인 완벽주의자.

옷을 잘 입는 편이고 근육이 발달되어 있다. 사적인 공간에서 정기적으로 운동을 할 수도 있다. 생활력 있고 매사에 용의주도한 인간으로 보일 수도 있다. 총기에 능하고 총기 수집가이거나 취미로 사격을 즐기는 사람일 수도 있다.

어휘력은 섬세하고도 정확하다. 구문과 발음이 완벽하고 인종적, 지역적 특성도 표출되지 않는다. 국제적인 교육, 혹은 다양한 문화에 노출된 결과일 수도 있으나 자신의 출신 성분을 나타내는 증거나 기억을 말살하기 위한 노력일 수도 있다.

성경의 말투를 차용하는 점, 탐욕에 대한 멸시 속에서 처벌을 상상한다는 점, '착한 양치기'를 자신의 신분으로 내세우고 노아의 방주에 있던 동물 장난감을 범행 장소에 놓아둔 점 등은 주목할 만하다. 흰색은 선, 검정은 악을 상징하는 종교적 맥락에서 검은 차량을 선택했다는 점은 부유함을 악과 동의어로 보고 있다는 점을 드러내고 있다.

범인의 계획성과 실행력은 극도로 치밀하다. 공격 장소를 분석해보면 철저한 사전 조사가 이루어졌음을 알 수 있다. 모든 공격 장소는 고속도로와 부촌을 잇는 구간이었고(희생자를 선정하기에 이상적인 장소였을 것으로 사료됨) 가로등이 없었으며 인적이 드물었으며 톨게이트나 감시카메라가 설치되지 않은 장소였다.

모든 사건이 좌측 커브 길에서 발생했다. 모든 희생자의 차량은 총격 이후에 오른쪽으로 도로를 이탈했다. 이것은 명백히 핸들을 좌측으로 꺾을 수 없는 상태의 운전자로 인해 피해자의 차량이 진로에서 이탈할 수밖에 없는 상황을 초래한 결과이다. 나아가서 총격의 순간 피해자의 왼쪽에 있었을 범인의 차량은 차량 충돌의 확률을 최소화할 수 있었다. 이러한 상황을 예측하고 정확한 시점에 실천하는 능력으로 볼 때 범인은 고도로 숙련된 킬러라고 볼 수 있다.

동기1: 범인이 범행의 명분으로 제시한 것은 불평등하게 분배된 부가 부정하게 세습되는 현실이다. 그는 이러한 불평등을 탐욕으로 인한 타락으로 보고, 탐욕을 지닌 자를 제거하는 것으로 해소할 수 있다고 주장한다. 그는 고급 차를 소유한 것과 탐욕을 동일시하고 있으며 메르세데스 벤츠를 고급 차의 전형으로 보고 그것을 표적으로 삼았다.

동기2: 착한 양치기 사건은 전형적인 심리분석 공식 즉, 강하고 학대하는 아버지에 대한 오이디푸스적 분노의 표출에 해당되는 것으로 보인다. 선언문을 통해 그는 반복적으로 탐욕과 부, 권력을 하나로 융합시키고 있다. 심리학적 관점에서 범인이 선택한 무기(세계에서 가장 큰 권총) 역시 어느 모로 보나 남성성의 상징이고 병적 심리상태를 보여주는 분명한 징표다.

추가: 여자를 포함시킨 사실에서 아버지에 대한 증오가 동기일 수 있다는 주장에 반론을 제기할 수 있을 것이다. 그러나 샤론 스톤은 예외적으로 키가 컸고 머리도 유니섹스 스타일로 짧게 잘랐던 데다 검은 가죽 재킷을 입고 있었다. 어두운 밤에 차창에 흐릿하게 비친 얼굴은 여자라기보단 남자로 보였을 가능성이 크다. 범인이 차량 자체만을 선별 기준으로 정했고 운전자의 성별에는 별 관심이 없었을 가능성도 있다.

범죄언어학, 정신분석학, 정신병리학 분야의 학술지 기사 목록이 첨부되어 있었고 저명한 박사들의 전문서적 목록도 이어졌다. 《분노의 승화》《성적 억압과 폭력성》《가족의 구조와 사회성》《학대 병리학》《유아기의 외상의 표출로서의 사회운동》 등등. 마지막에는 레베카 홀든필드 박사의 저서 《임무를 수행하는 연쇄살인범》이 있었다.

익숙한 이름을 한참 바라보다가 거니는 다시 자료 앞부분으로 돌아가 처음부터 다시 한 번 읽어보았다. 마음을 열고 읽으려 애쓰면서. 쉽지 않았다. 과학적인 언어로 포장된 과학적이지 않은 결론이, 학구적인 오만함이 풍기는 글이 이런 류의 범인 프로필을 읽을 때마다 느끼던 반발심을 불러일으켰다.

20여 년의 강력계 경험을 통해 이런 프로필이 때로는 너무도 정확하고 때로는 완전히 틀리지만 대부분 그 두 가지가 섞여 있는 주머니 같단 걸 알고 있었다. 사건이 해결되면 프로필이 훌륭했는지 아닌지 판가름이 나지만 해결되지 않으면 결코 알 수 없다.

하지만 정작 그를 거북하게 하는 것은 범인 프로필이 지닌 오류가 아니었다. 작성자와 이용자가 그 오류에 대해 인식하지 못한다는 사실이었다.

범죄심리학에 대한 불신에도 왜 이 자료를 그토록 읽고 싶었는지, 왜 나중으로 미룰 수 없었는지 거니는 궁금했다. 뭔가 트집거리를 잡고 싶은 걸까? 어떻게든 흠집을 내고 싶은 걸까? 뭔가를 걸고넘어지고 싶은 걸까?

자신의 모습에 환멸을 느끼며 거니가 고개를 가로저었다. 얼마나 허망한 질문들을 던질 수 있을까? 바늘 끝에서 얼마나 많은 천사들이 춤출 수 있을까?

그는 몸을 뒤로 기대며 눈을 감았다.

그리고 깜짝 놀라며 눈을 떴다.

계기반을 보니 5시 55분이었다. 미스가 살던 집을 바라보았다. 태양이 낮게 길려 있었고 긴물은 기대한 단풍나무 그늘에 들어가 있었다.

그는 차에서 내려 100여 미터 정도를 걸어 미스의 집으로 갔다. 문에 귀를 대어보니 테크노 음악이 들렸다. 그가 노크했다. 대답이 없었다. 다시 한 번 노크했고 이번에도 대답이 없었다.

그는 휴대전호를 꺼내 발신자 표시 제한을 설정한 뒤 미스의 번호를 눌렀다. 놀랍게도 두 번째 발신음에 그가 전화를 받았다.

"로버트입니다." 매끄럽고 연극적인 목소리였다.

"안녕. 난 데이브라고 한다."

"데이브?"

"잠깐 이야기 좀 할 수 있을까."

"실례지만 누구시죠?" 조금 긴장한 듯한 목소리였다.

"그건 말하기가 좀 곤란해, 로버트. 넌 어쩌면 날 알 수도 있고 모를 수도 있어. 그러니까 문을 열고 일단 누군지 한번 보는 게 어떨까?"

"뭐라고요?"

"로버트, 지금 문 앞에서 기다리고 있거든."

"무슨 말씀이신지. 누구세요? 절 아세요?"

"너와 나 둘 다 아는 사람이 있어. 넌 문 뒤에 있고 난 문 앞에 있는데 전화로 이야기하는 게 좀 우습지 않은가?"

"잠깐만요." 혼란스럽고 불안해하는 목소리였다. 전화가 끊겼다. 음악이 멈추었다. 잠시 후 조심스럽게 문이 열렸지만 절반도 열리지 않았다.

"무슨 일이시죠?"

문 뒤에서 그가 물었다. 문을 방패로 삼는 것 같았다. 아니면 왼손에 든 무언가를 감추기 위해서이거나. 키는 거니와 비슷했다. 180센티미터가 조금 안 되었다. 호리호리한 체격. 잘생긴 이목구비, 헝클어진 검은 머리칼, 충격적일 정도로 파란, 배우 같은 눈동자. 그 완벽한 외모에 한 가지 흠이 있었다. 바로 입가에 맴도는 뚱한 표정이었다. 어딘가 교활하고 어딘가 심술궂어 보이는 입매였다. "몬터규 군, 난 데이브 거니야."

그의 눈꺼풀에 미묘한 떨림이 있었다.

"혹시 내 이야기를 들었나?" 거니가 물었다.

"그래야 하나요?"

"왠지 아는 것 같은 표정이어서."

그는 여전히 긴장한 상태였다. "원하는 게 뭡니까?"

거니는 비교적 위험부담이 적은 전략을 구사하기로 했다. 상대가 그에 대해 어느 정도 알고 있는지 확실치 않을 때 효과적인 방법이었다. 전략은 사실에 근거하되 말투로 장난을 치는 것이다. 암류를 조절한다고나 할까.

"뭘 원하느냐…… 좋은 질문이야, 로버트." 그가 공허한 미소를 지어 보이며 세상에 염증을 느낀 청부살인업자가 관절염이 도질 때 쓸 법한 말투로 말을 이었다. "그야 상황에 따라 다르지. 우선 네 조언이 필요해. 내가 받은 제안을 받아들일지 말지 결정해야 하거든. 또 막상 받아들이면, 어떤 조건으로 해야 할지도. 코니 클라크라는 이름 들어봤나?"

"잘 모르겠어요. 왜요?"

"잘 모르겠다고? 알 것 같긴 한데 확실히는 모르겠다는 건가? 이해가 잘 안 가네."

"들어본 이름인 것 같아요. 그게 다예요."

"아, 그렇군. 그럼 그 딸의 이름 킴 코레이즌은?"

그가 갑자기 눈을 깜빡거렸다. "도대체 당신 뭐야! 무슨 수작이야!"

"좀 들어가도 될까, 몬터규 군? 문간에서 나누기엔 너무 사적인 대화 같은데."

"안 돼요." 그가 체중을 옮겼다. 왼손은 여전히 보이지 않았다. "본론부터 이야기하세요."

거니가 한숨을 쉬면서 시선을 로비 미스에게 고정한 채 무심한 듯 어깨를 긁었다. "코레이즌 양의 신변을 보호해달라는 부탁을 받았는데, 얼마를 청구해야 할지 결정을 못 했거든."

"청구? 도대체…… 그게 무슨…… 뭐라고요?"

"내가 적절한 가격을 청구해야 하거든. 그러니까, 내가 별로 할 일이 없다면 말이야. 그저 눈이나 똑바로 뜨고 다니다가 일이 터지면 그때 가서 해결하는 식이라면…… 그에 맞는 단가가 있을 거고, 선제공격을 취해야 하는 상황이라면 또 그에 따른 단가가 있을 거고. 무슨 말인지 알아듣겠나, 바비?"

눈꺼풀의 떨림이 점점 심해지는 것 같았다. "지금 협박하는 겁니까?"

"내가 협박한다고? 내가 왜? 협박은 불법이야. 전직 경찰이라 나는 법을 아주 잘 지키고 있다네. 내 가장 친한 친구들이 다 경찰이야. 시라큐스에 있는 친구도 있어. 지미 쉬프도 그렇고. 너도 그 친구는 알겠지. 어쨌건, 난 일을 맡기 전에 일단 가격을 정하는 걸 선호하거든. 그 정도는 이해하겠지? 다시 한 번 묻겠네. 내가 코레이즌 양의 신변을 보호하는 일을 하면서 기본 이상의 수당을 요구할 이유가 있을까?"

로버트 미스의 눈빛이 흔들리기 시작했다. "그 여자 신변에 대해 내가 알 게 뭡니까? 그게 나하고 무슨 상관이죠?"

"아주 좋은 지적이야, 바비. 내가 보기에 자네는 아주 착한 청년 같아. 아주 잘생긴 청년이고. 남에게 해를 끼칠 사람이 아니지. 안 그런가?"

"문제를 일으키는 사람은 내가 아니라고요!"

거니가 천천히 고개를 끄덕이고 기다렸다. 대화의 흐름이 바뀌는 것을 감지하면서.

미스가 아랫입술을 깨물었다. "우린 진짜 잘 지냈어요. 그런 식으로 끝내고 싶지 않았다고요. 그런데 킴이 말도 안 되는 비방을 하고, 잘못을 뒤집어씌웠어요. 거짓말에, 인신공격에, 경찰에 별 희한한 소리들을 해대더니 이제 당신까지 가세했군요. 도대체 왜 날 찾아왔는지 도무지 이해가 안 가네요."

"내가 왜 왔는지는 이미 말한 것 같은데."

"말도 안 되는 이야기예요. 이런 식으로 찾아오시면 안 되는 거죠. 그 여자가 끌어들인 사람들을 찾아가셔야죠. 만약 신변에 문제가 생겼다면 보나마나 그 인간쓰레기들 짓일 텐데."

"인간쓰레기들이라면?"

미스가 웃었다. 귀에 거슬리는 거친 웃음소리였다. 일종의 음향효과처럼. "킴이 자기 교수하고 잔 거 아세요? 소위 학문적 조언자라는 교수하고? 커리어에 도움이 된다면 누구하고든 자는 여자란 거 아세요? 루디 게츠하고도 잤다는 거 아세요? 이 세상에서 가장 더러운 인간쓰레기하고? 걔 완전 돌았다는 거 아세요? 알고 계셨어요?" 미스는 감정의 말을 타고 점점 더 이성에서 멀리 내달리고 있었다.

거니는 그 질주가 계속되기를, 그래서 종착지가 어디인지 알 수 있기를 바랐다. "아니. 그건 몰랐어. 정보를 주어 고맙네, 로버트. 킴이 미친 줄은 미처 몰랐어. 내 단가표에 영향을 미칠 수도 있겠군. 큰 건이 되겠어. 미친 여자를 보호하는 건 골치 아픈 일이니까. 어느 정도로 미친 건가?"

미스가 고개를 저었다. "곧 알게 되겠죠. 이제 한마디도 안 할 거예요. 결국 다 알게 될 테니까. 제가 오늘 어디 갔다 왔는지 아세요? 변호사 사무실에 갔었어요. 그 나쁜 년을 고소할 거예요. 한 가지 충고해드리죠. 그 여자한테서 떨어지세요. 최대한 멀리." 그가 쾅 하고 문을 닫았다.

문 닫는 소리에 이어 자물쇠 두 개가 채워지는 소리가 들렸다.

모든 게 다 연기일 수도 있다고, 거니는 생각했다. 하지만 연기치고는 꽤 그럴듯했던 것도 사실이었다.

15

긴장의 고조

내비게이션의 안내에 따라 다시 간선도로를 향해 달리는 동안 자홍빛 석양의 탁한 그림자가 오논다가 호수에 번지고 있었다. 호수의 북단 어디쯤은 아마도 아름다웠을 것이다. 그러나 우리의 마음 밑바닥에 도사린 것들은 우리의 시신경이 입력하는 정보를 처리하는 과정에 엄청난 영향을 미친다. 따라서 거니가 본 것은 황혼에 반사된 호수의 수면이 아니라 15미터 아래 오염된 호수 밑바닥에서 끓는 끔찍한 화학물질이었다.

호수의 오염에 대해 자구책이 강구되고 있다는 것도 알았다. 그러나 그런 개선의 노력이 호수를 바라보는 시각까지 바꿀 수는 없었고 오히려 악화시켰다. 마치 술집에서 나오는 남자보다 금주 모임에 참석하고 나오는 남자의 모습이 상태가 더 심각해 보이는 것처럼.

81번 주간고속도로에 접어들고 나서 몇 분 뒤 거니의 전화가 울렸다. 집에서 걸려온 전화였다. 시각을 보니 6시 58분이었다. 매들린은 거의 45분 전쯤 병원의 시간제 근무를 마치고 집으로 돌아와 있을 터였다. 거니는 문득 죄책감을 느꼈다.

"미안. 전화했어야 했는데." 그가 얼른 말했다.

"어디야?" 화가 났다기보다는 걱정하는 목소리였다.

"시라큐스하고 빙엄턴 사이. 8시 좀 넘어서 들어가겠네."

"클린터란 사람하고 여태 있었던 거야?"

"그 친구도 만났고, 잭 하드윅하고 통화도 했고, 하드윅이 보내준 자료도 차에서 좀 읽었고, 킴 코레이즌의 전 남자친구도 만났고……."

"그 스토커?"

"어떤 녀석인지 잘 모르겠어. 클린터란 자도 마찬가지고."

"어젯밤에 당신 이야기대로라면 위험할 정도로 불안정한 사람 같던데."

"맞아. 그럴지도 몰라. 하지만 왠지……."

"여보, 당신이 신경 써야 할 건……."

휴대전화 불통 지역으로 접어들면서 전화가 끊겼다. 거니는 매들린이 다시 전화할 때까지 기다리기로 했다. 그는 컵홀더에 휴대전화를 세웠다. 1분도 채 지나지 않아 전화벨이 울렸다.

"내가 마지막으로 들은 말이 '당신이 신경 써야 할 건'이었어."

"여보세요?"

"잘 들려. 잠깐 전화가 끊어졌어."

"죄송하지만 방금 뭐라고 하셨어요?" 여자 목소리였지만 매들린이 아니었다.

"아, 미안해요. 다른 사람으로 착각한 것 같은데, 실례지만……."

"아저씨? 저 킴이에요. 지금 바쁘세요?"

"아니, 괜찮아. 전화 못해서 미안하다. 어떻게 돼가고 있니?"

"제 문자 받으셨어요? 램에서 첫 방송을 준비하고 있다는 거요."

"받은 거 같아. 이번 프로젝트, 진짜 시작이다, 그렇게 말했던 것 같은데."

"이번 주 일요일에 첫 방송이래요. 이렇게 빨리 나올 줄은 몰랐거든요. 제가 대충 촬영한 루스 블럼 인터뷰 자료를 그대로 사용한대요. 루디 게츠가 말했던 것처럼. 다른 가족하고 최대한 많은 인터뷰를 해달래요. 매주 일요일에 빙영한대요."

"네가 원하는 대로 진행되고 있는 거니?"

"그럼요."

"하지만?"

"하지만? 그런 건 없어요. 다 좋은 일이잖아요."

"하지만?"

"하지만…… 실은 하찮은 문제가 하나 있긴 해요."

"그게 뭐지?"

"전등요. 다시 나갔어요."

"네 아파트 전등 말이니?"

"전구가 죄다 헐겁게 풀린 적이 있다고 말씀드렸었죠?"

"이번에도 그런 거니?"

"아뇨. 거실램프를 확인했는데 전구는 단단히 조여 있었어요. 이번에는 차단기 문제인 거 같아요. 그런데 지하실에 내려가서 확인할 수가 없어요."

"신고는 했고?"

"이런 건 긴급한 상황이라고 생각 안 하더라고요."

"누가?"

"경찰요. 어쩌면 누군가 나중에 들를 수도 있겠죠. 하지만 그 사람들을 믿을 수가 없어요. 전기차단기는 경찰이 간섭할 문제가 아니라고 전에도 그러더라고요. 집주인이나 관리실 사람, 아니면, 전기공, 친한 이웃을 불러야겠죠. 어쨌든 경찰에는 신고 안 해요."

"그래서 그렇게 했니?"

"주인한테 연락했느냐고요? 그럼요. 음성메시지 남겼어요. 확인했는지 안했는지는 알 길이 없지만. 관리실에 연락했냐고요? 연락했어요. 하지만 그 사람은 이 건물 주인이 소유한 코트랜드의 다른 건물에 나가서 일하고 있더라고요. 차단기 스위치 하나 올리자고 여기까지 오는 건 한심한 노릇이래요. 해줄 것 같지가 않았어요. 전기공한테 전화했더니 150달러 주면 오겠대요. 친한 이웃도 없어요." 그녀가 말을 멈추었다. "그게 저의 한심하고 하찮은 문제인데, 조언 좀 해주시겠어요?"

"지금 아파트에 있니?"

"아뇨. 다시 나왔어요. 지금 차 안에 있어요. 불도 못 켜는데 집 안에 들어가고 싶지 않아서요. 지하실 생각이 나고 거기 뭐가 있을지 자꾸 생각하게 돼요."

"상황이 좀 정리될 때까지 집에, 그러니까 네 엄마 집에 가 있으면 안 될까?"

"싫어요!" 마지막으로 그 이야기를 꺼냈을 때만큼이나 격한 반응이었다. "거긴 이제 저의 집이 아니에요. 여기가 저의 집이에요. 저하고 한판 붙어보자는 개자식 때문에 엄마한테 쪼르르 달려가는 겁에 질린 어린애가 아니라고요."

그러나 거니에겐 꼭 그렇게 보였다. 어른처럼 행동하려 애쓰는 겁에 질린 소녀. 그런 그녀의 모습이 그에게 거의 고통에 가까운 불안감과 책임감을 불러 일으켰다.

"좋아." 지나치기 직전 충동적으로 오른쪽 램프로 빠져나가며 그가 말했다. "그대로 있어. 20분 내로 갈게."

시속 130킬로미터로 달려 19분 뒤 그는 다시 시라큐스로 돌아왔고, 허름한 동네로 접어들어 킴 코레이즌의 아파트 건너편에 차를 세웠다. 황혼이 내린 뒤라 이틀 전에 보았던 집을 알아볼 수가 없었다. 그는 자동차 글로브박스를 열어 묵직한 검은색 손전등을 꺼냈다.

그가 길을 건너는 것을 보고 킴이 차에서 내렸다. 그녀는 초조해 보였고 창피해하는 것 같았다.

"서 사신이 너무 한심해요." 떨지 않으려는 듯 킴이 팔짱을 끼며 말했다.

"왜?"

"제가 어둠을 무서워하는 것 같잖아요. 제 집을 무서워하고요. 다시 돌아오시게 해서 죄송해요."

"내가 오고 싶어서 온 거야. 들어가서 살펴볼 테니 넌 여기 있을래?"

"싫어요! 제가 무슨 어린앤 줄 아세요? 저도 갈래요."

전에도 이런 대화를 나눈 것을 떠올리고 더는 고집하지 않기로 했다.

현관문과 킴의 아파트 문은 열려 있었다. 두 사람은 안으로 들어갔다. 거니가 손전등을 비추며 앞장섰다. 전기 스위치가 보여서 켰지만 반응이 없었다. 거니는 거실로 들어서서 손전등으로 주위를 훑었다. 욕실과 침실에서도 똑같이 했고 복도 끝의 부엌에서도 똑같이 했다.

실내에 천천히 손전등을 비추며 그가 물었다. "차로 나가기 전에 한번 둘러봤니?"

"아주 빨리, 대충요. 부엌은 거의 보지 않았어요. 지하실 근처에는 가지도 않았고요. 거실 천장 전등이 켜지지 않았어요. 그것 말곤 전자레인지의 디지털 시계가 꺼져 있다는 것 정도 확인했고요. 전기차단기가 내려져 있단 뜻이죠?"

"그런 것 같구나."

거니가 부엌으로 들어섰고 킴이 그 뒤를 바짝 쫓았다. 어둠 속에서 킴이 그의 등에 손을 얹었다. 흔들리는 손전등에서 흘러나오는 유일한 불빛이 부엌의 벽과 주방기구에 반사되었다. 약하게 무언가 두드리는 듯한 소리가 들렸다. 거니는 멈추어 서서 귀를 기울였다. 싱크대 수도꼭지에서 물이 떨어지는 소리였다. 거니는 다시 천천히 걸어 지하실과 뒷문으로 이어지는 뒤쪽 복도로 향했다. 킴의 손이 그의 등에서 팔로 움직이며 힘을 주었다. 복도에서 확인해보니 지하실로 내려가는 문은 닫혀 있었다. 복도 끝에 있는 장식용 문은 빗장이 걸린 채 잠겨 있는 것처럼 보였다. 닫힌 공간 속에서 부엌의 물방울 떨어지는 소리가 한껏 크게 들렸다.

그가 지하실 문으로 손을 뻗으려는 순간 킴의 손가락이 그의 팔 뒤로 파고들었다.

"진정해라." 그가 나지막이 말했다.

"죄송해요." 킴이 손에 힘을 조금 뺐지만 긴장을 완전히 풀지는 못했다.

그가 문을 열고 손전등으로 계단을 비추며 귀를 기울였다.

똑…… 똑…….

그것 말고는 아무 소리도 들리지 않았다.

거니가 킴에게로 돌아섰다. "여기 있어."

킴은 겁에 질린 표정이었다.

그는 뭔가 할 말을 찾았다. 뭔가 일상적이고, 주의를 분산시키는, 그래서 그녀를 진정시킬 만한 질문. "차단기 말이야. 여러 개의 차단기가 있고 그 차단기들을 한 번에 내리는 주 차단기가 있니?"

"네."

"어떤 종류의 차단기인지 궁금해서."

"어떤 종류냐고요? 그런 건 잘 몰라요. 그게 중요한가요?"

"아니. 중요하지 않아. 스크루 드라이버가 필요하면 말할게. 알았지?" 거니는 이 모든 게 대수롭지 않은 문제이며 킴을 혼란에 빠뜨리라는 걸 알고 있었다. 그러나 혼란에 빠지는 편이 겁에 질리는 것보단 나았다.

그는 손전등을 앞뒤로 비추며 조심스럽게 계단을 내려갔다.

모든 게 고요해 보였다.

이렇게 허술한 계단이라니, 난간이라도 있었으면 좋겠다는 생각을 하며 마지막에서 세 번째 계단에 체중을 싣는 순간, 날카롭게 부러지는 소리와 함께 계단이 내려앉고 거니는 앞으로 고꾸라졌다.

모든 일이 눈 깜짝할 새 일어났다.

발판이 내려앉으면서 그의 오른발이 허공을 딛는 순간 그의 몸이 앞으로 기울었고 그의 두 팔은 본능적으로 얼굴과 머리를 감쌌다.

거니는 콘크리트 바닥에 고꾸라졌다. 손전등 렌즈가 산산이 부서지면서 빛이 사라졌다. 오른팔 뼈에 날카로운 통증이 관통했다.

킴이 비명을 질렀다. 발작적인 비명. 괜찮냐는 물음. 물러서는 발소리. 뛰는 소리. 넘어지는 소리.

거니는 놀라긴 했지만 의식을 잃진 않았다.

몸을 움직여보고 얼마나 다쳤는지 상태를 파악해야 한다.

그러나 그가 미처 몸을 움직이기 전에 머리카락이 쭈뼛 서는 소리가 들려왔다. 귓가에서 들리는 속삭임. 거칠고 낮은 속삭임. 마치 성난 고양이의 숨소리 같은 속삭임.

"악마를 깨우지 마."

PART 2

정의의 부재

16

의심

다음 날 아침 집에서 눈을 떴을 때, 거니는 초조하고 피로했으며, 오른쪽 팔뚝에 불에 덴 듯한 통증이 있었고 온몸이 욱신거리고 뻐근했다. 침실 창문은 열려 있었고 공기가 눅눅하면서 서늘했다.

매들린은 언제나처럼 벌써 일어나 있었다. 매들린은 새들과 함께 깨어나길 즐겼다. 동 트는 순간의 첫 햇살에 매들린에게 활력을 주는 묘약이 깃든 것 같았다.

발이 차갑고 축축했다. 창밖은 잿빛이었다. 숙취를 느껴본 건 아주 오래 전이지만 지금이 꼭 그런 기분이었다. 어젯밤 내내 그는 참혹할 정도로 불안에 떨었다. 킴의 지하실에서 일어난 일들의 기억과 계단에서 떨어진 이후 그가 발견한 것들, 그것이 암시하는 가설들이 일관성도, 결론도 없이 그의 머릿속에서 쉴 새 없이 휘몰아치다가 갖가지 통증으로 뒤엉키더니 경로에서 이탈해버렸다. 그는 결국 동트기 직전에야 잠이 들었다가 두 시간 뒤 다시 깨어났다. 불안의 강도로 보아 더 자는 건 불가능해 보였다.

상황을 파악하고 이해하는 것이 급선무였다. 그는 다시 한 번 처음부터, 최대한 상세하게, 기억을 더듬어 어제 일을 떠올렸다.

그는 손전등으로 계단뿐 아니라 지하실 왼쪽과 오른쪽을 비추며 조심스럽게 계단을 내려가고 있었다. 어떤 소리도, 움직임도 없었다. 바닥에서 일곱 번째 칸 정도에서 손전등으로 차단기의 위치를 확인하려고 벽을 훑은 기억이 있다. 금속 재질의 회색 상자가 이틀 전 핏방울이 그를 이끌었던 음산한 궤짝에서 멀지 않은 벽에 달려 있었다. 나무 계단과 콘크리트 바닥에 검게 변한 핏방울이 여전히 선명하게 보였다.

다음 칸에 발을 디디는 순간, 그의 발밑에서 계단이 부러지는 소리와 느낌. 그의 손이 거칠게 곡선을 그리는 바람에 흔들리는 손전등 불빛에 눈이 부신 기억. 몸이 고꾸라지고 있다는 걸 알았고, 멈출 도리가 없단 걸 알았고, 결과가 좋지 않으리라는 걸 알았다. 0.5초 정도 후, 그의 팔, 오른쪽 어깨, 가슴, 그리고 머리 옆 부분이 지하실 바닥에 차례로 부딪쳤다.

계단 꼭대기에서 비명이 들렸다. 처음에는 말 그대로 외마디 비명이었고, 그다음에는 비명 같은 질문이었다. "괜찮으세요? 도대체 어떻게 된 거예요!"

그는 잠시 멍한 상태였고 대답을 할 수가 없었다. 그러고 나서, 어디에선가, 비록 방향을 가늠할 수는 없지만, 뛰어가는 발소리, 벽에 부딪치는, 어쩌면 바닥에 넘어지는 것 같은 소리, 그리고 다시 뛰어가는 소리가 들렸다.

그는 몸을 움직여보려 했다. 그러나 속삭임이, 너무도 가까이서 들려온 속삭임이 그를 멈추게 했다.

들뜬 목소리였고, 인간의 목소리라기보단 짐승의 소리에 가까웠다. 악다문 이 사이로 배어나오는 입김처럼 쇳소리에 가까운 마찰음이었다.

거니는 발목의 권총집에 손을 뻗어 총을 꺼내 들고 고요한 어둠 속에서 귀를 기울였다. 너무도 긴박한 상황이라 얼마나 긴 시간이 흘렀는지 가늠이 되지 않았다. 30초, 1분, 2분이나 혹은 그 이상일 수도 있었다. 킴이 조그만 손전등을 들고 돌아왔다. 손전등의 불빛은 그가 핏방울을 따라갔던 때보다 훨씬 더 밝아져 있었다.

화끈거리는 통증이 그의 팔목에서 팔꿈치, 후들거리는 다리로 번지는 걸 느끼며 가까스로 중심을 잡고 일어설 때 킴이 계단을 내려오기 시작했다. 거니는 킴에게 내려오지 말고 계단을 비추고 있으라고 했다. 그리고 현기

중에 두 번이나 비틀거리며 최대한 서둘러 킴에게 돌아갔다. 그녀에게서 손전등을 받아들고 돌아서서 그가 서 있는 위치에서 최대한 샅샅이 지하실을 훑었다.

그는 한 손엔 총을, 또 한 손엔 손전등을 들고 두 계단을 더 내려가서 가 날픈 손전등 불빛으로 앞뒤를 훑으며 움직임이 있는지 살펴보았다. 다시 두 계단. 이번엔 지하실 전체를 훑을 수 있었다. 바닥, 벽, 철제 기둥, 천장 대들보까지. 속삭임의 흔적은 없었다. 어질러진 것도, 흐트러진 것도 없었고 그가 들고 있는 조그만 손전등의 각도에 따라 콘크리트 바닥에서 너울 거리는 기둥 그림자 말고는 그 어떤 움직임도 없었다.

다시 지하실로 내려가 손전등으로 사방을 훑고 난 뒤, 그의 안도감은 물론 당혹감으로 바뀌었고, 궤짝을 제외하면, 지하실 내부에 남자 하나가 손 전등 불빛으로부터 숨을 수 있는 으슥한 장소는 없다는 결론을 내렸다.

계단 위에서 잔뜩 긴장한 채 말없이 서 있던 킴에게 혹시 자신이 계단에 서 구른 뒤 소리를 들었느냐고 물었다.

"어떤 소리요?"

"목소리…… 속삭임…… 그런 거 못 들었니?"

"아뇨. 무슨 말씀이세요?" 그녀가 놀라며 물었다.

"아니다. 혹시나 해서." 그가 고개를 저었다. "아마 내 숨소리였나 보다."

뛰어가는 발소리는 킴이 낸 소리였냐고 물었다.

킴은 그럴 거라고, 아마도 그럴 거라고, 자기가 뛰었던 것 같다고 했다. 어쩌면 비틀거렸거나 빨리 걸었을 수도 있다고, 하지만 기억이 잘 나지 않는다고 했다. 너무 겁에 질린 상태였고, 침대 밑에 손전등을 놓아두었던게 생각이 나서 벽을 더듬거리며 침실에 갔었다고 대답했다. "그걸 왜 물으세요?"

"그냥 확인해보는 거야." 그가 애매하게 대답했다.

킴이 침실로 간 사이, 침입자가 얼른 계단을 뛰어올라가 어둠을 틈타 킴에게서 불과 몇 센티미터 정도 떨어져 서 있다가 지하실로 돌아왔을 때 밖으로 빠져나갔을 가능성에 대해서는 굳이 말하지 않았다.

그러나 침입자가 궤짝 안에 숨어 있었던 게 아니라면, 그래서 그가 어디로든, 어떻게든, 빠져나간 거라면, 그게 어떤 의미일까. 처음부터 지하실에 숨어 있었단 건가? 로비 미스일까? 논리적으로는 그럴 수 있었다. 하지만 어떤 목적으로?

계단 아래 서 있는 동안 그 모든 것이 거니의 머릿속에서 오갔다. 그는 손전등으로 궤짝을 비추었다. 다음에 할 일이 무엇인지 알고 있었다.

손전등 하나로 궤짝 안에 숨어 있는 사람, 혹은 물건을 상대하기 전에 거니는 킴에게 일단 지하실 전등 스위치를 켜두라고 했다. 손전등으로 궤짝과 전기차단기를 번갈아 비추며 차단기 쪽으로 향했다. 손전등을 겨드랑이 사이에 끼고 차단기를 열어보니 주 전원 공급 스위치가 내려져 있었다. 그가 스위치를 올렸다.

지하실 전구에 바로 불이 들어왔다. 위에서 냉장고 모터가 돌아가는 소리가 들렸다. "들어왔네!" 킴이 중얼거리는 소리가 들렸다.

그는 지하실 안을 다시 한 번 둘러보면서 궤짝 말고는 숨을 데가 없는지 다시 한 번 확인했다. 궤짝을 향해 다가가는 동안 두려움과 소름은 어서 놈과 대면하고 싶은 분노로 대체되었다. 거니의 이성이 뚜껑을 열지 말고 궤짝을 굴리라고 조언했다. 그는 궤짝 한쪽 귀퉁이를 잡고 밀어서 쓰러뜨렸고 그 순간 궤짝이 비어 있음을 알았다. 그는 발로 궤짝을 열어 다시 한 번 확인했다. 킴은 어느새 내려와 겁에 질린 고양이처럼 지하실 내부를 둘러보고 있었다. 킴이 내려앉은 계단을 바라보았다. "하마터면 죽을 수도 있었어요." 눈이 휘둥그레진 킴이 그제야 상황의 심각성을 인식하며 말했다. "아저씨가 밟는 순간 그대로 계단이 꺼졌어요?"

"그대로 꺼졌어." 그가 대답했다.

공포에 질린 표정으로 내려앉은 계단을 바라보는, 근원적인 순수한 표정에 거니는 감동받았다. 살인의 여파에 관한 자료를 수집하던 야심찬 젊은 아가씨는 인간의 생명이 실제로 위태로운 상황에 처할 수 있음을 처음 깨닫고 놀란 것 같았다.

거니도 킴의 시선을 쫓아 계단의 부러진 부분을 살펴보았다. 그리고 킴이 미처 보지 못한, 어쩌면 보긴 했지만 그 의미를 깨닫지 못한 부분을 발견했다. 이미 양쪽 가장자리가 톱으로 거의 끝까지 잘려 있었다.

거니가 계단을 가리켰고, 킴은 혼란에 휩싸인 채 얼굴을 찌푸렸다. "이게 무슨 뜻이에요? 어떻게 이럴 수 있어요?"

"미스터리가 또 하나 늘었구나." 거니는 그렇게만 대답했다.

◆◆◆

거니는 침대에 누워 천장을 바라보면서 별 다른 효과도 없이 팔을 문지르고 있었다. 전날 일어난 사건을 재구성해 보면서 좀 더 세부적인 질문의 대답을 찾는 중이었다.

이번 사건은 그에게 속삭였던 침입자의 소행일 확률이 높았고, 킴이 표적이었을 것이고, 거니는 우연히 끼어들었을 것이다. 계단 한 칸을 톱으로 미리 잘라놓는 것은 범죄영화에서 흔히 등장하는 수법이었다. 톱질한 자리는 놓치기 어려운 증거였다. 계단이 우연히 내려앉은 게 아니라는 증거였고 발견되도록 일부러 남겨놓은 게 분명했다. 그렇다면 아주 위험한 경고일 수도 있었다.

끝 부분에 가까운 계단을 자른 것 역시 경고의 의미일 수 있었다. 구르더라도 계단 위쪽에서부터 구른 것만큼 치명적이진 않을 테니까. 그러니까 범인은 치명적인 추락을 유도하진 않았다. 적어도 아직은.

메시지는 분명했다. 경고를 무시하면 더 강력한 보복이 뒤따를 것이다. 보나 고통스러운, 보다 치명적인 보복.

킴에게 무엇을 하지 말라고 경고하는 것일까? 대답은 분명했다. 다큐멘터리. 그게 현재 그녀의 삶에서 벌어지고 있는 가장 큰 사건이었다. 아마도 이런 메시지일 것이다. 그만 손 떼시지, 킴. 지난 일을 파헤치고 다니는 짓 그만해. 안 그러면 끔찍한 일이 일어날 수도 있어. 착한 양치기 사건에는 악마가 잠들어 있어. 깨우지 않는 게 좋을걸.

그렇다면 침입자는 착한 양치기 사건과 관계가 있을까. 그 사건을 지금처럼 묻어두는 것과 엄청난 이해관계가 얽혀 있는 사람일까.

아니면 킴의 주장대로 이 모든 게 비열한 로비 미스의 짓일까?

지금까지 일어난 모든 일들이, 그녀의 마음을 불안하게 만들었던 모든 일들이, 그저 한심한 전 남자친구의 소행일 가능성도 있을까? 킴과의 결별에 그렇게까지 지독한 앙심을 품을 수 있을까? 그 모든 일들이, 헐거워진 전구들, 사라진 칼들, 핏자국, 톱질한 발판, 심지어 악마의 속삭임까지, 단순한 질투, 여자친구에게 차인 남자의 복수심에서 비롯된 것일 수도 있을까?

물론 로비 미스가 범인일 수도 있다. 그러나 그의 동기는 단순한 복수심이 아니라 보다 어둡고 역겨운 것일지도 모른다. 어쩌면 킴이 다시 자기를 만나주지 않으면 자신의 분노가 더 끔찍한 결과를 초래할 수도 있다고 경고하는 것일 수도 있었다. 다시 받아주지 않으면 괴물로 변하겠다고. 악마로 변하겠다고.

어쩌면 로비 미스의 내면은 킴이 알고 있는 것보다 훨씬 더 심하게 병들어 있는지도 모른다.

그 속삭임은 분명 병적인 수준이었다.

그러나 그 사실은 또 한 가지 가능성을 제기했다. 거니가 가장 두려워하는 가능성, 생각하기조차 두려운 가능성이었다.

속삭임 같은 건 애당초 없었는지도 모른다.

그가 들은 목소리는 환청이 아니었을까? 겨우 아물었던 머리의 상처가 건드려져서 생긴 부작용 아니었을까? 그의 귓가에서 항상 들리던 이명은, 허프바거 박사가 설명한 것처럼, 실제 소리가 아니었다. 신경계의 이상이 소리로 잘못 해석된 것이다. 위협적이던 속삭임, 분노를 뿜던 속삭임은, 어쩌면 실체가 없는 게 아닐까? 그가 보고 들은 것이 손상된 조직과 분쇄된 신경의 부산물일 수도 있다는 사실이 그를 전율케 했다.

911 신고를 받고 출동한 경찰에게 속삭임 이야기를 하지 않은 건 그런 무의식적 불안감 때문이었을 것이다. 30분 뒤 도착한 쉬프 경관에게도 속삭임에 대해서는 언급하지 않았다.

쉬프의 표정은 해독하기 어려웠지만 한 가지만은 분명했다. 이 상황이 영 못마땅한 것이다. 그는 거니의 진술에 뭔가 빠져 있음을 감지했다. 결국 회의적인 경관은 킴에게 '기물 파손' 사건 발생 시각을 파악하기 위한 질문을 시작했다.

"방금 뭐라고 하셨죠?" 쉬프가 두 번째로 '기물 파손'이라는 단어를 사용할 때 거니가 되물었다. "기물 파손이라고 하셨습니까?"

"현재로서는 그렇게 보입니다." 쉬프가 덤덤하게 말했다. "무슨 문제라도 있습니까?"

"기물 파손 행위 치고는 아주 끔찍한 형태로군요." 팔을 문지르며 거니가 말했다.

"구급차 부를까요?"

거니가 대답하기 전에 킴이 나서서 말했다. "제가 응급실로 모셔다 드릴 거예요."

"그렇게 하시겠습니까?" 쉬프가 거니에게 시선을 고정한 채 물었다.

"그렇게 하겠습니다."

쉬프가 한동안 그를 보다가 뒤쪽에 서 있던 경관에게 말했다. "거니 씨가 구급차를 거부했다고 기록해."

거니가 미소를 지었다. "카메라는 이렇게 됐죠?"

쉬프는 그의 질문을 못 들은 척했다.

거니가 어깨를 으쓱하며 덧붙였다. "어제 설치했더라면 좋았을 텐데."

쉬프의 눈에 분노가 스쳤다. 그는 마지막으로 지하실을 둘러보고 다음 날 차단기에서 지문을 채취하겠다고 웅얼거린 뒤 뒤집힌 궤짝에 대해 묻고 그 안을 살펴보았다.

마지막으로 톱질한 계단의 일부를 집어 들고 위층으로 올라가더니 10여 분간 아파트의 창문과 문을 확인했다. 쉬프는 킴에게 지난 며칠 동안 로버트와 특별한 대화를 나누었는지, 대화를 나누긴 했는지 물었다. 그리고 마지막으로 아파트에 들어올 다른 방법이 있는지 물었다. 그리고 현장을 떠났다. 순찰 경관을 뒤에 달고서.

17

단순한 계획

침실 천장이 좀 더 밝아 보였고 덮고 있는 이불도 조금 더 따듯하게 느껴졌다. 어젯밤 일을 완벽하고도 질서 있게 순차적으로 재구성한 자신의 기억력이 만족스러웠다. 사건의 심각성, 원인, 목적, 동기는 좀 더 생각해 볼 문제였다. 그러나 길을 제대로 들었다는 느낌이 들기 시작했다.

거니는 눈을 감았다.

잠시 후 벨 소리와 발소리에 잠에서 깼었다. 네 번째 벨이 울리고 곧이어 수화기 드는 소리가 들렸다. 서재에서 전화를 받는 매들린의 목소리가 희미하게 들렸다. 몇 마디의 목소리, 침묵, 그리고 다시 발소리. 매들린이 전화를 들고 오는 걸까. 누군가 그를 찾는 모양인데. 허프바거, 그 신경정신과 의사? 거니는 병원 직원과의 껄끄러운 대화를 떠올렸다. 젠장, 그게 언제였더라? 이틀 전? 사흘 전? 영원처럼 긴 시간이 흐른 것 같았다.

발소리는 침실을 지나 부엌으로 향했다.

여자들의 목소리.

매들린과 킴이었다.

킴은 거니를 시라큐스의 응급실로 데려갔다가 월넛 크로싱으로 데리고 왔다. 팔꿈치에 찌르는 듯한 통증 때문에 핸들을 잡을 수가 없었고 혹시라도 팔꿈치에 금이 갔다면 그 상태로 운전하는 건 미련한 짓이란 생각이 들었다. 킴은 자기 집이 아닌 곳에서 밤을 보낼 구실이 생겨 기쁜 눈치였다.

엑스레이로 뼈에 이상이 없음을 확인했는데도 이런 상황에서 운전을 하는 게 얼마나 위험한 일인지 역설하던 킴의 모습이 떠올랐다.

킴의 태도에는, 그녀가 세상을 대하는 태도에는, 그를 미소 짓게 만드는 무언가가 있었다. 거니를 돕는 임무를 수행하기 위해서라면 기꺼이 집을 떠날 수 있지만 두려움 때문에 집을 떠날 수는 없는 아이였다.

거니는 침대에서 몸을 일으켰고 새로운 근육통을 느꼈다. 이부프로펜 네 알을 삼킨 다음 뜨거운 물로 샤워를 했다.

샤워와 진통제가 어느 정도는 회복의 마법을 발휘했다. 물기를 닦고 옷을 입고 부엌 커피메이커 옆에 서서 간절한 첫 잔의 커피를 따를 무렵, 그는 한결 기분이 좋아졌다. 오른손을 움직여보았다. 통증이 한결 견딜 만했다. 커피 잔을 꽉 움켜쥐어보았다. 통증에 움찔하긴 했지만 필요하다면 운전은 할 수 있을 것 같았다. 좀 불편하겠지만 완전히 무기력한 상태도 아니었다.

매들린과 킴은 집 안에 없는 것 같았다. 싱크대 위쪽 열린 창문을 통해 소곤거리는 목소리가 들려왔다. 그는 커피를 들고 유리문 옆 아침 식탁으로 향했다. 두 사람의 모습이 보였다. 푸른색 돌로 바닥을 깐 베란다 뒤쪽, 높이 자란 사과나무 뒤로 펼쳐진, 매들린이 '잔디밭'이라고 부르는 아담한 풀밭에 그들이 있었다.

두 사람은 애디론댁 의자를 나란히 놓고 앉아 있었다. 매들린은 현란한 빛깔의 겉옷을 걸치고 킴 역시 비슷한 옷을 걸쳤다. 매들린이 빌려준 게 분명했다. 두 사람은 양손으로 커피 잔을 감싸 쥐고 있었다. 훈훈한 모닥불에 손을 데우듯. 구름 사이로 새어 나오는 여린 아침 햇살에 보라색과 자홍색, 주황색, 연두색이 화사하게 빛났다. 두 사람의 표정으로 보아 대화는 그들이 입고 있는 옷만큼이나, 거니의 기분보다 훨씬 활기 넘칠 것이다. 거니는 유리문을 열고 햇살에 어느 정도의 한기가 스며있는지 확인하고 싶었다. 그러나 매들린이 그를 보면 얼른 밖으로 나오라고, 오늘 아침이 얼마나 아름다운지 아느냐고, 세상이 얼마나 아름다운 향기로 가득 차 있는지 아느냐고 할 게 뻔했다. 매들린이 바깥세상의 아름다움에 감탄할수록 그는 왠지 더 집 안에 머물기를 고집하게 되었다. 그것은 두 사람이 늘상 치르는 전쟁이었고 어떻게 보면 각자에게 주어진 대사를 읊는 것이나 마찬가지였다. 할 일이 많아서 못 나간다고 말해놓고는 이내 고집을 꺾고 밖으로 나가보면, 매번 자연의 아름다움에 기분이 좋아져서 유치한 고집을 부린 자신이 부끄러워지고는 했다.

그러나 지금은 그런 의식을 치르고 싶지 않았다. 그래서 문을 열지 않기로 했다. 대신 두 번째 커피를 마시고 나서 착한 양치기의 프로필을 한 부 출력한 다음 열린 마음으로 다시 한 번 읽어보기로 했다. 그 안에 담긴 헛소리를 경계하기보다는 그 안에 담긴 진실에 마음을 열어야지.

거니는 서재로 가서 하드윅이 보낸 이메일을 열었다. 조그만 휴대전화 화면보다는 한결 보기 편했다. 프로필이 출력되는 동안 어제 대충 본 첫 번째 사건 기록을 읽었다. 그가 찾는 게 무엇인지 확신이 서지 않았다. 지금은 최대한 보고 최대한 흡수해야 하는 단계였다. 우선순위를 결정하고 하나의 양상을 찾는 건 나중 일이었다.

처음에 너무 서둘러 읽었다는 생각이 들었다. 속도를 늦추자. 오랜 경험을 통해 형사가 저지를 수 있는 가장 큰 실수는 부족한 정보를 바탕으로 하나의 유형을 발견했다고 비약하는 것이었다. 유형을 발견했다는 생각이 드는 순간 그 유형에 부합되지 않는 것들은 무시되게 마련이다. 유형을 좋아하는 인간의 두뇌는 자신의 그림과 어울리지 않는 것들을 배제하는 경향이 있다. 더구나 상황의 윤곽을 빨리 파악해야만 하는 직업상의 요구가 섣부른 결론을 부추기곤 했다.

따라서 그저 단순하게 보고 듣고 이해하는 과정은 너무도 중요했다. 그 부분에 최대한 시간을 할애하는 것이야말로 수사를 시작하는 가장 좋은 방법이었나.

잠깐, 수사를 시작한다고?

어떤 수사? 누가 요구한 수사? 무슨 권한으로? 쉬프, 혹은 다른 형사들과 빚어질 마찰은?

그는 사안을 단순화하기로, 적어도 용어만이라도 완화하기로 했다. 이것은 지극히 사적인 사실 확인 작업일 뿐이고, 몇 가지 질문에 대답하기 위한 소박한 노력일 뿐이다. 이를테면, 이런 질문이었다.

킴을 괴롭힌 '장난'의 배후는 누구일까?

누구의 말이 진실에 더 가까울까? 미스에 대해 킴이 한 말? 아니면 킴에 대해 미스가 한 말?

그를 계단에서 구르게 한 덫은 누가 놓았을까? 표적은 그 자신이었을까? 아니면 킴이었을까?

만약 그가 들은 속삭임이 진짜라면, 그는 누구였을까? 왜 지하실에 숨어 있었을까? 언제, 어떻게 들어왔고, 또 어떻게 빠져나갔을까?

'악마를 깨우지 마'라는 경고엔 어떤 의미가 있을까?

도대체 이 사건들은 10년 묵은 도로 연쇄살인사건과 어떤 관계가 있는 것일까?

거니는 사건 보고서와 보조 자료, 흉악범 체포 프로그램 보고서, FBI의 범죄자 프로필, 킴의 프로젝트 파일에 담긴 사건 보고서, 희생자의 신상정보, 그리고 희생자의 개인사에 대한 하드윅의 신랄한 요약을 받아적은 내용으로 사실 확인 작업을 시작했다.

그의 힘으로도 충분히 이해할 수 있는 내용들이었다. 그러나 레베카 홀든필드와 마주 앉아 착한 양치기 사건과 이 사건에 관한 추측들을 이야기해보고 싶은 마음이 굴뚝같았다. 초기 수사 자료가 어떻게 수집, 분석, 정리되었는지, 다른 가능성도 점검해보았는지, 최종적으로 어떤 합의점에 도달했는지, 지난 몇 년 동안 이 사건에 대한 그녀의 생각의 변화가 있었는지, 맥스 클린터와 직접 이야기를 나누어보았는지.

홀든필드의 번호는 거니의 휴대전화에 저장되어 있었다. (두 사람은 마크 멜러리와 질리언 페리 사건 때 함께 일했고 앞으로도 만날 일이 있을 거라고 생각했다.) 그는 번호를 찾아 전화를 걸었다. 바로 음성사서함으로 넘어갔다.

근무 시간과 사무실 위치, 웹사이트, 이메일 주소의 장황한 안내가 이어졌다. 목소리를 듣는 순간 그녀의 모습이 떠올랐다. 강하고, 똑똑하고, 운동신경이 발달한 야심 찬 여자. 이목구비가 예쁘진 않았지만 완벽했다. 눈빛은 강렬했고 그 눈빛을 아름답게 만들 수도 있는 온기는 결여되어 있었다. 범죄심리학자가 본업이었고 남는 시간에 상담실을 운영하는 의욕 넘치는 전문직 여성이었다.

거니는 그녀가 호기심을 느낄 정도의 짧은 메시지를 남겼다. "오랜만이에요, 레베카. 데이브 거니입니다. 잘 지내시죠? 내가 지금 좀 묘한 상황에 처해서요. 직접 만나 조언을 좀 듣고 싶습니다. 착한 양치기 사건에 관한 겁니다. 바쁘시겠지만 가능할 때 연락 한번 주세요." 거니는 휴대전화 번호를 남기고 전화를 끊었다.

지난 여섯 달 동안 연락조차 없었던 사람에게 남기는 메시지치고는 지나치게 간결하고 사무적인 것일 수도 있지만 홀든필드 박사에게 지나치게 간결하고 지나치게 사무적인 것 따윈 없었다. 그렇다고 해서 그녀를 좋아하지 않는 건 아니었다. 그녀의 날카로운 분석력이 거북할 만큼 매력적으로 느껴진 순간도 있었다.

그녀에게 전화를 하고 나니 뭔가 일이 진척되는 것 같은 만족감이 밀려들었다. 거니는 컴퓨터 화면에 띄운 사건 보고서를 다시 읽기 시작했다. 한 시간 뒤 다섯 번째 보고서를 읽고 있을 때 그의 벨이 울렸다. 발신자를 확인하니 올버니 법의학 컨설턴트였다.

"레베카?"

"안녕하세요, 네이비드. 방금 주유하려고 차 세웠어요. 무슨 일이죠?"

사무적이면서도 한편으로는 여유 있는, 묘한 조합의 목소리였다.

"착한 양치기 사건에 관해 전문가라고 알고 있어요."

"어느 정도는."

"잠깐 만나서 이야기 좀 할 수 있을까요?"

"왜요?"

"그 사건과 관련된 이상한 일들이 일어나고 있는데, 뭘 좀 아는 사람의 견해가 필요해서요."

"인터넷에 자료가 넘쳐날 텐데요."

"믿을 수 있는 사람의 견해가 필요해요."

"언제요?"

"빠를수록 좋아요."

"제가 지금 오테사가로 가는 길이거든요."

"어디요?"

"쿠퍼스타운. 오테사가 호텔. 거기로 오실 수 있으면 1시 15분에서 2시까지 45분 정도 시간 낼 수 있어요."

"좋아요. 그 호텔 어디로 가면……."

"페니모어 룸으로 오세요. 12시 30분에 논문 발표가 있고 그 뒤로 질의응답이 있고, 그 뒤론 뷔페에서 어슬렁거리는 한심한 시간이 이어지거든요. 뷔페는 건너뛸 수 있어요. 1시 15분까지 올 수 있겠어요?"

거니는 오른손을 쥐었다 폈다 하면서 운전을 할 수 있을 거라고 스스로 설득했다. "갈 수 있어요."

"그럼 그때 봐요." 그녀가 전화를 끊었다.

거니는 미소를 지었다. 수다 떠는 시간을 기꺼이 건너뛸 수 있는 사람이라면 누구라도 친근하게 느껴졌다. 최소한의 사교활동. 아마도 그것이 그가 레베카 홀든필드를 좋아하는 가장 큰 이유일 것이다. 그는 잠시 옆길로 빠지면서 이런 여자의 성생활은 과연 어떨지 상상해보았다. 그리고 이내 고개를 저으며 그 생각을 접었다.

그는 다섯 번째 사건 보고서로 되돌아갔다. 첨부된 범죄 현장 사진과 차량의 사진들을 좀 더 집중해서 훑어보았다. 가로수를 들이받아 반으로 구부러진 제임스 브루스터 박사의 메르세데스 벤츠가 다양한 각도로 촬영되었다. 다른 차량들과 마찬가지로 수만 달러짜리 특권층의 캡슐은 한순간에 형체도, 차종도, 가격도 알아볼 수 없는 고철덩어리로 변했다.

거니는 그게 양치기의 목적이었을지, 스릴을 느끼는 대목이었을지 생각해보았다. 부자 한 명을 죽이는 것에서 끝나지 않고 부의 상징을 아무 의미 없는 고철덩어리로 만들어버리는 것. 오만한 권력자에게 보내는 최후의 모욕. 흙에서 태어났으니 흙으로 돌아가라.

"우리가 방해했어?" 매들린의 목소리였다.

거니가 깜짝 놀라 고개를 들었다. 매들린이 서재 앞에 서 있고 그 뒤에 킴이 있었다. 두 사람이 집 안으로 들어오는 소리를 듣지 못했다. 두 사람 다 불타는 듯 요란한 빛깔의 겉옷을 입고 있었다. "방해했느냐고?"

"당신이 집중하고 있는 것 같아서."

"이것저것 읽는 중이었어. 두 사람은 뭐 했어?"

"해가 났더라고. 날씨가 기가 막힐 거 같아. 킴 데리고 언덕으로 산책 나가려고."

"너무 질척거리지 않을까?" 그의 목소리에 담긴 까탈스러움을 자신도 느꼈다.

"내 장화 빌려주려고."

"지금 갈 거야?"

"지금 가면 안 돼?"

"아니, 안 되긴. 사실 나도 두어 시간 나갔다 와야 해."

매들린이 놀란 표정으로 그를 바라보았다. "차를 몰고 나가겠다고? 그 팔로?"

"이부프로펜이 역시 잘 들더라고."

"이부프로펜? 당신, 불과 열두 시간 전에 계단에서 굴러서 응급실에 실려 가고 집으로 운전도 못하고 왔어. 진통제 한두 알로 멀쩡해졌다고 생각하는 거야?"

"멀쩡해진 건 아니지만 움직이지도 못할 정돈 아니야."

매들린의 눈이 휘둥그레졌다. "그렇게 중요한 일이 도대체 뭔데?"

"홀든필드 박사 기억하지?"

"기억해. 레베카 홀든필드?"

"맞아. 레베카. 범죄심리학자."

"어디 있는데?"

"사무실은 뉴욕 올버니야."

매들린이 눈썹을 추켜 올렸다. "올버니? 거길 가겠다고?"

"아니. 오늘 쿠퍼스타운에 온대. 학회가 있나 봐."

"오테사가 호텔?"

"어떻게 알았어?"

"쿠퍼스타운에 심포지엄을 할 만한 데가 또 있어?" 그녀가 호기심 어린 표정으로 그를 보았다. "갑자기 급한 일이라도 생긴 거야?"

"아니. 아무것도. 착한 양치기 사건에 관해 궁금한 점이 있어서. FBI에서 작성한 범죄자 프로필에 홀든필드 박사가 쓴 저서가 참고 서적으로 올라가 있어. 그 사건에 관해서 논문을 썼는지 궁금해서."

"전화로 물어볼 순 없었어?"

"너무 많고, 너무 복잡해."

"언제 올 건데?"

"45분 있대. 2시에 끝나니까 3시에는 집에 올 수 있을 거야."

"늦어도 3시까진 들어 와. 꼭 기억해."

"왜?"

매들린이 눈을 가늘게 떴다. "그걸 왜 기억해야 하냐고 묻는 거야?"

"내 말은, 3시까지 꼭 들어와야 하는 내가 모르는 이유가 있느냐고."

"일단 하겠다고 했으면 그렇게 하는 게 좋은 거 아냐? 당신이 3시까지 들어오겠다고 하면, 난 당연히 당신이 3시까지 들어올 거라고 기대할 거란 뜻이야. 됐어?"

"알겠어." 만약 킴이 옆에 없었다면 쉽사리 물러서지 않았을 것이다. 왜 그날따라 유독 그런 게 문제가 되냐고 따졌을 것이다. 그러나 거니는 가족이 아닌 사람 앞에선 작은 불화조차 표출하지 않는 집안에서 자랐다. 감정적으로 경직된 아일랜드계 미국인의 기질이 아직도 그의 뼛속에 녹아 있었다.

킴이 걱정스러운 표정으로 물었다. "제가 같이 갈까요?"

"내가 가는 것도 사실 큰 의미는 없어. 두 사람이 갈 필요는 더더욱 없는 일이야."

"그럼 우린," 매들린이 킴에게 돌아섰다. "장화 가져올게, 햇살 좋을 때 얼른 나가자."

2분 뒤, 거니는 여전히 서재에 있었다. 옆문이 열렸다 닫히는 소리가 들렸고 집 안에 정적이 흘렀다. 그는 다시 컴퓨터 화면으로 돌아앉아 브루스터 박사의 으깨진 메르세데스 벤츠 사진을 접고 구글에 '홀든필드'와 '양치기'라고 입력했다.

가장 먼저 나온 결과는 '유형 공명: 미지의 저격수(일명 착한 양치기) 사건에 비추어 본 인격 형성 과정의 연역적/귀납적 유형 공식 연구'라는 위압적인 제목이 붙은 레베카의 학술 논문이었다.

거니는 검색 결과를 훑어보았다. 네브라스카의 홀든필드라는 곳에서 양치기 개인 셰퍼드에게 물렸다는 남자에 관한 기사에서부터 흑인 트럼본 연주자 셰퍼드 홀든필드의 부고 기사까지 나왔다. 결국 살인사건에 관한 레베카 홀든필드의 글 열 건 정도를 찾을 수 있었고 전부 학술 논문으로 연결되었다.

논문을 일일이 클릭해보았지만 특정 학술지 회원에게만 접근이 허용되었다. 학술지 구독 비용이 그의 호기심보다 훨씬 컸고 유형 공명에 관한 논문 개요로 짐작해보건대, 논문 전체를 읽다가는 엄청난 두통이 유발될 것이었다.

18

유형 공명

쿠퍼스타운은 옷세고 카운티 교외의 언덕들에 걸쳐 있는 좁고 긴 호수의 남쪽 끝자락에 자리 잡고 있었다. 소리 없이 축적된 부와 야구 관광 산업, 넘쳐나는 스포츠 기념품 가게가 즐비하게 들어선 대로와 수백 년 묵은 참나무 그늘 아래 고풍스러운 저택들이 들어선 조용한 뒤안길로 양분되는 동네였다. 한마디로 시골 마을 한복판의 부촌이었고 숲속에 앉아 있는 신사였다.

월넛 크로싱에서 이곳까지는 예상보다 더 걸려서 한 시간 조금 넘게 소요되었지만 그래도 상관없었다. 충분히 여유를 두고 떠났기 때문에 약속 시간보다 훨씬 일찍 오테사가에 도착할 수 있었다. 어쩌면 마음 한편에서 레베카 홀든필드의 연설을 조금이라도 듣고 싶었는지도 모른다.

3월의 막바지는 뉴욕 북부의 휴가철은 아니었다. 호숫가 리조트라면 더더욱 그랬다. 주차장은 3분의 1정도밖에 차지 않았고 호텔 정원은 개인의 영지처럼 완벽하게 손질되었음에도 인적이 없었다.

거너는 얼마나 빨리, 얼마나 반갑게 문이 열리느냐에 따라 얼마나 비싼 호텔인지 가늠할 수 있다고 생각했다. 그런 기준으로 볼 때 오테사가 호텔은 그의 수준을 훨씬 웃도는 호텔임을 짐작할 수 있었다.

우아한 로비가 그의 첫인상을 다시 한 번 확인해주었다. 페니모어 룸이 어디냐고 물으려는 순간 이젤 위에 놓인 안내판이 그의 질문에 화살표로

답했다. 화살표가 가리키는 방향은 고풍스럽게 몰딩 처리된 벽으로 이루어진 넓은 복도 쪽을 가리키고 있었다. 복도 입구에 미국 철학심리학 협회 행사장임을 알리는 표지판이 있었다. 그와 똑같은 표지판이 복도의 열린 문 옆에도 있었다. 거니가 행사장 쪽으로 걷는 동안 한 차례 박수소리가 들렸다. 막 소개받은 레베카 홀든필드가 연단 위 좌석에 앉는 모습이 보였다. 로마 상원의원들이 모여도 어색하지 않을 정도로 천장이 높은 행사장이었다.

나쁘지 않군, 거니가 생각했다.

어림짐작하건대 200석 규모의 좌석이 거의 다 찼다. 참석자 대다수가 남자였고 연령대는 중년 혹은 그 이상이었다. 그는 안으로 들어가 맨 뒷줄에 앉았다. 결혼식을 비롯해서 왠지 그에게 어울리지 않는 것 같은 장소에 오면 나오는 버릇이었다.

홀든필드는 그와 눈을 맞추었지만 아는 척을 하진 않았다. 그녀는 단상 위에 놓인 서류를 뒤적이면서 청중들을 향해 미소 지었다. 따스함이라기보다는 자신감과 강렬함을 전하는 미소였다.

그녀답다고, 거니는 생각했다.

"감사합니다, 회장님." '미소' 스위치가 꺼지고 나온 목소리는 명료하고도 권위적이었다. "저는 아주 단순한 개념 하나를 소개하려고 이 자리에 섰습니다. 여러분께 저의 생각에 동의해달라고, 혹은 반대해달라고 부탁드리진 않겠습니다. 단지 한번 생각해봐주십사 부탁드릴 뿐입니다. 오늘 제가 여러분께 소개할 내용은 우리 삶에서 모방의 역할에 대한 새로운 해석입니다. 우리가 생각하고 느끼고 행동하는 모든 것에 모방이 과연 어떤 영향을 미치는지에 대해서도 말씀드리고 싶습니다. 저는 여러분께 감히, 모방은 인류라는 종족의 생존 본능이라고 말씀드리고자 합니다. 섹스처럼 인간의 생존에 필수적인 요소이죠. 이 단순한 생각은 사실 혁신적인 것입니다. 모방은 한 번도 인간의 본능으로 분류된 적이 없으니까요. 단지 긴장의 증가 혹은 감소에 반응하는 하나의 행동 경향으로 분류되었을 뿐이지요. 하지만 과연 그럴까요?"

그녀는 잠시 말을 멈추었다. 일순간 정적이다.

"모방과 관련하여 가장 많이 언급되면서도 가장 간과된 부분이 있다면, 바로 우리가 모방을 할 때 기분이 좋아진다는 사실 아닐까요. 모방은 인간이라는 유기체에 일종의 쾌락을 선사합니다. 긴장을 완화시키죠. 우리가 하는 모든 행동에는 그것을 반복하게 만드는 이유가 있습니다. 바로 기분이 좋아진다는 것이죠."

홀든필드의 눈동자가 빛을 발했고 청중은 홀린 듯했다.

"우리는 전에 본 걸 다시 보는 걸 즐기고, 전에 한 행동을 되풀이하는 걸 즐깁니다. 우리의 두뇌는 유형의 공명을 추구하죠. 그 공명이 즐거움을 선사하기 때문입니다."

그녀가 청중과 보다 직접적으로 교류하려는 듯 단상에서 한발 물러섰다. "모든 종족의 생존은 새로운 세대가 이전 세대의 행동을 복제할 수 있느냐에 달려 있었습니다. 복제는 유전적으로 내재되어 있거나 학습을 통해서 가능하죠. 개미의 행동 양식은 주로 유전자적 프로그램에 의존합니다. 반면 우리 인간은 학습에 의존합니다. 곤충은 그들이 알아야 할 것이 두뇌에 내재된 상태로 태어나는 반면 인간의 두뇌는 알아야 할 것을 하나도 알지 못한 채 태어납니다. 개미의 생존은 특정 행동 자체에 달려 있는 반면 인간의 생존은 학습에 달려 있죠. 곤충의 본능이 생애 주기에 따른 특정한 행동으로 이끄는 반면 우리 인간의 모방본능은 어떻게 행동해야 할지 학습하는 과정으로 우리를 이끕니다."

회의장 뒷좌석에 앉아서 보니 회의장 안에 있는 모든 사람이 그녀의 말 한 마디, 한 마디를 경청하고 있었다.

"바로 그 본능 속에 예술, 습관의 뿌리가 있고 창작의 기쁨이 있으며, 분노와 고통이 있습니다. 인간의 불행은 그러한 모방본능이 외적인 보상 혹은 처벌로 저지당하는 데서 비롯됩니다. 다른 아이를 때렸다는 이유로 아이를 때리는 부모를 생각해봅시다. 이 경우엔 두 가지를 배울 수 있겠죠. 남을 때리는 건 상대방을 불쾌하게 하는 잘못된 행동이라는 것. 왜냐하면 그로 인해 처벌받으니까요. 또 한 가지는 바람직하지 않은 행동을 다루는 올바른 행동이라는 겁니다. 왜냐하면 아이가 바로 그런 방식으로 처벌받고 있기 때문입니다. 다른 아이를 때렸다고 아이를 때리는 부모는 사실 때려도 괜찮다고 가르치는 셈입니다. 처벌받는 이유인 바로 그 행동으로 처벌받는 것은 아이에게 심리적으로 엄청난 상처를 남깁니다."

그로부터 30여 분 동안 홀든필드는 이미 한 말을 반복하는 것 같았다. 그러나 청중은 지루한 것과는 거리가 멀어 보였고 그녀는 청중을 점점 더 휘어잡았다. 널찍한 회의장을 오가며 극적인 효과를 더하는 제스처를 취하며 연설하는 그녀의 모습은 늘 꿈꾸던 천국에 있는 듯 보였다.

마침내 그녀는, 승리의 기쁨으로 보아도 좋을 표정으로 연단 뒤로 돌아갔다. "따라서 모방본능의 충족이야말로 인간 본성에 대한 이해에서 간과된 가장 중요한 사실일 수도 있다는 점을 고려해주시길 부탁드립니다. 경청해주셔서 감사합니다."

우레와 같은 박수 소리가 울려 퍼졌다. 불그스름한 얼굴에 머리가 허옇게 센 남자가 앞좌석에서 일어나 마치 옛날 라디오 아나운서 같은 목소리로 말했다. "학회를 대표해 홀든필드 박사님의 훌륭한 강연에 감사드립니다. 우리에게 생각해볼 거리를 주고 싶다고 말씀하셨는데, 과연 그러셨군요. 멋진 제안입니다. 15분쯤 뒤 멋진 뷔페가 준비됩니다. 그사이 질의응답 시간을 갖죠. 괜찮겠죠, 레베카?"

"그럼요."

질의응답이라고는 했지만 사실 그녀가 발표한 주제의 독창성에 대한 치하와 그녀의 참석에 대한 감사 인사가 주를 이루었다. 20분 뒤 머리가 허연 남자가 다시 일어나더니 다시 한 번 참석자들을 대신한 감사 인사를 전한 다음 뷔페가 시작되었다고 알렸다.

"재미있군요." 쓴웃음을 지으며 거니가 말했다.

레베카 홀든필드는 탐색하는 듯한, 그러면서도 경계하는 듯한 표정을 지어 보였다. 두 사람은 드문드문 회양목으로 점을 찍어놓은 것처럼 잘 손질된 잔디밭이 내려다 보이는 베란다의 조그만 테이블에 마주 앉아 있었다. 햇살이 좋았고 잔디 뒤쪽으로 보이는 호수는 하늘처럼 파랬다. 그녀는 흰 실크 블라우스에 베이지색 실크 수트를 입고 있었다. 화장은 하지 않았고 액세서리도 하지 않았으며 고급스러워 보이는 금색 시계만 차고 있었다. 적갈색 머리카락은 길지도 짧지도 않은 길이로 대충 손질했다. 짙은 갈색 눈동자가 그를 관찰하고 있었다. "일찍 오셨더군요." 그녀가 말했다.

"조금이라도 더 배우고 싶어서요."

"심리학에 대해서?"

"당신과 당신이 생각하는 방식에 대해서."

"제가 생각하는 방식?"

"어떤 식으로 결론에 도달하는지."

"포괄적인 질문인가요? 아니면 구체적인 질문이 있는데 안 하고 있는 건가요?"

그가 웃었다. "그동안 어떻게 지냈어요?"

"네?"

"좋아 보여서요. 잘 지냈어요?"

"그럭저럭요. 바빴어요. 실은, 무지하게 바빴어요."

"바쁠 만하네요."

"무슨 뜻이에요?"

"명성. 존경. 박수. 책. 기사. 연설."

그녀가 고개를 끄덕이더니 살짝 갸우뚱 기울이고 그를 관찰하며 기다렸.

다. "그런데요?"

그는 햇살에 수면이 아른거리는 호수 옆 잔디를 바라보았다. "그동안 당신이 쌓은 놀라운 경력에 대해 말하는 겁니다. 처음엔 범죄심리학 분야에서, 그리고 이젠 철학심리학 분야에서도 거물급 인사가 되었군요. 홀든필드라는 이름이 점점 더 커지고 빛나고 있어요. 감동했습니다."

"아뇨, 그렇지 않아요. 당신은 그렇게 쉽게 감동하는 사람이 아니에요. 원하는 게 뭐죠?"

그가 어깨를 으쓱했다. "착한 양치기 사건을 이해하는 데 당신 도움이 필요해요."

"왜죠?"

"이야기가 길어요."

"짧은 버전으로 말해봐요."

"아는 사람이 자기 딸이 착한 양치기 희생자 가족을 다루는 다큐멘터리를 제작하고 있다면서, 딸의 뒤를 좀 봐달라더군요. 경찰처럼 일종의 보호막이 되어 달라는 것, 등등." 지금 이 순간 자신의 상황을 설명하면서도 거니는 '등등'이라는 말의 정의가 명확치 않은 것이 영 거슬렸다.

"뭘 알고 싶으신데요?"

"여러 가지요. 어디서 시작해야 할지 모르겠군요."

그녀의 입가가 불편하게 일그러졌다. "그래도 어디서든 일단 시작하는 편이 낫겠죠."

"유형 공명."

그녀가 눈을 깜빡였다. "네?"

"오늘 강연에서 당신이 사용한 단어죠. 구 년 전 학술지에서도 그 단어를 썼더군요. 그게 무슨 뜻입니까?"

"읽으셨어요?"

"제목이 하도 길어서 내 능력 밖이란 걸 알겠더라고요."

"엄살이 거의 예술의 경지네요." 그녀는 그 말을 칭찬처럼 했다.

"유형 공명에 대해서 설명해주시죠."

그녀는 시계를 보았다. "시간이 될지 모르겠네."

"일단 시도해봐요."

"그건 정신적 구조물 간의 에너지 전이를 말하는 거예요."

"미천한 퇴직 경찰의 어휘력으로는…… 더구나 전 브롱크스 출신이랍니다. 그러니까 그 말의 뜻은?"

그녀의 눈가에 재미있다는 듯한 표정이 스쳤다. "프로이트가 말한 승화의 개념을 재해석한 거예요. 위험할 정도로 공격적이고 성적인 에너지를 보다 안전한 통로로……."

"레베카, 미천한 퇴직 경찰은 아주 소박한 언어를 사용한답니다."

"데이브, 제발 헛소리 좀 그만해요. 좋아요. 당신 방식으로 설명하죠. 프로이트는 잊어버려요. 가을에 떨어지는 낙엽을 보고 슬퍼하는 마거릿이라는 아가씨에 관한 유명한 시가 있어요. 마지막 두 구절이 이거예요. '말라 죽는 것, 그것은 곧 인간의 운명, 마거릿 당신은 그 운명을 애도하네.' 그게 유형 공명이죠. 나뭇잎의 죽음을 관찰하면서 그녀가 느낀 강렬한 슬픔은 피할 수 없는 자신의 운명에 대한 보다 깊은 이해에서 나오는 거죠."

"하나의 경험을 통해 느낀 강렬한 감정이 특별한 명분 없이 다른 감정으로 전이될 수 있다……."

"우리가 지금 느끼는 감정이 지금 이 순간 일어나는 일과 관계가 없을 수도 있다는 걸 우리가 인지하지 못한다는 것, 바로 그거예요." 그녀의 목소리에서 특유의 자신감이 배어났다.

"그게 착한 양치기 사건에 어떻게 접목됩니까?"

"어떻게? 모든 방식으로 가능하죠. 그의 행동, 그의 사고, 그의 언어, 그의 동기. 이 개념에 꼭 들어맞아요. 양치기 사건이야말로 그 개념의 가장 확실한 증거죠. 이런 종류의 살인의 실제 동기는 수면 위로 드러난 동기와는 전혀 상관이 없어요. 범인이 의식하는 동기 이면에 반드시 에너지원이 있어요. 어린 시절 겪은 강렬한 경험이라든가, 충격적인 경험 같은 것들. 그 경험으로부터 생성된 두려움과 분노가 억압되어 있는 감정의 창고가 있어요. 어떤 과정을 거쳐서 과거의 경험이 현재 상황에 연결되는 거예요. 과거의 감정들이 현재의 생각을 되살려주죠. 우리는 현재의 감정은 어디까지나 현재의 경험에서 생성되는 거라고 여깁니다. 우리가 행복하거나 슬플 땐 현재의 삶이 행복하게, 혹은 슬프게 진행되기 때문이라고 생각하죠. 과거의 억압된 기억이 현재로 전이되면서 생겨난 감정적 에너지 때문이라고 생각하지 않아요. 평상시에는 그게 그렇게 엄청난 실수가 되진 않아요. 하지만 그렇게 전이된 감정이 병리학적인 수준의 분노라면 해롭지 않을 수가 없죠. 특정한 유형의 범죄자들에게 바로 그런 현상이 일어나는 거예요. 착한 양치기도 그 사실을 증명하는 완벽한 사례고요."

"살인자의 내면에 전이된 에너지를 제공하는 어린 시절의 경험은 어떤 게 있을까요?"

"제가 보기엔 폭력적이고 물질적인 아버지에 대한 공포일 가능성이 가장 커요."

"그렇다면 왜 여섯 명에서 끝났을까요?"

"혹시 범인이 죽었을지도 모른다는 생각은 안 해봤어요?" 홀든필드가 시계를 보더니 놀란 듯 얼굴을 찌푸렸다. "미안해요, 데이브. 더는 시간이 안 되겠어요."

"바쁜 중에 짬을 내주어서 고마워요. 이 사건을 조사하면서 맥스 클린터는 만나봤어요?"

"클린터! 물론 만나봤죠. 그 사람은 왜요?"

"내가 묻고 싶은 게 바로 그겁니다."

홀든필드는 인내심을 발휘하듯 한숨을 내쉬고는 빠르게 말을 이었다. "맥스 클린터는 착한 양치기 사건이 자기 거라고 생각하는 분노에 휩싸인 자아도취자예요. 말도 안 되는 온갖 음모론으로 가득 차 있고요. 자기 인생과 가족의 삶을 하룻밤에 완전히 망쳐버린 주정뱅이이고, 그 뒤로 자기 자신을 제외한 다른 모든 사람들을 비난하는 방식으로 상황을 꿰어 맞추려 애쓰고 있죠."

"왜 그자가 죽었다고 생각하죠?"

"네?

"착한 양치기가 죽었을지도 모른다고 했잖아요."

"맞아요. 죽었을지도 몰라요."

그녀가 또 한 번 짜증스러운 한숨을 내쉬었다. 지난번보다는 조금 더 과장스럽게. "클린터가 쏘아댄 총탄 중 한 발에 부상을 입었을 수도 있고 심지어는 맞았을 수도 있어요. 어쩌면 완전히 미쳐버렸는지도 모르죠. 총격 사건과는 관계없이 정신병원이나 감옥에 수감되었을 수도 있어요. 그가 사라진 이유는 여러 가지가 있을 수 있어요. 더는 증거가 없으니 생각해봐야 소용없는 일이겠지만." 홀든필드가 테이블에서 물러섰다. "미안해요. 그만 가야 해요." 그녀는 거니에게 고개를 끄덕이고 돌아서서 베란다와 호텔 로비를 구분하는 문으로 향했다.

거니가 그녀의 등에 대고 말했다. "누군가가 이 사건의 재수사를 막으려 할 이유가 있을까요?"

그녀가 돌아서서 그를 보았다. "그게 무슨 뜻이죠?"

"앞서 말했던 다큐멘터리를 만든다는 아가씨 말입니다. 그 아가씨에게 이상한 일이 일어나고 있어요. 일종의 위협으로 여겨질 만한 일들이죠. 위협이 아니라면, 적어도 이 일에서 손을 떼게 만들려는 적대적인 도발이라고 할까요?"

홀든필드가 당혹스러운 표정을 지었다. "예를 들면?"

"아파트에 무단 침입해서 물건에 손을 댑니다. 부엌칼이 사라졌다가 엉뚱한 곳에서 도로 나타나고, 바닥에 핏방울이 떨어져 있고, 전기차단기로 전기를 끊고, 계단 한 칸을 톱으로 미리 잘라놓아서 밟는 순간 내려앉게 만들고……." 그가 들었던 속삭임에 대해 말하려는 순간 그 자신의 불신이 그의 입을 막았다.

"물론 다른 이유로 위협받는 것일 가능성도 있고 이 사건과는 직접적 연관이 없을 수도 있지만, 내가 보기엔 분명히 연관이 있어요. 한 가지만 물어봅시다. 만약 착한 양치기가 아직도 살아서 돌아다닌다면, 이 사건이 방송에서 다시 다루어지는 걸 막고 싶을까요?"

그녀는 단호하게 고개를 저었다. "그 반대일걸요. 좋아할 거예요. 20페이지짜리 선언문을 써서 이 나라 전체의 주요 방송국에 우편으로 발송한 위인이잖아요. 사회에 앙심을 품은 사이코패스들은 관객을 원해요. 관객을 갈망하죠. 자신이 수행하는 임무의 중요성이 인식되길 원해요. 모두에게."

"그렇다면 이 일을 방해하고 싶은 사람이 누굴까요?"

"모르겠어요."

"이상한 일이 벌어지고 있어요. 이 사건 담당이었던 트라우트는 날 안 만나주겠죠?"

"매트 트라우트 말하는 거예요? 부디 농담이길 바라요."

"맞아요. 그게 나예요. 한물간 형사 데이브 거니. 시간 내줘서 고마워요, 레베카."

돌아서서 로비로 향하는 그녀의 얼굴에 여전히 당혹감이 서려 있었다.

19

파장을 일으키다

 빨간 티셔츠에 반바지 차림의 세 소년이 호숫가에 펼쳐진 완벽한 잔디에서 축구공을 차고 있었다. 태양이 구름 뒤로 사라지고 먹구름이 밀려들며 이른 봄을 늦겨울로 되돌려놓는 것도 아랑곳하지 않았다.

 거니는 테이블에서 일어나 팔에 돋은 소름을 문질렀다. 전날 밤 계단에서 구른 사고의 통증이 몸 여기저기서 되살아나고 있었다. 산발적으로 느껴지던 이명이 더 심해진 것 같았다. 다소 불안정한 걸음으로 문 쪽으로 다가가는데 보수적인 유니폼을 입은 젊은 남자가 자동반사적인 미소와 불분명한 발음으로 그에게 무언가를 물었다.

 "네?"

 거니가 물었다.

 젊은 남자가 요양원의 간호사처럼 큰 소리로 다시 물었다. "괜찮으시냐고 여쭈어보았습니다."

 "네, 괜찮아요. 고마워요."

 거니는 다시 주차장으로 향했다. 체크무늬 바지에 브이넥 스웨터를 입은 전형적인 골프복 차림의 네 남자가, 마치 상류층 저택의 주방도구를 연상시키는 대형 흰색 SUV 차량에서 이제 막 내리던 참이었다. 평상시 같았으면 거대한 토스터처럼 생긴 차를 사려고 7천 달러를 지불하는 사람도 있다는 생각에 미소를 지었을 것이다. 그러나 지금 거니에게 그 차는 말세의 정표로 여겨졌다. 물욕에 눈이 먼 멍청이들이 거대한 쓰레기더미를 최대한 높이 쌓으려고 애쓰는 세상.

어쩌면 착한 양치기의 말에도 일리가 있었다.

그는 차를 타고 의자를 뒤로 젖힌 다음 눈을 감았다.

문득 목이 마르다는 생각이 들었다. 뒷좌석을 확인해보았다. 분명히 생수를 몇 통 놓아두었는데. 그러나 물통은 보이지 않았다. 바닥으로 떨어져 앞좌석 밑으로 굴러간 모양이었다. 그는 차 문을 열고 그중 한 병을 바닥에서 꺼내 반쯤 마시고 다시 차에 탔다.

거니는 한 번 더 눈을 감고 5분의 낮잠으로 머리가 맑아지기를 기대했다. 그러나 홀든필드가 했던 말 한마디 때문에 모든 걸 잊고 잠에 빠질 수가 없었다.

부디 농담이길 바라요.

무심히 내뱉은 말이려니 생각했다. 트라우트가 워낙 거만한 성격이고, 접근 불가능한 인물인 척하면서 실제로는 자신의 무능을 감추려는 인간임을 암시하는 말이었을 거라고. 아니면 그의 말을 트라우트를 소개해달라는 부탁으로 오해하고 퉁명스럽게 거절한 것일 수도 있었다. 어느 쪽이건 간에 그 일을 두고 꽁해 있는 건 한심한 시간 낭비였다.

그러나 그가 느끼는 분노에는 논리가 없었다. 그것은 아마도 자신을 결코 만나주지 않을 통제욕에 사로잡힌 거만한 괴물에 대한 분노였고, 자신이 정한 우선순위에 따라 철저히 방어막을 치는 홀든필드에 대한 분노였으며, '고압적인 FBI 문화'에 대한 분노였다.

그의 머릿속에서 홀든필드가 강연 중 한 말들, 연쇄살인범의 유형 공명, 착한 양치기의 프로필, 톱으로 잘린 계단 발판, 킴 코레이즌이 위험하고 불안정한 여자라는 로비 미스의 주장, 기괴한 맥스 클린터, 재수 없는 루디 게츠, 정원에 꽂혀있던 망할 놈의 붉은 깃털 화살이 한꺼번에 소용돌이쳤다. 그러나 그 모든 혼란 속에서 그의 마음은 자꾸만 씁쓸한 한마디 말로 되돌아갔다. 부디 농담이길 바라요.

어떤 대답을 들었어야 기분이 나았을까? 물론 그 사람은 당신을 만나줄 거예요. 뉴욕 경찰 시절 명성이 자자했던 당신인데 트라우트 같은 사람이 어떻게 당신을 거절하겠어요?

젠장! 자신이 이토록 명성에 집착하는 사람이었던가? 이 바닥에서 스타 형사로서의 입지를 인정받는 것에 그토록 연연했던가? 그는 분명 자신의 업적이 공개적으로 칭송될 때마다 마음 한구석이 불편했다. 그러나 막상 이런 푸대접을 받고 보니 그보다 더 끔찍했다. 그리고 그 사실이 또 하나의 질문으로 그를 이끌었다.

형사라는 신분 없이, 형사로서의 명성 없이, 그는 도대체 무엇인가.

직업상 수명을 다한 남자? 한때 그에게 정체성을 부여했던 조직으로부터 외면당해서 더는 자기가 누군지조차 모르는 남자? 변방으로 밀려나 그의 삶이 제대로 돌아가던 시절을 그리워하며 다시 불러주기를 애타게 기다리는 초라한 전직 경찰?

젠장, 자기 연민에 빠져 이런 헛소리나 지껄이다니!

이제 그만!

나는 형사다. 항상 어떤 식으로든 형사였고 앞으로도 그럴 것이다. 그건 내 삶의 진실이고, 그 진실은 임금체계나 조직의 명령체계와는 상관없는 것이다. 나에겐 나만의 재능이 있다. 중요한 건 그 재능을 갈고 닦는 것이다. 레베카 홀든필드, 트라우트, 혹은 그 누구의 의견도 필요치 않다. 나에겐 자긍심이 있고, 내 삶의 중심을 지킬 힘이 있다. 내 자긍심은 나 자신의 행동에 기인하는 것이고 심리학에 대해 떠들어대는 범죄심리학자나 본 적도 없는 어느 관료주의자의 반응에 기인하는 것이 아니다.

그는 그렇게 주문을 외웠고 그렇게 마음을 다스렸다. 조금 지나치다 싶었지만 자신감이 없는 것보다는 차라리 지나친 게 나았다. 그리고 그 순간 깨달았다. 자전거를 타는 사람이 중심을 잡으려면 움직여야 하듯 그 자신도 움직여야 한다는 걸. 무엇이든 해야 했다.

그는 휴대전화를 꺼내 이메일을 확인했고 하드윅이 보내준 사건 보고서를 다시 한 번 훑었다.

보고서를 훑으며 그는 영화배우의 이름을 가진 부동산 중개인을 떠올렸다. 그녀가 착한 양치기의 네 번째 희생자가 된 장소는 그녀의 바컴 델 자택에서 불과 1.5킬로미터 떨어진 곳이었다.

바컴 델은 쿠퍼스타운에서 그리 멀지 않았다. 사건 보고서에 롱 스왐프 로드의 정확한 사건 발생지점이 기재되어 있었고 샤론 스톤의 얼굴 반이 날아가면서 그녀의 차가 대로에서 벗어나 진창에 빠진 위치도 표시되어 있었다.

그는 내비게이션에 주소를 입력하고 호텔 주차장을 빠져나갔다. 무언가를 발견할 거란 기대가 있어서라기보다는, 다시 처음으로 돌아가 현실적으로 생각해보기 위해서였다.

비록 10년이 지났지만 사건 현장에 처음 도착한 순간 거니는 딱히 이름 붙일 수 없는 감흥을 느꼈다. 그를 흥분시켰다고 말하면 좀 이상하게 들리겠지만, 사건 현장이 그의 감각을 한층 예민하게 만든 것만은 사실이었다. 뇌의 화학반응이 촉진되면서 눈에 보이는 모든 것들이 평범한 일상 속에서 본 장면이나 사건보다 훨씬 더 선명하게 각인되었다.

오래전의 살인사건 현장을 방문하는 게 처음은 아니었다. 어느 연쇄살인범으로부터 십 대 소녀를 브롱크스 오차드 해안가 숲에서 살해했다는 자백을 받았는데, 사건 발생 12년 만이었다.

롱 스왐프 로드가 완만한 곡선을 그리며 왼쪽으로 꺾어지면서 주 고속도로에서 갈라져 데드 도그 호수 쪽으로 향할 때 거니는 오차드 해변에서 한 것과 똑같은 의식을 치렀다. 그는 머릿속으로 지난 세월 동안 자란 나무의 키를 지우고 어린 묘목들과 덤불들을 지웠다.

주위 환경에 적응하는 데 도움을 줄 현장 사진들도 있었다. 인간이 만든 구조물은 늘어난 것도 줄어든 것도 없었다. 건물도 없고, 간판도, 전봇대도 없었다. 2000년 당시 가드레일은 없었고 지금도 없다. 커다란 나무 세 그루는 거의 변화가 없었다. 이맘때, 그러니까 초봄이라면 그때나 지금이나 비슷했을 것이다. 오래된 사진이 현재의 모습인 듯 착각을 일으켰다. 나무들의 위치, 그리고 사진에 첨부되어 있는 거리와 각도 측정기록을 통해 총탄이 날아왔을 때 샤론 스톤의 차가 대략 어느 위치에 있었는지 짐작할 수 있었다.

거니는 왔던 길을 돌아가 고속도로로 연결되는 도로로 향했다. 거기서부터 다시 총알이 날아온 지점을 지나고, 다시 3킬로미터 정도의 늪을 지나고, 데드 도그 호수를 지나고, 바컴 델의 커리어 앤드 이브스라는 마을을 지나고, 롱 스왐프 로드가 복잡한 카운티 대로로 접어드는 곳까지 1.5킬로미터 정도를 더 달렸다.

그리고 나서 그 과정을 다시 한 번 반복했다. 이번에는 착한 양치기가 되어 보았다. 우선 고속도로에서 빠져나와 방해물이 없는 도로변의 차 세울 곳을 찾아보았다. 바컴 델에서 주말을 보내는 사람들이 흔하게 몰고 다니는 메르세데스 벤츠를 기다리기에 적합한 장소.

거니는 그곳에서 가상의 검은 메르세데스 벤츠를 발견하고 액셀러레이터를 밟아 커브 길로 좌측 차선으로 따라붙으면서 조수석 창문을 내리고 사건 발생장소로 추정되는 지점에서 오른팔을 들어 가상의 운전자를 겨누었다.

"탕!" 거니는 최대한 크게 소리를 질렀다. 보고서에 기록된 바와 같이 사건 당시 사용된 50구경 괴물이 만든 소리의 10분의 1도 되지 않으리라는 걸 알면서도. 총을 쏘고 나서 브레이크를 밟으며 희생자 차량이 커브에서 원을 그리고 대략 100미터 정도 전방의 늪지로 전진하는 장면을 그려보았다. 그는 총을 내려놓고 셔츠 주머니에서 조그만 장난감을 꺼내, 지난 계절

식물의 갈색 잔해로 뒤덮인 진흙탕에 처박힌 메르세데스 벤츠로부터 멀지 않은 지점에 던지는 시늉을 했다.

상상의 공격을 감행한 뒤 그는 바컴 델로 향했다. 그리고 데저트 이글을 처분할 방법을 생각해보았다. 반대편에서 자동차 석 대가 달려오고 있었다. 그중 한 대가 우연찮게 검은색 메르세데스 벤츠였고 그 순간 머리카락이 쭈뼛 섰다.

신호를 기다리면서 거니는 그 과정을 처음부터 다시 한 번 반복하려고 유턴 신호를 받았다. 데드 도그 호수 근처에서 그곳에 총을 버리는 경우의 장단점을 따져보는데, 벨이 울렸다. 집에서 온 전화였다.

"매들린?"

"당신 어디야?"

"바컴 델 뒷길. 왜?"

"왜?"

그가 머뭇거렸다. "무슨 일 있어?"

"지금 몇 시야?" 거북할 정도로 침착하게 그녀가 물었다.

"몇 시냐고? 지금 몇 시인지는 잘…… 이런 젠장, 깜빡했네."

계기반의 시계가 3시 15분을 알리고 있었다. 3시까지 집에 돌아가기로 했었지. 늦어도 3시까지는.

"깜빡했어?"

"미안해."

"잊어버린 거야?" 절제된 목소리 속에 선명한 분노가 느껴졌다.

"미안해. 잊어버리는 건 내가 통제할 수 있는 문제가 아니잖아. 일부러 잊어버린 건 아니야."

"일부러 잊어버린 거야."

"어떻게 그럴 수가 있겠어? 잊어버리는 건 그냥 잊어버리는 거지, 내가 의도한 게 아니라고."

"관심이 있는 일은 절대 안 잊어버리잖아. 관심 없는 일만 잊어버리지."

"절대 그렇지가……."

"항상 그래. 매번 기억력을 탓하지만 이건 기억력하곤 상관이 없어. 법정 출두일 같은 건 잊은 적이 없잖아. 안 그래? 지방 검사와의 약속도 잊은 적이 없고. 당신 기억력엔 문제가 없어. 당신의 관심사가 문제지."

"여보, 미안해."

"당연히 미안해야지. 그래서 언제 올 건데?"

"지금 가는 길이야. 35분에서 40분 정도?"

"4시까진 올 수 있단 거야?"

"좋아. 4시까지 갈게. 예정보다 한 시간 늦게. 그때 봐."

전화가 끊겼다.

3시 52분. 거니는 한적한 마을길로 접어들었다. 강줄기를 끼고 꼬불꼬불하게 난 길을 지나고 언덕들 사이로 난 길을 지나면 그의 전원주택이었다. 길을 따라 1.5킬로미터 정도 더 달린 뒤 거의 사용하지 않는 주말용 오두막 앞에 차를 세웠다.

바컴 델에서 돌아오면서 처음 10분 동안은 늘 보아온 그의 건망증과 부주의함, 잊어버릴 수 있는 일을 메모하지 않은 것에 대해 매들린이 왜 그렇게 화가 났는지 생각해보았다. 나머지 시간은 착한 양치기 사건에 할애했다.

만약 이 사건 수사에 진전이 있었다 해도 사건이 올버니 FBI의 관할로 넘어간 이상 하드윅이 접근할 수 있는 자료엔 기재되지 않았을 것이다. 트라우트를 통하지 않고 그 자료에 접근할 방법이 있는지 생각해보았다. 불가능한 일이었다.

그러나…… 만약 트라우트가 다른 사람들이 생각하는 것처럼 고압적인 인간이라면, 한편으로는 몹시 불안정한 인간이라는 이미지이기도 했다. 누구나 자신의 약점에 대해 강한 방어본능을 보이기 마련이다.

통제욕이 강한 사람은 종종 혼란의 공포를 이겨내지 못한다.

그리고 바로 그 약점이 요새로 파고드는 길을 내어준다.

거니는 휴대전화를 꺼내 홀든필드의 번호를 눌렀다. 음성사서함으로 넘어갔다.

"레베카, 바쁜 날 자꾸 전화해서 미안해요. 착한 양치기 사건에는 분명히 모순되는 부분이 있어요. FBI 수사에 치명적인 결함이 있는 것 같습니다. 시간 날 때 전화 한번 줘요."

그는 휴대전화를 주머니에 넣고 남은 언덕길을 달려 올라갔다.

20

깜짝 선물

연못과 헛간의 중간 지점을 지날 무렵, 초원 끝에 자리 잡은 그의 집이 시야에 들어오는 순간, 언덕 꼭대기 갈색 풀이 나지 않은 자리, 매들린의 차 옆에 세워진 오토바이의 핸들과 연료통이 눈에 들어왔다.

그는 호기심과 의혹이 뒤섞인 채 오토바이를 보았다. 그 옆에 차를 세우는 동안 호기심은 더욱 증폭되었다. 깔끔하게 관리된 오토바이는 BSA 사이클론으로 1960년대 이후 생산되지 않는 제품이었다.

그는 한때 몰던 오토바이의 추억에 젖었다. 1979년, 그는 포덤 대학교의 신입생이었고 부모님의 브롱크스 아파트에 살고 있었다. 그는 20년 된 트라이엄프 보네빌*을 몰고 학교를 다녔다. 1학년에서 2학년으로 올라가던 여름, 오토바이를 도둑맞았을 때 그는 이미 따가운 빗속 질주와 브롱크스 고속도로에서 여러 차례 사고를 낼 뻔한 일에 질려 따분한 버스를 탈 각오가 되어 있었다.

거니는 옆문을 통해 짧은 복도를 지나 널찍한 부엌으로 들어섰다. 오토바이 주인의 목소리가 들릴 거라고 예상했지만 스토브 위에서 무언가가 지글거리는 소리밖에는 들리지 않았다. 안으로 들어서니 매들린이 프라이팬 가득 양파 튀기는 냄새가 진동했다. 매들린은 고개를 들지 않았다.

---

* 클래식 바이크의 대명사인 영국 모터사이클 브랜드.

"오토바이는 누구 거야?" 그가 물었다.

"차 세우기 불편했어?"

"그건 아니고." 그가 그녀의 등을 바라보며 기다렸다. "어쨌든?"

"어쨌든?"

"누구 거냐고."

"말할 수 없어."

"뭐?"

그녀가 한숨을 쉬었다. "말할 수 없다고."

"왜?"

"왜냐하면 깜짝 방문을 원하는 사람이 있으니까."

"누군데? 지금 어디 있어?"

"깜짝 방문이야." 자신이 처한 상황을 몹시 불편해하는 목소리였다.

"누가 날 만나러 온 거야?"

"응." 그녀가 스토브를 끄고 냄비를 들어 옆에 있던 오븐용 접시의 쌀 위에 부었다.

"킴은?"

"킴은 당신을 만나러 온 사람하고 산책 나갔어." 그녀는 냉장고로 가서 껍질을 깐 새우를 꺼냈고 고추와 셀러리가 담긴 그릇과 다진 마늘이 담긴 유리병을 꺼냈다.

"여보," 거니가 말했다. "난 깜짝 방문 같은 건 영 별로야."

"나도 그래." 그녀가 냄비를 올리고 불을 켠 다음 채소를 냄비에 쏟아 넣고 힘차게 저었다.

한동안 두 사람 다 아무 말도 하지 않았다. 거니는 그 침묵이 불편했다. "내가 아는 사람이겠지?" 거니는 자신이 던진 질문의 어리석음을 바로 후회했다.

매들린이 그를 처음으로 똑바로 보며 말했다. "그러길 바라."

그는 한숨을 쉬었다. "이런 한심한 노릇이 있나. 도대체 누가, 왜, 오토바이를 타고 날 찾아왔는지 말해줘."

매들린이 어깨를 으쓱했다.

"카일이 왔어. 당신 만나러."

"뭐?"

"내 말 들었잖아. 당신 이명이 그 정도로 심각하진 않아."

"우리 아들 카일? 시내에서 오토바이를 타고 왔다고? 날 보러?"

"당신을 놀래주려고. 원래 3시에 오기로 했었어. 당신이 늦어도 3시에는 오겠다고 했으니까. 그러다가 다시 2시로 바꾸었어. 혹시 당신이 예정보다 일찍 집에 돌아올 수도 있고 당신하고 좀 더 시간을 보내고 싶어서."

"당신이 짠 계획이야?" 반은 질문이었고 반은 비난이었다.

"아니. 당신을 보러 오겠단 건 카일 생각이었어. 병원에서 퇴원한 후 한 번도 못 봤잖아. 난 당신이 언제 집에 돌아오는지만 말했을 뿐이고. 아, 당신이 언제 돌아오겠다고 말한 시간을 말해준 거지. 왜 그렇게 봐?"

"당신이 어제 카일하고 킴이 어울린다고 말했는데 오늘 둘이 산책을 나갔다니, 기막힌 우연이다 싶어서."

"여보, 우연이란 건 항상 일어나는 거야. 그래서 그런 말이 있는 거고." 매들린은 다시 냄비에 집중했다.

거니는 마음이 불편해졌다. 아마도 일정이 바뀌는 것에 대한 거부감 때문일 것이다. 그것은 그가 모든 걸 통제할 수 있다는 환상에 대한 도전이었다. 그가 첫 결혼에서 얻은 스물아홉 살 난 아들과의 갈등과 합리화로 점철된 관계 때문일 수도 있었다. 더구나 팔의 통증을 완화시키려고 복용한 이부프로펜의 효력이 떨어지고 있었고, 계단에서 구르면서 얻은 통증도 심해지고 있었다. 그리고, 그리고, 그리고…….

거니는 적대감과 자기 연민이 목소리에 배어나지 않도록 조심했다. "어디로 산책 나갔는지 알아?"

매들린이 냄비의 채소를 다시 오븐용 접시의 쌀과 양파 위에 얹었다. 냄비를 싹싹 긁어 다시 스토브 위에 올려놓고 기름을 더 두를 때까지 대답하지 않았다. "연못 쪽으로 난 언덕길을 걸어보라고 했어."

"언제 나갔어?"

"당신이 한 시간 늦게 온단 걸 알았을 때."

"미리 말해주지 그랬어."

"그랬으면 달랐을까?"

"물론 달랐겠지."

"재미있는 말이네."

기름이 타기 시작했다. 매들린은 양념통을 둔 찬장으로 가서 다진 생강, 카르다몸*, 고수, 캐슈가 담긴 봉지를 꺼냈다. 그녀는 스토브 위에 달린 환풍기를 더 세게 틀고 땅콩 한 줌과 향신료를 한 스푼씩 넣고 한꺼번에 젓기 시작했다.

매들린이 스토브 옆의 창문 쪽으로 고갯짓했다. "저기 오네."

그가 다가가 밖을 내다보았다. 알록달록한 매들린의 점퍼를 입은 킴과 물 빠진 청바지에 검은 가죽재킷을 입은 카일이 풀밭 길을 천천히 걸어오고 있었다. 웃고 있는 것 같았다.

거너가 그들을 보는 동안 매들린이 그를 보았다. "쟤들 들어오기 전에 당신은 좀 반가운 표정으로 바꾸는 게 좋겠어."

"오토바이 생각을 하고 있었어."

매들린은 땅콩과 향신료가 섞인 냄비의 재료를 오븐용 그릇의 다른 재료 위에 얹었다. "오토바이가 왜?"

"오십 년 된 오토바이를 저런 상태로 복원하려면 돈이 엄청 들 텐데."

"난 또!" 매들린이 냄비를 싱크대에 놓고 물을 틀었다. "카일이 언제부

---

* 생강과 식물의 일종으로 고급 향신료로 쓰임.

터 검소했다고 그런 말을 해?"

매들린이 애매하게 고개를 저었다. "하긴. 이 년 전 마지막으로 우리 집에 나타난 것도 월스트리트에서 받은 보너스로 장만한 빌어먹을 노란색 포르쉐를 자랑하기 위해서였지. 이번엔 고가의 오토바이로군, 젠장."

"당신 그 애 아버지야."

"무슨 뜻이야?"

매들린이 한숨을 쉬었다. 분노와 연민이 묘하게 뒤섞인 표정이었다. "너무 빤하지 않아? 카일은 당신이 아들을 자랑스러워하길 바라. 물론 방향이 좀 어긋나긴 했지만. 하여간 두 사람은 서로 너무 몰라."

"맞는 이야기야." 그는 매들린이 접시를 오븐에 넣는 것을 지켜보았다. "번쩍거리는 사치품, 명품이니 뭐니 하는 허섭스레기들……. 그런 건 부동산 브로커였던 제 엄마의 물질만능주의 DNA를 생각나게 하잖아. 잘 벌었지만 쓰는 건 더 잘했던 여자지. 경찰 일이 시간 낭비라면서, 범죄자를 잡을 시간에 법대에 진학해서 범죄자를 변호하는 게 훨씬 더 돈벌이가 된다더니, 결국 카일은 법대에 진학했어. 제 엄마가 어지간히 좋아하겠지."

"카일이 범죄자를 변호한다는 게 화가 나는 거야?"

"화 안 났어."

매들린이 못 믿겠다는 듯 그를 보았다.

"어쩌면 화가 난 건지도 모르겠군. 실은 내 기분이 어떤지 잘 모르겠어. 요즘엔 다 거슬려."

매들린이 어깨를 으쓱했다. "당신을 만나러 온 사람은 당신 전처가 아니라 당신 아들이란 거 잊지 마."

"맞아. 다만 내가 바라는 건……."

옆문이 열리는 소리가 들렸고 흥분한 킴의 목소리가 들려왔다. "말도 안 돼! 그거 진짜 이상한 이야기다. 그렇게 구역질나는 얘기는 처음 들어."

키일이 먼저 환하게 웃으며 부엌에 들어섰다. "아버지! 얼굴 보니 좋네요.”

두 사람은 어색한 포옹으로 서로 반겼다.

“나도 네 얼굴 보니 좋구나. 오토바이를 타고 오긴 먼 거리였을 텐데?”

“모든 게 완벽했어요. 17번 도로에 차가 많지 않았고요. 도로에서 빠져나와서 여기까지는 오토바이 타기에 그만이죠. 오토바이 마음에 드세요?”

“저렇게 상태가 좋은 오토바이는 처음 본다.”

“저도 정말 마음에 들어요. 아버지도 저런 거 타셨죠?”

“저렇게 멋진 건 아니었지.”

“계속 저 상태로 유지할 수 있으면 좋겠어요. 2주 전에 애틀랜틱 시티 클래식 모터사이클 쇼에서 샀거든요. 사실 사러 간 건 아니었는데, 도저히 참을 수가 없더라고요. 저렇게 좋은 물건은 본 적이 없거든요. 제 상사가 갖고 있는 것도 저 정도는 아니거든요.”

“상사?”

“실은, 월스트리트로 반쯤 돌아갔어요. 예전에 망한 회사 사람들 밑에서 일해요.”

“컬럼비아 대학교에도 다니면서?”

“그럼요. 다니고 있죠. 첫해라 죽을 맛이에요. 읽을 건 산더미고…… 아무 생각 없는 놈들을 가려내는 과정이잖아요. 너무 바빠서 골이 빠개질 정도예요. 도대체 이게 뭔 짓인지…….”

킴이 매들린을 향해 환하게 웃으며 문간으로 들어섰다. “점퍼 빌려주셔서 감사해요. 머드룸에 걸어놨는데 괜찮죠?”

“그럼. 하지만 난 궁금해 죽겠다.”

“뭐가요?”

“네가 들었다는, 세상에서 가장 역겨운 이야기.”

“네? 아, 그거요. 카일이 진짜 구역질나는 이야기를 해줬거든요.” 그녀가 카일을 바라보았다. “네가 말씀드려. 난 입에 담기도 싫으니까.”

"그건…… 어떤 사람들이 갖고 있는 일종의 장애 얘긴데요. 아무래도 지금은 그런 이야기를 할 때가…… 배경 설명이 좀 필요하거든요. 나중에 말씀드릴게요."

"좋아. 나중에 물어볼게. 그러니까 더 궁금해지네. 마실 것 줄까? 아님 간식이라도? 치즈, 크래커, 올리브, 과일?"

카일과 킴이 서로 바라보며 고개를 저었다.

"전 됐어요." 카일이 말했다.

"저도 괜찮아요." 킴이 말했다.

"그럼 좀 쉬고들 있어." 매들린이 벽난로 앞에 놓인 팔걸이의자를 가리키며 말했다. "난 할 일이 좀 남아서. 저녁은 6시쯤 먹게 될 것 같아."

킴이 도울 일이 있느냐고 물었고 매들린이 없다고 하자 양해를 구한 뒤 화장실로 갔다. 거니와 카일은 벽난로 앞 낮은 체리목 커피테이블을 사이에 두고 마주 앉았다.

"저……." 두 사람이 동시에 말하고 동시에 웃었다.

문득 묘한 기분이 들었다. 엄마를 닮은 입과 검은 머리카락을 제외하면 그를 바라보는 카일의 모습이 꼭 자기 자신 같았다. 20년이라는 세월을 거스른 자신의 모습.

"네가 먼저 말해보렴." 거니가 말했다.

카일이 싱긋 웃었다. 제 엄마의 입이지만 치아는 아빠를 닮았다. "킴한테 요즘 관여하고 계시다는 TV 프로그램 이야기 들었어요."

"TV에 직접적으로 관여하는 건 아니야. 사실 그쪽하고는 최대한 거리를 두려고 애쓰고 있다."

"그럼 TV 말고 또 뭐가 있는데요?"

너무도 단순한 질문이었고 그래서 단순하게 대답하려 했다.

"그 사건 자체."

"양치기 살인사건?"

"양치기 살인사건, 희생자들, 증거들, 범행수법, 선언문에 나타난 논리, 수사의 전제 등등."

카일이 놀란 표정을 지었다. "기존 수사에 의심을 품고 계신 거예요?"

"의심? 그건 잘 모르겠고 호기심 정도?"

"양치기 사건은 이미 십 년 전에 강도 높게 수사한 것으로 알고 있는데요."

"아무도 의심을 품지 않았기 때문에 의심이 드는 건지도 모르겠다. 더구나 이상한 일들이 일어나고 있어서 말이야."

"킴의 미치광이 전 남친의 계단 공격 사건처럼요?"

"킴이 그렇게 표현하든?"

카일이 얼굴을 찌푸렸다. "그게 사실이 아닐 수도 있어요?"

"누가 알겠니. 좀 전에 말한 것처럼, 궁금한 점들이 좀 있긴 해." 그가 말을 멈추었다. "어떻게 보면 내가 호기심이라고 부르는 건 그저 정신적 소화불량일 수도 있어. 좀 두고 봐야지. 만나서 이야기해보고 싶은 FBI 요원이 있거든."

"왜요?"

"내가 주 범죄수사국에서 아는 만큼은 알고 있는 것 같은데, FBI 사람들은 새로운 정보가 들어오면 자기들끼리만 쑥덕거리는 경향이 있거든. 특히 이 사건 담당자가 그렇다더구나."

"그 사람한테서 뭔가 얻어낼 수 있을 것 같으세요?"

"그야 모르지. 어쨌든 한번 시도해볼 생각이야."

쨍그랑 하고 유리 깨지는 소리가 들렸다.

"아얏!" 매들린이 비명을 지르며 손을 들여다보았다.

"괜찮아?" 거니가 물었다.

매들린은 키친타월을 한 칸 뜯었고 그 바람에 키친타월 두루마리가 바닥에 떨어져 굴러갔다. 매들린은 거니의 질문과 굴러가는 두루마리를 둘

다 무시한 채 왼쪽 손등을 휴지로 찍어냈다.

"괜찮은 거야?" 그가 일어나 매들린의 손을 보러 다가갔다. 거니가 바닥에 구르던 키친 타월을 집어 싱크대에 올려놓았다. "어디 한번 봐."

카일이 그 뒤를 따랐다.

"신사 여러분은 그만 자리로 돌아가주시죠!" 매들린이 갑작스러운 관심을 불편해하며 말했다. "혼자 처리할 수 있어. 피가 좀 난 것뿐이야. 심각한 건 아니고. 소독약하고 반창고 하나만 있으면 돼." 그녀가 서늘한 미소를 지으며 밖으로 나갔다.

두 사람은 서로 바라보며 똑같이 어깨를 으쓱했다.

"커피 마실래?" 거니가 물었다.

카일은 고개를 저었다. "그 사건…… 매사추세츠 남자 때문에 FBI로 넘어갔죠? 그 심장전문의."

거니가 눈을 깜빡이며 카일을 보았다. "네가 그런 걸 어떻게 기억하고 있니?"

"대단한 사건이었잖아요."

카일의 표정 무언가가 거니의 가슴을 파고들었다. 아버지가 경찰인데 아들이라면 그 정도는 당연히 알아야죠, 라고 말하는 것 같았다.

"그랬지." 거니가 말했다. 문득 낯선 감정이 밀려들었다. "커피 정말 안 마실래?"

"마실까 봐요. 어차피 드실 거면 저도 주세요."

커피가 끓는 동안, 두 사람은 유리문 밖을 내다보며 서 있었다. 오후의 황금빛 햇살이 짧게 자란 풀밭을 비스듬히 가로질렀다.

긴 침묵이 흐른 뒤 카일이 말했다. "아버진 쟤가 하려는 일에 대해 어떻게 생각하세요?"

"킴?"

"네."

"대답하기가 쉽지 않구나. 결국 방송이 어떤 식으로 나가느냐에 따라 모든 게 달라지겠지."

"킴은 이 사건 피해자들의 정직한 초상화가 되길 바란다던데."

"킴이 원하는 것과 램TV가 원하는 건 전혀 다를 수도 있어."

카일이 눈을 깜빡이며 걱정스러운 표정을 지었다. "사건 당시 램TV가 아주 큰 공을 세웠죠. 일주일 내내 헛소리만 지껄여대면서."

"너도 기억하니?"

"하루 종일 그 이야기뿐이었잖아요. 총격이 시작된 게 제가 엄마 집에서 나와서 스테이시 막스네 집으로 들어간 직후였거든요."

"그때 네가…… 열다섯이었나?"

"열여섯요. 엄마가 부동산 거물 톰 제라드하고 사귀기 시작할 무렵이죠." 카일의 눈빛에 여리고 불안정한 기운이 스쳤다. "톰 아저씨와 엄마!" 카일이 장난스럽게 덧붙였다.

"TV에서 본 걸 기억하니?"

"스테이시의 부모님이 하루 종일 TV를 틀어놓으셨어요. 램TV 뉴스였죠. 〈사건의 재구성〉, 지금도 또렷하게 기억해요."

"총격사건도?"

"그럼요. 목소리가 아주 음산한 아나운서가 정확하지도 않은 사실을 과장되게 중계했잖아요. 반짝이는 검은 차를 몰고 외로운 도로를 지나가는 장면을 재연하면서 사건을 재구성했어요. 총을 맞고 차가 도로를 이탈하는 장면까지. '사건의 재구성'이라는 제목은 아주 조그맣게 잠깐 나왔어요. 리얼리티가 없는 리얼리티 프로였어요. 그것도 매일 반복되는. 양치기에게 쏠을 관심을 그런 쪽으로 돌려놓고 그걸 얼마나 우려먹던지……."

"나도 기억난다." 거니가 말했다. "축제 분위기였지."

"참, TV 이야기가 나왔으니 말인데요. 〈경찰들〉이란 프로 보셨어요? 그때 꽤 인기 있는 프로였는데."

"한 번은 봤어."

"아버지한테 처음 하는 이야기인데요. 고등학교 때 아버지가 뉴욕 주 경찰인 걸 아는 애가 있었는데, 툭하면 저한테 와서 이러는 거예요. 야, 너희 아버지가 하는 일이 저런 거냐? 이동식주택 집거촌에 가서 문이나 때려 부수는 거? 개자식. 그래서 제가 이렇게 말했어요. 우리 아버진 보통 경찰이 아니야. 강력계 1급 형사라고. 1급 형사 맞죠, 아버지?"

"맞아." 카일의 모습이 너무도 어린아이 같아서 가슴이 먹먹해졌다. 거니는 고개를 돌려 헛간 쪽을 바라보았다.

"〈뉴욕〉 기사가 그때 나왔더라면 좋았을 텐데. 그랬으면 그 자식 주둥이를 닥치게 만들 수 있었을 텐데. 그 기사 진짜 멋졌어요."

"킴의 엄마가 쓴 기사라고 킴이 말하든?"

"네. 아버지를 어떻게 아느냐고 물었더니 이야기하던데요. 진짜 아버지를 좋아해요."

"누가?"

"킴은 좋아하는 게 확실하고, 킴의 엄마도 그럴 수도 있어요." 카일이 싱긋 웃었고 다시 열여섯 소년의 모습이 보였다. "여자들은 1급 형사라면 맥을 못 추잖아요. 안 그래요?"

거니는 작게 미소 지어 보였다.

구름 한 조각이 천천히 태양을 가리며 지나갔고 초원은 황금빛을 띤 갈색에서 잿빛을 머금은 베이지색으로 바뀌었다. 고통의 한 순간, 그 빛깔이 시체의 피부색을 떠올리게 했다. 어느 특정한 시체. 할렘 길가에 피를 다 쏟는 바람에 검은 피부색을 완전히 잃어버린 도미니크회 청부살인업자. 그 이미지를 떨쳐내려 거니가 헛기침을 했다.

어디선가 낮은 소음이 들려오기 시작했다. 소리는 점점 더 커졌고 머지 않아 헬리콥터 소리가 되었다. 30여 분 뒤 헬리콥터가 지나갔다. 언덕 위 나무들 뒤로 기체의 일부만 아주 잠깐 보였다. 묵직한 회전 소리가 점점 멀어지다가 이내 고요해졌다.

"저 위에 군 기지가 있어요?" 카일이 물었다.

"아니. 도시 방어 본부가 있어."

"방어 본부?" 카일은 곰곰이 생각해보았다. "그럼 도시 보안 관련 일을 하는 헬리콥터일까요?"

"아마 그럴걸."

21

계속되는 놀라움

그들은 주방과 벽난로 앞 거실 공간을 구분하는 체리목 식탁 앞에 앉았다. 식사가 시작되었고 모두 매들린의 향신료를 곁들인 새우 요리에 열렬한 찬사를 보냈다. 거니도 그들의 말을 받아 의례적인 칭찬을 했고 그 뒤로 한동안 모두 말없이 식사에 열중했다.

카일이 침묵을 깼다. "지금까지 인터뷰한 사람들에게 어떤 공통점이 있어?"

잠시 생각하는 듯 천천히 입안의 음식을 씹다가 삼킨 뒤 킴이 대답했다. "분노."

"모두? 그렇게 긴 세월이 흘렀는데도?"

"표현이 노골적이라 좀 더 선명하게 분노를 드러내는 사람들이 있긴 해. 어쨌든 내가 보기에는 모두 어떤 형태로든 분노가 있는 것 같아. 당연히 그렇겠지. 안 그래?"

카일이 얼굴을 찌푸렸다. "난 분노가 결국 지나가는 슬픔의 한 단계라고 생각했는데."

"감정적으로 매듭 지어지지 않은 경우에는 달라."

"착한 양치기가 결국 안 잡혔기 때문에?"

"잡히지도 않았고 정체도 밝혀지지 않았어. 맥스 클린터와의 총격전 후 어둠 속으로 사라져 버렸잖아. 결말 없는 이야기야."

거니가 얼굴을 찌푸렸다. "내가 보기엔 결말 말고도 이래저래 허점이 많은 각본이야."

모두 기대하는 표정으로 거니를 바라보는 동안 짧은 침묵이 흘렀다.

마침내 카일이 물었다. "FBI가 잘못 짚었다고 생각하세요?"

"그게 바로 내가 알고 싶은 거란다."

킴은 당혹스런 표정이었다. "잘못 짚었다고요? 어느 대목에서요?"

"잘못 짚었다기 보단 잘못 짚었을 가능성이 있단 거지."

카일은 흥분하는 표정이었다. "어떤 점에서 잘못 짚었을 가능성이 있는데요?"

"내가 지금 알고 있는 바대로라면, 완전히 헛다리를 짚은 걸 수도 있어." 그가 매들린을 보았다. 매들린의 얼굴에 복잡하고도 미묘한 감정이 스쳤다. 너무 복잡하고 미묘해서 거니로서는 도저히 파악할 수 없는.

킴은 놀란 표정이었다. "이해가 안 가요. 그게 도대체 무슨 말씀이세요?"

"이런 단어를 쓰긴 싫지만 이 사건 수사 전체가 허술하게 지은 건물 같아. 약한 토대 위에 크게 올린 건물."

거의 반사적으로 동의할 수 없다는 듯 킴이 고개를 저었다. "도대체 어떤 점이……."

킴이 채 말을 끝내기 전에 거니의 주머니 속 휴대전화가 울리기 시작했다. 그는 발신자를 확인하고 미소를 지었다. "5초 내로 똑같은 질문을 받을 것 같구나." 그는 식탁에서 일어나 휴대전화를 귀에 대었다. "레베카, 전화 줘서 고마워요."

"FBI 수사에 치명적인 결함이라니요?" 그녀의 목소리에서 날카로운 분노가 배어났다. "그게 도대체 무슨 소리예요?"

거니는 식탁에서 물러나 유리문 쪽으로 갔다. "아직 확정적인 건 아니고요. 일단 몇 가지 질문이 있습니다. 그 대답에 따라 이게 문제가 될 수도 있고 안 될 수도 있어요." 그가 다른 사람에게 등을 돌리고 서쪽 언덕과 자줏

빛 일몰의 아름다움을 아무 감흥 없이 바라보았다. 그는 한 가지 객관적인 사실에만 신경을 집중했다. 트라우트와의 만남을 성사시키는 것.

"질문이라니, 어떤 질문이죠?"

"사실 꽤 여러 개의 질문입니다. 지금 시간 있어요?"

"실은 별로 없어요. 하지만 궁금하니까 어서 말해봐요."

"첫 번째 질문이 가장 큰 질문입니다. 이 사건에 대해 의심을 품어본 적 있어요?"

"의심? 어떤 의심이요?"

"이게 과연 어떤 사건인지."

"알아듣게 좀 말해봐요. 구체적으로."

"당신, FBI 그리고 범죄심리학자들, 연구자들, 사회학자들, 맥스 클린터를 제외한 전원이 기존의 가정에 동의한 것 같더군요. 미해결 사건에 이렇게 많은 사람들이 순순히 동의한 경우는 처음 봅니다."

"순순히?"

"조직이 부패했단 의미는 아닙니다. 단지 내가 보기엔, 의심 많은 클린터를 제외하고는 기존의 가설에 모두들 너무 흡족해 하고 있단 겁니다. 내가 묻고 싶은 건, 이러한 합의가 과연 겉으로 보이는 것만큼 견고한 건지, 그리고 개인적으로 당신은 이 가설에 얼마나 동의하고 있는지, 그겁니다."

"이봐요, 데이브. 저녁 내내 이런 대화를 나누고 있을 시간이 없어요. 뭐가 그렇게 거슬리는지 결론부터 말해봐요."

거니는 한숨을 쉬면서 그녀의 짜증에 대한 자신의 짜증을 억누르려 애썼다. "이 사건에는 여러 가지 요소가 있는데, 그 모든 요소들이 아주 중요한 하나의 가설을 지지하기 위해 특정한 방식으로 해석되었다는 게 거슬립니다. 가설이 사건의 각 요소들을 설명하는 거죠. 그 반대가 아니라." 냉철하고 객관적이고 믿을 만한 분석이 이루어지지 않았단 뜻입니다, 라고 덧붙이고 싶었지만 그만두었다.

홀든필드가 잠시 망설였다. "좀 더 구체적으로요."

"각각의 자료, 각각의 증거, 각각의 사실에 명백한 질문들이 담겨 있어요. 그 모든 질문의 대답이 수사의 대전제에서 나온 것 같습니다. 수사의 대전제가 그 질문들의 대답에서 나온 게 아니라."

"지금 구체적으로 말하고 있는 거 맞아요?"

"좋아요. 질문해보죠. 왜 메르세데스 벤츠였을까요? 왜 여섯 번으로 멈추었을까요? 왜 데저트 이글이었을까요? 왜 한 자루 이상의 데저트 이글이었을까요? 왜 조그만 플라스틱 장난감이었을까요? 왜 선언문이 있었을까요? 왜 차갑고 이성적인 주장이 뜨거운 종교적 언어와 융합되었을까요? 왜 똑같은 말을 지루하게 반복하면서……."

홀든필드가 화 난 목소리로 그의 말을 잘랐다. "데이브, 그런 것들은 이미 충분히 분석되고 논의되었어요. 대답은 분명히 나왔고 일관성 있는 그림이 그려졌어요. 지금 당신이 무슨 이야기를 하는 건지 도무지 이해가 안 가요."

"기존의 수사 전제에 반하는 다른 전제는 아예 없었단 얘깁니까?"

"다른 전제를 세울 만한 근거가 없었어요. 도대체 왜 이러는 거예요?"

"그 사람 떠올릴 수 있어요?"

"누구요?"

"착한 양치기."

"떠올릴 수 있느냐고요? 잘 모르겠어요. 지금 이게 대답할 가치가 있는 질문인가요?"

"내 생각엔 그래요. 당신 대답은 뭐죠?"

"내 대답은, 그게 대답할 가치가 있는 질문이란 사실에 동의할 수 없단 거예요."

"역시, 떠올려지지 않는다는 대답으로 들리는군요. 나도 그래요. 범인 프로필에 상충되는 부분이 있고 결국 직관적으로 하나의 얼굴을 떠올릴 수가 없다는 겁니다. 범인은 여자일 수도 있어요. 데저트 이글을 다룰 수 있을 정도로 힘 센 여자. 어쩌면 여러 명일 수도 있고요. 하지만 그 점은 일단 배제해둡시다."

"여자? 말도 안 돼요."

"지금은 그 이야기를 할 시간이 없습니다. 마지막으로 한 가지만 묻겠습니다. 이 사건에 대한 전문가적 합의 이면에, 당신을 포함한 범죄심리학자이든 FBI 행동분석팀이든 사건의 대전제에 이의를 제기한 사람에 단 한 명이라도 있었습니까?"

"물론 이의를 제기했어요. 다양한 관점들이 있었고 주목하는 부분도 제각기 달랐어요."

"예를 들면?"

"예를 들면, 유형 공명이라는 개념은 과거의 정신적 외상이 현재 상황으로 전이된다는 것을 강조해요. 그러면 현재 나타난 징후는 기본적으로 과거로부터 생명력을 부여받은 일종의 불활성 매개체*라는 이야기가 되죠. 반면, 모방본능 패러다임은 현재 상황 그 자체에 보다 큰 의미가 있다고 봐요. 과거 유형의 반복이긴 하지만 그 자체로도 생명력과 에너지를 갖고 있다고 보는 거죠. 여기 적용될 수 있는 또 다른 이론은 폭력이 세대를 초월해 전이되는 것인데, 전통적으로 학습된 행동 모델에 해당되죠. 어쨌든 다양한 개념들이 충분히 논의됐어요."

거니가 웃었다.

"뭐가 우스워요?"

"당신들, 내가 보기엔 지평선에 서 있는 야자수 한 그루를 보면서 코코넛이 몇 개인지 세고 있는 것 같아요."

"요지는?"

---

* inanimate vehicle, 볼이니 식품, 공기, 인구, 수술기구처럼 생물은 아니지만 병균을 옮기는 매개체.

"만약 당신들이 본 야자수가 신기루였다면? 모두 집단 광기에 휩싸였던 거라면요?"

"데이브, 지금 우리 두 사람 중 광기에 휩싸인 사람이 있다면, 그건 내가 아닐 거예요. 더 질문 없어요?"

"기존의 가설로 덕을 보는 사람이 누굽니까?"

"네?"

"이 사건으로 덕을 보는 사람이……."

"말은 알아들었어요. 도대체 무슨 의미로 그런 말을 하는 거죠?"

"이 사건의 진실과 FBI 수사 방식의 허점, 범죄심리학계의 권력 관계가 끈끈하게 유착되어 있단 느낌이 듭니다."

"그런 말을 하다니 믿을 수가 없네요. 너무나 모욕적인 말이에요. 나 전화 끊을 거예요. 끊기 전에 빨리 변명할 기회를 줄게요. 변명해봐요. 어서!"

"레베카, 우린 늘 우리 자신을 속이며 삽니다. 나 역시 마찬가지고. 이 사건에 대한 나의 견해에는 어떤 모욕도 담겨 있지 않아요. 착한 양치기 사건을 볼 때 당신은 오랫동안 억눌러온 분노를 부와 권력의 상징을 향해 쏟아내는 천재 사이코를 보겠죠. 내가 볼 땐, 글쎄요, 뭐가 보이는지 잘 모르겠어요. 겉으로 보이는 것 그대로를 믿어서는 안 된다는 것. 그게 전부에요. 너무 많은 결론에 너무 쉽게, 너무 성급하게 도달했고, 또 포용되었어요."

"그래서 당신이 내린 결론은 뭐죠?"

"나도 잘 모르겠어요. 어쨌든 호기심이 생겼어요."

"맥스 클린터처럼?"

"진심으로 묻는 겁니까?"

"물론 진심으로 묻는 거예요."

"적어도 맥스는 당신과 당신의 FBI 친구들이 생각하는 것처럼 이 사건이 쉽게 봉합될 사건이 아니란 걸 알고 있어요. 희생자들 간에 메르세데스 벤츠를 소유하고 있단 것 이상의 연결 고리가 있다는 걸 알고 있고요."

"데이브, FBI에 무슨 악감정 있어요?"

"그 사람들 가끔은 자기네 일하는 방식, 자기네 의사결정 방식, 권력에 대한 집착, 조직의 절차 같은 것들에 휩쓸릴 때가 있어요."

"단순한 진실은 이거예요. 그들은 자기가 하는 일에 뛰어나요. 똑똑하고 객관적이고 훈련된 사람들이고 좋은 의견에 열려 있어요."

"군말 없이 상담료를 제때 따박따박 지급한단 겁니까?"

"지금 그 말에도 모욕할 의도가 없는 거 확실해요?"

"사람은 자길 좋게 봐주는 사람을 좋게 보기 마련이란 뜻입니다."

"데이브, 헛소리깨나 하는 걸 보니 변호사 해도 되겠어요."

거니는 웃었다. "재미있는 말이네요. 마음에 들어요. 하지만 한 가지만 말해두죠. 만약 내가 변호사라면 난 착한 양치기를 변호하겠습니다. 왜냐하면 이 사건에 대한 FBI의 수사는 딱 안개 속에 피어오르는 연기만큼만 견고하니까요. 그 사실을 증명하고 싶어 근질거려 죽겠어요."

"그렇군요. 행운을 빌어요."

전화가 끊겼다.

거니는 전화를 다시 주머니에 넣었다. 그답지 않게 공격적이었던 목소리가 머릿속에 맴돌았다. 그의 시선이 천천히 먼 풍경으로 향했다. 일몰은 잿빛 하늘을 가로지르는 보랏빛 얼룩으로만 남았다. 마치 언덕의 능선을 따라 번져가는 멍 자국처럼.

"누구랑 통화하셨어요?" 킴의 목소리였다.

그가 돌아보니 킴, 매들린, 카일이 식탁에 앉아 그를 보고 있었다. 모두 근심 어린 표정이었고 킴의 표정이 유난히 더 어두웠다.

"착한 양치기 사건에 대해 여러 편의 논문을 쓴 범죄심리학자. FBI와 함께 연쇄살인범 사건 해결에 여러 차례 공조했지."

"그런데 아저씨는…… 지금…… 무슨 말씀을 하시는 거예요?" 애써 억누른 목소리였다. 분노를 감추려는 듯.

"이 사건에 대해 모든 걸 알고 싶어서."

"이 사건에 대한 기존의 가설이 완전히 잘못된 것일 수도 있다는 건 무슨 뜻이에요?"

"완전히 틀렸다는 게 아니라, 사실적 근거가 미약하다는 거야."

"도대체 무슨 말씀을 하시는 건지…… 루디 게츠가 제 다큐멘터리로, 제가 한 인터뷰로 이미 방송을 준비하고 있다고 말씀드렸잖아요. 제 카메라로 촬영한 걸 그대로 쓰고 싶다고, 진실을 강조하고 싶다고 했어요. 제가 다 말씀드렸잖아요. 램 뉴스를 통해, 전국적으로, 방송이 나갈 거라고. 그런데 아저씬 지금 이 사건이 다 잘못됐다고, 아니면 다 틀렸을지도 모른다고 말씀하시는 거예요? 도대체 무슨 말씀을 하시는 건지 모르겠어요. 이런 일을 부탁드린 게 아니잖아요. 아저씨가 지금 이 상황을 다 뒤집어엎고 있어요. 도대체 왜 이러시는 거예요?"

"킴, 난 아무것도 뒤집어엎지 않았다. 상황을 이해하려고 애쓰는 것뿐이야. 불미스러운 일들이 너한테, 그리고 나한테 일어났고 앞으로는 그런 일이 다시는……."

"그렇다고 이 프로젝트를 완전히 바닥에 팽개쳐서 갈기갈기 찢어발기고 다 틀렸다고 증명하실 필요는 없잖아요!"

"바닥에 팽개쳐진 건 나였지. 너희 집 계단에서. 앞으론 너나 나나, 그런 식으로 불시에 공격당하지 않길 바라는 거고."

"그럼 제 멍청한 남자친구를 감시하셔야죠!" 그녀가 곧바로 자신의 말을 정정했다. "제 멍청한 전 남자친구."

"만약 걔가 한 짓이 아니라면? 만약……."

"말도 안 돼요! 걔 말고 그런 짓을 할 사람이 누가 있어요?"

"이 프로젝트에 대해 알고 있고 이 일이 진행되는 걸 원치 않는 사람."

"도대체 누가요? 왜요?"

"좋은 질문이구나. 네가 이 일을 진행하고 있단 걸 아는 사람이 몇 명이나 되니?"

"이 다큐멘터리요? 아마 백만 명쯤?"

"뭐?"

"백만 명쯤. 어쩌면 그보다 더 많을 수 있어요. 램TV 웹사이트의 인터넷 뉴스, 이메일 광고가 각 방송사, 신문사로 날아갔고 램TV 페이스북, 제 페이스북, 코니의 페이스북, 트위터…… 너무 많아요. 출연자들의 신상도 전부……."

"그러니까 그 정보를 접한 사람이면 누구든 알 수 있겠구나."

"물론이죠. 노출의 극대화. 그게 목표니까요."

"좋아. 그렇다면 다른 방향에서 접근해봐야겠다."

킴이 괴로운 표정으로 그를 보았다. "접근할 필요 없어요. 적어도 아저씨가 말하는 방식으로는…… 아저씨가 어떻게……." 킴이 눈물을 쏟았다. "저한텐 지금이 너무나 중요한 시점이에요. 모르시겠어요? 전 믿기지가 않아요. 저의 첫 다큐멘터리가 며칠 뒤 전파를 타는 상황에 아저씬 전화로 이 사건 자체가 완전히…… 뭐라고 하셨죠? 기억도 안나요……." 킴이 고개를 저으며 눈물을 닦아냈다. "죄송해요…… 전…… 전…… 잠깐 실례할게요."

그녀가 밖으로 나갔고 잠시 후 화장실 문이 쾅 닫히는 소리가 들렸다.

거니는 카일을 보았다. 카일은 식탁 의자를 뒤로 밀어놓고 앉아 바닥의 어느 한 지점을 바라보고 있는 것 같았다. 매들린을 돌아보니 그를 불안하게 만드는 특유의 표정으로 그를 보고 있었다.

그는 질문을 하듯 양손을 들어보였다. "내가 뭘 어쨌다고?"

"잘 생각해봐." 그녀가 말했다. "생각해보면 알 거야."

"카일?"

카일이 고개를 들더니 어깨를 으쓱했다 "아버지가 쟤한테 좀 겁을 준

거 같아요."

거니는 얼굴을 찌푸렸다. "FBI에서 내린 결론에 결함이 있을지도 모른다고 전화로 누군가에게 말했다고?"

카일이 대답하지 않았고 매들린이 나지막이 말했다. "그 이상이었어."

"그 이상이라니, 뭐가?"

매들린은 그의 질문을 무시하고 식탁 위의 접시들을 싱크대로 옮겼다.

거니는 매들린과 카일 사이 어디쯤에서 다시 한 번 질문을 던졌다. "내가 뭘 그렇게 잘못했다고 그래?"

이번에는 카일이 대답했다. "특별히 잘못하신 건 없어요. 적어도 의도적으로는. 하지만 킴은 아버지가 자기 프로젝트를 망치고 있다고 생각하는 거 같아요."

"약간 결함이 있는 것 같다고 말한 정도가 아니었잖아." 매들린이 덧붙였다. "이 사건 자체가 완전히 잘못됐다고, 나아가서 그걸 증명하고 싶다고 했잖아. 당신이 이 사건을 다시 파헤칠 계획이라는 말처럼 들렸어."

거니가 한숨을 쉬었다. "그럴 만한 이유가 있었어."

"이유?" 매들린이 재미있다는 표정을 지었다. "물론 항상 이유는 있어."

거니는 눈을 감았다. 인내심을 끌어내리려면 어둠이 필요하다는 듯이. "홀든필드를 화나게 해서 날 FBI 요원에게 연결시켜주길 바랐어. 이름이 트라우트*라는 차가운 생선 같은 놈인데, 놈을 화나게 해서 날 찾게 만들고 싶었어."

"왜 그러고 싶었는데?"

"그 사람한테 창피를 줄 만한 뭔가를 내가 정말 알고 있는지 확인해보려고. 그렇게 되면 일반인에게 공개되지 않은 사실이 있는지도 알아볼 기회가 될 거고."

* 송어Trout와 철자가 같음.

"만약 누군가를 화나게 하는 게 당신 목적이었다면 대성공이야." 매들린이 그의 접시를 가리켰다. 여전히 새우와 쌀이 수북이 남아 있었다. "먹을 거야?"

"아니."

그는 갑자기 방어적이 된 자신의 목소리를 의식하며 덧붙였다. "지금은 못 먹겠어. 잠깐 나가서 맑은 공기 좀 쐬고 머리 식히고 올게."

그는 식탁에서 돌아선 다음 머드룸에 가서 가벼운 재킷을 걸쳤다. 옆문을 열고 어둠 속으로 들어서는 순간 카일이 매들린에게 하는 말이 들렸다. 낮고 조심스러운 목소리여서 거의 알아들을 수가 없었다.

그나마 그의 귀에 들어온 두 단어는 "아버지"와 "화가 나서"였다.

연못가 벤치에 앉아 있는 동안 저녁은 빠르게 밤으로 파고들었다. 무거운 구름 뒤로 고개를 내민 가냘픈 달이 여린 빛을 발하며 그를 둘러싼 세상에 가장 불분명한 윤곽을 드러내 주었다.

팔의 통증이 되살아났다. 간헐적 통증이었고 팔의 각도와 위치, 근육의 긴장 정도와는 상관없는 것 같았다. 통증이 통화 중 홀든필드의 태도, 그 자신의 호전성, 킴의 강한 반발에 대한 짜증을 극대화시켰다.

그는 두 가지 사실을 알고 있었다. 서로 상충되는 두 가지 사실이었다. 첫째, 그의 냉정하고 엄격한 객관성은 형사로서 성공의 밑거름이었다. 둘째, 이제 그의 객관성이 시험대에 올랐다. 더딘 회복, 나약해진 마음, 뒷전으로 밀려난 것 같은 기분, 시시한 인간이 되어버리는 것에 대한 두려움이 극도의 불안과 분노를 유발하며 판단력을 마비시키는 건 아닐까.

별 효과가 없는데도 거니는 계속 팔을 문질렀다. 통증은 팔이 아닌 다른 곳, 아마도 척추의 손상된 신경에 있는데, 그의 두뇌가 통증의 위치를 잘못 파악하고 있는 것 같았다. 신경계의 이상을 그의 두뇌가 작고 울리는 소리로 잘못 헤석한 것이라는 이명처럼.

흰개미처럼 밀려드는 회의와 불확실성에도 그의 전 재산을 둘 중 한 곳에 걸어야 한다면, 그는 착한 양치기 사건에 뭔가 석연치 않은 점이 있고, 앞뒤가 안 맞는다는 쪽에 걸겠다고 생각했다. 불일치에 대한 그의 예민함은 지금껏 단 한 번도 그를 실망시킨 적이 없었고 이번에도 결코…….

헛간 쪽에서 나는 발소리에 생각의 고리가 끊겼다. 돌아보니 집과 헛간 사이에서 조그만 불빛이 움직이고 있었다. 풀밭 길을 따라 걸어오는 사람의 손전등 불빛이었다.

"아버지?" 카일의 목소리였다.

"이쪽이다." 그가 대답했다. "연못가."

불빛이 그를 향해 다가왔다. "여기 밤중에 들짐승 다니지 않아요?"

거니가 미소를 지었다. "너한테 관심 있는 들짐승은 없어."

잠시 후 카일이 벤치로 다가왔다.

"앉아도 돼요?"

"그럼." 거니가 옆으로 조금 비켜 앉으며 자리를 만들었다.

"와, 여긴 진짜 깜깜하네." 연못 맞은편에서 무언가가 떨어지는 소리가 났다. "젠장! 무슨 소리예요?"

"모르지."

"들짐승 없는 거 확실해요?"

"숲속엔 우글거려. 사슴, 곰, 여우, 코요테, 보브캣."

"곰?"

"검은 곰. 대부분은 해롭지 않아. 새끼 낳은 곰만 아니면."

"보브캣도 정말 있어요?"

"한두 마리 정도. 언덕길 올라오면서 헤드라이트 불빛에 본 적도 있어."

"우와! 멋지다. 전 보브캣 한 번도 못 봤어요. 진짜 보브캣은."

잠시 침묵이 흘렀다. 왜 나왔냐고 물으려는 찰나, 카일이 말을 이었다. "양치기 사건에 사람들이 생각하는 것 이상의 뭔가가 있다고 믿으세요?"

"그럴 수도 있어."

"아까 통화하실 땐 확신이 있으신 것 같던데. 그래서 킴이 그렇게 흥분했던 거고요."

"글쎄다."

"아버지가 생각하기에 사람들이 놓치고 있는 게 뭔데요?"

"이 사건에 대해 얼마나 알고 있니?"

"저녁 먹기 전에 말씀드렸잖아요. 다 알고 있어요. 적어도 TV에 나온 정보라면."

거니가 어둠 속에서 고개를 저었다. "우습구나. 그땐 네가 이 사건에 그렇게 관심이 있는 줄……."

"관심 있었고말고요. 하지만 아버지가 알았을 리가 없죠. 그때 제 곁에 안 계셨으니까."

"주말엔 왔었잖아. 일요일마다."

"아버진 제 곁에 계셨지만 뭐랄까…… 항상…… 모르겠어요. 뭔가 중요한 일에 몰두해 있는 것 같았어요."

거니는 잠시 후 떠듬거리며 말했다. "더구나 넌…… 네가…… 스테이시막스랑 어울리면서부터는…… 매주 오지도 않았잖아."

"맞아요."

"헤어지고 나서 서로 연락은 하니?"

"제가 말씀 안 드렸어요?"

"기억에 없는데."

"스테이시는 완전히 망가졌어요. 재활원에 들락거려요. 아주 맛이 갔던데요. 에디 버크 결혼식 때 봤거든요. 에디 버크 기억하시죠?"

"기억나는 거 같다. 그 빨간 머리?"

"아뇨. 걘 지미이고요. 어쨌든 중요한 건 그게 아니고, 스테이시는 완전히 맛이 갔어요."

두 사람 사이에 긴 침묵이 흘렀다. 거니의 마음은 비고, 스산하고, 불안했다.

"여기 좀 춥네요." 카일이 말했다. "그만 들어가실래요?"

"좀 있다 들어가마."

두 사람 다 움직이지 않았다.

"그런데…… 양치기 사건의 어떤 점이 그렇게 거슬리는지…… 아직 이야기 안 하셨어요. 그 사건수사에 이의가 있는 사람은 아버지뿐인것 같던데요."

"바로 그게 문제야."

"너무 불교적인 대답이라 이해가 안 가요."

거니가 한 음절로 짧게 웃었다. "비판적인 견해가 없었다는 게 문제라고. 사건 전체가 너무 깔끔하게 포장되고, 너무 단순하게 정리됐다는 것. 너무 많은 사람들에게 너무 편리한 방식으로. 아무도 감히 도전하지도, 이의를 제기하지도, 시험해보지도, 까발리지도 않았어. 권력과 영향력을 가진 수많은 전문가들이 합의에 도달했으니까. 전형적인 사이코가 저지른 교과서적인 범죄가 되어버렸어."

짧은 침묵이 흐른 뒤 카일이 말했다. "화가 많이 나셨나 봐요."

"머리에 50구경 총을 맞은 사람이 어떻게 됐는지 봤니?"

"끔찍하겠죠."

"인간이 상상할 수 있는 가장 비인간적인 모습이야. 소위 착한 양치기라는 작자가 여섯 명한테 그런 짓을 했어. 단지 사람을 죽이는 것에서 멈추지 않고 인간을 처참하고 끔찍하게 으깼어." 다시 말을 잇기 전에 거니는 한동안 칠흑 같은 어둠을 바라보았다. "희생자들은 더 나은 대접을 받았어야 해. 보다 진지한 토론이 있었어야 해. 보다 많은 질문이."

"그래서 이제 어쩌시려고요? 미흡한 부분들을 찾아 연결하시려고요?"

"그럴 수 있다면."

224

"그게 아버지 특기잖아요. 안 그래요?"

"전엔 그랬지. 아직도 그런지는 두고 봐야지."

"결국 해내실 거예요. 한 번도 실패한 적 없으시잖아요."

"실패한 적도 있어."

다시 침묵이 흘렀고 카일이 그 침묵을 깼다. "어떤 점에 의문을 품으셨어요?"

"음?" 거니의 마음은 자신의 결함을 깊이 파고들고 있었다.

"그냥 궁금해서요. 어떤 점에 의문을 품고 계신지."

"아, 그건 나도 모르겠다. 그 선언문에서 사용된 언어, 살인의 이유, 무기의 선택을 놓고 생각해본 범인의 성격에 대한 막연한 질문이야. 왜 희생자의 차종이 모두 같아야 했을까 같은 구체적인 질문도 있고……."

"왜 전부 진델핑겐 사에서 제조되었는가 하는 것도요?"

"전부…… 어디서 만들어졌다고?"

"차량 여섯 대가 전부, 슈투트가르트 외곽의 진델핑겐에 있는 메르세데스 벤츠 공장에서 만들어졌대요. 물론 별 의미가 없을지도 모르지만. 그냥 흥밋거리이죠."

"네가 그런 걸 어떻게 아니?"

"관심이 많았다고 말씀드렸잖아요."

"그게 뉴스에 나오든?"

"아뇨. 차종과 연식이 뉴스에 나왔는데…… 제가 그냥 혼자…… 조사해봤어요. 겉으로 드러난 사실들 외에 어떤 공통점이 있는지 궁금했어요. 메르세데스 벤츠는 세계 곳곳의 여러 공장에서 제조되잖아요. 그런데 희생자의 차량 여섯 대가 모두 진델핑겐에서 제조됐더라고요. 단순한 우연의 일치겠죠?"

표정을 살피기엔 너무 어두웠지만 거니는 카일 쪽으로 돌아앉았다. "이아비는 아직도 네가 왜 그렇게 그 사건에 ……."

"왜 그렇게 그 사건에 관심이 많았느냐고요? 모르겠어요. 그냥 그땐 그런 것들…… 범죄라든가 살인사건이라든가…… 그런 것들에 관심이 많았어요."

거니는 침묵 속으로 빠져들었다. 10여 년 전 그의 아들은 형사 놀이를 하고 있었다. 그 이전에, 혹은 그 이후에 얼마나 오랫동안 그랬을까. 그런데 그는 왜 몰랐을까. 어떻게 그런 것들이 그의 관심 밖으로 밀려날 수 있었을까.

젠장, 내가 그렇게 접근 불가능한 인간이었던가? 내가 그토록 내 일에만, 내 생각에만, 내 우선순위에만 골몰해 있었던가?

눈물이 쏟아질 것 같았고 어떻게 대처할지 난감했다.

그는 헛기침을 했다. "진델핑겐 공장에서 어떤 제품을 만드는데?"

"최고 사양 제품요. 어떻게 보면 당연한 사실일 수도 있죠. 그러니까 제 말은, 만약 착한 양치기가 메르세데스 벤츠의 최고가 제품을 표적으로 삼았다면, 당연히 그 공장에서 만들어졌을 수밖에 없잖아요."

"그래도 재미있는 사실이구나. 그거 알아내는데 시간 꽤 걸렸겠다."

"안 들어가세요?" 잠시 후 카일이 물었다. "비가 올 거 같은데."

"곧 들어가마. 먼저 들어가렴."

"손전등 두고 갈까요?"

카일이 전등을 켜서 아스파라거스 화단을 비추었다.

"그럴 필요 없다. 여기부터 집까지 가는 길은 훤히 꿰고 있으니까."

"알겠어요." 카일이 천천히 일어서며 벤치 앞의 땅이 평평한지 살펴보았다. 연못 가장자리에서 조그만 풍덩 소리가 났다. "무슨 소리예요?"

"개구리."

"개구리 확실해요? 뱀은 없어요?"

"거의 없어. 있어도 작고 해롭지 않은 놈들뿐이야."

카일은 잠시 생각해보는 것 같았다. "알겠어요. 좀 있다 집에서 봐요."

거니는 카일이, 아니, 카일이라기보다는 카일의 손전등이, 천천히 잔디를 가로지르는 모습을 지켜보았다. 그러고 나서 감정적 고갈 상태로 벤치에 기대어 앉아 눈을 감고 축축한 공기를 들이마셨다.

헛간 뒤쪽에서 조그만 나뭇가지 꺾이는 소리에 눈이 떠졌다. 10초쯤 뒤, 다시 소리가 들렸다. 거니는 벤치에서 일어나 귀를 기울였다. 깊이를 알 수 없는 어둠, 그의 주위를 둘러싸고 있는 불분명한 경계의 공간들을 빤히 바라보면서.

그로부터 1분 혹은 2분 가까이 아무 소리도 들리지 않아서 조심스럽게 헛간 쪽으로 다가갔다. 100미터 정도 거리였다. 커다란 목조건물 한 귀퉁이에 이르자 그는 주위의 풀밭을 천천히 돌아보았다. 가끔 멈추어 서서 귀를 기울여 보기도 했다. 멈추어 설 때마다 발목 권총집에서 베레타를 뽑아 들까도 고민했다. 그러나 매 순간 과민반응이라는 생각이 들었다.

밤의 정적은 위협적이었다. 풀밭의 물방울이 신발과 양말로 스며들기 시작했다. 무얼 찾고 싶었을까. 왜 헛간을 돌았을까. 그는 집 쪽으로 난 언덕길을 바라보았다. 호박색 불빛이 그를 손짓하고 있었다.

들판을 가로지르며 집으로 가는 지름길을 걷다가 그만 마멋들이 파놓은 굴에 발이 빠져 넘어졌고 그 순간 팔꿈치와 손목에 전기처럼 짜릿한 통증을 느꼈다. 집으로 들어서서 매들린의 표정을 본 순간 거니는 자신의 꼴이 말이 아님을 알 수 있었다.

"넘어졌어." 그가 옷매무새를 고치며 말했다. "다들 어디 있어?"

매들린은 놀란 표정이었다. "킴 못 만났어?"

"나갔어? 어디 갔는데?"

"몇 분 전에 나갔어. 당신하고 이야기하러 간 줄 알았는데."

"어두운데 혼자 나갔어?"

"어쨌든 집 안엔 없어."

"카일은?"

"2층으로 뭐 가지러 갔어."

그녀의 목소리가 어딘가 낯설게 느껴졌다. "2층으로?"

"응."

"자고 간대?"

"물론이지. 노란 방에서 자라고 했어."

"킴은 다른 방에서 자고?"

한심한 질문이었다. 물론 킴은 다른 방에서 잘 것이다. 그러나 매들린이 미처 대답하기 전에 옆문이 열렸다 닫히는 소리가 들렸고 점퍼를 옷걸이에 걸어놓는 소리가 들렸다. 잠시 후 킴이 부엌으로 들어섰다.

"밖에서 길 잃었니?" 거니가 물었다.

"아뇨. 그냥 좀 걷다 왔어요."

"이렇게 어두운데?"

"별이 보이나 싶어서 나가봤어요. 바람도 쐴 겸." 킴은 어딘가 불안해 보였다.

"별을 보기엔 날씨가 좋지 않구나."

"맞아요. 날씨가 좋지 않아요. 왠지 음산하더라고요." 킴이 머뭇거렸다. "저기…… 아까 함부로 말한 거 사과드릴게요."

"그럴 필요 없다. 널 화나게 해서 내가 미안하지. 네게 아주 중요한 일이었는데."

"그래도 제가 그런 식으로 말하지 말았어야 했어요." 킴이 부끄럽다는 듯 고개를 저었다. "하필이면 그때……."

그는 킴이 말하는 '하필이면'이 정확히 어떤 의미인지 이해가 안 갔지만 사과의 시간을 늘여봐야 서로 불편할 것 같아 굳이 캐묻지 않았다. "커피 한잔 마실까 하는데, 너도 할래?"

"네." 킴은 그제야 안심하는 눈치였다. "그게 좋겠네요."

"두 사람 다 식탁에 앉아." 매들린이 단호하게 말했다. "다 같이 마실 커

228

피를 준비할 테니까."

그들이 자리에 앉았다. 매들린이 커피메이커의 전원을 켰다. 2초 후 부엌의 전등이 꺼졌다.

"뭐지?" 거니가 말했다.

매들린도, 킴도 대답하지 않았다.

"전기차단기가 잘못됐나?" 그가 말했다.

거니가 일어서려는 순간 매들린이 그를 앉혔다. "전기차단기는 아무 이상 없어."

"그럼 이게 도대체……." 계단 쪽에서 반짝이는 불빛들이 나타났다.

불빛이 점점 더 커졌다. 그리고 노래하는 카일의 목소리가 들렸다. 잠시 후 카일이 초를 꽂은 케이크를 들고 부엌으로 들어섰다. 카일의 목소리는 점점 더 커졌다.

"생일 축하합니다! 생일 축하합니다! 사랑하는 우리 아빠! 생일 축하합니다."

"이거야 원……." 거니가 눈을 깜빡이며 중얼거렸다. "그럼 오늘이……."

"생일 축하해." 매들린이 다정하게 말했다.

"생일 축하드려요!" 킴이 지나치게 흥분한 목소리로 외치고는 바로 덧붙였다. "하필이면 오늘 밤에 그런 말을 한 제가 얼마나 한심하던지……. 이제 제 말 이해하시죠?"

"젠장," 거니가 고개를 저으며 말했다. "깜짝 놀랐네."

카일이 환하게 미소 지으며 촛불 밝힌 케이크를 식탁 한복판에 놓았다. "예전에 아버지가 제 생일을 잊어버릴 때마다 화가 났는데, 생각해보니 아버진 아버지 생일도 기억 못하더라고요. 생각해보면 그렇게 화날 일도 아니었는데."

킴이 웃었다.

"소원 빌고 촛불 끄세요." 카일이 말했다.

"그러마." 거니가 말했다. 그리고 조용히 그가 기도했다. 제발, 말 실수 안 하게 해주세요. 그는 한껏 숨을 들이마시고 촛불 3분의 2를 끈 나음 두 번째 숨을 들이마시고 나머지를 껐다.

"잘 하셨어요!" 카일이 말했다. 거실로 나가서 부엌 전등 스위치를 켰고 부엌 전등이 깜빡거리다가 다시 들어왔다.

"한 번에 다 껐어야 했는데." 거니가 말했다.

"이렇게 많을 땐 괜찮아요. 마흔아홉 개를 한 번에 끌 수 있는 사람은 없어요. 스물아홉 넘어가면 그때부턴 두 번에 끄는 게 규칙이래요."

거니가 카일을, 그리고 연기 나는 초를 당혹감 속에서 다시 한 번 바라보았고 다시 눈물이 쏟아질 것 같은 기분이 들었다. "고맙다."

때마침 커피메이커에서 보글거리는 소리가 나기 시작했고 매들린이 그쪽으로 다가갔다.

"아저씨, 아저씨는 어딜 봐도 마흔아홉 살처럼 안 보여요. 저 보고 나이를 맞혀보라면 아마 서른아홉 정도라고 했을걸요."

"그럼 내가 열세 살 때 카일이 태어났게?" 거니가 말했다. "열한 살에 결혼하고?"

"참, 깜빡할 뻔했네." 카일이 말했다. 카일은 의자 밑에서 셔츠나 스카프가 들어 있을 법한 상자 하나를 꺼냈다. 반짝이는 하늘색 종이로 포장하고 흰 리본을 묶은 상자였다. 리본 밑에 카드도 꽂혀 있었다. 카일이 선물을 내밀었다.

"이런……." 거니가 엉거주춤 선물을 받아들었다. 거니와 카일은 꽤 오랫동안, 선물을 주고받지 않았다. 이게 몇 년 만인지.

카일은 초조한 듯 흥분한 표정이었다. "아버지께 어울릴 것 같아서 골랐어요."

거니가 리본을 풀었다.

"카드 먼저 읽어보세요." 카일이 말했다.

거니는 봉투를 열고 카드를 꺼냈다.

카드 앞면에는 화려한 장식체로 "아버지를 위한 생일 멜로디!" 라고 적혀 있었다.

가슴속에서 무언가가 울컥 치밀었다. 보나마나 조그만 음악 장치가 들어 있을 것이다. 카드를 여는 순간 또 한 차례 "생일 축하합니다!"가 울려 퍼지겠지.

그러나 확인해볼 겨를이 없었다.

바깥 어딘가에 시선을 고정하고 있던 킴이, 의자를 뒤로 넘어뜨리며 벌떡 일어났다. 킴은 의자가 낸 쾅 소리를 무시하고 유리문 쪽으로 달려갔다.

"저게 뭐지?" 킴이 겁에 질린 목소리로, 눈이 휘둥그레져서, 양손으로 얼굴을 감싼 채 풀밭 비탈길을 바라보았다. "세상에! 어쩌면 좋아! 대체 저게 뭐예요?"

22

다음 날 아침

새벽까지 간헐적으로 비가 내렸다. 지금은 아침 중반의 공기에 엷은 안개만 걸려 있었다.

"그렇게만 입고 나가려고?" 매들린이 거니를 쏘아보며 말했다. 아침 식탁에 앉아 잠옷 위에 얇은 스웨터를 걸치고 커피 잔을 감싸 쥔 매들린은 추워 보였다.

"아니. 그냥 보기만 하는 거야."

"문 열 때마다 탄 냄새가 나."

거니는 방금 열었던 유리문을 닫았다. 오늘 아침에만 열두 번째로 문을 닫고 있었다. 헛간을, 아니 헛간의 잔해를 좀 더 똑똑히 보려고.

전날 밤의 대형 화재로 헛간의 목조 외벽과 지붕 전체가 완전히 타버렸다. 기둥과 서까래 같은 골조는 아직 남아 있었지만 그대로 사용하기엔 너무 위태로웠다. 결국 아직 서 있는 것들도 무너뜨려야 할 것이다.

성긴 안개가 그 풍경에 기이한 혼란을 더하고 있었다. 어쩌면, 그 혼란은 그의 마음속에 있는 것일까. 불면의 밤을 보냈으니 당연히 그럴 것이다. 죽은 물고기의 온기를 지닌 주 범죄 수사국 방화 전문가 역시 도움이 되지 않았다. 그는 8시 정각에 도착해서 소방서와 제복 경관들로부터 상황을 접수했다. 그때부터 거의 두 시간 가까이 헛간의 재와 잔해를 쑤시고 다니는 중이었다.

"그 사람 아직도 있어요?" 카일이 물었다. 카일은 거실 벽난로 앞 안락의자에 앉아 있었고 킴이 그 옆자리에 앉아 있었다.

"시간이 꽤 걸리는구나." 거니가 말했다.

"뭔가 알아낼까요?"

"저 사람이 얼마나 유능하고 방화범이 얼마나 무능한지에 달려 있겠지."

잿빛 안개 속에서 범죄 수사국 방화 전문가는 다시 한 번 천천히 불타버린 건물 주위를 돌았다. 그는 긴 줄에 묶은 커다란 개를 끌고 다녔다. 검은색, 혹은 갈색 래브라도 같았고 증거를 수집하는 주인을 돕도록 철저히 훈련된 게 분명했다.

"아직도 냄새 나." 매들린이 말했다. "당신 옷에 냄새가 뱄나 봐. 당신, 샤워해야겠어."

"곧 할게." 거니가 말했다. "지금은 생각할 게 너무 많아."

"셔츠라도 좀 갈아입어."

"갈아입을 거야. 지금은 좀 내버려둬. 응?"

"저기요." 어색한 침묵 끝에 카일이 물었다. "혹시 의심 가는 사람이 있으세요?"

"의심 가는 사람은 있지. 네 아버진 세상 모든 일을 의심하는 사람이니까. 하지만 의심이 가는 것하고 고소하는 건 전혀 다른 일이란다."

카일이 의자 가장자리 쪽으로 나앉았다. "간밤 내내 그 생각만 했어요. 소방차가 떠나고 나서도 잠이 안 오더라고요."

"다들 못 잤을 거야. 나도 못 잤어."

"결국 정체를 드러내겠죠."

거니가 문에서 카일 쪽으로 돌아섰다. "방화범 말이냐? 왜 그렇게 생각하니?"

"그런 머저리들은 항상 술집에서 떠벌리잖아요."

"물론 그런 경우도 있지."

"이 자는 안 그럴 거라 생각하세요?"

"애초에 불을 지른 이유가 뭐냐에 따라 달라지지."

거니의 대답에 카일은 놀란 표정이었다. "아버지가 사냥 금지 팻말을 붙여놓아서 열받은 술 취한 사냥꾼 아닐까요?"

"그것도 하나의 가능성이 될 수 있지."

매들린이 커피 잔을 바라보며 얼굴을 찌푸렸다. "우리가 세워놓은 팻말 대여섯 개를 모아서 우리 집 헛간 앞에서 불을 붙였잖아. 그럼 '하나의 가능성' 이상의 의미가 있는 거 아닐까?"

거니는 다시 언덕 아래쪽을 바라보았다. "저 친구하고 수색견이 뭘 알아내는지 일단 좀 두고 봐야지."

카일이 호기심 어린 표정을 지었다. "팻말들을 부숴서 태웠다면 아마 땅에 발자국을 남겼거나 울타리 기둥에 지문을 남겼을 거예요. 뭔가 흘렸을 수도 있고. 저 사람한테 그 이야기 해줄까요?"

거니가 미소를 지었다. "일을 제대로 하는 사람이라면 말해줄 필요가 없고, 제대로 하는 사람이 아니라면 말해봐야 소용없을걸."

킴이 괴상하게 떠는 소리를 내고는 안락의자에서 몸을 더 깊이 웅크렸다. "왠지 으스스해. 내가 나갔을 때 그 사람도 근처에 있었다는 게. 어둠 속에서 돌아다니고 있었단 거잖아."

"세 사람 다 밖에 있을 때였어." 매들린이 말했다.

"맞아요." 카일이 말했다. "벤치에 앉아 있을 때 겨우 몇 미터 거리였을 수도 있어요. 젠장……."

불과 몇 미터 거리였을 수도 있어, 라고, 어둠 속에서 헛간을 한 바퀴 돌며 불안해했던 기억을 떠올리며 거니는 생각했다. 어쩌면 몇 센티미터 거리였을 수도 있다.

"방금 생각난 건데, 두 분이 이곳에 살기 시작했을 때, 이 근처에서 사냥하겠다는 사람은 없었어요?"

"몇 번 있었지. 처음 이사 왔을 땐." 매들린이 말했다. "우리가 허락하지 않았어."

"그때 찾아온 사람들 중 한 명이 아닐까요? 유난히 열받았던 사람 없었어요? 아니면 여기서 사냥할 권리가 있다고 우겨대거나."

"사람마다 달랐어. 좀 더 상냥한 사람도 있었고. 사냥할 권리를 우겨대던 사람 기억은 없는데."

"협박 같은 건요?" 카일이 물었다.

"없었어."

"기물을 파손한 일은요?"

"없었어." 매들린은 싱크대 위에 놓인 빨간 깃털 화살을 바라보는 거니를 지켜보았다. "네 아버지가 저것도 기물 파손으로 봐야 할지 고민 중인 것 같구나."

"뭐를요?" 카일이 눈이 휘둥그레지면서 물었다.

매들린은 그저 거니를 지켜보았다.

"면도날처럼 촉이 날카로운 화살." 거니가 화살을 가리키며 말했다. "얼마 전 우리 화단에 꽂혔어."

카일이 싱크대로 다가가 화살을 들어보면서 얼굴을 찌푸렸다. "이상하네. 이것 말고 다른 일은 없었어요?"

거니가 어깨를 으쓱했다. "마지막으로 사용했을 때 멀쩡했는데 갑자기 망가져버린 트랙터 브레이크하고 지하실의 호저*도 쳐야한다면."

"굴뚝에서 발견된 죽은 라쿤이나 우편함의 뱀 한 마리도." 매들린이 덧붙였다.

"뱀 한 마리? 우편함에?" 킴은 겁에 질린 표정이었다.

"아주 조그만 놈. 일 년도 넘었지." 거니가 말했다.

---

* 몸에 길고 뻣뻣한 가시털이 덮여 있는 동물.

"진짜 섬뜩하더라." 매들린이 말했다.

카일이 두 사람을 번갈아 보았다. "그 모든 사건이 사냥 금지 팻말을 세운 뒤에 일어난 거라면 뭔가 짚이는 데가 있지 않으세요?"

"법학 수업 시간에 분명히 배웠겠지만," 거니가 의도했던 것보다 훨씬 더 사무적으로 말했다. "연속적인 사건들이 반드시 인과관계를 의미하진 않아."

"하지만 사냥금지 팻말을 부쉈잖아요. 그러니까 제 말은……. 사슴을 쏘아죽일 신성한 권리를 아버지에게 빼앗겼다고 생각하는 박쥐 똥 같은 놈이 아니면 도대체 누가 그런 짓을 하겠느냐고요."

벽난로 앞에 앉아 있던 킴이 일어나 다가왔다. 킴은 작고 확신 없는 목소리로 물었다. "지하실 계단을 잘라놓은 범인과 동일인일 수도 있을까요?"

거니와 그의 아들이 대답하려는 순간 집 밖에서 금속성의 날카로운 소리가 났다.

거니는 유리문을 통해 헛간의 잔해를 바라보았다. 금속성 소음이 다시 한 번 들렸다. 무릎을 꿇고 앉아 조그만 망치로 헛간의 콘크리트 바닥을 두드리는 수사관의 모습이 어렴풋이 보였다.

카일이 거니의 곁으로 다가섰다. "도대체 뭐 하는 거예요?"

"헛간 바닥에 균열을 만들어서 그 밑의 흙 샘플을 채취하려는 걸 거다."

"왜요?"

"헛간 바닥에 촉매제가 있었다면 균열 틈으로 스며들어 흙으로 들어갔을 테니까. 불에 타지 않은 샘플을 채취해야 정확한 성분을 알 수 있지."

새롭게 밝혀진 폭력의 증거에 매들린의 눈이 휘둥그레졌다. "불을 지르기 전에 우리 헛간에 가솔린을 붓기라도 했단 거야?"

"가솔린이나 그 비슷한 거."

"그걸 어떻게 아세요?" 킴이 물었다.

거니가 바로 대답하지 않자 카일이 설명했다. "불길이 순식간에 타올랐으니까. 단순한 불길이라면 그렇게 금세 건물을 태울 순 없어." 그가 거니를 바라보았다. "그렇죠?"

"그래." 거니가 애매하게 웅얼거렸다. 그의 관심은 계단을 자른 사람이 헛간에 불을 지른 사람과 동일인일지 모른다는 킴의 말로 돌아가 있었다. 거니가 킴을 돌아보았다. "왜 그런 생각을 했니?"

"어떤 생각요?"

"동일범일지도 모른다는. 우리 헛간하고 네 아파트 지하실."

"그냥 머릿속에 떠올랐어요."

그는 생각해보았다. 그리고 그 전날 그녀에게 묻고 싶었지만 묻지 못했던 질문이 떠올랐다. "한 가지 물어볼 게 있는데," 그가 나지막이 물었다. "'악마를 깨우지 마라,' 이 말이 네게 어떤 의미가 있니?"

그녀의 반응은 즉각적이고도 충격적이었다.

눈동자가 두려움으로 휘둥그레졌다. 그녀가 한발 물러났다.

"세상에! 아저씨가 그걸 어떻게 아세요?"

23

의혹

그녀의 반응에 놀란 거니는 잠시 망설였다.

"로비한테 들으셨죠!" 킴이 소리쳤다. "로비가 말한 거 맞죠! 로비한테 들었으면 다 아실 텐데 저에게 왜 물으세요?"

"너한테 직접 듣고 싶어서."

"도저히 납득이 안 가요."

"이틀 전 네 아파트 지하실에서 들었어."

킴의 표정이 굳었다. "네?"

"목소리. 속삭임에 가까웠지."

그녀의 얼굴에서 핏기가 사라졌다. "어떤 속삭임이요?"

"그다지 유쾌하지 않은 속삭임."

"세상에!" 킴이 침을 꿀꺽 삼켰다. "그럼 지하실에 사람이 있었다고요? 여자요, 남자요?"

"그건 잘 모르겠다. 아마 남자였던 것 같아. 어두웠어. 잘 안 보였어."

"뭐라고 했는데요?"

"악마를 깨우지 마라."

"어떻게 그럴 수가!" 그녀의 겁에 질린 눈동자가 절박하게 위험한 영역 어딘가를 서성이는 듯했다.

"그게 너한테 어떤 의미지?"

"제가 어렸을 때 아버지가 들려준 이야기의 마지막 대목이에요. 제가 들은 이야기 중에 가장 끔찍한 이야기였어요."

거니는 킴이 가운데 손가락으로 엄지손톱 가장자리를 뜯는 것을 지켜보았다. 살점을 떼는 것 같았다. "좀 앉아라." 그가 말했다. "진정해. 별일 없을 거야."

"진정하라고요?"

거니가 미소 짓고 다정하게 말했다. "그 이야기 해줄 수 있니?"

킴은 테이블에서 가장 가까이에 있는 의자 등받이를 짚으며 중심을 잡았다. 그러고 나서 눈을 감고 심호흡을 했다.

잠시 후 눈을 뜨고 킴이 떨리는 목소리로 이야기를 시작했다. "그 이야기는…… 사실 아주 짧고 단순한 이야기예요. 그런데 어렸을 땐 대단한 이야기처럼 들렸어요. 엄청나게 무서운 이야기. 그 이야기에 완전히 빠져들었어요. 마치 악몽처럼요. 아빠는 동화라고 했지만 꼭 실제 일어난 일처럼 이야기했어요." 킴이 침을 꿀꺽 삼켰다. "옛날에 왕이 살았는데, 일 년에 한 번 못된 아이들을 전부 성으로 불러들이는 법을 만들었대요. 말썽을 피우거나 거짓말을 하거나 부모 말을 안 들은 아이들. 왕은 일 년 내내 아이들을 성안에 가두었어요. 맛있는 음식을 먹이고 좋은 옷을 입히고 편안한 침대에서 재우고, 뭐든 맘대로 하라고 했어요. 단 한 가지 예외가 있었어요. 성 지하실 아주 으슥한 곳에 방이 하나 있었는데, 그 방에는 절대 가지 말라는 거였어요. 아주 좁고 추운 방이었고 방 안엔 물건이 딱 하나 있었죠. 길고 곰팡이 핀 나무 궤짝. 궤짝 안엔 썩어가는 시체가 한 구 있었고요. 왕은 아이들한테 궤짝 안에 잠든 악마가 있다고 말했어요. 세상에서 가장 무서운 악마가. 매일 밤 잠자리에 들면 왕은 아이들을 찾아다니면서 일일이 귓속말을 했어요. '지하실 어두운 방엔 절대 내려가지 마라. 썩어가는 관 근처에는 다가가지 마라. 오늘 밤 살고 싶으면 악마를 깨우지 마라.' 그러나 모든 아이들이 왕의 말을 들을 정도로 고분고분한 건 아니었어요. 어떤 아이들은 궤짝 안에 누워 있다는 악마 이야기는 왕이 지어낸 거라고, 궤짝 안에 아마도 금은보화를 숨겨놓았을 거라고 생각했어요. 어쩌다 한 번씩 아이들이 지하실로 가서 관처럼 보이는 상자를 열었어요. 그러면 성안에 비명이 울려 퍼졌어요. 늑대에게 물린 짐승의 소리 같은. 그리고 그 아이를 다시 볼 수 없었죠."

잠시 정적이 감돌았다.

카일이 먼저 입을 열었다. "젠장! 그게 어렸을 때 네 아버지가 들려준 이야기였다고?"

"자주는 아니었지만 그 이야기를 들을 때마다 진짜 무서웠어." 킴이 거니를 바라보았다. "방금 아저씨가 악마를 깨우지 말란 이야기를 들었다고 했을 때 너무 섬뜩했어요. 하지만…… 이해가 안 가요. 지하실에 어떻게 사람이 숨어 있었을 수 있죠? 그리고 그 말을 어떻게 귀에 대고 속삭일 수가 있어요? 도대체 말이 돼요?"

매들린은 몹시 거북한 질문 하나를 생각하고 있는 게 분명했다. 그러나 매들린이 질문을 던지기 전 누군가 옆문을 두드렸다.

거니가 문을 열자 방화 전문가가 서 있었다. 나이가 많고 뚱뚱하고 머리가 희끗희끗했다. 대부분의 범죄수사국 형사에 비해 운동선수 같은 날렵함은 부족해 보였다. 차가운 눈매는 인간에 대한 평생에 걸친 실망으로 점점 더 처진 것 같았다.

"현장 초기 수사를 방금 마쳤습니다." 지친 목소리가 그의 표정을 보완했다. "몇 가지 알아야 할 것들이 있어서요."

"들어오시죠." 거니가 말했다.

그는 발을 조심스럽게, 거의 집착에 가깝게 발 매트에 닦은 뒤 거니를 따라 머드룸을 지나 부엌으로 들어섰다. 의심의 눈초리를 숨기기 위한 게 분명한 무심한 시선으로 그가 주위를 스윽 둘러보았다. 거니가 알았던 방화 전문가들은 모두 예리한 관찰력을 지니고 있었다.

"방금 말씀드렸다시피, 여러분께 물어볼 것들이 있습니다."

"성함이 어떻게 되십니까?" 카일이 물었다. "오늘 아침 말씀하실 때 못 들었네요."

그가 카일을 무표정하게 보았다. 젊은 청년의 공격적인 태도가 못마땅한 표정이었다. 잠시 후 그가 대답했다. "수사관 크램든입니다."

"정말요? 혹시 랠프 크램든*이세요?"

또 한 번의 무표정.

"랠프 크램든 모르세요? 〈신혼여행객들〉에 나오는?"

남자는 고개를 저었다. 대답이라기보다는 무시에 가까웠다. "제 차에서 진행해도 되고 적절한 장소가 있다면 집에서 해도 됩니다."

"여기 테이블에서 하면 될 것 같은데요."

"개별적으로 한 명씩 진행하겠습니다. 한 사람의 진술이 다른 사람의 진술에 영향받지 않도록."

"전 상관없습니다. 아내와 아들, 코레이즌 양은 어떨지 모르겠지만."

"저도 상관없어요." 매들린이 말했지만 내키지 않는 기색이 역력했다.

"저도…… 상관없어요." 킴이 애매하게 말했다.

"크램든 수사관님은 우릴 용의자로 보시는 것 같네요." 카일이 트집을 잡고 싶어 안달난 목소리로 말했다.

수사관은 아이팟처럼 생긴 녹음장치를 주머니에서 꺼내 그 기계가 카일의 대답보다는 훨씬 더 재미있는 물건이라는 듯 한참 들여다보았다.

거니가 미소를 지었다. "수사관님을 탓할 일은 아니란다. 방화사건에 집 주인은 항상 유력한 용의자니까."

"뭐 항상 그렇진 않습니다." 크램든이 부드럽게 말했다.

"흙 샘플은 채취하셨습니까?" 거니가 물었다.

---

* 1950년 미국의 시트콤 〈신혼여행객들The Honeymooners〉의 주인공.

"그걸 왜 묻습니까?"

"왜 묻느냐고요? 어젯밤에 우리 집 헛간에 누군가 불을 질렀고, 두 시간 동안 제대로 일을 하셨는지 궁금해서요."

"제대로 일을 했다고 보셔도 됩니다." 그가 말을 멈추었다. "지금 할 일은 조사를 진행하는 겁니다."

"어떤 순서로 하시겠습니까?"

크램든이 눈을 깜빡였다. "거니 씨 먼저 하죠."

"우린 서재로 가자." 매들린이 서늘하게 말했다. "가서 차례를 기다리면 되겠죠?"

"그러시죠."

카일, 킴과 함께 거실을 나서다가 매들린이 돌아섰다. "크램든 형사님이 우리 헛간에서 알아낸 정보들은 조만간 저희에게도 알려주시겠죠?"

"알려드릴 수 있는 정보는 알려드립니다."

너무도 모호한 답변이라 거니는 하마터면 소리 내어 웃을 뻔했다. 수십 년 동안 수없이 해온 대답일 것이다.

"무슨 이야기든 기꺼이 듣고 싶네요." 기꺼이 듣고 싶은 마음이 배제된 목소리로 매들린이 대답한 뒤 킴과 카일을 따라 서재로 갔다. 거니는 아침 식탁으로 가서 의자에 앉고, 크램든에게 맞은편에 앉으라고 권했다. 크램든이 테이블 위에 녹음기를 올려놓고 버튼을 누르고 앉으며 침착하고 사무적인 목소리로 이야기를 시작했다. "주 범죄수사국 올버니 본부, 에버렛 크램든 수사관, 2010년 3월 24일, 오전 10시 17분 데이비드 거니와의 면담 수사. 면담 장소는 월넛 크로싱에 위치한 사건 발생지. 면담의 목적은 데이비드 거니 소유의 영지 내에 위치한 건물에서 방화로 추정되는 사건이 일어난 것과 관련하여 정보를 수집하기 위한 것임. 사건이 발생한 건물은 주택에서 남동쪽으로 약 180미터 지점. 면담 녹취 기록 및 진술서 작성 예정."

목소리처럼 특징 없는 시선으로 그가 거니를 바라보았다. "화재를 처음 발견한 시각은 정확히 몇 시입니까?"

"시계를 보진 않았습니다. 8시 30분에서 40분 사이였던 것 같습니다."

"화재를 처음 발견한 사람은 누구죠?"

"코레이즌 양입니다."

"처음 발견하게 된 경위는요?"

"잘 모르겠어요. 유리문 밖을 내다보다가 불길을 보았습니다."

"왜 유리문 밖을 보았는지는 아십니까?"

"모릅니다."

"처음 불길을 보았을 때 어떻게 했나요?"

"소리를 질렀습니다."

"정확히 어떻게요?"

"'세상에, 저게 뭐지?'라고 했던 것 같습니다."

"거니 씨는 어떻게 하셨습니까?"

"식탁에 앉아 있다가 불길을 보고 얼른 전화기로 달려가 911에 신고했습니다."

"다른 곳엔 전화하지 않으셨습니까?"

"안 했습니다."

"그 외에 다른 사람들도 다른 전화는 하지 않았습니까?"

"제가 알기로는 없었습니다."

"그다음에는 무얼 하셨죠?"

"신발을 신고 헛간으로 달려갔습니다."

"어둠 속에서요?"

"네."

"혼자서요?"

"아늘하고 같이요. 아들이 제 뒤를 따라나섰습니다."

243

"카일이라는 친구 말입니까?"

"네. 저의…… 외아들이죠."

"불길 색깔이 어떻던가요?"

"주로 오렌지색이었어요. 순식간에, 활활, 높이 타올랐어요."

"한 지점 이상에서 타오르던가요?"

"거의 전체가 한꺼번에 타올랐어요."

"화재 당시 헛간 창문이 열려 있었는지, 닫혀 있었는지 기억하십니까?"

"열려 있었습니다."

"전부요?"

"그렇게 기억합니다."

"원래 열어두십니까?"

"아뇨."

"확실합니까?"

"네."

"이상한 냄새 같은 건 나지 않았나요?"

"휘발유 냄새가 났습니다. 가솔린이라고 확신합니다."

"화학물질에 대해 좀 아십니까?"

"뉴욕 경찰국 강력계에 배정받기 직전에 잠시 방화 전담 부서에서 근무했습니다."

크램든의 무표정한 얼굴에 거의 보일락 말락 한 경련이 그가 말하지 않은 생각들의 빠른 흐름을 말해주었다.

"추측하건데, 수사관님과 수색견이 촉매제를 흙에서뿐 아니라 벽에서도 채취하셨군요."

"우린 현장을 철저히 조사했습니다."

대답 아닌 대답에 거니는 미소를 지었다. "흙에서 채취한 샘플을 밴에 있는 GLC*에 돌리고 계시겠죠?"

크램든의 유일한 반응은 턱 근육이 불룩해진 것뿐이었고 잠시 후 다음 질문이 이어졌다.

"소방차가 도착하기 이전에 불을 끄거나 안으로 들어가려고 시도하셨습니까?"

"아뇨."

"건물 안에 있던 물건들을 빼내려 하지 않으셨습니까?"

"아뇨. 불길이 너무 거셌습니다."

"만약 꺼낼 수 있었다면 무얼 꺼내셨겠습니까?"

"연장들, 전기톱…… 카약…… 아내의 자전거…… 그리고 가구 몇 가지."

"화재가 발생하기 전에 헛간에 보관되어 있던 중요한 물건들을 빼낸 적이 있습니까?"

"아뇨."

"헛간과 헛간 내의 물건들은 보험에 들어 있습니까?"

"네."

"어떤 보험이죠?"

"주택소유자 보험입니다."

"헛간 안에 있던 물건 목록을 작성해야 합니다. 거니 씨의 보험 번호와 보험사 이름, 보험사 담당자 이름도요. 최근에 보험료가 인상될 만한 사건이 있었습니까?"

"아뇨. 제가 모르는 물가 연동 인상이 없었다면요."

"그런 인상이 있었다면 고지했겠지요?"

"잘 모르겠습니다."

---

* Gas-Liquid Chromatography, 물질을 분리하는 장치의 일종.

"화재에 대비한 다른 손해 보상 보험이 있습니까?"

"없습니다."

"이전에도 보험으로 손실을 보상받은 적이 있습니까?"

거니는 잠시 생각해보았다. "절도 보험으로 보상을 받은 적이 있어요. 삼십 년 전에 오토바이를 도둑맞았거든요."

"그게 다입니까?"

"그게 다예요."

"혹시 주변 이웃이나 친지들, 업무상 동료들과 어떤 식으로든 갈등관계가 있습니까?"

"우리가 모르는 갈등관계가 있는 것 같더군요. 사냥 금지 팻말을 부수어놓은 방화범하고."

"팻말은 언제 세우셨습니까?"

"아내가 몇 년 전에 세웠어요. 이곳으로 이사한 직후."

"다른 갈등관계는 없었고요?"

계단의 발판을 미리 잘라놓았다든가, 귓가에 들렸던 이상한 속삭임도 갈등의 증거가 될 수 있다는 생각이 들었지만 그 두 가지가 그에 대한 사적인 원한에 대한 경고란 증거는 없었다. 그는 헛기침을 했다. "제가 알고 있는 건 없습니다."

"화재가 일어나기 전 두 시간 내에 집 밖으로 나간 적이 있었습니까?

"네. 저녁 식사를 마치고 나가서 연못가 벤치에 앉아 있었습니다."

"그게 언제였죠?"

"어두워진 직후였으니까…… 아마 8시쯤?"

"왜 나가셨죠?"

"아까 말씀드렸다시피, 벤치에 앉아 있으려고 나갔죠. 긴장을 좀 풀고 좀 쉬려고."

"어둠 속에서요?"

"네."

"화가 나셨습니까?"

"피곤했고 짜증이 났습니다."

"어떤 문제로요?"

"개인적인 문제로요."

"돈 문제인가요?"

"아닙니다."

크램든이 의자에 몸을 뒤로 젖히고 테이블 위의 작은 점에 시선을 고정했다. 그는 호기심 어린 표정으로 손가락으로 그 점을 문질렀다. "어둠 속에서 벤치에 앉아서 쉬는 동안 뭔가 듣거나 본 게 있습니까?"

"헛간 뒤쪽 숲에서 소리가 들렸습니다."

"어떤 소리였죠?"

"작은 나뭇가지가 부러지는 소리? 확실히는 모르겠습니다."

"가족 가운데 사건 발생 두 시간 이전에 집 밖으로 나간 사람이 또 있습니까?"

"제 아들이 벤치에 잠깐 앉아 있었어요. 킴 코레이즌도 잠깐 나왔다 들어왔고요. 얼마나 오래 있었는진 모르겠습니다."

"코레이즌 양은 어디에 갔습니까?"

"저도 모릅니다."

그가 한쪽 눈썹을 추켜올렸다. "물어보지 않으셨습니까?"

"네."

"아드님은 어떤가요? 집과 벤치 말고 다른 곳에 갔었는지 아십니까?"

"집과 벤치뿐이었어요."

"어떻게 아십니까?"

"손전등을 들고 있었으니까요."

"아내분은요?"

"제 아내의 무엇 말입니까?"

"집 밖으로 나가지 않았습니까?"

"제가 알기로는요."

"장담은 못하시는군요."

크램든이 천천히 고개를 끄덕였다. 마치 이 모든 사실들이 하나의 일관성 있는 양상을 보이기 시작한다는 듯이 그는 테이블 위의 조그만 검은 점을 손가락으로 문질렀다.

"불을 지르셨습니까?" 여전히 얼룩을 바라보며 그가 물었다.

거니는 이것이 방화 수사관이 물어야 하는 몇 가지 기본 질문 중 하나임을 알고 있었다.

"아뇨."

"다른 사람에게 불을 지르라고 시켰습니까?"

"아뇨."

"누가 불을 질렀는지 아십니까?"

"아뇨."

"불을 지를 만한 이유가 있는 사람이 있습니까?"

"아뇨."

"수사에 도움이 될 만한 다른 정보를 알고 계십니까?"

"지금은 없습니다."

크램든이 그를 보았다. "그게 무슨 뜻이죠?"

"당장은 수사에 도움이 될 만한 정보가 없다는 뜻입니다."

남자의 의심스러운 눈초리에 아주 작은 분노의 섬광이 스쳤다.

"앞으론 그런 정보가 생길 거란 말씀이신가요?"

"그럼요, 에버릿. 앞으로는 분명히 도움이 될 정보가 생길 겁니다. 그건 믿어도 좋습니다."

24

판돈 올리기

크램든은 매들린, 카일과 20분 정도 이야기를 나누었고 킴과는 한 시간 가량 이야기했다.

조사가 끝나고 나니 거의 정오였다. 매들린이 점심을 권했지만 크램든은 고맙다기보다는 떨떠름한 표정으로 거절했다.

그는 간다는 말도 없이 언덕길을 내려가 연못과 헛간의 잔해 사이에 주차되어 있던 밴에 올라탔다.

아침 안개가 걷히고 구름 뒤덮인 하늘 아래 오후가 밝아왔다. 거니와 킴은 테이블 앞에 앉아 있었고 매들린은 오믈렛을 만들기 위해 버섯을 씻는 중이었다. 카일은 부엌 창밖을 내다보고 있었다. "그럼 이제 어떻게 되는 거예요?"

"GLC 결과를 확인하겠지." 거니가 말했다.

"아니면 혼자 샌드위치를 먹는다거나." 매들린이 분이 가시지 않은 듯 말했다.

"GLC를 한번 돌리기 시작하면," 거니가 말을 이었다. "한 시간은 걸려."

"그걸로 얼마나 많은 걸 알 수 있어요?"

"아주 많이. GLC는 촉매제 성분을 분석할 수 있고 각 성분의 양까지 나와. 화학물질의 유형을 알아내는 지문과도 같은 거란다. 그 조합으로 제품 브랜드도 알아낼 수 있어. 꽤 구체적인 정부인 셈이지."

"헛간에 불을 지른 놈에 대한 구체적인 정보를 알아낼 수 없어서 유감이야." 도마가 울릴 정도로 힘껏 버섯을 썰며 매들린이 말했다.

"GLC란 기계는 똑똑할지 모르겠지만 크램든 수사관은 개자식이에요. 계속 손전등에 대해 묻더라고요. 어떤 경로로 들고 다녔는지, 아버지하고는 얼마나 오래 있었는지, 내가 불을 질렀는지. 꼭 내가 뭔가 알고 있으면서 숨긴다는 투로. 멍청한 자식." 카일이 킴을 흘긋 보았다. "널 가장 오래 붙들고 있던데. 뭘 물었어?"

"〈살인의 고아들〉에 대해 낱낱이 알고 싶어 했어."

"TV 프로그램에 대해? 왜 그런 걸 묻지?"

킴이 어깨를 으쓱했다. "두 가지가 서로 연관이 있을지도 모른다고 생각하는 걸까?"

"〈살인의 고아들〉에 대해 이미 알고 있든?"거니가 물었다. "아니면 네가 말했니?"

"제가 말했어요. 저더러 아저씨하고 어떤 관계냐고, 왜 이 집에 와 있느냐고 물어서……."

"이 프로젝트에서 내가 어떤 일을 하고 있다고 했니?"

"착한 양치기 사건과 관련해서 자문 역할을 하고 있다고 했어요."

"그렇게만 말했니?"

"그랬던 것 같아요."

"로비 미스에 대해서도 말했니?"

"네. 그것도 물었어요."

"뭐에 대해?"

"갈등관계에 놓인 사람이 있느냐고요."

"그래서…… 최근에 일어난 이상한 일들에 대해서도 말했니?"

"네. 아주 집요하게 묻던데요."

"계단에 대해서도? 속삭임에 대해서도?"

"계단 이야기는 했어요. 속삭임은 안 했고요. 제가 직접 들은 게 아니라 아저씨가 판단할 문제라고 생각했어요."

"그것 말고는?"

"그게 다예요. 아, 어젯밤에 정확히 어디 갔었느냐고 물었어요. 이상한 소리를 들었는지, 아저씨나 카일을 봤는지, 다른 누군가를 봤는지도."

가슴 한켠에서 묘한 불안감이 고개를 들었다. 모든 범죄사건의 수사와 면담에는 포함되어야 하는, 혹은 포함되어서는 안 되는 자료의 스펙트럼이라는 게 존재하기 마련이다. 한쪽 끝은 이성적인 수사관이라면 당연히 상대방이 자청해서 말하길 기대하지 않는, 사건과 무관한 사적인 정보였다. 반대쪽 끝은 사건의 진상 파악에 결정적인 영향을 미치는 중요한 사실들이었고 그 사실을 감추는 건 위법이었다.

그 중간에 논란과 합리화의 여지가 있는 회색 지대가 있다.

여기서 문제는, 킴의 사적인 원한관계가 지하실 사건으로 인해 거니의 원한관계도 될 수 있는지의 여부였다. 만약 킴이 톱질해놓은 계단과 불타 버린 헛간의 연관성에 대해 말했다면 그 역시 그 사실을 말했어야 하는 건 아닌지.

더 중요한 건, 왜 그는 말하지 않았을까 하는 점이었다. 정보를 통제함으로써 상황을 통제하려는, 몸에 밴 경찰의 습성 때문일까?

아니면 방 안의 코끼리*였을까? 부상에서의 너무 더딘 회복. 자신의 재능이 사라졌을지도 모른다는 두려움. 그가 예전처럼 강하지도, 날카롭지도, 빠르지도 않다는 사실. 한때는 계단에서 절대로 구르지 않았고, 속삭임 따위를 놓친 적이 없었단 사실.

"당신은 결국 알아낼 거야." 스토브 위의 커다란 냄비에 도마 가득 썰어놓은 버섯과 양파를 쏟으며 매들린이 말했다.

---

* The elephant in the room, '모두 알지만 말하기 않고 있는 문제'를 뜻하는 말.

거니는 매들린이 그를 관찰하고 있었고, 그의 마음을 읽는 놀라운 능력을 다시 한 번 발휘했음을 깨달았다. 매들린은 눈빛만 보고도 그의 생각과 기분을 읽을 수 있었다. 마치 그가 소리 내어 말한 것처럼. 결혼 초기에는 그녀의 그러한 능력이 두려웠다. 그러나 지금은 그들 두 사람이 함께하는 삶에서 가장 따뜻하고 소중한 진실로 느껴졌다.

냄비에서 지글거리는 소리가 났고 그윽한 향이 거실로 풍겨왔다.

"아참, 그러고 보니," 카일이 두리번거리며 말했다. "아버지 생일 선물 풀어봐야죠. 어젯밤에 풀다 말았잖아요."

매들린이 싱크대를 가리켰다. 하늘색 포장의 선물 상자가 화살 옆에 놓여 있었다. 카일이 상자를 들어 거니 앞의 식탁에 올려놓았다.

"뭘 이런 걸……." 무안해하며 거니가 중얼거렸다. 그가 포장을 풀기 시작했다.

"여보, 제발." 매들린이 말했다. "당신 꼭 폭탄 해체하는 사람 같은 표정이야."

그가 어설프게 웃으며 남아 있는 포장지를 벗기고 상자를 열었다. 상자도 똑같은 하늘색이었다. 여러 겹의 얇은 흰 종이를 걷어내고 나니 우아하고 고급스러운 은색 액자가 나왔다. 세월에 색이 바랜 신문 기사를 끼운 액자였다. 거니는 멍하니 기사를 보며 눈을 깜빡였다.

"큰 소리로 읽어보세요." 카일이 말했다.

"내가…… 지금 돋보기가 없어서……."

호기심과 걱정이 뒤섞인 표정으로 매들린이 그를 바라보았다. 매들린은 스토브의 불을 줄이고 다가와 그에게서 액자를 받아들었다. 그녀는 얼른 기사의 내용을 훑었다.

"〈뉴욕 데일리 뉴스〉 기사네. 제목이 '연쇄살인마, 덜미 잡히다'. 내용도 읽을게. '뉴욕 최연소 강력계 형사 데이브 거니가 어젯밤 일명 '절단기'로 불리던 찰스 레머의 소름끼치는 살인에 종지부를 찍었다. 거니의 상관은,

지난 십이 년 동안 최소한 열일곱 건의 살인 및 절단 행각에 연루된 괴물의 추적, 신원 파악, 체포에 이르기까지 데이브 거니 형사가 가장 큰 공을 세웠다고 치하했다. 그가 전혀 새로운 각도로 사건 수사를 지휘함으로써 돌파구를 마련했다고 뉴욕 경찰국 대변인 스콧 배리 경위가 밝혔다. '오늘 밤엔 한결 편히 잠들 수 있겠네요.' 법적 절차상 현재 시점에선 체포 경위를 자세하게 밝힐 수 없다면서 배리 경위가 말했다. 데이브 거니 본인과는 연락이 두절된 상태다. 우리의 영웅은 언론에 노출되는 것에 대한 알레르기 반응이 있다고 동료들이 전했다.' 1987년 6월 1일."

매들린이 액자를 거니에게 돌려주었다.

거니는 조심스럽게 사진틀을 받아들었다. 고마운 마음이 제대로 표현되었기를 바라면서. 문제는, 그가 선물을 받는 것, 특히 고가의 선물을 받는 것을 좋아하지 않는다는 사실이었다. 그는 주목받는 것도 좋아하지 않았고, 칭찬을 받아도 착잡했고, 옛 추억에 젖을 정도로 감수성이 풍부한 사람도 아니었다.

"고맙다." 그가 말했다. "의미 있는 선물이구나." 그는 하늘색 상자를 보며 얼굴을 찌푸렸다. "이 액자…… 내가 생각하는 그 브랜드 제품이 맞니?"

카일이 뿌듯하게 웃었다. "티파니 제품이 괜찮은 게 많아요."

"글쎄다. 뭐라고 말해야 할지. 어쨌든 고맙구나. 도대체 기사는 어디서 구했니?"

"저 그거 평생 갖고 다녔어요. 찢어지지 않은 게 신기할 정도죠. 제 친구들한테 다 보여줬다고요."

느닷없는 공격에 거니는 허를 찔렸다. 거니는 소리 내어 헛기침을 했다.

"그거 이리 줘." 매들린이 액자를 그에게서 받았다. "잘 보이는 곳에 둬야지."

킴이 재미있고 신기하다는 표정으로 거니를 바라보았다. "아저씨는 영웅이 되는 걸 싫어하시죠?"

거니의 감정이 거친 웃음으로 분출되었다. "영웅이 아니니까."

"그래도 많은 사람들이 아저씨를 그렇게 보잖아요."

그는 고개를 저었다. "영웅은 가공의 인물이야. 이야기 속에서 어떤 임무를 수행하도록 고안된 인물이지. 언론이 영웅을 만드는 거야. 만들고 나서 파괴해버려."

그의 말이 어색한 침묵을 만들었다.

"가끔은 진짜 영웅도 있어요." 카일이 말했다.

매들린은 액자를 거실 맞은편으로 가져가서 벽난로 위에 세워놓았다. "그런데 말이야." 매들린이 말했다. "액자 테두리에 손으로 직접 쓴 글귀가 있네. 내가 미처 못 읽었어. 세계 최고의 형사의 생일을 축하합니다, 라고."

바로 그 순간 옆문을 두드리는 소리가 났고 거니는 벌떡 일어났다. "내가 나갈게." 그가 말했다. 너무 반가워하는 티가 나지 않기를 바라면서. 감정 표현에 서툰 그였지만 가족의 따뜻한 감정 표현으로부터 줄행랑치는 것처럼 보이기도 싫었다.

이상하게도 에버릿 크램든의 얼굴에 깊이 파인 비관의 주름이 카일의 난데없는 아들 노릇보다 덜 불편했다. 문을 열어보니 그가 몇 미터 떨어진 곳에 서 있었다. 마치 자성이 그를 밀어내기라도 한다는 듯이.

"잠깐 나와 주시겠습니까?" 질문이 아니었다.

거니는 남자의 말투에 놀랐지만 내색하지 않고 순순히 밖으로 나갔다.

"5갤런들이 가솔린통을 갖고 계신가요?"

"갖고 있습니다. 두 개 있어요."

"그러시군요. 어디다 두십니까?"

"하나는 저쪽, 트랙터에 쓰려고 둡니다." 거니가 아스파라거스 화단 맞은편의 낡은 차고를 가리키며 말했다. "또 하나는, 그냥 밖에……." 그가 잠시 말을 멈추었다. "그러니까 헛간이 있었던 자리 바로 앞에 두었었죠."

"그렇군요. 제가 발견한 가솔린통이 이 집 물건인지 저하고 밴으로 가서 확인해주시겠습니까?"

크램든은 자신의 화재 수사용 차량을 거니의 차 뒤에 세워놓았다. 그가 뒷문을 열었고 거니는 안에 들어 있는 가솔린통을 바로 알아보았다.

"맞습니까?"

"맞습니다. 손잡이에 흠집이 있었어요. 의심의 여지가 없습니다."

크램든이 고개를 끄덕였다.

"마지막으로 사용하신 게 언제였죠?"

"자주 사용하진 않아요. 제초기를 쓸 때 주로 사용하니까…… 아마 지난 가을에 썼을 겁니다."

"기름이 얼마나 남아 있었죠?"

"잘 모르겠습니다."

"마지막으로 보았을 때가 언제였습니까?"

"헛간 뒤에서였을 겁니다."

"마지막으로 만진 건요?"

"그건 잘 모르겠어요. 작년 가을 이후 만진 적이 없을 겁니다. 어쩌면 자리를 옮기려고 최근에 만졌을 수도 있겠지만, 잘 기억은 나지 않습니다."

"투사이클 오일 첨가제를 사용하십니까?"

"네."

"어떤 브랜드죠?"

"브랜드요? '홈라이트'였던 것 같습니다."

"저 가솔린통이 왜 지하 배수로에 숨겨져 있었는지 혹시 짐작가는 데가 있으십니까?"

"숨겨져 있었다고요? 지하 배수로에?"

"다른 방식으로 여쭤보겠습니다. 가솔린통이 왜 제자리에 있지 않았는지 알고 계십니까?"

"아뇨, 몰라요. 정확히 어디서 찾으셨죠? 어떤 지하 배수로를 말씀하시는 겁니까?"

"죄송하지만, 그 이상은 알려드릴 수 없습니다. 혹시 이번 화재사건 수사와 관련하여 미처 말씀하지 못하셨지만 지금이라도 말씀해주실 것이 있습니까?"

"아뇨, 없습니다."

"이상입니다. 다른 질문 있으십니까?"

"대답해주실 만한 질문은 없습니다."

잠시 후 에버릿 크램든 수사관의 밴이 천천히 언덕 아래로 사라졌다.

온 세상이 정지한 듯 고요했다. 키 큰 갈색 풀숲에도, 나무 꼭대기의 아주 조그만 나뭇가지에도, 그 어떤 움직임조차 없었다. 유일한 소리라고는 거니의 귓가에 가늘게 끝없이 울리는 바로 그 소리뿐이었다. 신경과 의사가 실제로는 '소리'가 아니라고 설명한 그 소리.

다시 집으로 돌아가려는데 카일과 킴이 옆문을 열고 나왔다. "그 자식 갔어요?" 카일이 물었다.

"그런 것 같구나."

"새엄마가 오믈렛 만드시는 동안 킴한테 오토바이 태워주려고요." 카일은 흥분한 표정이었고 킴도 기분이 좋아 보였다.

부엌으로 들어왔을 때 최고 속도를 내며 으르렁거리는 오토바이 엔진 소리는 한결 멀어진 소음이 되어 있었다.

매들린은 오븐에 타이머를 켰다. 매들린이 그를 돌아보았다. "당신 그 프랑스 영화 봤어? 〈검은 우산을 쓴 남자〉?"

"못 봤어."

"거기 아주 재미있는 장면이 나와. 검은 레인코트를 입은 남자가 접힌 검은 우산을 쓰고 걷고 있고, 소총을 든 암살단이 그의 뒤를 쫓아. 암살단은 아주 오래된 마을의 바람 부는 자갈길을 걷고 있었지. 안개 낀 일요일 아침이었고 배경음악으로 교회 종소리가 울려 퍼졌어. 그런데 암살단이 소총을 겨눌 때마다 우산 든 남자가 모퉁이를 돌아버리는 거야. 그러다가 어느 순간, 남자가 커다란 석조 건물 교회가 있는 광장으로 들어섰어. 암살단이 총을 겨누는 순간 남자가 서둘러 계단을 올라가더니 교회 안으로 사라졌어. 암살단은 광장 양쪽을 지키기로 했지. 문을 주시하면서 그 사람이 나오길 기다렸어. 시간이 흐르고, 비가 내리기 시작하고, 그러다가 교회 문이 열렸어. 암살단은 총을 쏘려고 준비했지. 그런데 들어간 남자 한 명만 나온 게 아니라 똑같은 레인코트를 입고 검은 우산을 쓴 남자 둘이 나온 거야. 얼굴을 제대로 볼 수가 없었어. 그래서 결국 둘 다 죽이기로 했어. 그런데 교회에서 검은 우산을 쓴 검은 레인코트의 남자가 또 한 명 나왔어. 그리고 또 나오고, 또 나오고. 열 명, 스무 명 넘게. 결국 광장 전체가 검은 우산으로 뒤덮였어. 좀 초현실적인 장면이야. 광장에 퍼져나가는 우산들. 암살단은 비를 흠뻑 맞으면서 어쩔 줄 모르고 서 있었어."

"그래서 어떻게 끝나는데?"

"기억이 안 나. 너무 오래전에 본 거라. 내가 기억하는 건 그 우산들뿐이야." 매들린이 싱크대를 닦고 스펀지를 물에 행구었다. "그 사람 뭐래?"

매들린이 무얼 묻는지 깨닫기까지는 시간이 걸렸다. "내가 헛간 앞에 놓아둔 가솔린통을 찾았대. 이상한 건, 그게 도로변 어딘가에 숨겨져 있었단 거야."

"숨겨져 있었다고?"

"그 사람이 그렇게 말하더라고. 우리 물건이 맞는지 확인해달라던데. 뭔가 말이 안 돼."

"그게 어디 숨겨져 있었대? 불을 지를 때 누가 그걸 썼단 거야?"

"그런가 봐. 나도 잘은 모르겠어. 크램든 수사관이 썩 말이 잘 말이 통하는 편은 아니더라고."

그녀가 호기심 어린 표정으로 고개를 갸웃했다. "분명히 누군가가 의도적으로 불을 질렀어. 그건 확실해. 사냥 금지 팻말이 문 앞에 쌓여 있는 걸 보면…… 그런데 가솔린통을 숨겨놓았다니…….”

“나도 모르겠어. 물론 방화범이 만취했다면 가솔린통을 숨기는 게 그럴 싸한 일처럼 느껴졌을 수도 있겠지.”

“정말 그렇게 생각해?”

그가 한숨을 쉬었다. “아니.”

그의 속을 훤히 들여다보는 듯한 표정으로 매들린이 그를 보았다. “그럼……” 매들린이 가볍게 말했다. “다음 단계는 뭐야?”

“크램든이 어떻게 나올지 모르겠어. 그동안 난 나대로 지금까지 밝혀진 사실들을 생각해보고 연결점을 찾아봐야지. 내가 알아내야 할 기본적인 질문들이 있어.”

“이를테면, 당신이 싸워야 할 상대가 한 명인지, 두 명인지?”

“바로 그거야. 왠지 둘이면 더 좋겠단 생각이 들어.”

“왜?”

“만약 킴의 아파트 침입사건과 우리 집 방화사건이 동일범의 소행이라 면…… 우리 상황은…… 우리가 상대하는 놈은…… 열받은 사냥꾼보다 훨 씬 더 심각한 놈일 테니까.”

오븐에서 커다란 종소리가 세 번 울렸다. 매들린은 오븐 타이머를 무시 했다. “착한 양치기 사건하고 관계있는 사람?”

“아니면…… 로비 미스와 연관된 사람…… 어쩌면 내가 과소평가하고 있는 건지도 모르지.”

타이머가 다시 한 번 울렸다.

매들린이 창문 쪽으로 고개를 숙였다.

“쟤들 돌아오나 보네.”

“뭐?” 질문이라기보단 갑자기 화제를 바꾸는 것에 대한 짜증의 표현이 기도 했다. 매들린은 군이 대답하지 않았다. 그는 기다렸다. 그리고 몇 초

후 빈티지 오토바이가 으르렁거리는 소리가 들려왔다.

45분 뒤, 오믈렛을 먹고 식탁을 치우고 나서 거니는 서재로 돌아가 앞서 놓친 중요한 단서를 발견하길 바라는 마음으로 하드윅이 보내준 이메일 자료를 훑었다.

나머지 자료를 전부 훑고 나서 다시 부검 사진으로 돌아가자고 생각했다. 사진의 이미지가 머릿속에 아직도 생생하게 머릿속에 남아 있는데 다시 봐야 득 될 것도 없고 기분만 나빠질 거라는 생각에 그만둘까 하는 생각도 들었다. 그러나 결국엔 그의 집요하고도 강박적인 유전자, 그의 경력에는 장점이었으나 그의 사생활엔 시한폭탄이었던 그 유전자에 굴복하고 말았다.

아마 이번에는 사진들을 다른 순서로 보았기 때문일 것이다. 아니면 이번에는 좀 더 마음을 열고 보았기 때문일 것이다. 이유가 무엇이었건 그는 처음에 보지 못했던 것을 보았다. 두 희생자의 머리에 난 총상의 위치가 너무도 정확하게 일치했다.

거니는 책상 서랍을 열고 연필을 찾아보았지만 찾을 수가 없어서 부엌으로 갔다. 부엌 싱크대 서랍에 하나가 있었다.

"아버진 꼭 뭔가를 쫓는 사람 같아요." 카일이 말했다. 카일과 킴은 벽난로에 앉아 이야기를 나누고 있었다. 두 사람은 훨씬 가까워진 것 같았다.

거니는 대답하지 않고 고개를 끄덕였다.

그는 서재로 돌아와 컴퓨터 스크린을 바라보면서 신용카드를 자로 삼아 두 사람의 머리에 난 구멍에 조그만 직사각형을 그렸다. 그러고 나서 사각형에 대각선을 그어 중심점을 찍었다. 그의 의심이 맞는지 확인하기 위해서였다. 총상 위에 그은 사선의 중심이 일치하는지. 그는 서둘러 화면을 셔츠 소매로 지우고 다시 한 번 반복했다. 결과는 똑같았다.

그는 하드윅에게 전화를 걸어 메시지를 남겼다. "부검 사진에 대해 물어볼 게 있네. 고마워."

그는 나머지 네 장의 사진을 하나씩 찬찬히 살펴보았다. 마지막 사진을 보고 있을 때 하드윅으로부터 전화가 왔다.

"잘 있었나, 에이스. 무슨 일인가?"

"궁금한 게 있어서. 두 장의 사진에서 확인한 건데, 총이 관통한 위치가 희생자의 얼굴 측면 정중앙이야. 다른 네 장은 확실히 말할 수가 없네. 왜냐하면, 총을 맞는 순간 희생자가 창문 쪽으로 고개를 돌리거나 한 것 같거든. 그 사진들도 총탄이 날아온 방향과 연관지어 생각해봤을 때 정중앙일 수 있어. 부검 사진이 총탄이 날아온 각도가 나오게 찍히지 않아서 확실히 알 수가 없어."

"도대체 무슨 소리를 하는 건지 모르겠군."

"자네가 나한테 보내준 것 말고 총상에 초점을 맞춘 다른 각도 사진들이 있는지 궁금해. 왜냐하면, 만약 그걸 확인할 수 있으면……."

하드윅이 그의 말을 잘랐다. "잠깐! 잠깐! 잠깐 멈춰보게. 이봐, 친구. 제발 잊지 말게. 지금 자네가 갖고 있는 사진들은 아주 특별한 경로로 자네한테 가게 된 거야. 착한 양치기 사건에 대해 발표된 공식 자료들 이외의 자료를 자네한테 보내주는 건 법으로 처벌받는 위반 행위란 말일세. 알고 있지?"

"알고말고. 내 이야기 좀 마저 들어봐. 내가 찾는 건 각각의 희생자가 총탄을 맞는 순간 차창을 바라본 각도와 정확한 총상의 위치를 알 수 있는 자료야."

"그건 왜?"

"왜냐하면 두 장의 사진에서 총상은 저격수의 방향에서 봤을 때 희생자의 측면 정중앙이었거든. 만약 희생자의 머리가 종이로 만든 표적이었다면 두 사건의 경우 말 그대로 명중이었어. 완전히 명중이었다고. 어수선한 상황이었고, 움직이는 차 안에서, 현실적으로 시야가 전혀 확보되지 않았는데도."

"이 사실이 자네한테 의미하는 바는?"

"나머지 네 장을 확보할 때까지 기다리겠네. 자네가 부검 결과에 접근할 수 있기를, 혹은 접근할 수 있는 사람에게 접근할 수 있기를 바라네. 아니면 그 질문을 해볼 검시관을 알거나."

"나머지 사진 네 장을 찾느라 날 여기저기 기웃거리게 만들어놓고 정작 그 이유는 나중에 말해주겠단 건가? 지금 당장 이유를 말해주든가, 아니면 내가 자네한테 진지하게 해줄 수 있는 말은 '엿 먹어'뿐이라네."

하드윅의 방식에 익숙한 거니로서는 그의 방식이 전혀 걸림돌이 되지 않았다. "이유는," 그가 침착하게 대답했다. "계기판의 흐릿한 불빛 말고는 희생자를 비추어줄 조명이 없는 움직이는 차의 창밖으로 쏜 것 치고 정확도가 놀랍다는 거야. 저격범이 여섯 차례에 걸쳐 그런 저격에 성공했다면, 야간 투시경을 끼고 있었고 아주 안정적인 손과 얼음장 같은 피를 지녔단 이야기지."

"그게 뭐가 어떻단 거지? 야간 투시경은 원하면 누구나 살 수 있어. 인터넷에서도 구할 수 있을걸."

"내가 생각하는 건 그런 문제가 아니야. 착한 양치기 사건에 관한 데이터를 찾으면 찾을수록 점점 더 선명도가 낮은 사진이 나온단 거지. 도대체 이 작자가 누구지? 놀라운 저격수야. 그런데 만화책에나 나오는 기관총을 쏘고 있어. 그의 선언문은 성경 구절을 인용해 온갖 분노를 분출하고 있는 반면, 계획은 냉정하고 일관성 있고 합리적이야. 세상의 모든 탐욕스러운 자들을 죽이겠다고 떠벌여놓고 겨우 여섯 명을 죽였어. 미친 소리 같은 목표를 내세운 자이지만, 실제로는 고도로 지능적인 데다 논리적이며 모험 기피적인 인물로 보여."

"모험 기피적?" 하드윅의 거친 목소리가 평상시보다 더 회의적이었다. "어두운 서리를 배회하다가 총을 쏘는 건 그다지 모험 기피적으로 보이지

261

않는데."

"하지만 매번 커브에서 충돌을 최소화한 건 어떤가? 매번 커브 중간 지점에서 희생자 차량으로 따라붙었고, 사용한 뒤에 총을 처분했고, 어떤 카메라에도 잡히지 않았고, 목격자도 없었어. 그런 범행에는 사고와 시간과 돈이 필요해. 한 번 사용한 고가의 데저트 이글을 버린다고? 젠장, 잭. 그것만 해도 나한텐 엄청난 모험 기피로 보여."

하드윅이 투덜거렸다. "그러니까 한편으로는 세상을 말아먹은 부자 놈들에 대한 증오로 들끓는, 성경 구절을 읊어대는 정신병자가 있고……"

"또 한편으로는," 거니가 잠시 생각을 마무리했다. "1만 5천 달러짜리 총을 내버릴 정도로 돈 많은 냉혈 저격범이 있는 거야."

긴 침묵이 하드윅이 그의 말을 곱씹고 있음을 알렸다. "그래서 자네가 부검 자료를 원하는 이유는…… 무얼 증명하기 위해서지?"

"무엇이든. 이 사건에 대한 내 직감이 맞는지 아닌지 확인할 수 있는 자료들."

"그게 다인가, 에이스? 뭔가 다른 이유가 있을 거 같은데?" 하드윅의 예리함에 거니는 미소 짓지 않을 수 없었다. 하드윅은 때때로, 아니, 사실은 꽤 자주, 깐죽거리고, 거슬리고, 천박한 골통이지만 멍청한 것과는 거리가 멀었다.

"다른 이유도 있을 수 있겠지. 기존의 착한 양치기 사건 수사 결과에 대해 여기저기 찔러보고 있거든. 계속 그럴 생각이야. FBI 말벌들 공격을 받을 때를 대비해, 최대한 많은 자료로 무장하고 있으려고."

하드윅의 관심이 한 단계 상승했다. 하드윅은 권위와 관료주의, 절차, 양복에 타이를 맨 사람들, 다시 말해서 FBI에 대해서라면 알레르기 반응을 보였다. 그런 곳을 찔러본다니 당연히 그가 좋아할 일이었다. "우리 FBI 형제들하고 한판 붙어볼 생각이구만." 그가 기대하는 듯한 목소리로 말했다.

"아직은." 거니가 말했다. "하지만 곧 그렇게 될지도 모르지."

"도울 수 있는지 알아볼게." 하드윅이 인사도 없이 전화를 툭 끊었다. 새로울 것도 없는 일이었다.

25

사랑과 미움

휴대전화를 다시 주머니에 넣는데 누군가 서재 문을 살짝 노크했다. 돌아보니 킴이 서 있었다.

"잠깐 방해해도 될까요?"

"들어와. 방해랄 것도 없어."

"사과드리고 싶어서요."

"뭘?"

"카일하고 오토바이 타러 나갔던 거요."

"그걸 사과한다고?"

"옳지 않은 행동이었어요. 시기적으로 제가 너무…… 생각이 짧았어요. 이렇게 심각한 상황에 오토바이나 타고 돌아다니다니……. 절 이기적이고 생각 없는 애라고 여기실 것 같아서요."

"혼란스러운 상황일수록 잠깐 숨을 돌리는 건 오히려 합리적인 일로 보이는데."

그녀가 고개를 저었다. "아무 일도 없었던 듯이 그렇게 돌아다니는 게 아니었어요. 저로 인해 아저씨네 헛간이 불탔을 수도 있는데……."

"로비 미스가 그런 짓을 했을 수도 있다고 생각하니?"

"백만 년이 지나도 로비는 그런 짓을 못했을 거라고 생각했던 적도 있었는데, 지금은 모르겠어요." 그녀는 혼란스럽고 당혹스러워 보였다. "로비 짓이라고 생각하세요?"

카일이 서재 문에 서서 두 사람의 대화를 듣고 있었지만 아무 말도 하지 않았다.

"그렇기도 하고 아니기도 해." 거니가 말했다.

킴이 고개를 끄덕였다. 그의 대답에 심오한 의미가 담겨 있다는 듯이. "한 가지 더 말씀드릴 게 있어요. 일주일 전에 아저씨를 이런 상황에 끌어들일 생각은 정말 눈곱만치도 없었어요. 이제라도 제 일에서 손을 떼겠다고 하셔도 전 충분히 이해해요."

"방화사건 때문에?"

"방화사건도 그렇고, 계단 사건도 그렇고요."

거니가 미소를 지었다.

킴은 얼굴을 찌푸렸다. "뭐가 우스우세요?"

"그게 내가 발을 빼고 싶지 않은 이유니까."

"무슨 말씀이신지……."

카일이 나섰다. "이 몸은 어려운 일일수록 더 끌리는 성격이거든."

킴이 깜짝 놀라며 돌아섰다.

카일은 계속 거니를 흉내냈다. "나에게 난관은 일종의 자석이야. 불가능은 저항할 수 없는 유혹이고."

킴이 카일과 거니를 번갈아 보았다. "그럼 앞으로도 계속 제 프로젝트 도와주실 거예요?"

"상황이 해결될 때까진. 다음 일정은 뭐니?"

"사람들 만나는 일이요. 샤론 스톤의 아들 에릭. 그리고 브루노 멜라니의 아들 폴."

"언제 만나기로 했니?"

"토요일요."

"내일?"

"아뇨, 토요일이면…… 어머, 내일이 토요일이네. 하루 더 남았다고 생각했는데. 내일 시간 괜찮으세요?"

"내가 모르는 깜짝 이벤트가 없다면."

"다행이네요. 전 그만 가볼게요. 벌써 시간이 이렇게 되었네요. 집에 돌아가면 약속 확인하고 주소 알려드릴게요. 내일 첫 번째 인터뷰 장소에서 뵐게요. 괜찮으시겠죠?"

"집엔 어떻게 갈 건데?"

킴이 카일을 보았다. "아직 말씀 안 드렸어?"

"깜빡했네." 카일이 얼굴을 붉히며 싱긋 웃었다. "제가 집에 데려다주기로 했어요."

"오토바이 뒷자리에 태우고?"

"해가 나고 있어요. 걱정 마세요."

거니가 창밖을 바라보았다. 들판 가장자리의 나무들이 죽은 잔디 위에 엷은 그림자를 드리우고 있었다.

"새엄마가 점퍼와 장갑 빌려주시기로 했어요."

"헬멧은?"

"가는 길에 시내 할리 매장에서 하나 사면 돼요. 해골하고 십자가 그려져 있는 커다란 다스베이더 헬멧!"

"아, 고마워." 킴이 손가락으로 카일을 쿡 찌르며 귀엽게 토라진 표정으로 말했다.

카일에게 몇 가지 잔소리를 하고 싶었다. 그러나 다시 생각해보니 침묵보다 훌륭한 조언은 없는 것 같았다.

"가자." 카일이 말했다.

킴이 그를 향해 초조한 미소를 지었다. "인터뷰 일정 알려드릴게요."

두 사람이 떠난 뒤 거니는 의자에 앉아 언덕을 내다보았다. 한 장의 흑백 사진처럼 움직임도, 소리도 없는 풍경이었다. 서재 책상 위 집 전화벨이 울렸지만 받을 생각을 하지 않았다. 두 번째 울렸고 세 번째 울렸다. 네 번째 벨이 중간쯤 울렸을 때 매들린이 부엌에서 무선 전화를 들었다. 목소리가 들렸지만 알아들을 수는 없었다.

몇 분 뒤 그녀가 서재로 들어왔다. "트라우트라는 사람이야." 매들린이 거니에게 전화를 건네며 속삭였다. "이름이 물고기네."

그의 전화를 기다린 건 사실이지만 너무 빨리 왔다는 사실이 놀라웠다.

"거니입니다." 현직에 있을 때의 전화받는 방식이었다. 퇴직한 이후에도 그 습관을 버리기 어려웠다.

"안녕하십니까, 거니 씨. 연방 수사국 특수 사건 전담팀 매튜 트라우트라고 합니다." 포병의 사격처럼 쏟아져 나온 말이었다.

"그런데요?"

"착한 양치기 살인사건 담당수사관입니다. 이미 알고 계시죠?" 거니가 대답하지 않자 그가 말을 이었다. "홀든필드 박사로부터 거니 씨와 거니 씨의 고객이 그 사건 조사에 관여하고 계시다고 들었습니다."

거니는 아무 말도 하지 않았다.

"제가 정확하게 이해한 겁니까?"

"아뇨."

"네?"

"정확하게 이해했냐고 물으셨죠. 그렇지 않다고 대답했습니다."

"어떤 대목이 정확하지 않습니까?"

"제가 조언을 주고 있는 저널리스트가 사건 수사에 관여하고 저 자신도 그렇게 하고 있는 것처럼 말씀하고 계신데, 둘 다 사실이 아닙니다."

"제가 잘못 전해 들었나보군요. 이 사건에 깊은 관심을 표했다고 들었는데요."

"그건 사실입니다. 이 사건에 완전히 매혹되었습니다. 좀 더 알고 싶어요. 왜 전화를 하셨는지도."

거니의 퉁명스러운 말투에 한방 얻어맞은 듯 그가 잠시 침묵했다. "홀든 필드 박사 말에 따르면 절 만나고 싶어 하신다고요."

"그 또한 사실입니다. 혹시 편한 시간이 있으신지요?"

"실은 없습니다. 하지만 편하다, 라는 게 워낙 상대적인 개념이라서. 제가 마침 애디론댁 있는 별장으로 휴가를 나와 있습니다. 소로우 호수 아십니까?"

"압니다."

"놀랍군요." 오만하고 믿을 수 없다는 듯한 말투였다. "여길 아는 사람이 많지 않은데 말입니다."

"제 머릿속은 워낙 쓸데없는 것들로 가득 차 있어요."

트라우트는 완곡하지 않은 모욕의 표현에 대꾸하지 않았다. "내일 아침 9시까지 올 수 있으신가요?"

"아뇨. 일요일은 어떠십니까?"

잠시 침묵이 흘렀다. 마침내 입을 열었을 때, 목소리에서 분노가 배어나지 않도록 억지웃음을 짓는 듯한 목소리였다. "일요일 몇 시에 올 수 있으시죠?"

"편하실 때 언제든지요. 빠를수록 좋습니다."

"좋습니다. 9시에 뵙죠."

"어디로 갈까요?"

"여기가 주소가 나와 있지 않은 곳이라…… 잠깐만요. 제 비서가 위치를 알려드릴 겁니다. 잘 받아적으세요. 한 자도 빼먹지 말고. 오는 길이 평탄치 않은데다 호수는 아주 깊습니다. 차갑기도 하고요. 길을 잃지 않는 게 좋을 겁니다."

그의 경고는 거의 코믹한 수준이었다.

거의.

소로우 호수로 가는 길을 받아 적고 부엌으로 돌아가보니 킴과 카일은 이미 오토바이를 타고 초원을 가로지르고 있었다. 여린 햇살이 엷어지는 구름 사이로 스며나왔고 햇살에 오토바이의 금속이 반짝였다.

거니의 마음이 불안한 '만약'의 곁길로 빠져드는 순간 머드룸에서 옷걸이가 떨어지는 소리가 들렸다.

"매디?"

"응?" 잠시 후 매들린이 평상시보다 보수적인 옷차림으로 부엌에 들어섰다. 말하자면, 무지개 빛깔이 아닌 색상으로.

"당신 어디 가?"

"내가 어디 가는 거 같아?"

"알면 안 물어봤지."

"오늘이 무슨 요일이야?"

"금요일인가?"

"금요일이면?"

"금요일이면? 아, 병원에서 그룹 상담 하는 날이지."

매들린은 신기함, 분노, 사랑, 근심이 뒤섞인 오묘한 표정으로 그를 바라보며 서 있었다.

"보험 관련해서 내가 할 일은 없어?" 그녀가 물었다. "아니면 내가 알아서 할까? 전화해야 할 텐데."

"맞아. 보험사 담당자한테 연락해야지. 내가 알아볼게." 전날 밤 이후 그의 머릿속을 몇 번 드나들었던 생각이었다. "잊어버리기 전에 지금 하는 게 좋겠군."

매들린이 미소를 지었다. "지금 무슨 일이 일어나고 있는 건지는 몰라도 우린 결국 이겨낼 거야. 당신도 알지?"

거니는 소로우 호수로 가는 길을 받아 적은 메모를 테이블 위에 올려놓고 매들린에게 다가가 그녀의 뺨과 목에 키스한 다음 꼭 끌어안았다. 매들린도 그를 끌어안았다. 그녀가 일하러 가지 말았으면 좋겠다는 생각이 들었다.

매들린이 물러서서 그의 눈을 바라보며 웃었다. 애정이 담긴, 웃음의 속삭임 같은 아주 조그만 웃음이었다. 그녀는 이내 돌아서서 짧은 복도를 지나 옆문으로 나가서 차를 세워둔 곳으로 향했다.

거니는 창밖으로 그녀의 차가 시야에서 사라지는 것을 지켜보았다.

그리고 그제야 싱크대 위쪽 벽에 스카치테이프로 붙어놓은 쪽지가 눈에 들어왔다. 연필로 쓴 짧은 글귀도 있었다. 가까이 들여다보니 카일이 직접 쓴 글씨였다.

'아버지, 생일카드 잊지 마세요.' 그 글귀 밑에 조그만 화살표가 있었고 메모지 바로 밑에 선물 상자에 꽂혀 있던 파란색 봉투가 있었다. 누가 봐도 아는 티파니의 파란색 카드가 카일이 거금을 지출한 것에 대한 거북함을 되살려주었다.

봉투에서 카드를 꺼내 보니 또다시 앞부분에 '아버지를 위한 생일 노래'라고 적혀 있었다.

카드를 열면서 짜증나는 생일 축하 노래를 재생하는 조그만 장치를 기대했다. 그러나 약 3초에서 4초 정도 아무 소리도 나지 않았다. 아마 안에 들어 있는 또 하나의 글귀, '당신의 특별한 날에 평화와 기쁨이 함께 하기를'을 읽는 시간인 모양이었다.

그리고 음악이 시작되었다. 거의 1분 가까이 비발디의 〈사계〉 중 '봄' 일부가 연주되었다.

포커칩보다 작은 조그만 장치를 감안하면 놀라운 음향이었다. 그러나 거니를 얼어붙게 만든 건 그 음악이 아니었다. 기억 속에서 되살아난 생생한 추억이었다.

카일이 열한 살 혹은 열두 살이었을 때, 롱아일랜드에 있는 제 엄마의 아파트에서 시내에 있는 그와 매들린의 아파트로 매주 놀러오던 시절이었다. 그 무렵 카일은 이상한 음악을 듣기 시작했다. 부모의 귀에는 범죄자들이나 듣는 조잡하고 멍청하기 짝이 없는 소음으로 밖에 들리지 않았다. 그래서 거니는 규칙을 정했다. 카일은 좋아하는 음악을 얼마든지 들어도 좋지만 단 그와 똑같은 분량의 클래식 음악을 들어야 한다고. 당시 중학생이었던 카일의 귀에 끌리는 끔찍한 음악에의 노출을 제한하면서, 한편으로는 그렇게 하지 않으면 영영 들을 기회가 없을 클래식 명곡을 듣게 하려는 이중의 효과를 노린 규칙이었다.

그 규칙은 긴장이나 논쟁 없이 순조롭게 진행되었을 뿐 아니라 행복한 충격마저 주었다. 카일은 거니가 들어보라고 권한 클래식 작곡가 중 한 명을 좋아하게 되었다. 바로 비발디였다. 그중에서도 〈사계〉를 특히 좋아했고 〈사계〉 중에서는 '봄'을 가장 좋아했다. 어느덧 그 곡을 듣는 건 카일이 더 좋아한다는 쓰레기 음악을 듣기 위해 기꺼이 치를 수 있는 대가가 되었다.

그러고 나서 특별한 일이 일어났다. 너무도 서서히 일어난 변화라 거의 알아차리지 못했다. 카일이 이따금, 비발디뿐 아니라 하이든, 헨델, 모차르트, 바흐를 듣기 시작한 것이다. 시끄러운 음악을 듣기 위해 의무적으로 듣는 게 아니라 단지 듣고 싶어서 듣는 것이었다.

몇 년 뒤 카일은, 그에게가 아닌 매들린에게, 비발디의 '봄'은 그에게 마법의 문을 열어주었고 그 음악을 알게 해준 것이야말로 아버지가 자기에게 준 가장 큰 선물이었다고 말한 적이 있었다.

매들린이 그 말을 거니에게 전해주었다. 그때 얼마나 기분이 묘하던지. 거니는 자신이 그토록 긍정적인 반응을 끌어낼 수 있는 일을 했다는 사실이 놀라웠다. 그러나 한편으로는 그게 너무도 작은 일이었기에, 그 자신의 노력이 거의 들어가지 않은 일이었기에 서글펐다. 아들이 그 일을 그토록 고맙게 생각하는 이유는 그 일과 견줄 만한 제대로 된 부모 노릇이 거의 없어서는 아니었는지.

손에 카드를 들고, 아름다운 바로크 음악이 잦아드는 지금 이 순간, 당시와 똑같은 감정이 밀려들었다. 눈앞이 흐릿해졌고 거니는 또 한 번 눈물이 쏟아지려는 순간임을 깨달았다.

도대체 너 요즘 왜 그래? 젠장, 거니. 정신 좀 차려!

그는 부엌 싱크대로 가서 휴지로 눈물을 닦았다. 지난 몇 달 동안, 평생 그가 흘린 것보다 더 자주 눈물이 났다.

뭐든 해야지. 뭐라도. 움직여. 할 일을 해.

첫 번째로 떠오른 것은 화재로 손실된 물건의 목록을 작성하는 것이었다. 보험회사에서 물어볼 게 분명했다.

내키진 않았지만 거니는 자신의 등을 떠밀었다. 서재 책상 위에 있던 노란 종이 철과 펜을 챙겨 차를 몰고 숯이 되어버린 헛간으로 향했다.

차에서 내리자마자 코를 찌르는 젖은 탄내에 얼굴을 찌푸렸다. 멀리 도로 쪽에서 간헐적으로 체인 톱 소리가 들렸다.

거니는 일그러진 채 마지못해 자리를 지키고 서 있는 헛간 골조 안에 높이 쌓인, 타버린 나무 더미로 다가갔다. 한때 노란 카약과 톱질 모탕이 있던 자리에, 이제는 형체를 알아볼 수 없게 부풀어 오른 딱딱한 갈색 덩어리만 남아 있었다. 그는 카약을 별로 좋아하지 않았지만 매들린은 좋아했다. 여름날 카약을 타고 노를 저어 강을 유람하는 건 매들린에게 특별한 즐거움이었다. 조그만 보트들이 화학물질 덩어리로 오그라든 것을 보니 슬프기도 했고 화가 나기도 했다. 매들린의 자전거는 상태가 더 참혹했다. 타이어, 안장과 줄이 녹았고 바퀴는 구부러졌다.

거니는 종이와 펜을 들고 흉측한 잔해 사이를 움직이며 화재로 망가진 중요한 물건들, 장비들의 목록을 작성했다. 작업을 마치고 나서 문득 혐오감을 느끼며 도로 차에 올라탔다.

머릿속이 온갖 질문들로 가득 찼다. 모든 질문들이 단 한마디로 정리될 수 있었다. 도대체 왜?

어떤 추측도 설득력이 없었다.

성난 사냥꾼의 소행이라는 추측은 더더욱 말이 되지 않았다. 사냥 금지 팻말은 동네에 넘쳐났지만 헛간마다 불이 나진 않았다.

그렇다면 도대체 무슨 이유로.

주소를 잘못 알고 일을 저지른 방화범의 실수일까? 커다란 불길을 보기를 좋아하는 방화광일까? 아무 생각 없는 십 대 아이들의 기물 파손 행위일까? 거니가 경찰이었던 시절 앙심을 품었던 누군가가 복수극일까?

아니면 킴과 로비 미스, 〈살인의 고아들〉과 관련이 있는 건가? 방화범은 지하실에서 그에게 속삭였던 바로 그자와 동일인물일까?

악마를 깨우지 마. 킴의 아버지가 어린 시절 킴에게 들려준 이야기의 일부라면, 킴에게 하는 경고였을 것이다. 오직 킴에게만 특별한 의미가 있는 말이었으니까. 그런데 왜 거니에게 그 말을 속삭였을까?

침입자는 계단을 구른 사람이 킴이라고 생각했을까?

그런 실수는 불가능했다. 그가 계단에서 넘어졌을 때 가장 먼저 들린 소리는 킴의 비명이었다. 킴이 비명을 지르며 미친 듯이 그의 이름을 불렀다. 그리고 손전등을 가지러 가는 그녀의 발소리가 들렸다. 그리고 잠시 후, 그가 지하실 바닥에 엎드려 있을 때, 꽤 가까이에서, 음산하고 낮은 목소리가 들려왔다. 그 순간, 침입자는 바닥에 쓰러져 있는 사람이 킴이 아니란 걸 알았을 것이다.

하지만 바닥에 쓰러진 사람이 킴이 아니란 걸 알았다면 도대체 왜…….

그 대답이 마치 따귀를 갈기듯 거니의 얼굴을 후려쳤다.

보다 정확하게 표현하자면, 비발디의 바이올린 콘체르토의 멜로디처럼 선명하게 들려왔다.

그는 서둘러 차를 집으로 몰았다. 얼마나 정신없이 몰았는지 두더지 굴을 지나다가 차체가 두 번이나 지면에 부딪쳤다.

거니는 곧장 생일 카드를 들고 뒤쪽을 보았다. 그리고 원하던 것을 찾았다. 회사명이자 웹사이트 주소. 'KustomKardz.com'.

잠시 후 그는 노트북 컴퓨터로 웹사이트를 찾아보았다. 커스텀 카르츠는

'전세계에서 사랑받는 수백 가지 클래식 음악과 미국 전통음악의 멜로디를 마음대로!' 선택할 수 있는, 음악 재생 카드를 제조하는 회사였다.

'상담 및 문의'라고 적힌 이메일 링크 옆에 수신자 부담 전화번호가 있었다. 거니는 전화를 걸었다. 그는 고객 담당자에게 가장 중요한 질문을 던졌다. 재생 장치가 달린 음악 대신 목소리를 녹음할 수도 있느냐고.

대답은 당연히 가능하다는 것이었다. 단지 어떤 녹음 장치를 이용하느냐가 문제라고 했다. 녹음은 전화로도 가능하고, 오디오 파일로 녹음해 보내면 재생기로 다운로드할 수도 있다고 했다.

거니는 양해를 구하고 두 가지 질문이 더 있다고 했다. 그런 재생 장치를 카드가 아닌 다른 곳에 사용하는 것도 가능한지, 재생 장치를 작동하기까지 시간이 얼마나 걸리는지, 재생 장치가 어떤 가구에 삽입될 수도 있는지.

재생은 여러 가지 방법으로 가능하다고 했다. 압력을 가하거나, 압력을 제거하거나, 심지어는 소리로도 작동할 수 있다고 했다. 손뼉을 치면 켜지는 전등처럼. 그 방면으로 더 많은 정보를 알고 싶으면 이 방면 전문가인 엠타르 구마딘과 상의해보라고 했다.

마지막 질문 하나 더. 아는 사람이 '악마를 깨우지 마라'라는 재미있는 문구가 들어 있는 카드를 받았는데, 혹시 커스텀 카르츠에 그런 사운드 칩도 가지고 있느냐고 물었다.

여자는 아마 그렇지 않을 거라고 대답하면서, 잠시 기다려줄 수 있다면 엠타르에게 확인해보겠다고 했다.

잠시 후 그녀는 그런 문구를 기억하는 사람은 아무도 없다면서 혹시 '잘 자라, 우리 아기……'로 시작되는 자장가를 말하는 게 아니냐고 물었다.

거니는 이런 제품을 만드는 회사가 많은지 물었다.

불행히도 그렇다고 했다. 기술 비용이 떨어졌고 수요는 폭발했기 때문이라고.

커스텀 카르츠와의 통화를 끝내자마자 그는 카일에게 전화를 걸었다. 보나마나 응답기가 받을 거라 생각하면서. 카일이 탄 있는 오토바이는 지금쯤 간선도로를 질주하고 있을 테고 아무리 참을성 없는 스물여섯 살이라고 해도 고속도로를 달리며 휴대전화를 확인해볼 리는 만무했다.

그러나 그의 기대를 저버리기라도 하듯, 카일이 바로 전화를 받았다. "아버지, 무슨 일이세요?"

"지금 어디니?"

"간선도로 주유소요. 이 동네 이름이 애프턴이었던가."

"전화 받아서 다행이다. 시라큐스에 있는 킴의 아파트에 가거든 내가 시키는 일을 좀 해다오. 지하실에서 내가 들었던 목소리 있지? 그거 아무래도 녹음장치 같아. 조그만 재생 장치 있잖아. 네가 아버지한테 준 카드에 들어 있던 것 같은 거."

"젠장, 아버지 어떻게 알아내셨어요?"

"네 카드를 보고 알아낸 거야. 자, 내 말 잘 들어. 아파트에 도착하면, 전등이 켜지고 또 다른 침입의 흔적이 없다면, 일단 지하실로 내려가봐. 그리고 계단 주변에 50센트 동전 크기의 녹음 장치가 감추어져 있을 만한 데가 있는지 찾아봐. 바닥에 가까운 쪽으로. 목소리가 들린 곳이 내가 넘어진 지점에서 분명히 몇 미터 거리였으니까."

"그런 걸 어떻게 숨길 수 있겠어요? 그렇게 선명하게 들리려면……."

"맞아. 벽 같은데 숨길 수는 없었겠지. 하지만 조금 옴폭한 곳에 붙여놓고 종이나 헝겊 같은 걸로 가려놓을 순 있겠지."

"바닥에 붙이진 않았겠죠?"

"분명히 위쪽에서 들렸어. 누군가 위에서 내려다보는 것 같은 느낌."

"계단 자체에 숨겨져 있었을 수도 있을까요?"

"그럴 수도 있지."

"알겠어요. 우리 곧 출발해요. 도착하면 전화 드릴게요."

"너무 속도 내지 마라. 30분 빨리 간다고 달라지는 건 없다."

"맞아요." 잠시 침묵이 흘렀다. "카드 마음에 드셨어요?"

"응? 아, 카드. 그럼. 마음에 들고말고. 고맙다."

"비발디의 '봄'……. 어떤 의미인지 아시죠?"

"알고말고."

"다행이네요. 좀 있다 전화할게요."

비발디의 '봄'과 그 곡이 끌어내는 추억들 때문에 감정의 늪에서 허우적거리지 않기 위해 거니는 카일이 다시 전화할 때까지 할 일을 찾았다.

그는 서재에 있는 파일 캐비닛으로 가서 보험회사 전화번호를 찾아 전화를 걸었다. 몇 차례 번호를 선택하고 나서, '각종 사고, 화재 및 기타 손실을 신고하시려면' 또 다른 전화번호로 연락하라는 안내가 나왔다.

받아 적은 번호로 전화를 걸어보려는 순간 들고 있던 휴대전화가 울렸다. 발신자를 확인해보니 하드윅이었다. 3초 정도 고민하다가 보험회사에는 나중에 전화해도 된다는 결론을 내렸다.

통화 버튼을 누르자마자 하드윅이 떠들기 시작했다.

"이런 젠장, 자네가 부탁한 일 하나하나가 얼마나 골통 빠개지는 일인지 알기나 해?"

"게을러터진 자네 몸뚱이는 운동이 좀 필요하던 참 아니었나?"

"나한테 운동이란 채식만큼이나 요원한 이야기지."

"헛소리 집어치우고, 뭐라도 좀 건졌나?"

하드윅이 특유의 습관대로 가래를 있는 대로 끌어올렸다. "부검 보고서 원본은 내 손이 닿지 않는 곳에 묻혀 있어. 내가 말했듯이, 이건 엄청난……."

"자네가 하려는 말 알아, 잭. 내가 알고 싶은 건, 그래서 뭘 건졌느냐고."

"월리 스래셔라고 기억하나?"

"멜러리 사건 때 부검했던 친구?"

"바로 그 자식. 거만하고 잘난 척하는 개자식."

"내가 아는 누구하고 상당히 닮았군."

"입 닥쳐. 아주 집착적이고 강박적일 정도로 정리를 잘한다는 게 그나마 장점인 친구지. 그런데, 우연찮게도 윌리가 그 현란한 껙다리 부동산 브로커를 부검했다지 뭔가."

"샤론 스톤?"

"바로 그 여자."

"그런데?"

"명중."

"그럼……."

"총알이 들어간 구멍이 여자의 머리 측면 정중앙이었대. 그러니까, 딱 정가운데란 이야기지. 물론 총알이 빠져나간 쪽은 이야기가 달라. 아예 통째로 뭉개져버린 경우 정중앙이 어디인지 짚어내기 곤란한 법이니까."

"중요한 건 들어간 구멍이야."

"맞아. 그러니까 자네가 알고 있는 두 가지 명중에 한 가지가 더 추가되는 셈이야. 이 정도면 자네가 증명하려는 그 특출한 주장에 도움이 되겠나?"

"도움이 될 수도 있겠군. 정보 고맙네."

"미천한 몸이 이런 거라도 해야지."

전화가 툭 끊겼다.

26

협박의 폭발

비록 그 정보가 암시하는 바가 무엇인지, 또 이번 주 일요일 트라우트와의 만남에서 그 정보를 어떻게 활용해야 할지 확신이 서진 않았지만 총상에 관한 정보로 거니는 활기를 얻었다. 그러나 그의 생각은 이미 그를 앞질러 가고 있었다. 마치 더블 에스프레소를 마신 직후처럼. 그에게 곧바로 새로운 의문이 떠올랐다.

그는 카일에게 다시 한 번 전화를 걸었고 이번에는 음성사서함으로 넘어갔다. 오토바이가 다시 도로로 나간 게 분명했다.

"이 메시지를 받는 대로, 킴에게 그 동화를 아는 사람이 몇 명인지 물어봐다오. 대충 아는 사람 말고, 상세하게 알고 있는 사람. 특히 '악마를 깨우지 마'라는 구절을 아는 사람이 몇 명인지 물어봐. 만약 두 세 명 이상이면 목록을 작성하고 주소하고 어떤 관계인지 조사해. 고맙다. 조심해라. 곧 통화하자."

전화를 끊자마자 또 다른 의문이 떠올랐다. 그는 다시 전화를 걸고 두 번째 메시지를 남겼다. "자꾸 부탁해서 미안한데, 또 한 가지 떠오르는 게 있어서. 지하실에 가서 소형 재생 장치를 발견하거든 혹시 도청 장치가 있는지도 한번 둘러보렴. 그런 게 주로 발견될 만한 곳을 확인해봐. 연기 경보기, 낙뢰 차단기, 전등 같은 것들. 그런 것들 안쪽에 본래 있던 물건이 아닌 것 같은 걸 찾으면 돼. 만약 찾으면 제거하지 말고 그대로 둬. 일단은 그것만 부탁한다. 최대한 빨리 전화해줘."

킴의 아파트에 도청 장치가 설치되어 있을지도 모른다는 사실과 킴이 얼마나 오랫동안 도청당했는지 알 수 없다는 사실이 불편한 대답으로 이어질 당혹스러운 질문의 사슬이 되었다. 그는 책상 서랍에 두었던 킴의 프로젝트 파일을 꺼내 한 번 더 읽어볼 생각으로 서재 소파에 앉았다. 하지만 반 정도 읽었을 때, 그의 에너지 수준은 고조되었던 것만큼이나 가파르게 떨어지기 시작했다. 5분만 눈을 붙이자. 길어야 10분. 거니는 보드라운 쿠션에 몸을 기댔다. 유난히 피곤하고 긴장했던 이틀이었고 거의 잠을 자지 못했다.

잠깐 눈만 좀 붙이고 나면…….

거니는 깜짝 놀라 잠에서 깨어났다. 벨이 울리고 있었지만 처음엔 무슨 소리인지 바로 알 수가 없었다. 일어나려는 순간 한쪽으로 고개를 꺾고 있느라 뻣뻣해진 목에 날카로운 통증이 느껴졌다.

벨 소리가 끊어졌고 잠시 후 매들린의 목소리가 들렸다.

"지금 아버지 주무셔. 30분 전에 들어와 보니까 곤히 잠들어 있더라고……. 다시 한 번 가볼게."

그리고 잠시 후 그녀가 서재로 들어왔다. 거니는 의자에서 일어나 흐릿해진 눈을 문질렀다.

"당신 일어났어?"

"그런 거 같아."

"카일하고 통화할 수 있겠어?"

"어디 있대?"

"킴의 아파트에 있는데, 당신 휴대전화로 계속 전화했대."

"지금 몇 시야?"

"7시 다 됐어."

"7시? 젠장!"

"당신한테 뭔가 말하고 싶어 안달난 거 같던데."

거니가 눈을 크게 뜨고 소파에서 일어섰다.

매들린이 책상 위에 놓인 전화를 가리켰다. "그걸로 받아. 부엌 전화는 끊을 테니까."

거니가 수화기를 들었다. "나다."

"아버지! 두 시간 동안 계속 전화했어요. 괜찮으세요?"

"괜찮아. 좀 피곤했나 보다."

"그동안 거의 못 주무셨잖아요."

"뭐 재미있는 거라도 발견했니?"

"재미있다기보다는 이상한 걸 발견했어요. 어디서 시작할까요?"

"지하실."

"좋아요. 지하실. 계단 양쪽에 발판을 지탱하는 목판 있잖아요. 둘 중 한쪽 끝부분, 그러니까 내려앉은 발판에서 60센티미터 정도 떨어진 지점에 조그만 구멍이 패여 있었어요. 거기 컴퓨터에 꽂는 USB 반 정도 크기의 재생 장치가 들어 있었고요."

"그걸 뽑았니?"

"뽑지 말라고 하셨잖아요. 크기를 보려고 칼끝으로 잠깐 뺐다가 도로 넣었어요. 그런데 이상한 대목은 지금부터예요. 제가 다시 그걸 제자리에 넣었더니 다시 작동이 됐는지 10초쯤 뒤에 진짜 음산한 목소리가 나오더라고요. 공포영화에서 어떤 미치광이가 이를 악물고 말하는 것처럼. '악마를 깨우지 마.' 저 하마터면 오줌 쌀 뻔했어요. 아니, 실제로 조금 쌌어요."

"나무판에 난 구멍이 얼마나 잘 보이든?"

"전혀 안 보였어요. 아무래도 대패를 들고 와서 표면을 살짝 긁어내고 그걸로 구멍을 다시 덮은 것 같아요."

"그런데 네가 그걸 어떻게……."

"아버지가 넘어진 곳에서 얼마 안 되는 거리에 장치가 있을 거라고 하셨잖아요. 그렇게 따져보면 그리 넓은 공간은 아닐 것 같았어요. 그래서 찬찬히 봤죠."

"킴한테 그 이야기를 알고 있는 사람이 누가 있냐고 물어봤니?"

"자기가 그 이야기를 한 사람은 미친 남자친구뿐이라는데요. 물론 그 미친놈이 다른 사람들한테 이야기했을 수도 있겠죠."

전화기 너머로 잠시 침묵이 흘렀고 그동안 거니는 이 사건을 이루고 있는 여러 모양의 조각들이 제각기 다른 방향으로 흩어져 날아가는 것을 꿰어 맞추려 애썼다. 도대체 이 사건은 어떤 사건인가. 착한 양치기의 선언문으로 하나로 묶인 여섯 차례의 도로살인사건? 로비 미스가 기물 파손과 위험한 장치로 킴 코레이즌을 협박한 사건? 방화사건? 아니면 그 모든 것들이 뒤얽힌 가상의 대형사건? 어쩌면 그의 집에 날아와 꽂힌 화살까지 연결된 사건?

"아버지, 듣고 계세요?"

"물론."

"그게 다가 아니에요. 가장 끔찍한 대목은 아직 말씀 안 드렸어요." 카일이 말했다.

"젠장, 그게 뭐냐?"

"킴의 아파트 모든 방에 도청 장치가 달려 있었어요. 침실까지도."

거니는 등골을 타고 올라오는 작은 전율을 느꼈다. "어떤 게 달려 있든?"

"아까 전화 메시지로 봐야 할 곳들을 알려주셨잖아요? 가장 먼저 확인한 곳이 거실 화재경보기였어요. 왜냐하면, 화재경보기 내부가 어떻게 생겼는지 제가 잘 알거든요. 그런데 분명히 경보기에 포함된 장치가 아닌 게 있더라고요. 성냥갑보다 조금 크고 가느다란 철사 같은 게 비죽 나와 있고 안테나처럼 생겼어요."

"혹시 렌즈 같은 것도 달려 있든?"

"아뇨."

"좁쌀 크기의 렌즈라도……."

"아뇨. 렌즈는 없었어요. 안 그래도 혹시나 싶어서 확인해봤거든요."

"좋아." 상황의 심각성을 인식하며 거니가 말했다. 비디오장치가 없었다는 건 경찰에서 약속한 감시카메라 장비가 아니라는 의미였다. 침입자의 신분을 확인하기 위해서라면 도청 장치가 아니라 카메라를 설치해야 옳았다. "화재경보기도 확인해봤다고?"

"방마다 하나씩 있었는데, 모든 화재경보기 안에 도청기가 설치되어 있었어요."

"너 지금 전화 통화 어디서 하고 있니?"

"밖에서요. 길가에서."

"그래, 잘했다. 그런데 왠지 네 이야기가 아직 안 끝난 것 같은 느낌이 드는구나."

"위층 아파트로 올라가는 통로가 하나 더 있단 거 아셨어요?"

"아니. 그런데 놀랄 일이 아닌 것 같구나. 어디 있든?"

"주방 옆 세탁실 벽감에요." 거니는 주방과 세탁실에 장식용 몰딩을 교차시켜 만든 큼직한 사각형 무늬의 천장을 떠올렸다. 떼어낼 수 있는 판자를 숨기기에는 이상적인 장소였다.

"무슨 생각으로 거기까지……."

"무슨 생각으로 천장까지 확인해봤느냐고요? 킴이 밤마다 삐걱거리는 소리가 들린다고 해서요. 다른 이야기도 들었어요. 물건 자리가 옮겨지고, 사라졌다가 다시 나타나고, 핏방울까지…… 자물쇠를 바꾸었는데도 계속 그런 일들이 일어났다고 했어요. 더구나 아파트 위층이 비어 있으니까, 그런 정황을 종합해보면……."

"훌륭하구나." 거니는 감동했다. "그래서 가장 가능성 있는 통로는 천장일 거라고 추측했구나."

"네. 그리고 천장 통로라면 패널 몰딩이 있는 곳일 확률이 높다고 생각했어요."

"그런데?"

"그래서 지하실에서 사다리를 가져다가 사각 몰딩을 하나씩 두드려봤어요. 조금 다른 느낌, 다른 소리가 날 때까지. 그래서 칼끝으로 몰딩 가장자리를 움직여봤더니 틈이 보이더라고요. 그 이상은 안 했어요. 아버지가 도청 장치를 제거하지 말라고 했으니 천장 문도 건드리지 말라고 하실 것 같아서. 더구나 반대편에 고정되어 있는 거라 만약 그걸 부수었다간, 물론 절대 그러고 싶지 않았지만, 위에서 무슨 일이 벌어질지 몰라서요."

거니는 아들의 목소리에서 이 일에 대한 열정을 감지했다. 조심성으로 가까스로 억누른 열정이었다.

"오후 내내 바빴겠구나."

"나쁜 놈들을 잡아야죠. 이제 다음 단계는 뭐죠?"

"네 다음 단계는 당장 거기서 나와서 집으로 돌아오는 거야. 너희 둘 다. 나의 다음 단계는 새로 알게 된 사실들을 잠시 곰곰이 생각해보는 거고. 가끔 질문을 품고 잠자리에 들면 아침에 대답이 떠오르거든."

"정말요?"

"아니. 그런데 왠지 그럴듯하지 않니?"

카일이 웃었다. "오늘 밤 어떤 질문을 품고 주무실 건데요?"

"한 가지 물어보자. 어쨌든 네가 이 모든 사실들을 알아낸 장본인이니까. 현장에 있으면 상황을 제대로 보게 되는 법이지. 네가 생각하기엔 현재 상황에서 가장 큰 질문이 뭐라고 생각하니?"

카일이 생각에 잠겼지만 거니는 그의 흥분을 느낄 수 있었다. "제가 보기엔 아주 큰 질문이 하나 있긴 해요."

"이를테면?"

"우리가 증세가 심각한 스토커를 상대하고 있는 건지, 아니면 그보다 훨씬 더 잔혹한 누군가를 상대하고 있는 건지." 그가 멈추었다. "아버지 생각은 어떠세요?"

"내가 보기엔 둘 다인 거 같아."

27

상충되는 반응

거니는 킴과 카일이 시라큐스에서 돌아올 때까지 늦도록 깨어 있었다. 카일은 오토바이를 타고 왔고 킴은 미아타를 몰고 왔다.

통화 중에 했던 이야기를 다시 한 번 되짚어 보고 나서 거니에게 두 가지 질문이 떠올랐다. 첫 번째 질문은 카일에게 묻는 것이었지만 묻기도 전에 대답을 들었다. "경보기 덮개를 열 때……."

"아주 조용히, 살짝 열었어요. 그리고 킴하고 전 계속 엉뚱한 대화를 나누었어요. 킴이 학교에서 듣는 강좌…… 그러니까 우리 대화를 엿듣고 있었던 사람은 우리가 무얼 하는지 전혀 눈치 못 챘을 거예요."

"너희 정말 놀랍다."

"놀라실 것 없어요. 다 스파이 영화에서 본 거예요."

두 번째 질문은 킴에게 물었다. "아파트에서 낯선 점을 발견한 건 없니? 조그만 장비 말이다. 시계, 라디오, 아이팟, 봉제 인형 같은. 전에는 본 적이 없었던 거."

"아뇨, 왜요?"

"쉬프 형사가 내게 약속한 대로 네 집에 감시카메라를 설치했는지 확인하는 거야. 거주자가 감시카메라 설치 계획을 알고 있는 경우에는 천장 같은 곳에 설치하지 않고 그런 것들 안에 비디오 장치를 숨기는 편이 더 간단하거든."

"그런 건 없었어요."

다음 날, 아침 식탁에서 거니는 매들린이 오트밀을 건너뛰고 커피도 거의 입에 대지 않았음을 알아차렸다. 유리문 밖을 내다보는 매들린의 시선은 햇살을 머금은 바깥 풍경보다는 어두운 생각에 사로잡혀 있는 듯했다.

"화재 생각하는 거야?"

대답하기까지 너무도 긴 시간이 걸려서 하마터면 못 들었다고 생각할 뻔 했다. "어제 불났던 거 생각한다고 말할 수도 있겠네. 오늘 아침 일어나자마자 한 3초 동안 무슨 생각 했는지 알아? 오늘 아침 자전거를 타고 강변길을 달리면서 이 눈부신 아침을 만끽해야지. 그런데 생각해보니, 자전거가 없잖아. 헛간 바닥에 숯덩이가 되어서 일그러진 고철 덩어리를 더는 자전거라고 부를 순 없을 테니까."

거니는 뭐라 할 말이 없었다.

그녀는 잠시 말없이 앉아 있었다. 분노에 휩싸인 듯 눈을 가늘게 뜨고서. 그리고 나서 그에게라기보다는 커피에 대고 말했다. "킴의 아파트에 도청 장치를 설치한 사람…… 그 사람이 우리에 대해 얼마나 알고 있을 거 같아?"

"우리?"

"당신. 당신에 대해 얼마나 알고 있을 거 같아?"

거니가 한숨을 쉬었다. "좋은 질문이야." 전날 저녁 카일과 전화 통화를 한 이후 줄곧 그를 괴롭혀온 질문이었다. "도청 장치는 녹음기로 전송되거든. 내가 킴의 집에 갔을 때 나누었던 대화, 그리고 킴이 다른 사람들과 했던 통화……."

"킴이 당신, 킴의 엄마, 루디 게츠하고 나누었던 대화……."

"맞아."

매들린의 눈이 가늘어졌다. "그럼 꽤 많이 알겠네."

"많이 알겠지."

"우리 겁먹어야 해?"

"조심해야지. 도대체 어떤 일이 벌어지고 있는 건지 파악해야지."

"아, 그렇구나. 그러니까 당신이 퍼즐을 맞추는 동안 미치광이가 나타나는지 눈만 크게 뜨고 있으면 되는 거구나. 그게 우리 계획이야?"

"두 분 말씀 중이세요?" 킴이 부엌 문 앞에 서 있었다.

매들린이 그를 돌아보았다. 마치 응, 이야기 중이야, 라고 말하려는 듯한 표정으로.

대신 거니가 물었다. "커피 마실래?"

"아뇨. 저…… 한 시간 내로 출발해야 한다고 말씀드리려고요. 바컴 델의 에릭 스톤이에요. 아직 자기 어머니 집에서 살아요. 아마 재미있을 거예요. 에릭은 좀…… 특이한 사람이거든요."

집을 나서기 전에 거니는 시라큐스 경찰국 제임스 쉬프 경관에게 킴의 아파트 감시카메라 설치계획 대해 물어보려 전화했다. 거니는 쉬프의 파트너라는 엘우드 게이츠에게로 연결이 되었고 그는 상황을 잘 알고 있는 듯했다. 그러나 게이츠는 약속했던 카메라 설치가 늦어진 점에 대해 별로 관심도 없었고 사과하는 기색도 없었다.

"쉬프 경관이 설치하자고 하면 그때 할 생각입니다."

"그게 언제쯤일까요?"

"좀 더 급한 사건들 먼저 처리 좀 합시다. 네?"

"젊은 여자의 아파트에 반복적으로 침입해서 심각한 상해를 입히려는 미치광이보다 더 급한 사건이 있습니까?"

"계단 내려앉은 거 말씀하시는 겁니까?"

"콘크리트 바닥으로 엎어지게 만들어서 치명적인 상해를 입힐 가능성이 있는 덫을 밀하는 겁니다."

287

"거니 씨, 한 가지 말씀드리죠. 지금 우리가 다루는 사건들은 '가능성이 있는' 사건들이 아닙니다. 어제 여기서 일어난 마약밀매범 총격전 소식 못 들으셨군요. 분명히 못 들으신 것 같네요. 물론 거니 씨가 말하는 주택 무단 침입 문제도 우리의 우선순위에 있어요. AK-47 소총을 들고 미쳐 날뛰는 인간쓰레기 수십 명만 처치하면요. 좋은 하루 되세요."

킴은 휴대전화를 주머니에 넣는 거니의 표정을 살폈다. "뭐래요?"

"내일 모레쯤 오겠대."

거니가 우겨서 두 사람은 각자의 차로 바컴 델로 향했다. 예기치 못한 상황이 발생할 경우 거니가 킴의 인터뷰에서 빠져나와 혼자 움직일 수 있는 기동성이 필요하다고 판단했다.

킴이 거니보다 빠르게 달렸다. 간선도로에 진입하기도 전에 두 사람은 서로의 시야에서 사라졌다. 화창한 날이었다. 계절이 바뀐 이후 처음으로 제대로 계절을 느끼게 하는 날씨였다. 하늘은 쨍한 파란색이었다. 간간히 흩어져 있는 조각구름은 반짝이는 솜뭉치 같았다. 고속도로변 그늘진 곳에는 스노드롭*이 피어 있을 것이다. 목적지까지 절반 이상 달렸음을 확인하고 거니는 주유소에 차를 세웠다. 연료를 채우고 나서 그는 편의점에 들어가 커피를 한 잔 샀다. 몇 분 뒤, 창문을 열어놓고 차안에서 프렌치 로스트 커피를 마시면서, 잭 하드윅에게 전화를 걸어 두 가지 부탁을 더 해야겠다고 생각했다. 언제가 될지 몰라도 이런 부탁으로 그가 치러야 할 대가가 엄청날 것 같아 은근히 걱정이 되긴 했다. 그러나 그는 정보를 원했고 하드윅을 통하는 게 정보를 얻는 가장 효율적인 방법이었다. 보나마나 음성사서함으로 넘어가겠지 생각하며 전화를 걸었다. 대신 냉소적이고 사포처럼 거친 그의 목소리가 들려왔다.

---

* 이른 봄에 피는 작은 흰 꽃.

"데이비 보이! 악마의 탈을 쓴 범인을 쫓는 도사견! 이번엔 또 뭘 부탁하려고 전화질이야!"

"사실 부탁할 게 좀 많아."

"설마! 이런 놀라 자빠질 일이 있나!"

"이번 일로 자네한테 엄청난 빚을 지게 될 거야."

"빚은 이미 졌어, 에이스."

"그건 그래."

"알면 됐으니 어서 말해보시지."

"첫째, 로버트 미스, 일명 로버트 몬터규로 알려진 시라큐스 대학교 학생에 대한 모든 걸 알고 싶어. 둘째, 킴 코레이즌의 아버지이자 뉴욕 시티 저널리스트 코니 클라크의 전 남편, 에밀리오 코레이즌에 대한 모든 것도. 에밀리오는 십 년 전 이맘때 실종됐어. 가족이 찾아내려 애썼는데 못 찾았다는군."

"자네가 말하는 '모든 걸 알고 싶다'는 건 도대체……."

"앞으로 이틀, 혹은 사흘 동안 알아낼 수 있는 것 전부."

"겨우 그거야?"

"해줄 텐가?"

"빚졌다는 사실만 명심한다면."

"명심하고말고, 잭. 자네한테 정말 큰 신세를……." 인사를 하려는 순간, 이미 전화는 끊겼다.

다시 차를 몰고 내비게이션의 지시를 따라 고속도로에서 벗어나 점점 더 전원풍으로 변해가는 샛길들을 지나다가 마침내 폭스리지 레인에 접어들었다. 길가에 주차된 빨간 미아타가 보였다. 킴이 그에게 손을 흔든 뒤 자갈길로 접어들며 천천히 차를 몰았다.

오래 달리진 않았다. 첫 번째 진입로는 웅장한 돌담이 입구 양쪽을 보필하는 위팅엄 사냥클럽이었다. 두 번째 진입로는 거기서 수백 미터 더 들어갔다. 이름도, 눈에 띄는 명패도 없었지만 킴이 계속 달렸고 거니도 그 뒤를 따랐다.

에릭 스톤의 집은 약 400미터 거리의 진입로 끝에 자리 잡고 있었다. 거대한 뉴잉글랜드 식민지풍 저택이었다. 여기저기 페인트가 벗겨지기 시작했고 홈통들도 조여주고 반듯하게 펴주어야 할 것 같았다. 진입로 바닥은 서리로 얼었던 땅이 밀고 올라와 균열이 생겼다. 겨울의 잔해가 잔디밭과 화단 곳곳에 남아 있었다.

현관으로 이어진 세 칸의 계단은 주차 공간에서 바로 연결되었다. 도로와 계단 모두 썩어가는 낙엽과 나뭇가지로 뒤덮여 있었다. 거니가 반쯤 다가갔을 때 현관문이 열리면서 한 남자가 밖으로 나왔다. 거니는 그가 꼭 달걀처럼 생겼다고 생각했다. 좁은 어깨와 불룩 튀어나온 배, 목부터 무릎까지 두른 깨끗한 흰색 앞치마.

"조심하세요. 집 밖은 말 그대로 정글이나 다름없으니까요." 연극적인 대사 뒤에 이를 드러낸 미소가 뒤따랐고 불안한 시선이 거니에게 고정되었다. 완연한 회색의 짧은 머리카락은 단정하게 가르마를 탔다. 자그마한 분홍빛 얼굴은 깔끔하게 면도했다.

"생강쿠키!" 그들을 거대한 저택 안으로 들이며 신이 난 듯 그가 말했다.

그의 앞을 지나 안으로 들어서는 순간 땀띠에 바르는 파우더와 거니가 유일하게 싫어하는 쿠키인 생강쿠키의 강하고 달콤 쌉싸름한 향기가 풍겼다.

"복도를 따라 죽 들어가세요. 이 집에서 가장 아늑한 곳이 바로 주방이랍니다."

2층으로 이어지는 계단과 여섯 개의 문이 있는 널찍한 홀이 눈에 들어왔지만 손잡이에 쌓인 먼지로 보아 거의 문을 열지 않았음을 짐작할 수 있었다.

집 뒤쪽에 있는 주방을 아늑하다고 말할 만한 근거가 있다면, 일단 따뜻했고 여러 가지 음식 향기로 가득 차 있어서인 듯했다. 거대하고 천장이 높았으며 10년 혹은 20년 동안 축적된 것 같은 전문 주방도구들이 보였다. 스토브 위로 바닥에서 3미터 높이에 달린 배기 후드는 인디애나 존스 시리즈에 나오는 제단을 연상시켰다.

"어머니가 돈 많은 이혼녀였거든요." 달걀처럼 생긴 남자가 말했다. 그러고는, 놀랍게도 거니의 생각을 읽기라도 한 듯, 그가 떠올린 단어를 언급했다. "어머니는 완벽의 제단에 모든 걸 바치는 분이었어요."

"여기 얼마나 사셨어요?"

킴의 질문에 대답하는 대신, 그가 거니에게로 돌아섰다. "당신이 누군지 알아요. 당신도 물론 제가 누구인지 아시겠지만. 그래도 서로 소개를 하는 게 옳다는 생각이 드는군요."

"이런, 제가 미처 생각을 못 했네요!" 킴이 말했다. "죄송합니다. 이쪽은 데이브 거니 씨, 이쪽은 에릭 스톤 씨."

"만나서 반갑습니다." 환심을 사려는 듯한 미소와 함께 스톤이 손을 내밀며 말했다. 크고 고른 치아마저도 앞치마처럼 희었다. "명성이 자자하시더군요."

"만나서 반갑습니다." 거니가 말했다. 스톤의 손은 따뜻하고 보드라웠으며 조금 불쾌할 정도로 축축했다.

"엄마가 쓴 기사 이야기를 했거든요." 킴이 말했다.

잠시 어색한 침묵이 흐른 뒤, 스톤이 거대한 스토브에서 가장 먼 곳에 자리 잡은, 멋지게 낡은 소나무 테이블을 가리켰다. "저기 앉을까요?"

거니와 킴이 자리에 앉자 스톤이 음료를 권했다. "다양한 커피와 허브티가 준비되어 있어요. 독특한 맛의 석류 소다도 있고요. 뭘 드릴까요?"

두 사람 다 거절하자, 스톤은 과장스럽게 실망한 표정을 짓더니 자리에 앉았다. 킴은 어깨에 매고 있던 가방에서 세 개의 조그만 카메라와 두 개의 삼각대를 꺼냈다. 그리고 삼각대 위에 카메라 두 대를 설치했다. 하나는 스톤을, 하나는 자신을 향하도록.

킴은 장황하게 다큐멘터리의 제작 철학을 설명했다. '램TV 관계자'들이 인터뷰를 최소한 소박하게, 첨단 장비를 사용하지 않고 제작하기를 원한다고, 아이폰으로 소중한 순간을 녹화하는 데 익숙한 시청자에게 친근하게 다가가도록 그와 비슷한 시각적, 청각적 틀을 유지하려 한다고 말했다. 목표는 진실을 담는 거라 소박하게 진행하는 거라고, 대본을 읽는 게 아닌, 예측할 수 없는 대화를 이끌어가는 것이라고 했다. 무대의 조명이 아니라 가정집의 조명을 사용하는, 비전문적인, 인간적인 인터뷰, 기타 등등.

스톤이 이러한 진정성에 대해 어떻게 생각하는지는 확실치 않았다. 그의 마음은 어딘가 다른 곳을 헤매고 있는 것 같았고 킴이 자신의 말을 마무리하며 "질문 있으세요?"라고 묻는 순간 비로소 다시 킴에게로 돌아왔다.

"있습니다." 거니를 돌아보며 그가 말했다. "놈이 언젠가는 잡힐까요?"

"착한 양치기 말입니까? 잡힐 거라고 믿고 싶습니다."

스톤이 눈을 부라렸다. "당신 같은 직업을 가진 사람들은 그런 대답을 많이 하겠지요. 사실 대답이라고 볼 수도 없는 대답들이죠." 도전적이라기보다는 침울해 보이는 말투였다.

거니가 어깨를 으쓱했다. "아직은 대답을 해드릴 만큼 사건에 대해 알고 있지 못합니다."

킴은 마지막으로 삼각대 위치를 잡고 카메라 파인더를 조절해서 두 대 모두 HD 무비 모드로 맞추었다. 그리고 손에 들고 있는 또 한 대의 카메라도 켰다. 킴은 머리를 뒤로 쓸어 넘기고 의자에 반듯하게 앉은 뒤 재킷 주름을 펴고 미소를 짓고 나서 이야기를 시작했다.

"에릭, 〈살인의 고아들〉의 인터뷰에 응해주셔서 다시 한 번 감사드립니다. 저희 제작진은 당신의 솔직하고 꾸밈없는 생각과 감정을 듣고 싶습니다. 무슨 말씀이든 하셔도 좋고, 그 어떤 금기도 없어요. 여긴 에릭의 집이죠. 스튜디오가 아닙니다. 이 이야기는 에릭의 이야기이고 에릭의 감정을 담고자 합니다. 편하실 때 시작하세요."

그가 길고 떨리는 한숨을 내쉬었다. "저희 집 주방에 들어오시면서 제게 하셨던 질문의 답변으로 시작하죠. 여기 얼마나 살았느냐고 물으셨죠. 그 대답은 이십 년입니다. 그중 반은 천국에서, 반은 지옥에서 살았지요." 그가 잠시 말을 멈추었다. "처음 십 년은 놀라운 한 여인이 비추는 눈부신 햇살 속에서 살았습니다. 그 뒤로 십 년은 어둠 속에서 살았고요."

킴은 긴 침묵이 흐르게 한 뒤 다정하고도 애처로운 목소리로 말했다. "때론 고통의 깊이가 말해주죠. 우리가 잃은 게 얼마나 소중한 것인지."

스톤이 고개를 끄덕였다. "어머니는 바위였어요. 로켓이었고, 또 화산이었지요. 어머닌 자연의 힘이었어요. 다시 한 번 말하죠. 자연의 힘. 진부한 표현이지만 어머니에겐 더없이 훌륭한 표현입니다. 어머니를 잃은 건 제겐 중력을 잃은 것과도 같았어요. 중력을 잃다니요. 한번 상상해보세요. 중력이 없는 세상을. 더는 우릴 붙잡아줄 힘이 없는 세상을."

금방이라도 눈물을 쏟을 듯 남자의 눈이 반짝였다.

그다음에 킴이 한 말이 놀라웠다. 킴은 스톤에게 쿠키 하나 먹어볼 수 있느냐고 물었다.

그가 웃음을 터뜨렸다. 발작적인 웃음에 눈물이 뺨으로 흘렀다. "물론이죠. 드릴 수 있고말고요. 제가 만든 생강쿠키가 방금 오븐에서 나왔어요. 피칸 초콜릿 칩, 버터 비스킷, 건포도 귀리 쿠키도 있습니다. 다 오늘 구운 거예요."

"건포도 귀리 쿠키로 주세요." 킴이 말했다.

"탁월한 선택입니다!" 상냥한 소믈리에 같은 말투로 그가 말했다. 그는 주방 안쪽으로 가서 갈색 쿠키가 가득 담긴 오븐 쟁반을 꺼냈다. 킴은 카메라로 그 모습을 촬영했다.

쿠키 접시를 식탁에 내려놓는 순간 무언가 생각난 듯 그가 멈칫했다. 그는 거니에게 돌아섰다. "십 년!" 놀라운 숫자라는 듯 그가 말했다. "그러고 보니 꼭 십 년이네요. 만 십 년이 지났어요." 그의 목소리가 조금 높아졌다.

"십 년이 지났는데도 난 여전히 이 모양 이 꼴이군요. 어떻게 생각하십니까, 형사님? 저의 이 한심한 처지를 보니 세상에서 가장 멋진 여자를 살해한 악마를 잡아 감방에 처넣을 생각이 좀 드시는지요?"

감정의 표출에 냉정한 거니였다. 지금도 예외는 아니었다. 그는 사무적으로 대답했다. "최대한 노력하겠습니다."

스톤은 회의적인 눈빛으로 그를 쏘아보았지만 더 추궁하지는 않았다.

그는 다시 한 번 커피를 권했고 이번에도 둘 다 거절했다.

그 뒤로 킴은 에릭 스톤으로부터 그의 어머니가 살해되기 이전과 이후의 삶에 관한 이야기를 끌어냈다. 스톤의 상세한 설명에 따르면, 사건 이전의 삶이 모든 면에서 훨씬 나았다. 샤론 스톤은 별장 부동산 시장에서 독보적인 브로커였다. 그녀는 삶의 모든 면을 최고 수준으로 유지했고 자신의 부를 아들과도 기꺼이 나누었다. 착한 양치기 사건이 터지기 직전, 샤론 스톤은 에릭을 핑거 레이크스의 고급 레스토랑 겸 숙박업체의 사장으로 앉히는 3백만 달러 짜리 계약에 서명했다.

그러나 그녀의 추가 서명이 없었기 때문에 계약은 무산되었다. 최고급 레스토랑과 호텔리어의 삶을 즐기는 대신, 에릭 스톤은 서른다섯 살이 되도록 자신이 감당할 수 없는 수준의 넓은 저택에 살면서 죽은 어머니가 만들어놓은 꿈의 주방에서 쿠키를 구워 동네 빵집이나 숙박업체에 팔아 생계를 꾸리고 있었다.

한 시간 남짓 흐른 뒤 킴이 마침내 조그만 노트를 덮고 거니에게 질문이 없느냐고 물어 그를 놀라게 했다.

"한두 가지 정도. 스톤 씨가 괜찮으시다면."

"스톤 씨라니요. 그냥 에릭이라 부르세요."

"좋아요, 에릭. 어머니께서 다른 희생자들과 개인적으로나 혹은 사업상 접촉이 있었는지 아십니까?"

그가 얼굴을 찌푸렸다. "제가 알기로는 없습니다."

"혹시 원한관계가 있었습니까?"

"어머니는 멍청한 인간들에게 관대하지 못한 편이었어요."

"어떤 의미죠?"

"다른 사람 심기를 건드리고 열받게 했을 거예요. 부동산 시장, 특히 어머니가 일했던 수준의 시장은 경쟁이 무척 심했고 어머니는 멍청한 인간들한테 시간을 허비하려 하지 않았어요."

"왜 메르세데스 벤츠를 샀는지 기억하십니까?"

"물론입니다." 스톤이 미소를 지었다. "고전적이고 맵시가 있으면서도 강력하고 날렵하니까요. 단연 최고죠. 어머니처럼."

"지난 십여 년 동안 다른 희생자 가족과 연락을 한 적이 있습니까?"

그가 다시 얼굴을 찌푸렸다. "그 단어, 마음에 안 들어요."

"어떤 단어요?"

"희생자. 어머니를 그런 식으로 생각하고 싶지 않아요. 그 말은 너무 수동적이고 무기력하고…… 어머니 모습과는 정반대잖아요."

"그럼 다르게 표현하겠습니다. 유가족과 연락한 적이……."

스톤이 그의 말을 잘랐다. "연락한 적 있습니다. 처음엔 연락을 주고받았죠. 총격사건 이후로 일종의 모임 같은 게 만들어졌어요."

"모든 유가족이 참석했습니까?"

"아뇨. 윌리엄스 타운에 살던 그 외과의사에겐 아들이 하나 있었는데, 그 아들은 한두 번 참석하더니 자기는 조금도 슬프지 않기 때문에 이런 애도 모임이 필요 없다고 했어요. 아버지가 죽어서 기쁘다고요. 좀 이상한 친구였어요. 적개심에 불타더라고요. 가슴 아픈 일이죠."

거니가 킴을 바라보았다.

"지미 브루스터." 킴이 대답했다.

"끝인가요?" 스톤이 물었다.

"두 가지 더 있습니다. 어머님께서 생전에 자신이 두려워하는 사람에 대해 말한 적이 있었나요?"

"한 번도요. 어머니는 이 세상 누구보다도 두려움이 없는 분이셨어요."

"샤론 스톤은 본명입니까?"

"그렇기도 하고 아니기도 해요. 그렇다고 보는 게 맞겠죠. 어머니 본명은 마리 샤론 스톤이에요. 영화 〈원초적 본능〉이 큰 성공을 거두고 어머니는 일대 변신을 했어요. 머리를 갈색에서 금발로 염색하고, 이름에서 마리를 떼어버리고, 아주 독보적인, 새로운 페르소나를 창조했어요. 어머니는 홍보의 귀재였어요. 짧은 치마를 입고 다리를 꼬고 앉아서 사진을 찍어서 광고판에 붙이곤 했죠. 그 영화의 유명한 장면처럼."

거니는 킴에게 더는 질문이 없음을 손짓으로 표현했다.

스톤이 불안한 미소를 지은 채 한마디 덧붙였다. "어머니는 다리가 죽여 줬거든요."

그로부터 한 시간 뒤, 거니는 어느 상가의 회계 사무실 건물 앞, 킴의 미아타 뒤에 차를 세웠다. 회사 이름은 비커스, 멜라니 앤드 플렘. 회사는 요가 학원과 소규모 여행사 사이에 자리 잡고 있었다.

킴은 통화 중이었다. 거니는 좌석 뒤로 기대어 앉으며 만약 자기 이름이 플렘*이었다면 어떻게 했을지 생각해보았다. 이름을 바꾸었을까? 아니면 일종의 반항으로 배지처럼 달고 다녔을까? 팔뚝에 새긴 당나귀 문신처럼 우스꽝스러운 이름을 바꾸지 않는 건 고지식한 수준의 정직함일까, 아니면 우매한 고집일까? 자부심이 역기능을 하는 시점은 언제일까?

젠장, 왜 내 머릿속은 온통 그런 쓸데없는 생각으로 가득할까?

킴의 결의에 찬 표정과 차창 두드리는 소리가 그의 생각을 현재로 되돌려놓았다. 그는 차에서 내려 그녀를 따라 사무실로 들어갔다.

* 벨기에의 플랑드르 지방Flanders의 사람으로 플라망 말Flemish을 쓰는 벨기에 사람을 뜻함.

문이 열자 한쪽 벽에 제각기 다른 의자들이 기대어 있는 평범한 대기실이 나왔다. 현명한 재산 관리라는 낡은 광고 전단지가 현대적인 자그마한 커피테이블 위에 펼쳐져 있었다. 허리 높이의 칸막이 뒤로 두 개의 빈 책상이 벽에 붙어 있는, 보다 좁은 공간이 보였고 그 방의 유일한 문은 닫혀 있었다. 칸막이 위에 고풍스러운 종이 놓여 있었다. 은색 종 윗부분에 누름쇠가 달려 있었다.

킴이 벨을 누르자 깜짝 놀랄 정도로 요란한 소리가 났다. 킴이 잠시 후한 번 더 벨을 눌렀지만 이번에도 인기척이 없었다. 킴이 휴대전화를 꺼내는 순간 안쪽 문이 열렸다. 문간에 서 있는 남자는 마르고 창백하고 지친 표정이었다. 그가 호기심 없는 표정으로 그들을 보았다.

"멜라니 씨 되십니까?" 킴이 말했다.

"네." 무미건조한 목소리였다.

"킴 코레이즌입니다."

"네."

"통화할 때 말씀드렸죠? 인터뷰 때문에 방문 드린다고."

"네, 기억합니다."

"그럼……." 킴이 약간 혼란스러운 표정으로 주위를 둘러보았다. "어디에서……."

"아, 안으로 들어오시죠." 그가 한 걸음 뒤로 물러섰다.

거니가 킴을 위해 칸막이 문을 열어주었다. 문에 먼지가 쌓여 있었다. 그 뒤의 책상 두 개도 마찬가지였다. 그는 킴을 따라 안쪽 사무실로 들어갔다. 큼직한 마호가니 테이블, 네 개의 등받이 의자, 세 벽을 점령하고 있는 책장. 책장은 두툼한 회계법과 세법 관련 책들로 가득 차 있었고 책들도 먼지가 소복히 앉았다. 실내 공기는 탁했다.

실내의 유일한 조명은 테이블 맞은편에 놓인 책상 위 램프의 불빛이었다. 천장에 형광등이 있었지만 꺼져 있었다. 킴은 카메라를 설치할 장소를 찾으면서 형광등을 켜도 되겠냐고 물었다.

멜라니는 어깨를 으쓱하고는 스위치를 켰다. 몇 번 번쩍거리던 불빛이 마침내 안정되면서 낮은 소음을 만들었다. 형광등 불빛이 그의 창백한 피부와 눈 밑의 그늘을 더욱 강조했다. 그의 모습은 분명히 유령을 닮은 데가 있었다.

스톤의 주방에서 그랬던 것처럼 킴이 카메라를 설치하는 의식을 치렀다. 카메라 설치가 끝나자 거니가 마호가니 테이블 한쪽에 앉았고 맞은편에 멜라니가 앉았다. 그리고 킴은, 거의 한 자도 틀리지 않고, 이 프로그램이 격의 없고 소박하고 자연스러움을 목적으로 한다는 이야기를 했고 마치 친구들이 집에서 허물없이 주고받는 대화처럼 편안한 인터뷰가 되기를 바란다고 말했다.

멜라니는 대답하지 않았다.

킴은 하고 싶은 이야기를 해도 좋다고 했다.

그는 아무 말도 하지 않고 그저 가만히 앉아 그녀를 보았다.

킴이 밀실공포증을 불러 일으키는 사무실을 둘러보았다. 엷은 갈색 조명이 그런 분위기를 한층 강조했다. "자, 그럼……." 어떤 식으로든 자신이 대화를 주도해야 한다는 사실을 깨닫고 킴이 어색하게 말문을 열었다. "주로 이 사무실에서 일하시나요?"

멜라니는 그녀의 질문을 잠시 생각하는 듯했다. "유일한 사무실입니다."

"같이 일하시는 분들은……. 그분들도 여기서 일하시나요?"

"아뇨. 다른 사람은 없습니다."

"회사 이름이 비커스……."

"그건 회사 이름일 뿐입니다. 처음엔 세 명이 함께 시작했죠. 제가 대표였고요. 그러다가…… 헤어졌습니다. 회사명은 법적인 문제가 얽혀 있어서……. 실제로 일하는 사람과는 별개로 존재하고 있습니다. 회사 이름까지 바꿀 여력이 없었죠." 마치 자신이 하는 말의 불편함을 감당할 수 없다는 듯 그가 천천히 말을 이었다. "이혼한 여자들이 옛날 성을 그대로 쓰는 것처럼 말입니다. 왜 바꾸지 않았는지는 저도 잘 모르겠어요. 바꾸어야 할 텐데. 안 그렇습니까?" 대답을 기대한 질문 같지는 않았다.

킴의 미소가 조금 더 경직되었다. 킴은 자세를 고쳤다. "본격적인 대화를 나누기 전에, 몇 가지 여쭈어 볼게요. 폴이라 부를까요? 아니면 멜라니 씨라고 부를까요?"

쥐 죽은 듯 고요한 몇 초가 흐른 뒤 거의 들릴락 말락 한 목소리로 그가 대답했다. "폴이라 부르세요."

"좋아요, 폴. 이제 시작할게요. 전화로 말씀드렸다시피, 아버지가 돌아가신 이후 어떻게 지내셨는지 듣고 싶은데, 괜찮으시겠어요?"

또 한 번 침묵이 흐른 뒤 그가 대답했다. "그럼요."

"좋습니다. 회계사 일을 하신지는 얼마나 됐죠?"

"평생요."

"그러니까……. 올해가 몇 년째인가요?"

"몇 년째냐고요? 대학교를 졸업한 뒤부터 했어요. 제가 올해……. 마흔 다섯입니다. 졸업했을 때 스물두 살이었고요. 그러니까 45에서 22를 빼면 23이 되겠군요." 그가 눈을 감았다.

"폴?"

"네?"

"괜찮으세요?"

그가 한쪽 눈을 뜨고 또 한쪽 눈을 떴다. "인터뷰에 응하겠다고 했으니, 해야죠. 하지만 이젠 그만 잊고 싶습니다. 상담 치료를 통해 수도 없이 되풀이했던 이야기예요. 대답해드릴 순 있어요. 하지만…… 이제 질문은 듣고 싶진 않습니다." 그가 한숨을 쉬었다. "편지 읽었어요…… 통화도 했죠…… 당신이 원하는 게 뭔지 알아요. 사건 전과 후가 어떻게 다른지 알고 싶은 거죠. 맞습니까? 좋아요. 그 이야기를 해드리죠. 이전과 이후를 간결하게 요약해드리겠습니다." 그가 작은 한숨을 내쉬었다.

거니는 문득, 산소 공급이 갈수록 부족해지는 광산에 갇힌 것 같은 기분이 들었다. 어렸을 때 보았던 영화의 한 장면처럼.

킴이 얼굴을 찌푸렸다. "무슨 말씀이신지…… 잘 이해가 안 가네요."

멜라니가 다시 한 번 말했다. 두 번째 말할 땐 조금 더 말에 무게가 실렸다. "심리 치료를 받으면서 다 겪었던 과정이라고요."

"그러시군요. 그래서……."

"그래서, 질문을 하시기 전에, 답변을 드리겠다는 겁니다. 그게 모두에게 편리하지 않을까요?"

"그게 좋겠네요, 폴. 그럼 시작하세요."

그가 그녀의 카메라를 가리키며 물었다. "그거 지금 돌아갑니까?"

"네."

멜라니가 눈을 감았다. 그가 이야기를 시작할 무렵, 이 상황을 받아들이는 킴의 심경이 입가의 경련으로 나타났다.

"물론 사건 전에도…… 제가 행복한 사람이었다고는…… 말하기 어렵습니다. 하지만 한땐 제게도 희망이라는 게 있었어요. 아마도 희망이 있었던 것 같습니다. 적어도 희망 비슷한 것. 뭔가 밝은 미래가 기다리고 있을 거라는…… 하지만 그날…… 그 사건 이후로…… 그런 희망이 완전히 사라져버렸어요. 그림 속의 색이 사라져버렸고 모든 게 잿빛이 되었어요. 이해하시겠습니까? 색이 사라졌다는 걸? 한때 저에겐 경력을 쌓고 회사를 키워나갈 에너지가 있었어요." 아주 낯선 개념을 설명하듯 그가 이야기를 풀어갔다. "고객…… 동업자…… 성과…… 더 많이, 더 멋지게, 더 크게. 그 일이 일어나기 전까지는 그랬어요." 그가 입을 다물었다.

"그 일이란 건……." 킴이 도왔다.

"그 사건이죠." 그가 눈을 떴다. "가장자리로 밀리는 기분이었어요. 벼랑은 아니더라도 마치……." 그가 한 손을 들고 차 한 대가 언덕길을 올라가

다가 그 꼭대기에서 조금 앞으로 기울어지는 모습을 표현했다. "모든 게 틀어지기 시작했어요. 다 무너졌어요. 산산조각 났죠. 엔진은 이제 작동하지 않습니다."

"가족관계는 어떻게 되시죠?" 킴이 물었다.

"가족관계? 아버지가 돌아가시고 어머니가 회복 불능의 혼수상태에 빠지신 것 말씀하시는 겁니까?"

"죄송해요. 좀 더 구체적으로 여쭈어보았어야 했는데……. 결혼은 하셨는지, 다른 가족이 있는지 궁금해서요."

"아내가 있었죠. 모든 게 내리막길에 접어드는 상황에 질려버리기 전까지는."

"자제분은요?"

"없어요. 그나마 다행이죠. 아니, 다행이 아닐 수도 있겠네요. 제 아버지 재산이 전부 외손자들, 그러니까 제 여동생의 아이들한테 갔으니까요." 멜라니는 씁쓸한 미소를 지어 보였다. "이유가 뭔지 아십니까? 이유가 아주 재미있어요. 제 여동생이 좀 문제가 많거든요. 정서적으로 아주 불안했어요. 아이들이 둘 다 조울증, ADHD, 강박 장애가 있어요. 그래서 아버지는…… 저는 건강하니까 괜찮을 거고, 그 아이들에게는 도움이 필요하다고 생각하셨지요."

"동생분과는 연락하시나요?"

"제 동생도 죽었습니다."

"유감입니다."

"몇 년 전이었어요. 오 년 아니면 육 년쯤 됐겠네요. 암이었죠. 어쩌면 죽는다는 건 그리 끔찍한 게 아닐 수도 있어요."

"왜 그런 말씀을 하시죠?"

이번에도 슬픔으로 흘러가는 씁쓸한 미소가 번졌다. "내 이럴 줄 알았어요. 질문, 또 질문." 흙탕물 속에서 무언가를 시별해내려는 사람처럼 그가 뚫어져라 테이블을 내려다보았다. "사실 돈은 아버지에게 큰 의미가 있었어요. 가장 중요한 게 돈이었죠. 무슨 말인지 이해하시죠?"

그의 슬픔이 킴의 눈 속에 반사되었다. "네."

"저의 치료사 말이, 제가 회계사가 된 게 아버지 때문이라더군요. 회계사가 결국 무얼 합니까? 돈을 세지 않습니까?"

멜라니가 다시 손을 들었다. 이번에는 천천히, 깊은 골짜기로 처박히는 차의 모습을 표현했다. "치료사는 항상 뛰어난 통찰력과 선명한 분석력을 제공하는데……. 그게 항상 좋은 건 아닙니다. 안 그렇습니까?" 그것은 질문이 아니었다.

◆◆◆

30분 정도 후 폴 멜라니의 음침한 사무실에서 나와 햇살이 내리쬐는 주차장으로 들어서는 순간 거니는 마치 어두운 극장에서 빠져나온 것 같은 기분이 들었다. 전혀 다른 세상으로 이동한 것 같은 기분.

킴이 심호흡을 했다. "와…… 이번 인터뷰는 정말……."

"암울? 적막? 침울?"

"그보다는 슬펐어요." 킴은 혼란스러운 표정이었다.

"대기실에 있던 잡지 날짜 확인해봤니?"

"아뇨. 왜요?"

"죄다 몇 년 전 거더라고. 최신호가 하나도 없어. 게다가, 날짜 이야기가 나왔으니 말인데, 해마다 이맘때가 어떤 시기인지 알고 있니?"

"무슨 말씀이세요?"

"3월 마지막 주. 4월 15일까지 3주 남았어. 회계사들이 일 년 중 가장 바쁠 때지."

"어머, 그러고 보니 정말 그렇겠네요. 고객이 하나도 없다는 뜻이네요.

아니면 거의 없든가. 저 사람 도대체 거기서 뭘 하는 걸까요?"

"글쎄다."

두 사람은 각자의 타를 타고 두 시간 넘게 달려 월넛 크로싱으로 돌아갔다. 집에 도착할 무렵 태양이 하늘에 낮게 걸려서 거니의 더러운 차창에 뿌연 저녁 햇살을 비췄고 이번 주 들어 세 번째, 어쩌면 네 번째로 와이퍼 용액이 떨어졌음을 일깨워주었다. 와이퍼 용액이 떨어진 것보다 그를 더 화나게 하는 건 그가 갈수록 메모에 의존한다는 사실이었다. 메모를 하지 않으면……

벨 소리가 음울한 분위기를 휘저었다. 휴대전화 화면에 뜬 잭 하드윅의 이름을 보고 거니는 깜짝 놀랐다.

"잭?"

"첫 번째 건 쉽더군. 그렇다고 자네가 진 빚이 탕감되는 건 아니지만."

거니는 그날 아침 그에게 한 부탁을 떠올렸다. "첫 번째 거라면 미스인지 몬터규인지 하는 친구의 신상조사 말인가?"

"사실, 몬터규인지 미스인지 하는 친구에 대해선 앞으로 더 나올 거야. 애넌anon."

"애넌?"

"'곧'이란 의미야. 윌리엄 셰익스피어가 가장 좋아하는 단어지. 그는 '곧'이라고 말해야 할 때 항상 '애넌'이라고 말했어. 자네처럼 똑똑한 친구하고 좀 더 자신 있게 대화하기 위해 내 어휘력을 개발하는 중일세."

"좋아, 잭. 자네가 자랑스러워."

"일단 지금까지 알아낸 걸 알려주지. 나중에 더 나오겠지만. 우리의 주인공은 1989년 3월 28일에 태어났어. 뉴욕 시의 세인트 루크 병원에서."

"흠."

"흠? 그건 무슨 '흠'인가?"

"이제 겨우 스물한 살이잖아."

"젠장, 그게 뭐가 어때서?"

"흥미로운 사실이야. 계속하게."

"출생증명서에 아버지 이름이 적혀 있지 않았어. 엄마가 양육권을 포기하는 바람에 어린 로버트는 입양이 결정됐는데, 생모 이름이 신기하게도 마리 몬터규야."

"그럼 어린 로버트는 미스가 되기 이전에 실제로 몬터규였다는 거로군. 재미있네."

"점점 더 재미있어질걸. 로버트는 거의 태어나자마자 피츠버그의 재산가인 고든과 셀리아 미스 부부에게 입양되었어. 고든이란 친구는 더럽게 부자였어. 애팔래치아 탄광 갑부의 상속자였거든. 그다음에 어떻게 됐게?"

"자네가 흥분하는 걸 보니 뭔가 끔찍한 일이 일어난 모양이군."

"로버트의 나이 열두 살 때 그 집에서 쫓겨나 보호소로 돌아왔어."

"이유를 알아냈나?"

"아니. 그 사건에 대한 파일은 얼마나 꽁꽁 숨겨놨는지 도저히 찾을 수가 없더군."

"난 왜 별로 놀랍지가 않은지 모르겠군. 그래서, 그 뒤로 로버트에게 무슨 일이 일어났지?"

"슬픈 이야기야. 보호소를 전전했거든. 누구도 그 아일 육 개월 이상 데리고 있질 못했어. 골칫덩어리였지. 불안 장애, 경계성 인격 장애, 간헐적 폭발성 장애로 여러 가지 약을 복용했고. 어때, 마음에 들어?"

"어떻게 알아냈는지는 물어선 안 될 것 같군."

"맞아. 묻지 말게. 결론은, 현실 분간을 못하고 분노 조절이 안 되는 아주 불안정한 친구란 거야."

"그런 친구가 어떻게 이런 정서적 안정의 상징인……."

"대학에 진학하게 되었느냐고? 그의 일그러진 정신세계 속에 상당히 높은 아이큐가 자리 잡고 있었거든. 불우한 성장 배경, 경제적 빈곤, 상당히 높은 아이큐. 그야말로 대학교 전액장학금의 마법 공식 아니겠나. 대학교에 입학한 뒤로 로버트는 연극에서 두각을 나타냈고 그 외의 다른 과목은 잘한 것도 있고 못한 것도 있더군. 사람들 이야기로는 타고난 배우래. 영화배우처럼 잘생긴 외모, 무대 위에서의 놀라운 장악력으로 사람을 끌지만 기본적으로 베일에 싸여 있어. 최근에 자기 이름을 다시 미스에서 몬터규로 바꾸었고 자네도 알다시피 우리 귀여운 킴하고 동거를 했지. 결국 안 좋게 끝났고. 최근엔 시라큐스 고급 주택가의 방 세 개짜리 빅토리안풍 저택의 한 방에 세 들어 혼자 살고 있어. 월세와 자동차, 대학교와 관련 없는 부대비용을 어디서 충당하는지는 알려지지 않았고."

"일을 하고 있진 않고?"

"일단 겉으로 드러난 일자리는 없네. 이게 지금까지 알아낸 거야. 똥물이 더 나오는 대로 바로 자네한테 투척해주겠네."

"자네한테 큰 빚을 졌군."

"알면 됐어."

저녁 커피를 마시며 매들린이 한 시간 전 하늘을 물들였던 놀라운 황혼에 대해 이야기할 때, 거니의 머릿속에서는 수많은 사실들이 유영하고 있었다. 황혼을 본 기억은 없었다. 황혼이 있어야 할 자리에 혼란스러운 이미지, 사람, 사실만 뒤엉켜 있었다.

쿠키를 굽는 땅딸보는 강한 여성이었던 자신의 어머니를 '희생자'로 보기를 원치 않았다. "다른 사람 심기를 건드리고 열받게 했을 거예요." 누군가 그에게 다이아몬드가 박힌 어머니의 귓불이 인근 덤불에서 발견되었다는 이야기를 해주었을까.

폴 멜라니는 자신의 부유한 아버지가 전 재산을, 다시 말해서 모든 사랑을, 다른 사람에게 주었다고 말했다. 자신의 경력이 그 의미를 잃었고 그의 삶은 잿빛으로 변했고 그의 마음은 암울하고 비관적인 상태였다. 그의 언어, 태도, 생기 없는 사무실은 자살의 암시와 일치했다.

젠장…… 혹시…….

매들린이 테이블 맞은편에서 그를 관찰하고 있었다. "무슨 일 있어?"

"오늘 킴하고 같이 만났던 사람 생각하고 있었어."

"이야기해봐."

"그 사람이 했던 말을 다시 생각해보고 있었어. 그 사람 이야기를 들어보니…… 무척 우울한 상태더라고."

매들린의 눈빛이 강렬해졌다. "뭐라고 했는데?"

"그걸 기억하려 애쓰는 중이야. 지금 생각나는 건 한 가지야. 자기 여동생이 죽었다고 말하면서, 죽는 게 그렇게 끔찍한 일은 아니라는 식으로 말했던 것 같아."

"좀 더 직설적인 표현은 없었어? 무얼 하겠다는 의도 같은 거?"

"아니. 단지…… 전반적으로 무겁고…… 뭔가 결핍된 것 같은…… 나도 잘 모르겠어."

매들린은 비통한 표정을 지었다.

"당신 다니는 병원에서 자살했다는 그 사람 말이야. 그 사람은 뭔가 구체적인 암시같은 게……."

"아니, 그런 건 없었어. 만약 그랬다면 정신과로 보냈겠지. 그런데 그 사람도 좀 무거운…… 분위기가 있었어. 어둡고 절망적이고."

거니가 한숨을 쉬었다. "불행히도, 어떤 사람이 무얼 할 것 같다는 우리의 생각은 별로 중요하지가 않아. 자기가 뭘 할 거라고 말했느냐가 중요하지." 거니가 얼굴을 찌푸렸다. "하지만 좀 알아보고 싶은 건 있어. 내 마음이 좀 편해지려면." 그는 선반에 놓았던 휴대전화를 들고 잭 하드윅에게 전화를 걸었다. 전화는 음성사서함으로 넘어갔다.

"잭, 기왕 한 가지 더 부탁해서 이미 자네한테 진 엄청난 빚에 보태볼까 하는데, 오렌지 카운티에 폴 멜라니라는 회계사가 있어. 착한 양치기의 첫 번째 희생자 브루노 멜라니의 아들. 혹시 그자가 총기를 소지하고 있는지 알고 싶어. 좀 걱정되는 부분이 있어서 그래. 얼마나 걱정을 해야 할지 몰라서. 고맙네."

전화를 끊은 거니가 다시 테이블에 앉아 아무 생각 없이 커피에 세 번째로 설탕을 넣었다.

"달게 마시려고?" 매들린이 엷은 미소를 지으며 물었다.

그는 어깨를 으쓱한 뒤 천천히 커피를 저었다.

매들린은 고개를 한쪽으로 비스듬히 하고 그를 불안하게 하는, 그러나 지난 몇 년 동안 그가 좋아하게 되어버린 특유의 눈빛으로 그를 관찰하고 있었다. 그녀가 무슨 생각을 하는지 알아서도, 그녀의 관찰이 어떤 질문으로 이어질지 예측할 수 있어서도 아니었다. 단지 그것이 애정의 표현임을 알기 때문이었다. 그녀에게 무슨 생각을 하냐고 묻는 것은 그들 관계의 정의를 묻는 것과도 같았다. 어떤 관계든 그 관계를 소중하게 만드는 대목은 쉽게 설명할 수 있는 부분이 아니었다.

그녀가 컵을 양손으로 들어 입술에 대고 한 모금 마신 뒤 천천히 내려놓았다. "상황이 어떻게 돌아가는지…… 이야기해주지 않을래?"

이유는 알 수 없지만 그녀의 질문이 그를 놀라게 했다. "정말 궁금해?"

"물론."

"엄청 많은데."

"이야기해봐."

"좋아. 대신 당신이 먼저 물어봤다는 거 잊지 마." 거니가 의자 뒤에 몸을 기대고 20여 분 동안 거의 쉬지 않고 그의 마음속에 떠오르는 모든 것을 털어놓았다. 로버타 로트커의 사격연습장에서부터 맥스 클린터의 집 앞에 걸려 있던 해골까지. 굳이 정리하고 순서를 정하고 편집하려 애쓰지 않았다. 이야기하는 동안, 이번 사건에 연루된 이상한 사람들, 기이한 접점, 불실한 복잡성에 그 자신도 놀랐다. "그리고 마지막으로," 그가 결론을 내렸다. "우리 헛간 문제가 있지."

"그래, 우리 헛간." 매들린이 말했다. 그녀의 표정이 굳어졌다. "당신이 말한 것들하고 관계가 있다고 생각해?"

"그런 것 같아."

"당신 계획은 뭔데?"

달갑지 않은 질문이었다. 그가 하려는 일 중에 계획이라고 부를 만한 건 아무것도 없다는 현실을 인정해야만 하니까. "소몰이 막대를 들고 여기저기 찔러보면서 누가 소리를 지르는지 보는 수밖에. '신성한 소*' 밑에 불을 켜볼 수도 있겠지."

"당신 우리말로 말할 순 없는 거야?"

"치안 당국에 뭔가 확실한 사실을 알고 있는 사람이 있는지, 착한 양치기 사건을 떠받치고 있는 신성한 이론이 내가 생각하는 만큼 부실한지 알아볼 생각이야."

"그래서 내일 그 물고기 만나?"

"응. 트라우트. 애디론댁에 있는 별장에서. 소로우 호수 근처에 있는."

바로 그때 카일과 킴이, 차가운 한 줄기 바람과 함께 들어섰다.

---

* The sacred cow, 지나치게 신성시되어 비판과 의심이 허용되지 않는 관습 혹은 제도를 일컫는 말.

28

더 어둡고, 더 춥고, 더 깊은

다음 날 새벽, 거니는 다시 첫 커피 잔을 들고 테이블 앞에 앉았다. 테라스 한 귀퉁이에서 장님거미 한 마리가 거미줄에 걸린 집게벌레를 끌어당기는 모습을 유리문 앞에 앉아 지켜보았다. 집게벌레는 여전히 발버둥을 치며 버티는 중이었다.

거니는 순간적으로 그들의 싸움에 끼어들고 싶은 충동을 느꼈지만 문득 자신의 충동이 따뜻한 마음이나 인정에서 우러난 것이 아님을 깨달았다. 단지 그들의 몸부림을 시야에서 걷어내고 싶은 지극히 단순한 욕망일 뿐이었다.

"무슨 일 있어?" 매들린의 목소리였다.

거니는 깜짝 놀라며 막 샤워를 마치고 나와 분홍색 셔츠에 초록색 반바지를 입고 그의 곁에 서 있는 매들린을 돌아보았다.

"야생의 잔혹성을 관찰하고 있었어." 그가 말했다.

매들린은 유리문 밖으로 동쪽 하늘을 바라보았다. "오늘도 날씨 좋겠다."

거니는 제대로 듣지도 않고 건성으로 고개를 끄덕였다. 또 한 가지 생각이 그의 주의를 끌었다. "어젯밤 잠자리에 들기 전에 카일이 오늘 아침 맨해튼으로 돌아갈 거라고 했던 것 같은데, 언제쯤 출발할 건지 들었어?"

"한 시간 전에 둘이 같이 출발했어."

"뭐?"

"한 시간 전에 출발했다고. 당신이 곤히 잠들어 있어서 깨우고 싶지 않댔어."

"둘이?"

매들린은 거니가 놀라는 게 오히려 놀랍다는 듯 그를 보았다. "킴이 오늘 〈살인의 고아들〉 때문에 녹음할 일이 있어서 시내에 나가야 한다고 했어. 카일이 좀 일찍 나가서 같이 있자고 했나 봐. 설득하기 별로 어렵지 않아 보이던데. 오늘 밤 킴이 카일 아파트에 묵을 것 같아. 당신이 눈치 못 챘다니 그게 더 신기해."

"눈치는 챘지만, 이렇게 빠를 줄은 몰랐지."

매들린은 싱크대의 커피메이커로 가서 커피를 한 잔 따랐다.

"당신 걱정돼?"

"난 의외의 상황, 깜짝 쇼 같은 게 왠지 불편해."

그녀는 커피를 한 모금 마시고 테이블로 돌아왔다. "불행히도 우리 인생은 그런 것들로 가득 차 있어."

"그렇긴 하지."

그녀는 테이블 옆에 서서 먼 창밖으로 점점 더 햇살이 퍼져가는 산봉우리를 바라보았다. "킴이 걱정돼?"

"조금은. 로비 미스 일이 마음에 걸려. 그 친구 문제가 많던데, 킴은 그런 놈하고 동거를 했어. 그 그림이 어딘가 이상하잖아."

"동감이야. 하지만 당신하고는 다른 의미로. 상처받은 영혼에 끌리는 사람은 많아. 주로 여자들이 그래. 상처가 깊을수록 더 매력적이지. 범죄자나 마약중독자하고 사귀면서 그들의 삶을 바로잡고 싶어 해. 끔찍한 인간관계 방식이지만 드물진 않아. 난 그런 관계를 병원에서 매일 보고 있어. 킴하고 로비 미스의 관계도 그런 거였겠지. 그러다가 어느 순간 킴이 정신을 차리고 용기를 내 놈을 걷어찬 거겠지."

거니는 동이 트자마자 상세하게 받아 적은 지도를 손에 들고 소로우 호수로 출발했다. 캣스킬 산자락과 굽이치는 쇼하리의 논밭을 지나 애디론댁으로 접어드는 길은 혼란스러운 추억의 여행길이었다. 아버지와의 관계가 극도로 악화되었을 때 십 대에 접어든 거니는 어머니와 브랜트 호수로 휴가를 갔었다. 아버지와의 냉랭한 관계는 어머니를 결핍되고 불안하고 육체에 집착하게 만들었다. 40년이 지난 지금도 그날의 기억은 불안한 먹구름을 드리웠다.

북쪽으로 달릴수록 산봉우리의 경사는 가팔라졌고 계곡은 좁아졌으며 그늘은 깊어졌다. 트라우트의 비서로부터 받아 적은 기록에 따르면 지도에서 지명이 확인되는 마지막 도로는 셔터 스퍼였다. 거기서부터는 오래된 벌목 도로를 달리다가 정확한 지점에서 회전하기 위해 주행기록을 수시로 확인해야 했다. 숲에는 광활한 사유지가 포함되어 있었고 별장 몇 채 외에는 가게도, 주유소도, 사람도 눈에 뜨이지 않는 데다 휴대전화도 불통이었다.

거니의 사륜구동 방식 아웃백으로도 겨우 돌아다닐 만한 지형이었다. 다섯 번째 회전을 한 다음 트라우트의 별장으로 이어진다는 길로 접어들자 별장 대신 자그마한 평지가 나왔다.

차에서 내려 주위를 둘러보았다. 네 개의 거친 길이 제각기 다른 방향으로 뻗어 있었지만 그중 어느 길로 가야 할지 알려주는 표지판은 없었다. 오전 8시 58분. 약속시간 2분 전이었다.

받아 적은 대로 정확히 따라왔다고 확신했고 꼼꼼해 보이는 비서가 실수를 했을 리도 만무했다. 이렇게 되면 두어 가지의 설명이 가능했지만 그는 그중 한 가지만 확인해보기로 했다.

그는 다시 차로 돌아가서 차에 탄 뒤 창문을 조금 내려 바람을 들이고 의자를 최대한 뒤로 꺾은 다음 눈을 감았다. 그리고 이따금 시간을 확인했다. 9시 15분 즈음 차 한 대가 다가오는 소리가 들렸다. 멀지 않은 곳에서 차가 멈추었다.

예상했던 노크 소리가 들리자 그는 눈을 뜨고 하품을 한 뒤 의자를 제자리로 하고 창문을 열었다. 호리호리하고 단단해 보이는 체구에 날카로운 갈색 눈동자, 짧게 자른 검은 머리의 남자가 서 있었다.

"데이브 거니 씨?"

"저 말고 오기로 한 사람이 또 있습니까?"

"여기서 내리셔서 ATV*에 타세요." 그가 위장 페인트를 칠한 가와사키 뮬**을 가리키며 말했다.

"통화할 땐 이런 이야기 없으시더니."

남자의 눈썹이 일그러졌다. 자기 목소리가 그렇게 쉽게 식별되는 걸 원치 않았을 것이다. "이 시간엔 직접 들어오시는 게 불가능합니다."

거니는 미소를 지었다. 그는 남자를 따라 ATV 조수석에 탔다. "만약 내가 이런 곳에 별장을 갖고 있다면 어떻게 하고 싶은지 아십니까? 이곳에 오는 손님들을 데리고 장난을 치고 싶을 것 같습니다. 길을 잃었다고 생각하게 만드는 거죠. 회전 지점을 놓쳤거나. 그러고 나서 겁에 질리는지 가만히 두고 보겠어요. 휴대전화도 안 터지는 오지 한복판이니까요. 들어오는 길이 틀렸다면, 나가는 길도 찾을 리가 없죠. 안 그렇습니까? 이런 상황에서 공황상태에 빠지는지 지켜보는 건 언제나 즐거운 일이지요. 제 말 무슨 뜻인지 아시겠습니까?"

남자의 입이 굳어졌다. "잘 모르겠는데요."

"물론 모르시겠지요. 어떻게 아시겠습니까? 제 말이 무슨 말인지 이해하는 사람이라면 분명히 통제욕에 사로잡힌 미치광이일 텐데."

---

* All-Terrain Vehicle, 험한 지형도 잘 달리게끔 고안된 소형 오픈카.
** ATV의 브랜드.

3분 뒤. 울퉁불퉁한 거친 들길을 800미터 정도 달렸고 성난 남자의 시선은 위험한 도로에서 한 번도 벗어나지 않았다. 체인을 두른 울타리에 이르자 문이 열렸다.

울타리 문 안으로 들어서자 널찍한 솔숲 속으로 길이 사라졌다. 그러다가 어느 순간, 솔숲 한복판에서 별장이 그 모습을 드러냈다. 전통적인 애디론댁 별장을 개조한 스위스 오두막풍의 2층짜리 건물이었다. 지붕 안쪽으로 들어앉은 베란다에 초록색 페인트로 칠한 문과 창틀, 초록색 지붕의 전원풍 통나무집. 외관이 대체로 어두웠고 베란다는 거의 그늘 속에 있어서 그들이 탄 차가 현관 계단 앞에 멈추어 선 뒤에야 트라우트 요원, 혹은 트라우트 요원으로 추정되는 남자가 다리를 넓게 벌린 채 베란다 한복판에 서 있는 모습이 눈에 들어왔다. 그는 커다란 도베르만 사냥개를 짧은 줄로 잡고 있었다. 우연히, 혹은 의도적으로 연출된 그의 오만한 자세와 위압적인 도사견의 모습은 수용소 간수를 연상시켰다.

"소로우 호수에 오신 걸 환영합니다." 감정이 배제된, 사무적인, 환영의 기미가 조금도 없는 목소리였다. "매튜 트라우트라고 합니다."

거대한 소나무들 사이로 그나마 스며드는 햇살은 간격도 먼 데다 고드름처럼 가늘었다. 바람에 밴 상록수 향은 강렬했다. 실내에서 돌아가는, 아마도 발전기인 것 같은 엔진의 낮고 집요한 울림은 본채의 오른쪽에 있는 별채에서 들려오고 있었다.

"별장 위치가 아주 좋습니다."

"네. 들어오시죠." 트라우트가 날카로운 명령을 하자 도베르만이 돌아섰고 그들 일행이 거니를 집 안으로 안내했다.

현관을 들어서니 곧바로 한 면을 석조 벽난로가 점령하고 있는 널찍한 거실이 나왔다. 거친 벽돌로 만든 벽난로 선반 한복판에는 성난 노란 눈동자에 긴 발톱을 가진 새와 뛰어오르려 웅크리고 있는 살쾡이 두 마리가 박제되어 있다.

"녀석들이 다시 돌아오고 있어요." 트라우트가 심각한 표정으로 말했다. "매주 새로운 목격담이 들려오고 있습니다."

거니가 남자의 시선을 따라갔다. "살쾡이 말입니까?"

"놀라운 동물이죠. 근육량만 40킬로그램이에요. 발톱은 면도날처럼 날카롭고요." 벽난로 위 박제된 괴물들을 보는 그의 눈빛에 흥분이 역력했다.

트라우트는 키가 작았다. 기껏해야 165센티미터 정도. 그러나 보디빌더처럼 어깨가 떡 벌어졌다.

그가 몸을 숙이며 도베르만을 묶고 있던 개줄을 풀었다. 후음의 명령이 떨어지자 도베르만이 느릿느릿 걸어 가죽 소파 뒤로 갔다. 트라우트가 그에게 바로 그 소파에 앉으라고 권했다.

거니는 주저 없이 소파에 앉았다. 상대에게 위압감을 주려는 트라우트의 노골적인 노력이 그에겐 오히려 한심해 보였고 다음에는 뭐가 나올지 궁금했다.

"이 모든 게 얼마나 비공식적인 일인지 이해하실 줄 압니다." 트라우트가 선 자세로 말했다.

"비공개적?" 일부러 못 알아들은 척하며 거니가 물었다.

"아뇨. 비공식적이라고 했습니다."

"죄송합니다. 제가 이명이 있어서요. 총알을 머리로 막았거든요."

"들었습니다." 그가 잠시 거니의 머리를 보았다. 영 믿음이 안 가는 멜론을 구입할 때 정도의 근심을 담고서. "어떻게 회복은 좀 되셨는지요?"

"누구한테 들으셨습니까?"

"뭘 말입니까?"

"제 머리의 총상요. 들었다고 하셨죠."

트라우트의 셔츠 주머니 속 휴대전화 벨이 낮게 울렸다. 그가 전화를 꺼내 발신자를 확인했다. 그가 얼굴을 찌푸렸다. 아마도 발신자를 향해서. 그는 잠시 고민하다 통화 버튼을 눌렀다.

"트라우트입니다. 어디 계십니까?" 귀에 전화기를 대고 있는 동안 그의 턱 근육이 여러 차례 굳었다. "곧 보겠군요." 그는 버튼을 누르고 휴대전화를 다시 주머니에 넣었다.

"거니 씨 질문의 대답입니다."

"제 이야기를 한 사람이 지금 이리로 오고 있습니까?"

"바로 그렇습니다."

거니가 미소를 지었다. "대단하네요. 일요일에도 일하는 여자인 줄 몰랐는데."

그의 말에 트라우트는 놀란 듯 눈을 깜빡이며 잠시 흠칫하고는 헛기침을 했다. "방금 말씀드렸다시피, 이 만남은 완전히 비공식적인 겁니다. 제가 거니 씨를 만나는 이유는 세 가지가 있습니다. 첫째, 당신이 홀든필드 박사에게 나를 만날 수 있는지 물었기 때문이고, 둘째, 같은 업계에서 일했던 분에 대한 예우이고, 셋째, 이번 비공식적 만남을 통해 착한 양치기 사건 수사 당국에 대한 거니 씨의 모든 의혹을 불식시키길 바라서입니다. 아무리 좋은 의도로 출발했다고 해도 때로는 심각한 공무 집행 방해가 될 수 있으니까요. 미 법무부 산하 변호사들이 공무 집행 방해로 어떤 짓을 할수 있는지 알면 아마 놀라실 걸요."

트라우트가 고개를 저었다. 마치 지금이라도 악명 높은 지방검사들이 거니를 잡으러 올지도 모른다는 듯이.

거니는 천진하고 정직한 미소를 지었다. "그 점에 대해서만큼은 난 100퍼센트 당신 말을 믿어요. 혼선을 일으키는 건 골치 아픈 일이죠. 난 모든 걸 드러내길 좋아하는 사람입니다. 우리, 가진 카드를 펼쳐놓고, 터놓고 이야기합시다. 비밀도, 거짓말도, 헛소리도 없이."

"좋습니다." 트라우트의 냉랭한 말투에는 '좋은' 기미라곤 없었다. "잠깐 실례 좀 하겠습니다. 잠깐 볼일이 있어서요. 오래 걸리진 않습니다." 그가 벽난로 옆의 문밖으로 나갔다.

도베르만이 낮게 으르렁거렸다.

거니는 소파에 몸을 기대고 눈을 감은 뒤 그의 작전을 생각해보았다.

15분 뒤, 트라우트가 레베카 홀든필드를 데리고 돌아왔다. 주말을 방해받아 짜증나고 화가 났다기보다는 오히려 기운이 넘쳐보였다.

트라우트는 지금까지 보여준 그 어떤 표정보다도 그나마 호의에 가까운 미소를 지었다. "홀든필드 박사에게 오늘 와주십사 부탁했습니다. 거니 씨가 품고 계신 이상한 의문점들을 정리할 수 있을 것 같아서요. 양해 바랍니다, 거니 씨. 이게 워낙 미묘한 사안이라서요. 데이커도 참석해달라고 부탁했습니다. 또 하나의 귀와 또 하나의 관점이죠."

그가 손짓하자 트라우트의 비서가 문간 벽난로 옆에 섰다. 트라우트와 홀든필드는 거니의 맞은편 소파에 앉았다.

"자, 그럼, 먼저 거니 씨가 이 사건에 대해 품고 있는 이상한 의혹으로 바로 들어갑시다. 빨리 해결하면, 빨리 집에 갈 수 있어요." 그가 거니를 가리켰다.

"우선 질문으로 시작하죠. 사건 수사 중에, 기존의 가설과 일치하지 않는 사실을 은폐한 바가 있습니까? 대답할 가치가 없는 사소한 질문들 같은 것 말입니다."

"좀 더 구체적으로 말씀해주시겠습니까?"

"야간 저격용 보안경의 필요성에 대한 토론이 있었습니까?"

트라우트가 얼굴을 찌푸렸다. "무슨 말씀이시죠?"

"총기의 선택이 이치에 맞지 않았단 점에 대해서는요? 총은 정확히 몇 자루를 사용했습니까? 또 어디다 은폐했을까요?"

무표정한 상태를 유지하려는 눈에 띄는 노력에도 트라우트의 눈에 근심과 계산이 번득였다.

거니가 말을 이었다. "더구나 저격수의 대범함과 범인이 썼다는 광기 어린 선언문에는 극명한 모순이 존재합니다. 완벽하게 논리적인 작전과 완벽하게 비논리적인 목표라고나 할까요."

"자살 폭탄의 경우에도 그와 비슷한 모순들로 가득 차 있죠." 트라우트가 한 손을 내저으며 말했다.

"자살 폭탄 자체로 보면 그럴 수도 있겠죠. 하지만 거기 연루된 개인은 그렇지 않아요. 맨 위에는 정치적 목표를 가진 한 사람이 있습니다. 목표를 정하고 작전을 실행하는 전략가, 채용하는 사람, 훈련시키는 사람, 현장에서 관리하는 사람, 폭탄과 함께 터지는 사람…… 하나의 팀으로 움직일지 몰라도 그들 모두 제각기 다른 개인입니다. 결과는 끔찍하고 파괴적이지만, 각각의 구성원은 일관성이 있고 납득이 가는 개인이지요."

트라우트가 고개를 저었다. "그게 이 사건과 어떤 연관성이 있는지 모르겠군요."

문간에 서 있던 데이커가 하품을 했다.

"연관성은 분명합니다." 거니가 말했다. "전세계의 오사마 빈라덴들은 절대 파일럿이 되어 경비행기를 조종하지 않아요. 그런 인간들을 만드는 심리 구조는 결코 그와 다른 인간이 될 수 없으니까요. 소위 착한 양치기라는 작자는 한 사람 이상이거나, 아니면 그의 동기와 심리 구조를 통합하려는 당신들의 노력이 잘못된 거란 얘깁니다."

트라우트가 깊은 한숨을 내쉬었다. "아주 재미있군요. 제가 보기에 가장 재미있는 대목이 뭔지 아십니까? 총, 혹은 여러 자루의 총에 대한 언급입니다. 기밀 사항에 접근하셨군요." 그가 의자에 몸을 기대며 양손을 삼각형 모양으로 턱 밑에 모았다. "심각한 사안입니다. 그런 정보를 캐낸 것도 문제고, 그걸 당신에게 넘겨준 사람에겐 퇴직 사유가 될 수도 있는 문제예요. 직접적으로 물어봅시다. 이 사건, 혹은 다른 사건과 관련해서 연방 법 집행부에서 대외비로 제한하고 있는 정보를 얼마나 알고 계십니까?"

"이것 보세요, 트라우트. 제발 우리 이러지 맙시다."

트라우트의 목 근육이 경직되었지만 너 밀은 없었다.

거니가 말을 이었다. "난 희대의 살인사건에 관한 엄청난 오해의 가능성을 이야기하러 온 겁니다. 이 자리를 행정절차상의 법률위반 문제를 놓고 트집이나 잡는 시간으로 축소시키길 원하십니까?"

홀든필드가 경찰처럼 오른손을 들며 '멈춤' 동작을 했다. "제안 하나 할까요? 감정의 수위를 한 단계 낮출 수 있을까요? 지금 우리는 사실과 증거, 합리적인 토론하기 위해 모였어요. 그런데 감정적인 요소가 방해가 되고 있군요. 제발 좀……."

"절대적으로 동감입니다." 경직된 미소를 지으며 트라우트가 말했다. "일단 거니 씨에게 발언권을 드리고 알고 있는 걸 전부 털어놓으시도록 합시다. 증거에 대한 견해 차가 생기면 그때 그 문제를 해결하죠. 거니 씨? 저희에게 할 이야기가 많으신 거 같은데, 어디 한번 들어봅시다."

기밀문서에 접근한 것이 유죄임을 밝혀내려는 의도가 너무도 노골적으로 드러난 그의 얼굴을 보고 거니는 한바탕 웃을 뻔했다.

트라우트가 덧붙였다. "어쩌면 십여 년 동안 저는 이 사건에 너무 가까이 있었는지도 모르겠습니다. 거니 씨는 새로운 시각으로 바라볼 수 있겠죠. 말씀해보시죠. 제가 무얼 놓쳤는지."

"너무 부실한 토대 위에 너무 엄청난 가설을 세웠다고 할까요?"

"그게 바로 수사상의 전제를 세우는 기술이죠."

"정신분열적 망상이라고 부르기도 하죠."

"데이브……." 그를 진정시키려는 듯 홀든필드의 손이 무릎에서 올라갔다.

"죄송합니다. 제가 우려하는 바는, 이번 사건의 수사가 현대 심리학 이론들로 꽁꽁 둘러싸인 거대한 군무라는 점입니다. 선언문, 구체적인 저격 방법, 범인 프로필, 언론의 신화화, 대중의 상상력, 학문적 이론화가 이 이야기를 만드는 데 공헌하고 있다는 거죠. 이야기를 지어내고 광을 내고 난공불락의 진실로 둔갑시켰어요. 문제는 난공불락의 진실을 뒷받침할 견고한 사실이 없다는 겁니다."

"당연히 있죠." 홀든필드가 날카롭게 그의 말을 잘랐다. "처음 말씀하신 두 가지는 아주 견고한 사실이라고 볼 수 있어요. 선언문, 그리고 구체적인 저격 방법."

"만약 그 선언문과 구체적인 저격 방법이 서로를 강화하기 위해 의도적으로 고안된 것이라면? 만약 범인이 우리가 생각하는 것보다 두 배로 영리하다면? 범인이 지난 십 년 동안 트라우트 요원의 수사팀을 한심하게 여기면서 뒤에서 깔깔거리고 웃고 있다면?"

트라우트의 눈빛이 차게 식었다. "방금 범인 프로필을 읽었다고 하셨습니까?"

거니가 미소를 지었다. "소중한 파일에 무단 접근했다는 이야기로 들렸습니까? 그런 말은 한 적 없습니다. 범인 프로필에 대해 이야기했을 뿐, 프로필을 읽었다고 말한 적은 없어요. 어디 잠깐 생각 좀 해봅시다. 아마도 그 범인 프로필은 범인이 얼마나 효율적이면서 효율적이지 못한지, 얼마나 정서적으로 안정되어 있으면서 미쳤는지, 얼마나 무신론적이면서 광신도인지 설명하고 있겠지요? 제가 제대로 짚었습니까?"

트라우트는 짜증스럽다는 듯 한숨을 쉬었다. "노 코멘트."

"문제는 당신들이 선언문을 범인의 생각 그 자체로 받아들였다는 겁니다. 그 선언문이 당신들의 생각에 부합되니까요. 당신들이 사건에 대해 이미 갖고 있었던 개념들을 유효하게 만들어주었지요. 그 선언문은 하나의 사기일 수도 있고, 당신들이 범인의 손에 놀아나고 있다는 생각은 하지 않았습니다. 착한 양치기는 당신들이 내린 결론이 옳다고 말하고 있었어요. 그러니까 당연히 그 말을 믿었겠죠."

트라우트가 서글픈 체념을 표현하듯 고개를 저었지만 연기력은 형편없었다. "우리는 지금 서로 다른 행성에 살고 있는 것 같군요. 거니 씨의 경력을 감안했을 때, 난 적어도 우리가 같은 편이라고 생각했는데 말입니다." "생각은 좋네요. 현실하고 좀 동떨어져 있어서 그렇지."

그는 계속 고개를 저었다. "양치기 사건과 관련하여 FBI의 목적은, 물론 모든 사건의 수사가 그럴 것이고, 정직한 경찰 공무원이라면 모든 수사에 그래야 하겠지만, 진실을 밝히는 것이었습니다. 이러한 직업윤리를 공유하신다면 우린 같은 편이죠."

"정말 그렇게 생각하십니까?"

"그게 우리가 하는 모든 일의 기본이라고 말할 수 있죠."

"이봐요, 트라우트. 난 이 바닥에서 아주 오래, 어쩌면 당신보다 더 오래 일했어요. 당신이 지금 이야기하는 상대는 전직 경찰입니다. 로터리클럽에서 만난 사업가가 아니고. 물론 목표는 진실을 밝혀내는 것이지요. 또 다른 목표가 그 길을 막지 않는 한. 대부분의 사건 수사에서 우리는 진실을 밝혀내지 못합니다. 우리가 얻는 건, 그나마 운이 좋으면, 만족할 만한 결론이지요. 무언가를 유형화할 수 있는 믿을 만한 공식. 누군가에게 형을 선고할 방법. 당신은 진실과 정의의 추구로는 보상을 받지 못하는 경찰계의 현실을 누구보다도 잘 알아요. 이 바닥에서는 만족할 만한 결론에 보상을 합니다. 경찰 개개인이 마음속에 품은 목표는 진실을 밝혀내는 것일 수도 있겠지요. 하지만 그 경찰이 보상을 받는 건 사건을 해결할 때입니다. 지방검사에게 기소할 범인을 넘겨주어야 보상을 받죠. 우리 수사의 결론과 일치하는 진술, 동기가 있으면 더 좋겠지요. 범인이 서명한 자백이라면 더할 나위가 없고요. 그게 우리의 현실이죠."

트라우트가 눈을 부라리고는 시계를 보았다.

"문제는," 거니가 몸을 내밀며 말했다. "당신들에게는 수사 방향과 일치하는 진술이 있었다는 겁니다. 어떻게 보면 범인이 서명한 자백이나 마찬가지죠. 옥의 티가 있다면, 좀처럼 범인이 잡히질 않는다, 이거겠죠. 하지만 그게 무슨 상관입니까. 범인 프로필이 있는데. 범인의 목적이 상세하게 기록된 선언문이 있고, 당신과 당신네 행동분석팀이 착한 양치기에 대해 알고 있는 사실에 완벽하게 부합되는 여섯 건의 살인사건이 있는데. 열심히 일했고, 논리적인 결론에 도달했죠. 일관성 있고, 전문적이고, 방어적인 결론."

"도대체 그게 뭐가 문제란 겁니까?"

"아직 공개되지 않은 증거가 있는 게 아니라면, 지금 당신이 알고 있다고 믿는 모든 것들의 근거는 하나의 허구입니다. 솔직히, 나도 내가 틀렸길 바랍니다. 제발 아무도 모르는 사실이 있다고 말해주세요."

"도대체 말이 안 되는 이야기를 하시는군요. 전 바쁜 사람입니다. 그러니 괜찮으시다면……."

"스스로 두 가지 질문을 던져보세요, 트라우트. 첫째, 만약 그 선언문을 받지 않았다면 이 수사에 대해 어떤 가설을 세웠겠는가. 둘째, 만약 그 소중한 선언문에 적힌 한 마디 한 마디가 다 헛소리라면 그땐 어떻게 해야 하나."

"재미있는 질문이군요. 가시기 전에 한 가지 여쭙겠습니다." 삼각형 모양의 손이 턱 밑으로 돌아왔다. 교수를 연상시키는 자세였다. "현재 거니 씨의 애매한 위상과 이 사건에 연루될 타당성의 부족을 감안할 때, 이런 공격적인 이론을 제게 들이대시면 분란을 일으키는 것 말고 또 어떤 득이 있습니까?"

트라우트의 시선에 담긴 것은 아마도 위협이었을 것이다. 문설주에 기대어 선 데이커의 입술에 서린 것은 아마도 조롱이었을 것이다. 혹은, 그에게 경찰 배지가 없다는 사실을 상기시켜주는 무엇이었을 것이다. 그 충동의 근원이 무엇이었건, 거니는 계획에 없었던 말을 하고야 말았다.

"이렇게 나오시면, 지금까지 진지하게 생각해보지 않았던 제안을 수락할 수밖에 없겠군요. 램TV에서 절 내세워서 프로그램을 하나 기획하고 싶어 하더군요."

"당신을 내세워서?"

"아니면 저의 이미지를 내세운다고 해야 할까요? 저의 경력을 이용해서 말입니다."

트라우트의 시선이 호기심을 품고 데이커를 보았고 데이커는 어깨를 으쓱하며 아무 말도 하지 않았다.

"강력계에서 저의 체포 기록에 대해 호들갑을 떨더군요."

트라우트의 입이 열렸다가 아무 말 없이 도로 닫혔다.

"유명한 미제 사건들을 검토하고 수사 방향이 어디가 잘못되었는지에 대한 제 의견을 듣고 싶답니다. 착한 양치기 사건부터요. 〈정의의 부재〉라는 제목을 생각하고 있던데, 그럴듯하지 않습니까?"

트라우트는 턱 밑에 세운 손가락을 한참 바라보다가 또 한 번 서글픈 표정으로 고개를 저었다. "거니 씨가 말씀하시는 모든 내용들이 저에게 끊임없이 공문서 유출, 무허가 접근, 기밀사항 유출, 규칙 위반, 연방법과 주 정부의 법령 위반 문제를 제기하고 있군요. 불쾌하기가 이루 말할 수 없네요."

"그 정도야 응당 치러야 할 작은 대가죠. 당신이 조금 전에 말했듯이, 중요한 건 정의 아닙니까. 아, 진실이라고 했던가요? 어쨌든 뭐 그 비슷한 거였는데. 안 그렇습니까?"

트리우트는 거니를 차갑게 쏘아보다가 천천히 다시 한 번 강조해서 말했다.

"불쾌하기가, 이루, 말할 수가, 없다고 했습니다." 그의 시선이 벽난로 위 살쾡이에게로 향했다. "이건 결코 작은 대가라고 말할 수가 없어요. 당신의 입장을 이해하고 싶지도 않고요. 방화사건까지 일어난 지금 같은 상황에서는 더더욱."

"뭐라고 하셨죠?"

"헛간에 화재가 있었다고 들었습니다."

"지금 우리가 하는 이야기와 그게 무슨 상관이죠?"

"거니 씨의 삶에서 일어난 또 한 가지 부담이겠죠. 또 한 가지 골치 아픈 문제이고요." 그는 과장스러운 동작으로 시계를 보았다. "이젠 정말 시간이 없습니다." 그가 일어섰다.

거니도 일어섰고 홀든필드도 일어섰다.

트라우트의 입이 공허한 미소로 일그러졌다. "의견 주셔서 감사합니다, 거니 씨. 데이커가 다시 차로 모셔다 드릴 겁니다." 그가 홀든필드에게로 돌아섰다. "잠깐 이야기 좀 할까요? 몇 가지 의논할 일이 있어요."

"좋아요." 그녀가 트라우트와 거니 사이에 끼어들며 거니에게 손을 내밀었다. "만나서 반가워요. 헛간 이야기 조만간 들려줘요. 난 오늘 처음 들었거든요."

거니가 그녀의 손을 잡는 순간 작게 접은 종이쪽지가 만져졌다. 거니는 눈에 안 띄게 쪽지를 받았다.

데이커가 그를 보고 있었지만 알아차린 기색은 없었다. 그가 문을 가리켰다. "가시죠."

거니는 차로 돌아와 시동을 걸고 데이커가 가와사키를 타고 사라진 뒤에야 쪽지를 펼쳐보았다.

펼쳐보니 5센티미터도 되지 않는 종이 조각에 한 줄이 적혀 있었다. "브랜빌 이글스 네스트에서 기다려요."

이글스 네스트에는 가본 적이 없었다. 새로 생긴 레스토랑이고, 지방 빈민가에서 운치 있는 조그만 마을로 발돋움하려 애쓰는 브랜빌의 노력의 일환이라는 소문은 듣고 있었다. 어쨌든 가는 길에 위치한 레스토랑이라 그에겐 편리한 장소였다.

브랜빌 중심가는 골짜기 깊숙이, 그림 같은 강물이 흐르는 곳에 자리 잡고 있었다. 강은 레스토랑이 지닌 유일한 매력이면서 한편으로는 자연재해의 원천이기도 했다. 고속도로에서 브랜빌로 연결되는 카운티 도로는 길고 꼬불꼬불한 내리막 언덕길이있고 브랜빌 중심가로 접어들자 이글 네

스트는 불과 한 블록 거리였다. 거니가 들어선 시간이 거의 정오에 가까웠는데도 열 개 남짓한 테이블 중 한 자리에만 손님이 있었다. 그는 큰 길이 내다보이는 창가 이인석에 앉아 그답지 않게 블러디 메리를 한 잔 주문했다. 몇 분 뒤 종업원이 술을 들고 왔을 때에도 그는 여전히 자신의 선택에 놀라고 있었다.

기다란 유리잔에 넉넉하게 따른 술이었다. 정확히 그가 기대했던 바로 그 맛이었다. 거니의 입가에 기분 좋은 미소가 번졌다. 이 역시 지난 몇 달간 거의 없었던 일이었다. 그는 천천히 맛을 음미하며 12시 15분에 잔을 비웠다.

레베카가 식당에 들어선 건 12시 16분이었다. 그녀는 바로 자리에 앉았다. "너무 오래 기다리게 한 건 아니죠?" 그녀의 미소가 팽팽한 입매를 더욱 강조했다. 그녀의 모든 것은 절제되어 있고 조심스러웠다.

"나도 몇 분 전에 왔어요."

주변 상황을 파악할 때의 서늘한 눈빛으로 그녀가 실내를 휙 둘러보았다. "뭐 마시고 있어요?"

"블러디 메리."

"딱이네." 그녀가 돌아앉으며 젊은 여자 종업원을 손짓으로 불렀다.

종업원이 메뉴판을 들고 오자 홀든필드가 미심쩍은 눈으로 그녀를 보았다. "술 팔 수 있는 나이는 됐나?"

"스물세 살이에요." 그녀가 말했다. 홀든필드의 질문에 당혹스러워하면서 한편으로는 자기 나이에 절망하는 듯한 목소리였다.

"그렇게 많다고?" 홀든필드의 질문이 담고 있는 아이러니를 종업원은 이해하지 못했다. "나도 블러디 메리 한 잔." 그녀가 눈에 물음표를 담고 거니의 유리잔을 가리켰다.

"난 됐어요."

종업원이 돌아섰다.

홀든필드는 언제나처럼 조금도 지체하지 않고 본론으로 돌입했다.

"우리 FBI 친구한테 왜 그렇게 공격적이었어요? 저격용 보안경, 총기 처분, 범인 프로필 문제는 도대체 어떻게 된 거예요?"

"좀 흔들어서 균형을 잃게 만들고 싶었어요."

"좀 흔들었다고요? 거의 팔꿈치로 면상을 후려치는 수준이던데."

"짜증이 좀 났죠."

"그 짜증이 어디서 비롯된 거죠?"

"그 설명은 이제 하기도 지쳤어요."

"날 위해서 한 번만 해줘요."

"당신들은 그 선언문을 마치 성전 다루듯 하잖아요. 그런데 그렇지가 않습니다. 그건 겉치레일 뿐이에요. 말보다는 행동이 더 많은 걸 보여주는 법이죠. 범인의 행동은 너무도 이성적이고 바위처럼 견고해요. 인내심 있고 실용적인 작전이었다고요. 선언문은 전혀 다르죠. 그건 하나의 소설이고, 하나의 페르소나를 창조하기 위한 노력이고, 행동분석팀의 당신과 당신 친구들이 분석하고 아무 생각 없이 반복해서 말하면서 그 오만한 인물을 창조하라고 만들어놓은 장치일 뿐입니다."

"이봐요, 데이비드."

"잠깐만요. 당신이 부탁한 설명 아직 안 끝났어요. 소설은 그 자체로 하나의 생명을 지니고 있어요. 모두에게 필요한 무언가가 들어 있지요. 〈아메리칸 헛소리 저널〉의 학술기사감이죠. 이제 돌이킬 수가 없어요. 당신들은 너무도 절박한 나머지 카드로 집을 지었어요. 그 카드가 무너지면 당신들의 경력도 함께 무너지겠죠."

"끝났어요?"

"왜 짜증이 나는지 설명하라고 했잖아요."

그녀가 몸을 앞으로 숙이고 나지막이 말했다. "데이비드, 우리 중 절박한 사람이 있다면 그건 내가 아니에요." 그녀가 말을 멈추고 허리를 펴고 똑바로 앉았고 종업원이 블러디 메리를 들고 돌아왔다. 종업원이 돌아가자 그녀가 말을 이었다. "우리 전에도 같이 일했던 적 있죠? 당신은 항상 가장 침착하고 가장 합리적인 사람이었죠. 내가 알고 있는 데이브 거니는 오늘 아침에 그랬던 것처럼 FBI 요원을 협박하지 않았어요. 전문가로서 내가 내놓은 의견을 헛소리라고 주장하지 않았어요. 정직하지 못하다고, 멍청하다고 날 비난하지 않았다고요. 당신 머릿속에 실제로 무슨 생각이 들어 있는지 정말 궁금해요. 솔직히 말하죠. 난 이 낯선 데이브 거니가 걱정돼요."

"그래요? 내 머리를 관통한 총알이 뇌신경 회로 몇 개를 박살냈다고 생각하는 겁니까?"

"내가 하고 싶은 말은, 당신의 사고가 예전보다 감정의 영역에 더 많이 좌우되고 있다는 거예요. 내 말에 동의하지 않아요?"

"내가 동의하지 않는 대목은, 정작 진짜 중요한 문제는 당신과 당신 동료들이 명성을 똥값으로 만들고 연쇄살인마를 달아나게 만들었다는 사실인데, 당신은 정작 내 사고방식 따위나 문제 삼고 있다는 겁니다."

"표현 한번 기가 막히네요. 데이비드, 이번 사건에 대해 그런 식으로 기막힌 표현을 하는 사람이 누군지 알아요? 맥스 클린터."

"그거 혹시 아주 심한 욕입니까?"

그녀가 술을 한 모금 마셨다. "그냥 떠오른 생각이에요. 자유 연상이라고나 할까. 여러 가지 공통점이 있으니까요. 두 사람 다 심각한 부상을 당했고, 적어도 한 달 이상 정상적인 생활이 불가능했고, 두 사람 다 남을 불신하고, 두 사람 다 전직 경찰이었고, 두 사람 다 양치기 사건 수사가 잘못됐음을 증명하는 데에 혈안이 되어 있고, 두 사람 다 천부적인 추격자라 뒷전에 밀려나는 걸 끔찍이 싫어하죠." 그녀가 한 모금을 더 마셨다. "외상후 스트레스 장애 검사 받아봤어요?"

거니가 그녀를 보았다. 그녀의 질문에 말문이 막혔다. 맥스 클린터와 비교당하는 판국에 어찌 보면 그리 놀랄 일이 아니었는데도. "지금 그거 하러 온 겁니까? 진단용 질문지에 체크하고 있어요? 나의 정서적 불안증세에 대해 트라우트하고 의논하고 왔어요?"

그녀 역시 거니를 쏘아보았다. "전에는 당신한테 이렇게 적대감을 느껴 본 적이 없어요."

"한 가지 묻죠. 왜 여기서 날 보자고 했습니까?"

그녀가 눈을 깜빡이고 테이블을 내려다 본 뒤 심호흡을 한 뒤 천천히 말했다. "지난번 전화 통화 기억해요? 나 무척 불편했어요. 솔직히 당신이 걱정돼요." 그녀가 블러디 메리를 들어 반 이상을 마셨다.

두 사람의 눈이 마주쳤을 때, 그녀의 목소리는 한결 가라앉아 있었다. "총을 맞는다는 건 충격적인 일이에요. 우리의 마음이 자꾸만 그 순간을, 그 위험을, 그 충격을 재생하죠. 두려움과 분노는 자연스러운 반응이에요. 대부분의 남자들은 두려움보다 분노를 선택해요. 분노를 표출하기가 더 쉬우니까. 당신이 나약한 존재라는 깨달음, 당신이 완전무결한 인간이 아니고 슈퍼맨이 아니라는 깨달음이 당신을 분노하게 하고 있어요. 더딘 회복 과정이 그 분노에 불을 붙이고 있고요."

그녀는 과연 자신이 말하는 것처럼 진정성 있는 정직한 심리학자인가? 그녀는 그에게 자신의 정직하고 진정 어린 의견을 말하고 있는 것인가? 그녀가 과연 그에게 신경이나 쓸까? 아니면 거니로 하여금 이 사건 자체보다도 그 자신에 대해 회의를 갖게 만들기 위한, 갈수록 교활해지는 또 하나의 시도일까?

그 대답을 찾기 위해 그가 그녀의 눈을 들여다보았다.

그녀의 지적인 시선은 흔들림이 없었고 깜빡이지도 않았다.

그는 그녀가 언급했던 바로 그 분노를 느끼기 시작했다. 나중에 후회할 말을 하지 않으려면 서둘러 여기서 벗어나야 했다.

PART 3

어떤 대가를
치르더라도

프롤로그

정확한 어휘를 선택하여 글을 쓰기까지 시간이 걸렸다. 생각했던 것보다 훨씬 더. 너무 많은 일들이 벌어지고 있었고 신경 쓸 것도 많았다. 그러나 마침내 그는 만족했다. 완성된 글에는 그가 해야 할 말들이 모두 담겨 있었다.

목욕물의 부패한 피처럼 가족 안에서 탐욕이 번져간다. 만지는 사람 모두 감염된다. 따라서 당신들이 슬픔과 연민의 대상으로 삼는 아내들과 아이들도 당신으로부터 격리되어야 한다. 탐욕의 자식들은 악이고 그들이 포용하는 자들 역시 악이다. 따라서 그들 또한 처단되어야 한다. 어리석은 자를 애도하는 자들은, 탐욕의 자식들과 혈연으로 맺어졌건, 결혼으로 맺어졌건, 모두 처단되어야 한다.

탐욕으로 생성된 것을 소비하는 것은 그 더러움을 소비하는 것이다. 탐욕의 열매는 흔적을 남긴다. 탐욕의 수혜자는 탐욕의 죄를 잉태하므로 처벌받아 마땅하다. 당신의 찬사 속에서 그들은 죽을 것이다. 당신의 찬사가 그들을 파멸할 것이다. 당신의 연민은 그들에게 독이다. 당신의 동정은 죽음으로 그들을 저주한다.

당신들은 정녕 진실을 보지 못하는가? 당신들은 장님이 되었는가?

세상이 미쳐가고 있다. 탐욕이 미쳐 칭송받아 마땅한 야망처럼 세상을 활보하고 있다. 부유함은 재능과 가치의 증거 행세를 한다. 소통의 수단은 괴물들의 손에 맡겨졌다. 최악 중의 최악이 칭송받고 있다.

악마들이 연단에 나서고 천사들은 외면당하니, 분별 있는 자가 미친 세상이 보상한 것을 벌하리라.

이것은 착한 양치기의 진정한 최후 통첩이다.

그는 두 장을 출력했다. 한 장은 코레이즌에게, 한 장은 거니에게. 그리고 프린터를 뒷마당으로 가져가 벽돌로 부수어버렸다. 부서진 프린터 조각들, 심지어는 손톱처럼 작은 것까지도 출력 용지와 함께 쓰레기봉투에 넣었다. 숲속에 묻을 생각이었다.

신중하기 위해 시간을 투자하는 것은 언제나 지혜롭다.

29

너무도 많은 조각들

브랜빌에서 빠져나와 델라웨어 카운티 북동부의 굽이치는 언덕들과 관목 수풀을 지나치는 동안 그의 마음속에 소용돌이가 일었다. 주어진 데이터를 정리해서 하나의 패턴을 찾아내는 천부적인 능력은 데이터의 막대한 양 앞에서 좌절당했다.

조그만 퍼즐 조각이 산처럼 쌓여 있는데, 모든 조각이 있긴 한 건지, 조각이 몇 개나 되는지 알아내려 애쓰는 기분이었다. 모든 조각들이 하나의 핵에서 발생하는 폭풍의 산물이라는 확신이 들 때도 있었다. 그러다가도 어느 순간 아무것도 확신할 수가 없었다. 하나의 설명, 하나의 우아한 공식을 도출하고 싶은 마음이 너무도 간절했던 것일까.

딜위드 진입을 환영한다는 도로 표지판이 그에게 훌륭한 제안을 하고 있었다. 거니는 차를 세우고 그가 알고 있는 유일한 딜위드 주민에게 전화를 걸었다. 잭 하드윅과 얼굴을 맞대고 나누는 대화는 허황된 생각들의 훌륭한 해독제가 될 것이다.

10여 분 뒤 꼬불꼬불하고 지저분한 길을 6킬로미터쯤 달려 볼품없는 임대 농장주택 앞에 차를 세웠다. 페인트칠이 시급해 보이는, 잭 하드윅이 '집'이라고 부르는 그곳. 잭은 언제나처럼 티셔츠에 밑단을 자른 운동복 차림으로 그를 맞았다.

"헌 간 들겠나?" 그가 빈 맥주병을 들어 보이며 말했다.

거니는 처음엔 거절했다가, 그러겠다고 했다. 집에 돌아가면 술 냄새가 풍길 게 뻔했고 레베카 홀든필드와 블러디 메리를 마셨다고 말하는 것보단 잭과 맥주를 마셨다고 말하는 게 더 편했다.

거니에게 맥주를 한 병 가져다주고 자신도 새로 한 병을 들고 나온 하드윅이 두 개의 푹신한 가죽 의자에 앉으며 거니에게 다른 의자를 권했다. "그래서, 우리 젊은이는," 그가 거친 목소리로 속삭였다. 술에 취한 척하고 있었지만 날카로운 눈빛 때문에 거니를 속일 순 없었다. "고해한 지는 얼마나 됐지?"*

"삼십오 년 정도 됐습니다, 신부님." 하드윅의 비위를 맞추기 위해 거니가 대답했다. 맥주 맛을 보았다. 나쁘지 않았다. 거니는 조그만 거실을 둘러보았다. 잭의 복장처럼, 안타까울 정도로 빈 공간은 그대로였다. 먼지조차 움직이지 않았다.

하드윅이 코를 긁었다. "이렇게 오랜만에 교회를 찾아오다니 아주 엄청난 곤경에 처한 모양이군. 젊은이, 자네의 모든 신성모독, 거짓, 도둑질, 그리고 부정에 대해 솔직히 털어놓게나. 간통 부분은 좀 자세히 듣고 싶네만." 그가 거니에게 음탕한 윙크를 보냈다.

거니는 널찍한 푹신한 의자에 앉아 맥주를 한 모금 더 마셨다. "양치기 사건이 복잡해지고 있어."

"그 사건은 원래 복잡했어."

"문제는, 내가 도대체 몇 가지 사건을 다루고 있는 건지 모르겠단 거야."

"변기 하나에 똥이 너무 꽉 찼단 건가?"

"말했다시피 그걸 잘 모르겠어." 거니는 머릿속에 떠오르는 사실들, 사건들, 의혹들, 질문들을 최대한 상세하게 설명했다

하드윅은 운동복 바지 주머니에서 구겨진 휴지를 꺼내 코를 풀었다.

* 가톨릭 신부가 고해성사를 시작할 때 신자에게 던지는 질문.

"그래서 나한테 묻고 싶은 게 뭔데?"

"이 커다란 그림 속에 얼마나 많은 게 들어갈 수 있는지, 아니면 전혀 별개의 그림일 수도 있는 건지, 자네의 직감을 듣고 싶어."

하드윅이 혀로 딸깍거리는 소리를 냈다. "화살에 대해선 잘 모르겠어. 누군가 자네 엉덩이에 화살을 쏘았다면 모를까…… 화단에 쏘아 박았다고? 그건 별로 의미가 없어 보여."

"다른 것들은?"

"다른 것들은 좀 신경이 쓰여. 아파트 도청, 헛간 방화, 계단의 덫, 천장에 달린 작은 문. 그런 것들은 시간과 노력, 법률 위반의 위험을 감수해야 하잖아. 그러니까 심각한 거지. 뭔가 심각한 게 걸려 있다는 뜻이야. 물론 지금 내가 하는 얘긴 자네한테 전혀 새로운 소식이 아니겠지?"

"새로운 소식은 아니지."

"지금 자네가 내게 묻는 건, 이 모든 게 하나의 거대한 음모라고 생각하느냐, 그건가?" 하드윅은 우유부단함을 과장해 표현하며 얼굴을 구겼다. "그 질문에 대한 최고의 답변은 예전에 멜러리 사건 때 자네가 했던 말이 될 것 같군. 연관이 있다고 생각했다가 아닌 것으로 판명되는 것이, 연관성을 무시했다가 결국 연관된 것으로 판명되는 것보다 안전하다……." 그가 하던 말을 멈추고 트림을 했다. "만약 착한 양치기 사건이 사악한 부자들에 대한 정의로운 처단의 문제가 아니라면, 염병, 도대체 뭐란 거야? 그 질문에 대답해보게, 홈스 군. 어쨌든 자넨 결국 모든 질문에 대답을 알게 될 거야. 맥주 더 하겠나?"

거니는 고개를 저었다.

"그나저나, 자네 행여 이 사건 수사의 대전제를 해체할 생각이라면 일생일대의 똥벼락을 맞을 각오를 해야 할걸. 바티칸의 갈릴레오처럼. 그건 알고 있지?"

"아 그래도 오늘 그런 조짐이 보이더라고." 거니는 온기라고는 없는 애디론댁 베란다에 서 있던 트라우트와 그의 곁에 있던 사나운 도베르만을 떠올렸다. 그가 말한 '복잡성.' 방화사건에 대한 암시. 그리고 수백 편의 영화에서 암살자로 출연하고도 남았을 데이커.

"이보게, 혹시나 해서 말해두는데……." 잭의 휴대전화 벨 소리가 그의 말을 잘랐다. 그가 전화를 꺼냈다. "하드윅입니다." 처음엔 아무 말이 없다가 그의 표정이 점점 더 흥미를 느꼈고 나중에는 당혹스러운 표정이 되었다. "음…… 음…… 뭐? 이런 젠장! 그러니까 그게 유일한 거라고?…… 고맙네. 나중에 봐." 전화를 끊고 나서 그는 한동안 수화기를 바라보았다. 마치 추가 설명이 거기서 튀어나올지도 모른다는 듯이.

"무슨 전화야?" 거니가 물었다.

"자네 질문의 대답."

"어떤 질문?"

"폴 멜라니가 총기 사용 등록을 했는지 알아봐달라고 했잖아."

"그런데?"

"총을 한 자루 갖고 있다는군. 데저트 이글."

딜위드에서 월넛 크로싱으로 돌아오는 30분 동안 거니는 다른 생각을 할 겨를이 없었다. 의외이기도 했지만 어떤 행동을 취할 수 있다기보다는 심기를 불편하게 하는 사실이었다. 마치 도끼 살인마와 그 희생자가 서로 관계가 없다고 생각했는데 알고 보니 같은 유치원을 다녔다는 사실을 밝혀낸 기분이랄까. 주의를 끄는 사실이긴 했지만 도대체 그게 어떤 의미일까.

멜라니가 그 총을 얼마나 오래 소지했는지 알아내야 했다. 그러나 하드윅의 동료가 확보한 기록에서는 취득일자를 확인할 수 없었다. 멜라니의 사무실 번호와 휴대전화가 모두 음성사서함으로 넘어갔다. 멜라니가 전화를 해온다고 해도 총기를 소지한 사유를 그에게 설명해야 할 명분은 없었다.

새로 확인된 수상한 사실 덕분에 거니의 근심은 한층 더 깊어졌다. 우울증과 총기 소지는 분명 위험한 조합이었다. 그러나 우려는 우려일 뿐. 폴 멜라니가 그 자신에게든, 다른 사람에게든 심각한 위협이 된다는 증거는 어디에도 없었다. 폴 멜라니는 아무 말도 하지 않았다. 의미 있는 단어를 사용하지도 않았고, 심리학적 경고의 말들도 없었다. 경찰에 신고할 만한 언질은 없었다. 거니가 걸었던 몇 통의 사적인 전화 이상의 간섭을 정당화할 만한 일은 없었다.

그러나 거니는 계속 그를 생각했다. 토요일 만남 이전에 킴은 그와 접촉했을 것이고 편지와 전화로 자신의 프로젝트를 설명했을 것이다. 폴 멜라니는 아버지의 죽음을 떠올렸을 것이고 그 사실은 다시 아버지가 자신에 대한 애정이 없었다는 사실을 일깨워주었을 것이다. 그러다가 어느 순간 삶의 허망함, 침몰하는 배와 같은 일에 집중하게 되었을지도 모른다.

암울한 절망의 한복판에서 어쩌면 모든 것을 끝내고 싶지 않았을까? 젠장, 어쩌면 벌써 끝내버린 것은 아닐까? 그래서 전화가 음성사서함으로 넘어간 건 아닐까?

혹은 그가 완전히 거꾸로 생각한 거라면? 데저트 이글을 구입한 목적이 자살이 아닌 학살이라면?

만약 그게 항상 학살의 도구였다면? 만약…….

이런 젠장! 만약, 만약, 만약. 그는 총기를 소지할 법적 권한을 취득했다. 이 나라에 자기 자신은커녕 남에게도 해를 끼치지 않는 우울증 환자는 수백만 명에 달했다. 물론 총기의 종류가 의혹을 제기하는 것은 사실이었다. 그러나 그것은 멜라니가 그에게 전화를 했을 경우 물어보고 대답할 수 있는 질문이었다. 그는 분명히 전화할 것이다. 이상한 우연들은 알고 보면 대부분 별것 아닌 이유들 때문이니까.

30

쇼타임

오후 2시 2분, 거니가 집에 도착해보니 매들린이 집에 없었다. 매들린의 차가 옆문 가까이 주차되어 있는 것으로 보아 언덕 위 초원으로 이어진 숲길 중 한 곳을 걷고 있는가 보았다.

집으로 돌아오는 길의 마지막 몇 미터 동안, 폴 멜라니의 총에 대한 그의 집착이 커지더니 그 자리에서 하드윅의 거대한 질문이 메아리처럼 울려퍼졌다. 만약 착한 양치기 살인행각의 목표가 그 선언문에 진술된 사이코의 사명감이 아니라면 도대체 무엇일까.

거니는 종이와 펜을 들고 테이블에 앉았다. 종이에 쓰는 것이야말로 정신적 중압감을 덜어내는 최선의 방법이었다.

전제 : 사고방식과 스타일상의 양립 불가능한 차이 존재. 효율적이고 기계적인 범행 계획과 살인의 실행, 그리고 성경을 모방한 훈계조의 선언문. 인간의 본성은 행동으로 드러나게 마련. 영리함과 효율성은 위장이 불가능하다. 범인이 살인을 저지른 방식과 사이코 임무를 바탕으로 한 감정적 설명의 불일치는 선언문이 보다 실질적인 살인의 동기로부터 주의를 분산시키기 위한 것일 수도 있음을 시사.

질문들:

'탐욕' 때문이 아니라면 희생자들이 선택된 이유는 무엇인가.

동종 차량이 지닌 의미는 무엇인가?

왜 사건은 2000년 봄에 일어났는가?

사건이 발생한 순서는 어떤 의미가 있는가?

모든 사건이 동일한 중요성을 지녔는가?

발생한 여섯 차례의 사건 중 나머지 사건의 필요에 의해 일어난 사건은 없었는가?

왜 그토록 극단적인 무기를 사용했는가?

왜 사건 현장에 조그만 플라스틱 장난감을 놓아두었는가?

선언문이 도착한 순간 생략된 수사는 무엇인가?

거니는 자신이 써놓은 것들을 보면서 이 모든 게 이제 시작일 뿐이고 당장 대답을 기대해서는 안 된다는 걸 알고 있었다. '아하!' 하는 깨달음의 순간은 그가 요구할 때 찾아오지 않았다.

그는 자신의 목록을 하드윅과 공유하고 그의 대답을 들어보기로 했다. 같은 이유로 홀든필드와도 공유하기로 했다. 킴에게도 보낼까 하다가 그만두었다. 킴의 목적은 그의 목적과 달랐고 그의 질문들은 킴을 화나게 할 게 뻔했다.

거니는 서재 컴퓨터로 가서 하드윅과 홀든필드에게 각각 다른 인사말과 함께 메일을 발송했다. 매들린에게 보여주기 위해 한 장을 출력하고 나서 서재 소파에 누워 잠이 들었다.

"저녁 식사 시간이라고." 어디선가 들려오는 매들린의 목소리.

그는 다시 한 번 눈을 깜빡이고 눈을 문질렀다. 거미들이 사라졌다. 뒷목이 뻐근했다. "지금 몇 시야?"

"6시, 거의 다 됐어." 그녀가 서재 문 앞에 서 있었다.

"이런……." 그가 천천히 일어나 앉으며 목을 문질렀다. "깜빡 잠들었네."

"그랬나 봐. 어쨌든 저녁 준비 다 됐어."

매들린이 부엌으로 돌아갔다. 그는 기지개를 켜고 욕실로 가서 찬물로 세수했다. 식탁으로 가보니 매들린이 김이 솟는 푸짐한 생선 수프, 샐러드 두 접시, 버터 바른 마늘빵을 준비해 놓았다.

"냄새 좋네." 그가 말했다.

"경찰에 도청 장치 신고했어?"

"뭐?"

"도청 장치. 천장문. 경찰에 알렸냐고."

"그걸 왜 지금 물어?"

"그냥 궁금해서. 그런 거 불법이잖아. 다른 사람 아파트에 도청 장치 설치하는 거. 범법행위라면 당연히 신고해야 하는 거 아냐?"

"그렇기도 하고 아니기도 해. 어쩌면 신고하는 게 맞겠지. 하지만 대부분의 경우, 신고하지 않는 게 수사상 방해가 되는 경우가 아니면 반드시 신고할 의무는 없어."

매들린이 대답을 기다리며 그를 보았다.

"만약 내가 담당 형사라면 이런 상황에서는 그대로 놔두겠어."

"왜?"

"잠재적으로 우리 자산이 될 수 있으니까. 도청 장치를 설치한 사람이 발각됐다는 사실을 알지 못하는 경우, 나중에 덫을 놓아서 놈을 잡을 수 있으니까."

"어떻게?"

"미리 짠 대화를 주고받아서 놈이 신분을 드러내게 만들거나 현장에서 검거될 수 있게 하는 거지. 그럴 때 아주 유용할 수도 있어. 시라큐스 경찰국의 쉐프를 비롯한 다른 경관들은 생각이 다를 수도 있겠지. 당장 들이닥쳐서 철거할 수도 있어. 쉬프한테 알리면 내 통제를 벗어나게 되니까, 일단 은 나한테 유리한 건 작은 거라도 전부 가지고 있으면 해."

그녀가 고개를 끄덕이며 수프를 맛보았다. "맛있다. 식기 전에 먹어."

거니도 수프를 한 스푼 맛보고 맛있다고 말했다.

매들린이 마늘빵을 한 덩어리 떼어냈다. "당신이 낮잠 자는 동안 소파 옆에 써놓은 거 봤어. 이 사건에 대한 질문들."

"안 그래도 당신이 읽어봐주길 바랐어."

"당신은 정말 이 사건이 사람들이 생각하는 것과 다르다고 생각해?"

"확신해."

"완전히 새롭게 접근하는 거네."

"완전히 새롭게 접근하는 거지. 다만 십 년 전에 일어난 사건이라는 것."

그녀가 스푼을 들여다보았다. "원점으로 돌아가고 보면 결국 가장 기본적인 질문은 이게 아닐까? 왜 사람은 다른 사람을 죽일까?"

"신성한 임무로 위장한 걸 벗겨내면 가장 중요한 동기는 섹스, 돈, 권력, 복수야."

"그중 어떤 거라고 생각해?"

"희생자들의 면면을 보면 섹스라고 보긴 힘들어."

"난 돈인 거 같아." 매들린이 말했다. "엄청난 돈."

"왜?"

그녀가 어깨를 으쓱했다. "고급 승용차, 고가의 무기, 부유한 희생자들. 내가 보기엔 다 돈하고 관계가 있어."

"돈에 대한 혐오는 아닐까? 돈이 가져다주는 권력에 대한 혐오? 아니면 탐욕을 제거하는 것?"

"아니, 절대 아냐. 오히려 그 반대일걸."

거니가 미소를 지었다. 매들린에게 뭔가 감이 오기 시작했단 걸 그도 느 낄 수 있었다.

"수프 마저 먹어." 매들린이 말했다. "〈살인의 고아들〉, 첫 방송 놓칠 순 없잖아."

그들의 집에는 TV가 없었지만 컴퓨터는 있었다. 램 뉴스는 유선 방송과 동시에 실시간 웹 중계를 하겠다고 광고했었다.

두 사람은 서재의 컴퓨터 앞에 앉았고 거니는 램TV 웹사이트를 찾았다. 언론이 얼마나 쓰레기가 되었는지를 보여주는 증거를 발견할 때마다 매번 놀랐다. 갈수록 가관이었다. 선정주의는 오직 한.방향으로만 돌아가는 톱니바퀴 같았다. 램TV에서 제작하는 프로그램들이 그러한 타락의 선두주자였다.

램TV 홈페이지는 주로 빨간색, 흰색, 파란색으로 이루어진 거대한 회사 로고가 차지하고 있었다. '램 뉴스 네트워크! 편집 없는 세상!'이라는 광고 문구가 램TV의 가장 인기 있는 프로그램 목록과 함께 화면에 떴다. 그는 얼른 화면을 내려 〈살인의 고아들〉을 찾아보았다.

비밀과 거짓말 : 공중파 뉴스가 결코 말해주지 않는 것들.
또 하나의 의견 : 관습의 지혜에 반기를 들다
지옥의 묵시록 : 미국인의 영혼을 위한 투쟁

거니는 다음 페이지로 넘어갔고 뉴스 특집 코너에서 〈살인의 고아들〉을 찾았다. 제목 밑에 짧은 홍보 문구가 있었다. "살인마에게 심장을 찢긴 가족, 그들에게 과연 무슨 일이 일어났나? 슬픔과 분노에 관한 충격적인 진실, 그 첫 편이 오늘 밤 7시에 방송됩니다."

정확히 10분 뒤 7시 정각에 첫 방송이 시작되었다.
화면은 칠흑처럼 어두웠다. 음산한 부엉이 울음소리로 눈앞에 펼쳐진 장면이 한밤중의 도로임을 알 수 있었다. 어둠 속에서 한 남자가 갓길에 세워둔 차량 헤드라이트의 가느다란 불빛 속으로 걸어 들어갔다. 날카로운 헤드라이트 불빛이 남자의 얼굴에 공포 영화의 등장인물처럼 뾰족한 명암을 드리웠다.

남자는 천천히, 불길한 어조로 이야기를 시작했다. "지금으로부터 정확히 십 년 전, 2000년 봄, 뉴욕 북부, 겨울의 한기가 채 가시지 않은 이맘때, 달도 없는 밤, 바로 이곳처럼 한적한 도로에서, 끔찍한 공포가 시작되었습니다. 브루노와 카멜라 멜라니 부부는 시내에서 열린 세례식에 참석하고 집으로 돌아가던 길이었지요. 두 사람은 아마도 그날의 행복했던 시간, 오랜만에 만난 친구와 친지들 이야기를 하고 있었을 겁니다. 바로 그때, 한 대의 차가 그들의 뒤로 바짝 따라붙으면서 긴 커브 길에서 그들을 앞지르려는 듯 속력을 냈습니다. 그러나 느닷없이 속력을 내던 낯선 차가 브루노와 카멜라 멜라니 부부의 차와 나란히 서는 순간……."

어둠 속에서 거의 식별이 불가능했던 화면은 흐릿한 조명의 차량 내부 운전석과 조수석으로 바뀌었다. 두 사람은 낮게 이야기를 주고받으며 웃고 있었다. 잠시 후, 그들 뒤에 따라붙은 차의 헤드라이트 불빛이 보이고 점점 더 환해지다가 그들 차 옆으로 따라붙었다. 마치 그들의 차를 추월하려는 듯이. 바로 그때 화면에 하얀 불빛이 터지면서 요란한 총성이 울려퍼졌고 차가 미끄러지면서 타이어의 마찰음, 차가 부딪치는 소리, 유리 깨지는 소리가 차례로 들렸다.

내레이터가 다시 화면으로 돌아왔다. 그는 자신이 설명하는 사건의 중요한 증거라도 된다는 듯 차량의 잔해를 집어 들었다. "멜라니 부부의 차는 도로 밖으로 튕겨나갔습니다. 차량이 너무도 심하게 훼손되어서 처음엔 차량 모델을 확인하는 것조차 불가능했지요. 브루노 멜라니의 머리는 거대한 권총에서 날아온 총탄으로 3분의 1이 날아갔습니다. 카멜라 멜라니는 이상으로 혼수상태에 빠졌고 지금까지 깨어나지 못하고 있습니다."

컴퓨터 화면을 바라보던 매들린의 얼굴이 일그러졌다. 램 뉴스에서 보도하는 사건 자체보다 램 뉴스의 접근 방식을 더 혐오스러워하는 것 같았다.

내레이터는 다섯 차례의 착한 양치기 총격사건을 최대한 극적으로 묘사하면서 마지막으로 장황하게 해럴드 블룸 사건을 설명하고 이어서 맥스 클린터의 굴곡진 삶과 경력까지 언급했다.

"너무들 하네." 매들린이 말했다. "도가 지나쳐."

거니는 고개를 끄덕였다.

카메라가 진행자의 위치에 있는 내레이터의 상반신을 잡았다. 내레이터는 어느새 두 남자와 함께 진행자로 앉아 있었다. "십 년이군요." 그가 말했다. "십 년이 지났지만 지금도 불과 얼마 전 일처럼 생생하게 기억하는 분들이 계실 겁니다. 여러분 중에는 왜 군이 그 악몽을 재현해야 하는지 의문을 품는 분들도 계시겠지요. 대답은 간단합니다. 십 년이라는 건, 그것이 기쁨이건 비극이건, 잠시 멈추어 서서 한 번쯤 되새겨볼 만한 시간이기 때문입니다."

진행자가 맞은편에 앉아 있는 피부색이 검은 남자에게 물었다. "머킬리 박사님, 범죄심리학 전문가이시죠. 우리 시청자 여러분들을 위해 범죄심리학이라는 용어를 설명해주시겠습니까?"

"물론입니다. 범죄심리학이란 언어 속에 담긴 사고를 찾아내는 겁니다." 그의 목소리는 작고, 빠르고, 정확했으며, 인도 억양이 강했다. 화면 하단에 '사마르칸 머길리 박사'라는 자막이 떴다.

"사고라고 하셨습니까?"

"사고는 곧 그 사람이고, 그 사람의 감정이며, 성장 배경입니다. 한 인간의 마음이 작동하는 원리이죠."

"그렇다면 언어와 문법, 문체 그 모든 것으로 한 인간의 내면을 파악해내는 게 박사님의 전문 분야라고 볼 수 있겠군요."

"그렇습니다."

"좋습니다, 머킬리 박사님. 그렇다면 십 년 전, 착한 양치기가 언론사에 보냈던 글의 일부를 읽어드릴 테니, 이 글을 쓴 사람의 생각에 대한 박사님의 고견 부탁드립니다. 준비되셨습니까?"

"준비됐습니다."

진행자가 "탐욕을 척결하고" "그 숙주를 척결하고" 그렇게 함으로써 "전염병으로부터 이 땅을 지킨다"는 내용의 긴 글을 읽었다. 착한 양치기의 선언문, 혹은 '매니페스토'로 알려진 글의 도입부임을 알 수 있었다.

진행자는 선언문을 탁자 위에 내려놓았다. "좋습니다, 머킬리 박사님, 도대체 범인은 어떤 사람입니까?"

"비전문적 용어로 표현해볼까요? 무척 논리적이면서 또한 무척 감정적인 사람입니다."

"좀 더 설명해주시죠."

"글 자체에 긴장감이 많고, 다양한 스타일, 다양한 태도가 안에 담겨 있습니다."

"다중 인격자라는 말씀이신가요?"

"아뇨, 그건 한심한 이야기고요. 그런 장애는 존재하지 않습니다. 영화나 소설에 나오는 이야기죠."

"하지만 방금 말씀하신 건……."

"여러 가지 어조를 갖고 있단 뜻입니다. 한 가지, 또 한 가지, 그리고 또 한 가지가 있어요. 상당히 불안정한 사람입니다."

"상당히 위험한 사람이라는 말로 받아들여도 될까요?"

"그럼요, 물론이죠. 여섯 명을 죽이지 않았습니까?"

"좋은 말씀이십니다. 마지막 질문 드리죠. 범인이 아직 밖에서 어둠 속을 배회하고 있다고 보십니까?"

머킬리 박사가 잠시 망설였다. "글쎄요. 이것만 말씀드리죠. 만약 그가 밖에서 배회하고 있다면, 지금 이 <u>프로</u>를 보고 있을 거라고 장담합니다. 이 프로를 보면서 궁리하겠죠."

"궁리한다고요?" 진행자가 말을 멈추었다. 마치 자신이 한 말의 심각성과 잠시 실랑이를 하는 듯이. "생각만 해도 섬뜩하네요. 거리를 활보하는 살인마라…… 지금 이 순간에도 할 일을 궁리하는 살인마……."

그가 심호흡을 했다. 카메라가 그를 클로즈업하자 그는 중대선언을 하듯 심호흡을 하고는, "잠시 전하는 말씀이 있겠습니다……."라고 말했다.

거니는 마우스로 소리를 죽였다. 광고에 대한 반사적인 반응이었다.

매들린이 그를 흘금 보았다. "킴은 아직 나오지도 않았는데 난 벌써 인내심을 잃었어."

"나도." 거니가 말했다. "그래도 루스 블럼 인터뷰까진 봐야 하는데."

"그래야지." 매들린이 말했다. 매들린이 엷은 미소를 지었다.

"왜?"

"이 상황 자체가 너무 우스워서. 당신 다치고 나서 후유증이 깔끔하게 낫질 않아서 거의 굴 파고 들어앉았잖아. 깊은 굴속으로 들어갈수록 점점 더 아무것도 안 하려고 했고, 아무것도 안 할수록 점점 더 깊이 들어갔어. 그런 당신 모습 보는 게 얼마나 힘들던지……. 아무것도 안하는 게 당신한텐 그렇게 괴로운 일이었던 거야. 그런데 지금, 황당한 일들이 벌어지고 위험한 사건들이 터지기 시작하니까 당신이 다시 살아나고 있어. 화창한 아침에도 테이블에 앉아 팔을 주무르면서 저린 부분이 있는지 확인하고, 혹시나 증세가 달라졌는지, 악화되진 않았는지 생각해보고 그랬잖아. 그런데 그거 알아? 이번 주에는 한 번도 그러지 않았어."

그는 무슨 말을 해야 할지 알지 못했고 그래서 아무 말도 하지 않았다.

화면에는 마지막 광고가 지나가고 잠시 암전되었다가 다시 인터뷰 장면으로 돌아갔다. 거니는 마우스로 볼륨을 키웠다. 진행자가 이번에는 다른 사람에게 질문을 던졌다.

"몬티 코크렐 박사님, 나와주셔서 감사합니다. 분노 분야의 전문가로 알려지셨는데요. 한 말씀 부탁드립니다. 착한 양치기 사건은 도대체 어떤 사건입니까?"

코크렐 박사는 극적인 긴장감을 더하려는 듯 잠시 멈추었다가 대답했다. "쉽게 말해서, 전쟁이죠. 충격과 그 사건을 설명하는 선언문은, 일종의 계급 전쟁의 선포라고 볼 수 있습니다. 실패한 자가 자신이 실패했다는 이유로 성공한 자들을 처벌하려는 일종의 망상적 시도라고 볼 수 있습니다."

그 뒤로 진행자와 두 게스트는 약 5분여 동안 자유롭게 대화를 주고받았다. TV에서는 영원처럼 긴 시간이었다. 세 사람은 결국, 무기를 소지하는 것이 그러한 흉악한 범죄에 대처하는 유일한 방법일 수 있다는 데 합의했다.

거니가 소리를 줄이고 매들린에게 돌아앉았다.

"무슨 생각해?" 매들린이 물었다. "당신 머리가 돌아가는 게 보여."

"키 작은 인도 남자가 했던 말을 생각하고 있었어."

"범인이 이 한심한 프로그램을 보고 있을 거라는?"

"응."

"범인이 왜 굳이 이걸 보겠어?"

형식적인 질문이었고 거니는 대답하지 않았다.

보기 힘든 장면들이 몇 분 더 지나갔고 마침내 킴이 루스 블럼과 인터뷰하는 장면이 나왔다. 두 사람은 집 뒤쪽 베란다 야외 테이블에 마주 앉아 있었다. 화창한 날이었다. 두 사람 다 가벼운 지퍼가 달린 재킷을 입고 있었다.

루스 블럼은 통통한 중년 여인으로 얼굴이 슬픔으로 그늘져 있었다. 그러나 헤어스타일이 애처로울 정도로 우스꽝스러웠다. 황금빛을 띤 갈색 곱슬머리는 마치 요크셔테리어 한 마리가 머리 위에 앉아 있는 것 같았다.

"그이는 세상에서 가장 멋진 남자였어요." 자신이 선포한 위대한 진실이 킴에게 스며들기를 기다리듯 그녀가 잠시 말을 멈추었다 "따듯하고 자상

하고…… 그리고…… 항상 더 나은 사람이 되려고 노력했지요. 이미 성품
이 훌륭한 사람들은 항상 더 훌륭한 사람이 되려고 노력한다는 거 아세요?
그게 바로 해럴드였어요."

킴의 목소리가 떨렸다. "그런 분을 잃는다는 건 끔찍한 일이었겠죠."

"의사가 우울증 치료제를 먹으라고 하더군요. 세상에, 우울증 치료제라
니……." 마치 자신이 들어본 가장 한심한 조언이라는 듯 그녀가 말했다.

"시간이 흘러도 달라지는 게 없었나요?"

"그렇기도 하고, 그렇지 않기도 해요. 난 지금도 울어요."

"하지만 이렇게 꿋꿋이 살아가시잖아요."

"그렇지요."

"남편이 살해되기 전에 삶에 대해 몰랐던 것들을 알게 된 게 있다면 어
떤 게 있을까요?"

"세상의 모든 게 영원하지 않단 걸 알게 되었죠. 예전엔 내가 가진 걸 항
상 갖고 있을 거라 생각했어요. 하워드가 언제나 내 곁에 있을 거라 생각
했죠. 소중한 건 결코 잃지 않을 거라고. 어리석은 생각이었지만 정말 그렇
게 생각했어요. 그런데 진실은, 살다보면 결국 모든 걸, 모두 잃게 된단 거
예요."

킴은 재킷 주머니에서 손수건을 꺼내 눈물을 훔쳤다. "두 분은 어떻게
만나셨어요?"

"학교 댄스파티에서 만났지요." 그로부터 몇 분 동안 루스 블럼은 해럴
드를 만나면서 특별한 감정을 느꼈던 순간들에 대해 이야기했고 결국 선
물을 받았다가 빼앗겨버렸다는 자신의 주제로 돌아왔다. "우린 영원할 줄
알았어요. 하지만 세상에 영원한 건 없어요. 안 그런가요?"

"어떻게 이겨내셨어요?"

"다른 유가족 도움이 컸어요."

"다른 유가족이라면?"

"우린 서로 도울 수 있었죠. 우리 모두 사랑하는 사람을 똑같은 방식으로 잃었으니까요. 그게 우리의 공통점이었어요."

"유가족 모임을 만드셨어요?"

"한동안은 가족처럼 지냈어요. 가족보다 더 가까웠죠. 서로 달랐지만 강력한 유대가 있었었으니까요. 폴이란 사람 지금도 기억나요. 그 회계사, 굉장히 조용하고 거의 말이 없었어요. 강한 여자, 로버타도 있었어요. 남자 저리 가라였죠. 스턴 박사는, 한마디로 이성 그 자체와 같은 목소리였어요. 항상 사람들을 진정시켰죠. 멋진 레스토랑을 열고 싶어 했던 젊은 남자도 있었고. 또 누가 있더라? 아, 지미가 있었어요. 지미를 잊다니. 지미 브루스터는 이 세상을 증오했어요. 그 사람 어떻게 됐는지 가끔 궁금해요."

"제가 찾았어요. 저와 만나기로 했어요. 지미도 이 프로그램에 동참할 거예요."

"잘됐네요. 가엾은 지미. 엄청난 분노에 휩싸여 있었어요. 지미처럼 분노에 차 있는 사람에 대해 사람들이 뭐라고 하는지 아세요?"

"뭐라고 하죠?"

"자기 자신에게 분노하는 거래요."

킴은 잠시 침묵이 흐르게 한 뒤 그녀에게 물었다. "부인은 어떠세요? 그런 사건이 일어난 것에 대해 분노하지 않으시나요?"

"가끔은요. 하지만 화가 난다기보다는 슬프다는 게 더……." 눈물이 뺨으로 흘러내렸다.

인터뷰 화면이 어두워졌다가 다시 스튜디오에서 진행자와 함께 앉아 있는 킴의 모습이 보였고 거니는 아마도 그게 킴이 지난번에 녹화했던 부분일 거라고 추측했다.

"뭐라 할 말이 없군요." 진행자가 말했다. "정말 할 말이 없어요, 킴. 정말이지 가슴 뭉클한 인터뷰였습니다."

킴은 쑥스러운 듯 미소를 지으며 테이블을 보았다.

"정말 뭉클합니다." 그가 다시 한 번 말했다. "좀 더 그 이야기를 하고 싶지만, 우선 킴에게 묻고 싶은 게 있습니다."

그가 마치 기밀을 말하듯 킴 쪽으로 몸을 숙이며 물었다. "이번 다큐멘터리 제작에 명성이 자자한 강력계 경찰을 섭외하셨다면서요? 바로 데이브 거니 씨죠. 〈뉴욕〉에서 슈퍼캅이라고 극찬했던."

총성이 울렸어도 그보다 더 거니의 관심을 집중시킬 수는 없었을 것이다. 그는 화면에 나온 킴의 표정을 살폈다. 그녀는 놀란 표정이었다.

"그렇게…… 됐어요. 이 사건을 둘러싼 문제에 대해 저에게 조언을 해주고 계십니다."

"문제라면…… 어떤 문제인지 구체적으로 말씀해주실 수 있으신가요?"

킴이 망설이는 모습으로 보아 무방비 상태로 걸려든 게 분명했다. "이상한 일들이 일어나고 있거든요. 아직은 밝힐 수는 없지만요. 누군가가 〈살인의 고아들〉이 방송을 타는 걸 막으려 하는 것 같아요."

진행자가 엄청난 관심을 표현했다. "계속 말씀하시죠."

"그동안…… 저희에게 일들이 좀 있었어요. 착한 양치기 사건에서 손을 떼라는 일종의 경고로도 해석될 수 있는 사건들이죠."

"형사님께선 이 사건에 대해 어떤 견해를 갖고 계신가요?"

"형사님은 다른 사람들과는 다른 견해를 갖고 계신 것 같았어요."

그 말이 진행자의 주의를 완전히 집중시켰다. "그렇다면 형사님께서는 FBI가 헛다리를 짚었다고 생각하신단 건가요?"

"그건 직접 물어보세요. 제 입장에서 말씀드릴 수 있는 건 여기까지예요." 적절한 대답이라고 거니는 생각했다.

"만약 그게 사실이라면, 결코 그 정도론 충분하지가 않죠. 아무래도 거니 형사님을 직접 모셔야 할 것 같습니다. 다음 주 〈살인의 고아들〉 편에요. 조만간 시청자 의견도 들어보겠습니다. 여러분, 동참하세요! 생각을 나누세요! 웹사이트에서 의견을 표현해주세요."

웹사이트 주소 'WWW.RAM4NEWS.COM'이 화면 하단에 빨간색과 파란색으로 반짝였다.

진행자가 킴 쪽으로 몸을 숙였다. "1분이 남았네요. 착한 양치기 사건의 핵심을 한마디로 짧게 정리해주시겠습니까?"

"짧게요?"

"네. 핵심적인 단어로."

킴은 눈을 감았다. "사랑, 상실, 고통."

카메라가 진행자를 클로즈업했다. "좋습니다, 여러분. 바로 그겁니다. 사랑, 상실, 그리고 몸서리치는 고통. 다음 주엔 또 다른 착한 양치기 사건의 희생자 가족을 만나보겠습니다. 기억하세요. 착한 양치기는 지금도 살아서 거리를 활보하고 있습니다. 인간의…… 목숨이…… 그에게는…… 아무 의미도 없죠. 지금까지 여러분이 알아야 할 모든 걸 전해드리는 램 뉴스였습니다. 조심하세요, 여러분. 정말 위험한 세상이니까요."

화면이 어두워졌다. 거니는 화면을 닫고 컴퓨터를 절전모드로 바꾼 뒤 등받이에 기댔다.

매들린이 조심스럽게 그의 표정을 살폈다. "뭐가 걱정돼서 그래?"

"지금? 잘 모르겠어." 그가 눈을 감고 의자에서 몸을 뒤척이면서 그를 괴롭히는 문제가 수면으로 떠오르기를 기다렸다. 그의 심기를 몹시 불편하게 하는 건 놀랍게도 조금 전에 본 내용이 아니었다. "카일하고 킴, 사귀는 거 어떻게 생각해?" 그가 물었다.

"서로 좋아하는 것 같던데? 생각하고말고 할 게 뭐 있어?"

그는 고개를 저었다.

"모르겠어."

"킴이 마지막에 당신에 대해 했던 말…… 당신이 FBI 수사에 회의를 품고 있다는 말…… 그것 때문에 당신이 곤경에 처하게 될까?"

"트라우트하고 좀 더 껄끄러워지겠지. 권력욕이 대단한 사람이라 나한테 법적으로 올가미를 씌우려 할 수도 있어."

"당신이 할 수 있는 일은 없어? 그런 일을 미연에 방지할 방법?"

"물론 있지. 내가 그의 수사가 완전 엉터리란 걸 증명하기만 하면 돼. 그렇게 되면 그 사람은 나 따위가 문제가 아닐걸."

31

양치기의 귀환

다음 날 아침. 7시 30분에 일어나 보니 비가 내리고 있었다. 거센 비는 아니었지만 몇 시간은 내릴 기세였다.

언제나처럼 위쪽 창문이 몇 센티미터 열려 있었다. 침실 공기는 서늘하고 축축했다. 해가 뜨고 거의 한 시간이 지났건만 베개를 베고 누운 자세에서 보이는 왜곡된 직사각형의 하늘은 젖은 판석의 암울한 잿빛이었다.

매들린은 그보다 먼저 일어났다. 그는 기지개를 켜고 눈을 문질렀다. 도로 잠들고 싶은 생각은 없었다. 그의 마지막 꿈은, 아주 불안했던 그 꿈은, 검은 우산의 꿈이었다. 마치 자유의지로 펼쳐지듯 우산이 펼쳐지면서 거대한 박쥐 날개로 변했다. 박쥐는 다시 거대한 검은 독수리로 변했고 구부러진 우산 손잡이가 뾰족해지면서 갈고리 모양의 부리가 되었다. 그러고 나서 꿈 특유의 낯선 논리에 따라, 독수리가 차가운 바람이 되어 열린 창문 밖으로 빠져나갔다. 왠지 기분이 좋지 않았고 그래서 잠에서 깨어났다.

그는 애써 침대 밖으로 몸을 일으켰다. 그와 꿈 사이에 거리를 두기 위해서. 그러고 나서 머리를 맑게 해주고 현실을 단순하게 만들어주는 뜨거운 샤워와 면도를 하고 양치를 한 다음, 커피를 마시러 부엌으로 갔다.

"잭 하드윅한테 전화해." 매들린이 스토브 앞에서 고개를 들지 않은 채 말하고는 조그만 냄비에 건포도를 한 줌 넣었다.

"왜?"

"15분 전에 전화 왔는데 당신하고 통화하고 싶대."

"무슨 일인지 이야기했어?"

"당신이 보낸 메일 봤는데 물어볼 게 있대."

"흠." 그는 커피메이커로 가서 커피를 한 잔 따랐다. "검은 우산 꿈 꿨어."

"그 사람 빨리 이야기하고 싶어 안달이 난 것 같던데."

"전화할게. 그런데 그 영화 말이야. 어떻게 끝나?"

매들린은 작은 냄비에 담겨 있던 것을 그릇에 담은 뒤 아침 식탁으로 가져갔다. "기억 안 나."

"그 장면 아주 자세히 기억하고 있었잖아. 암살단들이 쫓던 그 사내. 교회로 들어갔고 나중에 교회에서 나왔는데, 그때 교회에서 나오는 모든 사람들이 검은색 옷을 입고 검은 우산을 쓰고 있었다면서. 그 뒤로 어떻게 됐어?"

"그 사람이 빠져나갔던 것 같아. 거기 있던 사람들을 다 쏠 순 없었으니까."

"흠……."

"그게 왜?"

"만약 모두 쐈다면?"

"그러지 않았어."

"그러니까 만약 그랬다면? 모두 쐈다면. 그게 그들이 쫓고 있는 사람을 처단하는 유일한 방법이었으니까. 나중에 경찰이 도착해 총을 맞고 죽은 수많은 사람들을 발견했겠지. 그렇다면 어떻게 생각했을까?"

"경찰이 어떻게 생각했겠느냐고? 그야 모르지. 어떤 미친놈이 교회 신도들을 다 죽였다고 생각했겠지."

거니가 고개를 끄덕였다. "바로 그거야. 때마침 누군가 종교인들은 전부 인간쓰레기들이니까 모조리 쓸어버리겠다는 편지를 보냈다면."

"하지만…… 잠깐만." 매들린이 믿을 수 없다는 듯 그를 보았다. "그럼 착한 양치기가 그 많은 사람을 죽인 게 실제 표적을 숨기기 위해서란 거야? 그래서 특정한 차를 탄 사람들을 계속 쏘았다고? 자기 표적이 죽은 게 확실해질 때까지?"

"나도 모르겠어. 하지만 알아낼 거야."

매들린이 고개를 저었다. "어떻게 그럴 수 있는지 난……." 냉장고 옆 벽에 달린 집 전화 벨 소리가 매들린의 말을 잘랐다. "당신이 받아. 당신 전화일거야."

거니가 전화를 받았고 매들린의 말이 옳았다.

"아직도 망할 샤워 중이신가?"

"좋은 아침이야, 잭."

"이메일 받았네. 자네의 수사 전제와 여러 가지 질문들 읽어봤는데……."

"읽어봤는데?"

"저격수의 행동과 선언문을 작성한 사람의 스타일이 일치하지 않는다는 점을 지적하고 있는 건가?"

"그렇게 표현할 수도 있겠군."

"저격수의 범행방식이 선언문에 표출된 생각들을 하기엔 너무 실용적이고, 냉정하고 침착하고, 정리되어 있다는 거지? 내 조그만 뇌가 제대로 이해한 건가?"

"내가 말하고 싶은 건, 단절이 있다는 거야."

"좋아. 재미있는 이야기야. 그런데 그 전제는 문제를 해결하기는커녕 더 복잡하게 만들어."

"어째서?"

"살인 동기가 선언문에 나타난 것과 다르단 소리잖아."

"맞아."

"희생자는 다른 이유로 선택되었단 거고, 고가의 차로 부를 과시하는 죽어 마땅한 돈 많은 개자식들이라 선택된 게 아니란 거지?"

"맞아."

"그렇다면 이 엄청나게 현실적이고 엄청나게 냉정한 천재에겐 이 사람들을 죽일 수밖에 없는 다른 현실적인 이유가 있었단 거고?"

"맞아."

"뭐가 문제인지 알아?"

"말해봐."

"만약 범인이 각각의 희생자들을 선택한 동기가 그들이 몰고 다니는 수십만 달러짜리 메르세데스 벤츠가 아니라면, 우린 메르세데스 벤츠가 이 사건과 무관하단 사실을 믿어야 해. 그걸 엿 같은 우연의 일치로 봐야 한다고. 그런 생각해봤나, 데이비 보이? 그건 버니 매도프*한테 사기를 당한 모든 사람들이 우연히도 엉덩이에 요정 문신이 새겨져 있었다고 말하는 거나 마찬가지야. 내 말 알아듣겠나?"

"나도 알아, 잭. 그것 말고 다른 질문은 없나?"

"사실 있어. 자네 질문 중에 또 한 가지. 사실 세 가지 질문은 한 가지 문제를 둘러싼 거나 마찬가지야. 모든 살인자들이 똑같이 중요한가? 순서가 중요한가? 그중에 다른 사람의 필요에 의해 죽은 사람은 없는가? 자네가 말해봐. 도대체 이 사건의 어떤 점이 그런 의문을 갖게 만들었는지."

"때로는 전체적인 그림에서 빠져 있는 게 내 주의를 끌거든. 이 사건을 지배하고 있는 수사 전제의 특성상 많은 것들이 빠져 있어. 가지 않은 길들이 있고 제기되지 않은 질문들이 있어. 처음부터 이 살인사건은 범인이 가장하고 있는 철학적 선언의 요소들과 일치한다고 보았지. 모두 그 사실을 받아들이는 순간, 그 누구도 개별사건들을 별개의 목적이 있는 별개의

---

* 나스닥 회장을 지낸 미국 희대의 금융사기꾼.

사건들로 보지 않았어. 하지만 각각의 사건들이 동일하게 중요하지 않을 가능성은 얼마든지 있어. 모든 범행이 같은 이유로 자행되었다는 가정도 그렇고. 내 말 이해하겠나, 잭?"

"대답하기 어렵군. 좀 더 구체적으로 말해줄 순 없나?"

"자네 〈검은 우산을 쓴 남자〉란 영화 본 적 있나?"

하드윅은 그 영화를 본 적도, 들은 적도 없었다. 그래서 거니가 그 이야기를 들려주었다. 그리고 암살단이 그들을 모두 쏘아 죽였다면 어떻게 되었겠느냐고 물었다. 매들린과 대화를 나누다 떠오른 질문이었다.

긴 침묵이 이어졌고 하드윅은 매들린의 질문에서 변형된 질문을 던졌다. "그럼 처음 다섯 번의 저격은 실수였다는 건가? 그러다가 마침내 여섯 번째에 제대로 걸렸단 건가? 내가 제대로 이해할 수 있도록 좀 도와주게. 내 말은, 만약 그자가 전문가라면, 그러니까 자네 영화에 나온 암살단처럼 전문가라면, 표적을 식별하는 기준이 무엇이었을까 하는 걸세. 메르세데스 벤츠를 몬다는 것? 그렇다면 한밤중에 뭣같이 큰 총을 들고 나타나 일단 메르세데스 벤츠 창문에 갈겨대고 나서 누가 맞았는지 본다고? 난 이해가 안 가는데."

"나도 그래. 하지만 자네 그거 알아? 이게 무슨 게임인지 아직은 잘 모르겠지만 난 왠지 내가 길을 제대로 들었다는 생각이 들어."

"잘 모르겠다고? 전혀 감도 못 잡은 건 아니고?"

"좀 긍정적으로 생각해줄 순 없겠나?"

"나한테 들려줄 지혜의 말씀이 아직 남아 있나, 셜록? 아니면 토하러 가려고."

"한 가지 더 있네. 특수요원 트라우트가 내가 접근이 제한되어 있는 정보를 불법으로 취득했다는 사실을 알고 잔뜩 독이 올랐어. 뒤를 조심하게, 잭."

"트라우트 그 새끼 엿 먹으라고 해. 내가 투척해주길 바라는 똥 무더기가 더 있나?"

"말이 나왔으니 말인데, 에밀리오 코레이즌의 행방에 대해선 뭘 좀 알아냈나?"

"아직. 어떻게 된 건지 완전히 투명인간이 되어버렸더군."

8시 45분. 매들린이 병원에서 시간제 근무를 하러 집을 나섰다. 여전히 비가 내리고 있었다.

거니는 컴퓨터로 가서 하드윅에게 보낸 메일을 한 장 출력해서 자신이 작성한 질문을 다시 한 번 훑어보다가 '왜 모든 사건이 2000년 봄에 일어났을까?'에서 멈추었다. 이 사건이 지극히 현실적인 사건이라는 확신이 들면서 사건이 일어난 시점의 중요성도 더욱 커졌다.

사명감에 사로잡힌 사이코의 살인은 대개 두 가지 유형으로 일어난다. 먼저 빅뱅식 접근이 있다. 저격범이 우체국이나 사원 같은 곳에 들어가서 탈출 계획 없이 무작정 다수의 표적을 향해 쏘아대는 식이다. 그들은 반드시 남자고, 백 명 중 아흔아홉 명은 더 쏠 사람이 없을 때 자기 자신을 쏘는 것으로 임무를 마감한다. 또 다른 유형은 10년 혹은 20년 동안 칼을 가는 사람들이다. 그들은 우편물 폭탄 같은 것으로 누군가의 머리, 혹은 손을 날려버리지만 자살할 생각은 별로 없다.

착한 양치기 살인은 둘 중 어느 쪽에도 부합되지 않았다. 극도의 냉정함, 감정의 결여, 치밀한 계획과 실행이 있었다. 이 사건의 모든 면면이 거니에게 그렇게 말하고 있다고 생각하고 있을 때 전화벨이 울렸다. 9시 15분.

이번에도 하드윅이었고 목소리가 조금 전보다 훨씬 무거웠다.

"지금 어느 구장에서 어떤 게임이 벌어지고 있는 건지 몰라도 게임이 좀 악랄해졌어. 루시 블럼이 변사체로 발견됐네."

거니의 머릿속에 처음으로 떠오른 생각은, 곧바로 욕지기가 치밀어오르게 만든 생각은, 10년 전 남편처럼 머리에 총을 맞은 그녀의 모습이었다.

그 구역질나는 장면은 다시 피와 터진 뇌, 뒤범벅된 요크셔테리어 같은 머리카락으로 비약되었다.

"이런 젠장. 어디서? 어떻게?"

"자택에서. 얼음송곳에 심장이 찔린 채로."

"뭐?"

"놀라움의 표현이야? 아니면 말귀를 못 알아들은 거야?"

"얼음송곳?"

"흉골 밑으로 위를 향해서 한 방에 보냈더군."

"젠장…… 언제?"

"어젯밤 11시 이후."

"그걸 어떻게 알아?"

"10시 58분에 페이스북 메시지를 남겼어. 시신은 오늘 새벽 3시 40분에 발견됐고."

"그 집이 십 년 전 그 사건 당시에도 부부가 살았던 집인가?"

"맞아. 같은 집이야. 우리 꼬마 아가씨 킴이 램TV 인터뷰를 진행했던 바로 그 집이고."

거니의 두뇌가 정신없이 달렸다. "누가 발견했지?"

"오번 경찰서 E 구역 순찰대. 이야기가 길어. 이타카에 사는 루스 블럼의 친구가 페이스북 메시지를 읽었는데, 왠지 좀 이상하더래. 그래서 페이스북에 별일 없느냐고 물었는데 대답이 없더래. 이메일을 보내도 답이 없고. 그래서 전화를 걸었더니 음성사서함으로만 계속 넘어가고. 결국 친구가 겁에 질려 지역 경찰에 신고를 하고 경찰이 다시 보안관 사무실로 넘기고 결국 오번 경찰서로 넘어간 거야. 오번에서 다시 그 지역 순찰차로 연결되고 순찰대가 그 집에 도착해보니 모든 게 평화롭고 아무 문제도 없어보였대. 전혀……."

"잠깐. 루스 블럼이 페이스북에 뭐라고 썼는지는 알고 있나?"

"방금 자네한테 메일로 보냈어."

"어떻게 확보했지?"

"앤디 클렉."

"앤디 클렉이 누군데?"

"E구역 담당 경관. 그 친구 기억 안 나?"

"기억나야 돼?"

"피거트 사건."

"아, 이제야 생각이 나는군. 얼굴은 기억 안 나."

"그 친구 경찰학교 졸업하고 현장에 배치되고 나서 처음 한 일이, 피거트 부인 시체 반쪽을 찾았다는 내 전화를 받은 거였어. 공식적으로 첫 번째 구토의 기회가 주어진 셈이었지. 그것도 아주 제대로 구토할 기회."

악명 높은 피터 피거트의 근친상간 및 존속살인사건은 하드윅과 거니의 껄끄러우면서도 효율적인 관계의 시발점이었다. 거니는 당시 뉴욕 시 경찰국 소속이었고 하드윅은 뉴욕 주 범죄수사국 소속이었다. 두 사람은 각자의 관할 구역 내에서 피거트 사건을 수사하고 있었고 끔찍한 우연이 두 사람의 만남을 주선했다. 같은 날, 150킬로미터 정도 간격으로, 동일인의 시체를 절반씩 발견한 것이었다.

"제 엄마하고 붙어먹던 미꾸라지 같은 살인마 피거트 체포 직후에 우릴 만났지. 앤디는 자네 실력에 놀랐고, 또 그만큼은 아니지만 내 실력에도 꽤 감동받았잖아. 그 뒤로 계속 연락하고 지냈지."

"그래서 결론이 뭔가?"

"오늘 아침 블럼의 얼음송곳 살인사건이 순찰대를 통해 접수됐을 때 내가 앤디한테 직접 전화해서 이야기를 전부 들었네. 지금 아니면 안 될 것 같더라고. 트라우트가 이 사건을 접수하고 이 사건이 시사하는 바를 인식하는 순간, 바로 나서서 이 사건은 착한 양치기 사건의 수사의 연장선상에 있다고 선언하고 문을 쾅 닫아버릴 테니까."

"결국 다시 내 질문으로 되돌아왔군. 루스가 페이스북에 뭐라고……."

"이메일 확인해보게."

"참, 그렇지."

거니가 전화기를 내려놓고 이메일을 열었다. 하드윅이 보낸 메일이 와 있었다.

루스 J. 블럼 님이 새 글을 올렸습니다.

특별한 날! 〈살인의 고아들〉의 첫 방송이 어떻게 나올지 너무나 궁금했다. 킴이 날 찾아와 던진 질문들, 그리고 내가 한 대답들을 생각하려고 애썼다. 전부 기억할 수가 없었다. 나의 솔직한 심경이 그대로 표현되기를 바랐다. 킴이 말한 것처럼 TV는 때로 중요한 걸 놓친다. 선정적인 요소에만 초점을 맞추고 진짜 중요한 것들은 놓치기 일쑤다. 〈살인의 고아들〉은 다르기를 바랐다. 킴이 어딘가 달라보였다. 하지만 잘 모르겠다. 나는 조금 실망했다. 인터뷰 상당 부분을 잘라내고 소위 전문가라는 사람들과 광고에 많은 부분을 할애했다. 아침에 킴에게 전화해서 물어봐야겠다.

잠깐 포스팅을 멈추어야 할 것 같다. 우리 집 진입로로 누군가 차를 몰고 들어온다. 거의 11시가 다 됐는데. 대체 누굴까. 군용 트럭 같다. 나중에 계속.

거니는 메일을 읽고 나서 다시 수화기를 들었다. "아직 거기 있나, 잭?"

"있어. 그래서 이타카에 사는 친구가 자정 무렵 이메일을 확인하다가 페이스북 새 글을 클릭해봤더니, 10시 58분에 올린 글이더래. 루스는 분명 군용 트럭처럼 생긴 차를 타고 온 사람이 누군지 확인하러 나갔을 거고. 험비였을까? 어떻게 생각해?"

"그럴 수도 있겠지." 거니는 위장 페인트를 칠한 맥스 클린터의 험비를 떠올렸다.

"험비가 아니라면, 대체 뭐야? 어쨌든, 아까 말했던 것처럼 이 여자가 친구한테 어떻게든 연락해보려고 백방으로 애를 썼고 결국 순찰대가 왔고 모든 게 지극히 정상으로 보여서 떠나려는 찰나, 걱정하던 친구가 차를 몰고 나타났단 거지. 이타카에서 40킬로미터를 달려서 말이야. 그러고는 집 안으로 들어가보자고 우겼대. 만약 경찰에서 안 하겠다면 자기 혼자 들어가겠다고. 거기서 한참 실랑이가 벌어졌고 젊은 순찰대원이 하마터면 여자를 체포하려던 찰나, 때마침 또 다른 순찰대원, 좀 더 나이 들고 똑똑한 순찰대원이 나타났고 두 사람 다 진정시켰다는군. 그제야 집 주변을 둘러보기 시작했는데 열린 창문 하나를 발견했대. 추가로 토론과 논쟁이 벌어지고 기타 등등, 기타 등등. 어쨌든 결론은, 순찰대원이 결국 집 안으로 들어가서 루스 블럼의 시신을 발견했대."

"어디서?"

"현관 바로 안쪽에서. 문을 열자마자 퍽!"

"과학수사팀에선 범행 무기를 얼음송곳으로 확신하고 있고?"

"의심의 여지가 없었어. 클렉 말에 따르면, 그 물건이 여전히 여자 가슴에 꽂혀 있었대."

"그 집에 날 들여보내줄 리가 없겠지?"

"절대로. 지금쯤은 접근 금지 명령이 떨어지고 노란 테이프가 1킬로미터 반경에 둘러져 있을걸. 그 사람들한테 자넨 골칫거리야. 지금 그 사람들이 할 일은, 과학수사팀 작업이 끝날 때까지 현장을 깔끔하게 보존했다가 FBI로 넘겨주는 거겠지. 누구 좋으라고 잘나가던 전직 경찰이 현장을 휘젓고 다니도록 엉덩이를 치워주겠나?"

거니는 현장에 가보고 싶어 안달이 났다. 현장 상황을 전해듣는 것은 직접 가보는 것의 10퍼센트 정도밖에 되지 않았다. 그러나 하드윅의 말이 옳았다. FBI는 고사하고 주 범죄 수사국의 그 누구도 거니의 간섭을 원치 않을 것이다. 그런 생각을 하다 보니 도대체 하드윅은 이런 일로 무슨 이득을 얻는지 궁금해졌다. 기밀문서나 내부인을 통해 거니에게 정보를 물어다 줄 때마다 하드윅은 스스로 곤경에 빠뜨리고 있었다. 그런데도 그 일을 수시로 해주고 있었다.

그가 그토록 진실을 갈구하는 사람이었던가? 그래서 규정이나 자신의 안전 따위는 팽개쳐 둘 수 있는 사람인가? 아니면 권력자에게 모욕을 주겠다는 생각에 사로잡힌 건가? 아니면 벼랑 끝의 모험 자체가, 그런 모험을 거부하는 보다 고상한 사람들 보다 그를 매혹하는 건가? 거니는 전에도 하드윅을 놓고 이런 질문들을 던져본 적이 있었다. 이번에도 그 대답은 아마도, 전부일 것이라고 생각했다.

"그러니까 데이비 보이……." 하드윅의 목소리가 그들을 다시 눈앞의 현실로 끌어왔다. "상황이 복잡해지고 있어. 어쩌면 자네한텐 모든 게 점점 더 분명해지는 걸 수도 있겠지? 도대체 어떻게 된 건가?"

"나도 모르겠네, 잭. 둘 다인 것 같아. 앞으로 어떻게 전개되느냐에 따라 다르지. 일단 클렘한테 들은 얘긴 그게 전부인가?"

"거의." 하드윅이 주저했다. 극적인 효과를 위해 잠시 시간을 끌며 거니의 짜증을 돋우기를 즐겼지만 그 뒤로 따라온 말은 대개 기다릴 만한 가치가 있는 것들이었다. "착한 양치기 도로총격사건 현장에서 발견된 조그만 플라스틱 동물들 기억하지?"

"기억해." 거니는 그날 아침에도 그 동물들에 대해, 그 완구들의 목적에 대해 생각했다.

"현장에서 조그만 플라스틱 장난감이 동물을 발견됐어. 루스 블럼의 입술 위에 살포시 얹어놓았더군."

"입술에?"

"입술에."

"어떤 동물이었나?"

"클레 말로는 사자인 것 같다던데."

"여섯 개 동물 중에 첫 번째 동물이 사자 아니었나?"

"기억력이 좋군, 에이스. 나머지 다섯 동물을 발견할 확률은 얼마나 된다고 보나?"

거니는 그 질문에 대답할 수 없었다.

하드윅과 전화를 끊은 뒤 거니는 킴에게 전화를 걸었다. 거니는 킴이 아직 카일의 아파트에 있는지, 두 사람이 한 침대에 있는지, 그날 무얼 할 계획인지, 그리고 그들이 오늘 일어난 사건을 알고 있는지 궁금했다.

전화는 음성사서함으로 넘어갔다. 그는 조금 퉁명스러운 메시지를 남겨놓았다. "오늘 뉴스 봤는지 모르겠지만, 루스 블룸이 살해됐다는구나. 오로라에 있는 자택에서 어젯밤 늦게. 착한 양치기가 돌아왔을 가능성도 있고, 누군가 그렇게 생각해주기를 바라는 걸 수도 있어. 최대한 빨리 연락 해다오."

그는 카일의 번호로 전화를 걸었다. 역시 음성사서함으로 넘어갔고 이번에도 같은 메시지를 남겨놓았다.

거니는 서재 북쪽 창밖으로 축축한 잿빛 산기슭을 바라보았다. 비는 멎었지만 처마에서 빗방울이 계속 똑똑 떨어졌다. 하드윅이 전해준 새로운 소식은 그의 생각을 정리해주기는커녕 흩어놓았다. 지독히도 많은 조각들이었다. 이 미로 속에서 길을 찾는다는 건 거의 불가능했다. 한발을 앞으로 내딛으려면 최소한 어디가 앞인지는 알아야 했다. 그는 시간이 얼마 없다는, 최후의 순간이 다가오고 있다는 섬뜩한 생각에 사로잡혔다. 비록 그게 어떤 의미인지는 알지 못해도.

무언가 조처를 취해야 했다.

딱히 더 나은 생각이 떠오르지 않아서 그는 차를 타고 오로라로 향했다.

두 시간 뒤 그는 고속도로로 접어들어 카유가 호수를 따라 달렸다. 내비게이션이 루스 블룸의 집이 4.8킬로미터 남았다고 알렸다. 도로 왼편의 벌거벗은 가로수 뒤로 호수와 호숫가 주택들이 보였다. 오른편으로는 깊고 수풀이 우거진 배수용 습지와 목가적인 풍경의 초원과 그루터기만 남은 옥수수밭 지평선을 향해 서서히 올라가는 비탈진 잡목 숲이 펼쳐졌다. 마을의 높은 지대에 세 채의 상가 건물들이 잘 관리된 고풍스러운 주택들 사이사이에 자리 잡고 있었다. 주유소, 가축병원, 정비소가 하나씩 있었다. 정비소 앞 주차장에는 정비를 요하는 다양한 단계의 차가 대여섯 대 주차되어 있었다.

정비소를 지나고 나서 얼마 후 거니는 길게 커브를 돌았고 도로 왼편 저만치에서 대형 사건이 발생한 현장임을 암시하는 첫 번째 징후를 보았다. 관할 경찰, 카운티 경찰, 주 경찰의 차량들이었다. 밴 승용차도 네 대나 보였다. 그중 두 대의 지붕에 위성 안테나가 달려 있는 것으로 보아 아마도 지역 방송국인 것 같았고 한 대에는 뉴욕 주 경찰국 마크가 보였다. 과학수사팀 장비 차량인 것 같았다. 아무 마크도 찍혀 있지 않은 차는 촬영팀 차량일 것이다. 시체 안치소의 차량은 보이지 않았다. 부검팀이 벌써 다녀갔다는 의미이고 시체가 이미 현장에서 수거되었다는 의미였다.

현장에 다가가면서 거니는 다양한 관할 구역 배지를 단 여섯 명의 제복 경관과 수사팀의 보고를 받고 있는 보수적인 비즈니스 정장 차림의 남녀 각 한 명, 위아래가 붙은 흰 작업복에 라텍스 장갑을 끼고 있는 과학수사팀 남자, 머리를 뒤로 묶은 두 남자의 시중을 받고 있는 화려한 옷차림의 TV 스타일의 여자 한 명을 보았다.

길 한복판에 서 있는 사복 경관은 너무 속도가 늦은 차량을 향해 공격적으로 손짓했다. 블럼의 집을 뒤로 하고 사복 경관 앞을 지나쳐 차를 몰면서 거니는 '경찰 저지선, 넘지 마시오'라고 적힌 노란 테이프가 호수 가장자리와 도로 가장자리를 따라 집 주위에 빙 둘러져 있는 걸 확인할 수 있었다. 거니는 자동차 글로브박스에서 얇은 가죽 지갑을 꺼내 황금색 뉴욕 경찰 신분증을 내밀었다. 맨 마지막에 아주 작은 글씨로 '퇴직'이라고 적힌.

얼굴을 찌푸린 경관이 자세히 확인할 겨를을 주지 않고 거니는 신분증을 다시 글로브박스에 넣은 뒤 잭 하드윅 선임 수사관이 현장에 있는지 물었다.

경관의 모자가 앞으로 기울어졌고 뻣뻣한 모자 가장자리가 그의 눈에 그림자를 드리웠다. "주 범죄수사국의 잭 하드윅 수사관 말씀이십니까?"

"맞습니다."

"그분이 여기 오실 이유가 있습니까?"

거니는 지친 한숨을 내쉬었다. "제가 수사 중인 사건이 루스 블럼과 연관이 있을 수 있어서요. 하드윅 수사관은 알고 있는 상황입니다."

경관은 거니의 대답을 어떻게 해석해야 할지 난감한 표정이었다. "성함이 어떻게 되시죠?"

"데이브 거니."

그는 대부분의 경찰들이 낯선 사람들을 대할 때 그렇듯 표면적 공손함과 본능적 불신이 뒤섞인 표정으로 거니를 보았다. "차 저쪽으로 대세요." 그가 과학수사팀 차량과 방송국의 밴 사이의 공간을 가리키며 말했다. "잠시 차에 계십시오." 그는 돌아서서 도로변에서 격렬한 논쟁을 벌이는 세 사람에게 다가갔다. 경관이 말을 건 사람은 짧은 갈색 머리에 거대한 체구의 여자였다. 그녀는 남색 재킷과 바지 차림이었다. 오른쪽에서 있는 회색 머리 남자는 흰 작업복 차림이었다. 그녀의 왼쪽에 서 있는 비교적 젊은 남자는 짙은 수트에 흰 셔츠, 짙은 색 타이를 매고 있었다. 형사, 장례식 진행자, 모르몬교도들의 신자복. 떡 벌어진 어깨, 굵은 목, 짧게 자른 머리카락이 그 셋 중 어느 분류에 속하는지 알려주었다.

경관이 그에게 다가가자 세 사람이 동시에 거니 쪽을 보았다. 셋 중 젊은 남자가 갑자기 미소를 짓더니 거니를 가리키며 여자에게 빠르게 무어라고 설명했다.

그 웃음을 보니 어렴풋이 기억이 나는 것도 같은 얼굴이었다.

"형사님!" 여자가 소리를 지르며 한 손을 거니에게 흔들었다. "거니 형사님!"

거니는 차에서 내렸고 그 순간 머리 위에 거대한 헬리콥터의 굉음이 울려퍼졌다. 고개를 들어보니 나무들 사이로 천천히 공중을 선회하고 있는 헬리콥터가 보였다. 거대한 흰 글씨로 쓴 램이란 글자가 그의 시선을 끌었고 거니는 저도 모르게 얼굴을 찌푸렸다.

"불러드 반장님이 뵙고 싶어 하십니다." 사복 경관이 거니에게 돌아와 말하고는 접근 금지 구역에 들어올 수 있도록 테이프를 들어주었다. 그의 말투 때문에 테이프를 들어주는 동작이 예의를 갖춘다기보다는 권리를 주장하는 것처럼 보였다.

거니는 몸을 숙여 테이프 밑으로 들어갔다. 그리고 그 과정에서 포장된 진입로와 보다 거친 도로 경계 부분의 기다란 균열에 흙 한 줌이 떨어져 있었다. 좀 더 자세히 보려고 멈춰 서서 몸을 숙이는데, 경관이 테이프를 그의 몸 위로 내려놓고 다시 교통정리를 하러 갔다.

거니가 몸을 일으켰을 때 조금 낯익다 싶은 짙은색 수트 차림의 젊은 남자가 그에게 다가왔다.

"저 기억 못하시죠. 앤드루 클렉입니다. 형사님을 처음 뵌 게……."

거니가 따뜻한 미소로 그의 말을 잘랐다. "물론 기억하네, 앤디. 자네 승진했군."

그가 다시 미소를 지었다. 그 미소가 그를 십 대 소년으로 만들었다. "지난달에요. 드디어 범죄수사국에 들어갔어요. 형사님이 영감을 주셨죠." 그가 말하며 거니를 체격 좋은 여자에게 안내했다. 그녀는 흰 작업복을 입은 과학수사팀 사람과 이야기를 나누고 있었다.

"양탄자도 가져가야 하면 그렇게 해. 보고 결정해." 그녀가 거니에게 돌아섰다. 조금 긴장이 감도는 동시에 기분 좋게 사무적인 표정이었다. "앤디 말이 잭 하드윅 수사관하고 피거트 사건을 해결하셨다면서요. 사실인가요?"

"사실입니다."

"대단하시네요. 선한 사람들의 위대한 승리였죠."

"고맙습니다."

"사탄의 산타 사건은 더 대단했어요." 앤디 클렉이 말했다.

"사탄의 산타라면……." 이번에는 그녀가 어렴풋이 기억을 떠올렸다. "사람들을 부위별로 잘라서 지역 경찰에 보낸?"

"포장을 했죠. 크리스마스 선물처럼!" 클렉이 소리쳤다. 두려워한다기보다는 매혹당한 목소리였다.

그녀가 경탄의 표정으로 거니를 보았다. "어떻게 그런 엄청난……."

"그저 우연히, 적절한 시기에, 적절한 장소에 있었을 뿐입니다."

"대단하시네요." 그녀가 손을 내밀었다. "불러드 반장입니다. 설명이 필요 없는 분이시군요. 그런데 어쩐 일로 여기까지 오셨습니까?"

"루스 블럼 사건 때문에요."

"어떤……?"

"어젯밤 램TV에서 방영한 프로 보셨습니까?"

"알고는 있습니다. 그걸 왜 물으시죠?"

"그 프로가 이 사건을 이해하는데 도움이 될 것 같아서요."

"어떤 면에서요?"

"2000년에 일어난 착한 양치기 사건의 여섯 희생자 가족의 후유증을 다룬 시리즈의 첫 편입니다. 이 사건은 분명히 일곱 번째 착한 양치기 사건이에요. 앞으로도 계속 일어날 가능성도 있습니다." 그녀의 표정에 그나마 있었던 온기는 냉랭한 경계로 바뀌었다. "그래서 정확히 여긴 어쩐 일로 오신 겁니까?"

거니는 조심스럽게 말을 고르려다가 다 집어치우기로 결심했다. "FBI에서 이 사건을 처음부터 완전히 거꾸로 인식했고 오늘 이 사건이 그 사실을 입증할 수도 있다고 생각해서 왔습니다."

그녀의 표정은 읽기 힘들었다. "그쪽 사람들한테도 형사님 생각을 알리셨나요?"

거니는 잠깐 미소를 지어보였다. "생각대로 잘 안 되더군요."

그녀가 고개를 저었다. "지금 무슨 말씀을 하시는 건지 모르겠네요. 어느 조직을 대표해서, 어떤 권위로 이 자리에 오신 건지." 그가 클렉을 보았고 클렉은 초조한 듯 발만 구르고 있었다. "앤디 이야기로는 은퇴하셨다던데. 지금 저희는 살인사건에서 아주 중요한 초기 수사 단계에 있습니다. 여기 오신 이유와 목적을 명확히 설명해주실 수 없다면 그만 가주시죠. 너무 무례하게 받아들이지 않으셨으면 좋겠네요."

"이해합니다." 거니가 심호흡을 했다. "제가 루스 블럼을 인터뷰했던 사람의 자문으로 고용이 되었는데, 그러다 보니 착한 양치기 사건에 관심을 갖게 되었습니다. 그런데 기존 수사에 결정적인 허점이 있었다는 결론에 도달했어요. 이 살인사건의 조사가 처음 여섯 건의 살인사건 수사처럼 죽을 쑤지 않길 바랄 뿐입니다. 하지만 안타깝게도, 이미 문제가 생긴 것 같군요."

"무슨 말씀이신지."

"놈은 진입로로 차를 몰고 들어오지 않았습니다."

"무슨 말씀이시죠?"

"루스 블럼의 살해범이 집 앞에 차를 세우지 않았다고요. 만약 그 사실을 모르고 계신다면 여기서 일어난 사건은 절대 해결 못하십니다."

그녀가 클렉을 흘긋 보았다. 이 느닷없는 공격에 대해 아는 게 있는지 확인해보려는 눈치였다. 그러나 클렉의 눈빛에는 오직 놀라움과 혼란만 있을 뿐이었다. 그녀가 거니를 보고, 다시 시계를 보았다. "들어오세요. 정확히 5분 드릴 테니 절 설득해보세요. 그동안 앤디는 TV 독수리들 주시해. 테이프 안으로 한발도 들여보내지 마."

"알겠습니다."

그녀가 집 옆쪽의 경사진 잔디를 지나 뒤쪽 베란다로 이어진 계단을 올라갔다. 킴이 루스 블룸과 인터뷰를 한 장소였다. 거니는 그녀를 따라 커다란 식당이 있는 주방으로 이어진 뒷문으로 들어섰다. 사진사 한 명이 간이 식탁에 앉아 디지털카메라에서 컴퓨터로 자료를 전송하고 있었다. 그녀가 부엌을 둘러보았지만 사적인 대화를 나눌 공간이 없었다. "척, 미안하지만, 잠깐 자리 좀 비워줄 수 있을까?"

"네, 반장님. 밴에 가서 해도 됩니다." 그는 장비를 챙기더니 잠시 후 자리를 비웠다.

반장은 테이블 앞에 놓인 의자에 앉아 거니에게 맞은편에 앉으라고 손짓했다. "자," 그녀가 침착하게 말했다. "오늘 하루 아주 힘들었어요. 끝날 기미도 보이지 않고요. 낭비할 시간 없습니다. 간결하고 분명하게 말씀해주세요. 시작하시죠."

"왜 범인이 집 앞에 차를 세웠다고 가정하십니까?"

그녀가 미간을 찌푸렸다. "왜 제가 그렇게 가정한다고 추측하시죠?"

"제가 도착했을 때 집 앞 주차장에서 비켜난 자리에 서 계셨잖아요. 다들 주차장 쪽을 밟지 않더군요. 과학수사팀에서 이미 조사가 끝났는데도. 정밀 분석을 위해 주차장 공간을 보존하고 있는 거라고 판단했죠. 왜 거기 차를 세웠을 거라고 생각하시죠?"

그녀의 입가에 냉소적인 미소가 번졌다. "뭔가 알고 계시는군요. 도대체 누가 정보를 흘렸죠?"

"지금 그 문제를 따질 상황이 아닙니다. 그건 FBI가 하는 짓거리죠. 편 가르기로 시간 낭비하기."

그녀는 계속 그를 바라보았다. 이번엔 그리 긴 시간은 아니었다. 그러고 나서 마침내 결심을 굳혔다. "희생자가 어젯밤 페이스북에 글을 남겼어요. 램TV 프로그램에 관한 글을 쓰고 나서 컴퓨터 앞에 앉아 있을 때 진입로로 차가 들어온다고 썼거든요. 그런데 왜 거니 씨가 이 모든 사실을 이미 알고 있을 거란 생각이 들죠?"

거니는 그녀의 질문을 무시했다. "어떤 종류의 차라고 했죠?"

"군용 트럭처럼 보이는 차라고 했어요. 정확히 어떤 종류인지는 언급이 없었고요."

"지프? 랜드로버? 험비? 그 비슷한 거겠죠?"

그녀가 고개를 끄덕였다.

"그래서 이론적으로는, 범인이 집 앞에 차를 세우고 현관으로 걸어와서 노크를 하고…… 그다음에 어떻게 했단 겁니까? 문 앞에서 죽였을까요? 그녀가 문을 열어주었을까요? 아는 사람일까요? 모르는 사람일까요?"

"좀 진정하세요. 왜 범인이, 혹은 우연히 그녀가 살해당한 시각 무렵 그녀를 방문한 사람이 집 앞에 차를 세웠냐고 묻지 않았습니까? 그 대답은 이미 했어요. 왜냐하면, 희생자 스스로 그렇게 말했기 때문이에요. 그건 희생자가 직접 목격한 상황이고 희생자가 자기 페이스북에 죽기 전에 그렇게 썼어요." 불러드 반장의 의기양양한 표정은 근심으로 약간 희석되었다. "그게 사실이 아니라면 도대체 왜 루스 블럼이 그런 글을 썼는지 간결하고 분명하게 설명해주시죠."

"루스 블럼은 그런 글을 쓰지 않았습니다."

"뭐라고요?"

"그런 식으로 일어난 일이 아니에요. 지금 반장님이 제시하는 가설은 전혀 말이 안 됩니다. 첫째, 논리적인 문제를 따지기 전에 진입로 초입에 물리적인 증거에 문제가 있어요."

"어떤 물리적 증거 말씀이시죠?"

"현재 지면은 상당히 건조한 상태입니다. 마지막으로 비가 온 게 언제죠?" 월넛 크로싱에 언제 비가 왔는지는 알고 있지만, 핑거 호수 일대의 날씨는 종종 월넛 크로싱과 달랐다.

그녀가 잠시 생각에 잠겼다. "어제 아침에 비가 왔어요. 정오쯤 그쳤을 거예요. 그건 왜 물으시죠?"

"진입로 입구의 균열에 약 2.5센티미터 너비의 흙덩이가 있어요. 만약 누군가 진입로로 차를 몰고 들어왔다면, 반드시 그걸 지났겠죠. 숲이나 잔디를 가로질러 들어오지 않았다면 말입니다. 그런데 그 흙덩이는 전혀 손상되지 않았어요. 적어도 마지막 비가 내린 뒤로는."

"겨우 2.5센티미터 너비의 흙덩이라면 그렇게 단정하기에는……."

"부족할 수도 있죠. 하지만 가능성 있는 이야기 아닙니까. 더구나, 심리적인 문제도 있어요. 만약 착한 양치기가 돌아온 거라면, 그리고 루스 블럼이 일곱 번째 희생자라면, 우리가 이미 알고 있는 사실들을 염두에 두어야 해요."

"어떤 것들 말입니까?"

"우리가 알고 있는 한 가지는 범인이 극도로 치밀하고 극도로 모험을 기피한다는 점입니다. 집으로 차를 몰고 들어오는 건 노출 위험이 너무 커요. 어떤 차량이건 저 자리에 주차되어 있었다면, 더구나 군용 트럭 크기의 차량이라면, 범퍼 쪽이 도로에 노출되어 있었겠죠. 너무 쉽게 눈에 띄고 너무 쉽게 식별 가능해요. 지역 순찰차가 지나가다가 그런 차를 봤다면 차를 세우고 차량 번호를 조회해봤을지 누가 알겠습니까?"

불러드가 얼굴을 찌푸렸다. "하지만 실제로 루스 블럼은 살해됐고, 만약 범인이 차를 타고 오지 않았다면 어딘가에 차를 세웠겠죠. 도대체 범인이 어떻게 했단 겁니까? 어디다 차를 세웠다는 거예요? 길가에? 길가에 세웠다면 더 눈에 띄었을 텐데요."

"제가 보기엔 정비소가 유력합니다."

"어디요?"

"여기서 이타카 방향으로 도로를 따라 800미터 정도 나가다보면 정비소가 하나 있습니다. 자그마한 주차장에 정비를 기다리고 있거나 정비가 끝난 차량들이 주차되어 있더군요. 낯선 차량을 세워놓아도 눈에 띄지 않을 만한 곳이죠. 만약 내가 한밤중에 누군가를 죽일 생각이라면, 차를 거기 세워놓고 여기까지 습지 뒤쪽으로 걸어오겠어요. 지나가는 차량들의 눈에 띄지 않도록."

그녀가 테이블을 바라보았다. 마치 가상의 글자 맞히기 게임을 하는 듯 얼굴을 찌푸렸다. "이론적으로는 그럴 수도 있겠지만, 문제는, 희생자의 페이스북이 특정 차량을 언급했다는 거죠."

"그냥 페이스북이죠."

"무슨 말씀이신지."

"루스 블럼의 페이스북으로 가정하고 있잖아요."

"루스 블럼의 이름으로 되어 있는 루스 블럼의 페이지, 루스 블럼의 컴퓨터, 루스 블럼의 비밀번호."

"범인이 죽이기 전에 루스 블럼의 비밀번호를 알아내고 페이스북에 들어가 직접 작성할 순 없었을까요?"

불러드는 테이블 표면에 두 배로 더 집중했다. 그녀는 애매하게 고개를 저었다. "뭐 그런 생각을 해볼 수는 있겠죠. 하지만 정비소 이론과 마찬가지로 뒷받침할 증거는 없어요."

거니는 가능성을 확인하며 미소 지었다. "과학수사팀 친구들한테 진입로의 흙덩이가 손상되지 않았다는 걸 확인한 다음 정비소에 가보라고 하세요. 거기 서 있는 다른 차량들과 일치하지 않는 차의 바퀴 흔적을 찾는다면 상황이 아주 재미있어질 테니까."

"하지만……. 범인이 도대체 왜 시간과 공을 들여서 페이스북에 그런 메시지를 남겼을까요?"

"우리를 헷갈리게 하려고요. 안개 속에서 헤매게 하려고. 그런 데 능한 친구죠."

그녀의 표정 무언가가 손에 넣을 수만 있다면 최대한 많은 정보를 갈구한다는 것을 알려주었다.

"이 사건에 대해 얼마나 아십니까?" 그가 물었다.

"충분히 알진 못해요." 그녀가 솔직히 인정했다. "FBI가 이 사건에 대해 브리핑하러 오는 중입니다. 말이 나왔으니 말인데, 언제든 연락할 수 있는 주소와 이메일, 전화번호 좀 알려주세요. 그래도 괜찮으시죠?"

"괜찮고말고요."

"제 이메일과 전화번호를 드릴게요. 새로 입수되는 정보가 있으면 알려주실 거죠?"

"기꺼이."

"좋아요. 지금은 시간이 없네요. 나중에 다시 이야기합시다."

거니가 집을 나설 때에도 램TV 헬리콥터가 여전히 집 주위를 요란하게 맴돌고 있었다. 거대한 날개의 회전에 나무 꼭대기에 가까스로 매달려 있던 마른 나뭇잎이 소용돌이치며 흩날렸다. 거니가 차에 타기 직전, 완벽하게 정돈된 머리에 화사하게 화장하고 한 손에 마이크를 든 기자와 그 뒤의 카메라맨이 그를 가로막고 섰다. "데이브 거니 형사님이라고 들었습니다. 〈뉴욕〉에서 슈퍼캅으로 불리던 분이시죠. 악명 높은 학살자 착한 양치기가 다시 돌아왔다는 게 사실입니까?"

"실례합니다." 거니가 말하며 그녀 곁을 지나쳤다.

그녀는 마이크를 내밀며 그의 등에 대고 질문을 퍼부었고 거니는 차에 타고 문을 닫은 뒤 시동을 걸었다. "희생자가 방송에 출연해서 살해되었단 이야기가 사실인가요? 방송에서 한 말 때문일까요? 지역 경찰이 감당하기엔 벅찬 사건이라고 보시나요? 그래서 여기 오신 겁니까? 이 사건에는 어떻게 관여하게 되셨습니까? FBI와 갈등이 있다는 게 사실입니까? 어떤 갈등이 있으신 거죠?"

그가 차를 빼는 동안 카메라는 그의 차창에서 불과 몇 센티미터 거리에 있었다. 교통을 정리하던 경관이 오히려 교통을 더 복잡하게 만들고 있었다. 그는 막 현장에 도착한 사람과 이야기하느라 정신이 없었다. 도로로 빠져나오면서 거니는 그를 흘긋 보았다. 다부진 체격에 검은 머리카락, 웃음기 없는 표정. 곁눈으로 보아도 충분히 알아볼 수 있었다.

데이커였다.

32

기폭제

모퉁이를 도는 순간 정비소가 시야에 들어왔다. 정비소를 지나치면서 그는 속도를 늦추고 콘크리트 건물에 걸린 간판을 보았다. 레이크사이드 콜리즌. 차를 숨기기에 완벽한 장소라는 생각은 변함없었다.

월넛 크로싱으로 향하던 길에 휴대전화 광고판을 지나쳤고 그제야 불러드와 이야기하는 동안 휴대전화를 꺼둔 것이 생각났다. 거니는 휴대전화를 켜고 메시지를 확인했다. 일곱 개의 메시지가 있었다. 메시지를 확인하기도 전에 벨이 울렸다.

거니가 **통화** 버튼을 눌렀다.

카일이 몹시 흥분한 목소리로 말했다. "한 시간 넘게 전화했어요."

"무슨 일이니?"

"킴이 제정신이 아니에요. 아버지께 계속 전화했어요. 음성메시지도 세 개나 남겼는데."

"루스 블럼 때문이니?"

"그게 가장 커요. 어젯밤에 방영된 〈살인의 고아들〉 첫 편 때문이기도 하고요. 편집 방식이 너무 끔찍하고 삭제된 내용, 추가된 내용이 마음에 안 든대요. 특히 그 두 머저리 때문에…… 굉장히 화가 났어요."

"지금 어디 있니?"

"화장실이에요. 울고 있어요. 두 번째로. 잠깐, 방금 문 열리는 소리가 났거든요. 잠깐만 기다리세요."

킴이 누구냐고 묻는 소리가 들렸고 카일이 "우리 아버지"라고 대답하는 소리가 들렸다. 킴이 훌쩍거리는 소리, 코푸는 소리가 들렸다. 그리고 수화기를 넘겨받는 소리. 울먹이는 목소리. 다시 코푸는 소리. 헛기침 소리.

마침내 킴의 목소리가 제대로 들렸다. "아저씨?"

"그래."

"악몽을 꾸고 있는 것 같아요. 이런 일이 벌어지다니 믿을 수가 없어요. 오늘 밤 자고 내일 아침에 일어나면 다 꿈이었으면 좋겠어요."

"루스 사건이 네 탓이라고 생각하진 말았으면 좋겠다."

"제 탓이고말고요!"

"절대 네 탓이……."

킴이 목소리를 높이며 그의 말을 잘랐다. "제가 이 한심한 프로에 출연해달라고 부탁하지만 않았어도 죽진 않았을 거예요!"

"루스가 죽은 건 너 때문이 아니야. 램TV 측에서 네 인터뷰를 그런 식으로 편집한 건 너로서도 어쩔 수가 없는……."

"제 인터뷰를 반으로 자르고 소위 전문가라는 사람들을 데려다 놓고 말도 안 되는 헛소리를 하게 만들었어요." 킴은 전문가라는 말을 침이라도 뱉듯 발음했다. "저 이대로 잠적해버리고 싶어요. 다 지우고 싶어요. 루스를 죽게 만든 모든 걸 다 지우고 싶어요."

"살인범이 루스를 죽인 거야."

"하지만 제가 인터뷰를 하지 않았더라면……."

"잘 들어라, 킴. 살인범이 루스 블럼을 죽인거야. 놈한테는 자기만의 계획이 있었어. 루스의 남편을 십 년 전에 죽였을 때처럼."

킴은 아무 말도 하지 않았다. 그녀의 숨소리가 들렸다. 느리고 떨리는 숨소리. 마침내 다시 입을 열었을 때 킴의 발작은 비통함으로 변해 있었다. "래리 스턴도 계속 그런 이야기를 했는데, 결국 그 사람 말이 옳았어요. 램

TV가 모든 걸 왜곡시켜서 천박하고 흉측하고 끔찍하게 만들 거라고 했어요. 제가 그들을 이용하는 것보다 그들이 절 이용하는 데에 훨씬 능할 거라고. 그 사람들 관심은 오직 시청률뿐이고 제 프로젝트에 치른 비용보다 훨씬 더 큰 이익을 얻고 말 거라고. 그 말이 옳았어요. 전부."

"이제 어쩔 참이니?"

"어쩔 참이냐고요? 램TV에서 멀리 달아날 거예요. 손 뗄 거예요."

"루디 게츠한테는 이야기했니?"

"네." 킴의 목소리에서 불확실함이 배어났다.

"그런데?"

"오늘 아침에 통화했어요. 루스에 대한 소식을 듣기 전에. 실망했다고, 프로그램이 이야기한 것과 다르다고 했어요."

"그리고?"

"앞으로도 계속 이런 식이라면 하고 싶지 않다고."

"그랬더니?"

"만나자고 했어요. 전화상으로 할 이야기가 아니라고, 일대일로 만나자고요."

"그래서 만나기로 했니?"

"네."

"루스의 살해 소식을 듣고 나서도 다시 통화했니?"

"네. 근데 이런 때일수록 더더욱 만나야 한대요. 이 사건이 오히려 기폭제라면서."

"뭐?"

"기폭제요. 사건 덕분에 판이 더 커졌다면서 그 이야기를 하고 싶대요."

"판이 더 커졌다고?"

"그렇게 표현했어요."

"언제 만날 거니?"

"이번 주 수요일 정오에요. 애쇼칸 하이츠에 있는 그 사람 집에서."

거니는 킴이 가장 중요한 말을 아직 하지 않았다는 느낌이 들었다. "그런데?"

잠시 침묵이 흘렀다. "정말 이런 부탁하고 싶지 않은데요. 제가 정말 어리석었고 구제 불능의 바보 멍청이였던 건 사실인데요."

킴이 할 말이 무언지 감이 잡혔다.

"이 프로젝트에 대한 저의 구상, 저의 추측, 제가 생각했던 방식…… 그러니까 제가 하고 싶은 말은…… 모든 면에서 제가 생각이 짧았어요. 그래서…… 도움이 필요해요. 보다 선명하게 상황을 볼 수 있는 사람의 도움이…… 정말 염치없지만…… 혹시 저와……."

"수요일에 게츠를 같이 만나달라고?"

"네. 그래주실 수 있으세요? 제발요."

33

악마의 편지

프랭클린 산에서 다시 델라웨어 카운티로 돌아왔음을 알리는 표지판을 확인한 후 거니는 오후의 햇살을 뒤로 하고 안개 낀 골짜기로 내려갔다. 산동네 날씨는 매 시간 달라지는 것 같았다.

집으로 돌아가는 길 내내 와이퍼를 켰다 *끄*기를 반복했다. 거니는 빗길 운전이 싫었다. 거센 비, 가랑비, 보슬비 상관없이 잿빛이고 축축한 건 무조건 싫었다. 잿빛이고 축축한 날씨는 근심의 양분이었다.

턱 근육이 욱신거렸다. 하루 종일 이를 악물고 있었다. 긴장과 분노의 부작용이고 그것이 그의 생각을 가속화했다.

외상 후 스트레스 장애. 그의 심기를 불편하게 하는 병명. 만약 홀든필드의 말이 옳다면…… 만약 그의 사고 체계가 손상된 거라면…….

킴이 그에게 무얼 원한다고 했지? 냉철한 이성의 도움이 필요하다고 했던가? 거니는 짧고 날카롭게 웃었다. 냉철함은 이제 그의 강점이 아니었다.

킴과의 대화를 떠올리는 순간 거니는 아직 확인하지 않은 일곱 개의 음성메시지를 생각했다. 어느덧 집으로 이어진 산길에 접어들고 있어서 집에 도착하자마자 확인해봐야겠다고 생각했다. 그러나 혹시 또 잊어버릴지도 모른다는 생각이 들어 아예 차를 세우고 확인해보기로 했다.

처음 세 개의 메시지는 킴이 남겼다. 킴은 갈수록 불안해하며 그에게 전화해달라고 부탁했다.

네 번째 메시지는 킴의 엄마 코니 클라크가 남겼다.

"데이비드! 도대체 뭐가 어떻게 돌아가고 있는 거예요? 오늘 뉴스에 나온 이 황당한 이야기들은 뭐죠? 루스인가 뭔가 하는 여자가 킴과 인터뷰한 직후에 살해됐다는 게 무슨 소리냐고요. 착한 양치기가 돌아왔다고 다들 호들갑을 떨던데, 이건 또 무슨 소린지, 제발 전화 좀 해줘요. 상황을 좀 설명해줘요. 킴이 완전히 넋이 나간 상태로 메시지를 남겼어요. 다 때려치우고 싶다고, 이 프로젝트에서 손 떼고 다 그만두겠다고. 완전히 통제 불능이라고. 상황이 이해가 안 가요. 다시 전화를 걸어봤는데 연결도 안 되고, 다시 전화도 안 해요. 당신은 킴하고 연락이 되는 거죠? 당신은 뭐가 어떻게 돌아가는 알고 있는 거죠? 어떻게 된 영문인지 알고 있는 거죠? 젠장, 제발 전화 좀 해줘요!"

전화를 할 수도 있고 안 할 수도 있었다. 거니는 30분간 그녀와 통화하는 게 내키지 않았다. 이 모든 혼란에 대해, 대답을 알 수 없는 질문들에 대해 그가 설명해야 했다. 단지 킴이 그녀에게 전화하지 않는다는 이유로.

다섯 번째 메시지는 '무선 전화'라고만 되어 있고 발신자가 없었다. 그러나 맥스 클린터의 광기 어린 목소리는 곧바로 알아볼 수 있었다.

"거니 씨, 전화를 안 받으시다니 유감입니다. 당신과 주고받을 게 있거든요. 우리가 마지막으로 이야기를 나눈 뒤 많은 일이 일어났군요. 양치기가 다시 돌아온 것 같습니다. 꼬마 아가씨가 그를 부활시켰어요. 고아들 어쩌고 하는 그 비열한 프로그램에서 당신 이름이 언급되더군요. 쓰레기 같은 램TV. 그러나 거기서 언급된 바에 의하면 당신에게 뭔가 생각이 있는 것 같습니다. 당신만의 생각. 어쩌면 저의 생각과 크게 다르지 않을 수도 있겠어요. 만나서 서로 공유하면 어떨까요? 최후의 순간이 임박했어요. 이번엔 준비가 되었습니다. 내가 마지막으로 묻고 싶은 건, 데이브 거니가 과연 나의 적인가, 아군인가, 그겁니다."

데이브는 같은 내용을 세 번 반복해서 들었다. 그래도 클린터가 미친놈인지, 아니면 편의상 미친놈인 척하는 건지 판단이 서지 않았다. 홀든필드는 그가 정신적으로 문제가 있는 골칫거리라고 말했다. 그러나 거니로서는 버펄로의 조그만 방에 들어가 무장한 폭력배 다섯을 바닥에 때려눕히고 나온 남자를 만만하게 볼 수만은 없었다.

거니는 계기반의 시계를 보았다. 4시 1분이었다. 안개는 걷혔다. 비록 잠시뿐이겠지만. 그는 다시 자갈과 흙이 섞인 길로 차를 몰아 산으로 향했다.

옆문 쪽 조그만 주차 공간에 차를 세우고 나서 매들린이 뜨개질이나 코바늘뜨기를 할 때 머무는 2층 방에 불이 켜져 있는 걸 보았다. 한두 달 전부터 매들린은 2층에 올라가 뜨개질을 했다. 그 방은 거니의 총상으로 마무리되었던 페리 사건 때 침입을 당했던 방이기도 했다.

그 생각을 하는 순간 그의 손이 팔뚝의 무감각한 부분으로 움직였고, 느낌의 변화가 있는지 확인했다. 지난 일주일간 바빴던 덕분에 통증을 잊고 있었다. 그렇게라도 잊을 수 있다는 건 다행스러운 일이었다. 거니가 차에서 내려 집으로 향했다.

매들린은 뜨개질을 하고 있지 않았다. 기타 소리가 들렸다.

"나 왔어!" 그가 소리쳤다.

"내려갈게!" 2층에서 매들린의 목소리가 들렸다.

매들린이 유쾌한 멜로디 몇 소절을 더 연주한 뒤 화음으로 마무리하는 소리가 들렸다. 몇 초 간 침묵이 흐른 뒤 그녀가 소리쳤다. "세 번째 음성메시지 확인해봐!"

젠장. 기분 나쁜 메시지는 이제 듣고 싶지 않은데. 메시지라면 들을 만큼 들었다. 부디 악의 없는 메시지이기를. 그는 서재로 가서 오래된 집 전화 수화기를 들고 3번 버튼을 누른 다음 귀를 기울였다.

"당신이 내가 찾는 데이브 거니가 맞기를 바란다. 만약 그게 아니라면 정말 유감이다. 내가 찾는 데이브 거니는 킴 코레이즌이라는 이름의 창녀와 놀아나고 있다. 킴 코레이즌 나이의 두 배나 처먹은 한심하고 구역질나는 노인네지. 만약 당신이 거니 형사가 아니라면 진짜 거니 형사에게 한 가지 물어봐다오. 그의 아들이 같은 창녀와 붙어먹고 있단 걸 알고 있냐고. 그 아버지에 그 아들이로군. 루디 게츠라면 이걸로 램 리얼리티 쇼를 꾸밀 수도 있을 텐데. 거니 가족의 섹스 파티라……. 좋은 하루 보내라, 형사.”

로비 미스의 목소리였다. 부드러운 척하는 가식을 벗어던진 목소리. 톱날 같은 목소리.

그는 다시 한 번 메시지를 들어보았다. 서재에 매들린이 나타났다. 매들린의 표정을 읽을 수가 없었다. “누군지 알겠어?”

“킴의 전 남자친구.”

매들린이 심각한 표정으로 고개를 끄덕였다. 그럴 줄 알았다는 듯이. “킴하고 카일 관계를 알고 있는 것 같던데, 어떻게 알았을까?”

“두 사람이 같이 있는 걸 봤겠지.”

“어디서?”

“시라큐스에서?”

“그럼 카일이 당신 아들이란 건 어떻게 알아?”

“놈이 킴의 아파트를 도청했다면 많은 걸 알고 있겠지.”

매들린이 팔짱을 끼었다. “두 사람을 따라 여기까지 왔을까?”

“그럴 수도 있지.”

“그래서 어제 카일의 아파트까지 따라갔을까?”

“도시에서 미행한다는 건 생각처럼 쉽지 않아. 맨해튼에서 운전하는 게 익숙하지 않은 사람이라면 더더욱. 교통신호 때문에 계속 놓칠걸.”

“의욕이 넘치던데.”

“무슨 뜻이야?”

“당신을 정말 증오하는 거 같다고.”

34

적과 아군

    연어와 콩, 밥, 파프리카 소스로 이른 저녁 식사를 끝냈다. 두 사람은 매들린이 그날 저녁 참석하기로 되어 있는 회의에 대해 이야기를 나누었다. 최근 일어난 자살과 관련하여 좀 더 심도 있게 토론하고, 환자들이 보내는 자살 암시를 조기에 발견하는 방법을 강구하기 위한 회의라고 했다. 매들린은 눈에 띄게 신경이 날카로웠고 그 생각에 골몰해 있었다.

    "섬뜩한 전화 메시지에, 오늘 벌어진 일들 때문에, 보험사 손해 사정인이 왔단 이야기를 깜빡했네."

    "헛간 조사하러 왔었어?"

    "이런저런 질문도 하고."

    "크램든처럼?"

    "똑같은 내용이었어. 그 안에 있던 물건 목록, 누가, 무엇을, 언제, 어떤 보험을 갖고 있는지, 기타 등등."

    "그 친구한테 크램든에게 준 것과 똑같은 자료를 줬어?"

    "그 여자."

    "뭐?"

    "여자였다고. 자전거하고 카약 구매 영수증을 달래." 매들린의 목소리에서 슬픔과 분노가 배어났다. "그게 어딨는지 당신 혹시 알아?"

    거니는 고개를 저었다.

그녀가 잠시 말을 멈추었다. "내가 언제쯤 헛간을 허물어버릴 수 있느냐고 물어봤어."

"남아 있는 헛간 골조 말하는 거야?"

"회사에서 알려준대."

"대략 언제쯤인지는 말 안 했어?"

"안 했어. 방화전담팀에서 서면 허가가 떨어지기 전에는 아무것도 못한대." 매들린이 주먹을 움켜쥐었다. "난 도저히 저걸 보고 있을 수가 없어."

거니가 그녀를 한참 응시했다. "당신 나한테 화났어?"

"우리 헛간에 불 지른 그 악랄한 개자식한테 화났어. 우리 전화에 역겨운 메시지를 남겨놓은 그 미친놈한테도."

그녀의 분노가 두 사람 사이에 침묵을 드리웠고 그 침묵은 병원으로 떠날 때까지 지속되었다. 그 사이, 거니는 무슨 말이든 건네볼까 생각했다가 매번 말을 하지 말아야 할 이유를 떠올렸다.

매들린이 차를 타고 초원을 가로질러 나가는 모습을 바라보면서 거니는 접시를 싱크대에 놓고 세제를 조금 뿌린 다음 뜨거운 물을 틀었다.

주머니에 넣었던 휴대전화가 울렸다.

발신자는 불러드였다.

"거니 씨?"

"접니다."

"알려드릴 게 있어서요. 오늘 말씀하신 것과 관련이 있는 문제라서."

"뭐죠?"

"타이어 자국 말인데요……."

"네."

"거니 씨가 말씀하셨던 그 정비소에서, 바퀴 자국을 하나 찾았다는 걸 알려드리려고요."

"정비소 주인이 자기네 차가 아니라고 한 차가 있었다는 뜻입니까?"

"기본적으론 그래요. 주인이 확실히 말하진 않았지만요."

"그리고 루스 블럼의 진입로의 흙덩이는요?"

"그건 단정하기 어려워요."

"어떤 식으로든 단정 짓긴 충분치 않은 증거지만 그렇다고 해서 차량이 들어오거나 나갔다고 보기도 어렵다는 겁니까?"

"정확합니다."

거니는 슬슬 그녀가 전화한 용건이 무언지 궁금해졌다. 수사팀 반장이 자기 명령 체계 밖의 누군가에게, 더구나 경찰도 아닌 누군가에게 수사 내용을 보고하는 건 이례적인 일이다.

"그런데 약간 문제가 생겼어요." 그녀가 말을 이었다. "거니 씨 의견을 좀 듣고 싶어서요. 탐문 수사를 통해 어제 오후 늦게 군용 트럭 한 대를 봤다는 목격자가 두 명이 나왔어요. 그중 한 명은 나중에 제네럴 모터스에서 나온 트럭이 아니라 진짜 군용 트럭이라고 주장했어요. 두 사람 다 트럭이 블럼의 집 앞 도로를 서너 차례 오갔다고 했어요."

"누군가 미리 주변을 정찰했다고 보십니까?"

"그런 것 같아요. 하지만 말씀드렸다시피, 문제가 좀 복잡해지는 게, 타이어 자국 조사에 의하면, 어젯밤 정비소에 세워져있던 차는 험비가 아니었거든요." 그녀가 말을 멈추었다. "어떻게 생각하세요?"

두 개의 시나리오가 떠올랐다. "범인을 돕는 사람이 있었거나 아니면……." 거니는 잠시 망설였다. 두 번째 시나리오의 타당성을 가늠해보면서.

"아니면?" 불러드가 반문했다.

"일단 페이스북 메시지에 대한 내 생각이 옳았다고 칩시다. 그게 희생자가 아닌 범인이 남긴 거라고 가정해보자고요. 메시지에서 군용 트럭을 언급하고 있어요. 그 메시지는 군용 트럭을 용의자로 지목하기 위한 거겠죠. 트럭을 몰고 그 길을 왔다 갔다 한건 아마도 일부러 눈에 떠어서 범인의 차량이라는 인식을 심어주기 위해서였을 거예요."

"다른 차를 눈에 띄지 않는 곳에 주차했다면 왜 일부러 그런 수고를 했을까요?"

"군용 트럭이 수사를 다른 방향으로 몰고 갈 거라고 생각했겠죠."

맥스 클린터를 지목하기 위해서였을까? 하지만 왜?

불러드가 너무 오랫동안 아무 말이 없어서 거니는 아직 거기 있냐고 물을 뻔했다.

"이 사건에 아주 관심이 많으신 것 같습니다. 그렇죠?" 마침내 그녀가 물었다.

"그 점은 이미 분명히 했다고 생각합니다."

"좋습니다. 요점을 말씀드리죠. 내일 아침 매트 트라우트와 이 사건의 관할권 문제를 논의하기로 했거든요. 참석하시겠습니까?"

거니는 잠시 할 말을 잃었다. 사실 그녀의 제안은 말이 되지 않았다. 아니, 어쩌면 말이 될 수도 있었다. "데이커 요원과 친분이 있으십니까?" 그가 물었다.

"오늘 아침에 처음 봤습니다." 불러드의 목소리에서 냉기가 배어났다. "왜 물으시죠?"

그녀의 반응이 그에게 기회를 포착할 용기를 주었다. "왜냐하면 전 데이커와 그의 상사를 오만하고 제멋대로인 개자식으로 보고 있거든요."

"그 사람들도 거니 씨를 거의 비슷하게 보는 것 같더군요."

"당연히 그렇겠지요. 데이커가 양치기 사건에 관한 정보를 주던가요?"

"정보를 준다는 게 절 찾아온 목적이긴 했죠. 말은 그렇게 해놓고 정리도 안 된 자료를 휙 던져놓고 가버리더군요."

"당신이 위압감을 느끼길 바랐을 겁니다. 이 사건을 도무지 해결 불가능한 복잡한 사건으로 보고, 군소리 없이 수사권을 넘겨주고 조용히 물러나주길 바랄 거예요."

"솔직히 전……." 불러드가 말을 이었다. "성격상 그와 상반되는 면이 좀 있어요. 분란이 일어날 거 같은 상황에서 잠자코 물러나진 못해요. 특히 그런…… 뭐라고 하셨죠? 오만하고 제멋대로인 개자식들한테 무시당하는 건 별로 좋아하지 않습니다. 거니 씨한테 왜 이런 이야기를 하는지 모르겠네요. 사실 전 거니 씨를 잘 알지도 못하고, 당신의 목적이 뭔지도 몰라요. 이런 이야기를 하다니, 제가 아무래도 정신이 나갔나 봅니다."

그러나 거니가 보기에 그녀는 제정신이었다. "트라우트하고 데이커가 날 못 견뎌하잖아요. 그걸로 충분하지 않습니까?" 그가 말했다.

"듣고 보니 그렇네요. 혹시 사스파릴라에 있는 우리 본부 사무실을 아시나요?"

"압니다."

"내일 아침 9시 45분에 거기서 만날 수 있을까요?"

"가능합니다."

"좋아요. 주차장에서 만나죠. 한 가지 더 있어요. 우리 수사팀에서 희생자의 컴퓨터 키보드를 정밀 분석한 결과, 알아낸 게 있어요. 희생자의 지문이……."

거니가 끼어들었다. "제가 맞혀볼까요? 페이스북 메시지를 작성하는 데 필요한 키에는 지문이 살짝 번져 있고 다른 키에는 지문이 묻어 있지 않았죠? 그래서 분석팀 직원은 키보드에 지문이 번진 건 누군가 라텍스 장갑을 끼고 타이핑을 했기 때문이란 결론을 내렸겠죠?"

두 번째 침묵이 이어졌다. "꼭 라텍스 장갑이라고는…… 하지만 어째서……."

"그게 가장 가능성 있는 시나리오죠. 왜냐하면 그 방법 말고는 범인이 루스에게 자기가 부르는 대로 받아서 치라고 강요하는 수밖에 없었을 텐데, 그렇게 하기엔 희생자가 너무 겁을 먹었을 거고, 결국 문제가 발생했을 테니까요. 그녀에게서 비밀번호를 알아내는 것만으로도 범인은 충분히 자신을 노출했다고 생각했을 거예요. 루스가 오래 살아 있을수록 그만큼 위험 요소도 커지는 거죠. 갑자기 미친 듯이 소리를 지를 수도 있고, 범인에 겐 전혀 달갑지 않은 상황이고, 범인은 루스가 최대한 빨리 죽어주길 바랐을 겁니다. 그래야 통제 불가능한 상황이 발생할 확률도 적어지니까요."

"거니 씨, 자신의 생각에 대해 조금도 거리낌이 없으시군요. 더 들려주실 의견 없으신가요?"

그는 하드윅과 홀든필드에게 보냈던 그의 의견과 질문을 떠올렸다. "전 양치기 사건에 대해 아주 인기 없는 생각들을 갖고 있습니다. 어쩌면 반장님에게 도움이 될 수도 있는."

"왠지 인기가 없는 걸 미덕으로 생각하시는 것 같네요."

"미덕까지는 아니고, 그저 별로 개의치 않습니다."

"그래요? 전 왠지 거니 씨가 논쟁을 좋아하실 것 같은 느낌이 드는데요? 편히 주무세요. 내일 아침은 아주 재미있을 겁니다."

그는 거의 잠을 자지 못했다.

일찌감치 잠자리에 들어보려 했지만 병원 회의에 참석하고 돌아온 매들 린이 사회복지사다운 불만을 토로하고 싶어 했다. "발뺌하고 관료적인 헛소리를 지껄여대는 데 쏟아붓을 에너지를 실제로 사람들을 돕는 데 쓴다면, 일주일 내로 세상을 바꿀 수도 있을 거야."

세 잔의 허브티를 마신 뒤에야 두 사람은 잠자리에 들었다. 매들린은 침대 밑에 놓아둔《전쟁과 평화》를 들었다. 수면 효과가 있는 걸작을 매들린은 매일 조금씩 갉아먹어서 정복하기로 작정한 것 같았다.

거니는 자명종을 맞추고 불러드의 동기와 그들 세 사람이 사스파릴라 회의를 어떤 식으로 풀어갈지 생각하며 누워 있었다. 불러드는 갈등이 예고되는 트라우트와 그 부하와의 만남에서 거니를 동지로, 적어도 쓸 만한 도구로 생각하는 것 같았다. 거니는 자신의 목적에 방해가 되지 않는 한 이용당하는 건 개의치 않았다. 그녀와의 동맹이 다분히 일시적인 것이고,

그 토대도 빈약하기 때문에 회의의 기류의 변화에 민감해야 한다는 것도 알고 있었다. 그러나 어떻게 보면 새로울 것도 없는 일이었다. 뉴욕 경찰국에서 일할 당시에도 기류는 시시각각 변했다.

한 시간 뒤 그의 머릿속이 기분 좋게 빈 상태가 되었다. 매들린이 책을 내려놓고 물었다. "그 우울해 보인다는 회계사하고는 다시 연락됐어? 커다란 총 갖고 있다는 사람."

"아직."

매들린의 질문이 그의 마음을 다시 엉킨 질문들과 불안감들로 다시 채웠고 편안한 밤의 희망은 완전히 사라져 버렸다. 상념들과 산만한 꿈들은 총들, 얼음송곳들, 불타는 건물들, 검은 우산들, 으깨어진 머리들의 이미지로 우글거렸다.

해가 뜰 무렵, 그는 깊은 잠에 빠져들었고 예민한 신경이 그를 한 시간 일찍 깨웠다.

샤워를 하고 옷을 입고, 잠에서 깨어나기 위해 커피를 손에 들고 있을 무렵, 매들린은 이미 밖에 나가 텃밭 흙을 갈아엎고 있었다.

완두콩을 심겠다던 말이 떠올랐다.

얼마나 밋밋한 아침인지. 때로 아침은 밋밋하고, 아무 위협도 없고, 복잡하지 않은 것처럼 느껴지기도 했다. 매일 아침, 특히 잠을 방해받지 않아서 전날로부터 확실하게 구분되는 아침이면, 마치 오늘 하루가 새로운 날의 시작인 것 같은, 과거로부터의 자유인 것 같은 환상을 갖게 되고는 했다. 인간이란 아무리 생각해도 주행성 동물이란 생각이 들었다. 단지 야행성이 아니라는 점에서만 그런 것이 아니라, 한 번에 하루만 살게 되어 있다는 점에서. 한 번에 독립된 하루만을 살 수 있다는 점에서. 중단 없이 깨어 있는 의식은 인간을 갈기갈기 찢어놓는다. CIA에서 잠을 재우지 않는 것으로 사람을 고문하는 것도 놀라운 일은 아니었다. 두 시간 동안 중단되지 않는 삶을 살다보면, 쉬지 않고 보고 듣고 느끼고 생각하다보면, 차라리 죽었으면 하는 생각이 들곤 했다.

해가 지면 우리는 잠든다. 해가 뜨면 우리는 깨어난다. 우리는 깨어나고, 언제나처럼 단순하게, 언제나처럼 아무 생각 없이, 오늘이 새로운 시작이라는 환상을 만끽한다.

그러나 어김없이, 진실은 그 정체를 드러내고 만다.

그날 아침, 커피 잔을 들고 부엌 창가에 서서 짧게 자라난 풀밭을 응시하고 있는 그에게, 현실은 연못과 불탄 헛간 사이의 풀밭에, 검은 오토바이를 탄 채 정지해 있는 검은 사람의 형상으로 정체를 드러냈다.

거니는 커피 잔을 내려놓고 재킷을 걸친 뒤 부츠를 신고 밖으로 나갔다. 오토바이를 탄 남자는 여전히 움직이지 않았다. 바람에 스민 냄새가 봄이라기보단 겨울 같았다. 불이 난 지 나흘째였지만 여전히 탄내가 났다.

거니는 천천히 풀밭 길을 따라 걸었다. 남자는 다시 오토바이의 시동 페달을 밟았다. 진흙투성이의 커다란 경주용 오토바이였다. 그는 거니의 걸음걸이보다 빠르지 않은 속도로 천천히 풀밭 길을 따라 다가왔다. 결국 두 사람은 풀밭 중간 지점쯤에서 만났다. 남자가 헬멧의 얼굴 가리개를 젖힌 뒤에야 거니는 맥스 클린터의 강렬한 눈빛을 알아보았다.

"온다고 미리 알려주셨어야죠." 조금도 동요하지 않는 침착한 목소리로 거니가 말했다. "아침에 회의가 있습니다. 하마터면 못 만날 뻔했어요."

"나도 여기 오고 나서야 내가 여기 올 줄 알았거든요." 거니가 침착한 만큼 클린터의 목소리는 날카로웠다. "할 일이 태산 같아서, 도무지 순서를 정할 수가 있어야 말이죠. 결국 순서가 관건인데 말입니다. 일이 터졌다는 건 알고 계시죠?" 오토바이 엔진은 여전히 돌아가고 있었다.

"착한 양치기가 돌아온 건 알고 있습니다. 적어도 누군가 그렇게 생각해주기를 원하고 있다는 것 정도는."

"놈이 돌아왔어요. 뼛속 깊이 느낄 수 있습니다. 십 년 전에 부러졌던 뼈죠. 그 악랄한 개자식, 틀림없이 돌아왔어요."

"여긴 어쩐 일이십니까, 맥스?"

"한 가지 물어볼 게 있습니다." 그의 눈이 반짝였다.

"지난번에 전화했을 때 번호를 남겨주었더라면 다시 전화를 드렸을 텐데요."

"전화를 안 받으시길래 계시로 받아들였지요."

"계시라니요?"

"얼굴을 맞대고 물어보는 게 더 나을 거라는 계시죠. 눈을 들여다보면서 말입니다. 제 질문은 이겁니다. 램 뉴스의 진창 속에서 당신은 어떤 역할을 맡고 있습니까?"

"다시 한 번 말씀해주시겠습니까?"

"이 세상은 악으로 가득 차 있습니다. 온통 악과 악의 거울이지요. 살인과 언론 말입니다. 당신이 왜 거기 서 있는지 알아야겠습니다."

"뉴스가 폭력을 다루는 방식에 대한 제 견해를 묻는 겁니까? 그러는 당신은 어떻게 생각하시죠?"

클린터의 목에서 거친 웃음이 터져 나왔다. "바보들의 드라마죠. 구더기들이 지휘하는. 과장, 쓰레기, 거짓말. 그게 바로 뉴스 아닙니까. 무지의 찬양! 이윤을 창출하기 위한 갈등의 양산! 분노와 혐오를 오락으로 파는 것! 그중에서도 램 뉴스가 단연 가장 비열하죠. 돼지들을 살찌우려고 담즙과 똥을 토해내고 있으니."

클린터의 입가에 허연 침이 고였다.

"분노로 가득 차 있군요." 거니가 침착하게 말했다.

"분노로 가득 차 있다고요? 그렇습니다. 차고 넘칩니다. 분노에 휩싸였다, 분노에 휘둘린다고도 표현해도 좋습니다. 하지만 적어도 난 그걸 팔아먹진 않아요. 분노를 램 뉴스에 팔아먹는 더러운 입은 아니라 이겁니다. 나의 분노는 판매용이 아닙니다."

클린터의 엔진은 여전히 돌아가고 있었다. 아까보다 조금 더 거친 소음을 내면서. 그가 다시 페달을 밟자 오토바이의 엔진이 비명처럼 울렸다.

"그러니까 세일즈맨은 아니시군요." 오토바이 엔진소리가 잦아들자 거니가 말했다. "그렇다면 당신은 누굽니까? 난 당신이 어떤 사람인지 잘 모르겠습니다."

"난 그 개자식이 만들어놓은 사람이지요. 나는 신의 분노입니다."

"험비는 어디 있습니까?"

"때마침 물어주시는군요."

"그저께 혹시 카유가 호수 근처에 간 적 있습니까?"

클린터가 한동안 그를 쏘아보았다. "간 적 있습니다."

"왜 갔는지 물어봐도 될까요?"

또 한 번의 탐색하는 듯한 눈빛. "특별한 초대를 받고 갔지요."

"네?"

"놈이 첫 수를 두었어요."

"무슨 말씀이신지."

"양치기한테서 문자를 받았어요. 길에서 만나 끝장을 보자고요. 놈의 말을 액면 그대로 받아들인 내가 바보죠. 놈이 왜 나타나지 않았는지 이유를 몰랐는데 오늘 아침 뉴스를 듣고서야 알았어요. 블럼 살인사건. 놈이 날 함정에 빠뜨린 겁니다. 아시겠습니까? 날 그 집 근처에, 증오와 갈등에 휩싸인 채 어슬렁거리게 만들었어요. 마침내 빚을 갚아주고 싶은 갈등이죠. 놈은 내가 거기 나타나리란 걸 알았어요. 놈의 1승입니다. 하지만 다음은 내 차례예요."

"문자 발신자 추적은 불가능하겠죠?"

"미리 준비한 익명의 휴대전화 말입니까? 찾아볼 필요도, 가치도 없어요. 그런데 내가 호숫가에 갔던 건 어떻게 알았습니까?"

"살인사건 다음 날 탐문 수색을 했는데, 두어 명이 군용 트럭을 기억하더군요. 사람들이 경찰에 말했고 경찰이 내게 알려주었어요."

393

클린터의 눈이 보란 듯 번득였다. "봤죠? 함정이었다고요! 결국 이런 꼴을 만들기 위한!"

"그래서 험비를 숨기고 집을 떠난 겁니까?"

"상황이 해결될 때까진 그래야죠." 그가 말을 멈추고 입술로 혀를 축인 다음 장갑 낀 손으로 입을 쓱 문질렀다. "가만히 생각해보니, 이 함정이 얼마나 깊은지도 모르고, 만약 경찰에서 날 심문하거나 용의자 선상에 올려놓으면 놈을 상대할 수가 없잖아요. 제 고충을 아시겠습니까?"

"알 것 같습니다."

"거니 씨는 어느 편인지 좀 더 분명히 해주시겠습니까?"

"난 내 편입니다. 누구 편도 아닌 내 편."

"좋습니다." 클린터가 다시 페달을 밟았고 한계에 다다른 엔진은 5초간 귀가 먹먹해질 정도의 굉음을 내다가 대기 상태로 돌아갔다. 그는 가죽주머니에 손을 넣더니 명함처럼 보이는 카드를 한 장 꺼냈다. 이름도 주소도 없고 전화번호만 있었다. 그가 거니에게 명함을 내밀었다. "내 휴대전화번호입니다. 휴대전화는 항상 들고 다녀요. 혹시 내가 알아야 할 게 있으면 알려주쇼. 비밀은 충돌을 유발하니까. 서로 부딪치지 않도록 조심합시다."

거니는 명함을 주머니에 넣었다. "가기 전에 한 가지만 물읍시다. 희생자들의 면면에 대해 다른 사람들보다 오래 생각해봤을 것 같은데, 어떤 느낌이 들던가요?"

"어떤 느낌이 드냐니, 그게 무슨 소립니까?"

"희생자들과 그 가족…… 표면으로 떠오르는 거품 같은 게 없던가요? 그들을 연결해주는?"

클린터는 잠시 생각에 잠긴 뒤 빠르고 리듬 있게 희생자들의 이름을 읊었다. "멜라니, 로트커, 스턴, 스톤, 브루스터, 블럼." 생각에 잠긴 표정이 깊은 수심으로 변했다. "특이한 점이야 너무도 많지요. 연결점은 찾기가 쉽지 않고요. 몇 주, 몇 년에 걸쳐 인터넷을 뒤졌어요. 새로운 사실, 새로운 이름, 회사, 단체를 파헤쳤어요. 한 가지가 열 가지로 이어지더군요. 브루노 멜라니와 헤럴드 블룸은 브루클린에 있는 같은 고등학교 출신인데 다닌 시기가 달라요. 이언 스턴의 아들의 여자친구가 화이트 마운틴 교살사건의 희생자였고요. 당시 다트머스 대학교 졸업반이었는데 지미 브루스터는 그 때 같은 대학교 신입생이었어요. 샤론 스톤은 로버타 로트커에게 집을 한 번 보여줬을 수도 있고 로버타 로트커의 도사견은 브루스터 박사의 영지에서 3킬로미터 떨어진 윌리엄스 타운의 개사육장 출신이죠. 얼마든지 계속할 수 있습니다. 하지만, 이해하시겠어요? 연결고리라고는 할 수 있지만 그 의미는 단정하기 어려운 사실들이죠."

차가운 한 줄기 바람이 초원을 가로지르며 메마르고 뻣뻣한 잡초들을 구부러뜨렸다.

거니는 재킷 주머니에 손을 넣었다. "그 모든 걸 연결하는 끈을 못 찾았다는 겁니까?"

"그 거지 같은 차 말고는 없습다. 물론 나 말고는 그런 걸 찾아보는 사람들도 없었지요. 내 동료들이 어떻게 생각하고 있는지는 압니다. 연결고리는 차인 게 확실한데 왜 다른 연결고리를 찾느냐."

"하지만 뭔가 있다고 생각하잖아요. 안 그렇습니까?"

"있다고 생각하는 정도가 아니죠. 분명히 있습니다. 아무도 간파하지 못한 보다 큰 그림이 있어요. 하지만 그 시점은 이미 지나갔어요."

"지나갔다?"

"양치기가 움직이기 시작했고, 날 함정에 빠뜨렸어요. 날 끝장내겠다, 이거죠. 막바지로 치닫고 있습니다. 생각하고 재보고 따지는 건 지금까지 한 것만으로도 충분합니다. 생각할 시간은 가고 싸울 시간이 왔습니다. 그만 가봐야 해요. 시간이 없습니다."

"한 가지만 더 물읍시다, 맥스. 악마를 잠들게 하라. 이 말이 당신에게 어떤 의미가 있나요?"

"전혀요." 그의 눈이 휘둥그레졌다. "어째 오싹합니다. 사람 마음을 묘하게 자극하네요. 어디서 들었습니까?"

"어두운 지하실에서요."

클린터가 거니를 한동안 응시했다. "어울리는 장소였네요." 그가 검은 헬멧을 쓰고 페달을 밟은 뒤 군인처럼 경례를 하고는 엄청난 속도로 오토바이를 돌려 언덕 아래로 내려갔다.

맥스 클린터의 오토바이가 시야에서 사라지자 거니는 그가 희생자 가족 사이에서 찾았다는 이상하고 사소한 연결점들에 대해 생각했다. 6단계 분리 이론*을 떠올렸고 사람들의 삶의 행적을 깊이 파헤치다보면 놀라울 정도로 여러 번 서로 스쳐갔다는 사실을 생각하게 되었다.

방 안의 코끼리는, 클린터가 지적했듯이, 여전히 그 '거지 같은 차'였다.

부엌으로 돌아온 거니는 커피를 한 잔 더 마셨다. 매들린이 머드룸을 지나 안으로 들어서며 물었다. "당신 친구야?"

"맥스 클린터." 그는 맥스에게 들은 이야기를 하다가 문득 시계를 보았다. "미안, 늦었네. 9시 45분까지 사스파릴라로 가야 해."

"난 지금 욕실로 가는 길이야."

몇 분 뒤 그는 지금 출발한다고 말했다. 매들린이 조심하라고 말했다.

"사랑해." 그가 말했다.

"사랑해!" 매들린도 말했다.

그로부터 5분 후, 산길을 따라 1.5킬로미터 정도 달렸을 때 거니는 마주 오는 특급우편 트럭을 보았다. 거기서부터 거니의 집 사이에는 다른 집이 두 채밖에 없었고 다른 집 사람들은 주말에만 머물기 때문에 우편물은 그와 매들린의 것일 확률이 높았다. 거니가 차를 세우고 차에서 내리며 손짓했다.

---

* 한 국가의 국민이라면 누구든지 여섯 명만 거치면 서로 아는 사이라는 이론.

집배원이 그를 알아보고 트럭 뒤쪽에서 봉투를 꺼내 그에게 내밀었다. 너무 추운 봄에 대한 연민 섞인 인사말을 주고받은 뒤 집배원이 떠났고 거니는 봉투를 열었다. 그의 앞으로 온 편지였다.

우편 봉투 안에 깨끗한 서류 봉투가 들어 있었고 그 안에는 한 장의 종이가 들어 있었다.

목욕물의 부패한 피처럼 가족 안에서 탐욕이 번져간다. 만지는 사람 모두 감염된다. 따라서 당신들이 슬픔과 연민의 대상으로 삼는 아내들과 아이들도 당신으로부터 격리되어야 한다. 탐욕의 자식들은 악이고 그들이 포용하는 자들 역시 악이다. 따라서 그들 또한 처단되어야 한다. 어리석은 자를 애도하는 자들은, 탐욕의 자식들과 혈연으로 맺어졌건, 결혼으로 맺어졌건, 모두 처단되어야 한다.

탐욕으로 생성된 것을 소비하는 것은 그 더러움을 소비하는 것이다. 탐욕의 열매는 흔적을 남긴다. 탐욕의 수혜자는 탐욕의 죄를 잉태하므로 처벌받아 마땅하다. 당신의 찬사 속에서 그들은 죽을 것이다. 당신의 찬사가 그들을 파멸할 것이다. 당신의 연민은 그들에게 독이다. 당신의 동정은 죽음으로 그들을 저주한다.

당신들은 정녕 진실을 보지 못하는가? 당신들은 장님이 되었는가?

세상이 미쳐가고 있다. 탐욕이 마치 칭송받아 마땅한 야망처럼 세상을 활보하고 있다. 부유함은 재능과 가치의 증거 행세를 한다. 소통의 수단은 괴물들의 손에 맡겨졌다. 최악 중의 최악이 칭송받고 있다.

악마들이 연단에 나서고 천사들은 외면당하니, 분별 있는 자가 미친 세상이 보상한 것을 벌하리라.

이것은 착한 양치기의 진정한 최후 통첩이다.

35

파티 초대

사스파릴라를 관통하는 7번 도로에 접어들자 그의 휴대전화 벨이 울렸다. 발신자는 카일이었지만 목소리는 킴이었다.

전날 전화할 때의 죄책감과 분노는 이제 충격과 두려움으로 바뀌어 있었다. "조금 전에 우편물이 왔어요…… 그 사람…… 착한 양치기…… 사람들이…… 처단되고…… 죽을 거라고……."

거니는 그에게 편지를 읽어보라고 했다. 그가 받은 것과 똑같은 편지인지 확인해야 했다.

내용이 정확히 일치했다.

"우리 이제 어떻게 해요?" 그녀가 물었다. "경찰에 신고해야 할까요?"

거니는 자신도 똑같은 우편물을 받았다고 말하고 곧 회의에 참석할 예정인데 회의에서 FBI에 편지를 넘길 거라고 말했다. 그러나 킴에게 한 가지 질문이 있었다. "주소가 어떻게 되어 있든?"

"그게 좀 섬뜩해요." 그녀의 목소리가 떨렸다. "겉봉 주소는 이 아파트, 그러니까 카일 앞으로 되어 있어요. 그런데 그 안에 들어 있는 편지는 제 앞으로 되어 있어요. 착한 양치기는 제가 여기 있는 것도 알고, 우리가 같이 있는 것도 알고 있단 뜻이잖아요. 어떻게 알았을까요?"

전날 밤 미스의 고약한 전화 때문에 매들린도 같은 질문을 던졌지만 거니는 미행 가능성은 제쳐두고 있었다. 그러나 지금은 확신할 수 없었다.

"도대체 어떻게 알았을까요?" 한층 격해진 목소리로 킴이 물었다.

"실제로 너희가 같이 있다는 건 모를 수도 있어. 카일에게 보내면 너한테 전할 거라고 생각했을 수도 있겠지." 그렇게 말하면서도 그다지 설득력이 없는 이야기란 것을 알고 있었다. 일단은 킴을 안심시키고 싶었다.

그러나 그다지 효과가 없는 것 같았다. "특급우편으로 보냈다는 건 제가 오늘 아침 이 우편물을 받길 원했단 거잖아요. 그리고 우리 두 사람 이름을 다 썼어요. 우리 둘 다 여기 있던 걸 알고 있단 뜻이라고요!"

킴의 논리는 완벽했지만 거너는 그 문제로 실랑이하고 싶지 않았다. 아주 잠깐, 뉴욕 경찰을 끌어들일까도 생각해보았다. 다른 건 몰라도 제복 경찰 한 명이 방문하면 일단 감시하는 듯한 인상을 줄 수는 있을 것이다. 그러나 그로 인한 혼선, 복잡성, 설명의 필요성이 실제로 얻는 이득보다 훨씬 더 클 것이다. 관료주의의 결론은 그들에게 엄청난 위협의 증거는 없다는 쪽으로 모아질 것이고 엄청난 논쟁과 언론으로의 노출로 끝날 확률이 높았다.

"내 말 잘 들어. 아파트 안에만 있어. 두 사람 다. 문 잘 잠그고. 무슨 일이 있어도 문을 열지 마라. 회의 끝나면 전화하마. 분명한 위협을 느끼거나, 아니면 지금 받은 편지 이외에 어떤 식으로든 연락이 오거든 바로 나한테 전화해. 알았지?"

"알겠어요."

"다른 거 하나 물어보자. 지미 브루스터 인터뷰 지금 갖고 있니?"

"네, 그럼요. 제 아이패드에 저장해 놓았어요."

"지금 아이패드 갖고 있니?"

"네."

"나한테 이메일로 보내줄 수 있겠니?"

"아저씨 이메일 서버 용량이 문젠데, 최소 파일 사이즈로 줄여서 보내면 문제없을 기예요."

"잘됐다. 한 가지 확인해볼 게 있어서."

"지금 당장 보낼까요?"

"그래다오."

"이유를 여쭤봐도 될까요?"

"지미 브루스터의 이름이 다른 상황에서 튀어나왔거든. 맥스 클린터하고 이야기하다가. 어떤 사람인지 좀 더 알아봐야겠어."

전화를 끊는 순간 뉴욕 주 경찰 본부 주차장으로 접어들었다. 거니는 몇 대의 순찰차를 지나 번쩍거리는 은색 BMW 옆에 차를 세웠다. 8만 5천 달러짜리 고급 승용차라니. 공무원에게는 조금 어울리지 않는 선택이겠지만, 잘 나가는 컨설턴트라면 말이 될 수도 있었다. 레베카 홀든필드가 나타날 거라는 생각은 미처 못 했지만 이제는 그녀가 나타난다는 쪽에 큰돈을 걸 수도 있었다. 레베카 타입의 차였다.

거니는 시각을 확인했다. 5분 일찍 도착했다. 코니 클라크에게 전화하는 데 그 시간을 써도 좋겠다 싶었다. 그녀가 직접 전화를 받으면 솔직한 변명으로 대화를 짧게 끝내야지. 전화번호를 찾고 있는데 뉴욕 주 경찰의 검은색 크라운 빅토리아 승용차가 그의 곁에 멈추었다. 불러드가 조수석에 앉아 있었고 앤드루 클렉이 운전하고 있었다.

불러드가 거니에게 차에 타라고 손짓하며 뒷좌석을 가리켰다. 거니는 특급우편 봉투를 들고 차에 탔다.

불러드가 할 말을 미리 생각해둔 사람처럼 이야기를 시작했다. "안녕하세요, 데이브. 촉박하게 알려드렸는데도 와주셔서 감사해요. 안으로 들어가기 전에, 오늘 회의에서의 역할에 대해 설명해드리고 싶습니다. 아시다시피, 지금 범죄조사국 어번 지구에서 루스 블룸 살인사건을 조사 중입니다. 이 사건은 십 년 전 착한 양치기 사건과 관계가 있을 수도 있고 없을 수도 있어요. 같은 범인을 상대하고 있는 것일 수도 있고 모방 범죄일수도 있고 어쩌면 다른 우리가 알지 못하는 사건일 수도 있겠죠."

거니가 보기엔 이 사건이 제3의 범죄일 가능성은 없지만 가능성의 폭을 최대한으로 열어두고 수사의 통제권을 쥐고 싶어 하는 그녀의 심정은 이해할 수 있었다.

그녀가 말을 이었다. "양치기 사건에 대한 기존의 가설이 있다는 걸 알고 있고 그에 대해 거니 씨가 공격적으로 의문을 제기해왔다는 것도 알고 있습니다. 이번 회의에 열린 마음으로 참석해주셨으면 합니다. 저는 특별히 어떤 버전의 진실을 선호한다거나 하는 건 없어요. 자존심을 앞세워 핏대를 올리는 싸움에도 관심 없고요. 제 관심사는 오직 사실입니다. 사실만큼은 아주 사랑하죠. 이 회의에 참석해주십사 부탁드린 건 거니 씨도 사실에 대한 저만큼의 열정을 지니고 계신 것 같아서입니다. 질문 있으세요?"

블러드의 말은 또렷하고 힘 있는 목소리만큼이나 직설적이었다. 그러나 이 상황이 그렇게 단순하지 않다는 걸 거니는 알고 있었다. 그가 이 회의에 초대된 이유는, 블러드가 아마도 데이커를 통해, 트라우트가 거니를 몹시 껄끄러워한다는 사실을 알았기 때문이고, 블러드가 말하지 않은 거니의 역할이 있다면, 그것은 회의의 분위기를 복잡하게 만들고 트라우트의 허를 찌르는 것임을 알고 있었다. 한마디로 거니는 블러드의 와일드카드로 초대받은 것이었다.

"질문 있으세요?" 그녀가 다시 한 번 물었다.

"한 가지 있습니다. 데이커가 FBI의 착한 양치기 수사 파일을 보여주던가요?"

"네."

"어떻게 생각하시죠?"

"잘 모르겠어요."

"좋습니다."

"네?"

"열린 마음의 신호니까요. 지, 회의에 들어가기에 앞서, 자그마한 폭탄을 하나 드릴까 합니다." 거니는 무릎 위에 올려놓고 있던 특급우편 봉투에서 봉투를 꺼내고 다시 편지를 꺼냈다. "오늘 아침 배달됐어요. 제가 이미 읽었지만 다른 사람은 만지지 않는 게 좋겠지요."

불러드와 클렉이 그를 마주 보려고 몸을 돌렸다. 거니는 편지를 천천히, 큰 소리로 읽었다. "악마들이 연단에 나서고 천사들은 외면당하니, 분별 있는 자가 미친 세상이 보상한 것을 벌하리라." 문제는, 편지가 고상하게 감정을 표현하려 애쓴 것임에도 오히려 감정이 배제되었다는 점이었다.

거니는 편지를 다 읽고 나서 불러드과 클렉에게 직접 읽어보도록 들어 보였다. 불러드는 마치 몸에 전기가 통한 것 같은 표정이었다.

"이게 원본인가요?" 그녀가 물었다.

"원본 두 장 중 한 장이라고 말할 수 있습니다. 킴 코레이즌도 똑같은 편지를 받았으니까요."

그녀가 빠르게, 일곱 번, 혹은 여덟 번 눈을 깜빡였다. 두뇌가 빠르게 회전하는 중인 듯했다. "들어가서 대여섯 장 복사합시다. 원본은 올버니 과학수사팀에 보내죠." 그녀가 거니를 보았다. "왜 거니 씨한테?"

"아마도 내가 킴 코레이즌을 돕고 있기 때문에? 아니면 우리 둘이 하는 일을 막고 싶어서?"

그녀가 조금 더 눈을 깜박였다. 그리고 클렉을 바라보았다. "이 편지를 받은 사람들은 조심해야겠군요. 양치기가 적으로 규정하는 사람들." 그녀가 다시 거니를 보았다. "다시 한 번 볼 수 있을까요?" 그녀가 편지를 다시 훑어보았다. "희생자와 그 자식들, 그들의 가족까지 위협하고 있는 것 같은데요. 이름, 주소, 전화번호가 필요해요. 최대한 빨리. 그걸 다 갖고 있는 사람이 누구지?" 그녀가 클렉을 바라보았다.

"데이커가 건네준 파일에 소재와 연락처가 들어 있지만 문제는 그게 언제 자료냐 하는 거죠."

"최근 자료는 킴 코레이즌이 갖고 있을 겁니다." 거니가 말했다. "최근에 그 사람들과 연락했으니까요."

"그렇겠네요. 일단 안으로 들어가서 도움을 청합시다. 지금 가장 시급한 일은 위험에 처한 사람들에게 미리 경고하는 겁니다. 돌발 상황이 발생하지 않도록."

불러드가 먼저 차에서 내려 본부로 들어가는 길을 안내했다. 위기 상황에서 에너지가 고조된 사람 특유의 공격적인 걸음걸이였다. 육중한 유리문을 따라 접견실로 들어서면서 거니는 주차장으로 들어오는 SUV 차량을 확인했다. 그리고 운전석 뒤에 길고 무표정한 데이커의 얼굴이 보였다.

유리의 반사광 때문에 데이커의 차 조수석에 앉은 사람의 표정은 확인할 수 없었다. 그래서 트라우트가 그를 보았는지, 설령 보았다고 해도 얼마나 불쾌했는지는 확인할 길이 없었다.

36

얼음송곳과 동물들

착한 양치기의 편지가 빚어낸 소동과 시급히 처리해야 하는 조처로 인해 회의는 새로운 안건들, 탄 냄새가 나는 커피와 함께 45분 늦게 시작되었다.

한쪽 벽에는 코르크 보드가 걸려 있고 그 옆에는 반짝이는 화이트보드가 달려 있는 전형적인 창문 없는 회의실이었다. 형광등은 밝고도 황량해서 밀실 공포증을 자아내는 폴 멜라니의 사무실을 연상시켰다. 벽 한쪽 구석에 서 있는 조그만 테이블 한편에는 알루미늄 커피 주전자와 스티로폼 커피 잔, 플라스틱 스푼, 프림, 몇 개 남지 않은 봉지 설탕이 있었다. 거니가 수많은 시간을 보낸 곳과 똑같은 방이건만 그 방이 불러 일으키는 반응은 여전했다. 들어서는 순간 바로 나가고 싶었다.

테이블 한 쪽에 데이커, 트라우트, 홀든필드가 앉아 있었다. 그 맞은편에 클렉, 불러드, 그리고 거니가 앉았다. 대결 구도에 어울리는 좌석 배치였다. 그들 앞에 불러드가 복사해온 착한 양치기의 편지가 놓여 있었다. 이미 각자 여러 번 읽은 뒤였다.

불러드 반장 앞에는 두툼한 파일이 놓여 있었고, 그 파일 위에는 놀랍게도, 거니가 착한 양치기 사건에 관한 의문을 정리해 보낸 메일을 인쇄한 사본이 놓여 있었다.

불러드 반장이 트라우트 맞은편에 앉았고 트라우트는 양손을 깍지 끼고 있었다. "먼 길 와주셔서 감사합니다," 그녀가 말했다. "착한 양치기가 보낸 것으로 추정되는 편지의 중요성은 굳이 언급할 필요가 없겠지요. 그 외에 회의를 시작하기에 앞서, 특별히 하실 말씀이 있으십니까?"

트라우트가 붙임성 있게 웃으며 존중을 표하듯 양손을 들어보였다. "여긴 반장님 관할입니다. 전 그저 들으러 왔을 뿐입니다." 그러고 나서 훨씬 덜 친근한 표정으로 거니를 보았다. "다만 한 가지 걱정스러운 점은, 수사가 진행 중인 상태에서 내부인의 회의에 검증되지 않은 외부인사가 참석해도 되는 건지 그게 좀⋯⋯."

불러드가 당혹스럽다는 듯 얼굴을 일그러뜨렸다. "검증되지 않은?"

트라우트의 공허한 미소가 다시 돌아왔다. "좀 더 구체적으로 말씀드리죠. 경찰로 근무하셨던 당시 거니 씨의 화려한 경력을 모르는 바는 아닙니다만, 이 사건의 핵심 인물이 될 수 있는 인사들과 얽혀 있는 현재 거니 씨의 상태가 다소 모호한 부분이 있어서요."

"킴 코레이즌과의 관계를 말씀하시는 겁니까?"

"킴 코레이즌의 전 남자친구도 포함됩니다. 현재 제가 알고 있는 바로는 그 둘입니다."

로버트 미스에 대해 알고 있다니 재미있다는 생각이 들었다. 그 정보의 진원지로는 두 곳을 예측해볼 수 있었다. 시라큐스의 쉬프 경관. 그리고 방화사건을 조사하면서 킴에게 최근의 위협이나 원한관계에 대해 캐물었던 크램든. 어쩌면 트라우트 자신이 킴의 사생활을 다른 경로로 직접 캤을 수도 있었다. 하지만 왜? 그가 권력 매니아임을 보여주는 또 다른 증거인가? 아니면 모든 공격을 원천 봉쇄하려고 단단히 작정한 건가?

불러드가 심각한 표정으로 고개를 끄덕였다. 그녀의 시선이 화이트보드로 향했다. "합리적인 생각이십니다. 그런데 제 입장은 그다지 합리적이지가 않아요. 그보다는 감정적이죠. 제 느낌으로는 범인이 데이브 거니 씨를 이 사건에서 밀어내려 애쓰는 것 같은데, 그래서 더더욱 거니 씨를 끌어오고 싶네요." 그녀의 목소리가 강철처럼 단단해지면서 얼굴에 깊은 주름이 생겼다. "범인이 싫어하는 사람이 바로 우리가 원하는 사람이죠. 저는 개인의 인품에 대해서는 기꺼이 섣부른 판단을 하는 편입니다. 이 방 안에 있는 모든 사람의 인품에 대해서 그렇죠."

트라우트가 몸을 젖혔다. "오해 마세요. 인품을 의심한다는 이야기가 아닙니다."

"잘못 이해했다면 죄송합니다. 조금 전에 '얽혔다'는 표현을 사용하셨죠. 제가 알고 있는 그 단어에는 분명히 함축적 의미가 있어요. 하지만 시작도 하기 전에 그런 진창에 빠져들진 맙시다. 제가 한 가지 제안을 하자면, 먼저 블럼 살인사건에 대해 토론해보고, 그다음 오늘 아침에 받은 편지 문제를 생각해보고, 그 두 사건과 2000년에 일어난 살인사건의 특성을 살펴보도록 하죠."

"관할권 문제도 생각해봐야겠죠." 트라우트가 덧붙였다

"물론입니다. 하지만 먼저 드러난 사실부터 확인해봅시다. 사실 우선주의!" 불러드가 말했다.

거니의 입가에 작은 미소가 번졌다. 반장은 강인함과 명석함, 명료함, 실용성을 겸비한 사람 같았다. 그것도 아주 적절한 비율로.

그녀가 말을 이었다. "어젯밤에 저희가 올린 CJIS* 3호는 읽어보셨죠? 혹시 못 보신 분들은, 여기 복사한 자료를 참고하세요." 그녀가 서류 몇 벌을 파일에서 꺼내 돌렸다.

거니가 얼른 자료를 훑어보았다. 블럼 사건 현장의 증거와 과학수사팀의 결론에 대한 간결한 요약이었다. 현장에서의 그의 추측이 유효했음을 확인할 수 있어서 기뻤고 트라우트와 그 동행들의 찌푸린 표정을 보아서도 기뻤다.

---

* Criminal Justice Information Services, FBI 범죄수사정보서비스.

자료의 내용과 그 내용이 암시하는 바를 모두 이해할 때까지 기다렸다가 불러드가 중요한 점 몇 가지를 이야기한 다음 질문이 있는지 물었다.

트라우트가 보고서를 들어 보였다. "범인이 주차 장소에 대한 혼란을 야기했다는 게 어떤 의미가 있습니까?"

"'혼란'이라기보다는 '고의적 위장'이 보다 적절한 표현인 것 같군요."

"뭐라고 부르시든, 그거야 좋을 대로 하시고, 제가 묻고 싶은 건, 그게 어떤 의미가 있느냐 이겁니다."

"그 자체로만 보면 큰 의미가 없어요. 일정 수준의 경계를 암시하는 것 이상의 의미는 없겠죠. 하지만 페이스북의 메시지와 연결해보면, 수사를 엉뚱한 방향으로 끌고 가려는 의도가 보입니다. 마치 2층에서 살해하고 현관에서 죽인 것처럼 꾸며놓은 것처럼."

트라우트가 한쪽 눈썹을 추켜 올렸다.

"계단 카펫에 여자 구두 뒤축이 끌려간 미세한 흔적이 남아 있었어요." 불러드가 설명했다. "그러니까 실제로 일어난 것과는 전혀 다른 상황인 것처럼 함정을 파놓은 거죠."

홀든필드가 처음으로 입을 열었다. "왜 그랬을까요?"

마침내 제대로 된 질문을 던진 학생을 바라보는 선생님처럼 불러드가 미소를 지었다. "만약 우리가 놈의 속임수에 넘어갔다면, 그러니까 범인이 차를 몰고 들어와서 현관문을 두드리고 문을 연 여자를 바로 찔러 죽인 다음 사라진 거라고 믿었다면, 페이스북 메시지가 사실이라고 믿었을 거고 그 내용도 전부 사실이라고 믿었겠죠. 용의자 차량 묘사까지 포함해서요. 범인은 그녀가 모르는 사람일 거라고 생각했겠죠."

홀든필드는 진심으로 호기심을 느끼는 표정이었다. "왜 모르는 사람이었을 거라고 추측하죠?"

"이유는 두 가지입니다. 첫째, 페이스북 메시지가 용의자 차량이 낯선 차량임을 암시하고 있어요. 둘째, 그 사실은 여자가 그를 안으로 들여주지 않았을 거라는 가정을 하게 만들죠. 실제로 블럼은 문을 열어주었는데 말입니다."

"그걸 뒷받침하기엔 증거가 좀 부실해 보이는군요." 트라우트가 말했다.

"놈이 집 안으로 들어왔다는 증거가 있고 우릴 속이려 했다는 이유가 있어요. 그렇게 한 데에는 몇 가지 이유가 있을 수 있겠지만, 가장 큰 이유는, 희생자가 그를 알고 안으로 들여주었다는 사실을 감추기 위해서일 겁니다."

그 사실에 트라우트는 적잖이 놀란 표정이었다. "그렇다면 루스 블럼이 착한 양치기를 개인적으로 알았단 겁니까?"

"사건의 정황상 그런 가능성도 배제할 순 없다고 말씀드리는 겁니다."

트라우트가 데이커를 바라보았고 데이커는 그런 것 따윈 아무래도 상관없다는 듯 어깨를 으쓱해 보였다. 그러고 나서 그가 홀든필드를 바라보았고 홀든필드는 그것이야말로 엄청난 의미가 있다고 생각하는 표정이었다.

불러드가 의자 등받이에 기대어 잠시 침묵이 이어지게 했다. "루스 블럼 사건에서 착한 양치기가 시도한 상황의 왜곡이 저로 하여금 원 사건에 대한 의문을 품게 만들었어요."

"의문이라면……." 트라우트는 불안해 보였다. "어떤 점에 의문을 품으셨단 겁니까?"

"혹시 그 당시에도 지금처럼 속임수를 즐겼던 건 아닐까……. 어떻게 생각하세요, 트라우트 요원?"

불러드는 그녀만의 방식으로 조그만 폭탄을 떨어뜨렸다. 물론 새로운 폭탄은 아니었다. 거니가 일주일 동안 떠들었고 클린터는 10여 년 동안 떠들었다. 그러나 처음으로, 외부인이 아닌 사람, 이 사건에 대해 언급할 충분한 자격을 갖춘 경찰국 수사팀 반장이 회의석상에서 터뜨렸다.

그녀는 트라우트로 하여금 선언문과 가해자 프로필로 양치기 사건이 말끔하게 정리되었다는 기존의 입장을 꺾으라고 설득하는 것처럼 보였다.

트라우트는 그녀의 주장을 묵살했다. 놀라운 일은 아니었다. "사실의 중요성에 대해 앞서 말씀하셨지요. 저는 충분한 사실이 뒷받침된 의견을 듣고 싶습니다. 현대 범죄 역사상 가장 많이 분석된 사건을 성급하게 재검토하고 싶진 않군요. 단지 누군가가 주차 장소를 놓고 우릴 속이려 했다고 해서 그럴 수는 없는 노릇 아닙니까."

그런 식의 냉소는 실수였다. 불러드가 입을 꼭 다물고 그의 시선을 2초 정도 더 가두었다가 말을 잇는 것을 보면 알 수 있었다. 그녀가 거니의 질문이 담긴 이메일을 들었다.

"사건 수사의 중심에 계셨던 분들이니 저에게 몇 가지를 설명해주셨으면 합니다. 조그만 동물들 말인데요. 저희 보고서를 통해 5센티미터짜리 플라스틱 사자가 희생자의 입술 위에 놓여 있었다는 거 다들 아셨을 겁니다. 그 점에 대해선 어떻게 생각하세요?"

트라우트가 홀든필드를 보았다. "레베카?"

홀든필드는 공허한 미소를 지었다. "그건 추측 가능한 영역이죠. 본래의 동물들, 그러니까 노아의 방주 장난감은 종교적 의미를 담고 있어요. 성경에서 그 홍수는 사악한 세상에 대한 하느님의 심판으로 묘사되고 있죠. 착한 양치기의 행동이 세상에 대한 자신의 심판인 것처럼. 또한, 착한 양치기는 한 쌍의 동물 중 한 개만을 남겨놓았어요. 그런 식으로 한 쌍을 갈라놓는 게 그의 무의식 세계에서 어떤 의미가 있을 수도 있어요. 종족을 도태시키는 그만의 방식일 수도 있고요. 프로이트적인 관점에서 보면 둘 중 한 명을 죽임으로써 부모의 결혼을 깨려는 유아적 욕망으로 볼 수도 있어요. 이 부분은 여러 가지 추측이 가능한 대목임을 다시 한 번 강조하고 싶군요."

마치 심오한 통찰을 이해하듯 불러드가 천천히 고개를 끄덕였다. "그럼 커다란 총은요? 프로이트적 관점에서 보면 거대한 페니스를 의미합니까?"

홀든필드가 경계하는 듯한 표정을 지었다. "그렇게 간단하진 않아요."

"이런," 불러드가 말했다. "내 이럴 줄 알았다니까. 좀 알겠다 싶으면 꼭 이런 식이더라고요." 그녀가 거니를 보았다. "커다란 총과 작은 완구들에 대한 거니 씨 생각은 어떠십니까?"

"바로 우리가 나누는 이런 대화가 목적인 거죠."

"다시 한 번 말씀해주시겠어요?"

"제가 보기에 그 총과 장난감들은 의도적으로 주의를 분산시키기 위한 장치입니다."

"무엇으로부터 주의를 분산시킨다는 건가요?"

"이 사건 전체의 본질적이고 실용적인 이유로부터의 분산이죠. 신경증적 불안이나 일종의 착란 증세를 표방하기 위해 고안된 장치라고 봅니다."

"착한 양치기가 자기를 정신병자로 봐주길 원한단 겁니까?"

"전형적인 사명감에 불타는 살인마의 이면에는 반드시 신경증적인, 혹은 사이코적인 동기가 있게 마련이죠. 그게 바로 의식 세계의 '사명감'을 움직이는, 무의식 세계에 자리한 살인 에너지의 원천이죠. 안 그런가요, 레베카?"

레베카는 그의 질문을 무시했다.

거니는 말을 이었다. "저는 범인이 그 모든 상황을 의식하고 있다고 봅니다. 총과 장난감은 위대한 조종자의 대미를 장식하는 물건들이죠. 범죄 심리학자들이 그런 걸 찾으니 '옛다!' 하고 던져준 겁니다. 그렇게 하면 그의 '사명감'이 한층 믿을 만한 게 되니까요. 범인이 그 누구도 파헤치지 않기를 바랐던 가설이 있다면, 그가 제정신이고 그의 범죄가 완벽히 실용적인 이유에서 자행되었다는 사실이겠죠. 전형적인 살인의 동기 말입니다. 그렇게 되면 수사의 방향이 전혀 달라지고 그의 실체가 순식간에 드러날 테니까요."

트라우트가 인내심을 잃은 듯 한숨을 쉬며 불러드에게 말했다. "거니 씨로부터 이미 이런 이야기를 들었습니다. 하지만 여전히 근거 없는 주장들일 뿐입니다. 전혀 기반이 없어요. 솔직히 똑같은 이야기를 반복해서 듣는 것도 좀 지겹군요. 기존의 가설은 이 사건의 정황과 일치합니다. 지금까지 시행된 그 어떤 분석보다도 합리하고 일관성 있는 시각이죠." 그가 착한 양치기의 편지를 집어 들고 흔들었다. "게다가 이 새로운 편지 역시 기존의 선언문과 완벽하게 일치해요. 해럴드 블럼의 미망인을 공격한 이유에 대해서도 완벽하게 믿을 만한 설명을 제시하고요."

"레베카, 당신 생각은 어때요?" 트라우트가 들고 있는 편지를 가리키며 거니가 물었다.

"좀 더 생각해봐야 하겠지만, 일단 전문가로서 이 글을 쓴 장본인은 십 년 전에 편지를 썼던 사람과 동일범이란 확신이 어느 정도 드네요."

"그것 말고 다른 건 없습니까?"

레베카가 입술을 깨물었다. 대답할 궁리를 하는 것 같았다. "똑같은 집착성의 분노를 표출하고 있고 이제 〈살인의 고아들〉이 방영되었으니 한층 악화되었겠죠. 그가 새로 품은 불만이자 루스 블럼을 살해할 수밖에 없었던 동기는, 〈살인의 고아들〉이라는 프로가 결국 부패한 사람들을 찬양했기 때문이에요."

"동감입니다." 트라우트가 끼어들었다. "우리가 처음부터 이 사건에 대해 했던 이야기들이 재확인되는 셈이지요."

거니는 그의 말을 무시하고 여전히 홀든필드에게 집중했다. "이 자가 얼마나 화가 나 있는 것 같습니까?"

"네?"

"편지를 쓴 자가 얼마나 화가 나 있냐고요."

거니의 질문이 홀든필드를 당황하게 한 것 같았다. 그녀가 편지를 들고 한 번 더 읽었다. "글쎄요…… 감정적인 언어와 이미지를 많이 사용하고 있어요. 피…… 악…… 얼룩…… 죄책감…… 처벌…… 죽음…… 독약…… 괴물…… 성경에 나오는 것과 같은 종류의 분노를 표현하고 있어요."

"이 편지에 나타난 게 분노입니까? 아니면 위장 분노입니까?"

그녀의 입가에 작은 경련이 일었다. "그게 어떤 차이가……."

"이자가 분노를 표출하고 있는 사람인지, 아니면 분노에 휩싸인 사람이라면 이런 상황에서라면 어떻게 쓸지 상상하면서 글을 쓰고 있는 침착한 남자인지 의문이 들어서요."

트라우트가 다시 끼어들었다. "대체 뭔 소립니까?"

"아주 간단한 얘깁니다. 홀든필드 박사님은 뛰어난 심리학자시니, 이 편지를 쓴 사람이 자신의 충실한 감정을 표현하고 있는지, 아니면, 소위 착한 양치기라는 가상의 인물의 입을 빌어 떠들고 있는 건지 묻는 겁니다."

트라우트가 불러드를 보았다. "반장님, 이런 해괴한 이론에 낭비할 시간이 없습니다. 이건 반장님이 주체가 된 회의입니다. 회의 안건을 통제해주시기 바랍니다."

거니는 계속 홀든필드의 시선을 놓지 않고 있었다. "단순한 질문이잖아요, 레베카. 어떻게 생각해요?"

그녀는 한참 시간을 끌다가 마침내 대답했다. "잘 모르겠어요."

거니는 마침내 홀든필드의 눈빛에서, 그리고 그녀의 대답에서, 정직함을 느꼈다.

불러드는 혼란스러웠다. "거니 씨, 조금 전에 착한 양치기와 관련해서 '아주 실용적인' 이유라고 말씀하셨는데요. 도대체 어떤 실용적인 이유가 범인으로 하여금, 공통점이라고는 고가의 승용차뿐인 여섯 명의 희생자를 선정하게 한 걸까요?"

"고가의 검은 메르세데스 벤츠죠." 거니가 정정했다. 그녀에게라기보다는 자기 자신에게라고 해야 옳을 것이다. 검은 우산을 쓴 남자가 다시 한번 그의 머릿속에 떠올랐다. 실제 일어난 범죄 사건을 토론하다가 영화 이야기를 하는 건, 더구나 그에게 호의적이지 않은 사람들 앞에서 그런 이야기를 꺼내는 건 조금 위험한 일이었지만 거니는 밀어붙이기로 했다. 그는 암살단이 자신들이 쫓던 남자가 검은 우산을 쓴 수많은 사람과 함께 다시 나타났을 때 암살을 감행할 수 없었다는 내용을 설명했다.

"도대체 지금 우리가 하고 있는 이야기가 그 이야기하고 무슨 상관입니까?" 처음 입을 연 사람은 데이커였다.

거니는 미소를 지었다. "저도 모릅니다. 단지 뭔가 연관이 있을 것만 같아서요. 이 방 안에 있는 누군가가 그 연관성을 밝혀내주길 바랄 뿐이죠."

트라우트가 기가 막힌다는 듯 눈을 부라렸다.

불러드가 살인사건에 대한 거니의 질문들을 적은 이메일을 들었다. 그녀의 시선이 질문지 중간쯤에 머물렀다. "희생자들은 똑같이 중요한가?" 그녀가 테이블을 둘러보았다. "우산 이야기를 듣고 나니 이 질문이 흥미롭다는 생각이 드네요."

"도대체 그게 이 사건과 무슨 상관인지 모르겠군요." 데이커가 말했다.

불러드가 다시 눈을 깜빡였다. 마치 새로운 가능성을 소리 내어 기록하듯이. "어쩌면 모든 희생자가 표적은 아니었을 수도 있어요."

"표적이 아니었다면요. 그 사람들은 뭡니까? 실수로 죽였다는 겁니까?" 트라우트가 도저히 믿을 수 없다는 표정을 지었다.

거니는 이미 하드윅과 그 문제를 토론한 뒤였고 그 과정에서 진지하게 고려하기엔 가능성이 희박한 시나리오들을 검토했다. "실수는 아니었겠죠." 거니가 말했다. "하지만 부차적인 살인일 수는 있을 겁니다. 어떤 식으로든."

"부차적이라……." 데이커가 반문했다. "도대체 그게 무슨 소립니까?"

"저도 아직은 잘 모르겠어요. 여전히 하나의 질문일 뿐입니다."

트라우트는 손으로 테이블을 내리쳤다. "한 번만 말하겠습니다. 어떤 수사든 때가 되면 기본적인 질문을 멈추고 범인을 추적하는 데 수사력을 집중해야 하는 때가 오게 마련이죠."

"문제는," 거니가 그 말을 받았다. "한 번도 진지한 질문이 제기된 적이 없단 거죠."

"자, 자. 좋습니다." 불러드가 그만 하라는 듯 양손을 들었다. "이제 수사 방침에 대해서 말씀드리겠습니다."

그가 왼쪽 옆에 앉아 있던 클렉을 돌아보았다. "앤디, 지금 상황을 간단하게 정리해 줘."

"네, 반장님." 그가 재킷 주머니에서 조그만 디지털 기기를 꺼내더니 타이핑을 하고 화면을 보았다. "과학수사팀에서 범죄 현장을 공개했습니다. 물리적 증거는 밀폐용기에 수집되어 꼬리표를 붙이고 입력했습니다. 희생자의 컴퓨터는 컴퓨터분석팀에 넘겨졌고요. 통합 자동지문인식 시스템에 지문을 돌려보는 중입니다. 1차 검시 보고서가 곧 나올 예정입니다. 부검 결과와 유해 성분 분석은 두 시간 내로 나고요. 현장과 희생자의 사진은 시스템에 입력되었고 사건 보고서도 입력 중입니다. CJIS 보고서는 3차 수정분이 시스템에 올라와 있고요. 인근 탐문수사는 현재 마흔여덟 명을 마친 상태고, 오늘 까지 육십육 명을 끝낼 전망입니다. 초기 녹취는 물론 요약본도 곧 나옵니다. 군용 트럭, 혹은 군용 트럭 스타일의 차량을 인근에서 보았다는 목격자가 두 명 있었고 주 차량국에서 뉴욕 주 중부에 비슷한 차량을 소유하고 있는 사람의 명단을 작성 중입니다."

"그 명단은 어디에다 쓰려고요?" 트라우트가 물었다.

"용의자 데이터베이스에 돌려보고 맞는 게 있는지 알아보려고요." 클렉이 말했다.

트라우트는 회의적인 표정이었지만 더는 아무 말도 하지 않았다.

클렉이 쫓는 자가 누군지 알고 있다는 사실이 거니를 불편하게 했다. 평상시 그는 알고 있는 사실을 전부 공개하는 편을 선호했다. 그러나 이 경우에는 그 사실을 밝혀봐야 주의만 분산시키고 클린터에게 수사력이 집중되어서 소중한 시간을 낭비하게 될 수도 있었다. 그러나 클린터는 결코 착한 양치기일 수 없다. 괴팍하고 심지어 미친놈일 수는 있었다. 그렇다고 해서 그가 악랄한 인간인가? 그렇지 않다고 거니는 거의 확신했다.

그러나 그가 입을 다무는 데는 또 다른 이유가 있었다. 보다 덜 객관적인 이유였다. 클린터와 가깝다는 인상을 주고 싶지 않았고, 그와 동맹관계로, 그와 잘 통하는 사이로 보이고 싶지 않았다. 클린터와의 관계로 자신의 이미지에 먹칠하고 싶지 않았다. 브랜빌에서 점심 식사를 할 때 홀든필드는 그에게 외상 후 스트레스 증후군이라는 진단을 투척했다. 맥스 클린터 역시 같은 진단을 받았다. 거니는 그 반향이 달갑지 않았다.

클렉이 보고를 마무리하고 있었다. "레이크사이드 콜리션 주차장에 있는 차들의 타이어 자국도 조사 중이고 이미 사진은 차량분석팀에 보냈습니다. 차종과 부품 일치 여부를 확인 중입니다. 양쪽 바퀴의 흔적을 통해 차축의 너비를 확인할 수 있기를 바라고 있습니다." 클렉이 그가 고개를 들었다. "이상 현재 수사 진행 상황입니다, 반장님."

"착한 양치기의 편지, 잉크, 종이, 프린터, 주소지, 서류 봉투와 관련한 자료는 곧 들어올 거고?"

"한 시간 내로 좀 더 알아낼 수 있을 거랍니다."

불러드가 고개를 끄덕였다. "그리고 사전 경고 조처는?"

"이제 막 시작했습니다. 데이커 요원에게 수사 초기에 작성된 유가족 인적사항 자료를 전달 받았습니다. 거니 씨가 제안해주신 대로 유가족 연락처를 확보하기 위해 코레이즌 양과 접촉 중입니다. 대외홍보실의 칼리 매든이 경고문을 작성하는 중입니다."

"칼리는 커뮤니케이션의 정확히 목적을 이해하고 있겠지? 당황하지 않도록 침착하게. 전달 방법의 중요성도 잘 알고 있을 거고?"

"그 점은 잘 전달했습니다."

"좋아. 실제 통화를 시도하기 전에 초안을 보고 싶군. 최대한 빨리 움직이자고."

거니는 불러드에 대한 자신의 직감에 확신이 들기 시작했다. 그녀는 비타민처럼 스트레스를 집어삼키는 여자였다. 아마도 일은 그녀의 유일한 중독이리라. '최대한 빨리'야말로 모든 일에 대해 그녀가 원하는 방식임에 틀림없었다. 그녀를 상대하는 사람은 조심해야 할 것이다.

그녀가 테이블을 둘러보았다. "질문 있으십니까?"

"한꺼번에 여러 가지 일을 하시는군요." 트라우트가 말했다.

"그게 뭐 어제 오늘 일입니까?"

"제가 하고 싶은 말은, 어느 시점이 되면 우리 모두 서로의 도움이 필요할 거란 이야기입니다."

"물론 그렇죠. 그런 상황이 되면 언제든 연락 주세요."

트라우트가 웃었다. 마치 배터리 수명이 다해가는 자동차에 시동 거는 소리만큼 따뜻하고 감미로웠다. "제가 드리고 싶은 말씀은, 저희는 오번이나 사스파릴라에서 확보하기 어려운 연방 정부 수준의 자료를 보유하고 있다는 겁니다. 사실, 새로운 살인사건과 십 년 전 사건의 연관성이 분명해지면 그만큼 연방 정부의 자료를 꺼내 놓아야 할 부담도 커지게 되는 셈이죠."

"그런 일은 내일이나 일어나겠죠. 오늘은 오늘, 일단 오늘만 생각합시다."

트라우트가 미소를 지었다. 웃음소리처럼 표정도 기계적이었다. "난 철학자가 아닙니다, 반장님. 현 상황이 어떤 상태고, 사건이 결국 어떻게 귀결될지를 지적하는 현실주의자일 뿐이죠. 그 순간이 닥칠 때까지 현실을 외면하기로 작정하신 것 같군요. 하지만 저희로서는 일련의 규율과 명령 체계를 발효할 수밖에 없습니다. 바로 지금부터요."

불러드가 시계를 보았다. "바로 지금부터, 식사나 합시다. 정각 12시거든요. 12시 45분에 다시 모여서 그 규율과 명령 체계 이야기를 해봅시다. 실제로 일도 좀 하고요. 물론 규율이 허락하는 범위 내에서." 그녀의 냉소는 미소에 의해 조금 부드러워졌다. "건물 내 커피와 간이매점은 형편없어요. 올버니에서 오신 분들께 점심 식사 할 곳을 추천해드릴까요?"

"그러실 필요 없습니다. 괜찮아요." 트라우트가 말했다.

홀든필드는 수심에 잠긴 채 불안해 보였다. 전혀 괜찮아 보이지 않았다.

데이커는 아무것도 느끼지 않는 사람 같았다. 세상의 모든 범죄자들을 수고스럽게, 한 명씩, 처단하겠다는 생각 자체가 없는 사람 같았다.

불러드와 거니는 조그만 이탈리아 식당의 편자 모양 부스에 앉았다. 식당 안에 바가 있었고 피할 수 없는 TV 화면이 세 개 있었다.

그들은 각자 작은 전채요리를 하나씩 시키고 피자 한 판을 나누어 먹기로 했다. 클렉은 사무실에 남아 여러 가지 사안의 진행 상황을 파악하기로 했다. 식당에 도착한 이후 불러드는 조용했다. 그녀는 샐러드에서 빨간 고추를 골라 가장자리에 모아 놓고 있었다. 마지막 하나까지 다 골라내고 나서 그녀가 거니와 눈을 맞추었다. "데이브, 말해봐요. 도대체 무슨 꿍꿍이에요?"

"좀 더 세련되게 물어봐줘요. 대답해드릴 테니."

그녀가 샐러드 접시를 바라보더니 고추 한 개를 포크로 찍어 입안에 넣고 눈 하나 깜짝 하지 않은 채 씹어 삼켰다. "이 일에 대한 엄청난 열정이 느껴져요. 엄청난 열정. 괜찮은 아이디어를 낸 여자애를 도와주는 것 이상의 열정. 그게 뭐죠? 알아야겠어요."

거니가 미소를 지었다. "제게 실패한 경찰 수사를 비판하는 프로그램을 램TV에서 제안했단 이야기, 데이커가 하던가요?"

"그 비슷한 이야기를 하더군요."

"사실 그럴 생각은 없어요."

그녀가 오랫동안, 찬찬히, 그를 뜯어보았다. "좋아요. 그럼 나한테 말하지 않은 재정적인, 혹은 경력상의 이득이 뭐죠?"

"그런 거 없습니다."

"좋아요. 그럼 왜죠? 뭐에 끌린 거죠?"

"이 사건에는 트럭 한 대가 지나가고도 남을 만큼 커다란 구멍이 뚫려 있어요. 날 잠 못 들게 할 만큼 커다란 구멍. 더구나 킴의 프로젝트를 무산시키고 내가 연루되는 걸 막으려는 의도로 보이는 이상한 일들이 일어났어요. 그런 일이 일어나면 난 정반대로 나갑니다. 누군가 문밖으로 날 밀어내려 하면 어떻게든 방 안에 남아 있고 싶어지죠."

"저도 전에 그 비슷한 이야기를 했던 것 같은데요." 그 말을 너무도 덤덤하게 해서, 동지 의식을 느낀다는 의미로 한 말인지, 아니면 자신을 조종하려 들지 말라는 경고의 의미인지 판단이 서지 않았다. 판단을 내릴 겨를도 없이 불러드가 말을 이었다. "그것 말고도 다른 게 있는 것 같은데요. 아닙니까?"

어디까지 말해야 하나. "물론 더 있습니다. 그런데 말하기가 꺼려지네요. 왜냐하면 그 말을 하면 내가 너무 한심하고 초라하고 분노한 인간처럼 보이거든요."

불러드는 어깨를 으쓱했다. "그건 우리 인생에서 가장 기본적인 선택들 중 하나잖아요. 안 그래요? 세련되고 날렵하고 멋져 보이거나, 아니면 진실을 말하거나."

"킴 코레이즌 때문에 처음 착한 양치기 사건을 들여다보기 시작했을 때, 내가 홀든필드 박사한테 물어봤거든요. 트라우트 요원이 이 사건에 대한 내 생각을 들어줄 것 같으냐고."

"안 만나줄 거라고 했군요. 현직 경찰이 아니라서."

"그보다 더 나빴지요. '부디 농담이길 바라요.' 꼭 그렇게 말하더군요. 그 짧은 한마디가 날 약 오르게 만들었지요. 그런 말 때문에 이런 일에 집착하고 놓지 못하다니 이유치고는 황당하게 들리겠지만."

"황당하네요. 하지만 적어도 집착의 배경이 무언지는 알게 됐네요." 그녀가 두 번째 고추를 씹기 시작했다. "거니 씨를 잠 못 들게 만드는 그 구명으로 다시 돌아가서, 새벽 2시에 당신을 괴롭히던 질문들이 뭐였죠?"

그다지 오래 생각할 필요가 없는 질문이었다. "세 가지가 있습니다. 첫째, 시간적인 요소. 왜 사건이 2000년 봄에 시작되었는가. 둘째, 선언문 때문에 수사 과정에서 중단된 부분, 혹은 시작도 안 된 부분은 무엇인가. 셋째, 왜 하필 탐욕스러운 부자들을 죽이는 걸로 위장해서 실제 동기를 숨겨야 했는가."

불러드가 도전적으로 눈썹을 추켜 올렸다. "탐욕스러운 부자들을 죽이는 것 말고 다른 일이 진행되고 있었다고 가정하시는 겁니까? 저보다 훨씬 앞서 가시네요."

"아마 반장님도 점점 더 그쪽으로 기울게 될 겁니다. 사실 난⋯⋯."

"착한 양치기가 돌아왔습니다!" 바 위쪽에 달린 TV에서 신경을 긁는 아나운서의 목소리가 거니의 말문을 막았다. 램TV의 멜로드라마식 뉴스 앵커가 분할된 화면에서 회색머리를 뒤로 넘겨 빗은 유명한 TV 전도사 에밋 프렁크 목사와 함께 등장했다.

"믿을 만한 소식통에 의하면, 뉴욕 상류층을 노리는 섬뜩한 연쇄살인마가 다시 돌아왔다고 합니다. 악마가 또다시 뉴욕 교외의 한적한 마을을 서성이고 있습니다. 십 년 전, 착한 양치기는 해럴드 블룸의 머리에 총탄을 박는 것으로 그의 삶을 영영 앗아가버렸죠. 바로 이틀 전, 그가 돌아왔습니다. 해럴드 블룸의 미망인 루스의 집으로. 그는 한밤중에 그녀의 집에 잠입해서 그녀의 심장에 얼음송곳을 꽂았습니다." 아나운서의 과장된 목소리가 너무 역겨워 이목을 집중시켰다. "이건 정말 너무도⋯⋯ 너무도 극악무도한⋯⋯ 범죄입니다. 죄송합니다, 여러분, 세상에는 그야말로 할 말을 잃게 만드는 일들이 있군요." 그는 엄숙한 표정으로 고개를 젓고 마치 분할된 화면의 목사가 바로 옆자리에 앉아 있다는 듯 돌아앉았다. "프렁크 목사님, 목사님께서는 언제나 저희에게 필요한 말씀과 지혜를 주시죠. 저희를 도와주십시오. 이 끔찍한 사건을 어떻게 보고 계십니까?"

"댄, 평범한 한 사람으로서, 저의 감정은 공포에 질리다 못해 분노로 흐르고 있습니다. 그러나 어떤 일이건 하나님의 뜻이 있을 거라 믿습니다. 우리 인간의 눈에는 비록 너무도 끔찍하게 보일지라도 말입니다. 하지만 만약 누군가 제게 프렁크 목사님, 도대체 이런 악몽에 어떤 의미가 있을까요, 라고 묻는다면, 전 이렇게 말하고 싶군요. 이러한 악의 존재를 드러냄으로써 우리가 살고 있는 세상의 사악함에 대해 알게 될 거라고. 이 괴물은 희생자를 눈곱만치도 존중하지 않아요. 그들은 그저 그가 일으키는 바람에 흩날리는 겉겨와도 같습니다. 그에게 그들은 아무것도 아닙니다. 한 줄기 연기, 한 줌의 흙일 뿐이지요. 이것은 하나님이 우리 눈앞에 들이대어주시는 교훈입니다. 그는 악의 본질을 보여주고 있습니다. 생명의 불을 꺼버리는 것, 한 줄기 혹 연기처럼 불어버리는 것, 한 줌의 흙처럼 짓밟아 버리는 것, 그게 바로 악의 근원이지요. 이것은 선한 자들로 하여금 악의 행위를 목도하게 하려고 하나님이 준비하신 교훈입니다.

"고맙습니다." 카메라가 다시 앵커를 잡았다. "오늘도 에밋 프렁크 목사님께서 지혜의 말씀을 주셨습니다. 자, 그럼 램 뉴스를 만드는 선한 사람들의 전하는 말씀 들으시겠습니다.

떠벌이가 사라지고 일련의 요란한 광고들이 그 자리를 채웠다.

"젠장." 맞은편에 앉은 불러드를 바라보며 거니가 중얼거렸다.

불러드가 그와 눈을 맞추었다. "절대 저 사람들하고 일 안 하겠다고 약속하세요."

"절대 저 사람들하고 일 안 합니다."

그녀는 잠시 거니를 바라보다가, 조금 전에 삼킨 고추 맛이 올라오는 것 같은 표정을 지었다. "선언문이 도착하기 전에 생략되었을 조사 과정에 대한 이야기로 돌아가죠. 그게 무엇이었을지 생각해보셨습니까?"

"그야 빤하죠. 먼저, 범행으로 이익을 얻는 사람이 누굴까. 그 여섯 번의 살인으로 누가 실질적인 이득을 얻었는지가 최우선 조사 대상이었겠지만 선언문이 도착한 순간, 모두 이 사건의 범인이 어떤 사명감을 느끼고 있다고 생각했죠."

"좋아요. 수긍이 가네요. 그 외에 다른 건요?"

"연결고리. 희생자들을 연결하는 이면의 연결고리."

"메르세데스 벤츠 말고요?"

"네."

그녀는 회의적인 표정이었다. "문제는 그렇게 되면 차량이 부차적인 이유가 된단 얘긴데, 그게 살인의 주 표적이 아니었다면 다 우연이었단 이야기가 되잖아요. 우연치고는 너무 심하지 않은가요?"

그녀의 반발은 잭 하드윅의 그것과 정확히 일치했다. 거니는 그 질문에 대답할 수 없었고, 그래서 이번에도 대답하지 않았다.

"또 뭐가 있죠?"

"개별 사건에 대한 강도 높은 수사."

"무슨 뜻이죠?"

"연쇄살인의 양상이 자명해지면 수사의 방향이 그쪽으로 자연히 흐르게 마련이죠."

"그야 당연히 그렇죠. 그렇지 않으면 어떻게……."

"가지 않은 길들을 나열해보는 겁니다. 반드시 가봐야 했다는 이야기가 아니에요. 아무도 가지 않았다는 것뿐이죠."

"예를 들어 설명해보세요."

"만약 각각의 살인사건이 개별 사건처럼 수사되었다면 수사 방향은 완전히 달라졌겠죠. 확실한 동기나 용의자가 없는, 계획된 범행의 경우에 수사가 어떻게 진행되는지 저만큼이나 잘 아시잖습니까. 희생자의 삶, 인간관계, 친구, 연인, 원한관계, 범법 행위, 전과 기록, 나쁜 습관, 나쁜 결혼, 나쁜 이혼, 사업상의 갈등, 유언장, 부동산 소유, 채무관계, 재정적 압박 혹은 이득 등등. 한마디로 희생자의 삶을 뿌리까지 파헤쳐서 그가 처한 상황과 그로 인해 이득을 볼 사람들을 찾아보죠. 하지만 이 사건은……."

"맞습니다. 이 사건 수사에서는 그런 과정이 생략되었지요. 만약 어떤 사람이 지나가는 메르세데스 창문에 대고 한밤중에 총을 여러 차례 갈겨댔다면 개별 희생자의 인적사항을 파헤치는 데 시간을 낭비하진 않죠."

"당연하죠. 번쩍거리는 검은 승용차 같은 단순한 기폭제가 가미된 사이코적인 범행 패턴으로 인해 사이코 괴물을 찾는 것 자체에만 초점을 맞추게 되죠. 희생자는 그저 그 양상을 이루는 익명의 구성원일 뿐이니까요."

그녀가 그를 쏘아보았다. "설마 착한 양치기 사건이 여섯 명의 희생자에 관련된 여섯 건의 살인 동기가 있었다고 말씀하시는 건 아니죠."

"그렇다면 정말 이상하겠죠?"

"여섯 대의 차량이 우연인 것만큼이나 이상하죠."

"나도 그 점에 대해선 이견이 없어요."

"좋아요. 가지 않은 길 이야기는 그 정도로 됐고요. 조금 전에 범행 시기에 관해 의문점이 있다고 말씀하셨는데, 구체적으로 어떤 의문이죠?"

"현재로서는 구체적으로 파악된 건 없어요. 때로는 사건이 일어난 시기가 사건이 일어난 이유를 밝혀주는 뒷문이 될 수 있어요. 브루노 멜라니의 아들이자 킴의 〈살인의 고아들〉 프로그램에 참여했던 폴 멜라니는 우연히도 데저트 이글 허가증을 갖고 있더라고요."

"그걸 어디서 구했대요?"

"그런 것까진 알아내지 못했어요."

"그래요?" 그녀가 잠시 말을 멈추었다. "말이 나와서 이야기인데, 거니 씨가 정보를 입수하는 경로 문제에 대해 트라우트 요원이 아주 관심이 많더군요."

"네, 알고 있습니다. 그 친구 시간 낭비하고 있군요. 어쨌든 말해줘서 고마워요."

"거니 씨 헛간에 대해서도 관심이 많던데요."

"그건 어떻게 아셨습니까?"

"데이커 말이 거니 씨 헛간이 다소 의심스러운 상황에서 불에 탔다면서, 방화전문가가 거니 씨의 가솔린통이 어딘가 숨겨져 있는 걸 발견했다고, 당신을 조심하라던데요."

"그런 이야기를 듣고 어떤 생각이 드셨습니까?"

"그 사람들 당신을 무지하게 싫어한단 생각?"

"그것 참 놀라운 사실이군요."

"매튜 트라우트는 아주 골치 아픈 적군이 될 수 있어요."

"누구에게나 삶의 시련은 있게 마련이죠."

불러드가 고개를 끄덕였다. 심지어 엷은 미소까지 머금고.

불러드가 휴대전화를 꺼냈다. "앤디? 총기 사용 허가증을 좀 알아봐줘. 폴 멜라니……. 그래. 그 친구. 데저트 이글. 그 친구가 그걸 갖고 있단 정보를 입수했는데, 문제는 구입 시점이야. 처음 구입한 날짜……. 그래, 수고."

두 사람은 한동안 말없이 식사를 했다. 징글징글한 램 리얼리티 쇼가 식당 안 세 개의 TV에서 쩌렁쩌렁 울려 퍼지는 동안 전채 요리를 끝내고 피자를 거의 다 먹었다.

그 와중에는 〈롤러코스터〉라는 프로그램도 방영되었는데, 네 명의 남자와 네 명의 여자가 일대일로 짝을 지은 다음 26주 동안 가장 많이 살을 찌웠다가 가장 많이 살을 빼는 커플이 승자인 경쟁 프로그램이었다. 기간 내내 커플은 함께 지내야 한다. 지난번 우승자는 58.9킬로그램에서 118킬로그램까지 올라갔다가 다시 58.5킬로그램으로 내려가서 두 배 증가 보너스와 절반 감량 보너스를 모두 받았다.

미국이 이런 정신 나간 프로그램에 특허라도 있는 건지, 아니면 온 세상이 다 같이 미쳐 돌아가고 있는 건지 생각하고 있는데 킴에게서 문자 메시지가 왔다. 지미 브루스터와의 인터뷰 파일을 이메일로 보냈다는 내용이었다.

그녀의 이름을 확인하는 순간 또 한 가지 절차상의 문제가 떠올랐다. 웨이터에게 계산서를 가져오라고 손짓하는 불러드를 바라보며 그가 말했다. "킴 코레이즌이 갖고 있는 양치기의 편지를 올버니 연구소로 보낼까요? 어떻게 하면 좋겠습니까?"

"킴은 지금 어디 있죠?"

"맨해튼에 있는 제 아들 아파트에 있습니다."

불러드가 잠시 생각에 잠겼다. 거니가 한 말은 나중에 좀 더 생각해볼 문제란 듯이. "뉴욕 경찰국 본부 원 폴리스 플라자로 보내라 하세요. 저희 팀이 복귀하면 그에 따른 절차를 안내해 드리겠습니다."

휴대전화를 집어넣으려는 순간, 불러드도 브루스터의 비디오에 관심이 있을지도 모른다는 생각이 들었다.

"반장님, 얼마 전에 〈살인의 고아들〉 프로를 진행하면서 킴이 지미 브루스터를 인터뷰했거든요. 지미 브루스터는……."

그녀가 고개를 끄덕였다. "외과의사였던 아버지를 증오했던 사람이죠. 데이커가 던져준 신상 명세 파일에서 읽었어요."

"맞습니다. 킴이 방금 그 인터뷰를 저에게 보내주었는데, 반장님도 보시겠습니까?"

"물론이죠. 볼게요. 지금 당장 보내줄 수 있어요?"

회의실로 돌아와 보니 트라우트, 데이커, 그리고 홀든필드가 이미 자리에 앉아 있었다. 거니와 불러드가 딱 1분 늦었을 뿐인데도 트라우트는 시계를 보며 불쾌한 시선을 보냈다.

"어디 급히 가실 데라도 있으신가요?" 거니가 물었다. 스스럼없는 말투와 공허한 미소도 위험 수준의 적대감을 아주 조금 감추어줄 뿐이었다.

트라우트는 대답하지 않기로, 아예 보지도 않기로 결심하고 손톱으로 그의 앞니 사이에 낀 무언가를 파냈다.

불러드과 거니가 자리에 앉자 클렉이 들어와 반장 앞에 서류를 놓았다. 반장은 호기심 어린 표정으로 찌푸리며 내용을 읽었다. "경고 전화를 돌리기 시작했단 건가?"

"일단 연락 가능한 상태를 유지하기 위해 전화로 확인해봤습니다. 연락이 닿는 사람과 닿지 않는 사람을 선별하기 위해서요. 일단 연락처를 확보해놓고 사건에 관련된 정보와 함께 한 시간 내로 다시 연락한다고 했습니다. 음성사서함으로 연결되는 사람들에겐 회신을 부탁했고요."

불러드가 고개를 끄덕이며 다시 한 번 내용을 훑어보았다. "그러니까 이 내용대로라면……. 루스 블럼의 언니는 오리건에서 오로라로 가는 길에 이미 연락이 닿았고, 스톤 릿지의 래리 스턴, 턴웰의 지미 브루스터와 연락이 된 거네. 나머지는?"

"에릭 스톤과 로버타 로트커, 그리고 폴 멜라니는 음성사서함에 남겨 놓았습니다."

"이메일 주소는 있고?"

"킴 코레이즌이 메일 주소를 제공해주었습니다."

"음성사서함으로만 연락한 사람은 이메일로 다시 연락해봐. 30분 내로 연락이 닿지 않은 사람은 추가 조처를 하도록 하고. 칼리한테 15분 내로 초안 작성하라고 해. 두 번째 연락에도 회신이 없으면 집으로 경관을 출동시키고."

클렉이 서둘러 밖으로 나가자 불러드가 한숨을 내쉬고 의자 등받이에 기대어 앉은 뒤 트라우트를 유심히 바라보았다. "좀 더 까다로운 질문으로 넘어가서, 루스 블럼 살인의 배후 동기에 관해서 어떻게 생각하십니까?"

"앞서 말씀드린 바와 같습니다. 양치기의 편지에 다 나와 있죠."

"그 편지는 이미 다 외웠어요."

"그럼 저 만큼이나 동기를 잘 아시겠네요. 간밤에 램TV에서 방영된 〈살인의 고아들〉이 그의 가장 예민한 부분을 건드려서 부자들을 죽여버리겠다는 살인 욕구가 되살아난 거죠."

"홀든필드 박사님, 동의하십니까?"

레베카가 뻣뻣하게 고개를 끄덕였다. "전반적으로는 그래요. 보다 구체적으로 말씀드리면, TV 프로그램이 그의 혐오를 되살렸다고 할 수 있겠죠. 지난 십 년 동안 자신의 감정을 가두어온 댐이 무너진 겁니다. 분노가 넘쳐흘러서 이 사회의 부정에 집중되고 그 결과로 이번 살인이 일어났다고 말할 수 있죠."

"재미있는 관점이네요." 불러드가 말했다. "거니 씨, 어떻게 보십니까?"

"범인은 냉정하고 계산적이고 모험을 기피하는 인물입니다. 레베카가 말한 것과는 정반대죠. 분노는 전혀 없어요. 완전히 이성적입니다."

"루스 블럼을 살해한 완전히 이성적인 동기는?"

"〈살인의 고아들〉이라는 프로를 중단시키기 위한 거죠. 그게 자신에게 위협이 되니까."

"위협이라면 도대체 어떤……."

"킴이 인터뷰를 계속하는 과정에서 밝혀질 수 있는 사실 혹은 시청자가 TV를 보면서 알게 될 어떤 것이겠죠."

불러드의 회의적인 표정이 되돌아왔다. "희생자들을 연결하는 단서 같은 거 말인가요? 동일한 차량 말고? 우린 이미 그 이야기를……."

"연관성이 아닐 수도 있습니다. 킴이 표명한 이 프로그램의 목적은 살인 사건 이후 살아남은 사람들의 고통을 보여주는 겁니다. 살아남은 가족의 현재 삶에 범인이 드러내고 싶지 않은 무언가가 있을 거예요. 그의 정체를 드러낼 만한 어떤 것."

트라우트가 하품을 했다.

하품을 하지만 않았어도 마지막 한마디를 보태고 싶은 생각이 들지 않았을 것이다. "어쩌면 이번 살인사건은 지금까지 사람들이 생각해왔던 대로 생각하게 만들기 위한 시도일 수도 있습니다. 사건 당시 이루어져야 했을 수사가 뒤늦게 시작되는 걸 막으려는 조처일 수도 있고요."

트라우트의 눈에 분노가 일었다. "사건 당시 수사가 어떻게 이루어졌는지 당신이 뭘 안다고 그래!"

"분명한 건, 당신이 이 사건을 착한 양치기가 원하는 방식 그대로 보았고 그가 원하는 방식 그대로 수사했다는 거죠."

트라우트가 벌떡 일어났다. "불러드 반장님, 지금부터 이 사건은 연방 정부 소관입니다. 반장님이 부추기는 이 모든 혼란과 엉터리 이론들을 듣고 있자니, 저로서는 다른 선택이 없군요." 그가 거니를 가리키며 말을 이었다. "이자는 반장님이 부른 사람입니다. 합법적인 권한이 없어요. 공권에 대한 불신을 반복적으로 표출하고 있고, 방화사건의 용의자일 수도 있는 사람입니다. FBI와 주 범죄수사국 파일을 무단 유출한 장본인일 수도 있고요. 심각한 뇌 손상을 입었고 심리적, 정신적으로 인지 능력과 판단력에 문제가 있는 사람입니다. 전 더는 이런 사람과, 혹은 이런 사람 곁에서, 토론을 하며 시간을 낭비하지 않겠습니다. 서장님과 이번 수사 관할권 조정 문제를 의논하겠습니다."

데이커가 트라우트를 따라 일어났다. 그는 즐거운 표정이었다.

"그렇게 느끼셨다면 유감입니다." 불러드가 침착하게 말했다. "저의 목표는 서로 다른 관점들을 주고받아서 각 주장의 타당성을 확인해보자는 거였는데, 그 목표가 달성됐다고 보지 않으십니까?"

"시간 낭비였어요."

"트라우트, 당신 유명해질 거야." 섬뜩한 미소와 함께 거니가 말했다. 모두 그를 보았다. "FBI 역사상 처음으로 똑같은 사건을 두 번 죽쑨 첫 요원이 될 테니까."

작별 인사도, 악수도 없었다.

30초 후 회의실에는 거니와 불러드만 남았다.

"얼마니 확신하시죠?" 불러드가 물었다. "당신이 옳고 다른 사람들이 다 틀렸다는 걸?"

"95퍼센트."

자기 자신의 말을 듣는 순간 뼛속 깊이 회의감이 밀려들었다. 이 암흑 속에서 무언가를 확신한다는 것 자체가 너무도 정신 나간 짓처럼 느껴졌다.

수사권이 얼마나 빨리 FBI로 넘어갈 것 같으냐고 물으려는 순간 클렉이 문 앞에 나타났다. 그의 눈빛에 어린 경관들에게서만 볼 수 있는 다급한 긴장이 서려 있었다.

불러드가 고개를 들었다.

"뭐야?"

"또 다른 살인사건입니다. 에릭 스톤. 현관 바로 앞에 쓰러져 있었습니다. 심장엔 얼음송곳이 꽂혀 있고 조그만 플라스틱 얼룩말이 입술 위에 놓여 있었습니다."

37

기꺼이 죽이다

"세상에!" 매들린이 얼굴을 찌푸리며 소리쳤다. "누가 발견했어?"

매들린은 간이식탁 맞은편에서 물이 반쯤 빠진 스파게티 소쿠리를 들고 서 있었다. 거니는 그녀의 맞은편 간이의자에 앉아 있었다. 그는 오늘 하루 그가 겪은 실망스러웠던 일, 힘들었던 일, 갈등에 대해 이야기하고 있었다. 그에게는 결코 자연스럽지 않은 일이었다. 거니는 지금껏 한 번도 그래 본 적이 없었다. 그리고 그것을 유전자 탓으로 돌렸다. 그의 아버지는 마음이 불편하다든가 두려움, 분노, 혼란과 같은 감정을 인정한 적이 없는 사람이 었다. "말은 은이고 침묵은 금이다." 그의 아버지가 가장 좋아하는 경구였다. 고등학교에 입학한 뒤 다르게 배우기 전까지, 그 경구는 거니에게도 가장 유명한 '황금률'이었다.

그의 일차적 반응은 여전히 자신의 감정을 말하지 않는 것이었다. 그러나 최근 들어 평생에 걸쳐 굳어진 습관을 조금씩 깨려 노력하고 있었다. 지난 가을, 크게 다친 뒤 스트레스에 대한 내성이 약해졌고 그의 생각과 느낌을 매들린과 공유하면 도움이 될 뿐 아니라 그 자신의 부담도 줄어든 다는 사실을 깨닫게 되었다.

그래서 그는 간이식탁 맞은편에 앉아, 조금 어색해 하면서도 그가 느낀 고충을 털어놓았고 그녀의 질문에 최선을 다해 대답했다.

"고개 중 한 명이 발견했다는군. 스톤은 지역 숙박업체에 빵을 공급하는 일로 생계를 꾸리고 있었어. 고객 중 한 명이 주문한 쿠키를 찾으러 갔대. 생강쿠키. 그런데 현관문이 꽉 닫혀 있지가 않았더래. 노크를 했는데도 답이 없어서 문을 직접 열었고 바로 발견한 거지. 루스 블럼처럼. 현관 앞에 똑바로 누워 있었대. 얼음송곳 손잡이가 흉골 바로 밑에 꽂힌 채로."

"세상에! 진짜 끔찍하다! 그래서 어떻게 했대?"

"당연히 경찰을 불렀지."

매들린이 천천히 고개를 젓고는, 눈을 깜빡이더니, 문득 자기가 소쿠리를 들고 있다는 사실을 깨닫고 깜짝 놀랐다. 매들린은 뜨거운 스파게티를 접시에 담았다. "사스파릴라에서 당신 하루는 결국 그렇게 끝난 거야?"

"그런 셈이야."

매들린은 아스파라거스와 버섯을 튀기고 있는 스토브 쪽으로 다가갔다. 그녀는 튀긴 재료를 스파게티 위에 쏟아붓고 빈 팬을 싱크대에 놓았다. "트라우트인가 뭔가 하는 사람하고 안 좋다고 했잖아. 많이 걱정 돼?"

"잘 모르겠어."

"재수 없는 자식 같던데."

"그야 의심할 나위가 없지."

"위험인물일까 봐 걱정돼?"

"뭐 그렇게 표현할 수도 있겠네."

그녀는 스파게티, 아스파라거스, 버섯이 담긴 접시를 식탁으로 나른 뒤 접시와 은식기를 꺼냈다. "오늘 저녁엔 이것밖에 없어. 혹시 고기도 먹고 싶으면 냉장고에 미트볼 남은 거 있어."

"이거면 됐어."

"미트볼이 꽤 많이 남아 있으니 먹고 싶으면……."

"아니야, 됐어. 이걸로 충분해. 완벽해. 그나저나, 깜빡 잊고 말을 안 했는데, 카일하고 킴한테 여기 며칠 와 있으라고 했어."

"언제?"

"오늘 밤."

"언제 그렇게 말했느냐고."

"사스파릴라에서 돌아오는 길에 전화했지. 두 사람이 우편물을 받았다는 건 발신자가 카일 주소를 안다는 뜻이잖아. 그래서 여기가 더 안전할 거라고……."

매들린이 얼굴을 찌푸렸다. "발신자는 우리 주소도 알잖아."

"그래도…… 여기 데리고 있는 편이 낫지 않을까? 일단 인원이라도 많은 편이……."

그들은 잠시 말없이 식사를 했다.

잠시 후 매들린이 포크를 내려놓았다. 반도 먹지 못한 상태로. 그리고 접시를 식탁 한복판으로 조금 밀어놓았다.

거니가 매들린을 보았다. "뭐가 잘못됐어?"

"뭐가 잘못됐느냐고?" 믿기지 않는다는 듯 매들린이 그를 보았다. "지금 그걸 말이라고 해?"

"그러니까 내 말은…… 젠장, 나도 내가 무슨 소릴 하는지 모르겠군."

"지옥문이 열리는 것 같아." 그녀가 말했다. "문자 그대로 지옥문."

"부정 못 하겠네."

"그래서 당신 계획은 뭔데?"

헛간이 불타고 난 뒤에도 매들린는 같은 질문을 했었다. 그 이후 상황이 급격히 악화되었기에 그 질문은 한층 더 절박해졌다. 사람들이 얼음송곳에 찔려 죽어가고 있었다. FBI는 진실을 밝히기보다는 그를 비난하면서 자리를 보전하는 데에만 열중하고 있었다. 홀든필드는 암암리에 그에 대해 '뇌손상 환자'이자 '심리 장애'라는 탄띠로 트라우트를 무장시키고 있었다. 불러드는 지금은 그의 아군인 듯 보이지만 트라우트와 화해하는 게 훨씬 이득이라는 사실을 깨닫는 순간 그와의 동맹을 신속하게 끝낼 것이 분명했다.

그러나 그게 다가 아니었다. 뒤엉켜버린 추악한 진실들과 명확한 위협들의 이면에 갈수록 대범해지는 악마가 그에게, 그리고 킴, 카일, 매들린에게 마수를 뻗어오고 있음을 거니는 직감했다. 킴의 지하실에서 경고한, 깨우지 말라던 악마의 정체가 무언지 몰라도, 악마는 이미 눈을 시퍼렇게 뜨고 활보하고 있었다. 그런데 거니에게 그나마 '계획'이라고 부를 수 있는 게 있다면, 그저 퍼즐 조각들을 계속 바라보고, 숨겨진 그림을 찾아내고, 카드로 만든 집이 무너질 때까지, 혹은 그 집을 지키려는 사람들이 그를 끌어낼 때까지, 이 사건을 들쑤시겠다는 것 뿐이었다.

"계획은 없어." 그가 말했다. "하지만 당신이 괜찮다면 나하고 같이 봐주었으면 하는 게 있어."

매들린이 커다란 벽시계를 바라보았다. "한 시간 정도 있어. 어쩌면 한 시간 조금 못 되게. 병원에 또 회의가 있거든. 뭘 같이 보자는 건데?"

그는 매들린을 데리고 서재로 가서 지미 브루스터의 파일을 다운로드하면서 그가 알고 있는 내용을 설명했다.

두 사람은 컴퓨터 화면 앞에 의자를 놓고 앉았다.

비디오는 킴의 차 조수석에 앉아 찍은 것으로 보이는 장면에서 시작되었다. 킴의 차가 턴웰의 진입을 알리는, 눈 더미 위에 세워진 표지판으로 다가가고 있었다. 지미 브루스터의 주소지로 되어 있는 턴웰은 거의 존재가 알려지지 않은 캣스킬 북부의 마을이었다.

알고 보니 그의 실제 거주지는 무너져 가는 집들과 유기된 가게들이 모여 있는 황량한 마을에서 떨어져 산속으로 더 깊이 들어간 곳이었다. 유일하게 영업 중인 건물은 창문이 지저분한 술집 하나와 펌프 하나가 달려 있는 주유소, 그리고 차고만 한 크기의 콘크리트로 지은 우체국뿐이었다.

킴의 차와 비디오는 양쪽으로 눈이 쌓여 있고 울퉁불퉁하게 바퀴 자국이 난 길을 달렸다. 도로변의 눈 더미가 무너져가는 건물들, 계절적으로 헐벗은 것이라기보다는 이미 오래전에 죽은 듯이 보이는 나무들과 도로를 구분하고 있었다. 그 광경을 바라보면서 거니는 턴웰이 지미의 아버지가 살았던 윌리엄스 타운과는 너무도 동떨어진 환경이고 마치 달의 어두운 면 같은 동네라는 생각이 들었다. 두 사람의 문화적인, 혹은 심미적인 거리 감은 의도적인 것일까.

비디오가 진행될수록 그의 질문은 점점 더 커졌다.

누가 카메라를 들고 있는지도 의문이었다. 로비 미스일 확률이 높았다. 그렇다면 이 방문은 두 사람이 헤어지기 전에 이루어졌을 것이다. 무너지는 지붕을 받치고 있는 기둥들부터 바로 옆에 붙어 있는 헛간 건물의 문까지 제대로 된 게 하나도 없었다. 거니의 경험에 의하면, 이런 식의 철저한 90도 규칙*의 외면은 가난, 신체적 결함, 우울, 혹은 인지 장애를 암시했다.

허름한 현관에서 나온 사람은 가냘프고 신경질적이고 날카로운 눈빛의 남자였다. 그는 검은색 청바지에 머리색과 똑같은 오렌지색 티셔츠를 입고 있었고 턱수염이 짧았다.

20여 년 전 대학교 신입생이었다면 적어도 나이가 서른일곱은 되었을 텐데도 10년은 젊어 보였다. 그의 셔츠에 새겨진 '모든 것에 도전하라'라는 경구가 그의 젊은 이미지를 한층 더 부각시켰다.

"들어오세요." 그가 서둘러 문 안쪽으로 손짓하며 말했다. "여기 있다가는 얼어 죽어요."

카메라가 그를 따라 안으로 들어갔다. 그의 셔츠 뒷면에는 '권력자들은 엿먹어라'라고 적혀 있었다. 집의 내부 역시 외부만큼이나 호감을 주지 않았다. 조그만 거실에 가구는 최소한의 것만 남아 있고 전부 낡아 보였다. 한쪽 벽에 무채색 소파가 놓였고 맞은편 벽에는 조그만 사각 테이블이 있었다. 테이블 양쪽으로 접이식 의자가 한 개씩 놓여 있었다.

소파 양쪽으로 닫힌 문이 하나씩 보였다. 거실 문 뒤로 조그만 부엌이 얼

---

* 잔디가 망가지는 것을 최소화하기 위한 규칙으로, 골프 용어로 카트 길에서 페어웨이로 들어갈 때 90도로만 들어가라는 규칙.

핏 보였다. 실내의 빛은 커다란 창문에서 스머드는 햇살이었다.

카메라가 좁은 공간을 훑고 있을 때 킴의 목소리가 들렸다. "로비, 자리 잡기 전엔 카메라 켜지 마." 카메라는 계속 돌아가다가 가냘픈 체구의 빨간 머리 남자를 클로즈업했다. 그는 안절부절못하며 체중을 양쪽 발에 번갈아 싣고 있었다. 웃는 건지 찌푸린 건지 분간이 가지 않는 표정이었다.

"로비, 카메라 끄라니까! 어서." 킴의 강경한 목소리에도 카메라는 10초 이상 더 돌아가다가 멈추었다.

다시 켜진 화면에서 킴과 지미 브루스터는 테이블에 마주 앉아 있었다. 구도로 보아 로비 미스가 소파에 앉아 카메라를 들고 있는 것 같았다.

"좋습니다." 킴이 거니가 처음 만났을 때 본 그 열정으로 이야기를 시작했다. "시작할게요. 먼저 지미, 저희 다큐멘터리 프로그램에 응해주신 것 진심으로 감사드립니다. 지미라고 부를까요? 브루스터 씨라고 부를까요?"

그는 고개를 저었다. 작은 경련 같은 동작이었다. "상관없어요. 뭐라고 부르든." 그는 스타카토 리듬으로 테이블을 두드리고 있었다.

"좋습니다. 그럼 지미라고 부를게요. 카메라를 켜기 전에 설명 드렸듯이, 오늘 대화는 일종의 사전 질문 형식으로 이루어질 거예요. 나중에는 보다 틀을 갖춘 형태의……."

그가 테이블을 두드리던 것을 멈추고 갑자기 말을 잘랐다. "내가 죽인 거 같아요?"

"네?"

"다들 그렇게 생각하는 것 같던데."

"죄송합니다만 지금 무슨 말씀을 하시는 건지……."

그가 다시 그녀의 말을 잘랐다. "하지만 내가 아버지를 죽였다면, 다른 사람들도 전부 죽였다는 이야기가 되는데, 그래서 날 체포하지 못하는 겁니다. 첫 번째 사건이 일어났을 때 알리바이가 있거든요."

"지미, 무슨 말씀을 하시는 건지요. 지미가 아버지를 죽였다고 생각해본

적은 한 번도……."

"에이, 난 생각해봤으면 했는데……."

킴이 멍한 표정으로 말을 멈추었다. "제가…… 당신이 아버지를 죽였다고…… 생각해봤길…… 바랐다고요?"

"아버지하고 다른 사람들도 전부. 내가 착한 양치기 같아요?"

"네?"

"내가 당신이 상상한 착한 양치기의 모습이냐고요."

"전 착한 양치기의 모습을…… 상상해본 적이 없어요."

지미 브루스터가 다시 손톱으로 테이블을 두드렸다. "어둠 속에서 모든 일을 저질렀기 때문에?"

"어둠 속에서? 아뇨. 전 단지…… 그자의 모습을 그려본 적이 없어요. 왜 인지는 모르겠지만."

"괴물일 거 같아요?"

"겉모습이…… 괴물일 것 같으냐고요?"

"겉모습이든, 정신이든, 영혼이든. 어쨌든, 어떤 식으로든. 그가 괴물일 것 같으냐고요."

"여섯 명을 살해한 사람이에요."

"여섯 명의 괴물을 살해했죠. 그럼 영웅 아닌가?"

"왜 모든 희생자가 괴물이었다고 생각하시죠?"

대화가 오가는 동안 카메라는 천천히, 마치 발끝으로 살금살금 걸어 들어가는 침입자처럼, 두 사람의 얼굴의 아주 작은 경련이나 주름까지 잡아내려는 듯, 가까이 들어오고 있었다.

지미 브루스터의 눈꺼풀이 떨렸지만 눈을 깜박이지는 않았다.

"간단해요. 수십만 달러를 차 한 대에, 거지같은 차 한 대에 퍼붓는 인간이라면 당연히 악의 화신이라고 말할 수 있죠." 그의 목소리는 강렬하고 비난하는 투였지만 그의 다른 모든 면과 마찬가지로 그가 보낸 세월보다는 훨씬 미성숙해 보였다. 그는 삼십 대 후반의 남자라기보다는 고등학교 체스클럽에서 방황하는 소년처럼 말하고 또 행동하고 있었다.

"악의 화신이라고요? 그게 아버지에 대한 당신의 생각인가요?"

"그 대단한 외과의사 말입니까? 돈밖에 모르는 더러운 인간 말종?"

"당신의 아버지죠. 사건 이전에 그랬던 것처럼 지금도 아버지를 증오하시나요?"

"사건 이전에 그랬던 것처럼 지금도 나의 어머니가 죽어 있나요?"

"네?"

"어머니는 아버지가 처방해준 수면제를 먹고 자살했어요. 위대한 천재 외과의사인 아버지가 처방한 수면제였죠. 결국 그 천재적인 머리는 터져버렸지만. 비밀 하나 말할까요? 그 사실을 통보하는 전화가 왔을 때, 난 세 번 반복해서 말해달라고 했어요. 그 사람들은 내가 쇼크 상태라고 생각했지만, 아니었어요. 너무도 기뻐서 내가 꿈을 꾸는 줄 알았어요. 그 소식을 듣고, 또 듣고 싶었어요. 그날이 내 인생에서 최고로 행복한 날이었지요."

브루스터가 흥분을 감추지 못한 채 킴의 얼굴에 시선을 고정하고 잠시 말을 멈추었다.

"아하!" 그가 소리쳤다. "이제야 보이네. 당신 눈빛에 드디어 보여요."

"뭐가요?"

"엄청난 질문."

"어떤 엄청난 질문요?"

"모두들 묻는 엄청난 질문. 혹시 지미 브루스터가 착한 양치기인가?"

"말씀드렸다시피, 그런 생각은 해본 적 없어요."

"하지만 지금 하고 있잖아요. 거짓말하지 말아요. 지금 생각하고 있잖아요. 저 증오…… 여섯 명의 인간쓰레기를 죽이기에 충분한가……."

"알리바이가 있다고 하셨잖아요. 알리바이가 있다면……."

그가 말을 잘랐다. "혹시 사람의 육체가 한 장소에 있고 영혼은 또 다른 곳에 있을 수 있다는 걸 믿으시나요?"

"그게 무슨 말씀이신지……."

"인도의 요가 수행자들 중에는 동시에 두 장소에서 목격되는 경우가 있어요. 시간과 공간은 우리가 생각하는 것과 다릅니다. 지금 내가 여기 있는 것 같지만 사실은 다른 곳에 있을 수도 있다는 거죠."

"미안해요, 지미. 전 지금 도저히……."

"매일 밤, 상상 속에서, 난 차를 몰고 어두운 거리를 돌아다니면서, 천재 의사들, 환자에게 알약을 쑤셔 넣는 기계 같은 놈들을 찾아다니죠. 번쩍이는 차를 타고 지나가는 놈을 발견하면 총을 겨누어요. 관자놀이와 귀 중간쯤을. 그리고 방아쇠를 당겨요. 그 순간 천국의 빛이 번쩍거리죠. 진실과 죽음의 하얀 불빛이. 그리고 머리의 반이 날아가버리죠."

손끝으로 두드리는 속도가 빨라지고 소리가 커졌다.

카메라가 브루스터의 얼굴을 가까이 잡았다. 그는 킴 쪽을 보면서 아랫 입술을 깨물고 있었다. 아마도 그녀의 반응을 기다리는 것 같았다.

직접적인 반응을 보이는 대신, 킴은 심호흡을 한 뒤 화제를 바꾸었다. "대학을 다니셨나요?"

그는 흠칫 놀랐고 조금 실망하는 표정이었다. "네."

"어느 대학을 다니셨죠?"

"다트머스."

"전공은요?"

1초간의 미소처럼 그가 경련하듯 입을 벌렸다. "의예과요."

"놀랍네요."

"뭐가요?"

"아버지에게 그런 감정을 갖고 계셨다면, 아버지의 길을 따르고 싶지 않았을 것 같아서요."

"따르지 않았습니다." 이번만큼은 그의 입이 만드는 경련이, 비록 따스한 미소와는 거리가 멀었지만, 조금 더 미소에 가까워졌다. "졸업을 한 달 앞두고 자퇴했거든요."

킴이 얼굴을 찌푸렸다. "단지 아버지를 실망시키기 위해서?"

"제 존재를 아는지 모르는지 확인해보기 위해서."

"존재를 알고 계시던가요?"

"별로요. 제게 한 말이라고는, 의대를 그만두다니 멍청한 짓을 했구나. 그게 전부였어요. 마치 비가 오는데 자동차 문을 열어두다니 멍청한 짓을 했구나, 라고 말하는 것처럼. 화를 내기는커녕 아예 신경을 안 썼어요. 모든 면에서 더럽게 냉정한 인간이었죠. 엄마 장례식 때도 얼마나 침착했는지 당신이 봤어야 하는데."

"졸업을 안 했다면 엄청난 돈을 낭비하신 셈인데, 그 점에 대해서도 신경을 안 쓰셨나요?"

"하루에 여덟 시간을 수술실에서 보내는 위인이에요. 일주일에 닷새를 그렇게 일하죠. 그 개자식이 2주만 일하면 내 대학교 4년 학비를 벌어요. 내 집세, 식비, 등록금 따위 아버지 인생에서 파리똥 정도밖에 안 됐어요. 우리 엄마처럼. 그리고 저 자신처럼. 아버지가 몰고 다니는 차가 우리보다 더 큰 의미가 있었죠."

킴은 아무 말도 하지 않았다. 그저 깍지 낀 손을 들어 입술을 누르고 눈을 감았다. 감당하기 벅찬 감정을 억누르려는 듯이. 침묵은 꽤 오래 지속되었다. 킴이 헛기침을 한 뒤 말을 이었다. "어떻게 사세요?"

그가 거칠게 웃었다. "다들 어떻게 삽니까?"

"제 말은, 생계를 어떻게 꾸려가시냐고요."

"아이러니가 아니냐고 묻고 싶은 거죠?"

"무슨 말씀이신지."

"아버지가 남겨놓은 돈으로 생활하고 있을 거라고 넘겨짚고 있잖아요. 내가 증오하는 척하는 아버지의 돈이 사실 날 먹여 살리고 있을 거라고 생각하잖아요. 뭐 이런 재수 없는 위선자가 다 있느냐고, 그 아버지에 그 아들이라고, 내가 원한 건 그저 더러운 돈뿐이었을 거라고."

"그렇게 생각하지 않았어요. 그저 순수한 질문이었어요."

그가 다시 한 번 거친 웃음을 내뱉었다. "순수한 질문을 하는 리포터라…… 그건 선한 마음을 가진 악마와 마찬가지죠. 아니면 영혼이 있는 외과의사이거나. 순수한 질문이라…… 뭐 일단 그렇다고 칩시다."

"마음대로 생각하셔도 좋아요. 제 질문에 대답해주실 수 있으신가요?"

"아, 이제야 알 것 같군요. 우리가 어떻게 생계를 꾸려가는지 알고 싶은 거군요. 유산이 얼마나 되는지. 돈이 얼마나 있는지. 그게 궁금한 거죠?"

"지미가 이야기하고 싶은 만큼만 알고 싶어요."

"그러니까, 내가 말하고 싶은 만큼만 말하란 거군요. TV 시청자가 알고 싶은 건 그런 거니까. 경제적 포르노그래피. 좋아요. 알았어요. 그 거지 같은 돈. 가장 한심한 꼴을 당한 친구는 그 회계사였죠. 여동생네 애들이 엉망진창이라 재산을 전부 그 애들이 물려받았다는. 그리고 열정적인 제빵사가 있었죠. 금발머리 어머니의 빚만 잔뜩 물려받았던. 자상한 변호사의 미망인은 그런대로 괜찮았죠. 2백만, 혹은 3백만 달러 정도 상속 받았을 테니까. 그나마 남편이 엄청난 보험을 들어두어서 가능한 일이었죠. 유가족 모임에서 주고받는 대화가 고작 이런 쓰레기 같은 이야기랍니다. 당신들이 알고 싶어 하는 바로 그런 쓰레기."

"이야기하고 싶은 만큼만 이야기하시면 돼요."

"그렇죠. 물론 그렇겠죠. 좋아요. 래리 스턴은 결국 아버지의 미용치과산업을 물려받았죠. 그 가치가 아마 수백만 달러는 될 겁니다. 무서운 개를 데리고 있던 무서운 여자 로버타는 수백만 달러에 상당하는 아버지의 화장실 사업을 물려받았죠. 그리고 물론 제가 있어요. 아버지가 총에 맞았을 당시 피델리티 은행에 위탁계좌가 있었어요. 당시 1천 2백만 달러가 들어 있었죠. 시청자 여러분께 최신 정보를 알려드리자면, 제 이름으로 되어 있는 그 계좌에는 지금 1천 7백만 달러가 들어 있어요. 그렇다면 한 가지 질문이 떠오르겠죠. 그렇게 엄청난 돈을 상속받았다면 지미 브루스터는 왜 시궁창에서 이 꼴로 살고 있을까. 대답은 간단합니다. 한번 맞혀 보시겠습니까?"

"아뇨, 모르겠어요."

"조금만 생각해보면 알 수 있을 텐데. 하지만 그냥 제가 말씀 드리죠. 그 돈을 한 푼도 안 쓰고 모아두었습니다. 착한 양치기를 잡으면 그자한테 주려고."

"아버지 돈을 아버지를 죽인 자에게 주겠다고요?"

"한 푼도 안 쓰고 줄 겁니다. 그 정도면 법적으로 자신을 변호하기에 충분하지 않을까요?"

38

화이트 마운틴 교살범

비디오는 그런 식으로 10분에서 15분 정도 더 이어졌지만 그 어떤 말도 제임스 브루스터 박사가 남긴 재산 유용 계획이 던져준 충격에 근접하지 못했다. 현재 자신에게 날아오는 청구서들을 해결하기 위한 수입원이라며 지미가 소규모 웹디자인 사업과 전기 컨설팅 사업에 관해 짧게 설명한 뒤 인터뷰는 서서히 흐지부지되었다. 비디오는 지미에게 작별인사를 하면서 곧 다시 만나자고 약속하는 킴의 심각한 표정을 잡으며 끝났다.

"젠장." 거니가 컴퓨터를 끄고 의자에 기대며 중얼거렸다.

매들린이 한숨을 쉬었다. "온통 죄책감에 사로잡혀 있어."

거니는 호기심 어린 표정으로 매들린을 보았다. "죄책감?"

"아버지를 증오했고 아마 죽기를 바랐겠지. 어쩌면 누군가 죽여주기를 바랐을 수도 있고. 그러다 어느 날 진짜 살해된 거야. 죄책감을 떨쳐버릴 수가 없었을 거야."

"하지만 실제로 그 살인과 아무 연관이 없다면……." 거니는 자신의 생각을 소리 내어 말하고 있었다.

"하지만 상관이 있어. 어떤 식으로든. 자신의 꿈이 현실이 되면 그게 자신의 꿈이었다는 사실은 결코 떨쳐버릴 수가 없어. 그토록 바라던 걸 얻었으니까."

"난 죄책감보다 분노가 더 커 보이던데."

441

"분노는 죄책감처럼 사람을 망가뜨리진 않아."

"그게 선택이 가능한 문젠가?"

매들린이 그를 한참 바라본 뒤 대답했다. "아버지가 자신에게 했던 끔찍한 일들만 생각했고 그래서 죽어 마땅하다 생각했다면, 오히려 영원히 아버지한테 화가 난 상태로 머물 수도 있었을 거야. 아버지가 죽기를 바랐던 것에 대해 죄책감을 느끼는 대신."

왠지 지미 브루스터만 놓고 하는 이야기가 아니라 세상을 떠난 그의 아버지와 거니의 서먹했던 관계를 두고 하는 말인 것 같아 마음이 불편했다. 어린 시절 그를 외면한 아버지, 그리고 말년에는 그가 외면했던 아버지였다. 굳이 들추고 싶지 않은 감정들이었다. 아버지와 아들의 관계는 그가 툭하면 빠져들어 허우적거리게 되는 수렁과도 같았다.

무엇보다도 집중이 절실했다. 그래야만 더 많은 질문이 제기되고 더 많은 행동이 따를 것이다. 그는 서재 밖으로 나가서 휴대전화를 찾으러 부엌으로 들어갔다.

불러드 반장은 점심 식사 후 브루스터의 비디오를 다운받았다. 그녀 역시 지금쯤 궁금증을 못 참고 비디오를 보았을 텐데 전화해서 이야기하지 않는 게 이상했다. 어쩌면 이상할 일이 아닐 수도 있었다. 상황 변화에 따른 압력의 변화, 불안정한 정치 논리를 감안한다면. 그가 전화해볼 수도 있을 것이다. 정치적 기류가 어떻게 돌아가는지도 알아볼 겸. 그러나 전화의 주도권을 그녀에게 남겨두는 게 더 나을 수도 있다는 생각이 들었다.

때마침 부엌 창밖으로 헛간의 잔해를 지나 언덕 위로 올라오는 킴의 빨간 미아타가 보여서 그중 한 가지를 결정할 필요가 없게 되었다. 그 뒤로 오토바이를 탄 카일의 모습이 보였다.

집 앞 평지 쪽으로 다가오던 미아타가 거친 풀밭 길에서 미이타가 내려앉은 마멋 굴에 덜컹하고 빠졌다가 나왔다. 그러나 거니의 아웃백 옆에 차를 세우고 내리는 킴의 표정에는 그 충격에 대한 아무 반응도 없는 것 같았다. 그가 서 있는 문 쪽으로 다가오는 그녀의 모습을 보니 그녀의 입가와 눈가에 차축의 충격보다 더 깊은 불안감이 서려있는 것이 선명하게 보였다. 받침다리로 오토바이를 세우는 데 유난히 집중하는 카일의 심각한 표정에서도 비슷한 불안감을 감지할 수 있었다.

거니와 마주서는 순간, 킴은 울지 않으려는 듯 입술을 깨물었다. "제가 감정을 주체를 못해서…… 너무 죄송해요."

"자연스러운 일이야."

"도대체 뭐가 어떻게 돌아가는 건지 모르겠어요." 그녀는 마치 너무 복잡해서 이해하기 어려운 꾸지람에 용서를 구하는, 겁에 질린 아이 같은 표정을 하고 있었다.

카일이 그녀 바로 뒤에 서 있었다. 그의 불안도 꼭 다문 입에서 확연히 드러났다.

거니가 최대한 따스한 미소를 지어보였다. "어서들 들어와라."

두 사람이 머드룸 복도를 지나 부엌으로 들어설 때 매들린이 맞은편 복도에서 나타났다. 그녀는 거니가 '병원복'이라고 부르는 갈색 바지에 베이지색 재킷을 입고 있었다. 열대식물들의 반란과도 같은 평상시 그녀의 옷 색깔과 비교했을 때 훨씬 차분하고 전문가다운 복장이었다.

매들린이 킴과 카일에게 엷은 미소를 지어보였다. "혹시 배고프면 냉장고하고 찬장에 먹을 거 있어." 그녀가 벽장에서 평상시에 필요한 모든 것을 넣어두는 토트백을 꺼내 들었다. 가방에는 친근해 보이는 염소 한 마리와 그 주위를 빙 두른 '지방 목장을 지킵시다'라는 글귀로 이루어진 로고가 박혀 있었다.

"두 시간 내로 올 거야." 그녀가 나가며 말했다.

"조심해." 거니가 그녀의 등에 대고 말했다.

그가 킴과 카일을 보았다. 둘 다 피곤하고 초조하고 겁에 질려있었다.

"도대체 어떻게 알았을까요?" 킴이 물었다. 그녀의 마음을 너무도 무겁게 짓눌렀던 질문이라 그렇게만 말해도 충분할 거라 생각하는 것 같았다.

"카일의 주소로 보내면 네가 받을 거란 걸 양치기가 어떻게 알았느냐고?"

킴이 얼른 고개를 끄덕였다. "우릴 미행하고 감시했다고 생각하니 너무 섬뜩해요." 킴이 팔을 문질러 열을 냈다.

"녹음된 소리, 네 부엌의 핏방울, 지하실의 칼보다 더 섬뜩할 것도 없어."

"하지만 그건 다 로비 짓이잖아요. 로비 그 개자식. 하지만 이건…… 살인범 짓이에요. 루시를 죽이고…… 에릭을 죽인…… 그것도 얼음송곳으로! 세상에…… 제가 만난 모든 사람들을 다 죽일 작정일까요?"

"그렇게 안 되길 바라야지. 일단 벽난로에 불을 좀 지피자. 해가 떨어지면 선뜩하더라."

"제가 할게요." 카일이 말했다. 뭔가 쓸모 있는 일을 하고 싶은 마음이 간절해 보였다.

"킴, 벽난로 가까이에 있는 팔걸이의자에 앉아서 좀 쉬어라. 거기 담요도 있어. 내가 커피 물 올려놓으마."

10분 뒤 거니는 킴, 카일과 함께 벽난로 앞에 둥그렇게 모여 앉았다. 마음을 가라앉히는 체리목의 향기, 쇠창살 한복판에서 타오르는 붉은 기운을 머금은 노란 불꽃, 손에 쥐고 있는 뜨거운 커피 잔이 미약하게나마 그들을 안심시켰고, 막연하게나마 모든 혼란에서 벗어나 있는 듯한 느낌을 주었다.

"시내로 나갈 땐 아무도 쫓아오지 않았어. 확실해." 카일이 말했다. "그리고 여기 오는 길에도 아무도 미행하지 않았어."

"그걸 어떻게 알아?" 킴의 질문은 반박이라기보다는 안심시켜달라는 애원에 가까웠다.

"내가 네 차를 쫓아왔잖아. 바짝 붙었다가 멀찌감치 떨어졌다가 하면서.

계속 유심히 봤어. 누가 따라오는지. 따라붙었다면 내 눈에 띄었을 거야. 그리고 로스코에서 17번 도로를 빠져나올 때도 차가 한 대도 없었어."

카일의 말이 킴을 조금 진정시킨 것 같았지만 거니에게는 또 다른 의혹을 불러 일으켰다. 거니는 일단 혼자만 알고 있기로 했다. 적어도 지금은. 킴의 감정 상태로 보아 말해봐야 전혀 도움이 되지 않을 게 분명했다.

"조금 전에 로비 미스 이야기를 했는데," 거니가 말했다. "로비 미스가 지미 브루스터하고 얼마나 자주 접촉했는지 궁금하구나."

"별로 접촉이 없었어요."

"네가 보내준 비디오에서 카메라를 들고 있던 게 로비 아니었니?"

"네, 로비 맞아요. 그런데 로비하고 지미는 영 서로 맞지 않았어요. 그때부터 로비의 불안정한 심리 상태가 서서히 그 추한 모습을 드러내기 시작했어요."

"어떻게?"

"제 프로젝트에 더 많은 사람들이 관련될수록, 그들한테 인정받으려고 안달하는 것 같았어요. 그제야 그때까지 보지 못했던 새로운 면을 보게 됐죠. 로비는 아첨꾼이고 돈을 숭배해요. 지미 역시 그 점을 간파했던 것 같아요. 지미는 그런 걸 무척 혐오하는 사람이잖아요."

"누구한테 아첨을 하든?"

"거의 모든 사람들한테요. 에릭 스톤한테도 그랬어요. 빚이 자산보다 훨씬 많다는 걸 알기 전까진. 루시에게도요. 루시는 무척 마음이 여린 데다 로비가 관심을 보이기에 충분한 액수의 돈을 갖고 있었죠." 그녀가 고개를 저었다. "진짜 추잡한 개자식이었어요. 처음 몇 달간은 용케도 숨겼더라고요."

킴이 심호흡을 한 뒤 말을 이었다. "로버타도 있었죠. 아버지의 배관 사업을 물려받은 부자였어요. 그 여잔 마음이 여리다기보다는 좀 위협적이었는데, 그래도 로비는 계속 전화를 걸었어요. 래리도 있었는데, 미용치과 사업으로 돈이 많았어요. 하지만 래리는 이미 로비를 간파하고 로비가 관심을 끌려고 안쓰러울 정도로 애쓰는 걸 오히려 측은히 여긴 거 같아요. 그런데 제가 왜 이런 이야기를 해야 하죠? 로비는 루시나 에릭을 죽이지 않았어요. 그럴 위인이 못 돼요. 재수 없는 놈이긴 해도 그런 애는 아니에요. 이런 상황을 안다고 해서 달라지는 게 있을까요?"

거니는 대답을 하지 않았고 그 사실을 인정해야 하는 부담을 전화벨이 덜어주었다. 불러드 반장이 브루스터의 비디오를 보고 전화한 거라면 좋을 텐데. 거니가 발신자를 확인했다.

하드윅이었다. "데이비 보이, 자네가 알고 있는지 모르겠는데, 자네 갑자기 엘리베이터 안에서 고약한 방귀를 뀐 장본인이 되었더군."

"누가 투덜대던가?"

"누가 투덜대냐고? 자넬 흉악범으로 규정하고 도끼로 찍어내려는 걸 투덜대는 거라고 표현할 수 있다면, 그래. 누군가 투덜대고 있긴 해."

"트라우트가 헛간 사건으로 날 몰아세우고 있나?"

"범죄수사국 방화팀이 명목상 수사권을 갖고 있지만 FBI 지역사무소에서 아주 깊은 관심을 표명하고 있어. 자네 재정 상태를 파헤치는 조사에 기꺼이 협조하겠다고 나섰어. 보험금을 노릴 수 있는 조그만 빌미라도 발견하게 될까 해서 그러는 거겠지. 도박, 저당권, 건강, 여자 문제 등등."

"개자식." 거니가 중얼거리며 식탁 주위를 서성거렸다.

"달리 뭘 기대했나? 사람들 앞에서 그 자식 바지를 벗겼으니, 당연히 대가를 치러야지."

"대가를 치르게 된 게 놀라운 게 아니라 갑자기 내게 시간이 없어졌다는 게 놀라워서 그래."

"시간 이야기가 나왔으니 말인데, 이 바닥 사람들을 전부 열받게 하는 것 말고, 정말로 엄청난 진실을 폭로할 수는 있는 건가?"

"마치 내가 있지도 않은 진실을 찾고 있다는 투로군."

"그렇겐 말 안 했어. 그게 뭐든, 자네가 얼마나 가까이 다가갔느냐, 그게 궁금한 거지."

"그야 가봐야 아는 거지. 그건 그렇고, 자네 화이트 마운틴 교살범에 대해 뭐 아는 거 있나?"

잠시 침묵이 흘렀다. "그건 고대사 아닌가. 십오 년 전? 뉴햄프셔?"

"이십 년 전. 하노버 부근."

"맞아. 이제야 기억이 나네. 특정 기간 동안 실크 스카프에 목 졸린 여자 대여섯 명. 그건 왜?"

"교살범의 희생자 중 하나가 착한 양치기 희생자들 중 한 명의 아들의 여자친구였어. 당시 그 아들은 다트머스 대학교 졸업반이었고. 그런데 우연하게도 또 다른 착한 양치기 희생자가 당시 그 대학교의 신입생이었다는 거야."

"뭐? 졸업반이었던 희생자의…… 아들의…… 여자친구? 도대체 뭔 소릴 하는 거야!"

"래리 스턴의 여자친구이자 다트머스 대학교 졸업반이었던 여학생이 화이트 마운틴 교살범에 의해 살해됐고 그때 지미 브루스터는 다트머스 대학교 신입생이었다고."

또다시 침묵이 흘렀다. 하드윅의 머릿속 계산기에 불이 켜지는 것이 거의 보이는 듯했다. 마침내 그가 헛기침을 했다. "그 의미를 찾아봐야 하나? 그게 뭐 어쨌단 거야, 젠장? 2000년에 연쇄살인범에 의해 가족을 잃은 동북부 지역의 두 집안이 있는데, 이미 십여 년 전, 그러니까 1990년도에 그 유가족 중 한 집의 아들이 아이비리그에 재학 중이었고 그 아들의 여자친구도 연쇄살인범에 의해 살해됐단 거잖아. 이상하긴 하지만, 아주 단순한 우연도 때로는 얼마든지 이상하게 들릴 수 있어. 그게 무슨 의미가 있다는 건지 모르겠군. 지미 브루스터가 화이트 마운틴 교살범이란 건가?"

"그렇게 말할 근거는 없어. 그저 의문이 떠올랐을 뿐이야. 데이터베이스를 좀 돌려서 기본적인 것들을 좀 알아봐줄 수 있겠나? 혹시 접근이 가능하다면 과거 수사 보고서를 뒤져서라도?"

"예를 들면?"

"일단은 구체적인 범행수법, 희생자 프로필, 단서, 브루스터와의 연결고리 정도."

"일단은?"

"결국엔 그 사건을 수사했던 담당수사관을 추적해서 조금 더 깊이 파헤쳐봐야겠지. 브루스터라는 이름이 수사 중에 거론되었는지 여부도."

지금까지 중 가장 긴 침묵이 흘렀다.

"아직 거기 있나, 잭?"

"있어. 자네 부탁이 얼마나 거지같이 골치 아픈 일인가 잠시 생각하는 중이네."

"나도 알아."

"뭐가 좀 보이긴 보이는 거야?"

"아까 말했듯이, 난 시간이 없어. 그러니까 끝이 보이긴 해. 어떤 식으로든. 아마 내겐 하루 정도 시간이 있겠지."

"무얼 할 시간?"

"이 사건을 해결할 시간. 아니면 영원히 묻어버릴 시간."

또 한 번 침묵이 흘렀다. 이번엔 그리 길지 않았다.

하드윅이 재채기를 한 뒤 코를 풀었다. "착한 양치기 사건은 십 년 묵은 사건이야. 그걸 자네가 24시간 내에 해결하겠다고?"

"다른 선택이 없잖아. 그건 그렇고, 지미 브루스터가 킴한테 착한 양치기 사건 당시 알리바이가 있다고 했는데, 그게 뭔지 혹시 알고 있나?"

"잊을 수 없는 알리바이지. 브루스터 사건이 주 범죄수사국에서 가족에게 사실을 통보한 마지막 사건이었거든. 그 의사가 매사추세츠에서 총에 맞았는데, 아들이 이쪽에 있는 바람에, 우리가 통보를 하게 됐지. 사건이 주 정부 차원으로 확대되고 FBI가 수사권을 넘겨받기 직전."

"왜 잊을 수가 없지?"

"지미의 알리바이가 오히려 범행동기에 가까웠거든. 적어도 자기 아버지 사건에 대해서는 말이야. 처음 네 사건이 터졌을 때 지미는 환각제 소지 혐의로 구속 중이었는데, 아버지가 그의 부탁을 거절한 바람에 보석금을 마련할 수가 없었어. 결국 전 여자친구가 보석금을 들고 와서 석방이 됐지. 아버지가 살해되기 세 시간 전, 분노에 들끓는 상태로."

"지미가 용의자로 지목된 적이 있나?"

"아니. 브루스터 박사 살인사건의 범행수법은 다른 사건들과 완벽하게 일치했어. 지미는 모방할 수가 없는 상태였지. 범행수법이 공개되기도 전이었으니까."

"지미는 그만 잊어야겠군."

"그럴걸. 어떻게 보면 안타까운 일이지. 자네 추측에 꽤 그럴듯하게 맞을 수도 있었는데."

"그게 무슨 소린가?"

"자네가 착한 양치기의 희생자들이 모두 똑같이 중요하냐고 물었잖아. 만약 지미가 다른 사람들을 전부 죽일 수 있었다면, 그의 아버지가 가장 중요한 사람이었을 거고, 나머진 일종의 잉여 감정의 폭발이라고 볼 수 있겠지. 아버지와 같은 차를 몰고 다니는 사람이라는 사실만으로 다른 사람들 역시 똑같이 비열하다는 의미가 될 수 있고, 왜곡된 그의 논리로는 똑같이 죽어 마땅한 사람들일 수도 있었을 테니까. 표적을 복사하는 거지. 일종의 연좌제처럼." 그가 말을 멈추었다. "젠장, 내가 지금 무슨 헛소리를 하는 건지 모르겠군. 다 심리학적 개소리야."

39

피와 그림자

병원 진료를 마친 다음 탈진하고 분노한 상태로 돌아왔을 때, 매들린은 나름의 생각에 골몰한 듯 보였다. 관료주의가 빚은 비극에 대해 몇 마디 성토한 매들린은《전쟁과 평화》를 팔에 끼고 침대로 향했다.

잠시 후, 킴이 다음 날 루디 게츠를 만나야 해서 일찍 쉬겠다며 밤 인사를 하고 2층으로 올라갔다.

카일도 그 뒤를 따랐다.

매들린이 램프 끄는 소리를 듣고 나서 거니는 벽난로의 불을 끄고 문과 창문이 제대로 잠겼는지 확인한 뒤 싱크대에 남아 있던 유리잔 몇 개를 닦았다. 하품이 났고 그만 잠자리에 들어야겠다는 생각이 들었다.

그는 지쳐 있었고 과부하 상태였지만 잠자리에 드는 건 실제로 잠드는 것과는 전혀 별개의 문제였다. 어둠 속에 누워서 얻는 가장 큰 효과는 현실에 얽매이지 않은, 양치기 사건에 관한 온갖 사실들이 마음 놓고 떠돌 무제한의 공간이 생성된다는 것이었다.

땀이 나는데도 발이 찼다. 따듯한 양말을 신고 싶었지만 침대에서 일어날 힘을 끌어모을 수가 없었다. 커튼 없는 커다란 창문을 멍하니 보고 있는데, 문득 초원에 내리쬐는 창백한 달빛이 죽은 물고기의 푸르스름한 빛깔과 닮았다는 생각이 들었다.

불안감은 결국 침대에서 일어나 옷을 입게 만들었다. 그는 밖으로 나가서 벽난로 가까이에 놓인 팔걸이의자에 앉았다. 난로는 아직도 기분 좋게 따스했다. 쇠창살 위에 붉은 재가 반짝이고 있었다. 일어나 앉는다는 행위가 그의 사고에 보다 안정적인 기하학적 구조를 제공했고, 보다 확고한 위치에서 사건을 바라보게 했다.

그가 확실히 알고 있는 사실이 무엇인가?

그는 착한 양치기가 지능적이고, 압력에 동요하지 않고, 모험을 하지 않는다는 것을 알고 있었다. 그는 치밀하게 계획하고 빈틈없이 실행에 옮겼다. 인간의 생명 따위는 그에게 아무 의미도 없었다. 그는 어떻게든 〈살인의 고아들〉이 진행되는 걸 막는 데 혈안이 되어 있었다. 대포만 한 총과 얼음송곳을 모두 능숙하게 다루었다.

모험을 싫어한다는 그의 특성을 자꾸만 생각하게 되었다. 혹시 그게 열쇠는 아닐까. 그 특성은 이 사건의 모든 면에 걸쳐 나타나는 것 같았다. 예를 들면, 범행 장소를 세심하게 선정한 점, 왼쪽 커브 길을 선택함으로써 총격 이후의 충돌을 최소화한 점, 한 번 사용한 고가의 총을 버린 점, 블럼 사건 때에도 자신의 편의보다는 사람들의 이목을 끌지 않는 정비소 주차장을 선택한 점, 공들여 연막을 치는 데 반복적으로 시간과 노력을 투자한 점, 선언문을 작성한 것에서부터 루스의 페이스북을 위조한 점 등등.

그것은 무슨 수를 써서든 신분을 감추기로 작정한 자의 행동이었다.

아무리 많은 시간과 돈, 생명이 들더라도.

그 사실이 재미있는 질문을 제기했다. 이미 밝혀진 사실 외에 그는 또 어떤 안전장치를, 위험을 최소화하는 장치를 해두었을까? 달리 표현하면, 범행 과정에서 그는 어떤 위험을 감지했고 또 그 위험에 어떻게 대처했을까?

거니는 착한 양치기의 입장이 되어보았다.

만약 그 자신이 한적한 도로에서, 한밤중에 누군가를 쏠 계획이었다면 무엇을 가장 걱정했을까. 가장 먼저 떠오른 걱정은 이것이었다. 만약 표적을 맞히지 못한다면? 그리고 표적이 그의 번호판을 본다면? 그럴 일은 없겠지만, 모험을 하지 않는 사람이라면 충분히 생각해볼 만한 문제였다.

전문적인 범죄자들은 주로 도난 차량을 사용하지만 훔친 차량을 3주 이상 소유하게 되면 경찰 데이터베이스에 입력되고도 남기 때문에 위험을 최소화하는 것과는 거리가 멀었다. 그렇다면 그 대안으로, 매번 차를 훔쳐서 새로운 차를 노출시키는 방법이 있었다. 그러나 그것은 착한 양치기가 만족할 만한 시나리오가 아니었다.

그렇다면 어떻게 했을까?

아마도 번호판을 진흙 같은 것으로 부분적으로나마 가리지 않았을까? 번호판을 가리는 것은 딱지를 뗄 수 있는 위반 행위였다. 하지만 그게 대수인가. 그렇게 해서 줄어드는 위험에 비해 딱지를 뗄 위험은 하찮은 것이었다.

그것 말고 또 무얼 걱정했을까?

거니는 어느 순간 자신이 멍하니 벽난로의 재를 바라보며 집중하지 못하고 있음을 깨달았다. 그는 의자에서 일어나 거실 전등을 켜고 간이식탁으로 가서 커피를 한 잔 내렸다. 때로는 문제를 해결하기 위해 그 문제를 외면하고 다른 일을 해야 한다는 것을 오래전에 터득한 그였다. 특정한 방향으로 몰아붙이는 압박에서 해방되었을 때 그의 두뇌는 종종 스스로 길을 찾곤 했다. 델라웨어 카운티에서 함께 태어나고 자란 그의 이웃 한 명은 언젠가 이렇게 말했다. "비글의 줄을 풀어주어야 토끼를 잡는 법이다."

다른 생각을 해야지. 아니면 다른 생각으로 돌아가야지.

카일이 킴과 함께 시내로 나갈 때나 월넛 크로싱으로 다시 돌아올 때, 아무도 미행한 사람이 없었다고 말했을 때 느꼈던 불편한 마음으로 돌아가 보자. 그의 불안을 그들과 나누는 게 의미가 없다고 생각했지만 이제는 그를 괴롭혀온 불안을 해소할 때가 되었다. 그는 부엌 서랍에서 세 개의 손전등을 꺼낸 뒤 가장 건전지가 충분해 보이는 것을 골랐다. 그리고 머드룸으로 가서 페인트가 튄 작업용 재킷을 입고 손전등을 켜고 밖으로 나갔다.

제법 추웠다. 그저 서늘한 정도가 아니었다. 그는 킴의 차 앞 얼어붙은 잔디에 앉아 차체와 땅 사이를 살펴보았다. 그의 우려를 확인하기에는 충분하지 않아서 킴의 자동차 열쇠를 가지러 집 안으로 들어갔다.

벽난로 옆 커피테이블 위에 놓여 있던 킴의 가방에서 열쇠를 찾았다.

다시 밖으로 나온 그는 트랙터를 놓아둔 헛간으로 가서 잔디 깎는 기계의 날을 교환할 때 사용하는 리프트 장비를 가져왔다. 그는 장비를 차 앞에 놓고 천천히 차를 올렸다. 차 앞부분이 지상에서 20센티미터 정도 떨어질 때까지. 그는 리프트의 브레이크를 고정하고 다시 잔디에 등을 대고 누워서 손전등으로 차 밑을 비추었다.

그가 걱정하고 두려워했던 그 물건을 찾기까지 그리 오래 걸리지 않았다. 담뱃갑보다 조금 큰 크기의 검은색 금속 상자가, 자석으로 차체에 붙어 있었다. 상자에서 나온 전선이 자동차 배터리 방향으로 연결되어 있었다.

그는 차 밑에서 빠져나와 차를 내려놓고 집으로 들어가 킴의 가방에 열쇠를 도로 넣었다.

이제 생각할 거리가 생겼다. 킴의 차에서 발견된 위치 추적 장치는 게임의 판도를 바꿀 뿐 아니라 불안한 새 영역으로 확장시켰다. 그 장치를 그곳에 남겨둘 것인지 말 것인지도 결정해야 했다.

그가 두 가지 선택의 여파에 대해 생각하기 시작하자 다른 생각할 일들이 자꾸만 훼방을 놓았다. 그는 잠시 결정을 보류하기로 했다. 전화 한 통을 하는 동안만이라도.

밤 11시 30분이었고 하드윅이 전화를 받을 확률은 희박했지만 메시지를 남기는 것만으로도 마음을 가라앉히는 데 도움이 될 것이다. 예상대로 전화는 음성사서함으로 넘어갔다.

"잭, 좀 더 골치 아픈 부탁을 해야겠네. 십 년 전 도로교통법 위반자 데이터베이스에 접근할 수 있겠나? 특히, 착한 양치기 사건이 일어난 당시 차량 번호판을 가린 결로 딱지 뗀 사람들이 신원을 좀 파악해줘. 그리고 화이트 마운틴 교살범에 대한 정보는 아직 없나?"

전화를 끊고 나서 그는 다시 위치 추적 장치에 대해 생각해보았다. 전송 시간이 제한되어 있는 배터리 방식이 아니라 자동차의 전기 시스템에 연결되어 있는 것으로 보아 꽤 오래전에 설치해두었는데 여전히 작동되고 있는 것 같았다. 설치에 관련된 질문은 언제, 왜, 누가였다. 분명히 킴의 아파트에 도청 장치를 설치한 사람과 동일인물일 것이다. 킴의 전 남자친구일 수도 있었지만 왠지 그보다 상황이 훨씬 더 복잡할 것 같았다.

그렇다면 혹시……

거니는 다시 머드룸으로 가서 재킷을 입고 밖으로 나갔다.

그는 리프트를 그의 차 앞으로 옮겼다. 열쇠와 손전등을 잊고 나와서 다시 들어가 그것들을 챙긴 뒤 똑같은 절차를 밟았다.

비슷한 추적 장치를 발견할 거라 반쯤 기대하고 차체를 찬찬히 살펴보았지만 아무것도 없었다. 그는 후드를 열고 엔진을 살펴보았다. 역시 아무것도 없었다. 배터리 연결선도 확인했지만 수상한 점은 눈에 띄지 않았다.

마지막으로 한번 확인해보려고 리프트를 차 뒤쪽으로 옮긴 뒤 차체 뒷부분을 들어올렸다. 그리고 손전등으로 차를 비추어보았다.

거기 있었다. 두 번째 블랙박스. 배터리가 들어 있는 제품이라 첫 번째보다 조금 더 컸고 역시 자석으로 범퍼 지지대 쪽에 붙어 있었다. 블랙박스 옆면에 적힌 브랜드와 사양으로 보아 킴의 차에 붙었던 것과 같은 제조사의 것이었고 작동 원리만 달랐다.

두 개의 장치가 다른 이유는 여러 가지 설명이 있을 수가 있겠지만 가장 확실한 건 설치하는 데 걸린 시간의 차이일 것이다. 유선 추적 장치는 설치하는 데 적어도 30분이 소요되었을 것이고 배터리 방식 추적 장치는 거의 시간이 필요치 않다. 모든 조건이 동일하다면 유선 장치가 유리했다. 그 사실은, 이 장치를 설치한 사람이 누구이건, 그의 차보다는 킴의 차에 훨씬 더 많은 시간을 소요할 수 있었다는 의미였다. 당연히 로버트 미스를 생각할 수밖에 없었다.

자정이 넘었지만 잠들기는 틀려버렸다. 거니는 서재 책상에서 노트와 펜을 들고 나와 각각의 차 밑으로 들어간 다음 추적 장치에 인쇄된 정보를 받아 적었다. 제조사의 웹사이트에서 추적 장치의 작동 반경을 확인해보기 위해서였다. 위치 추적 장치의 작동 원리는 거의 모든 제품이 동일했다. 위치 자료를 전송하면 지도에 아이콘으로 표시되고 인터넷에 연결된 컴퓨터라면 어디에서건 적절한 소프트웨어를 통해 확인할 수 있었다. 추적 범위, 위치 정보의 정확도, 소프트웨어의 성능, 실시간 전송 정확도에 따라 가격대도 다양했다. 고도의 성능에도 그다지 가격대가 높지 않아서 원하는 사람이라면 누구나 구입할 수 있었다.

그날 밤 미아타 밑에서 두 번째로 몸을 빼던 거니는 오른쪽 허리춤에서 느껴지는 진동에 깜짝 놀랐다. 본능적으로 그것이 위치 추적 장치와 연관된 진동이라고 생각했지만 알고 보니 휴대전화 진동이었다. 혹시 하드윅이 전화하면 가족이 깰까봐 진동 모드로 바꾸어놓은 것이다.

그는 얼른 일어나 휴대전화를 꺼내 발신자가 하드윅임을 확인했다.

"빠르기도 하네." 거니가 말했다.

"빠르다니, 무슨 뜻인가?"

"내 질문에 대답하는 속도."

"무슨 질문?"

"자네 음성사서함에 남겨놓은거."

"한밤중에 음성사서함 확인 안 해. 그것 때문에 전화한 거 아니야."

불길한 예감이 밀려들었다. 하드윅을 너무도 잘 알아서 죽음의 기운에 그의 말투가 바뀐다는 것을 알아차려서일까. 그는 선고를 기다렸다.

"릴라 스턴. 치과의사의 아내. 현관 앞에 얼음송곳이 심장에 박힌 채 쓰러져 있었어. 종합해보면 과거 여섯 건, 현재 세 건. 모두 아홉 건이야. 끝날 기미는 보이지 않고. 자네가 알고 싶을 거라 생각했지. 이 상황에서 누가 자네한테 알려줄 것 같지도 않고."

"이런 젠장, 일요일, 월요일, 화요일. 하루에 한 명꼴이군."

"다음 차례는 누굴까요? 수요일 얼음송곳의 주인공으로 짚이는 사람이라도 있나?" 하드윅의 말투가 다시 한 번 바뀌었다. 칠판에 긋는 못처럼 거니의 신경을 긁는 냉소적인 말투로.

경찰이라면 어느 정도의 초연함과 블랙 유머를 지녀야 한다는 걸 거니도 알고 있지만 하드윅은 늘 도를 넘었다. 하드윅의 그런 지나침이 거니가 보이는 반응의 표면적인 이유지만, 사실 그보다 더 뿌리 깊은 이유가 있다는 것 역시 거니는 알고 있었다. 하드윅의 말투는 거니에게 아버지를 연상시켰다.

"알려줘서 고맙네, 잭."

"이봐, 친구 좋다는 게 뭔가."

거니는 집 안으로 들어가 부엌 한복판에 서서 지난 한 시간 동안 수집한 정보들을 이해하려 애썼다. 그는 부엌 서랍장 앞에 서 있었다. 부엌 불이 켜져 있어서 창밖은 보이지 않았다. 불을 꺼보니 거의 보름달이었다. 한쪽이 아주 조금 일그러진 공 같은. 달빛은 잔디에 잿빛 광택을 드리우고 나무의 윤곽을 검고 또렷하게 드러낼 정도로 환했다. 눈을 가늘게 뜨면 늘어진 독미나리 가지까지도 알아볼 수 있을 것 같았다.

그 순간, 그는 무언가 움직이는 것을 보았다. 숨을 멈추고 창문 쪽으로 몸을 숙였다. 서랍장 위로 몸을 숙이는 순간 오른쪽 손목에서 찌르는 듯한 통증이 느껴졌다. 확인해보기도 전에, 일주일째 그곳에 놓아둔 화살촉을 무심결에 짚었음을 깨달았다. 화살촉이 그의 살을 깊이 벴다. 다시 불을 켜보니 손바닥 안에 고였던 피가 바닥으로 뚝뚝 떨어지고 있었다.

40

진실과 대면하다

거니는 완전히 탈진한 상태로, 절반의 암흑 속에서 커피테이블 앞에 앉아 동쪽 산기슭을 바라보고 있었다. 역겨운 창백함으로 하늘에 여명이 퍼지고 있었다. 마치 그의 기분을 그대로 반영한 것처럼.

그의 비명에 깨어난 매들린은 월넛 크로싱의 간이병원 응급실로 그를 데려갔다.

때마침 도착한 세 대의 구급차만 아니었으면 한 시간 내로 끝낼 수도 있었던 응급처치를 네 시간에 걸쳐 받는 동안 매들린은 그의 곁을 지켰다. 구급차들은 어느 음주운전자가 광고판을 들이받는 바람에 고속으로 오토바이를 몰던 사람이 광고판을 타고 날아올라 반대편에서 달려오던 차의 후드로 추락한 보기 드문 사고의 참혹한 생존자들을 싣고 왔다. 거니가 상처를 봉합하고 붕대를 감기 위해 침상에서 기다리고 있을 때 구급대원들과 응급실 사람들이 주고받은 이야기였다.

일주일도 지나지 않아 또다시 응급실을 찾게 되다니 그것만으로도 심란했다.

돌아오는 길, 걱정스러운 눈빛으로 그를 흘금거리던 매들린의 시선을 느꼈지만 집에 도착할 때까지 두 사람은 거의 말을 하지 않았다. 그들이 주고받은 대화는 주로 그의 손이 어떤지, 화살을 치워야 하는지, 적어도 좀 더 안전한 곳에 옮겨놓아야 하는지에 관한 것이었다.

거니는 그녀에게 다른 할 말이 있었다. 할 말이라기보다는 해야만 하는 말이었다. 킴의 차에서 발견된 위치 추적 장치. 그의 차에서 발견된 위치 추적 장치. 세 번째 얼음송곳 희생자. 그러나 그 모든 것에 대해 거니는 한 마디도 하지 않았다.

침묵의 이유는, 말해봐야 매들린이 화를 낼 게 빤해서라고, 스스로를 타일렀다. 그러나 그의 마음 한구석에서 들려오는 작은 목소리는 다른 말을 하고 있었다. 진짜 이유는 논쟁을 피하고 싶어서라고, 선택의 폭을 열어두기 위해서라고. 진실을 숨기는 건 한시적일 뿐이고, 따라서 이것은 진실을 밝히느냐 마느냐의 문제가 아니라, 언제 밝히느냐의 문제라고 생각했다.

동이 트기 30여 분 전, 두 사람은 집으로 들어왔고 매들린은 그날 밤 여러 차례 그녀의 얼굴에 스친 것과 똑같이 걱정스러운 표정으로 그를 본 뒤 잠자리에 들었다.

잠들기에는 너무도 불안해서 테이블 앞에 앉아 그가 이야기하고 싶지 않았던 일들이 의미하는 바를 생각해보았다. 특히 연달아 일어나는 살인에 대해.

체포되는 살인범들 중에 범행방식이 지능적이고 노련한 경우는 극히 드물었다. 착한 양치기는 아마도 가장 지능적이고 가장 노련한 살인범일 것이다.

그를 체포하는 가장 합리적인 방법은 대규모 경찰력을 투입하는 것이다. 그러려면 과거 사건에 관한 모든 정보를 재분석해야 했다. 어마어마한 인력을 투입해야 했다. 백지에서 다시 시작하라는 명령이 필요했다. 그러나 현재 상황을 감안해 보면 그런 일이 일어날 가능성은 없었다. FBI도 범죄수사국도 기존의 틀에서 멀리 갈 수는 없을 것이다. 그들 자신이 만든 틀이고 지난 10년 동안 굳혀온 틀이었다.

그렇다면 그는 어떻게 해야 하나.

배척당하고, 악인으로 낙인찍히고, 중죄 혐의를 받을 가능성도 있는 데다, 외상 후 스트레스 증후군 환자라고 이마에 써 붙이고 다니는 판국에 그가 할 수 있는 일이 과연 무얼까.

아무 생각도 떠오르지 않았다.

짜증스러울 정도로 단순한 경구 외에는.

주어진 패로 게임에 임하라.

그의 손에는 어떤 패가 있는가.

그가 쥔 패는 대부분 쓰레기였다. 아니면 거의 쓸 수 없는 패라 게임이 불가하거나.

그러나 한 가지 와일드카드가 있다는 사실만은 인정할 수밖에 없었다.

그 카드는 의미가 있을 수도 있고, 어쩌면 아무 의미 없을 수도 있었다.

◆◆◆

아침 안개 뒤로 해가 솟았다. 해가 아직 낮게 걸려 있을 때 집 전화벨이 울렸다. 거니는 일어나 서재로 가서 전화를 받았다. 병원에서 온 전화로 매들린을 찾고 있었다.

무선전화를 들고 침실로 가려는데 매들린이 잠옷 차림으로 문간에 나타나 마치 기다리던 전화라는 듯 손을 내밀었다.

그녀가 발신자를 확인한 뒤 졸린 얼굴과 어울리지 않는 직업적인 유쾌함이 담긴 목소리로 전화를 받았다. "좋은 아침! 매들린이에요."

매들린은 장황하게 무언가를 설명하는 상대의 말을 들었고 그동안 거니는 부엌으로 돌아가 새로 커피를 만들었다.

다시 매들린의 목소리가 들려온 것은 통화가 거의 끝날 무렵이었다. 그녀는 겨우 몇 마디만 했을 뿐이었는데, 무언가를 수락하는 것 같았다. 잠시 후 부엌문에 그녀가 나타나 전날 밤의 수심 어린 눈빛으로 거니를 바라보았다.

"손은 좀 어때?"

봉합하기 전에 맞은 마취제의 효력이 사라지면서 손바닥 아래쪽이 욱신거렸다.

"견딜만 해." 그가 말했다. "무슨 부탁이야?"

매들린은 그의 질문을 무시했다. "손을 높이 들고 있어야지. 의사가 그러랬잖아."

"참, 그렇지." 커피가 내려지기를 기다리던 그는 간이식탁 위로 손을 들었다. "또 누가 자살했어?" 그가 물었다. 어쩌면 너무 스스럼없이.

"캐럴 퀼티가 어젯밤에 그만뒀대. 그 자릴 채워줄 사람이 필요하대."

"몇 시에?"

"최대한 빨리. 지금 샤워하고 토스트 한 쪽 먹고, 바로 나갈 거야. 당신 혼자 있어도 괜찮겠어?"

"괜찮지, 그럼."

그녀가 얼굴을 찌푸리며 그의 손을 가리켰다. "더 높이."

그가 손을 눈높이로 들었다.

그녀가 한숨을 쉬고는, 마치 '착하지!'라고 말하는 듯한 우스꽝스러운 윙크를 한 뒤 욕실로 향했다.

거니는 매들린의 타고난 밝은 천성 즉 자신에게 닥친 현실을 담담하게 받아들이고 항상 그보다 낙관적으로 바라보는 태도에 놀랐다. 이번이 천 번째쯤 될 것이다.

그녀는 삶을 있는 그대로 받아들였고 그 상태에서 최선을 다했다.

매들린은 주어진 패로 게임에 임했다.

그 사실이 그로 하여금 다시 한 번 자신의 와일드카드를 생각해보게 했다.

쓸모가 있건 없건 서둘러 카드를 써야 했다. 게임이 끝나버리기 전에.

어쩌면 아무 쓸모도 없는 카드일지도 모른다는 생각에 가슴이 내려앉았다. 확인할 방법은 부딪쳐보는 것뿐이었다.

그의 '와일드카드'는 킴의 아파트에 설치된 도청 장치를 이용하는 것이었다. 아마도 착한 양치기가 설치했을, 그리고 여전히 수신 중일 도청 장치. 만약 그의 추측이 둘 다 맞는다면, 비록 엄청난 무리수이긴 하지만, 그 도청 장치가 대화 창구가 될 수도 있었다. 범인과 대화할 창구. 메시지를 전할 창구.

어떤 메시지를 보내야 할까.

단순한 질문이었다. 무한한 대답이 가능한.

그가 할 일은 그중 옳은 대답을 찾는 것이었다.

매들린이 병원으로 출발한 직후, 서재 전화가 다시 한 번 울렸다. 발신자는 하드웍이었다. 그의 거친 목소리가 들려왔다. 〈맨체스터 유니온 리더〉의 온라인 문서를 검색해보게. 1991년에 화이트 마운틴 교살범에 관한 연재 기사가 실렸더군. 자네가 원하는 대로 엄청난 똥벼락을 맞을걸세. 오줌 누러 가야 해. 조심해."

그에게는 특유의 인사법이 있었다.

거니는 컴퓨터로 가서 온라인 〈맨체스터 유니온 리더〉뿐 아니라 그 사건을 다룬 여러 뉴잉글랜드 신문들을 한 시간 정도 훑었다.

두 달 간 다섯 차례의 공격이 있었고 모두 치명적이었다. 희생자들은 모두 여자였다. 모두 흰 실크스카프에 목 졸려 죽었고 사망 당시 꼬인 스카프를 목에 매고 있었다. 희생자들의 공통점은 사적인 것이라기보다는 상황적인 것이었다. 다섯 중 셋이 혼자 살고 있었고 모두 자택에서 살해되었다. 두 명은 외진 곳에서 늦게까지 일했다. 한 명은 자신이 운영하던 공예품 가게의 어두운 주차장에서, 또 한 명은 비슷한 지역의 조그만 꽃집 뒤에서. 다섯 차례의 공격 모두 다트머스 대학교가 있는 하노버의 16킬로미터 반경 내에서 일어났다.

여성을 대상으로 한 연쇄살인의 경우 통상적으로 성폭행 의혹이 제기되지만 강간이나 폭행의 흔적은 없었다. '희생자 프로필'은 이상했다. 사실 희생자 프로필이라는 것 자체가 없었다. 여자들이 공통적으로 갖고 있던 특징은 전반적으로 체구가 작다는 것 정도였다. 그 외에는 거의 공통점이 없었다. 헤어스타일이나 옷 입는 취향도 다양했다. 사회경제적 지위 역시 다양했다. 다트머스 대학교 재학생(당시 래리 스턴의 여자친구), 두 명의 가게 주인, 문법교실 구내식당의 종업원, 심리학자. 연령대도 스물한 살에서 일흔한 살까지 다양했다. 다트머스 대학생은 금발의 백인 상류층 여성이었다. 은퇴한 심리학자는 머리가 허옇게 센 흑인이었다. 거니는 연쇄살인사건의 희생자 그룹이 그렇게 다양한 경우는 거의 본 적이 없었다. 범인이 이 여성들의 어떤 면모에 꽂혔는지, 어떤 집착이 살인의 동기가 되었는지 도무지 짐작이 가지 않았다.

사건의 기괴함을 생각하는 동안 위층에서 샤워기를 트는 소리가 들렸다. 그리고 잠시 후, 킴이 너무도 근심 어린 표정으로 서재에 들어섰다.

"잘 잤니?" 거니가 검색창을 닫으며 말했다.

"이 일에 끌어들여서 죄송해요." 그녀가 말했다.

"예전엔 이게 내 직업이었단다."

"이 일이 아저씨 직업이었을 땐 아무도 헛간을 불태우지 않았잖아요."

"헛간이 이 사건하고 관계가 있는지 없는지, 아직 확인되지 않았어. 어쩌면 그저……."

"세상에!" 그녀가 그의 말을 잘랐다. "아저씨 손 왜 그래요?"

"내가 서랍장 위에 올려둔 화살을…… 어젯밤 늦게 손으로 짚는 바람에."

"세상에!" 그녀가 얼굴을 찌푸리며 같은 말을 되풀이했다.

카일이 그녀 뒤에 나타났다. "아버지, 안녕히 주무셨어요. 몸은 좀 어떠……." 카일도 붕대를 보고 멈칫했다. "손이 왜 그래요?"

"별거 아니다. 보기에만 흉측한 거야. 아침 먹을까?"

"그 화살촉에 베이셨대." 킴이 말했다.

"젠장, 그거 면도칼이나 마찬가진데." 카일이 말했다.

거니가 책상에서 일어섰다. "자, 달걀, 토스트, 커피 좀 마시자."

그는 애써 태연한 척하고 있었다. 그러나 아무렇지 않은 척 미소 지으며 그들을 부엌으로 데리고 가면서도 새로 발생한 살인사건과 위치 추적 장치에 관한 의문들이 그의 머릿속에 가득했다. 혼자만 알고 있는 게 맞는 건지. 도대체 왜 숨기고 있는 건지.

자신이 사실을 숨기는 동기에 대한 의혹이야말로 잠시나마 찾아온 마음의 평화를 갉아먹는 주요인이었다. 거니는 아침 식사라는 일상으로 애써 자신의 주의를 돌렸다. "오렌지 주스 먼저 마실까?"

현재 상황과 무관한 몇 가지 이야기를 주고받은 것을 제외하면 조용한 아침 식사 시간이었다. 어색하게 느껴질 정도로. 식사를 마치고 나서 무언가 집중할 거리를 찾던 킴이 식탁을 치우고 설거지를 하겠다고 나섰다. 카일은 문자 메시지를 확인하는 데 열중하고 있었다. 처음부터 끝까지 두 번은 확인하는 것 같았다.

침묵 속에서 거니의 마음은 다시 중요한 질문, 와일드카드를 어떻게 쓸 것인지로 돌아갔다. 상황을 바로잡을 단 한 번의 기회가 있었다. 남은 시간이 많지 않음을 직감할 수 있었다.

그는 착한 양치기와 대면하는 최후의 게임을 구상하고 있었다. 퍼즐 조각들이 딱 맞아 떨어지는 순간을. 그의 이질적인 견해가 확고한 이성의 산물임을, 전성기가 지난, 부상당하고 한물간 경찰의 헛소리가 아님을 증명할 최후의 게임.

계획의 타당성, 성공 가능성에 의문을 제기할 시간이 많지 않았다. 그가 해야 할 일은 그 대면을 성사시킬 방법이었다. 그리고 어디서 성사시켜야 하나.

어디서는 비교적 긴단한 문제었다.

어떻게는 만만치 않을 것이다.

전화벨이 울렸고 벨 소리가 그를 다시 현재로, 아침 햇살 가득한 식탁으로 끌어왔다. 그가 생각에 잠겨 있는 동안 어느새 킴과 카일은 거실 맞은편의 안락의자로 물러났고 카일이 벽난로에 조그만 불을 지피고 있었다.

거니는 서재로 가서 전화를 받았다.

"좋은 아침이에요, 코니."

"데이비드?" 그가 전화를 받는 게 신기하다는 투였다.

"듣고 있어요."

"이 태풍의 눈 속에 있는 거예요?"

"그런 기분이네요."

"그럴 거 같아요." 그녀의 목소리는 날카로우면서도 활기가 넘쳤다. 코니의 목소리는 항상 조금 들뜬 상태였다. "지금은 바람이 어느 방향으로 불고 있나요?"

"네?"

"내 딸이 출구를 제대로 찾아 잘 버티고 있나요?"

"이번 프로젝트는 손 떼기로 했다고 하던데요."

"너무 강도가 세서?"

"강도가 세서?"

"얼음송곳 살인, 양치기의 귀환, 거리의 공포. 그런 것들 때문에 겁을 집어먹은 건가요?"

"살해된 두 사람은 킴이 알았던 사람이니까요."

"저널리즘은 겁쟁이들의 편이 아니죠. 지금까지도 그랬고 앞으로도 그럴 거예요."

"킴은 자기 자신의 진정성이 추잡한 램 드라마로 왜곡됐다고 생각하고 있어요."

"이런 젠장, 데이비드. 우린 자본주의 사회에 살고 있어요."

464

"어떤 의미죠?"

"언론이라는 건 깜짝 쇼 사업이에요. 진정성도 중요하지만 드라마를 판다고요."

"이런 대화라면 내가 아니라 킴하고 직접 나누는 게 좋겠네요."

"당연히 그러고 싶죠. 그런데 그 애와 난 물과 기름이에요. 하지만 내가 전에 말했듯이, 킴은 당신을 존경해요. 당신 말은 들을 거예요."

"무슨 말을 해주길 바라죠? 램이 훌륭한 기업이고 루디 게츠는 왕자님이라고?"

"루디는 한마디로 쓰레기예요. 하지만 아주 영리한 쓰레기죠. 세상이 원래 그런 거 아닌가요. 어떤 사람은 그 사실을 받아들이고 어떤 사람들은 돌아서죠. 이 일에서 손 떼는 문제는 다시 생각해봤으면 좋겠어요."

"내가 보기엔 이 일에서 손 떼는 건 나쁜 생각이 아닌 것 같은데."

침묵이 흘렀다. 코니 클라크와의 대화에서는 흔치 않은 일이었다. 그녀가 다시 입을 열었을 때 목소리가 한층 낮아져 있었다. "그러면 쟤가 어떻게 될지 당신이 몰라서 그래요. 저널리즘으로 학위를 따고 자기가 기획한 프로젝트를 진행하고, 방송 쪽에서 경력을 쌓기로 한 결정은, 그 애한테 구원과도 같았어요. 예전 그 애의 상태로부터의 구원."

"예전에 어땠는데요?"

다시 침묵이 흘렀다. "지금 당신이 보고 있는 야심 있고 추진력 있는 젊은 여성은 하나의 기적이에요. 몇 년 전만 해도 걔 때문에 내가 얼마나 두려웠는지…… 아빠가 실종된 뒤로 그 앤 모든 것에서 손을 뗐어요. 십 대 시절 킴은 표류하는 아이였어요. 하고 싶은 것도 없고 어떤 일에도 흥미를 보이지 않았어요. 괜찮다가도 이내 다시 어두운 수렁으로 빠져들곤 했죠. 저널리즘은, 특히 이번 〈살인의 고아들〉 프로젝트는, 킴에게 방향을 제공해주었어요. 그 아이에게 생명을 주었다고요. 다시 손을 떼는 게 어떤 결과로 이어질지는 생각하기도 싫어요."

"직접 이야기해볼래요?"

"지금 거기 있어요? 당신 집에?"

"그렇게 됐어요. 이야기가 길어요."

"그 집에, 당신하고 같은 방에?"

"다른 방에, 내 아들하고 있어요."

"당신 아들?"

"그것도 이야기가 길어요."

"그렇군요. 당신이 시간 될 때 그 이야기를 좀 듣고 싶네요."

"기꺼이. 하루나 이틀 내로. 지금은 좀 상황이 복잡해요."

"알겠어요. 제발 내 말 명심해줘요."

"그만 가봐야 해요."

"알겠어요. 제발, 데이비드. 어떻게든 해줘요. 그 아이가 파멸하는 걸 방치하지 말아줘요."

전화를 끊고 나서, 서재 창가에 서서 창밖을 내다보았지만, 사실 아무것도 보고 있지 않았다. 스스로 파멸하는 인간을 어떻게 막을 수 있을까.

손바닥의 욱신거리는 통증이 그의 생각의 사슬을 끊었다. 그는 손을 들어 창틀에 대어보았다. 통증이 잦아들었다. 책상의 시계를 보았다. 한 시간 내로 그와 킴은 루디 게츠를 만나기 위해 출발해야 했다.

그러나 지금 이 순간 그에게는 보다 절박한 문제가 있었다.

와일드카드. 범인에게 메시지를 보낼 기회.

어떤 메시지를 보내야 할까?

초대?

어디로 오라고 하지? 무얼 하러? 어떤 이유로?

양치기가 원하는 건 무얼까.

양치기가 원했던 것은 언제나 안전이었다.

그렇다면 양치기에게 위험 요소를 제거할 수 있는 기회를 제안할 수도 있을 것이다.

골칫거리를 제거할 기회.

그렇다. 그거면 될 것이다.

골치 아픈 누군가를 죽일 기회.

거니는 그 장소를 알고 있었다. 살인을 저지르기에 완벽한 장소.

그는 서랍을 열고 이름도 없이 휴대전화 번호만 적힌 명함을 꺼냈다.

그리고 그 번호로 전화를 걸었다. 바로 음성사서함으로 넘어갔다. 인사도 없고, 자기소개도 없고 그저 통명스럽게 목적을 말하십쇼, 라는 말뿐이었다.

"데이브 거니입니다. 급한 일이니 연락 주십시오."

1분도 안 되어 전화가 왔다. "맥스 클린터요. 무슨 일이쇼?" 말투에 진한 아일랜드 사투리가 배어 있었다.

"부탁이 있어요. 할 일이 있는데, 특별한 장소가 필요해요."

"가만, 가만, 가만. 뭔가 엄청난 일이신가?"

"그래요."

"얼마나 엄청난 일이죠?"

"당신이 생각할 수 있는 가장 엄청난 일."

"그렇다면, 나한텐 한 가지 생각밖엔 떠오르질 않는데, 내 짐작이 옳은 거요?"

"난 독심술가는 아닙니다."

"나는 독심술가예요."

"그럼 물을 필요도 없겠군요."

"묻는 게 아니라 확인을 해달라는 거지."

"중대한 일이라는 걸 확인해드리지요. 당신 집을 하룻밤 써야겠어요."

"좀 더 구체적으로 자세히 말해주실 수 없으신지?"

"아직 구체적으로 생각해보질 않았어요."

"그렇다면 기본적인 생각이라도."

"말 안 하는 게 좋을 것 같습니다."

"내겐 알 권리가 있어요."

"누군가를 그리로 초대할 생각입니다."

"놈을?"

거니는 대답하지 않았다.

"이런 젠장! 그게 사실이오? 놈을 찾은거요?"

"실은, 놈이 날 찾아오길 바라고 있습니다."

"내 집으로?"

"그래요."

"놈이 왜 이리로 오겠습니까?"

"날 죽이기 위해서요. 그럴 만한 이유만 제공해준다면."

"그렇군요. 그러니까 호그매로우 늪 한복판에 있는 우리 집에서 하룻밤을 보내면서 당신을 죽일 이유가 충분한 사람이 한밤중에 찾아와주길 바란단 거군요. 내 말 맞습니까?"

"대충은."

"해피엔딩이 있나요? 당신 머리가 날아가기 직전에 내가 하늘을 가르고 나타나서 당신을 구해줘야 하나? 빌어먹을 배트맨처럼?"

"아뇨."

"아니라고?"

"나는 내가 구합니다. 물론 못 구할 수도 있고요."

"도대체 당신 뭐하는 사람이오! 호위군이라도 있는 거요?"

"다른 사람을 끌어들이기엔 모든 상황이 너무 불확실해요."

"나도 동참하겠소."

거니가 다시 아무것도 보지 않으면서 창밖을 내다보았다. 그가 소위 계획이라고 부르는 추측들의 엉성함을 생각하면서. 그 일을 혼자 해치우는 건 너무도 위험할 것이다. 그러나 지원군을 끌어들이는 것은, 더구나 클린터 같은 사람을 끌어들이는 건 더 위험할 것이다.

"미안해요. 내 식으로 하거나 아님 집어치우죠."

클린터의 목소리가 갑자기 커졌다. "당신 지금 내 인생을 골로 보낸 놈 이야기를 하고 있잖아! 놈을 죽이기 위해 살아온 사람이라고! 놈을 죽여 개먹이로 주고 싶다고! 그런데 지금 그 일을 당신 방식으로 하겠다고? 당신 방식이라니, 빌어먹을! 지금 제정신이야?"

"나도 날 모르겠어요, 맥스. 난 단지 착한 양치기를 끝장낼 수 있는 아주 작은 가능성 하나만 보고 있을 뿐입니다. 킴 코레이즌이나 내 아들이 살해 되는 걸 막을 방법이죠. 내 아내도요. 지금 아니면 기회가 없어요. 내게 주어진 유일한 기회예요. 이미 너무 많은 변수들이 있고 너무 많은 '만약'이 있어요. 한 사람을 더 끌어들이면 그만큼 변수도 늘어나요. 미안해요, 맥스. 도저히 용납 못하겠어요. 내 식으로 하든 아니면 집어치우든 둘 중 하나예요."

긴 침묵이 흘렀다.

"좋습니다." 클린터의 목소리는 담담했다. 사투리도 없었다. 감정도 없었다.

"뭐가 좋단 거요?"

"내 집을 써도 좋다고요. 언제 필요합니까?"

"빠를수록 좋아요. 내일 밤으로 합시다. 황혼부터 새벽까지."

"좋아요."

"하지만 당신은 절대 끼어들면 안 돼요."

"그러다 혹시 도움이 필요하게 되면?"

"버펄로의 작은 방에서 누가 당신을 도왔죠?"

"버펄로는 이야기가 다르지."

"별로 다르지 않았을걸요. 집 열쇠 있습니까?"

"없어요. 우리 귀여운 뱀들이 내게 필요한 유일한 열쇠요."

"소문으로만 듣던 그 방울뱀들?" 거니는 그의 집을 방문했을 때 들은 이야기를 떠올렸다. 벌써 한 달 전 일 같았다.

"때론 소문이 사실보다 더 강력하다오. 인간의 마음이 지닌 힘을 과소평가 하지 마쇼. 머릿속의 뱀 한 마리가 수풀 속의 두 마리보다 훨씬 더 무서운 법이오." 어느새 그의 아일랜드 사투리가 돌아와 있었다.

41

악마의 공범자

11시가 조금 안 된 시각, 카일이 거니의 컴퓨터 앞에 앉아 USB를 꽂고 블랙베리에서 PDF 파일을 다운받고 있었다. 같은 과 친구가 강의 요약과 숙제를 전송해주면서 시내로 돌아가기 전 그의 부담을 덜어주고 있었다. 부업으로 하고 있는 일도 당분간은 이메일로 할 수 있다고 했다.

정확히 11시가 되자 거니와 킴은 루디 게츠와의 12시 반 약속 장소로 출발했다. 킴이 운전을 하고 미아타를 몰았다. 거니는 조수석에 앉아 있는 동안 맥스 클린터의 집으로 양치기를 유인할 방법을 생각해낼 수 있길 바랐다. 운이 따라준다면 토막잠을 잘 수도 있을 것이다.

범죄 동기를 밝혀내는 것으로 범인을 체포할 수 있는 범죄가 있다. 반면 범인을 체포해야 범죄 동기를 밝혀낼 수 있는 범죄도 있다. 현 상태에서 두 가지 접근 모두 시간이 충분치 않았다. 유일한 희망은 범인이 스스로 신분을 드러내는 것이었지만 거의 불가능한 일처럼 보였다. 올가미를 기막히게 포착하는 매의 눈을 가진 자에게 어떻게 올가미를 던질 수 있을까.

애쇼칸 하이츠로 가는 28번 도로를 반쯤 달렸을 때 거니는 마침내 너무도 절실했던 토막잠을 잘 수 있었다. 그의 잠은 25분 뒤 게츠의 집을 800미터 정도 남겨놓고 팔콘스 네스트 가에서 킴이 그를 깨우면서 끝났다.

"아저씨?"

"음?"

"저 이제 어쩌면 좋아요?" 킴은 정면을 바라보며 말하고 있었다.

"어려운 질문이구나." 그가 모호하게 대답했다. "만약 램에서 손을 뗀다면 다른 계획이 있니?"

"왜 다른 계획이 필요하죠?"

그가 미처 대답을 하기도 전에 그들의 차는 인상적인 풍경의 루디 게츠 저택 진입로로 접어들고 있었다. 킴은 저택으로 이어진 석조 기둥 사이의 아치형 진달래 덤불 밑으로 차를 몰았다.

차에서 내리는 순간 요란한 헬리콥터 엔진 소리가 그들을 반겼다. 소리는 점점 더 커졌고 두 사람은 소리의 진원지를 찾아 하늘을 쳐다보았다. 소리가 얼마나 가깝게 느껴지는지 기체를 만질 수 있을 것 같았다. 저택 뒤쪽에서 다가오고 있어서 헬리콥터가 거의 지붕을 건드릴 정도로 가까워지기 전까지 그의 시야에 들어오지 않았다. 잠시 헬리콥터 날개가 일으키는 바람 속에 서 있게 된 탓에 킴의 머리카락이 얼굴을 뒤덮었다.

주변이 고요해지자 킴은 가방에서 조그만 빗을 꺼냈다. 킴은 머리를 단정하게 빗고 재킷 매무새를 만진 다음 거니에게 미소를 지어 보였다. 두 사람은 지붕 달린 계단을 올라갔고 거니가 노크했다.

답이 없었다. 그는 다시 한 번 노크했다. 세 번째로 노크하려는 순간 문 하나가 열렸다.

루디 게츠의 입이 미소 비슷한 모양으로 일그러졌다. 늘어진 눈꺼풀 밑의 눈동자는 마약에 취한 사람처럼 번득였다. 그는 검은 바지에 검은 티셔츠를 입고 있었다. 지난번 방문 때 그랬던 것처럼. 그러나 라벤더색 재킷은 흰색 리넨 재킷으로 바뀌어 있었다. "어서들 오십시오! 때마침 잘 오셨군요. 아주 좋습니다. 어서 들어오세요."

차가운 금속과 유리 재질의 현대적인 인테리어는 거니가 기억하는 그대로였다. 고조된 긴장과 에너지를 숨길 수 없는 듯 게츠가 손가락으로 소리를 냈다. 그는 지난번 만남 때 그들을 안내했던 타원형의 아크릴 커피테이블과 의자들을 가리켰다. "앉으세요. 뭐 좀 마셔야겠죠? 난 헬리콥터를 사랑합니다. 죽을 만큼 사랑하죠. 대형 사건의 현장에는 언제나 램헬기가 가장 먼저 도착합니다. 초대형 사건에는 두 대를 보내죠. 그럴 수 있는 방송사가 없어요. 자부심을 가질 만하죠. 하지만 한번 올라갔다오면 항상 목이 마르죠. 같이 한잔하시겠습니까?"

거니과 킴이 대답하기 전에 게츠가 손가락 두 개를 입에 대고 휘파람을 불었다. 너무도 크고 날카로운 소리라 집 밖 500미터 거리에서도 들릴 것 같았다. 그와 거의 동시에 시선을 사로잡는 몸매에 달라붙는 레오파드, 삐죽삐죽하게 손질한 짙은 파란색 머리카락, 머리카락만큼이나 충격적인 파란 눈동자의 롤러블레이드 아가씨가 나타났다.

"스톨리 엘리트 맛보신 적 있으신가요?" 게츠가 물었다.

"전 물 한 잔만 주세요." 킴이 말했다.

"거니 형사님은요?"

"물 주세요."

"안타깝군요. 스톨리 엘리트는 아주 특별하거든요. 엄청나게 비싸죠." 그가 롤러블레이드 아가씨를 바라보았다. "클라우디아, 세 핑거 부탁해. 얼음 없이." 그가 손가락 세 개를 가로로 들어 보이면서 자신의 잔을 얼마나 채워야 하는지 보여주었다.

그녀는 몸을 돌려 미끄러지듯 반대편 문으로 향했다.

"이렇게 다시 모였군요. 앉아서 이야기 좀 합시다." 게츠가 다시 의자를 가리켰다.

킴과 거니가 한 쪽에 앉았고 거니가 맞은편에 앉았다.

클라우디아가 돌아와 게츠 앞에 유리잔을 내려놓았다. 게츠가 잔 속의 투명한 액체를 한 모금 마신 뒤 미소를 지었다. "완벽해."

그녀는 거니를 찬찬히 살펴보고는 또다시 문 뒤로 사라졌다.

"좋습니다." 게츠가 말했다. "일 이야기를 해야죠." 그는 반짝이는 눈을 킴에게 고정했다. "킴, 지금 하고 싶은 이야기가 있는 것 같은데, 일단 그 이야기부터 들어볼까요? 말해봐요."

이야기를 시작하기 전 킴은 잠시 멍한 표정이었다. "어떻게 말씀드려야 할지…… 전 지금 너무나 두려워요. 지금까지 일어난 일이 너무 무섭고, 또 책임감을 느껴요. 이번에 살해된 사람들은…… 저로 인해 죽었어요. 〈살인의 고아들〉 때문에. 프로그램을 중단해야 해요. 여기서 끝내야 해요."

게츠가 그녀를 쳐다보았다. "그게 다예요?" 그는 당황한 표정이었다. 마치 오디션에서 첫 대사를 하고 연기를 중단한 배우를 바라보듯이. "그것도 그렇고, 프로그램 진행방식도 좀 그래요. 제가 기대한 것과 달라요. 편집된 방식이, 어두운 도로에서 섬뜩하게 시작하는 것도 그렇고, 소위 전문가란 사람들의 의견을 듣는 것도 그렇고…… 솔직히 너무 추잡했어요."

"추잡했다고?"

"결론은, 이 프로그램 제작을 취소하고 싶어요."

"결론은 이 프로그램 제작을 취소하고 싶다…… 재미있네요."

"재미있다고요?"

"그래요, 재미있어요. 정말 음료 없어도 되겠어요?"

"물 한 잔 달라고 했는데요."

"아 참, 그랬죠." 마치 총구를 겨누듯 집게손가락을 겨누고 싱긋 웃으며 게츠가 말했다. 그는 보드카를 길게 두 모금 만에 다 마셨다. "좋아요, 이제 현실을 짚어봅시다. 일단 사소한 진행 문제부터 생각해보죠. 계약서를 다시 한 번 검토해보길 바랍니다. 그러면 기본적인 사항들을 좀 더 명확하게 이해할 수 있을 테니까. 누가 무얼 소유하고 있는지, 누가 결정을 내리는지, 누가 취소할 수 있는지. 그것보다 더 큰 사안이 있어요. 램TV라는 회사에 대해 몇 가지 알려드리자면……."

"이 프로그램을 취소하지 않을 거란 말씀이신가요?"

"잠깐. 일단 현 상황에 대한 설명부터 들어봐요. 상황을 이해하지 않으면 좋은 결론이 나올 수가 없어요. 일단 내 말을 좀 들어봐요. 램TV에 대해 킴이 잘 모르고 있는 것들이 몇 가지 있다고 말하려던 참이었어요. 말하자면, 우리 방송국은 다른 유무선 방송사보다 시청률 1위 프로그램들을 훨씬 더 많이 보유하고 있지요. 램TV의 시청률은 단연……."

"그건 제가 알 바 아니에요."

"제발, 내 말을 좀 들어봐요. 킴이 모르고 있는 이야기를 들을 수도 있잖아요? 우린 업계 최고의 시청률을 자랑하고 있고, 시청률은 해마다 더 높아지고 있습니다. 우리의 모회사는 세계 최대 언론사고 그중에서 우리가 가장 큰 수익을 내고 있어요. 내년에는 더 큰 수익을 내겠죠."

"그게 이 일과 무슨 상관인지 모르겠군요."

"제발 좀 들으라니까. 우리는 프로그램을 이해합니다. 시청자를 이해하고요. 결론? 지금 결론을 이야기하는 겁니까? 결론은 이거예요. 우린 우리가 하는 일을 잘 알고 있고 그 누구보다 잘하고 있다는 것. 킴한테 프로그램 아이디어가 있었고 우리가 그 아이디어를 황금으로 바꾸었어요. 언론의 연금술. 그게 우리가 하는 일이죠. 아이디어를 황금으로 바꾸는 것. 무슨 말인지 알겠어요?"

킴이 몸을 앞으로 숙이며 목소리를 높였다. "제가 알고 있는 건 이 프로그램 때문에 사람들이 살해당했다는 거예요."

"몇 명이나 죽었죠?"

"네?"

"매일 몇 사람이, 몇 백만 명이 죽어나가는지 알아요?"

킴이 잠시 할 말을 잃고 그를 보았다.

거니가 아무렇지도 않게 그 기회를 포착했다. "새로 발생한 살인사건이 시청률을 올려줄까요?"

게츠가 환한 미소를 지어 보였다. "진실을 알고 싶습니까? 지금 시청률은 천장을 뚫을 기세랍니다. 새 특집을 기획할 생각입니다. 추가 토론 프로그램이죠. 어쩌면 그 시리즈에서 파생된 시리즈로. 지난번에 제안했던 프로젝트 기억하십니까? 〈정의의 부재〉. 미해결 사건에 대한 철저한 분석. 그거 아마 꽤 괜찮을 겁니다. 아직도 협상의 여지가 남아 있습니다, 형사님. 〈살인의 고아들〉이 제대로 자리를 잡을 수도 있어요. 일종의 프랜차이즈인 셈이죠. 언론의 금광이라고나 할까."

킴이 주먹을 꼭 쥐었다. "정말이지…… 추잡하네요."

"그거 알아요, 아가씨? 그게 인간의 본성이라오."

킴의 눈이 불타는 듯했다. "제겐 그저 추하고 탐욕스럽게만 느껴져요."

"맞아요. 그게 인간의 본성이죠."

"그건 인간 본성이 아니에요! 쓰레기지!"

"한 가지 말씀드리죠. 인간은 영장류에 속하는 동물일 뿐입니다. 어쩌면 가장 추하고 어리석은 영장류죠. 그게 진실이에요. 난 현실주의자입니다. 이 빌어먹을 동물원은 내가 만든 게 아니에요. 난 단지 그 안에 살고 있을 뿐입니다. 내가 뭘 하는지 알아요? 동물에게 먹이를 주고 있어요."

킴이 의자에서 일어났다. "이제 할 이야기가 없네요. 그만 갈래요."

"훌륭한 스시 점심을 놓치실 텐데."

"배 안 고파요. 지금 갈래요. 지금 당장."

그녀가 현관 쪽으로 향했다. 거니는 아무 말 없이 킴의 뒤를 따랐다. 게츠는 자리에 그대로 앉아 있었다.

그들이 현관 문 앞에 서자 그가 소리쳤다. "가기 전에, 두 사람이 한 가지 결정해주면 좋겠군요. 새로운 슬로건을 구상 중인데, 두 가지 중 하나로 결정하기로 했거든요. 하나는 '램 뉴스, 자유로운 이성과 열정!', 또 하나는 '램 뉴스, 오직 진실 그 자체!' 어느 쪽이 더 느낌이 오나요?"

킴은 고개를 저으며 최대한 빨리 문을 나섰다.

거니는 여전히 아크릴 테이블에 앉아 있는 그를 바라보았다.

그는 엷은 라벤더색 재킷에서 보이지 않는 먼지를 떼어내고 있었다.

42

롱 숏

게츠의 언덕 위 영지를 도로와 구분한 꼬불꼬불한 소나무 숲길을 달리던 킴은 거니가 램TV 국장과 그의 악랄한 언론 산업에 대해 생각할 수 없을 정도로 거칠게 차를 몰았다.

차가 두 번째로 갓길 쪽으로 미끄러졌을 때 거니가 핸들을 잡겠다고 나섰다. 킴은 거절했지만 속도는 늦추었다.

"믿을 수가 없어요." 그녀가 고개를 저으며 말했다. "전 좋은 프로를 만들고 싶었어요. 진정성 있는 프로. 그런데 어떻게 됐나 한번 보세요. 정말이지 끔찍한 사태가 벌어졌어요. 제가 너무 어리석었어요. 너무 무지했어요."

거니는 킴을 바라보았다. 그녀가 입고 있는 보수적인 파란색 재킷, 아무 장식 없는 흰 블라우스, 극단적으로 단순한 헤어스타일. 어른 옷을 입은 어린아이 같았다.

"저 이제 어떻게 해요?" 킴이 너무도 작은 목소리로 물었기 때문에 하마터면 못 들을 뻔했다. "양치기가 계속 사람들을 죽일 거 같아요. 악마를 깨우지 말라는 건 저에 대한 경고였어요. 그걸 제가 무시한 거예요. 결국 새로 발생한 살인들은 다 제 탓이란 뜻이잖아요. 게츠가 이 끔찍한 일을 중단하게 만들 방법이 없을까요?"

"게츠를 막을 도리는 없을 것 같구나."

"세상에……."

"하지만 양치기를 막을 방법은 있을 거 같다."

"어떻게요?"

"별로 승산이 없는 작전이긴 한데……."

"아무것도 안 하는 것보단 그래도 뭔가 하는 게 낫잖아요."

"네 도움이 필요할지도 모르겠다."

그녀가 그를 돌아보았다. "뭐든 할게요. 말씀만 하세요. 뭐든 다……."

자동차가 가드레일 쪽으로 미끄러졌다.

"킴! 앞을 봐야지!" 거니가 소리쳤다.

"죄송해요! 죄송해요! 어쨌든 뭐든 필요한 게 있으시면 말씀만 하세요."

거니는 킴이 운전 중일 때 이 이야기를 꺼내는 게 과연 현명한 일인지 의문이 들었다. 그러나 시간이 없었다. 남은 시간은 급격히 줄어들고 있었다. 클린터에게 그랬던 것처럼 그 자신의 의심과 불안이 킴에게 고스란히 전달되지 않기를, 그래서 이 계획이 허술하게 들리지 않기를 바랐다. "이 건 내가 착한 양치기에 대해 믿고 있는 두 가지 사실에 바탕을 둔 작전이 야. 첫째, 그가 자신에게 위협이 되는 자라면 자신의 안전이 확보되는 한 기꺼이 죽일 수 있는 사람이라는 것. 둘째, 그가 이 사건에 대한 나의 관심 을 큰 위협으로 간주하고 있다는 것."

"그래서 어쩌시려고요?"

"너희 집에 있는 도청 장치를 이용해서 놈이 우리 대화를 듣게 만들 생 각이야. 놈이 행동을 취해서 스스로 정체를 드러내도록."

"저희 집을 도청하고 있던 자가 착한 양치기라고 생각하세요? 로비가 아니고?"

"로비일 수도 있지. 하지만 난 양치기라는 데 걸겠다."

킴은 거니의 제안이 조금 당황스러운 듯했지만 잠시 후 고개를 끄덕였다. "좋아요. 놈이 무슨 말을 엿듣게 할 건데요?"

"내가 외딴 곳에, 아주 불리한 상황에서 혼자 있을 거라고 말하는 거야. 놈한테 나와 맥스 클린터를 한꺼번에 제거할 기회를 주는 거지. 우리 둘을 처치하려면 이게 절호의 기회라고 생각하게 만들려고."

"그럼 제 아파트에서 우리가 그 이야기를 하는 거예요? 그가 듣고 있길 바라면서?"

"듣고 있건, 아니면 나중에 듣건 놈은 도청 장치로 전송된 내용을 하루에 한두 번은 재생할 거야. 노골적으로 정보를 흘리는 게 아니라 아주 세심하게 흘려야 돼. 일단 주된 화제가 있어야 하고, 감정의 기복이 있어야 하고, 우리가 네 아파트에 있는 이유도 있어야 하고, 약간의 긴장감을 조성할 필요도 있어. 평범하고 엉성한 현실감. 엿들어선 안 되는 내용을 듣고 있다고 믿게 만들어야 해."

◆◆◆

3시가 넘어 두 사람이 집에 도착했을 때, 카일은 출력 자료들, 블랙베리, 아이폰, 아이패드를 늘어놓고 서재 컴퓨터 앞에 앉아 있었다. 그는 통계표 같은 것이 떠 있는 화면에서 시선을 떼지 않은 채로 그들을 맞이했다. "어서들 오세요! 곧 갈게요. 지금 마무리하는 중이에요."

매들린의 기척이 없는 걸 보니 아직 병원에 있는 것 같았다. 킴이 옷을 갈아입으러 2층으로 올라가는 동안, 거너는 집 전화의 응답기를 확인했다. 메시지가 없었다. 그는 화장실에 갔다가 다시 부엌으로 가서 점심을 걸렀다는 생각을 하며 냉장고를 열어보았다.

잠시 후 킴이 아래층으로 내려왔을 때 그는 멍하니 창밖을 내다보고 있었다. 그의 마음은 딴 곳에 가 있었다. 그와 킴이 그날 저녁 공연할 드라마, 너무도 많은 게 달려 있는 드라마에 들어가야 할 요소들을 파악하려 애쓰고 있었다.

킴이 청바지와 헐렁한 스웨터를 입고 부엌으로 들어오면서 거니를 현실로 불렀다.

"뭐 좀 먹을래?" 그가 물었다.

"아뇨, 괜찮아요."

카일이 킴을 따라 들어왔다. "소식 들으셨죠?"

카일의 표정이 얼어붙었다. "무슨 소식?"

"또 다른 살인사건. 네가 인터뷰하던 사람의 부인. 릴라 스턴."

"세상에! 안 돼!" 킴이 식탁 가장자리를 잡았다.

"라디오에 나오든?" 거니가 물었다.

"인터넷요. 구글 뉴스."

"뭐라고 하든? 세부사항도 나왔니?"

"어젯밤에 얼음송곳에 찔려 죽었단 이야기뿐이었어요. '경찰, 수사 착수. 고삐 풀린 악마.' 온갖 극적인 표현만 난무하고 정보는 많지 않아요."

"젠장." 거니가 웅얼거렸다. 두 번째로 같은 소식을 듣고 있자니 더 끔찍하게 느껴졌다. 상황이 자신의 통제를 벗어나고 있다는 느낌이 더욱 강해졌다.

킴은 혼란스러워 보였다.

거니가 킴에게 다가가 그녀를 안았다. 킴은 그가 깜짝 놀랄 정도로 그를 와락 끌어안았다. 잠시 후 거니를 놓아주면서 킴은 심호흡을 하고 한발 물러섰다.

"전 괜찮아요." 묻지도 않은 질문에 킴이 대답했다.

"다행이다. 왜냐하면 이따가 우리 둘 다 정신을 똑바로 차려야 하니까."

"알아요."

카일이 얼굴을 찌푸렸다. "정신을 똑바로 차려야 한다고? 왜?"

거니가 그의 목표와 킴의 아파트에 설치된 도청 장치를 이용하는 작전에 대해 최대한 침착하고 이성적으로 설명했다. 그는 실제보다 더 합리적인 작전처럼 말하려 애쓰는 자신을 의식했다. 누구를 설득하려 애쓰는 건가. 카일인가? 아니면 그 자신인가?

"오늘 밤에요?" 믿기지 않는다는 듯 카일이 물었다. "그걸 오늘 밤에 하시겠다고요?"

"그러고 보니……." 다시 한 번 시간의 압박을 느끼며 거니가 말했다. "최대한 빨리 시라큐스로 출발하는 게 좋겠다."

카일은 무척 걱정스러운 표정이었다. "정말 준비가 되신 거예요? 제가 듣기엔 이거 엄청난 작전 같은데…… 무슨 이야기를 할지, 양치기가 무슨 말을 엿들게 할지 생각해두셨어요?"

거니는 다시 한 번 확신에 찬 목소리를 연기했다. "내 생각에는…… 솔직히 상당 부분 즉흥적으로 이루어져야 할 것 같구나. 우선 오늘 루디 게츠와 만났던 이야기를 하면서 킴의 아파트에 들어가야지. 킴이 램TV〈살인의 고아들〉프로를 끝내고 싶다고 말하고, 난 그렇게 쉽게 물러서면 안 된다고 하고."

"잠깐만요." 카일이 말했다. "아버지가 왜 그렇게 말씀하시는데요?"

"양치기가 킴이 아닌 날 위협으로 인식하게 만들기 위해서야. 킴은 이 프로를 끝내고 싶은데, 킴의 결단을 내가 가로막고 있다고 믿게 하려고."

"그게 전부예요? 작전이 그게 다예요?"

"아니, 좀 더 있어. 우리가〈살인의 고아들〉에 대해 대화를 주고받는 동안 전화를 받는 척 할 거야. 맥스 클린터의 전화. 내 통화를 듣는 사람은, 물론 도청 장치가 대화 내용을 다 전송하겠지만, 맥스가 착한 양치기의 정체를 밝힐 단서를 찾았다고 말한 것 같은 느낌을 받을 거야. 내가 발견한 몇 가지하고 일치하는 정보라고 할 수도 있고. 맥스와 내가 양치기가 누군지 알고 있고 그의 오두막에서 만나서 다음 단계를 논의하기로 하는 거시."

카일은 한동안 말이 없었다. "그렇다면…… 양치기가…… 어떻게 나올 거라고 생각하시는데요? 양치기가 클린터의 오두막에 나타난다는 건가요? 아버지를…… 죽이러?"

"나를 제대로 처리하면 놈이 엄청난 위험요인을 손쉽게 제거할 수 있다고 생각하게 되겠지."

"그럼 두 사람은……." 카일이 거니와 킴을 번갈아 보았다. "두 사람은…… 그걸 즉흥적으로 하겠다고요?"

"지금 상황에선 그게 유일한 방법이야." 거니가 시계를 보았다. "어서 출발하자."

킴은 겁에 질린 표정이었다. "핸드백 챙길게요."

킴이 위층으로 올라가는 소리가 들리자 거니가 카일에게 돌아섰다. "너한테 보여줄 게 있다." 그는 카일을 침실로 데리고 가서 서랍장 맨 아래 칸을 열었다. "내가 오늘 밤 몇 시쯤 돌아올지 모르겠구나. 혹시 무슨 일이 생기면…… 불청객이 찾아오거나 하면…… 이게 여기 있단 걸 알아둬라."

카일은 서랍 안을 들여다보았다. 서랍 안에는 조그만 12구경 권총과 탄약이 있었다.

43

양치기에게 말하다

거니와 킴은 각자의 차를 타고 시라큐스로 향했다. 별로 결정된 바가 없었기 때문에 최대한 융통성 있게 대처하는 게 현명할 것 같았다. 허름한 건물 앞에 이르자, 거니는 다시 한 번 킴과 작전을 점검했다. 그 과정에서 작전의 부실함은 더욱 선명하게 드러났다. 사실 '작전'이라고 말하기조차 뭣한 내용이었다. 작전이라기보다는 허술한 연극에 가까웠다. 그러나 커져 가는 그의 의혹을 드러낼 수도 없었고 그 의혹에 킴이 동요하게 할 수도 없었다. 이런 상황에서 불안감은 그녀를 마비시킬 것이다. 잘되건 안 되건, 이 허술한 작전이 그들이 가진 유일한 무기였다.

거니는 자신이 지을 수 있는 한 가장 확신에 찬 미소를 지어 보이는 것으로 대화를 마무리했다. "아파트 안에서 내가 너한테 뭐라고 하건, 무조건 내 말을 믿는 척해야 해. 최대한 정직하게 네가 느끼는 감정을 표출해. 편안하게 반응하는 거야. 알았지?"

"알 것 같아요."

"한 가지만 더 이야기하마. 휴대전화를 언제든 쓸 수 있도록 가까이 둬. 내가 손짓하면 내 휴대전화로 전화해. 그러면 내가 클린터하고 가짜 대화를 나눌 거야. 내가 어떻게든 이야기를 지어내마. 그러고 나서 넌 네 역할을 하면 돼. 네가 당연히 취해야 할 반응을 보여. 그렇게만 하면 돼. 알았지?" 그가 윙크하며 엄지를 들어 보였나. 그리고는 곧바로 후회했다. 자신의 거짓 자신감이 부끄러웠다.

킴은 침을 꿀꺽 삼킨 뒤 문을 열고 조그만 현관으로 들어서서 아파트 문을 열었다. 그리고 좁다란 복도를 지나 거실로 그를 안내했다. 간이소파, 값싼 커피테이블, 낡은 팔걸이의자를 바라보았다. 팔걸이의자 양쪽에는 먼지 앉은 램프가 있었다. 모든 게 그가 기억하는 그대로였다. 가운데가 닳아빠진 흙빛 양탄자까지.

"아저씨, 그쪽에 좀 앉으세요. 잠깐이면 돼요." 킴의 목소리는 그다지 긴장한 것처럼 들리진 않았다. 어쩌면 힘든 하루를 보냈기 때문일 것이다. 그녀가 복도를 지나 욕실로 사라진 뒤 소리 내어 문을 닫았다.

그는 거실을 서성거리며 헛기침을 몇 번 하고 소파에 털썩 앉았다. 몇 분 뒤 그녀가 돌아왔고 두 사람 다 휴대전화를 테이블 위에 올려놓았다.

"저기…… 마실 것 좀 드릴까요?"

"목이 마르네. 뭐 있니?"

"말씀만 하세요."

"주스 같은 거 있으면 좀 다오."

"있을 거예요. 잠깐만요." 그녀가 부엌으로 갔다. 유리잔 부딪치는 소리와 싱크대 수도를 틀었다 잠그는 소리가 들렸다.

그녀가 두 개의 빈 잔을 들고 돌아왔다. 그녀는 잔 하나를 그에게 내밀고는 "건배!"라고 말했다. 킴은 그를 바라보며 소파에 앉았다.

"축하한다. 와인을 마시는 걸 보니 램 계약 때문에 술 생각이 났나 봐."

그녀가 크게 웃었다. "이 상황 자체가 악몽이잖아요."

거니가 헛기침을 했다. "TV는 TV야."

"루디 그 인간쓰레기하고 일하게 된 걸 기뻐하라고요?"

"꼭 기뻐하란 건 아니지만, 네 장래가 걸려 있잖니."

"이게 제가 원하는 장래인지 잘 모르겠어요. 그런데 왜 그런 말씀을 하세요?" 그녀가 반 농담조로 그에게 물었다. "혹시 게츠가 기획한다는 프로에 관심 있으세요?"

"전혀. 적어도 그 친구가 원하는 방식으론 안 한다." 그가 말했다. 그는 다시 헛기침을 했다. "좀 더 줄래?" 그가 말하며 휴대전화를 가리켰다.

킴은 고개를 끄덕이며 휴대전화를 들었다. "목이 많이 마르셨나 봐요." 그녀가 요란하게 일어서며 유리잔을 손으로 세게 쳐서 쓰러뜨렸다. "이런! 다 쏟아졌네!" 킴이 밖으로 뛰어나갔다. 유리잔은 비어 있었고 쏟아진 건 없었지만, 두 사람의 대화를 듣고 있는 사람은 일상생활에서 흔히 일어나는 당혹스러운 순간을 상상할 것이다. 거니는 미소를 지었다. 킴에겐 재능이 있었다.

잠시 후 그의 휴대전화가 울렸다. 그가 전화기를 들고 가상의 대화를 시작했다.

"맥스? 아, 괜찮아요. 이야기하세요……. 그게 무슨…… 그걸 왜 묻는 겁니까?…… 네? 확실해요……. 아뇨, 페이스북 메시지는 가짜예요……. 바로 그겁니다. 어느 정도 확신합니까? 이봐요, 당신 말엔 전적으로 공감하지만 그렇게 밀어붙이려면 결정적인 증거가 필요해요. 100퍼센트 확실한 작전, 한 치의 오차도 없는 작전이 필요하다고요……. 이거야 원. 믿기지가 않네요. 하지만…… 젠장, 당신 말이 맞아요……. 그럼요. 갈 수 있죠…… 언제요? 내가 다 가져갈게요. 좋아요……. 몸 조심해요. 내일 밤 자정……. 그때 봅시다."

거니는 휴대전화를 끄고 테이블 위에 올려놓았다.

킴이 다시 거실로 돌아왔다. "여기요." 그녀가 잔을 건네는 시늉을 하며 말했다. "누구 전화예요? 흥분하신 것 같던데."

"맥스 클린터야. 착한 양치기가 드디어 엄청난 실수를 저지른 거 같아. 루스 블럼 건하고 정비소에. 나도 이미 알고 있었는데, 맥스가 또 다른 사실을 밝혀낸 것 같구나. 이제 놈의 정체를 파악했어."

"세상에! 착한 양치기가 누군지 알아내셨다고요!"

"그래. 적어도 90퍼센트 확신할 수 있어. 하지만 100퍼센트를 만들고 싶어. 허점을 두고 접근하기에는 너무 큰 사건이니까."

"누군데요? 말해주세요."

"아직은 안 돼."

"아직은?"

"틀릴 수도 있으니까. 너무 많은 게 걸려 있어. 내일 밤 맥스 클린터의 집에서 만나기로 했다. 나한테 보여줄 게 있대. 맥스의 증거가 내가 갖고 있는 증거와 일치하는지 확인해야지. 그러면 놈의 목을 조일 수 있어. 이제 양치기는 끝장이야."

"왜 내일 밤까지 기다려요? 지금 가시면 안 돼요?"

"클린터가 루스가 사는 동네로 오라는 문자를 양치기한테 받고 나서 집 밖으로 떠돌고 있거든. 그때 좀 겁을 먹었지. 낮엔 카유가 카운티에 있고 싶지가 않대. 내일 밤 자정엔 자기 집에 도착할 수 있대."

"세상에! 아저씨, 어떻게 이러실 수가 있어요? 양치기가 누군지 알면서 저에게 말을 안 해주시겠다니!" 그녀는 거의 측은할 정도로 겁에 질린 목소리로 말했다.

"이편이 더 안전하니까." 거니는 몇 박자를 기다렸다. 뭔가 생각하는 듯이. "일단 넌 호텔에 가 있는 게 좋겠다. 하룻밤 잘 짐 챙겨서 어서 나가자."

44

탐색

88번 주간고속도로 의 대형 체인 호텔 주차장에 차를 세울 때까지 두 사람은 아무 말도 하지 않았다.

7시 30분 경이었고 늦은 3월의 황혼은 어느덧 밤으로 접어들고 있었다. 주차장에 밝혀진 흐릿한 전등 불빛이 낮도 밤도 아닌 묘한 분위기를 자아냈다. 마치 태양이 서늘한 푸른빛이라 모든 게 엷고 차가운 빛깔인 외계 행성 같았다.

킴은 거니의 차 앞좌석에서 그들의 '공연'과 그들이 예상한 관객의 잠재적 반향을 생각했다. 현실적인 질문을 던진 사람은 킴이었다. "양치기가 미끼를 물까요?"

"결국 물 거야. 의심은 하겠지. 모든 것에 의심을 품는 자니까. 하지만 뭔가 하지 않을 순 없을걸. 그러려면 그 장소에 나타나야 하고. 우리가 짜놓은 시나리오대로라면 아무것도 하지 않는 게 뭔가 하는 것보다 훨씬 더 위험하거든. 그 사실을 잘 알겠지. 논리적인 친구니까."

"우리 잘했어요?"

"잘한 정도가 아니라 아주 자연스럽더라. 자, 지금부터 내 말 잘 들어. 오늘 밤 이 호텔에 있어. 누가 와도 문을 열어선 안 돼. 어떤 상황에서도. 누구든 문을 열라고 하면 곧바로 안전요원을 불러. 알았지? 그리고 내일 아침에 니한테 전화해라."

"우리 괜찮을까요?"

거니가 미소를 지었다. "내일 밤 이후엔 완전히 안전해질 거야."

킴이 아랫입술을 깨물었다. "이제 아저씬 어쩌시려고요?"

거니가 차 뒤로 기대며 주차장의 칙칙한 조명을 바라보았다. "내 작전은 착한 양치기가 스스로 모습을 드러내고 자기 목을 매달게 만드는 거야. 하지만 그건 내일 밤 일이고, 오늘 밤은 일단 집으로 가서 지난 이틀 동안 밀린 잠을 자둘 생각이다."

킴이 고개를 끄덕였다. "알겠어요." 그녀가 잠시 말을 멈추었다. "전 그만 들어가서 방을 잡을게요." 그녀가 가방을 들고 차에서 내리더니 호텔로 향했다.

킴이 호텔 로비로 사라지는 것을 확인한 뒤 거니는 차 뒤쪽으로 등을 대고 바닥에 누워 차체를 살펴보았다. 별다른 어려움 없이 그는 위치 추적 장치를 범퍼에서 떼어냈다. 그리고 다시 차에 타서 추적 장치를 조그만 나사 드라이버로 열어 배터리를 꺼냈다.

지금부터 최후의 대면까지는 위치를 노출하고 싶지 않았다.

45

악마의 제자

얻는 게 있으면 잃는 것도 있다고 했던가.

그날 밤 거니는 너무도 간절했던, 무엇에도 방해받지 않는 일곱 시간의 단잠을 잘 수 있었다. 그러나 다음 날 아침, 그는 까닭 모를 두려움과 함께 잠에서 깨어났다. 샤워를 하고 옷을 입고 권총을 발목에 차도 해결되지 않는, 정체를 알 수 없는 두려움이었다.

8시. 부엌 창밖을 내다보았다. 아침 안개 속에서 태양은 차가운 동그라미였다. 거니는 커피 첫 잔을 반쯤 마시며 긍정적인 효과가 나타나기를 기다렸다. 매들린이 오트밀과 토스트, 《전쟁과 평화》를 들고 아침 식탁에 앉아 있었다.

"당신 밤새 그거 읽고 있었던 거야?" 그가 물었다.

그의 말에 매들린이 눈을 깜빡였다. 혼란스럽고 짜증스러운 기색이었다. "뭐?"

그가 고개를 저었다. "아니야, 미안." 어설픈 유머였다. 전날 저녁에 그가 시라큐스에서 돌아와 그와 킴의 공연에 대해 최대한 간략하게 설명한 다음 잠자리에 들 때에도 매들린이 똑같은 책을 들고 있었기 때문에 던진 농담이었다. 하지만 어설픈 농담이었고 어쩌면 농담이라고 말할 수도 없는 농담이었다.

거니는 커피를 마저 마신 뒤 두 번째 컵을 따르러 주전자 쪽으로 갔다.

커피를 따르고 있는데, 매들린이 책을 덮은 다음 테이블 가운데로 조금 밀어놓았다.

"커피 너무 많이 마시는 거 안 좋을 거 같아." 매들린이 말했다.

"맞아." 거니는 그래도 커피 잔을 채웠지만, 매들린의 걱정에 대한 묘한 반응으로 설탕을 평상시처럼 두 개 넣는 대신 하나만 넣었다. 매들린은 계속 그를 주시했다. 거니는 문득 그녀의 표정에 드리워진 근심이 그의 카페인 섭취보다 더 큰 문제 때문이라는 느낌을 받았다.

커피메이커의 전원을 끈 뒤 창가로 다가가는데 매들린이 나지막이 물었다. "내가 도울 일은 없어?"

그 물음은 묘한 감흥을 불러 일으켰다. 너무도 많은 것을 내포한, 그러면서도 너무도 단순한 질문이었다.

"없어." 그가 듣기에도 진부하고 부적절한 대답이었다.

"혹시 생각나면 알려줘." 매들린이 말했다.

그녀의 낮은 목소리가 그의 말을 더 부적절한 것처럼 느껴지게 만들었다. 그는 화제를 바꾸는 것으로 기분을 전환시키려 했다. "당신은 오늘 일정이 어떻게 돼?"

"병원 가야지. 저녁 식사 전에 집에 못 올지도 몰라. 베티 대신 야근해야 할 수도 있거든. 당신 괜찮지?"

매들린은 다양한 상황에서 그 질문을 던졌다. 어디를 가겠다거나, 화단에 무언가를 심겠다거나, 조리법에 관해서나. 설명할 순 없지만 거니는 그 질문이 짜증스러웠고 매번 똑같이 대답했다. "물론 괜찮고말고." 그런 대화 후에는 항상 지금처럼 침묵이 이어졌다.

매들린이 다시 《전쟁과 평화》를 집어 들고 책을 펼쳤다.

그는 커피를 들고 서재로 가서 책상 앞에 앉아 바로 오늘 밤, 혼자서, 거의 무방비 상태로, 맥스 클린터의 오두막으로 들어가는 상황의 불확실성에 대해 생각했다.

문득 어디선가 새로운 생각, 새로운 근심이 떠올랐다. 그는 커피를 서재에 남겨놓고 매들린의 차로 갔다.

20여 분 뒤, 어쩌면 매들린의 차에도 위치 추적 장치가 달렸을지도 모른다는 두려움이 근거 없는 것임을 확인하는 순간 비로소 마음이 놓였다.

"어디 갔다 왔어?" 매들린이 부엌을 지나 서재로 가는 그를 책 너머로 바라보며 물었다.

그는 진실을 말하는 것 외엔 달리 도리가 없다는 결론을 내렸다. 그는 무얼 확인해보려고 나갔었는지 그녀에게 설명했다. 그의 차와 킴의 차에서 발견했던 것도.

"누가 그런 것 같아?" 그녀의 목소리는 침착했지만 눈빛에서 어딘가 긴장이 느껴졌다.

"나도 모르겠어." 그 대답은 진실이었지만 한편으로는 진실을 회피하는 것이기도 했다.

"그 로버트 미스인가 하는 친구?" 희망을 담은 목소리로 그녀가 물었다.

"그럴 수도."

"아니면 우리 헛간을 태운 사람? 킴의 아파트 계단을 잘라놓은 사람?"

"그럴 수도."

"착한 양치기일 수도 있을까?"

"그럴 수도."

매들린이 길고 느리게 숨을 내쉬었다. "그럼 그자가 당신을 미행했다는 거야?"

"꼭 그런 건 아냐. 적어도 바짝 따라붙진 않았어. 그랬다면 내가 알았겠지. 그저 내가 어디 있는지 알고 싶었을 수도 있어."

"그 사람이 당신이 어디 있는지 왜 알아야 해?"

"위험 요소 관리. 상황을 통제하려는 욕구. 적의 소재를 항상 파악하고 싶은 자연스러운 욕망."

매들린이 그를 보았다. 입을 직선으로 다물고서. 매들린은 그런 정보들이 그보다 폭력적인 목적으로 사용될 수 있다는 걸 아는 게 분명했다.

그의 아웃백에 달린 추적 장치를 떼어냈다는 얘길 해서 매들린의 두려움을 덜어주어야겠다고 생각하는 순간, 그러면 미아타의 추적 장치는 왜 제거하지 않았느냐는 질문으로 이어질 것 같아 그만 두었다.

그 이유는 단순했다. 양치기는 배터리 방식 추적 장치가 작동이 안 되면 배터리가 다 닳았을 거라고 짐작하겠지만, 전기 방식 추적 장치도 그와 동시에 작동이 안 되면 바로 의심을 품을 게 분명했다. 거니는 매들린에게 그 사실을 말하고 싶지 않았다. 양치기가 킴의 차를 하루라도 더 추적할 수 있게 둔다는 사실에 화를 낼게 뻔했다. 그가 한 번에 감당할 수 있는 갈등의 양에는 한계가 있었다. 때로는 선별 작업이 필요했다.

"아버지, 어떻게 된 건지 설명해주실 거예요?"

카일의 목소리였다. 거니는 청바지에 티셔츠 차림으로 들어오는 아들을 보았다. 샤워를 했는지 머리가 젖어 있었다.

"어젯밤에 이야기한 게 다야."

"어젯밤에 별로 이야기 안 하셨는데."

"자고 싶더라. 쓰러질 지경이었거든. 어쨌든 어젠 매끄럽게 잘 돌아갔어. 별 탈 없이. 대화가 아주 그럴듯했어."

"이젠 어쩌시려고요?"

매들린 앞에서 그가 하고 싶은 말에는 제약이 있었다. 그의 계획 자체가 너무 위험하게 보일 것이다. 그는 최대한 사무적으로 대답했다. "기본적으로는 덫을 놓고 놈을 기다릴 생각이다."

카일은 회의적인 표정이었다. "그게 다예요?"

거니는 어깨를 으쓱했다. 매들린은 책 읽기를 멈추고 그를 바라보고 있었다.

카일이 추궁했다. "마법의 주문이 뭐였는데요?"

"뭐?"

"두 사람이 연기를 할 때…… 무슨 이야기를 해서…… 이자를 나타나게 했냐고요."

"나를 처치할 방법이 있다는 인상을 심어주려 했지. 정확한 대사는 생각이 안 나는데 어쨌든……." 그의 휴대전화가 울렸다.

발신자는 킴이었다. 거니는 이런 식의 훼방이 다행스러웠다. 그러나 그런 기분은 3초간만 지속되었다.

킴은 숨을 헐떡이고 있었다.

"킴? 무슨 일이니?"

"세상에…… 세상에……."

"킴?"

"네!"

"무슨 일이냐고. 왜 그래?"

"로비가…… 죽었어요."

"뭐?"

"죽었다고요."

"로비 미스가 죽었다고?"

"네."

"어디서?"

"네?"

"어디서 죽었는지 말해줄래?"

"제 침대 위요."

"어떻게?"

"저도 모르겠어요."

"로비가 왜 네 침대에 있니?"

"저도 모르겠어요! 그냥 여기 있어요. 저 어떻게 하죠?"

"지금 네 아파트에 있니?"

"네. 와주실 수 있으세요?"

"어떻게 된 건지 말해봐."

"어떻게 된 건지 모르겠어요. 오늘 아침 제 짐을 챙기러 집에 왔는데, 그리고 침실에 들어갔는데……."

"킴?"

"네?"

"침실에 들어갔는데?"

"로비가 있었어요. 제 침대 위에."

"엎드려 있었어요. 돌려서 깨우려고 했는데…… 가슴에 손잡이 같은 게…… 박혀 있었어요."

거니의 심장이 질주하고 있었다. 퍼즐 조각은 바람에 흩날렸다.

"아저씨?"

"그래."

"와주실 수 있으세요?"

"킴, 내 말 잘 들어. 지금 당장 911에 신고해."

"와주시면 안 돼요?"

"지금 내가 거기 가는 건 도움이 안 돼. 911에 신고해. 지금 당장. 그게 가장 급한 일이야. 내 말 알겠니?"

"네. 하지만 아저씨가 와주셨으면 좋겠어요. 제발요."

"안다. 일단 전화 끊을게. 911에 신고하고, 경찰이 오면 상황을 설명하고 나서, 나한테 다시 전화해. 알겠니?"

"네."

거니가 전화를 끊었을 때 카일과 매들린이 그를 보고 있었다. 5분 뒤, 그가 여전히 그들에게 상황을 설명하고 있을 때 킴에게서 다시 전화가 왔다.

"경찰이 오는 중이래요." 킴의 목소리는 조금 진정이 된 듯했다.

"괜찮니?"

"네. 잘 모르겠어요. 유서가 있어요."

"다시 한 번 말해봐."

"로비가 쓴 유서가 있다고요. 제 컴퓨터에."

"컴퓨터를 켜봤니?"

"그냥 보였어요. 화면이 바로 앞에 있었어요. 제 앞에. 컴퓨터가 켜져 있었어요."

"유서인 게 확실해?"

"확실해요. 유서가 아니고 뭐겠어요?"

"뭐라고 썼니?"

"너무 끔찍해요."

"뭐라고 썼지?"

"소리 내서 읽기 싫어요. 도저히 못 하겠어요." 킴은 심호흡을 하는 것 같았다.

"제발, 킴. 읽어다오. 중요한 일이야."

"꼭 읽어야 해요? 정말 끔찍하다고요."

"읽어봐. 부탁이다."

"좋아요. 읽을게요." 그녀가 떨리는 목소리로 내용을 읽었다. "인간이라는 종족이 역겨워. 너도 역겨워. 너와 거너도 역겨워. 인생이 역겨워. 언젠가는 네가 진실을 깨닫고 그 진실이 널 죽이길 바라. 로버트 몬터규의 마지막 유언…… 이게 다예요. 경찰이 오면 말해야 할까요?"

"질문에만 답해."

"어젯밤 일에 대해 말해야 할까요?"

"질문에 대해서만 정직하게 답해." 그가 잠시 멈추었다. 적절한 말을 고르기 위해. "상황을 꼬이게 만들 정황들을 일부러 쏟아내진 말고."

"아저씨가 여기 왔었다는 건 말해도 될까요?"

"말해야지. 네가 아파트에 갔었고 있었고 언제 도착해서 언제 나갔는지. 어제 누구와 같이 있었는지 물을 거다. 우리가 거기 갔었고 램 프로젝트에 대해 의논했다고 말해. 맥스 클린터나 그의 집 이야기를 해서 주의를 분산시키는 건 도움이 안 될 거 같다. 중요한 건 진실을 말해야 한단 거야. 절대 거짓말을 해선 안 돼. 하지만 묻지 않은 세부사항까지 말하진 마라. 내 말 알겠지?"

"그럴게요. 어젯밤에 호텔에서 잤다고 말해야 할까요?"

"물론. 네가 어디 있었는지 정직하게 말해. 내가 네 상황에 처했다면, 내 아파트가 수시로 침입당하고 지역 경찰이 적절하게 대응하지 않았다면, 거기서 자고 싶지 않았을 거 같아. 호텔이나, 월넛 크로싱, 맨해튼에 있는 친구의 아파트에서 자고 싶었겠지. 그나저나, 너 어젯밤 호텔 밖으로 나온 적 있니?"

"아뇨. 물론 없어요. 하지만……." 커다란 노크 소리가 들렸다. "경찰이 왔나 봐요. 그만 가볼게요. 다시 전화 드릴게요."

전화가 끊겼다. 거니는 거실 한복판에서 사실들, 사실이 암시하는 바들, 상황의 긴박함에 대해 생각해보았다. 마치 오렌지 열두 알로 저글링을 하고 있는데, 누가 수박 하나를 던진 것 같았다.

폭약을 장전한 수박.

46

다른 길은 없다

"자살?" 카일이 물었다.

"아닐 거야." 거니가 말했다. "그럴 위인이 못돼. 설령 그럴 가능성이 있다고 해도 타살 가능성이 더 커."

"시라큐스 경찰이 그걸 밝혀낼 만큼 유능할까요?"

"약간의 도움을 받는다면." 거니는 잠시 자신의 선택을 저울질하다가 휴대전화를 꺼내 하드윅의 번호를 눌렀다.

첫 번째 신호에 전화를 받았다. "빌어먹을! 호랑이도 제 말하면 온다더니!" 거친 목소리가 들려왔다.

"뭐?"

"자네한테 전화하려고 전화기를 막 집는데, 떡하니 자네 번호가 뜨지 뭔가. 이게 기막힌 우연이 아니라고는 말하지 말게!"

"마음대로 생각하게. 내가 전화를 건 이유는 범죄수사국에 도움이 될 만한 정보를 주기 위해서야. 범죄수사국에서 내 이야기를 들어줄 사람은 자네밖에 없는 것 같아서."

"자네가 내 이야기를 들으면 아마 자네가 준다는 정보 따윈……."

"로비 미스가 죽었어."

"죽었다니. 진짜 골로 갔다고?"

"그래. 자살로 위장되긴 했지만."

"경찰은 아직 시신 확인을 안 했고?"

"시라큐스 경찰국에선 알고 있어. 머지않아 자네 쪽에서도 곧 알게 되겠지. 하지만 그게 문제가 아니야. 현장 감식을 누가 하게 되건, 유서를 쓴 컴퓨터 키보드를 꼼꼼히 보라고 해. 루스 블럼의 컴퓨터 키보드에 나타난 것과 상당히 비슷한 흔적이 발견될 거야."

하드윅은 상황을 이해하려는 듯 잠시 침묵했다. "시체는 어디 있는데?"

"킴 코레이즌의 아파트."

조금 더 긴 침묵이 이어졌다. "라텍스 장갑의 얼룩이 블럼의 키보드에 남아 있었다는 건, 누군가 블럼의 지문을 보존하기 위해 장갑을 끼고 타이핑을 했단 뜻이야. 맞지?"

"맞아."

"그게 이번 사건에선 어떻게 적용되지? 킴의 키보드엔 미스의 지문이 아니라 킴의 지문만이 남아 있을 텐데. 어떻게 로버트 미스가 타이핑 한 것처럼 보이게 만들었단 건가?"

"범인이 로버트에게 부르는 대로 타이핑하라고 요구했을 수도 있겠지. 이메일이든, 뭐든. 죽이기 전에. 그리고 나서 로버트 미스의 지문이 있는 상태에서 장갑을 끼고 유서를 작성했겠지."

"자네의 그 놀라운 통찰과 관련해서 내가 뭘 해주길 바라나?"

"자네가 로버트 미스에 관한 살인사건 보고서를 읽게 되면, 혹시 운이 좋아서 컴퓨터 키보드에 관한 자료가 있다면, 킴 코레이즌과 루스 블럼의 관계를 생각해볼 때, 컴퓨터 키보드의 지문을 비교 분석해야 한다는 생각이 들 거야. 그럼 오번의 불러드 반장한테 귀띔해주게. 시라큐스의 제임스 쉬프 경관에게도."

"왜 직접 안 하고?"

"지금 내 이름이 별로 매력이 없는 상황이거든. 내가 무슨 말을 해도 저 밑에 쑤셔 박힐걸."

하드윅이 거친 기침을 쏟아냈다. 어쩌면 웃음이었을 수도 있었다. "이봐. 자네 아주 제대로 알고 있구만. 그게 바로 내가 자네한테 전화한 이유야. 방화전담팀에서 자넬 심문하기로 결정했대. 용의자로."

"언제?"

"아마 내일 아침쯤. 어쩌면 오늘 오후가 될 수도 있고. 혹시 자네가 집을 비우고 싶을 경우를 대비해서 미리 알려주는 거야."

"고맙네. 지금 당장 떠나야겠군. 몇 가지 할 일이 있어서."

"조심하게, 친구. 상황이 좋지 않아."

전화를 끊었을 때, 거니는 거실 한복판에 서 있었다. 매들린과 카일이 테이블에 앉아 있었다. 카일은 놀란 표정으로 그를 보았다. "대단하네요. 라텍스 장갑을 끼고 키보드를 쳤다니…… 아버진 그걸 어떻게 알아내셨어요?"

"추측일 뿐이야. 어쩌면 아직 밝혀진 건 아무것도 없어. 하지만 다른 문제가 있어. 방화팀 머저리들이 또 다른 머저리 집단의 압력을 받고 날 방화 용의자로 지목했다는구나."

카일은 몹시 화가 난 표정이었다. "크램든 그 개자식도 여기 왔을 때 그런 소리 하지 않았어요?"

"그땐 증인으로서 내게 물었던 거고. 이젠 날 용의자로 심문하겠지."

매들린은 너무 당황해서 어쩔 줄 모르는 것 같았다.

"용의자?" 카일이 소리쳤다. "그 자식들 다 미친 거 아니에요?"

"그게 다가 아니야." 거니가 말했다. "경찰에선 로비 미스의 죽음과 관련해서 날 심문할지도 몰라. 내가 어젯밤 킴의 아파트에 있었으니까. 아무래도 내가 집에 없는 편이 나을 것 같다. 강력 사건 심문은 시간이 오래 걸리는 데다, 오늘 밤 절대 놓쳐서는 안 되는 약속이 있거든."

카일은 화나고 불안하고 무기력한 표정이었다. 그는 거실 맞은편으로 가서 차갑게 식은 벽난로를 바라보며 고개를 저었다.

매들린의 시선은 거니에게 고정되었다. "당신, 어디로 갈 건데?"

"클린터의 오두막."

"그럼 오늘 밤……."

"기다리는 거지. 눈 똑바로 뜨고, 귀를 쫑긋 세우고, 누가 나타나는지 지켜봐야지. 상황을 봐가면서 대처할 거야."

"그런 이야기를 그렇게 아무렇지도 않게 하다니, 소름끼쳐."

"왜?"

"당신은 모든 걸 과소평가하고 있잖아. 모든 게 위태로운 상황에서."

"드라마 찍는 건 질색이야."

두 사람 사이에 침묵이 흘렀고 그 침묵은 멀리서 들려오는 까마귀 소리로 깨어졌다. 짧게 자란 풀밭에서 날아오른 까마귀 세 마리가 긴 반원을 그리며 연못 건너편의 솔송나무 위에 내려앉았다.

매들린이 길고 느린 숨을 쉬었다. "만약 양치기가 나타나서 당신을 쏘기라도 하면?"

"걱정 마. 그런 일은 없을 거야."

"걱정 말라고? 걱정 말라고? 지금 그런 말이 나와?"

"내 말은, 당신이 생각하는 만큼 걱정할 상황은 아니란 뜻이야."

"그걸 당신이 어떻게 알아?"

"만약 도청 장치를 확인했다면 오늘 밤 자정에 맥스와 내가 그의 오두막에서 만나기로 약속하는 걸 들었을 거야. 그랬다면 그가 할 수 있는 가장 합리적인 행동은, 우리가 가기 몇 시간 전에 와서 가장 유리한 지점을 확보하고, 차량을 숨겨놓고 몸을 숨기고 기다리겠지. 그 제안에 구미가 당길 거야. 외진 곳에서 총을 쏜 경험이 많을 테니까. 사실 그 친구 그 방면에 소질이 있어. 위험은 적고 성과는 큰 기회라고 생각할 거야. 자신에게 익숙한 어둠과 외진 장소가 매력적으로 다가오겠지. 그에겐 거의 안전 구역이나 마찬가지야."

"그자의 생각이 당신이 원하는 대로 움직였을 때 이야기지."

"극단적으로 이성적인 놈이야."

"이성적이라고?"

"극단적으로. 감정이 완전히 배제되어 있어. 그게 놈을 괴물로 만들고 소시오패스로 만들어. 하지만 어떻게 보면 이해하기 쉬운 상대야. 놈의 머리는 순전히 위험과 보상의 계산으로 돌아가니까. 계산기는 예측이 가능하잖아."

매들린은 그가 외국어를 하는 게 아니라 아예 다른 행성의 말을 하고 있다는 듯 그를 보고 있었다.

거실 저쪽에서 카일의 불확실한 목소리가 들려왔다. 그는 여전히 벽난로 옆에 서 있었다. "그러니까 아버지가 먼저 가시겠단 거예요? 놈이 아버지를 기다리는 대신 아버지가 먼저 가서 놈을 기다리겠단 거예요?"

"뭐 그런 셈이지. 아주 간단해."

"이 작전에 얼마나 확신이 있으세요?"

"밀어붙이기 충분할 정도로."

부분적으로는 사실이었다. 그러나 보다 정직한 대답은 모든 게 상대적이라는 사실이었다. 그에겐 이제 숨 쉴 공간이 남아 있지 않은 데다가 가만히 있는 것은 선택지가 될 수 없었고, 앞으로 나아가는 것 말고는 방법이 없었다.

매들린이 테이블에서 일어나 차가운 시리얼과 먹다 만 오트밀과 토스트를 들고 싱크대로 갔다. 그녀는 잠시 아무것도 하지 않고 수도꼭지만 바라보았다. 두려움이 가득한 눈빛으로. 그러고는 긴장된 미소를 머금고 고개를 들고는 말했다. "밖에 날씨가 기가 막히네. 산책 좀 하고 올게."

"당신 오늘 병원 가는 날 아니야?"

"10시 반까지 가면 돼. 아직 시간 많아. 집 안에 있기엔 날씨가 아까워."

그녀가 방으로 가더니 2분 뒤 다양한 색상의 조합으로 나타났다. 라벤더색 기모 바지, 분홍색 나일론 재킷, 빨간 모자.

"연못가에 나가 있을게. 당신 가기 전에 나 보고 가." 그녀가 말했다.

47

떠나는 천사

카일이 다가와 테이블 맞은편에 앉았다. "새엄마 괜찮으실까요?"

"괜찮을 거야. 그러니까 내 말은…… 매들린은…… 괜찮을 거야. 밖에 나가는 게 도움이 되는 것 같더라. 산책은 매들린에게 항상 효과가 있어. 좋은 쪽으로."

카일이 고개를 끄덕였다. "전 뭘 해야 하죠?"

젊은 남자가 자기 아버지에게 물을 수 있는 가장 어마어마한 질문처럼 들렸다. 그 생각이 거니를 미소 짓게 만들었다. "상황을 주시해야지." 거니가 잠시 말을 멈추었다. "일은 어떻게 하고 있니? 학교는?"

"이메일로 안 되는 게 없어요."

"잘됐네. 마음이 언짢구나. 괜히 널 이런 상황에 끌어들여서…… 네 생활을 복잡하게 만들고…… 위험에 처하게 만들어서…… 부모가 되어서 그러면 안 되는데……." 거니는 말을 잇지 못했다. 그는 유리문 밖을 내다보았다. 아직도 까마귀가 솔송나무에 앉아 있는지 궁금했다.

"아버지가 위험을 만든 게 아니잖아요. 오히려 위험을 막아주려 애쓰고 계시죠."

"그래……. 그만 가봐야겠다. 가야 할 곳이 있는데, 방화 용의자니 뭐니 하는 황당한 일에 얽히면 안 되니까."

"제가 할 일은 없어요?"

"아까 말한 것처럼 상황 주시하고 있어. 그리고 너, 그거……." 거니는 침실 쪽을 가리켰다.

"총 어디 있는지 알아요. 걱정 마세요."

"운이 좋으면, 내일 아침엔 상황이 다 해결될 거다." 기대한 것보다 훨씬 더 공허하게 들리는 그 말을 남기고 거니는 거실을 나섰다.

출발하기 전에 할 일은 많지 않았다. 휴대전화가 제대로 충전되었는지 확인했다. 발목의 권총도 시험해보았고 권총집도 잘 고정되어 있는지 확인했다. 그러고 나서 책상으로 가 킴이 처음 그를 만났을 때 건넸던 파일을 찾아 하드윅이 보낸 보고서 출력 자료를 함께 챙겼다. 어떤 식으로든 만남이 성사되기까지 아직 몇 시간이 남아 있었고 그동안 그가 알고 있는 사실들을 다시 한 번 점검해볼 생각이었다.

다시 부엌으로 돌아와 보니 카일이 여전히 테이블 앞에 서 있었다. 앉기에는 너무 초조해 보였다.

"자, 그만 가봐야겠다."

"알겠어요. 나중에 봐요." 카일은 손을 흔드는 것도, 거수경례를 하는 것도 아닌 어정쩡한 동작으로 한 손을 들었다.

"그래. 나중에 보자."

거니는 머드룸에서 재킷을 챙겨 들고 차로 향했다. 풀밭 길로 차를 모는 동안 그는 거의 아무 생각도 할 수 없었다. 그의 차가 풀밭에 자갈이 깔린 도로와 만나는 연못가에 이르렀고 바로 그 순간 매들린을 보았다.

매들린은 연못가의 자그마한 둔덕 위에 서 있는 자작나무 옆에 서서 해를 향해 눈을 감고 있었다. 그는 차를 세운 뒤 그녀에게 다가갔다. 작별인사를 하고 싶었고 내일 아침 전에 돌아오겠다고 말하고 싶었다.

매들린이 천천히 눈을 뜨고 그에게 미소 지었다. "놀랍지 않아?"

"뭐가?"

"바람."

"아, 그렇군. 상쾌하네. 여보, 나 지금 나가는 길인데, 당신한테……."

그녀의 미소가 그의 허를 찔렀다. 그녀의 미소는…… 무언가로 가득 차 있었다. 딱히 슬픔이라고 말할 수는 없었다. 또 다른 무언가였다.

그게 무엇이건, 그녀의 목소리에도 배어 있었다. "잠깐만 멈춰 서서 바람을 느껴봐." 그녀가 말했다.

잠시 동안, 몇 분 혹은 몇 초 동안인지는 확실히 알 수 없지만, 그는 그 자리에 얼어붙었다.

"놀랍지 않아?" 매들린이 다시 한 번 말했다. 너무도 보드라워서 그녀의 목소리마저도 그녀가 말한 바람의 일부 같았다.

"나 그만 가봐야 해. 자칫하면……."

매들린이 그의 말을 막았다. "알아. 나도 알아. 조심해." 그녀가 그의 뺨을 어루만졌다. "사랑해."

"젠장." 그가 그녀를 바라보았다. "나도 두려워, 매디. 지금까진 항상 상황을 해결할 수 있었어. 이번에도 내 판단이 제발 맞기를……. 어쨌든 내가 할 수 있는 일은 이것뿐이야."

매들린이 손가락을 그의 입술에 대었다. "당신은 멋지게 해낼 거야."

그에겐 차로 돌아가 올라 탄 기억이 없었다.

기억하는 것은 오직, 그가 돌아보았을 때, 자작나무 언덕 위에 서서, 화려한 빛깔의 옷을 입고 햇살 속에 빛을 발하며, 그가 이해할 수 없는, 가슴 저리는 무언가를 담은 미소를 짓던 매들린의 모습뿐이었다.

48

한 가지 중요한 사실

월넛 크로싱과 카유가 카운티까지는 전형적인 시골 풍경이 펼쳐졌다. 조그만 농장들, 포도밭, 물결치는 옥수수밭에 드문드문 등장하는 활엽수림. 그러나 거니는 그 풍경을 거의 보지 않았다. 그의 마음은 이미, 시커먼 늪 한복판에 있는 작고 황량한 오두막으로, 그리고 오늘 밤 그곳에서 벌어질 일로 달려가 있었다.

그가 오두막에 도착한 것은 정오가 채 되기도 전이었다. 바로 들어가진 않을 생각이었다. 그는 비스듬히 걸려 있는 해골 보초병과 무너져가는 알루미늄 문을 천천히 지나쳤다. 문은 열려 있었지만 그를 반긴다기보다는 오히려 불길하게 느껴졌다.

거니는 800미터 정도 지나갔다가 다시 유턴했다. 클린터의 으스스한 진입로에 이르기 전에 잡초로 뒤덮인 들판 한복판의 큼직하고 낡은 헛간이 눈에 뜨였다. 지붕은 이슬아슬할 정도로 내려앉았고 여닫이문 한 짝과 벽 한 면이 날아갔다. 부근에 농장은 보이지 않았다. 한때 농장이었을 법한 허술한 흔적만이 남아 있었다.

거니는 호기심을 느꼈다. 본래 농장의 진입로였을 것 같은 지점에 이르렀을 때, 길을 따라 천천히 들판을 가로지른 다음 헛간 앞에 차를 세웠다. 안은 어두컴컴했다. 내부를 살피려면 불을 켜야 했다. 바닥은 콘크리트였고 앞에서 건물 안쪽 어두운 곳까지 길게 통로가 만들어져 있었다. 썩어가는 건초가 사방에 흩날리는 더러운 헛간이었지만 그것 말고는 비어 있었다.

거니는 마침내 결단을 내렸다. 그리고 차를 몰고 헛간으로 들어갔다. 어둠 속에 차가 완전히 숨겨질 때까지. 〈살인의 고아들〉 자료와 수사 보고서를 들고 차에서 내린 뒤 문을 잠갔다. 정오였다. 이제부터 긴 기다림이 시작될 것이다. 그러나 그 시간을 유용하게 써야 했다.

그는 잡초 밭을 걸어 클린터의 집으로 향했다. 연못과 그 옆의 늪을 가로지르는 둑길을 걷는 동안 거니는 클린터의 집이 얼마나 외진 곳에 자리 잡고 있는지 새삼 놀랐다.

약속했던 대로 오두막 문은 잠겨 있지 않았다. 하나의 커다란 방으로 이루어진 내부에서는 환기를 거의 하지 않은 집에서 날 법한 퀴퀴한 냄새가 났다. 통나무 벽도 또 다른 냄새를 보탰다. 시큼한 나무 냄새였다. 가구들은 '전원풍 가구' 전문 매장에서 사온 것 같았다. 이곳이 한 남자가 사는 집이었다. 사냥꾼이 사는 집.

스토브와 싱크대, 벽에 붙여놓은 냉장고 한 대. 그 옆에는 세 개의 의자가 놓인 기다란 식탁이 있었다. 또 한쪽 벽에 낮은 싱글 침대가 놓여 있었다. 마룻바닥은 때가 끼어서 색이 어두워졌다. 마룻바닥에 난 문이 시선을 끌었다. 한쪽 문에 들어 올리는 용도로 쓰이는 것 같은, 손가락이 들어갈 정도의 구멍이 있었다. 호기심에 문을 열어보았지만 열리지 않았다. 오래전에 막아버린 것 같았다. 클린터의 성격으로 보아 어딘가 잠금 장치를 달아놓은 것일 수도 있었다. 어쩌면 '수집가'들에게 파는 '수집용' 총들을 보관해두는 곳일 수도 있었다.

큰 길이 내다보이는 창문이 식탁 위로 어스름한 햇빛을 제공했다. 거니는 세 개의 의자 중 하나에 앉아 두툼한 자료들을 남은 시간 동안 읽을 순서대로 두툼한 자료를 정리했다. 서류들을 몇 무더기로 만들고, 이 무더기에서 저 무더기로 오락가락하다가, 우선순위에 따라 정리하다가, 결국 정리를 포기하고 닥치는 대로 읽기 시작했다.

그는 마음을 다잡고 10년 전 부검 사진과 머리의 총상을 묘사한 자료 하나를 집었다. 다시 보아도 섬뜩했다. 엄청난 외상으로 으깨어진 희생자의 얼굴은 그 자체로 생생한 감정을 전달하고 있었다. 인간으로서의 존엄성을 무참히 짓밟힌 희생자의 모습은 또 한 번 그를 분노하게 했고, 마땅한 대우를 받게 하겠다고 다짐하게 했다. 범인을 법의 심판대에 세우자. 희생자들이 강탈당한 품위를 되찾아주자.

그런 결심을 하니 기분이 좋아졌다. 결심을 하는 것은 그에게 목적의식과 단순명료함, 기운을 북돋워주었다. 그러나 좋은 기분은 얼마 안 가 다시 희미해졌다.

그는 방 안을 둘러보았다. 냉랭하고 인간미 없는, 호의적이지 않은 방. 한 남자의 집. 맥스 클린터의 세계는 얼마나 좁은가. 착한 양치기를 만나기 전 그의 삶이 어쨌는지는 알 수 없지만 분명히 그날 이후 긴 시간에 걸쳐 시들고 위축되었을 것이다. 어느 외딴 마을 늪 한복판에 자리 잡은 조그만 오두막은 은둔자의 동굴이었다. 클린터는 자신의 악마에 의해, 환상에 의해, 복수의 갈망에 의해 완전히 고립되었다. 클린터는 에이해브였다. 상처받고 광기에 사로잡힌 에이해브. 바다를 떠도는 대신 클린터는 황야에 숨었다. 작살 대신 총을 든 에이해브. 그는 자신만의 추적에 갇혀 있었고, 자신의 임무를 완성하는 순간 외에는 아무것도 보지 않았으며, 자신의 목소리 말고는 누구의 말도 듣지 않았다.

그는 지독히도 혼자였다.

그 진실이, 그 강렬함이 거니로 하여금 눈물을 쏟게 만들었다.

거니는 문득 자신의 눈물이 맥스를 위한 것이 아님을 깨달았다.

자기 자신을 위한 눈물이었다.

매들린의 모습이 떠오른 것은 바로 그 순간이었다. 자작나무 뒤에 서 있던 매들린. 연못과 숲 사이 언덕에 서 있던 모습. 그에게 손을 흔들던 모습. 알록달록한 빛깔과 햇살 속에서 손을 흔들며 미소 짓던 모습. 그 미소는 그가 이해할 수 있는 범위를 넘어선 감정을 담고 있었다. 말로 표현할 수 없는 감정이었다.

마치 영화의 마지막 장면 같았다. 엄청난 선물을 받은 남자에 대한 영화. 그의 앞길을 환히 비추어줄 천사를 선물받은 남자, 그에게 모든 걸 알려줄 천사, 그를 어디로든 데려갈 천사, 그가 유일하게 기꺼이 보고 듣고 따를 수 있는 천사.

남자는 너무 바빴고, 너무 많은 것에 정신을 빼앗겼고, 도전장을 내밀며 그를 매혹시킨 어둠에, 그리고 자기 자신에 너무 몰입해 있었다. 결국 천사는 하늘로 돌아간다. 그가 받아들일 수 있는 한도 내에서 할 수 있는 일을 다 했기에. 천사는 그를 사랑했고, 그에 대해 알아야 할 모든 것을 알고 있었고, 있는 그대로의 그를 받아들였으며, 그 역시 자신에게 주어진 모든 사랑과 기쁨, 행복을 받아들이기를 바랐고, 그가 영원히 행복하기를 바랐다. 그러나 이제 천사는 떠나야 한다. 미소 짓는 천사, 세상의 모든 사랑을 담아 미소 짓는 천사가 햇살 속으로 사라지면서 영화는 끝난다.

거니는 고개를 숙이고 입술을 깨물었다. 눈물이 뺨을 타고 흘렀다. 그는 조용히 흐느끼기 시작했다. 영화의 마지막 장면 때문에. 자기 삶의 진실 때문에.

그로부터 한 시간 뒤, 그는 생각했다. 참으로 한심한 노릇이라고. 황당한 일이었다. 자기 연민이었고, 감정 과잉이었으며, 쓸데없는 생각이었다. 나중에 시간이 나면, 좀 더 자세히 따져봐야지. 어린 시절의 어떤 좌절감이 그런 감정을 불러 일으켰는지. 최근에 그가 감정적으로 나약해진 것만은 분명했다. 이 사건의 정치적 판도가 그를 소외시켰고, 부상으로부터의 더딘 회복이 그를 분노하게 하고 예민하게 만들었다. 물론 그보다 더 뿌리 깊은 문제들이 있긴 했다. 어린 시절의 불안감과 두려움. 제대로 짚어봐야지. 하지만 지금은······.

지금은 주어진 시간을 최대한 활용해야 했다. 지금은 그와 킴이 짠 각본으로 인해 발생할 상황에 준비해야 했다. 그것이 무엇이건 간에.

거니는 테이블 위의 종이들을 뒤적이며 양치기 사건의 모든 기록에서부터 킴이 희생자 가족과 처음 접촉하면서 작성한 기록들, FBI에서 작성한 가해자 프로필, 착한 양치기의 선언문 전문까지 펼쳐봤다.

거니는 모든 자료를 읽었다. 마치 처음 읽는 듯 꼼꼼하게. 이따금 창밖의 둑길을 확인하고, 다른 창문 쪽도 확인하면서 자료를 읽는 데 꼬박 두 시간이 걸렸다. 그러고 나서 한 번 더 읽었다.

두 번째로 자료를 읽고 나니 해가 저물고 있었다. 오래 앉아 있어서 몸이 뻣뻣했다. 그는 식탁에 앉아 기지개를 켜고 권총을 뽑아들고 밖으로 나가보았다. 구름 한 점 없던 하늘이 어느덧 황혼으로 물들어 푸른빛이 잿빛으로 변해가는 단계였다. 연못 근처에서 풍덩 소리가 났다. 또 한 번, 또 한 번. 그리고 정적이 흘렀다.

긴장이 감도는 정적이었다. 거니는 천천히 오두막을 돌았다. 그가 처음 이곳에 왔을 때와 달라진 건 없었다. 뒤뜰 야외 테이블 뒤에 주차되어 있던 험비가 사라진 것 말고는. 다시 집 앞으로 돌아와 안으로 들어가서 문을 닫았지만 고리를 걸지는 않았다.

밖에 겨우 3분에서 4분 정도 있었을 뿐인데 실내가 눈에 띄게 어두워졌다. 그는 탁자로 돌아와 권총을 손닿는 거리에 놓고 사건에 관한 질문을 정리한 자료를 들었다. 그의 관심을 끈 것은 불러드 반장이 사스파릴라에서 암시한 것과 하드윅이 전화 통화로 언급한 것, 지미 브루스터가 아버지 외에 다른 다섯 명의 희생자를 더 죽였을 가능성이었다.

하드윅은 지미에게 아버지를 죽이기에 충분한 증오심이 있었고 같은 차량을 선택한 것은 물질주의자들에 대한 원한이 표출된 거라고 했다. 같은 차량을 소유한 다른 다섯 명도 그의 아버지와 똑같은 인간으로 보였을 거라고. 그렇다면 하나의 주 표적과 다섯 개의 부차적 표적이 있었던 셈이다.

구미가 당기는 이론이긴 했지만, 지미는 거니가 알고 있는 병리학적 살인마들의 특성과 일치하지 않았다. 그들은 증오심에 의해 주 표적을 죽이거나 증오심으로 그 여러 명의 대체물을 죽이거나, 둘 중 하나였다. 둘 다일 수는 없었다. 따라서 그의 주 동기와 부 동기 이론은 그다지······.

어쩌면, 그럴 수도 있을까?

어쩌면······.

어쩌면 범인에게는 단 하나의 표적이 있었을 수도 있다. 그가 죽이고 싶은 단 한 사람. 그리고 나머지 다섯 명은 그들이 주 표적을 연상시켜서가 아니라······. 경찰이 그들을 표적으로 생각할 것이기 때문이었을 것이다.

전혀 다른 양상의 범죄인 것처럼 꾸미기 위해 다섯 명을 죽인 거라면. 적어도 다섯 명의 희생자가 특정 집단에 속하는 게 확실한 경우, 경찰은, 아니 경찰이 아니고 누구라도, 그 여섯 명 중에 주 표적이 있다고 생각하지 않을 것이다. 물론 착한 양치기 사건은 그런 식으로 수사되었고 경찰은 그 점에 대해 전혀 의문을 품지 않았다.

왜 여섯 명의 희생자를 한 명과 다섯 명으로 보겠는가? 왜 애초부터 그런 생각을 하겠는가? 더구나 처음부터 여섯 명의 희생자들이 동등하게 중요하다는 확고한 논리가 존재한다면 더더욱 그럴 것이다. 모든 희생자가 똑같이 중요하다는 범인의 선언문을 받았다면 더더욱 그럴 것이다. 사건의 전말을 설명하는 선언문. 사건 전체를 가장 훌륭하게, 가장 선명하게 집어삼킨, 너무도 정교하게 짜여진, 범행의 세부사항과 정확히 일치하는 선언문이 있다면.

이제야 제대로 보이는 것 같았다. 안개가 걷히는 기분. 이 사건에 대해 처음으로 무언가가 보이기 시작했다. 적어도 말이 되는 무언가가.

이러한 깨달음의 순간에 대부분 그랬던 것처럼 그 순간 가장 먼저 떠오른 생각은, 좀 더 일찍 깨달았어야 했다는 것이었다. 결국 사건을 이런 시각으로 바라보게 된 것은 메들린이 들려준 〈검은 우산을 쓴 남자〉라는 영화의 핵심 장면에서 다이얼을 아주 조금 움직여본 결과였다. 그러나 때로는 1밀리미터가 큰 차이를 만들었다.

반면 옳은 것 같은 기분이 든다고 반드시 실제로 옳은 것은 아니었다. 거니는 인간의 두뇌가 얼마나 쉽게 논리적 결함을 간과하는지 경험을 통해 알고 있었다. 사람의 마음이 만들어낸 것은 언제나 주관적이었고 객관성은 하나의 환상일 뿐이었다. 어느 누구나 마음이 열려 있다고 믿지만 실상은 그렇지 않다. 악마의 변호인*의 검증을 거치는 일은 반드시 필요한 과정이었다.

그가 가장 먼저 선택한 악마의 변호인은 하드윅이었다. 그는 휴대전화를 꺼내 그의 번호를 눌렀다. 음성사서함으로 넘어가자 짧은 메시지를 남겼다. "잭, 이 사건에서 약간의 틈을 발견했어. 자네 생각을 듣고 싶네. 전화해주게."

거니는 전화가 진동 모드인지 확인했다. 오늘 밤 무슨 일이 일어날지는 알 수 없지만 그가 구상한 시나리오가 진행되는 상황에서 전화벨이 울리는 건 곤란했다.

두 번째 악마의 변호인은 불러드 반장이었다. 지금 그녀가 어떤 상황에 처해 있는지 알 수 없지만 그녀의 반응을 확인하고 싶은 욕망이 정치적 판도에 관한 우려보다 더 우위에 있었다. 더구나, 만약 이 사건에 대한 그의 생각이 옳다면, 경찰의 정치적 판도가 그에게 유리한 쪽으로 바뀔 수도 있었다. 불러드 반장의 전화도 음성사서함으로 넘어갔고, 그는 하드윅에게 남긴 것과 같은 메시지를 남겼다.

하드윅이나 불러드가 언제쯤 그에게 전화를 줄지 모르는 데다 그의 새로운 깨달음을 살아 있는 누군가와 나누고 싶다는 간절함에, 다소 복잡한 심경으로 클린터에게 전화를 걸었다. 세 번째 전화벨이 울리고 클린터가

* 선의의 비판자. 열띤 논의가 이뤄지도록 일부러 반대 입장을 취하는 사람.

전화를 받았다.

"어이, 거사에 문제라도 생겼소? 도움이 필요합니까?"

"아무 문제 없어요. 말해주고 싶은 게 있어서. 사건에 허점을 발견한 것 같습니다. 뭐, 별거 아닐 수도 있지만요."

"말해보시오."

거니는 문득 클린터와 하드윅이 꽤 큰 정신적 공통분모를 갖고 있다는 생각이 들었다. 클린터는 극단으로 내몰린 하드윅이었다. 그 생각은 묘하게도 그를 편안하게 했다.

거니가 자신의 생각을 말했다. 두 번.

반응이 없었다. 기다리는 동안 그는 창밖의 연못을 바라보았다. 보름달이 떴고 늪 주변에 서 있는 죽은 나무들이 어딘가 으스스한 분위기를 자아냈다. "듣고 있습니까?"

"듣고 있어요. 이해하고 있습니다. 치명적인 결함은 찾을 수 없는 논리로군요. 물론 몇 가지 질문은 있습니다."

"당연히 그래야죠."

"내가 제대로 이해했다면, 결국 단 한 건의 살인만 중요했단 거죠?"

"맞습니다."

"나머지 다섯 명은 일종의 연막이고?"

"맞아요."

"단 한 건의 살인도 우리 사회의 병폐와는 관계가 없고?"

"맞아요."

"그럼 고급 승용차를 표적으로 삼은 건…… 왜죠?"

"중요한 그 희생자가 그 차를 몰았겠죠. 검은색 메르세데스 벤츠. 거기서 그런 생각을 한 거겠죠."

"그럼 나머지 다섯 명은 기본적으로 아무나 쏘았단 거죠? 단지 같은 차를 몰았기 때문에? 하나의 양상이 있는 것처럼 꾸미려고?"

"맞아요. 다른 희생자에 대해서는 전혀 아는 바가 없었을 겁니다."

"그렇다면 진짜 냉혈한이군요. 안 그런가요?"

"그렇죠."

"그럼 가장 큰 질문을 던져봅시다. 희생자 중에 과연 누가 가장 중요했을까요?"

"양치기를 만나면 직접 물어보겠습니다."

"오늘 밤에 만날 생각이오?" 클린터의 목소리가 흥분으로 들떴다.

"맥스, 제발 물러나 있어요. 지금 가까스로 퍼즐을 맞추고 있으니까."

"알겠습니다. 한 가지만 더 물읍시다. 과거 사건과 현재 사건이 어떻게 연결되죠?"

"간단합니다. 양치기는 우리가 십 년 전 사건이 한 사람을 죽이기 위한 사건이었다는 걸 밝혀내는 걸 막고 싶은 겁니다. 〈살인의 고아들〉 때문에 그 비밀이 드러날 가능성이 있겠죠. 어떤 식으로든 가장 중요한 살인을 드러낼 소지가 있었을 겁니다. 그런 상황을 방지하기 위해서 살인을 하고 있는 거죠."

"절박했군요."

"절박하다기보단 실용적인 선택이라고 봐야죠."

"놈은 사흘 동안 셋을 죽였어요."

"맞습니다. 하지만 내가 보기에 절박함은 별 상관이 없어요. 놈은 살인을 대수롭지 않게 여깁니다. 자기한테 유리할 것 같으면 저지르는 거죠. 누군가를 죽여서 자기 삶에서 발생할 수 있는 위험 요소가 제거된다 싶으면 해치워요. 절박함은 그다지……."

신호 대기 소리에 거니가 하던 말을 멈추었다. 발신자를 확인해보았다. "맥스, 일단 끊읍시다. 범죄수사국 불러드 반장 전화예요. 맥스, 오늘 밤, 제발 이 근처에 얼씬거리지 말아요. 제발."

거니가 창밖을 보았다. 검정색과 은색으로 이루어진 으스스한 풍경을 보는 순간 팔에 소름이 돋았다. 그는 집 안을 가로지르는 한 줄기 달빛 속에서 있었다. 바닥엔 창문의 그림자가, 침대가 있는 맞은편 벽에는 그 자신의 그림자가 있었다.

그가 통화 버튼을 눌렀다. "전화주셔서 감사합니다, 반장님. 저에게 아주 중요한……." 그는 미처 말을 끝내지 못했다.

폭발이었다. 귀가 먹먹한 소리와 함께 번쩍하는 흰 섬광. 거니의 손에 느껴지는 섬뜩한 충격.

거니는 비틀거리며 식탁 쪽으로 뒷걸음질쳤다. 무슨 일이 일어난 건지 미처 이해하지 못한 채로. 오른손이 얼얼했다. 팔목에 따끔거리는 통증이 느껴졌다.

무얼 보게 될지 두려운 마음으로 그는 달빛에 손을 들어 천천히 돌려보았다. 손가락은 모두 제자리에 있었지만 휴대전화는 작은 조각만 남아 있었다. 어둠 속에서 방 안을 살펴보았지만 다른 곳은 멀쩡했다.

가장 먼저 떠오른 생각은 휴대전화 폭발이었다. 거니의 두뇌는 도저히 있을 수 없는 일의 틈새를 찾아보려 정신없이 내달렸다. 어떻게 폭발물이 장착될 수 있었는지. 누군가 그런 짓을 저지를 수 있는 기회가 있었는지. 어떻게 그렇게 작은 폭발물이 전화기 안에 장착되고 작동될 수 있는지.

있을 수 없는 일이었다. 엄청난 충격, 위력적인 폭발력으로 보아 휴대전화 안에 장착될 수 있는 종류가 아니었다. 그런 목적으로 제작된 특수전화라면 모를까, 그가 통화하던 종류의 전화일 수는 없었다.

그 순간 화약 냄새가 났다.

소형 폭발물이 아니었다. 총탄의 냄새였다.

권총치고는 너무 엄청난 폭발이었다. 그래서 더더욱 올바른 결론에 신속하게 도달할 수가 없었다.

그런 위력적인 폭발력을 지닌 총을 한 가지 알고 있었다.

달빛에 의존해서 휴대전화를 한 방에 날려버릴 수 있는 전화두와 안정성을 가진 사람도 한 명 알고 있었다.

그다음으로 떠오른 생각은 누군가가 밖에서 열린 창문으로 그에게 총을 쏘았다는 것이었다. 그는 본능적으로 몸을 숙이면서 식탁 위 창밖을 내다보았다. 그러나 달빛이 드리워진 창문은 여전히 닫혀 있고 유리도 깨지지 않았다. 그렇다면 뒤쪽 창문에서 총알이 날아왔다는 건가. 그러나 충격의 순간 그가 서 있던 위치를 감안할 때 그의 어깨를 맞히지 않고 휴대전화를 맞히는 것은 불가능했다.

그렇다면 어떻게⋯⋯.

대답은 작은 전율과 함께 떠올랐다.

총알은 밖에서 날아오지 않았다.

이 집 안에, 누군가가, 그와 함께 있었다.

보아서가 아니라 들어서 알았다.

숨소리였다.

불과 몇 발짝 뒤에서.

느리고도 편안한 숨소리.

49

극단적으로 이성적인 남자

숨소리가 들리는 방향으로 고개를 돌려보니 은색 달빛 속으로 오두막 바닥의 네모난 문이 열려 있었다. 그 문 가장자리에, 사람의 형상인 것만 가까스로 알 수 있는 그림자가 서 있었다.

거친 목소리가 그 사실을 확인해주었다. "거기 앉게, 형사. 두 손 들고."

거니는 순순히 지시를 따랐다.

"몇 가지 물어볼게 있다. 빨리 대답해. 알겠나?"

"알겠다."

"대답이 빨리 나오지 않으면, 거짓말로 간주하겠다. 알겠나?"

"알겠다."

"좋아. 첫 번째 질문. 클린터가 오는 중인가?"

"그건 모르겠다."

"조금 전에 오지 말라고 했잖아."

"그랬지."

"그래도 올 것 같은가?"

"올지도 모르지. 나도 몰라. 예측 가능한 인간이 아니니까."

"그건 맞는 말이야. 넌 계속 진실만을 말해야 해. 진실이 널 살게 할 테니까. 알겠나?"

"알겠다." 거니의 목소리는 너무도 침착했디. 극단적인 상황에서 항상 그랬듯이. 그러나 그 순간 그의 마음은 온통 두려움과 분노로 가득 차 있었다. 그가 제 발로 걸어 들어온 상황이 두려웠고, 이런 상황을 초래한 자기 자신의 오만한 계산 착오에 분노했다.

그는 착한 양치기가 킴과 그가 짜놓은 상황의 시간보다 두세 시간 정도 일찍 나타날 거라고 추측했다. 클린터와 거니가 자정에 만날 것을 감안해서. 그의 머릿속에서 휘몰아치던 수많은 사실들과 반전들, 확률들 속에서 양치기가 그의 예상보다 훨씬 일찍 왔을 가능성, 적어도 열두 시간 전에 왔을 가능성은 떠오르지 않았다.

도대체 무슨 생각을 하고 있던 건가. 양치기는 계산적인 인간이니까, 적어도 몇 시간 일찍 현장에 도착할거라고? 그러면 사건이 바로 해결될 거라고? 젠장, 그 얼마나 멍청한 생각인가. 그는 자신도 인간일 뿐이라고, 인간은 실수를 하게 마련이라고 스스로 타일렀다. 그러나 그렇다고 해서 치명적인 실수가 조금이라도 만회되는 건 아니었다.

일부러 거칠게 꾸미는 듯한 목소리가 조금 더 커졌다. "날 이곳으로 유인하려고 네가 꾸민 일이었나? 날 불시에 덮치려고?"

질문의 날카로움이 그를 불안하게 했다. "그렇다."

"진실! 좋아. 진실이 널 살게 하는 거야. 그럼 조금 전에 클린터에게 한 말. 그 말은 너의 생각 그대로인가?"

"살인에 관해?"

"물론 살인에 관해."

"그래. 내 생각 그대로야."

그로부터 몇 초 동안 거니는 질문을 던진 자의 숨소리만 들을 수 있었다. 그 뒤로 이어진 목소리는 숨소리보다 조금 큰 소리였다. "그것 말고 또 어떤 생각을 하고 있지?"

"지금 하고 있는 생각은, 네가 과연 날 쏠지 말지, 그것뿐이야."

"물론 그렇겠지. 하지만 네가 진실을 말하면 그만큼 더 살 수 있어. 아주 간단해. 알겠나?"

"알겠다."

"좋아. 이제 살인에 대한 네 생각을 말해봐. 네 진실한 생각을."

"내 생각은 주로 질문들이야."

"어떤 질문이지?"

거니는 거친 목소리가 성대의 결함 때문인지 아니면 진짜 목소리를 숨기기 위한 방편인지 궁금했다. 후자 쪽일 확률이 높았다. 그 사실이 의미하는 바가 흥미로웠지만 일단 지금은 목숨을 부지할 방법을 찾아야 했다.

"우리가 알고 있는 것 말고 몇 사람이나 죽였는지 궁금하군. 아마 꽤 될 걸. 그렇지?"

"물론."

거니는 솔직한 대답이 놀라웠고 잠시나마 그와 대화를 나눌 수 있을지도 모른다는 희망에 사로잡혔다. 그의 오만을 감안해볼 때 지금껏 저질러온 일들을 떠벌리고 싶을지도 모른다. 결국 소시오패스도 에고를 지닌 인간이고 그들의 권력과 잔혹성의 이야기가 메아리치는 방에 머물기를 즐겼다. 어쩌면 그로 하여금 이야기를 하게 만들 수도 있을 것이다. 그리고 그 시간을 외부의 도움을 받을 기회의 창으로 연결할 수 있을 것이다.

그러나 거니는 곧바로 동전의 뒷면을 보았다. 그가 기꺼이 자기 이야기를 한다는 건 그것이 전혀 위험하지 않다는 의미였다. 거니는 곧 죽을 테니까.

속삭임은 상냥함을 가장한 말투로 변했다. "그래, 그것 말고 또 뭐가 궁금하신지?"

"로비 미스의 살인, 그와의 관계가 궁금해. 어디까지가 로비 혼자 저지른 일이고 어디까지가 네가 부추긴 일인지. 왜 하필 그를 죽였는지도. 자살로 위장한 게 먹힐 거라고 생각했는지도."

"그것 말고는?"

"정말 맥스 클린터를 루스 블럼 사건의 용의자로 몰아갈 생각이었는지, 그냥 멍청한 게임을 한 건지 궁금해."

"그것 말고는?"

"루스의 페이스북 페이지를 조작한 걸 사람들이 정말 믿을 거라고 생각했는지 궁금해."

"그것 말고는?"

"우리 집 헛간." 거니는 최대한 대화를 길게 끌려 애썼다. 최대한 자주 말을 끊으면서. 대화가 오래 지속될수록 더 좋았다. 모든 면에서.

"계속 떠들어봐, 형사."

"차에 위치 추적 장치를 설치한 것. 킴의 차에 위치 추적 장치를 단 건 네 생각이었는지, 로비 생각이었는지. 스토커 로비."

"그것 말고는?"

"네가 한 짓들 중에 몇 가지는 진짜 영리했지만, 몇 가지는 진짜 멍청했어. 그걸 너도 알고 있는지."

"그런 식의 도발은 무모해. 이제 할 이야기가 바닥난 건가?"

"화이트 마운틴 교살범도 궁금해. 이상한 사건이지. 친근하지 않나? 아주 재미있는 특징들이 있더군."

긴 침묵이 흘렀다. 시간은 곧 구원이었다. 시간은 거니에게 생각할 여유를 벌어주었고 그의 뒤에 있는 총을 집을 기회를 줄 수도 있었다.

다시 입을 열었을 때 그의 목소리는 시럽처럼 끈적였다. "마지막으로 할 이야긴 없나?"

"한 가지 더. 너처럼 똑똑한 놈이 어쩌다가 레이크사이드 콜리즌 정비소에서 그렇게 엄청난 실수를 저질렀는지 궁금해."

아주 긴 침묵이 흘렀다. 어떤 의미도 될 수 있는 놀라운 침묵이었다. 착한 양치기가 마침내 당황한 건가. 아니면 그의 손가락이 마침내 방아쇠를 당기려는 건가. 전율이 거니의 몸을 관통했다.

"그게 무슨 소리야?"

"곧 알게 될 거야."

"지금 알고 싶어." 그의 속삭임에서 전에 없던 강렬함이 느껴졌다. 달빛 속에서 무언가 움직였다.

거니는 처음으로 겨우 3미터 거리의 은색 권총 총신을 보았다.

"지금 당장," 그가 말했다. "정비소에 대해 말해봐."

"네가 그곳에 신분증을 남겼어."

"신분증은 갖고 다니지 않아."

"그날 밤엔 갖고 있었지."

"그게 정확히 뭔지 말해봐. 지금 당장."

현재 처한 상황에서 좋은 대답이란 존재하지 않았다. 그의 목숨을 구할 대답은 없었다. 타이어 자국을 발견했다고 말해도 형 집행이 유예될 것 같지는 않았다. 목숨을 구걸하는 건 쓸모없을 뿐 아니라 오히려 독이 될 것이다. 그에게는 오직 한 가지 선택만이 남아 있었다. 단 1분이라도 더 살아 있으려면 돌벽을 쌓고 한마디도 하지 않는 것뿐이었다.

다시 입을 열었을 때 거니는 떨지 않으려 애쓰며 말했다. "정비소 주차장에 퍼즐 한 조각을 남겨놓았더군."

"난 수수께끼는 좋아하지 않아. 내 질문에 대답할 때까지 3초 주겠다."

"하나." 그는 거니의 얼굴에 총을 겨누었다.

"둘." 달빛에 총신이 반짝였다.

"셋." 그가 방아쇠를 당겼다.

50

계시록

섬광과 귀가 먹먹한 굉음에 거니는 반사적으로 몸을 홱 돌렸다. 만약 의자가 식탁 모서리에 걸리지 않았다면 앉아 있던 그대로 뒤로 넘어갔을 것이다. 잠시 동안 그는 아무것도 볼 수 없었다. 들리는 것이라곤 거칠고 요란한 총성의 메아리뿐.

목 왼쪽이 축축해지면서 액체가 흐르는 것 같은 느낌이 들었다. 얼굴 왼쪽을 만져보니 귀 근처가 젖어 있었다. 조금 더 위로 올라가 보니 귀 윗부분에서 타는 듯 따가운 부위가 만져졌고 거기서 피가 흐르고 있었다.

"손 다시 머리 위로 올려. 어서." 그의 귀에 남아 있는 굉음의 반향 속에서 속삭임은 멀게 느껴졌다.

그러나 그는 순순히 그의 말을 따랐다.

"내 말 들리지?" 멀리서 숨죽인 목소리가 들려왔다.

"들려."

거니가 대답했다.

"좋아. 잘 들어. 다시 한 번 묻겠다. 넌 반드시 대답해야만 해. 나는 뭐가 진실이고 뭐가 거짓인지 분별할 줄 안다. 내가 듣는 대답이 진실일 경우, 우린 아무 탈 없이 계속 대화를 주고받는 거야. 알겠지? 하지만 거짓을 들으면, 다시 방아쇠를 당긴다. 알겠나?"

"좋아."

"내가 거짓말을 들을 때마다 넌 한 가지씩 잃게 될 거야. 다음번에는 귓불을 조금 잃는 것으로 끝나지 않을걸. 좀 더 중요한 걸 잃게 될 거야. 알겠나?"

"알겠다."

거니의 시력이 회복되기 시작했고 달빛 한복판에 그의 형상이 보였다.

"좋아. 정비소에서 내가 저질렀다는 실수가 뭔지 정확히 알아야겠다. 수수께끼는 필요 없어. 진실만 말해." 달빛 속에서 은색 총신이 서서히 낮아지면서 거니의 오른쪽 발목을 겨누었다.

데저트 이글이 그의 발목을 어떻게 만들어놓을지 생각하는 순간, 떨지 않으려 이를 악물어야 했다. 이런 상황에서 한쪽 발을 잃는다는 건 끔찍하다. 그러나 동맥 출혈이 그보다 더 끔찍할 것이다. 이 질문에, 혹은 그 어떤 질문에라도, 진실을 말하건 말하지 않건, 그 결과를 바꿀 지렛대가 될 수는 없을 것이다. 그 지렛대는 자신의 안전에 관한 양치기의 판단이었다. 지렛대는 오직 한 방향으로만 움직일 것이다. 양치기에게 거니가 살아 있는 것이 거니가 죽는 것보다 덜 위험할 수 없기 때문이었다.

지금 그가 결정할 수 있는 변수는 출혈로 죽기 전까지 얼마나 몸을 온전하게 지켜낼 수 있느냐였다. 그가 외딴 마을, 늪지 한복판에 자리 잡고 있는 맥스 클린터의 집 마룻바닥에 쓰러진 채 피 흘리며 죽기 전까지.

거니는 눈을 감고 언덕에 서 있는 매들린을 그려보았다.

자주색, 보라색, 분홍색, 파란색, 오렌지색, 붉은색…… 햇살 속에 빛나던 모든 빛깔들.

그는 그녀에게 다가갔다. 살아 있는 다른 모든 것처럼, 한껏 천국의 향이 풍기는 초록빛의 풀밭을 가로질러서.

매들린이 그의 입술에 손을 대고 미소를 지었다.

"당신은 잘해낼 거야. 멋지게 해낼 거야." 매들린이 말했다.

잠시 후 그는 죽었다.

아니, 그렇게 생각했다.

감고 있던 눈꺼풀 위로 갑작스럽게 환한 불빛이 느껴졌다. 불빛과 함께 그의 귓가에 아득한 음악 소리가 들려왔다. 그 음악 속에서, 아니 그 음악을 관통하여 커다란 북소리가 들려왔다.

그리고 목소리가 들렸다.

그를 다시 외딴 마을 늪지 한복판의 오두막으로 불러온 목소리. 확성기로 한껏 커진 목소리.

"뉴욕 주 경찰이다. 당장 무기를 버리고 문을 열어라. 지금 당장 무기를 버리고 문을 열어라. 뉴욕 주 경찰이다. 무기를 버리고 문을 열어라."

거니가 눈을 떴다. 달빛 대신 환한 불빛이 창문으로 스며들었다. 거니는 그동안 볼 수 없던, 마치 닌자처럼 어둠 속에 서 있던 그의 끔찍한 억류자를 보았다. 그 자리에는 갈색 바지에 황갈색 커디건을 입은 평범한 남자가 눈이 부신 듯 한 손으로 얼굴을 가리고 서 있었다. 점잖은 신사의 모습과 상상했던 연쇄살인범을 연결시키기는 쉽지 않았다. 그러나 남자의 한 손에 어김없이 들려 있는 물건이 그가 바로 양치기임을 증명하고 있었다. 번쩍이는 50구경 데저트 이글. 거니의 목에 피가 흐르게 만든 그것. 방 안에 역한 화약 냄새가 진동하게 만든 그것. 귓가에 울림을 만든 그것.

그의 목숨을 끊어놓을 뻔한 그것.

그가 불빛에서 조금 물러서면서 눈을 가렸던 손을 내리고 무표정한, 주름 하나 없는 얼굴을 드러냈다. 일체의 감정 표현도, 두드러진 곳도 없는 특징 없는 얼굴이었다. 쉽게 잊을 만한 얼굴이었다.

그러나 거니는 그 얼굴을 본 적이 있다.

마침내 그 얼굴을 알아보았을 때, 그리고 마침내 그의 이름을 기억해냈을 때, 거니에게 처음 떠오른 생각은 자신이 잘못 생각했다는 것이었다. 거니는 자신을 보는 남자의 신원을 눈을 깜빡이며 다시 한 번 되짚어 보았다. 온화하고 침착해 보이는 그를 착한 양치기의 말과 행동, 특히 행동과 연결하기 힘들었다.

그러나 그가 잘못 본 것이 아님이 확실해지자 퍼즐 조각들이 새롭게 자리를 찾아가며 들어맞는 기분이 들었다.

래리 스턴이 그를 바라보고 있었다. 그의 표정은 두려움보다는 신중함에 가까웠다. 미스터 로저스를 연상시켰던 래리 스턴. 나긋나긋한 말투의 치과의사 래리 스턴. 온화한 미용 치과 회사 경영자. 수백 만 달러의 미용 치과 산업을 일궈낸 이언 스턴의 아들. 래리 스턴.

젊고 사랑스러운 러시아 피아니스트를 우드스탁의 저택으로, 끝내 자신의 침대로 끌어들였으며 곧 유산 한 몫을 떼어주려 했을 이언 스턴의 아들 래리 스턴.

젠장, 결국 이 모든 게 그것 때문이었던가?

래리 스턴은 단지 자신의 유산을 지키려 했던 것인가?

예측할 수 없는 아버지의 애정 행각으로부터 자신의 재정적 미래를 지키기 위해서였던가?

물론 그것은 엄청난 유산이었다. 걱정할 만한 액수였다. 돈 버는 기계나 다름없는 유산이었다. 결코 빼앗기고 싶지 않았을 것이다.

점잖고 온화한 래리는 아버지를 간편하게 죽여버림으로써 자신의 재산이 젊고 사랑스러운 러시아 피아니스트의 손에 넘어가는 것을 막고 싶었던 건가? 그리고 다섯 구의 시체를 더 만들어냄으로써 이언 스턴이 유일한 희생자일 때 경찰에게 받게 될 질문 공세와 자신에게 쏠릴 이목을 피하고 싶었던 건가?

범행으로 누가 이득을 얻는가?

달빛과 창문으로 들어오는 흔들리는 불빛의 기묘한 조합 속에서 거니는 스턴이 여전히 총을 단단히 쥐고 있는 것을 보았지만, 그의 눈빛은 줄어드는 선택에 집중하는 기색이 역력했다. 그의 눈빛에 담긴 표정을 읽기는 쉽지 않았다. 두려움인가? 분노인가? 궁지에 몰린 생쥐의 발악인가? 아니면 냉정한 계산기가 과부하에 걸린 건가? 그래서 정신없이 돌아가는 계산기가 저런 희한한 표정으로 나타나는 건가?

거니는 그가 감정이 배제된 기계적인 계산 중이라는 결론을 내렸다. 수많은 죽음을 초래한 바로 그 무정한 기계적 처리 과정이었다.

도대체 몇 명이나 죽였을까? 그 질문은 문득 화이트 마운틴 교살사건을 떠올리게 했다. 중요한 한 명을 죽이기 위해 아무 연관성 없는 다른 사람들을 죽인 살인. 흰 스카프라는 소품이 사이코 범죄에 들어맞은 것이다. 래리의 여자친구는 그에게 어떤 불편을 주었을까. 임신이라도 했을까? 그런 건 중요하지 않았다. 래리 같은 인간에게는, 화이트 마운틴의 교살범이자 착한 양치기인 그에게는, 살인에 대단한 명분이 필요치 않았다. 단지 비용보다 큰 효과를 산출할 수만 있으면 되었다.

램TV 뉴스의 목사가 했던 말이 섬뜩함과 함께 되살아났다. 한 줄기 연기를 불어 없애듯 생명을 불어 없애는 것, 한 줌 흙처럼 짓밟아버리는 것, 그게 바로 악의 근원이라는.

연못 건너편에서 사이렌이 5초 동안 켜졌다가 꺼졌다. 확성기를 통한 방송이 최대 크기로 반복되고 있었다.

거니는 의자에 앉아 창밖을 보았다. 둑길 건너편에서 강력한 조명들이 집을 밝히고 있었다. 거니는 문득 그가 앞서 들었던 소리가 사이렌 소리였음을 깨달았다. 너무도 격한 감정의 혼란과 귓가에 울리는 총성으로 인해 그는 그것을 음악으로 들었다. 커다란 북소리라고 생각했던 소리는 알고 보니 오두막 주변을 배회하는 헬리콥터 소리였다. 오두막과 늪의 뒤엉킨 풀들, 검은 물 위로 솟아오른 황량한 나무들을 샅샅이 비추며 하늘을 배회하는 헬리콥터.

거니가 스턴에게 돌아섰다. 마흔 개, 혹은 쉰 개 정도의 질문 목록 중에 너무도 묻고 싶은 두 가지 질문이 있었다. 첫 번째 질문이 가장 다급한 질문이었다.

"이제 어쩔 셈인가, 래리?"

"최대한 이성적으로 대처해야지."

너무도 침착한 대답이었지만 그보다 더 미친 소리는 없는 것 같았다.

"정확히 어떻게 하겠단 거지?"

"항복해야지. 그리고 게임을 하고, 게임에서 이겨야지."

폭풍 전의 고요함을 보는 것 같아 거니는 두려웠다. 이성과 항복의 달콤한 불빛이 금방이라도 피의 광기로 폭발할 것 같았다.

"이긴다고?"

"난 늘 이겼어. 앞으로도 이길 거고."

"그런데…… 항복은 할 거고?"

"물론." 그가 미소를 지었다. 버스에 타는 걸 무서워하는 어린아이를 달래는 듯한 눈빛으로. "지금 무슨 생각 하나? 내가 널 인질로 잡고 인간 방패 삼아 여길 탈출할 줄 알았나?"

"다 끝났어."

"아직 내가 끝내지 않았어. 특히 너하고는." 그는 정말로 재미있다는 표정이었다. "좀 현실적으로 생각해보시지, 형사. 네가 갖고 있는 방패가 뭐지? 듣기로는, 네 경찰 동료들조차도 널 쏘지 못해 안달이던데. 널 방패로 삼느니 감자 한 자루로 날 지키는 편이 나을걸."

그의 침착함에 거니는 할 말을 잃었다. 완전히 미쳐버린 건가? "우리 주에서 시행이 중단되었던 살인자 처형법을 부활시킬 수도 있는 장본인치고는 꽤 기세등등하시군. 독극물 주사 맞는 거 기분이 영 별로라던데." 스턴의 태도에 화가 난 나머지 그 말을 하는 순간에도 자신의 말이 너무도 위험하고 부적절한 것임을 절감했다.

분명히 그가 걱정할 일은 아니었다. 스턴은 고개를 저었다.

"한심한 소리 집어 치워. 삼류 변호사를 데리고 다니는 바보 천치들도 처형을 이십 년 이상 연기했어. 난 더 잘할 수 있어. 훨씬 더 잘할 수 있지. 내겐 돈이 있어. 엄청난 돈. 그리고 눈에 보이는, 또 보이지 않는 인맥도 있지. 가장 중요한 건, 법망이 어떻게 움직이는지 알고 있단 거야. 실제로 어떻게 움직이는지. 나에겐 그 조직의 시스템에 제공할 엄청난 가치를 지닌 물건이 있어. 거래라고나 할까." 그는 요가수행자의 평화와 광기 사이 어딘가에 있을 법한 침착함을 발산하고 있었다.

"뭘 갖고 있지?"

"정보."

"어떤?"

"미해결 사건에 대한."

밖에서는 5초간의 사이렌에 이어 또 한 번의 확성기 경고가 들려왔다. 목소리가 점점 더 다급해졌다. "뉴욕 주 경찰이다. 지금 당장 무기를 버려라. 지금 당장 문을 열어라. 지금 당장, 즉시 무기를 버리고 문을 열어라……."

"미해결 사건이라면?"

"내가 몇 명이나 죽였는지 궁금하다고 했지? 네가 알고 있는 것보다 얼마나 더 많이 죽였는지."

오두막 위쪽에서 헬리콥터의 굉음이 점점 더 커지고 있었고 서치라이트의 불빛은 점점 더 환해졌다. 스턴은 그 사실을 인식하지 못하는 듯했다. 그의 주의는 거니에게만 집중되어 있었고, 거니는 그의 평생 가장 그를 불안하게 할 이 사건의 마지막 반전을 이해하고 또 대처하려 애쓰고 있었다.

"도무지 무슨 소린지 모르겠군. 만약 저들이 착한 양치기 혐의를 밝혀낸다면……."

"확률적으로 희박한 '만약'이야."

"좋아. 희박한 만약이라고 쳐. 하지만 어쨌든 그 사실을 밝혀낸다면, 네가 몇 건을 더 털어놓는다고 해서 득이 될 리 없을 텐데"

그는 특유의 초월한 듯한 미소를 지어 보였다. "속이 빤히 들여다보여.

지금 내 손바닥을 펼쳐 보이게 만들려고 날 조롱하고 있군. 한심하고 멍청한 수작이야. 하지만 괜찮아. 친구 사이에 비밀이 있어선 안 되니까. 가상의 질문 하나 해볼까. 주 경찰에 스무 건, 혹은 서른 건의 미해결 사건을 해결하는 게 얼마나 중요할까."

거니는 좌절감을 느꼈다. 래리 스턴은 정신병자도 아니었고, 자기가 지어내는 무슨 말이든 사람들이 믿어줄 거라고 생각하는, 과대망상증을 지닌 충동적 거짓말쟁이도 아니었다.

래리 스턴도 거니가 느끼는 회의감을 감지한 것 같았다. 그에 대한 래리 스턴의 반응은 거니의 좌절감을 두 배로 증폭시키는 것이었다. "서른 건의 미해결 사건을 '해결' 파일에 넣을 수 있는 지렛대가 있을 거야. 그렇게 하면 경찰국의 통계적 수치가 극적으로 올라가겠지. 유가족에게 마침내 사건이 해결됐다는 소식을 전해주고. 서른 건으로 충분치 않으면 마흔 건을 제공할 수도 있겠지. 어떻게든 내가 원하는 거래를 성사하기엔 충분해."

"그 거래라는 게 뭔데?"

"아주 합리적인 거래지. 지금쯤 너도 알겠지. 내가 지금껏 네가 만난 그 누구보다도 합리적인 인간이란 걸. 지금 상황에서 구체적인 이야기를 할 필요성은 못 느껴. 어쨌든 지금 내가 생각하는 건, 일단 보석금과 함께 일정기간 수감생활을 하는 거야. 나만의 편안한 감옥에서. 기본적인 편의시설이 제공되는 곳이지. 그래봐야 불필요한 규정들을 조금 완화시키는 정도야. 정신이 제대로 박힌 사람들은 받아들이기 힘든 요구 같은 건 안 해."

"그 대가로 스무 건이나 서른 건, 혹은 마흔 건의 미해결 사건을 자백하겠다고? 범행동기와 범행방식 전부?"

"기본적으로는 그래."

확성기 소리가 다시 들려왔다. "이번이 마지막 기회다. 무기를 버리고 투항히라. 지금 당장 투항하라."

거니는 마지막 한 방을 날렸다. "화이트 마운틴 사건도 포함해서?"

"이론적으론 그래."

"희생자의 수가 그렇게 많은 이유는 네가 늘 같은 방식을 선택했기 때문이지. 중요한 한 사람의 살해동기를 감추기 위해 한 번에 대여섯 명을 죽이는 것."

"이론적으론 그래."

"그렇군. 내가 꼭 한 가지 묻고 싶은 게 있어. 범행방식에 대한 위험 분석을 내가 제대로 이해했는지 잘 모르겠지만, 한 번의 완전범죄가 대여섯 명을 죽이는 것보다 훨씬 더 합리적이지 않나?"

"그 대답은 '노'야. 아무리 치밀한 살인이라고 해도 희생자가 단 한 명이라면 결국 그 죽음이 유발하는 결과에 관심이 집중되게 마련이니까. 그 단일성에서 벗어날 도리가 없어. 하지만 추가적 살인은 중요한 희생자가 집중적으로 관심받을 모든 위험을 제거해주지. 살인자들은 주로 희생자들과의 관계 때문에 잡혀. 전혀 연결점이 없다면…… 이제 이해하겠지."

"그렇다면 그 희생은…… 그렇게 끝난 인생들은…… 전혀 개의치 않는다는 건가?"

스턴은 아무 말도 하지 않았다. 그의 공허한 미소가 대답을 대신했다.

거니는 거친 수감생활이 그 미소를 걷어내기까지 얼마나 긴 시간이 필요할지 생각해보았다.

거니의 의식의 흐름을 감지한 듯 그가 활짝 웃었다. "솔직히 난 내 형량과 희생자 수를 놓고 하는 거래가 기다려지는데? 내가 좀 긍정적으로 생각하는 편이거든. 내 앞에 놓인 현실을 잘 받아들이는 편이야. 물론 교도소는 정복해야 할 새로운 세계야. 하지만 내겐 이용할 만한 가치가 있는 사람을 끌어모으는 능력이 있어. 로비 미스와도 아주 성공적이었던 거, 아마 너도 눈치 챘겠지. 생각해보게, 형사. 감방에는 로비 미스 같은 애들이 우글거릴거야. 아버지를 대신할 사람, 자신을 이해해줄 사람, 자신의 편에 서줄 사람, 그들의 에너지, 공포, 증오의 방향을 돌려줄 사람을 찾는 여린 아이들

말이야. 상상해보게, 형사. 적절한 지도만 해주면, 그런 젊은 친구들은 나의 호위병이 될 수도 있어. 지난 몇 년 동안 여러 차례 생각해봤는데, 상당히 기대되는 일이야. 한마디로 수감 생활은 그런 대로 견딜 만할 거야. 어쩌면 유명인사가 될 수도 있겠지. 심리학계에서 또 한 번 유명인사가 될 수도 있을걸. 심리학자들은 착한 양치기의 진실에 대해 심오한 새로운 분석들을 내놓아야 할 테니까. 물론 출판도 잊으면 안 되겠지. 공인된, 공인되지 않은 자서전들. 거기다 램TV 스페셜까지. 그거 알고 있나? 어쩌면 결국엔 내가 너보다 낫다는 거. 넌 이미 내가 감옥에서 만들게 될 적보다 더 많은 적을 만들었어. 생각해보면 네 인생은 대단한 승리라고 보긴 어렵지. 난 뒤를 봐달라고 돈을 주고 사람들을 고용할 수도 있어. 그런 일에 도통한 사람들이 있으니까. 하지만 네 뒤는 과연 누가 봐줄까? 내가 너라면 네 걱정이나 하겠어."

"당장 총 버리고 문 열어!"

거니는 갈색 카디건을 입은 수수하고 아담한 체격의 남자를 바라보았다. "말해봐, 래리. 일말의 후회도 없나?"

그는 놀란 표정을 지었다. "전혀. 내가 한 모든 일들은 다 이유가 있었으니까."

"릴라도?"

"뭐?"

"네 아내인 릴라를 죽인 것 말이야."

"그게 어때서?"

"그것도 합리적인 선택이었나?"

"물론. 그렇지 않고서야 왜 죽였겠나? 사실 우린 제대로 된 부부라기보단 사업동반자에 가까웠어. 릴라는 고도로 훈련된 섹스 상대였지. 하지만 그건 다른 이야기고." 그가 회상에 잠긴 듯 미소를 지었다. "같이 영화나 만들었으면 좋았을 텐데."

그는 거니를 지나쳐 현관으로 나가더니 문을 열고 총을 던졌다.

"손을 머리 위로 들고 천천히 나와라."

래리 스턴이 양손을 들고 밖으로 걸어 나갔다. 둑길을 걷는 동안 헬리콥터 서치라이트가 그에게 집중되었다. 둑길 끝에 있던 차량이 헤드라이트와 안개등, 그리고 두 개의 스포트라이트를 모두 켠 상태로 앞으로 전진하고 있었다.

이상한 일이었다. 이런 상황이라면 경찰은 자리를 지키고 범인이 다가오도록 하는 게 옳았다. 경찰과 지원팀은 상황을 안전하게 통제할 수 있도록 미리 확보한 자리를 지켜야 했다.

그러고 보니, 도대체 지원 병력은 어디 있는 건가? 오두막 위를 날아다니는 헬리콥터에? 제정신 박힌 수사팀 반장이라면 이런 식으로 대처하지 않을 것이다.

조명이 있긴 했지만 자동차 헤드라이트뿐이었다. 순찰차도 보이지 않았다. 젠장, 순찰차가 열두 대 정도는 출동했어야 하는데.

거니는 테이블 위에 있던 권총을 집어 들고 창밖을 주시했다.

둑길로 천천히 다가오는 차는 환하게 밝혀진 헤드라이트 때문에 잘 보이지 않았다. 그러나 한 가지만은 분명했다. 헤드라이트 사이의 간격이 순찰차 보다 넓다는 것. 뉴욕 경찰차는 다양한 SUV 차량을 보유하고 있지만 둑길을 달려오는 차는 그런 종류가 아니었다.

그 간격은 맥스 클린터가 모는 험비의 간격이었다.

그렇다면 머리 위의 헬리콥터 역시 경찰이 아니라는 뜻이었다.

이런 젠장.

래리 스턴은 다가오는 차량에서 6미터 정도 거리를 두고 여전히 양손을 들고 있었다.

거니가 재킷 속에 총을 넣은 채 밖으로 나갔다. 헬리콥터의 서치라이트에도 중앙에 박힌 거대한 램TV의 로고는 바로 알아볼 수 있었다.

서치라이트가 둑길을 훑다가 처음엔 스턴을, 그다음에는 그의 앞에 있는 차량을 훑었다. 클린터의 험비였다. 차 앞에 무언가가 장착되어 있었다. 무기인가? 헬리콥터의 서치라이트가 늪과 뒤쪽의 오두막, 그리고 다시 둑길을 훑었다.

도대체 뭐가 어떻게 돌아가는 건지. 클린터는 무슨 꿍꿍이일까.

그 대답은 끔찍한 충격으로 돌아왔다. 트럭 후드에 달린 장치가 화염을 방사했고 래리 스턴은 머리부터 발끝까지 순식간에 오렌지색 불길에 휩싸였다. 스턴은 빙글빙글 돌며 비명을 질렀다. 헬리콥터가 가파르게 회전하며 하강했지만 그러는 바람에 불길이 더욱 거세어지자 얼른 다시 위로 올라갔다.

거니는 오두막에서 뛰어나와 둑길로 내달렸다. 그러나 그가 스턴에게 다가갔을 때 그는 이미 의식을 잃고 바닥에 쓰러진 상태였다. 사제품인 네이팜탄의 열기에 완전히 집어삼켜진 채로.

거니가 불타는 스턴으로부터 고개를 들어보니 맥스 클린터가 군복에 뱀가죽 장화를 신고 트럭 옆에 서 있었다. 그는 치아를 드러내고 웃고 있었다. 그는 옛날 영화에나 나오는, 그것도 받침대를 놓고 사용하는 기관총을 들고 있었다. 한 사람이 들기에는 너무 크고 너무 무거워 보였지만 클린터는 무게 따윈 전혀 개의치 않는 듯 거대한 총구로 하늘을 겨누었다.

총구를 겨눈 방향과 클린터의 눈 속에서 번득이는 광기를 본 순간 거니는 잠시나마 그가 달을 겨누는 거라고 생각했다. 그러나 총구는 램TV 헬리콥터를 향해 있었다. 헬리콥터가 일으키는 바람이 연못 수면을 거대한 물결의 전율로 바꾸어놓았다.

클린터의 표적을 확인한 순간 거니가 고함을 질렀다. "맥스! 안 돼!" 그러나 그의 손은 클린터에게 닿지 않았고, 그의 말이 들리지도 않았다. 거니는 그를 막을 수 없었다. 맥스는 양다리를 벌리고 거니가 이해할 수 없는 암호 같은 괴성을 지르며 헬리콥터를 향해 총을 난사하기 시작했다.

처음엔 헬리콥터가 용케 총탄을 피했다고 생각했다. 그러나 잠시 후 헬리콥터가 기우뚱하더니 조그만 타원을 그리며 급강하하기 시작했다. 맥스는 계속 기관총을 갈겨댔다. 거니는 그를 막고 싶었지만 스턴의 몸에서 번져가는 불길이 둑길을 막고 있었다. 살 타는 열기와 냄새가 섬뜩했다.

그리고 갑작스러운 요동과 함께 헬리콥터가 한쪽으로 90도 기울어지더니 폭발과 함께 화염에 휩싸이며 트럭 위로 추락했다. 두 번째 폭발, 그리고 세 번째 폭발이 일어났다. 클린터의 트럭도 완전히 화염에 휩싸였다. 클린터는 자신이 사방으로 튀는 불꽃의 한복판에 있다는 사실을 의식하지 못하는 것 같았다.

거니는 스턴의 시체를 피해 연못으로 뛰어들었다. 검은 물이 허리까지 찼고 바닥이 그의 발을 계속 집어삼켰다. 그가 가까스로 둑길 위에 올라서서 반은 기고 반은 비틀거리며 클린터에게 다가갔을 때 이미 그의 머리와 옷은 불타고 있었다. 클린터는 여전히 총을 들고 오두막 쪽으로 미친 듯이 뛰고 있었다. 그의 몸에 붙은 불길은 더욱 거세어졌다. 거니는 그를 붙잡아 연못에 빠뜨리려 했지만 결국 연못가에 함께 쓰러지고 말았다. 하늘을 향해 난사하는 거대한 총을 사이에 둔 채로.

51

선물

다음 날 아침 늦도록 거니는 이타카 시립병원 응급실 옆 처치실 침대에 누워 있었다. 응급팀이 그의 상태가 심각하지 않다고 결론을 내렸는데도, 매들린은 도착하자마자 피부과 전문의의 호출을 요구했다. 주로 1도 화상과 2도 화상이었다.

병원놀이에서 의사 역할을 맡은 아이 같은 피부과 전문의가 거니의 상태를 재확인해주었다. 거니는 이제 복잡한 보험 처리가 해결되기를, 서류 작성이 끝나기만을 기다리고 있었다. 그런데 컴퓨터 시스템이 다운되었고 그 바람에 모든 과정이 지연되고 있다는 소식을 들었다. 매들린과 함께 병원으로 온 카일은 거니의 치료실과 대기실, 선물 가게, 카페테리아, 간호사실, 주차장을 서성거렸다. 병원에서 그의 곁을 지키고 싶으면서도 한편으로는 마땅히 도움이 되지 못하는 사실에 짜증이 나는 게 분명했다. 그는 아침 내내 거니의 작은 병실을 수도 없이 드나들었다. 카일은 몇 번의 어설픈 시도 끝에, 매들린으로부터 거니가 예전에 쓰던 오토바이 헬멧이 다락에 있다는 이야기를 들었다면서 어렵게 말문을 열었다.

"저기, 아버지하고 저하고 머리 크기도 비슷하고…… 아버지만 괜찮으시면…… 그러니까 그 헬멧 말인데요, 저 주시면 안 돼요?"

"되고 말고. 집에 돌아가면 바로 찾아서 주마." 에둘러 애정을 표현하는 아비 성격을 그대로 물려받았다는 생각에 거니는 미소를 지었다.

"고마워요, 아버지. 멋지네요. 감사해요."

킴은 두 번이나 전화를 걸어 거니의 상태를 물었고 병원에 와보지 못하는 것을 사과했다. 양치기와 대면하기 위해 생명의 위험까지 감수해준 것도 감사를 표했다. 또한 자신이 로비 미스 살인사건과 관련하여 전날 강도 높은 조사를 받았다고 전했다. 킴은 조사에 성실하게 임했다고 했다. 그러나 FBI의 트라우트가 쉬프와 함께 나타나서 맥스 클린터의 엄청난 드라마가 펼쳐진 시점이라 그녀를 다시 심문하겠다고 나서자 변호사를 동반하는 게 좋겠다고 판단하고 심문을 일단 보류했다고 말했다.

정오가 되기 직전 하드윅이 거니의 병실로 찾아왔다. 그는 매들린에게 미소와 안심의 윙크를 보낸 다음 오만상을 찌푸리며 거니를 훑어보고는 웃음을 터뜨렸다. 기쁨의 표현이라기보다는 리드미컬한 으르렁거림에 가까웠다.

"이거야 원. 도대체 눈썹에 뭔 짓을 한 거야?"

"새로 기르려고 싹 밀어버렸지."

"이 참에 얼굴도 빌어먹을 석류로 갈아 끼우기로 했나?"

"와줘서 고맙네. 마침 그런 격려가 필요했어."

"TV에선 제임스 본드 같더구만. 여기 와서 꼴을 보니, 이거야 원……."

"TV라니?"

"설마 아직 못 봤나?"

"뭘?"

"그것 참 놀랠 노자로군. 제3차 세계대전을 일으킨 장본인이 정작 아무것도 모르고 있다니. 어젯밤 사건이 아침 내내 램TV 뉴스에서 나오고 있어. 오두막에서 나오는 스턴, 맥스의 차 후드에 달린 화염방사기, 불타는 스턴, 램 헬기를 쏘는 맥스. 목숨을 걸고 영웅적으로 연못에 뛰어드는 자네, 램 헬기 충돌, '끔찍한 비극의 불길'이라고 떠들어대는 앵커들……. 하여간 대단한 쇼였네, 데이비 보이."

"잠깐만, 잭. 헬리콥터가 추락했는데, 비디오가 어디서 났지?"

"그 자식들 헬리콥터를 두 대나 띄웠더라고. 램 콥터 한 대가 추락하고 나서 곧바로 다른 한 대가 그 자릴 채웠지. 비극의 불길, 시청률깨나 나올 거야. 더구나 두 사람이 불에 타 죽었으니."

고통스러울 정도로 생생하게 기억에 남아 있는, 불길에 휩싸여 죽어간 맥스 클린터의 모습을 떠올리며 거니는 얼굴을 찌푸렸다. "그게 TV에 나왔다고?"

"아침 내내 나왔어, 빌어먹을. 그게 다 쇼 비즈니스 아닌가."

"그 헬리콥터들은 어떻게 알고 거길 왔지?"

"자네 친구 클린터가 램TV에 찔렀더라고. 착한 양치기와 관련해서 엄청 난 사건이 그날 밤 터질 거라고. 그 지역에 대기하고 있다가 때가 되면 들어오라고. 본인이 움직이기 직전에 연락을 취했어. 그 친구 처음 양치기 사건 때 자기 실수를 램TV에서 쓰레기같이 편집했다고 램TV를 증오하더니…… 헬기를 쏘는 것도 처음부터 계획에 있었을 거야."

하드윅은 잠시 병실 밖으로 나가서 넓은 대기실을 가로질러 간호사실로 향했고 컴퓨터 앞에 앉아 있는 젊은 아가씨에게 말을 걸었다.

그는 승리의 미소를 머금고 돌아왔다. "이동식 TV가 몇 대 있다네. 왕가슴 아가씨가 하나 가져올 거야. 이 쓰레기는 자네가 직접 봐야 해."

매들린이 한숨을 쉬며 눈을 감았다.

"그건 그렇고, 셜록. 두 가지 질문이 있네. 치과의사 래리가 어떻게 그렇게 사격 솜씨가 훌륭할 수 있었지?"

"내가 보기엔 워낙 정확성에 대한 열정이 있고 어느 정도는 타고난 거야. 그런 사람들은 자기 나름대로 그런 데 도통하는 방법이 있지."

"그런 재능을 병에 넣어서 제정신인 사람들한테 팔면 얼마나 좋겠나. 두 번째 질문은 좀 사적인 건데, 클린터의 집에는 도대체 무슨 생각으로 들어간 거야?"

거니가 매들린을 흘긋 보았다. 매들린도 그를 바라보며 대답을 기다리고 있었다.

"양치기를 만나길 바랐지. 그런 재앙은 예측하지 못했어."

"정말?"

"무슨 뜻이지?"

"자네가 오지 말란다고 클린터가 정말 나타나지 않을 거라고 생각했다는 건가?"

거니가 멈칫했다. "내가 오지 말라고 한 거 어떻게 알았어?"

하드윅은 또 다른 질문으로 그의 질문에 답했다. "클린터가 왜 적시에 나타났다고 생각하나?"

그 작은 미스터리가 거니의 마음 한구석에 남아 있었다. 오두막 안에서 벌어진 악랄한 반전에 비해 그의 출현 시점은 너무도 완벽했다. 이제야 분명해졌다. "자기 집에 도청 장치를 설치했나?"

"물론."

"험비 안에 수신기를 두고?"

"그렇지."

"그래서 나와 래리 스턴의 대화를 엿듣고 있었군."

"당연하지."

"그날의 대화가 전부 녹음됐겠군. 내가 전화한 내용까지. 그래서 내가 클린터에게 오지 말라고 했던 걸 자네가 알고 있는 거고. 하지만 험비가 화염에 휩싸였는데 자네가 어떻게……."

"클린터에게서 직접 받았어. 그가 범죄수사국으로 오디오 파일을 보냈어. 화염 방사기를 쏘기 전에. 이 춤판이 끝장나리란 걸 알고 있는 것 같았어. 그리고 이 사건에 대한 자네의 견해를 뒷받침할 확고한 증거를 남기고 싶었던 것 같아."

거니는 가슴이 뭉클할 정도로 클린터가 고마웠다. 래리 스턴이 한 말은 그의 선언문을 영원히 묻어버릴 것이다. "아무래도 여러 사람 심기가 불편해지겠군."

하드윅이 미소를 지었다. "다들 뒈지라고 해."

긴 침묵이 흘렀고 거니는 양치기 사건과 그의 관계도 비로소 끝났다는 생각이 들었다. 사건은 해결되었다. 위험도 끝났다.

경찰계와 범죄심리학계 사람들은 미친 듯이 서로에게 손가락질을 해대며 책임을 떠넘기기에 급급할 것이다. 한 차례 먼지바람이 가라앉으면 거니는 작게나마 공헌을 인정받을 것이다. 그러나 그런 인정은 축복이자 저주였다. 그로 인해 치러야 하는 대가가 너무 컸다.

"그건 그렇고," 하드윅이 말했다. "폴 멜라니가 권총 자살했어."

거니가 눈을 깜빡였다. "뭐?"

"데저트 이글. 죽은 지 며칠 지난 게 분명해. 이웃 상가의 주인 여자가 환풍기로 악취가 들어온다고 신고했어."

"자살인 건 확실해?"

"확실해."

"젠장."

매들린은 비통한 표정이었다. "지난주에 당신이 이야기했던 그 불쌍한 사람?"

"응." 그가 하드윅을 돌아보았다. "총을 소지한 지는 얼마나 됐는지 알아봤어?"

"일 년도 안 됐어."

"젠장." 거니가 다시 중얼거렸다. 하드윅에게라기보다는 그 자신에게 하는 말이었다. "세상에 수많은 무기를 두고 왜 하필 데저트 이글이야?"

"하드윅이 어깨를 으쓱했다. "자기 아버지를 죽인 총이니까. 같은 방식을 원했겠지."

"아버지를 증오했어."

"속죄하고 싶었던 거겠지."

거니는 하드윅을 쳐다보았다. 하드윅은 가끔 놀라운 말을 하곤 했다.

"아버지 이야기가 나와서 말인데, 에밀리오 코레이즌에 대해선 좀 알아봤나?"

"알아본 정도가 아니야."

"그래?"

"시간 나면 이 문제를 어떻게 처리하면 좋을지 좀 생각해보게."

"처리하다니?"

"에밀리오 코레이즌은 술과 마약에 절어 캘리포니아 벤추라에 있는 구호단체에서 살고 있어. 술과 마약 값을 대기 위해 구걸까지 하더군. 이름은 대여섯 번 바꾸었고 자길 찾는 걸 원치 않아. 살려면 간 이식이 필요한데 이식 대기자 명단에 오를 정도로 정신상태가 멀쩡하지가 않아. 혈중 암모니아 수치로 미루어보아 치매가 심해지고 있어. 같이 있는 사람들 말로는 기껏해야 석 달 못 넘길 거래. 어쩌면 더 빨리 죽을 수도 있고." 거니는 뭔가 할 말을 찾고 싶었다.

그러나 그의 마음은 텅 비었다.

공허했다.

아프고, 슬프고, 공허했다.

"거니 씨?"

고개를 들어보니 불러드 반장이 문 앞에 서 있었다.

"방해가 되셨다면 죄송합니다. 저기…… 고맙단 인사도 드릴 겸 괜찮으신지 보러 왔어요."

"들어오세요."

"아뇨, 전 단지……." 그녀가 매들린을 보았다. "부인이신가요?"

"네. 실례지만……."

"조지아 불러드라고 합니다. 남편분은 정말 대단하세요. 물론 잘 아시겠지만." 그가 거니를 쳐다보았다. "이제 다 정리되었으니 언젠가 두 분을 점심 식사에 초대하고 싶습니다. 사스파릴라에 작은 이탈리아 레스토랑이 하나 있어요."

거니가 웃었다. "기대하겠습니다."

그녀는 나타났을 때만큼이나 갑자기 사라졌다.

거니의 마음은 다시 에밀리오 코레이즌의 운명으로 돌아갔고 그 소식이 그의 딸에게 미칠 영향을 생각해 보았다. 거니는 베개에 머리를 기대고 눈을 감았다. 다시 눈을 떴을 때 시간이 얼마나 흘렀는지 알 수 없었다. 하드윅은 보이지 않았다. 매들린은 구석에 있던 의자를 침대 맡으로 끌고 와 그를 지켜보고 있었다. 그 모습은 페리 사건의 마지막과 너무도 비슷했다. 하마터면 목숨을 잃을 뻔했고, 엄청난 고통에 시달렸던, 어쩌면 아직도 그 고통이 남아 있는 사건. 사고가 나고 혼수상태에서 깨어났을 때, 매들린이 침대 맡에서 그를 지켜보고 있었다.

잠시 그녀와 눈을 맞추면서 늘 하던 식으로, '우리 이제 이런 식으론 그만 봐야 하는데……'라고 농담을 던지고 싶은 유혹을 느꼈다. 그러나 왠지 그래선 안 될 것 같았다. 재미있지도 않을 뿐더러 그런 농담을 건넬 자격이 없다는 생각이 들었다.

매들린의 얼굴에 짓궂은 미소가 번졌다. "당신 뭐 할 말 있었어?"

그가 고개를 저었다. 베개 위에서 양쪽으로 조금만.

"할 말 있었잖아. 한심한 농담 같은 거. 당신 눈 속에 있었어." 그녀가 말했다. 그가 웃었고, 순간 입꼬리가 올라가면서 밀려드는 통증에 얼굴을 찌푸렸다.

그녀가 손을 내밀어 그의 손을 잡았다. "폴 멜라니 사건 때문에 속상해?"

"응."

"뭔가 조저를 취했어야 했다는 생각이 들어?"

"아마도."

그녀가 그의 손가락을 부드럽게 쓰다듬으며 고개를 끄덕였다. "킴의 아버지 수사가 해피엔딩으로 끝나지 않아서 안됐어."

"그러게."

그녀가 붕대를 감은 다른 손을 가리켰다. "화살에 찔린 데는 어때?"

그가 손을 들어 바라보았다. "잊고 있었네."

"잘됐네."

"잘됐다고?"

"손에 난 상처 말고. 그 화살. 화살 미스터리."

"당신은 화살이 미스터리라고 생각 안 해?" 그가 물었다.

"해결할 수 있는 미스터리는 아니라고 생각해."

"그럼 그냥 무시하라고?"

"응." 그가 그녀의 말을 이해하지 못한 듯이 보이자 그녀가 말을 이었다. "결국 산다는 게 다 그런 거 아닌가?"

"산다는 게 하늘에서 떨어지는 설명할 수 없는 화살들이라고?"

"내 말은, 언제나 모든 것을 완벽하게 이해할 여유는 없는 게 우리 삶이라는 거야."

그 말은 거니의 마음을 불편하게 했다. 진실이 아니어서가 아니었다. 물론 그 말은 진실이었다. 그러나 그 진실은 논리적 사고에 대한 공격을 내포하고 있었다. 그러나 설령 그렇다고 해도 그 문제로 매들린과 실랑이를 벌일 필요는 없을 것이다.

젊은 간호사가 문 앞에 나타나 바퀴 달린 TV를 끌고 왔지만 거니가 고개를 저으며 손사래를 쳤다. 램TV 뉴스의 '끔찍하고 비극적인 불길'이라니, 급할 것도 없었다.

"래리 스턴은 이해할 수 있겠어?" 매들린이 물었다.

"어쩌면 조금은. 전부는 아니고. 스턴은…… 좀 특이한 사람이었어."

"그런 사람이 여러 명 돌아다니진 않으니까 그나마 다행이야."

"자기가 지극히 이성적인 사람이라고 생각하고 있더라고. 지극히 실용적인 사람. 이성의 결정체."

"다른 사람들에 대해 조금이라도 생각했을까?"

"아니. 조금도."

"조금이라도 신뢰했을까?"

거니는 고개를 저었다. "신뢰라는 건 그자에게 그다지 별 의미가 없는 개념이었을걸. 정상적인 의미에서의 신뢰는. 신뢰를 나약함, 비이성적인 타인의 결함, 그가 착취할 수 있는 결함으로 봤을 테니까. 그의 인간관계는 기본적으로 타인을 이용하고 조종하는 것에 바탕을 두었을 거야. 타인은 그에게 한낱 도구에 불과했을 거야."

"늘 혼자였겠네."

"완전히 혼자였지."

"진짜 끔찍하다."

나 역시 혼자였을 거야. 하늘이 보낸 선물이 아니었다면. 거니는 하마터면 그렇게 말할 뻔했다. 자신이 얼마나 고립될 수 있는지 그는 알고 있었다. 그런 일이 일어나고 있는 것조차 의식할 수 없었다. 인간관계라는 게 얼마나 쉽게 바람 속의 안개처럼 사라져버릴 수 있는지. 얼마나 쉽게 혼자만의 세계에 침잠할 수 있는지. 그를 고립시키는 집착들이 얼마나 자연스럽고 순수하게 느껴질 수 있는지.

그런 것들을 설명하고 싶었다. 자기 자신의 기이함을 말하고 싶었다. 그러나 그 순간 거니는 매들린이 곁에 있을 때 느끼곤 하는 그런 기분을 느꼈다. 말하지 않아도 이미 그의 생각을 읽고 있는 것 같은.

매들린은 거니의 눈을 바라보며 손을 꽉 잡았다. 그리고 한참을 그렇게 있었다.

그리고 처음으로 거니는 똑같이 이상한 기분을 느꼈다. 다만 이번에는 방향이 달랐다. 그 역시 그녀가 무슨 생각을 하고 있는지 말하지 않아도 알 것 같았다.

그는 그 말을 그녀의 손에서, 그녀의 눈에서 느꼈다.

두려워하지 말라고, 그녀는 말하고 있었다.

자기를 믿으라고, 그에 대한 자신의 사랑을 믿어달라고 말하고 있었다.

그리고 그가 의지하는 하늘이 보낸 선물은 언제나 그의 곁에 있을 거라고 말하고 있었다.

그녀의 침묵 뒤에 이어진 심오한 평화 속에서 그는 세상의 모든 근심에서 벗어난 것 같은 기분이 들었다. 모든 게 잘 풀렸다. 모든 게 고요했다. 멀리 어딘가에서 소리가 들렸다. 너무도 가냘프고 너무도 섬세한 소리를 들은 건지, 느낀 건지, 상상한 건지 확실치 않았다. 그러나 그 음악이 무엇인지는 정확히 알고 있었다.

혼동할 수 없는 경쾌한 리듬. 비발디의 '봄'이었다.

더는 다른 것을 갈구하지 않는다

존 버튼의 '데이브 거니 시리즈'는 나에게 여러모로 특별하다. 그의 데뷔작 《658 우연히》는 내게 장르소설의 문학적 아름다움을 처음으로 일깨워주었다. 주인공 데이브 거니를 나는 아주 오랫동안, '알았'다기보다는 '앓았'다. 그의 노련함에 설렜고 그의 서툶에 애틋했다.

《기꺼이 죽이다》는 2012년 번역 출간된 두 번째 작품 《악녀를 위한 밤》에 이어, 한국에서는 5년 만에 출간되는 존 버튼의 작품이다. 전작처럼 《기꺼이 죽이다》 역시 서정적이고 비장하며, 내가 사랑해 마지않는 데이브 거니도 여전히 매혹적으로 차갑고 또 뜨겁다. 다만, 이번 작품에서는 천재적 추리력을 가진 형사 데이브 거니의 감성적 면모가 조금 더 드러난다. 범죄소설의 히어로답지 않은 거니의 모습에 독자들의 의견은 갈릴 수 있겠지만, 영웅이 아닌 한 인간으로서 그의 삶이 사실적이고 밀도 있게 그려졌다는 것만큼은 누구나 인정할 것이다.

무엇보다도 나는 존 버튼이라는 작가가 포착하는 대비의 구도가 흥미롭다. 그런데 이 작가가 공을 들이는 대비는 극악무도한 범죄자와 정의를 실현하는 형사 즉, 선과 악의 대비가 아니다. 그의 이야기는 고요하고 아름다운 캣스킬 산자락의 새벽 풍경과, 그 풍경 속에 완전히 동화되지 못하고 서성거리는 주인공 데이브 거니의 대비이고, 담담하게 수수께끼를 풀어가는 천재 형사와 그의 내면에 존재하는 소통하지 못하는 어린아이와의 대비이다. 또한, 어디선가 날아와 화단에 꽂힌 화살을 삶의 미스터리로 남겨

둘 줄 아는 매들린과 그 화살을 반드시 밝혀내야할 수수께끼로 여기는 거니의 대비이다.

　현직에서 은퇴한 후 본인의 의지와는 상관없이, 끊임없이 자신의 천부적 재능을 발휘하는 일에 휘말리고 또 굴복하는 데이브 거니를 보면서, 때로는 우리를 방해하는 그것이 바로 우리의 삶이라는 누군가의 말을 떠올렸다. 그런 데이브 거니의 모습은 작가 자신의 모습과도 포개어진다. 존 버든은 뉴욕 맨해튼의 광고계에서 일하다가 40대에 은퇴하여 한적한 시골마을로 내려갔다. 취미로 추리소설을 읽다가 아내의 권유로 소설을 쓰기 시작했고, 2년 만에 완성한 데뷔작으로 전 세계에서 가장 사랑받는 추리소설 작가의 반열에 올랐다. 《기꺼이 죽이다》를 발표할 당시 작가의 나이가 일흔이었으니, 그가 지니고 태어났으나 표출하지 못했던 작가적 재능의 압박감을 짐작하게 된다. '늘 다른 곳에 있고 싶었고, 다른 것을 갖고 싶었고, 다른 사람이 되고 싶었지만 더는 다른 것을 갈구하지 않는다'는 노 작가의 글이 가슴에 와 닿았다. 안주하지 않고 포기하지 않고 늘 새로운 것에 도전하는 사람만이 할 수 있는 말이다.

　단지 좋아하는 일을 오래 했을 뿐인데, 좋은 작가를 만나고 좋은 작품을 만나는 행운을 누리며 살고 있다. 번역하는 시간만큼은 여기가 아닌 다른 곳에 있고 싶다는 생각이 들지 않으니, 아마도 나도 모르는 사이, 이미 내가 원하는 자리에 와 있나 보다.

2017년, 새 봄
이진

기꺼이 죽이다

1판 1쇄 인쇄 2017년 6월 1일 **1판 1쇄 발행** 2017년 6월 8일

지은이 존 버든 **옮긴이** 이진
펴낸이 김강유
편집 김지선 **디자인** 윤석진

발행처 김영사
주소 경기도 파주시 문발로 197(문발동) 우편번호 10881
등록 1979년 5월 17일(제406-2003-036호)
주문 및 문의 전화 031)955-3200 **팩스** 031)955-3111
편집부 전화 02)3668-3290 **팩스** 02)745-4827 **전자우편** literature@gimmyoung.com
비채 카페 http://cafe.naver.com/vichebooks **인스타그램** @drviche
트위터 @vichebook **페이스북** www.facebook.com/vichebook **카카오톡** @비채책

ISBN 978-89-349-7802-2 03840 책값은 뒤표지에 있습니다.

이 도서의 국립중앙도서관 출판예정도서목록(CIP)은 서지정보유통지원시스템 홈페이지(http://seoji.nl.go.kr)와
국가자료공동목록시스템(http://www.nl.go.kr/kolisnet)에서 이용하실 수 있습니다.
(CIP제어번호: CIP2017011095)